Solomonica de Winter

Das Gesetz der Natur

ROMAN

Aus dem Amerikanischen von
Meredith Barth

Diogenes

Titel des amerikanischen Originals: ›Natural Law‹

Covermotiv: Gemälde von Andrew Keola, ›Tranquil River‹,
Figur: Algol, Dreamstime/Design von Kobi Benezri

Der Diogenes Verlag wird vom Bundesamt für Kultur
für die Jahre 2021–2024 unterstützt

www.diogenes.ch
150/22/4/1
ISBN 978 3 257 07218 1

Die Epoche der Gefangenschaft

Kapitel eins

NUN, das ist die erste Epoche, vor Anbeginn der Welt,
höre, das ist die erste Epoche, auf dass du es niemals vergessen mögest.
All das, was begann, begann in der Wildnis, auf dass du dich stets daran erinnern mögest;
die ruhenden Waffen, der bebend geschöpfte Atem, um das stumme Warten zu ertragen.
Entschlossene Hände umfassen die Griffe, damit die kalten Pavese aufrecht bleiben.
Die Sonne, noch kaum erwacht, wird von gedämpften Stimmen gestört, drei an der Zahl,
die einzig menschlichen weit und breit an diesem unbewohnten, äußersten Rand der Wälder, die Stimmen des scharfsichtigen Jägers, des hageren Lehrers und der Mutantin, an der es sein wird, die Wildnis zu überstehen.

Sie saß zwischen ihnen, lauschte ihren Ausführungen darüber, was man über die Lebenden und Sterbenden wissen müsse, wachsam auf jedes Knacksen eines Zweiges achtend.

Einer ist immer der Schlachter, erklärte ihr der Jäger, einer immer der Gefallene.

So sind Mensch und Tier, ein ungeschriebenes Gesetz, denke daran, um in der Wildnis nicht zu unterliegen. Die Sonne schwebte über Stunden hinweg am Himmel, bis sich das Lodern von Orange in Schwarz verwandelte und das

Versinken in Asche am Ende des Tages unumstößlich wurde: Zwischen Leben und Tod war das Licht, in der Luft ebenso wie auf diesem Boden. Feuer, um zu sehen, um zu töten, um zu überleben, um nicht der Dunkelheit zu erliegen.

Die Natur lügt nicht.

Sich zwischen den Bäumen zu bewegen bewies der Natur Wahrhaftigkeit. Das Wild, fern im Walde grasend, war jetzt lebende Beute, würde jedoch schon bald zu den Gefallenen gehören. Plötzlich erhoben sich die Männer. Langsam tat sie es ihnen nach. Noch war sie die Schülerin.

Es war ihr Auftritt, und doch war sie noch die Schülerin.

Sie legte sich den eleganten Leibgurt über die Schulter, ihre Armbrust war aus Eiche geschnitzt. Es galt zu zeigen, was sie konnte. Behutsam setzte sie den Vorderteil auf den Boden. Schnürte ihren Fuß in den Steigbügel, zog die Bogensehne über den Spannhaken und blickte auf, um das Tier zwischen dem Grün der Bäume zu finden.

Sie fasste nach ihrer Schultertasche, die behandschuhten Finger strichen über die Bolzen. Einen zog sie heraus und legte ihn in den Lauf – sacht, sacht, diese Darbietung erforderte Anmut.

Sie schulterte das Ganze, nahm die korrekte Haltung einer Jägerin ein und richtete den Bolzen auf das ferne Ziel zwischen den Kiefern.

Das gedämpfte Zureden des Jägers und des Lehrers in ihrem Rücken, die Vorfreude, gleich ihre Beute zu Boden fallen zu sehen. Doch ehe es so weit war, wurde sie jäh unterbrochen.

Schmerzen in ihrem Bauch! Stechend, stumm, unsichtbar. Sie sank auf ihr Knie.

Ein Keuchen entwich ihr, Verblüffung über ihr Schwächeln.

Solche Schmerzen sollten sich in kommenden Zeiten immer wieder zeigen.

Sie senkte die Armbrust und hielt sich den quälenden Bauch. Langsam erhob sie sich. Ihre Beute weilte noch immer zwischen den Bäumen. Ein warnender Blick des Jägers hinter ihr trieb sie an. Jetzt handelte sie blitzschnell. Der Bolzen landete im nächsten Baum. Das Wild galoppierte davon.

Es folgte Stille.

Sie war keine, die scheiterte. Jäger hatten sie erzogen.

»Ein Fehlschuss«, meinte der Jäger.

»Ungewöhnlich«, sagte der Lehrer. »Du siehst heute seltsam blass aus.«

Zwei Augenpaare waren auf sie gerichtet. Das frühe Morgenlicht vertiefte die Schatten auf des Lehrers Gesicht. Er trug eine braune Wolltunika unter seinem wollenen Umhang. Die Hose in derselben Farbe, um seinen Hals ein Hasenfell. Seine Oberlippe endete in einem ausgeprägten Amorbogen, der allerdings halb vom Bartwuchs überdeckt war. Die großen Augen lagen tief unter den Brauen. Augen, die sie kannte, vertrauensvolle Augen.

Der Lehrer warf dem Jäger, dem Älteren der beiden, einen Blick zu.

Bei flüchtiger Beurteilung hätte man sie für Brüder halten können. Doch während die Nase des Lehrers breit war, verlief die des Jägers schmal und spitz. Seine kleinen Augen hatten Schlupflider, seine Haut war rau. Der eine glaubte an Gerechtigkeit, der andere an Rache, der eine an die Ehre, der andere an den Protest. Sie trugen Dolche an den Hüften, wobei nur einer der beiden diese gerne benutzte. Durch die Berge aneinander gebunden, war ihre Kameradschaft doch so unbeständig wie das Temperament des Jägers. Eine Allianz, entstanden durch Tragödie und den Wunsch zu überleben. Sie waren keine Brüder, und nicht einmal der drohende Tod hätte sie zu Brüdern werden lassen.

Die drei warteten schweigend, bis das Wild zum zweiten Mal auftauchte. Der Jäger streckte seine Hand aus und berührte das Mädchen sanft am Rücken. Die Mutantin hob die Armbrust. Die Schmerzen waren verschwunden, und sie hatte die Chance, sich zu rehabilitieren.

Sie brachte ihren Körper in Position. Richtete die Waffe auf ihr Ziel.

Der schnelle Flug des Bolzen, das dumpfe Aufschlagen des toten Tieres auf dem Boden. Sie hatte ihre Beute erlegt.

»Wir danken dir, Erde«, murmelte sie, »für die Gabe einer deiner Kreaturen.«

Gemeinsam trugen sie das geschossene Reh zum Schlachtschuppen neben der Hütte. Sie sah, wie es auf den Tisch gewuchtet wurde. Ein Tier mit großen, empfindsamen Augen, die noch feucht schimmerten. Erde auf der glänzenden Schnauze, durch die vor wenigen Momenten noch Luft geströmt war. Das war der Gefallene. Ein Leichnam der Hoffnung. Ein Tod, von dem sie leben konnten. Eine Zukunft.

Der Lehrer wusch seine Messer mit Wasser aus der Quelle vor der Tür, ehe er begann, das Tier sorgfältig zu häuten. Die Haut sollte als Leder dienen, das Fleisch würde in die Küche gebracht werden. Während er schnitt, vermied er ihren Blick. Gewöhnlich sprach er zu diesem Zeitpunkt mit ihr. Über etwas, was er wusste oder was er geträumt hatte. Was ihn diesmal schweigen ließ, war Sorge. Über die Folgen ihrer gescheiterten Jagddarbietung. Über die abermaligen Schulungen, die der Jäger ihr auferlegen würde, die unendlichen Wiederholungen, bis schließlich Blut floss.

Sie würde ihm gehorchen, denn sie fürchtete ihn.

Nun sprach der Lehrer doch. »Schülerin«, sagte er. »Geh und sammle Holz.«

Sie nickte. Sie gehorchte, denn sie schätzte ihn.

Die Mutantin hatte einen Namen. Sie hieß Gaia Marinos. Die Mutantin war eine junge Frau, noch nicht alt genug, um ganz ausgewachsen zu sein. Sie ging ruhigen Schrittes zur Hütte hinüber und betrat sie – den Ort, den sie ihr Zuhause nannte, wo sie träumen, wo sie sich verstecken, von wo sie fliehen konnte. Sie legte die Armbrust in den Jagdschrank zurück, in dem alle Waffen aufbewahrt wurden: zwei hölzerne Schwerter – zum Üben –, zwei Schwerter aus Stahl – für die Ertüchtigung –, drei Armbrüste, Dutzende von Pfeilen, drei Bögen und sechs Wurfmesser.

Bereits zwölf Geächtete, die in dieser abgelegenen Gegend umhergestreift waren und versucht hatten, etwas zu stehlen, waren mit diesen Waffen getötet worden. Eine Hütte, bewohnt und warm, weit weg von jeglicher Zivilisation, voll üppiger Beute. Ein Geschenk an diesem wilden Ort, an dem man plündern konnte, weil Gesetze hier nichts bedeuteten.

Zwölf Menschen sah sie erliegen, blutig zugrunde gehen. Geächtete, Wildeste unter den Menschen. Ohne Heim und ohne Wunsch danach, denen schon lange jegliche Werte der Menschheit verloren gegangen waren.

Kapitel zwei

Sie näherte sich aus der Ferne, die Mutantin, die die Wildnis ertragen sollte. Sie beobachtete ihn genau, den Jäger, und seine Grausamkeiten. Größere Furcht gab es nicht. Er hob die Axt in die Luft und ließ sie kraftvoll niederschmettern, ein krachendes Schauspiel aus fliegenden Splittern – besonders laut an einem Ort, an dem es zu still war und der zu fernab von allem lag, um fürchten zu müssen, dass Menschen zuhören konnten.

In der Wildnis würde sie stets am sichersten sein.

Selbst Geächtete durchstreiften so selten diese abgelegene Gegend, dass sie sich keine Sorgen machen musste. Sie kamen und gingen wie andere Raubtiere auch.

Die nächste Zivilisation lag fernab in Richtung Osten – Dörfer aus Holz und Stein, richtige Häuser mit Kammern und Brunnen davor, aus denen man Wasser schöpfen konnte. Die Dörfer führten zu kleinen Städten und diese wiederum zu großen, deren Ehre Heere von Kriegern beschützten. Die Bewohner waren achtbare Männer, ihre Frauen gebaren Kinder für die Zukunft, stetig wachsend.

Die selbst ernannten Nationen dieses Landes. Beständig wurden neue Gebiete gewonnen, Kriege geführt, Geächtete erschlagen. Die Orte, an denen das Naturrecht herrschte, langsam errichtet, Wort für Wort, nachdem Jener Tag gekommen war.

Doch was für sie Recht bedeutete, hieß für Gaia Marinos den Tod!

Ihre behandschuhten Hände griffen nach dem gehackten Holz.

Sie hörte ihn hinter sich, während sie die Scheite stapelte. Spürte die Düsternis des Jägers. Seine Stiefel zermalmten das Laub. Ein stummer Mörder – seine Axt schwingend, tötete er all das, was heilig war.

Etwas rann ihr den Rücken hinab. Schweiß.

Das Verweilen seiner Augen. Eines Tages würde er bezahlen.

Sie beendete das Stapeln des Holzes und bereitete dann den Zuber in der Hütte vor, indem sie Wasser zum Kochen brachte. Davor sitzend wusch sie ihre schmutzigen Kleider, während sie den aufsteigenden Dampf einatmete. Ihr Bauch schmerzte nun wieder so, wie er es bei der Jagd getan hatte.

Sie zog ihre Handschuhe aus. Das Ablegen ihrer Rüstung.

Beginnend mit dem linken.

Behutsam, um nicht zu viel Reibung zu erzeugen. Die Haut ihrer Hände, wie sie immer gewesen war: wie die Haut einer uralten Kreatur, schorfig und voller Blasen, als hätte man sie geschmolzen, auseinandergerissen und wieder zusammengenäht. Rosafarbene Schattierungen und dunkelrote Flecken wie fortwährend blutverschmiert. Violette Markierungen, als ob sie bei der Geburt gequetscht worden wäre; ein wirres Netz aus Venen, so dunkel, dass es schwarz erschien. Blasen und Wunden, Risse und Fissuren, entstanden durch bloße Existenz. Wenn eine Stelle abheilte, nässte eine andere. Wenn sich eine schloss, öffnete sich eine neue.

Nun der Handschuh der Rechten.

Die Haut wand sich aus der Haftung des Leders, eine präzise ausgeführte Prozedur. Ihr linkes Ohr hatte die gleiche Beschaffenheit, seine Form wie die einer Muschel. Kein Härchen wuchs in der näheren Umgebung, weshalb fast ihre ganze linke Kopfseite kahl war, allen Blicken auf die dort verlaufenden Adern ungeschützt ausgesetzt.

Man brachte ihr von klein auf bei, die rechte Seite ihres Kopfes zu rasieren, damit eine gewisse Symmetrie gewahrt wurde. Nur die Haare oben auf dem Kopf blieben unberührt. Sie flocht sie zu einem festen Zopf, der von der Mitte ihres Schädels über ihren Nacken herabhing.

Sie senkte die Hände in das kochend heiße Wasser. Ein Ächzen entschlüpfte ihr.

Obwohl diese Hände für das Auge so unansehnlich waren, fanden sie doch von morgens bis abends Verwendung.

Sie schrubbten und wischten und gruben und machten Feuer, sie schnitten und rupften und zerrten und zogen.

Eine tägliche Erinnerung daran, was sie ins Exil geführt hatte, daran, was sie zum Sterben geboren sein ließ. Dennoch, so sollst du wissen, war ihr Körper stark. Ihre Hände waren stark. Es würde nicht Schwäche sein, die sie tötete. Keine Mutantin dieser Welt hatte bisher so lange überlebt. Hingerafft von Krankheiten, von Siechtum und Schwäche, zu gebrechlich, um sich zu bewegen, zu gebrechlich, um zu atmen.

Als ob sie sich in gewisser Weise glücklich schätzen

konnte, die letzte Mutantin zu sein. Als ob sich all diese Tode zusammengetan hätten, um das letzte Mutantenblut in ihren Adern kraftvoller werden zu lassen als das jeglichen Menschenmädchens auf Erden.

So seltsam es auch scheinen mag: Jahrelang hatte sie inständig darum gefleht, ihr die Hände abzuschlagen. Schließlich waren es diese Monstrositäten, wie sie sie zu nennen pflegte, die sie von der Welt der Menschen, über die der Lehrer ihr so viel beigebracht hatte, trennte.

Sie besaß die Mittel dazu. Der Lehrer hatte Klingen aller Größen. Hackmesser und Hobel und Forken und Schäler. Der Jäger und seine Axt, seine Armbrüste und Säbel und Dolche und Hämmer.

Aufgewachsen in einer Umgebung voller Todeswerkzeuge – warum sollte sie nicht glauben, sie könnte jene Teile von sich abtrennen, die sie nicht haben wollte?

Doch selbst ohne ihre Hände hätte ihr Gesicht verraten, was sie war. Eine Mutantin war stets dem Untergang geweiht.

Die Hände ein Unfall. Das Gesicht, entstanden aus den Tiefen der Deformation.
Schmutzige Luft, ein schmutziges Land, eine Zeit des Unglücks.
Obgleich die giftige Luft nicht überallhin zu gelangen schien, sickerte sie doch in
ihr ungeborenes Blut, lange nachdem die letzten Mutanten hingerichtet worden waren – die letzten, die letzten, so hatten sie lange geglaubt. Die letzten, die letzten, bis sie kam.

Solch Tod, solch Missgestalten, wie sie sich zeigten, hinterließen nichts von der alten Welt. Die Kernreaktoren dünsteten Elend und Tod aus, all das, was Jenen Tag zu einer derart kompletten Veränderung werden ließ. Die Mutierten und die Kranken unter den Überlebenden, die Kinder, die sie gebaren, noch schändlicher, noch verdammter.

Die Blasen, das Nässen, das Schälen der rosafarbenen Haut, die violetten Venen, durch die stetig Tod und Krankheiten pulsierten.

Diese Tage lagen nun hinter ihnen. Das Naturgesetz hatte es bewiesen.

Doch einmal angenommen, da war ein Kind, von zwei Menschen geboren, lange nachdem der letzte Mutant getötet worden war.

Besinnen wir uns! Es gab einmal einen Mann, in ferner Zeit, in der alten Welt, der ein solches Phänomen als *Überleben des Stärkeren* bezeichnet hatte.

Kapitel drei

Gaia Marinos war das Schicksal ihrer Artgenossen, die vor ihr gelebt hatten, nicht fremd. Der Lehrer brachte ihr alles bei, was sie wissen musste. Der Jäger brachte ihr alles bei, was sie für das Töten wissen musste. Sie war sich bewusst, dass ihr Leben selbst ein Todesurteil war. War sich bewusst, dass Mutter und Vater von Geächteten ermordet worden waren, bewusst, dass sie hier war, weil man sie gerettet hatte. Sie wusste, dass die Menschheit den großen Feind verkörperte. Dass sie eine Mutantin war, ein Wildling, und der Tod das Einzige sein würde, was sie jemals kennenlernte.

Um sie davon abzuhalten, über ihr beängstigendes Selbst zu weinen, als sie noch klein war, als sie sich noch fürchtete, hatte ihr der Lehrer ein Paar Lederhandschuhe genäht. Jeden Winter ein neues Paar, während sie wuchs.

Wie viel diese Hände auch im Verborgenen noch taten.

Sie legte die Handschuhe neben sich und wusch die Kleidung. Ein Stück nach dem anderen hängte sie auf die Wäscheleine vor dem Holzofen. Sobald sie fertig war, zog sie die Handschuhe wieder an und knöpfte ihren Mantel zu.

Die Tiere warteten auf sie.

Sie trat vor die Hütte, wo sie die Wellen am stärksten spürte. Hier im Freien fanden sich keine Hindernisse, um sie abzuhalten. Es gab zwei Ströme, die man in seinem Leben fühlte: Einer von ihnen wies nach oben und einer nach unten, einer war uralt, und einer war neu.

Nach oben verliefen die Wellen des Daseins, die durch alle Lebewesen flossen. Von Menschen hergestellte Gegenstände mieden sie, es sei denn, sie fanden einen Weg in ihr Inneres. Diese Arten von Wellenlängen waren manchmal zu sehen, manchmal waren sie es nicht. Die unsichtbaren verbargen sich allem Lebendigen, das physisch im Boden wurzelte, zwischen den Ästen wuchs, schmerzlos durch den Körper strömte, die Lungen öffnete, Gaias Nase mit Düften erfüllte. Die sichtbaren Wellenlängen waren wie Efeu, das die Mauern eines Hauses emporrankt, sich um die Ränder von Fenstern schlingt, immer und immer weiterwuchernd, alles hinter sich lassend, was ihm im Wege steht.

Über den anderen Wellenstrom wusste sie nichts – die Wellen der Menschen oder, wie sie diese gerne nannte, die Wellen des Unglücks –, bis sie von der Geschichte und den Gepflogenheiten der Menschen erfuhr. In den verseuchten Regionen war die atembare Luft früher einmal begrenzt gewesen, und die Wellen des Unglücks hatten alles durchdrungen, lebend oder tot.

Menschengemachtes Elend, deformierte Körper, einschließlich des ihren. Sie hatte geschworen, die Menschheit dafür auf ewig zu verdammen.

Hätte sie bei ihnen gelebt, hätten die Menschen sie schon lange getötet.

Nein, zur Menschheit gehörte sie nicht.
Nein, sie war keine von ihnen, sie, die Mutantin, der Wildling.
Und doch, sosehr sie es sich auch wünschte,
gehörte sie genauso wenig zu den Kreaturen der Wildnis,
den pelzigen Raubtieren und Beutetieren,
deren Sprache ungesprochen, unerreichbar war, wie Träume.
Nein, sie gehörte auch nicht zu ihnen.
Doch unter ihnen war sie nur Fleisch und Blut.
Sollte sie jemals von ihnen getötet werden, würde es aus Motiven geschehen,
von denen Menschen nicht einmal zu träumen vermochten.

Sie entriegelte das Gatter und betrat das Land. Sieh nur ihren Gang, wie leichtfüßig. Sieh nur, wie ihr Zopf auf und ab wippt. Sieh nur, wie sie einem Kind gleich springt. Wie selten sie das tut!

Als sie eintrat, läutete die Glocke am Gatter. Man hatte sie befestigt, falls es einem wilden Tier gelingen sollte, hier einzudringen, die Umzäunung zu überwinden.

Doch zu diesen wilden Tieren gehörte sie nicht.

Die Freude zu wissen, dass sie für diese Lebewesen keine Fremde war, dass die Kreaturen sie liebten, dass sie etwas in ihr sehen konnten, was andere nicht sahen. Dass sie für sie kein Raubtier war wie für den Rest der Welt! Und doch ist es an dir – wenn einmal alles getan ist, was getan werden muss, wenn einmal für alles gekämpft wurde, für das gekämpft werden konnte – dann ist es an dir, dich zu entscheiden, ob sich die Welt geirrt hatte.

Drei Schafe krochen zwischen den Beinen ihrer Artgenossen hervor und liefen ihr laut blökend entgegen. Im Frühling würden sie einen Winter alt sein. Wesen des Guten. Neben ihnen stellte sie einen erschreckenden Anblick dar.

Mutantin und Tier, ein merkwürdiges Paar. Ihr dichtes Fell drängte gegen ihre Hände. Die zwei Kühe, Seite an Seite liegend, blickten sie liebevoll an. Ihr Ausdruck gelassen, ihr Vertrauen grenzenlos. Der Esel, auf die Luft fixiert, die zwischen den Bäumen vibrierte, stand in ernstem Gehorsam da, auch er gänzlich genügsam.

Noch war das Land hier gut.

Selbst wenn der Jäger vorbeikam und diese Luft einatmete, lebten und gediehen die Tiere weiterhin. Noch war das Land hier gut.

Und sie liebte die Schafe und die Kühe und den Esel
und das Pferd und die Hühner, sie liebte sie,
als wären sie ihre Familie.

Und sie wusste, nicht alle würden bis ins hohe Alter leben,
sie wusste, die Schafe würden geschlachtet werden,
und auch die Hühner würden ihrem Schicksal nicht entkommen.
Doch was gab es sonst an einem wilden Ort wie diesem zu lieben?

Sie hüllte den Esel und das Pferd in ihre Decken, ehe sie sie nach draußen ließ. Ein kalter Morgen in einem anhaltenden Winter. Gaia kniete sich hin und begutachtete ein trächtiges Mutterschaf, regungslos. Als der Kopf des Tieres begann, sich nach oben zu recken in Richtung Himmel, war es soweit – das wusste sie. Das Einsetzen der Wehen, die Signale der Lebenswellen. Ohne ein Geräusch von sich zu geben, blieb sie dabei, der Geburt beiwohnend.

Wenn es noch Bücher gegeben hätte, wären solche Szenen geschildert worden, und sie hätte sie gelesen. Dann hätte sie genickt und gewusst, wie es war.

Die Mutantin saß da und sah zu, zwischen den sie umgebenden Blicken der anderen. Die Vorderhufe tauchten als Erstes auf. Als das Lamm auf dem Boden lag, wurde es von seiner Mutter beschnüffelt, ihre stupsende Schnauze ermunterte es zu atmen. Den Zwilling leckte sie nach seinem Erscheinen ebenso sauber wie das zuerst Geborene, und die Mutantin wohnte allem bei. Sie brachte frisches Wasser, Heu und eine Decke zum Wärmen.

Diese Zeiten des Friedens würden ihr noch lange in Erinnerung bleiben.

Wie leise die anderen Schafe näher kamen, um das neue Leben zu riechen. Nach ihnen Esel und Kühe und Pferd.

Es sollte eine offizielle Namensfeier geben, beschloss Gaia, räumte den Kompost weg, ersetzte das Stroh und ging zum Hühnerstall um die Ecke, wo sie jedes Huhn begrüßte und nach den Eiern suchte. Sie nahm sich Zeit.

Das waren Momente des Friedens, diese Bauernhoftiere ihre Verbündeten. Sie verstand es als ihre Aufgabe, sie zu beschützen.

> Welch menschlicher Killer sie auch immer werden mochte,
> welch andere Pflichten ihr auch auferlegt werden würden,
> es hätte dann jedenfalls einmal eine Zeit in der Wildnis gegeben,
> als sie nur Bäuerin war.

Sie machte sich auf die Suche nach dem Lehrer, um ihm die Nachricht der Geburt zu überbringen. Es sei ein Zeichen für einen Neubeginn, meinte er, als sie ihn draußen vor dem Schlachtschuppen entdeckte. Er lobte sie dafür, so behutsam gewesen zu sein. Dann bat er sie, die Hände zu waschen, um ihm zu helfen, die Rehhaut für die Lederherstellung vorzubereiten.

Sie gehorchte ihm. Sie würde ihm immer gehorchen.

Die Haut des Rehs, das sie vor einigen Tagen erlegt hatten, sollte in eine Lösung aus Urin kommen, um restliches Fett, Haare und Fleisch zu entfernen. Dann musste man sie waschen und in eine Lauge aus Vogelkot legen, um sie danach erneut zu waschen und mit Schichten aus Eichenrinde zu bedecken. Es war ein langer Prozess, ehe man das Leder benutzen konnte. Im Keller der Hütte hingen noch Stücke von Rehhaut zum Trocknen, die mindestens einen Winter lang eingelegt gewesen waren. Beinahe fertig. Ein Prozess mit einem schrecklichen Gestank, den man niemals im Keller der Hütte hätte durchführen können. Nachdem sie ihre Hände gewaschen hatte, trat sie ins Freie zum Lehrer.

In einer Hand hielt sie ihre Handschuhe.

Der Lehrer nahm sie ihr ab und betrachtete den Abrieb in den Ecken und die Stellen, wo sich der Faden gelöst hatte.

»Ich glaube, es ist Zeit für ein neues Paar«, sagte er.

Gaia hatte sich bereits vorgestellt, wie sie ihre Handschuhe aus dem Rehleder nähen würde, das im Keller hing.

Bescheiden entgegnete sie: »Noch sind sie in einem guten Zustand.«

»Sie haben früher einmal deine Handgelenke bedeckt«, erwiderte er. »Du bist gewachsen.«

Ehe sie die Haut in die Lösung tauchten, banden sie sich Stoff vor Mund und Nase gegen den Gestank. Danach schütteten sie sich Wasser draußen an der Quelle über Hände und Arme, und sie bat ihn, mit ihr die neugeborenen Lämmer zu begutachten.

Er folgte ihr.

Er würde ihr immer folgen. Sie war seine Mutantin.

Kapitel vier

Als es Abend war, schnitt sie sich ein Stück Stoff
aus einem alten weißen Spitzentischtuch und trug es als
Schleier über ihrem Zopf.
Sie saß zwischen den Tieren. Die Kühe waren aus ihrem
Schlummer erwacht,
folgten mit den Blicken jeder von Gaias Bewegungen.
Sie beugte sich herab, um den Tierzwillingen einen Kuss
auf die Stirn zu geben.
Dabei nannte sie laut ihre Namen.
»Die Wörter, die ich als Erste lesen konnte, sind
Ehre und Anmut.
So sollt ihr heißen«, sagte sie und streichelte ihnen über
die Köpfe.
Als sie wieder ins Freie trat, war der Himmel schwarz
geworden.

Sie ging zur Hütte zurück, die Hände schmutzig vom Entfernen letzter Überreste der Geburt. Auf einmal blieb sie stehen. Sie war nicht allein. Sie hörte seine Schritte.

Er folgte ihrem Schatten, tauchte plötzlich auf, als wäre er Teil der Schwärze um sie herum. Ihr Körper spürte ihn, bevor ihn ihre Augen sahen. Sie näherte sich der Tür. Er trat neben sie. Als sie nach dem Türknauf griff, packte er sie am Handgelenk.

»Der Schleier?«, fragte der Jäger.

»Ich habe etwas gefeiert«, erwiderte die Mutantin. »Heute wurden zwei Lämmer geboren.«

»Ah! Eine Zeit der Fruchtbarkeit«, sagte er und ließ sie los.

Sie kannte ihn zu gut, hatte jedes seiner Rätsel entschlüsselt.

Sie kannte auch die Ordnung des Lebens, bei Mensch und bei Tier, und ihr Magen verkrampfte sich.

Hastig trug sie einen Eimer voll Wasser nach oben ins Bad und holte ihre Sachen, um sich die Hände zu waschen. Sie schrubbte so fest und so schnell sie konnte. Die Augen geschlossen, die Fäuste geballt.

Eine Reinigung, lieblos und grob.

Ein Säubern all des Schrecklichen in ihrem Inneren. Dennoch: Der Jäger hatte seine Spuren bereits hinterlassen.

Das Wasser vermischte sich mit dunklem Blut.

»Mutantin!«

Des Lehrers Stimme. Das Abendessen war fertig. Sie schüttete das schmutzige Wasser aus dem Fenster und trocknete die Hände ab. Rote Flecken auf dem Handtuch. Eilte, um es in den Wäschekorb zu stopfen, als der Lehrer erneut nach ihr rief.

»Ich komme!«, rief sie zurück. Stieß einen leisen Schrei aus, als sich auf einmal die Tür öffnete.

Auf der Schwelle der Jäger.

»Was soll der Tumult?«

»Ich habe beim Waschen etwas Unordnung gemacht, nichts weiter.« Ein Stöhnen entwich ihr, und sie hielt sich den Bauch. Ihr Körper wurde heiß. Sie wich seinem Blick aus.

Er neigte den Kopf zur Seite. »Du hast dich den ganzen Tag über seltsam verhalten.«

»Es geht mir nicht gut. Das Abendessen ist fertig.«

»Gaia, hattest du deine monatliche Blutung?«

»Nein.«

Er schob sich näher an sie heran. Legte vorsichtig seine Hand auf ihren Bauch und tastete die leichte Rundung ab. Sie drängte ihn weg. Er war Mensch, sie Mutantin, ein ungleiches Paar.

Er hatte ihr beigebracht, stark zu sein. Doch an jenem schwarzen Tag war es ihr nicht gelungen, sich zu verteidigen.

Ihre Blicke trafen sich.

Seiner erzählte die Geschichte.

Für die schlechten Männer dieser Welt ist ein Kind ein Mädchen und eine Frau.

Sie ließ ihn in der Tür stehen, ihr Körper noch immer schmerzend. Bisher hatte sie Mord nie in Betracht gezogen.

Sie würde nicht zur Mutter werden, ehe sie zur Mörderin wurde.

Kapitel fünf

Doch in der Dunkelheit gab es auch ein Licht. Und das Licht war gut. Der Lehrer verströmte das Licht. Der Lehrer war es, der sie lehrte, und sie – die Mutantin, der Wildling – war durch ihn zu einer Wissenden geworden. Stunden des Unterrichts im Geheimen.

Es gab vieles, was sie über die neue Welt wissen musste, und es gab vieles zu erfahren über die alte. Die Märchen, die ihr der Lehrer erzählte, handelten von der alten Welt als einem Ort voller Licht. Damals gab es beständig Licht, Tag und Nacht. Welch eine Vorstellung! Was für ein Leben das gewesen sein musste! Wo alles Notwendige stets greifbar war, wie es hieß, entstanden in Ländern fern von diesem, in Ländern, in die man nie reiste und es auch nicht musste. Doch so man denn wollte, konnte man dorthin – jene Welt war zwar groß, aber auch überall erreichbar. Und obgleich die Regierungen bleierne Waffen besaßen, um ihre Völker zu kontrollieren, gab es schlichtweg keinen Grund zu wissen, wie man kämpfte. Es war alles da. Selbst für die Armen gab es Licht. Die Straßen waren niemals dunkel, Wasser hörte niemals auf zu fließen. Über solche Dinge zerbrach man sich nicht den Kopf. Licht gab es immer.

Doch in dieser niemals endenden Helligkeit entstanden auch Maßlosigkeit und Gier. Jener Tag, so hieß es, war der Menschen Strafe.

Das Gesetz der Natur ein Versprechen, dass es nie wieder so werden sollte.

Das war die alte Welt. Wie die verwesende Haut einer lang vergangenen Epoche. Nur gesprochene Worte waren noch von damals übrig. Die Menschen lernten erneut zu jagen und zu sammeln, die verbliebenen Schafe zu hüten und auf den verbliebenen Pferden zu reiten. Um auf ihren Rücken bewohnbares Land zu finden, wo sie die Tiere wieder züchten und beginnen konnten, eigenes Feuer zu entfachen. Die Menschen lernten die Ordnung der Naturgesetze.

Langsam erinnerten sie sich.

Bloß ein Wildling. Bloß eine Mutantin. Die Geschichten nur Träume aus der Vergangenheit einer anderen Welt – einer Welt, die sie sich nicht vorzustellen vermochte. Doch sie konnte sie erträumen. Das Leben, wie sie es kannte, war eines der stummen Jagd, des Wegscheuerns von Schmutz, des Geruchs nach geräuchertem Fleisch. Des Geräuschs, wenn Fels und Feuerstein aufeinanderrieben. In den Wäldern ging es nur ums Überleben, und die einzigen Gedanken, die sinnvoll erschienen, betrafen die Frage, was zwischen heute und morgen passieren konnte und wie man sich am besten darauf vorbereitete. Doch der Lehrer hörte nie auf, das zu lehren, was der Jäger niemals vermochte.

Was kein Mensch wissen sollte. Und doch gab es so viele Dinge zu erfahren über die alte Welt.

Worte, ungesagt. Was Jener Tag gebracht und was er genommen hatte. All die Bücher – verbrannt, vom Wasser verschluckt, vom Sturm zerfetzt. Die Bücher, die danach übrig geblieben waren, wurden von den Überlebenden im Staub gefunden und verbrannt, um sich zu wärmen. Damals existierte nichts außer Stürmen und heulendem Wind, alles diente dem Überleben, auch die Bücher. Es gab Märchen, die man sich erzählte, Märchen von einigen Büchern, die angeblich irgendwo tief verborgen, in weiter Ferne erhalten geblieben sein sollten. Doch solche Märchen konnten nicht der Wahrheit entsprechen. Nicht an einem Ort wie diesem.

Das geschriebene Wort gehörte nicht in diese Welt.
Noch immer nicht, nicht für die meisten.
Noch immer nur für wenige Auserwählte.
Für sechs Menschen in jeder Nation.

Sechs hoch geachtete Persönlichkeiten, die das Gesetz der Natur und die sechs anderen Schriftrollen lasen. Sechs Persönlichkeiten, die das durften, was den anderen verboten war. Sechs Persönlichkeiten, die lasen und deren erstgeborene Söhne ihren Platz einnahmen, wenn sie das Zeitliche segneten.

Sein Vater gehörte zu jenen Auserwählten, Oberster Leser der gregorianischen Nation. Auch er gehörte dazu, der Lehrer war nicht als Einzelkämpfer auf die Welt gekommen. Doch wenn Gaia nach seinem Leben fragte, schwieg er. Sein Vater hatte nie nach ihm gesucht. Zu viele Sommer waren für eine Versöhnung ins Land gegangen.

Er hatte einen älteren Bruder gehabt, ein Zuhause, eine Stadt, in der er lebte. Der Lehrer war kein Kind der Wildnis.

Er hatte sich selbst heimlich das Schreiben und Lesen beigebracht, als sein Bruder Unterricht erhielt.

Stell dir das Entsetzen, den Schmerz eines Jungen vor, der zum Jugendlichen, zum jungen Mann wird und die Buchstaben nicht so aneinanderzureihen vermag, wie er das soll. Wenn er laut vorlas, ließ er Wörter aus, wenn er still las, geschah es zu langsam. Stell dir das Entsetzen, den Schmerz des jüngeren Bruders vor, der zum Jugendlichen, zum jungen Mann wird und so schnell lesen kann wie der alte, gelehrte Vater – der zu schreiben vermag, als ob er dazu geboren wäre. Obwohl er es nicht war.

Die Eifersucht ließ Blut fließen. Er verließ die Stadt und ging in eine, wo ihn niemand kannte. Der Gelehrte im Exil, von Traditionen verbannt. Wenn er doch nicht um sein Leben gekämpft hätte, wenn er doch anstelle seines Bruders gestorben wäre!

Aber das Schicksal der Mutantin mutete noch unglückseliger an als das seine.

In ihrer gemeinsamen Einsamkeit verwandelte er sie in eine Gebildete, in eine Wissende.

Was sonst konnte man jemandem mitgeben, der nicht in diese Welt gehörte?

Es klopfte leise an ihrer Tür. In seinen Händen die hölzerne Tafel mit den zarten Linien und Formen, gezeichnet mit farbigem Ton. Die Formen standen für verschiedene Buchstaben, die sie aussprechen sollte, wie ›a‹, ›b‹ oder ›c‹. Für manche war es nötig, Zunge und Rachen anders einzusetzen, wie für ›q‹ und ›r‹ und ›s‹. Der Lehrer wirkte fast genauso ängstlich wie damals, als er ihr die ersten Wörter beigebracht hatte. Der Zorn des Jägers, wenn er davon erfahren sollte, die Gefahr, die sich in seinem Neid barg. Trotzdem unterrichten. Pflichterfüllung stand vor der Angst.

Als sie lesen konnte, begann er mit dem Verfassen von Geschichten. Kurze Fabeln, die er sich ausdachte oder an die er sich aus seiner Kindheit erinnerte. Unfertige Fabeln, von denen er nicht wusste, wie sie endeten. Oft auch ohne richtige Anfänge. Gedankengänge aus einer anderen Zeit. Alle flüchtig, alle später ins Feuer geworfen, um sich daran zu wärmen. Alle Beweise in Brand gesetzt.

Trotz der Heimlichkeit, zu der sie sich verpflichtet hatte, wünschte sich Gaia manchmal des Jägers Gesicht zu sehen, wenn sie ihm eines Tages ihren Namen laut vorlesen würde. Jeden Buchstaben einzeln zu nennen und ihn dabei ein letztes Mal zu sehen, ehe sie sich auf ewig trennten. Ihn tief im Innersten zu treffen mit ihrem *»Ich weiß, wie, ich weiß, wie«*.

Kapitel sechs

Nebel verbarg die Berge. Die Bäume leicht verschleiert, ihre spitz zulaufenden Kronen durchs Grau brechend. Hier in Zentralneuamerika war das Wetter fast wie vor Jenem Tag. Man sah und spürte die Jahreszeiten, und der saubere Regen fiel reichlich. Je weiter man Richtung Süden vordrang, desto heißer wurde die Luft. Staub bedeckte den Boden. Von den ewigen Feuern qualmte steter Rauch in den Himmel. Je nördlicher man kam, desto eisiger kroch die Kälte in die Knochen. Zu kalt für die Menschen. Nur wenige Tiere vermochten solche Bedingungen zu ertragen. Das war alles, was vom Land übrig geblieben, was nicht vom Ozean und seinem Tal der Tränen verschlungen worden war.

Dort, in einer der tiefsten Senken der Berge von Idaho, stand die Hütte. Aus Eichenholz errichtet. Vom Feuer in der Nacht zuvor hing noch der Geruch nach Asche in der Luft.

Der Lehrer, der Jäger, die Mutantin. Alles wie immer.

Gerade erwachte die Mutantin in ihrer Kammer. Ihr Körper schmerzte, Schweiß klebte an ihrer Haut. Sie stand auf und lief leise nach draußen. Nebel hing in jeder Ecke, gefolgt von Schatten. Die Sonne würde sich heute wohl nicht zeigen. Sie begrüßte die Tiere und säuberte den Stall.

Als sie zur Hütte zurückging, sah sie ihn, wie er hinter einem Baum lauerte – nur einen kurzen Augenblick lang, ehe er sich zurückzog. Er wartete auf sie. Sie wusste, dass er es war, das hölzerne Schwert an seinem Gürtel hatte ihn verraten. Für ein Training war es noch früh, aber Kämpfe und Gefechte warteten nie auf den passenden Zeitpunkt.

Sie verlangsamte den Schritt.

Es war besser, nicht abzulehnen.

Gaia entfernte sich von der Hütte, wo sie ihn gesehen hatte. Sie wusste, dass er davongeeilt war, um ein anderes Versteck zu suchen. Langsam lief sie einen großen Kreis. Rechts von ihr raschelte es im Laub. Nur der Wind. Vom Baum vor ihr fiel ein Zweig herab. Aber er würde sie nie von vorne angreifen. Sie vermochte sogar seine lautlosen Schritte zu hören. Ein Ausholen von hinten, um sie zwischen den Schulterblättern zu treffen. Sie wirbelte herum, machte einen Satz rückwärts.

Er beobachtete, wie sein Schwert in den Boden fuhr. Warf ihr das ihre zu, das sie mit einem unterdrückten Keuchen auffing.

Wieder griff er sie an. Sie parierte, ihr Arm zitternd vor Anstrengung. Als er das vierte Mal ausholte, ließ sie schließlich zu, dass er sie traf. Dabei warf er jedes Mal einen Blick auf ihren Bauch, achtete darauf, dass er jenen Teil nicht verletzte, der seiner war. Morgen würden sich die Blutergüsse unter ihrer Haut ausbreiten.

Es war das Beste, sie anzunehmen. Das Beste, ihr Scheitern sichtbar zu machen. Sie wusste, dass sie nicht erneut versuchen sollte zu gewinnen. Die Folgen des letzten Mals trug sie noch immer mit sich.

Sie räumte die Übungsschwerter in den Schrank zurück. Spürte, wie sein Arm flüchtig über den ihren strich, als er nach seinen Waffen griff. Der Jäger. Fast berührte die Klinge seines Stahlschwerts ihre Haut. Er schob es in die Scheide, schulterte Bogen und Köcher mit Pfeilen. Aus dem Augenwinkel beobachtete sie, wie er zur Tür ging – der Mann, verantwortlich für den Frevel, der noch in ihr verborgen war.

Die Gequälte würde zur Quälenden werden –
lautet so nicht die Geschichte, die es zu erzählen gilt?
Licht wird es geben, vergiss das nicht.
Aber sie wird stets im Dunkeln beginnen und im Dunkeln enden.
So ist der Mutantin Schicksal.

Sie beobachtete ihn. Wusste, dass er gleich aufbrechen würde. Auf Patrouille gehen, um nach Anzeichen von Fremden, von Feuerstellen, nach menschlichen Hinweisen Ausschau zu halten.

Als er die Waffen verstaut hatte, verkündete er: »Heute Abend bin ich wieder da.«

Sie antwortete nicht. Sah durch das Fenster, wie er das Pferd aus dem Stall führte und aufstieg.

Der Jäger war nicht aus Scham ins Exil gegangen. Schwer kontrollierbar, ein Trinker, ein Vergewaltiger und Mörder, war er schon vor langer Zeit aus seinem Dorf verbannt worden.

Mit der Verbannung kommt auch Freiheit.

In der Wildnis war er nur noch ein Mann, seine Geschichte vergeben.

Sie wartete, bis sie den Widerhall der Hufe nicht mehr hörte. Dann ging sie mehrmals leicht in die Knie, schloss und öffnete Finger und Zehen – ein kaum sichtbarer Freudentanz. Als sie die Treppe hinauflief, traf sie auf den Lehrer.

»Zieh deinen Mantel an«, sagte er. »Komm mit.«

»Lesen wir heute?«

»Ja, das werden wir.«

Ihre Hand ruhte auf dem Geländer, der Ärmel verrutscht. Er nahm sie am Arm.

»Hast du heute bereits trainiert?«

»Ja.«

»Er schlägt dich zu oft. Zu oft hinterlässt er sein Zeichen.«

Sie sollte die Mutantin bleiben, wie er sie kannte. Sie sollte nicht verrotteter, unreiner und verdorbener werden, als sie es sowieso war. Sie sollte so bleiben, wie er sie sah, bar jeder Weiblichkeit, nur ein Kind, nur eine Mutantin. Gelehrt und unschuldig, den bösen Menschen der Welt nicht bekannt. Nicht geschlagen, nicht gebrochen, nicht für ihn, nicht für den Mann, der ihr beibrachte, was Gerechtigkeit war.

»Ich schlage zurück«, erwiderte sie.

Kapitel sieben

Sie gingen dorthin, wo die Bäume am dichtesten wuchsen.

Dahinter verlief der Fluss.

Es war der erste Winter ohne Schnee, an den sie sich erinnern konnte, ein stiller Morgen, zu kalt, als dass die Vögel sangen.

Sie bereiteten die Köder vor. Noch immer Fischer. Noch

immer Bauern. Stets Verbündete. Diese Morgen waren ruhig, das Land gut und wild, doch die Fischer planten mehr, als nur Tiere zu töten.

Er legte eine Decke um sie, als sie sich setzten. Seine Hände strichen dabei über ihre Schultern. Noch war sie die verwundete Beute.

»Erzähl mir, wer hier lebt«, sagte er.

Sie schloss die Augen, beim Lehrer ganz in sich ruhend. Mit dem Jäger konnte allein durch einen einzigen Blickwechsel so viel geschehen.

»Es ist die Heimat der Barsche«, antwortete sie. »Sie ruhen verborgen zwischen Steinen in der Tiefe des Wassers, sicher versteckt. In dieser Jahreszeit sind sie schläfrig. Nur wenige interessieren sich für die Köder.«

»Und was sagen wir, wenn wir unsere Beute erlegen?«

»Wir sagen: Wir danken dir, Erde, für die Gabe einer deiner Kreaturen.«

Um die Mittagszeit kehrten sie in die Hütte zurück. Drei Barsche galt es einzusalzen und zu trocknen. Danach gingen sie wieder nach draußen und machten sich auf die Suche nach Pilzen, Beeren und Kräutern. Langsam wanderte Gaia zwischen den Bäumen umher, ein Eimer an ihrem Arm baumelnd, das Rascheln und Knacken von Blättern und Zweigen unter ihren Stiefeln. Sie beobachtete den Lehrer, der mit gebeugtem Rücken, den Blick auf den Boden gerichtet, in ihrer Nähe suchte. Sie erkannte die Ehrhaftigkeit in der Breite seiner Schultern, im Profil seines Gesichts. Er würde ihr niemals etwas zuleide tun. Doch es war bereits zu spät, als dass er sie noch hätte retten können. Nur im Tod würde sie jetzt Trost finden, denn dort würde sie sich nicht mehr an ihn erinnern.

Ein leises Klopfen an ihrer Kammertür.
Licht fiel in den Raum, als er eintrat, ihr Lehrer.

Die Helligkeit hinter ihm ließ die Umrisse seiner Gestalt genau hervortreten. Die dunklen Falten seiner Kleidung durch die Flamme der Kerze, die sie bereits für ihn entzündet hatte, bräunlich gefärbt. Seine Miene war ausdruckslos, doch sie sah die vertraute Form seines Kopfes, den ein wenig schlurfenden Schritt. Durch die Fenster fiel das Licht der Dämmerung. Sie bat ihn einzutreten. Ihr bekleideter Körper war in eine Decke gehüllt. Der Bauch bedeckt, ihr Geheimnis sicher. Nur ein Kind, nur seine Schülerin.

Die hölzerne Tafel in der Hand, trat er zu ihr. Er setzte sich auf den Rand des Bettes. Legte die Tafel vor sie hin, wie eine Gabe. Und der Unterricht begann.

»Das Gesetz des Bleies«, las sie. »Jeder, der eine bleierne Waffe jeglicher Art, Form oder Größe zusammensetzt, herstellt, erfindet, verteilt oder handhabt, wird zum Tode verurteilt ... Jeder, der eine bleierne Waffe jeglicher Art, Form oder Größe in der Erde, auf dem Boden, der Scholle, dem Kies oder im Gewässer findet, wird zum Tode verurteilt ...«

Er hörte aufmerksam zu. Wenn es nötig war, korrigierte er sie bei der richtigen Betonung der verlorenen Sprache des geschriebenen Wortes. Es war am besten, wenn sie alles erfuhr. Es war am besten, wenn sie das Gesetz einer Welt kannte, die jemanden wie sie am liebsten tot gesehen hätte.

Als die Sonne unterging, verließ er leise ihr Zimmer. Die

Worte verhallt, der Raum leer. An ihren Händen hing noch der Geruch des Tons. Das Licht des aufgehenden Mondes fiel auf ihre gerissene Haut voller Blasen. Vollmond. Ein Hinweis auf Bevorstehendes. Etwas mehr als vier Vollmonde seit ihrer letzten Blutung.

Er würde bald nach Hause kommen.
War sie dazu in der Lage? Konnte sie den Mann töten, an den sie gebunden war?
Konnte sie einen Mann töten, an den sie durch Blut, Leid, Gefangenschaft gebunden war?
Alles ruchlos. Seine Taten würden dennoch zurückbleiben.
Sein Nachwuchs in ihren Armen,
seine Augen in einem neugeborenen Gesicht würden noch immer ihren Blick erwidern.

1.
Gesetz des Bleies

Jeder, der eine bleierne Waffe jeglicher Art, Form oder Größe zusammensetzt, herstellt, erfindet, verteilt oder handhabt, wird zum Tode verurteilt werden. Jeder, der eine bleierne Waffe jeglicher Art, Form oder Größe in jeglicher Art von Erdreich, auf dem Boden, der Scholle, im Kies oder im Gewässer findet, wird zum Tode verurteilt werden. Jeder, der eine bleierne Waffe jeglicher Art, Form oder Größe in jeglicher Art von Erdreich, auf dem Boden, der Scholle, im Kies oder im Gewässer findet und nicht den Behörden seines Stammes, Clans, seiner Nation, Familie, Sippe oder den Behörden jeglicher anderer Art von gesellschaftlicher Ordnung, in der er lebt, übergibt, wird zum Tode verurteilt werden. Jeder, der eine bleierne Waffe jeglicher Art, Form oder Größe auf jegliches Lebewesen dieser Erde, ob tot oder lebendig, abfeuert, sie gegen dieses benutzt, auf irgendeine Weise verwertet oder verschenkt, wird zum Tode verurteilt werden. Nach dem Gesetz der Natur müssen die Behörden eines Stammes, Clans, einer Nation, einer Familie, Sippe oder jeglicher anderen Art von gesellschaftlicher Ordnung diese Waffe noch am Tag des Erhaltes zerstören. So lautet das Gesetz der Natur.

Kapitel acht

Sie rieb in der Badekammer Stein auf Feuerstein. Entzündete die Kerzen – und es ward Licht.

Sie kochte Wasser auf dem Holzofen und lief dann mehrmals die Treppe hoch und hinunter, um die Wanne zu füllen. Ein Fenster war angelehnt. Stück um Stück entkleidete sie sich, bis ihre bloßen Rundungen im halbdunklen Raum schimmerten. Sie hatte noch nie den Körper einer anderen Frau gesehen, untersuchte ihren eigenen jedoch seit Jahren genau. Im schwachen Licht der Kerzen sah sie jeden Fleck und jedes Haar. Kraftvolle Beine mit sichtbaren Muskeln. Schlanke Fesseln und Füße, durch dicke Hornhaut abgefedert. Zwei bescheidene Erhöhungen zeichneten sich auf ihrer Brust ab, Erhöhungen, die langsam größer wurden. Es war ihr wichtig, sich nach Zecken, nach Insektenbissen abzusuchen und dabei auch festzustellen, ob sie stärker geworden war. Sie suchte nach Hinweisen, die ihr zeigten, wie hart sie für ihr Überleben arbeitete. Selten, vielleicht einmal in jeder Jahreszeit, betrachteten der Jäger und der Lehrer ihre Hände. Wenn die furchtbare Haut auf andere Körperteile übergreifen würde, bestünde die Gefahr, dass die Strahlung in ihrem Blut eine weitreichende Krankheit auslösen könnte. Bisher waren ihre Hände unverändert. So verunstaltet sie auch sein mochten, sie wurden nicht schlimmer.

Sie schob einen Stuhl unter den Türknauf. Heißer Dampf stieg wie zarte Blüten in die Luft. Es war eine Erleichterung, als das kochende Wasser schließlich in die Poren ihrer Hände drang.

In der Dunkelheit sahen sie nicht so monströs aus.

Die Blasen nicht auffallend, solange man sie nicht berührte, und die Röte der rohen Haut nicht sichtbar, solange man sie nicht ins Licht hielt.

Unter Wasser strich sie über ihren Körper.

Die Blutergüsse, die sich allmählich dunkler färbten.

Ihr geschwollener Bauch war inzwischen groß genug, um in ihren Handflächen zu ruhen, jedoch noch klein genug, um unter den Schichten ihrer Kleidung zu verschwinden. Hier im Wasser war die Schwellung nicht mehr zu leugnen.

Sie wusch sich und stand auf. Das Wasser tropfte von ihr ab. Ihr Körper wurde langsam zu einem anderen. Das Herz schlug in ihrer Brust. Sie stieg aus der Wanne und trocknete sich. Zitternd rasierte sie sich die Seite ihres Schädels, flocht ihr Haar neu und blies dann die Kerzen aus.

Unten ging die Haustür auf, fiel laut ins Schloss. Seine schweren Schritte. Ein knapper Gruß zwischen den Männern. Eine Meldung von draußen.

Er würde sie gleich rufen.

Sie wusste, dass er sie rufen würde, damit sie ihn empfing. In der Dunkelheit tastete sie nach dem Glasbehältnis mit Tierfett, das der Lehrer für sie zubereitet hatte. Sie rieb sich damit die Hände ein, damit ihre Haut weniger Risse bekam und sich seltener schälte. Wieder in ihrer Kammer, zog sie eilig ihr Nachthemd an. Darüber einen wollenen

Pullover und eine dicke Jacke. Ihre Hände wurden nun wieder von den Handschuhen bedeckt. Ihre Wangen leuchteten noch rötlich von der Wärme des Wassers, und ihr schwarzer Zopf schimmerte im Nacken.

Einmal, als sie noch Kind war und von den beschützenden Armen des Lehrers durch die Wildnis getragen wurde, trafen sie auf einem ihrer Wege unerwartet auf einen Fremden. Wie sie durchwanderte er das Land. Der Fremde musterte das Kind neugierig, während der Lehrer versuchte, es vor seinen Blicken zu schützen. Doch der andere hatte gesehen. Als klar wurde, dass sich beide Männer auf dem Weg ins Exil befanden, versprach der Fremde, niemandem von der Existenz des Mutantenkindes zu erzählen. Die Bedingung: Er würde bei ihnen bleiben.

Sie schlüpfte in ihre Hausschuhe, ging die Treppe hinunter und stieß auf halbem Weg beinahe mit ihm zusammen. Mit dem Fremden von damals, dem Jäger.

Er trug noch seinen Mantel. Er war schmutzig. Fett und Dreck. Seine dichten Augenbrauen schimmerten vor Schweiß, seine spitze Nase erinnerte an einen furchtbaren Schnabel. Schlaflos, gesetzlos, lieblos. Falten und Flecken auf seinem Gesicht, die früher nicht da gewesen waren. Seine Niederträchtigkeit hatte ihn altern lassen. Er betrachtete sie. Schlang seine Arme um sie, und ihre Lungen wurden in ihrer Brust zusammengepresst, so stark drückten seine Glieder. Er roch nach allem, was schrecklich war, und sie versuchte, den Atem anzuhalten. Sie dachte: *Das ist der Jäger. Das ist sein Geruch. Das ist sein abstoßender Geruch.* Sein Geruch und der ihre hatten sich schon früher miteinander vermischt. Sie lebten gemeinsam in der Hütte.

Gaia würde für immer seinen Geruch mit sich tragen, wenn auch irgendwann nur noch als Hauch. Bis sie starb.

Er schob sie von sich und musterte sie erneut. Dann senkte er den Arm. Sie spürte, wie sich seine Hand ausstreckte und langsam auf ihren Bauch legte.

»Alles wird gut für uns«, flüsterte er.

»Nach dem Gesetz der Natur bist du genauso verdammt wie ich«, erwiderte sie leise.

»Nach dem Gesetz der Natur wärst du schon lange tot«, entgegnete er. »Wenn ich dich nicht gerettet hätte.«

»Nicht du. Der Lehrer hat mich gerettet.«

Er kniff die Augen zusammen. Klopfte ihr auf die Schulter und ging dann die Treppe weiter hinauf in die Badekammer.

Der Lehrer stand am Fußende der Treppe und beobachtete sie ruhig. Sie erstarrte.

Hatte er sie gehört?

Sie spürte, wie sich ihr Magen verkrampfte. Sie wusste, dass er sie mit dem Jäger auf eine Weise erlebt hatte, die man als intim verstehen konnte. Sein Blick folgte ihr, während sie die Stufen herabkam. Sie spürte ihn noch deutlich im Rücken, als sie begann, den Eingang zu fegen, der von den Stiefeln des Jägers schmutzig geworden war.

Kapitel neun

Wiederkehr des Frühlings! Sieh das Schimmern überall,
dass du wünschtest, nie den Gesang der Vögel vergessen zu haben.
Ein Hauch von Farbe, wo sich lange keine zeigte,
die erwachenden Tiere, erwachend Beute und Beutegreifer.
Das Leben kehrt zurück, mit all seinen Gefahren.
Die Morgen wieder sanfter auf der Haut,
die Nächte noch kalt. Allmählich dringt die Wärme vor,
hier, wo es noch Jahreszeiten gibt.

Doch da war auch der Norden. Das gefrorene Land, das langsame Schmelzen des Eises, als ob die verlorene Welt darunter verführt werden sollte, endlich zurückzukehren. Nur Wassertropfen, niemals Wellen. Nur ein Plätschern, niemals eine Flut. Die Ozeane, die früher einmal flossen, lagen jetzt still und starr.

Und da war der Süden. Das Land der Sandstürme, die über die Überreste der Städte und Dörfer hinwegfegten. An den Kadavern dessen kratzten, was einmal war, an Blöcken, die einmal Bausteine und mit der Zeit zu Kieseln geworden waren. Wüstenpflanzen, die den Tod überwucherten, deren Wurzeln noch nicht von den Winden hinweggerissen wurden. Asche und Ruß, alles Lebenszerstörerische. Nur ein heulender Wind, der den Staub im Frühling willkommen hieß.

In einigen Tagen würde sich der Sandsturm legen. Keiner in Neuamerika wusste von seiner Existenz, so wie auch niemand von den Schneestürmen im Norden wusste. Keiner in Neuamerika wusste, was jenseits des Ozeans auf jenen Flecken lag, die früher einmal die Landmasse ihnen gegenüber gebildet hatten. Das Meer war zu wild, um es zu überqueren. Zu gnadenlos mit seinen grausamen Wellen, die jedes Schiff zerschmetterten, das sich dennoch hinauswagte.

Wie herzzerreißend würde es für die Menschen im Westen sein, von jenen im Osten zu erfahren und zu wissen, dass sie niemals zueinanderkommen konnten. Nicht in der Lage zu sein, die Unbekannten zu begrüßen, diejenigen, die sie verloren geglaubt hatten, sie zu umarmen, wie man lange verlorene Brüder umarmt. Woran hatten sie festgehalten in dieser neuen Epoche, und was hatten sie aufgegeben? Was war dort vergessen worden, was hier erfunden? Gesegnet sind die Unwissenden, denn ihnen wird niemals jenes fehlen, von dem sie nicht einmal ahnen, dass es ihnen fehlen könnte.

Es gab schlichtweg keine Welt jenseits der Küsten.

Kapitel zehn

Der Morgen brach früh an. Ein wolkenloser Himmel, doch gegen Abend würde ein Sturm aufkommen. Sie schnürte ihre Stiefel und verließ die Hütte. Ihre Tiere warteten auf sie.

Gleich würde sie zu ihnen eilen, doch noch war sie verhindert. Noch ging es nicht, denn sie war nicht allein. Ein schwarzer Bär stand in der Ferne und beobachtete sie. Riesig, dunkel, bedrohlich, dieser Gegend nicht unbekannt.

Der Bär war schon früher vorbeigekommen, zusammen mit seinem Jungen. Eine grausame Begegnung. Dem Jäger war nichts anderes übrig geblieben, als ins Innere der Hütte zu fliehen. Es gab nur einen Armbrustbolzen abzuschießen – einen Bolzenschuss, den das Junge nicht überlebte. Die Mutter kratzte tagelang an den Wänden der Hütte, tagelang.

Das einsame Tier stand auf allen vieren da und beobachtete sie. Die Schnauze hochgereckt. Die Tür hinter Gaia war noch offen. Eine Mutter, die zurückkehrte, um Rache zu üben. Eine nichtsahnende Mutantin, ein trauerndes Raubtier. Wer außer einem vom Glück Geküssten überlebte den Zorn des Königs der Wälder?

Sie hatten bereits einmal Glück gehabt.

Gaia würde den perfekten, schuldlosen Tod wählen. Dann lag es nicht an ihr, sondern an der Wildnis, dass der Jäger sein Kind niemals in den Armen halten konnte.

Ein letzter Blick zu ihrem Kammerfenster hinauf. Dort, wo sie das geschriebene Wort gelernt hatte. Der Lehrer und seine Güte.

Sie trat einen Schritt nach vorn. In ihrem Inneren brodelte es. Bald würden die Organe zerfetzt sein. Ein fernes, tierisches Knurren. Ein tiefer Atemzug, das Schließen der Augen, ein rasches Zerren an ihren Gliedern. Wo blieben die scharfen Klauen? Als sie die Augen öffnete, sah sie, wie man sie ins Innere der Hütte trug. Die Tür fiel hinter ihnen ins Schloss. Er lud sie auf dem Boden ab. Gerade als sie sich beschämt zusammenkauern wollte, packte er sie an der Schulter und zwang sie, ihn anzusehen.

»Ich überlege mir bereits einen Namen für unser Kind. Für unseren Sohn.«

»Du?«, flüsterte sie und starrte in die Augen ihres Retters.

»Ja«, sagte der Jäger. »Ich war es. Ist es Scham, die du fühlst? Ist es Schuld? Weil du weißt, dass du nicht nur das eigene Leben, sondern auch das eines Unschuldigen beenden wolltest?«

»Bin ich nicht auch unschuldig?«

»Du? Du bist eine Mutantin …«

»Und wenn das Kind ein Mutant ist?«

Über ihnen rumpelte es. Als sie hörten, wie die Kammertür des Lehrers zuging, zog der Jäger Gaia rasch auf die Füße. Der Lehrer kam die Treppe herab. Sie rannte zu ihm und schlang die Arme um ihn. Seine Berührung hatte nichts Böses. Er war gut. Sanft hob er ihr Kinn und blickte ihr in die Augen, um zu verstehen, was sie quälte. Noch war er selig unwissend.

»Hast du wieder deine Beherrschung verloren?«, fragte er den Jäger.

»Der schwarze Bär hat sie besucht.«

»Wo ist er?«

Der Jäger schaute durchs Fenster. »Verschwunden.«

Der Lehrer öffnete den Waffenschrank. »Lass uns sicherstellen, dass es unseren Tieren gut geht.«

Gaia nickte. Ihm waren dieselben Dinge wichtig wie ihr. Für sie würde er immer der Gerechte sein.

Kapitel elf

Zwei Reisende wanderten durch den Wald. Sie löschten das Feuer, das sie am Abend zuvor entzündet hatten. Sieh doch, wie sie schreiten, wie sie laufen – zwei Reisende, die wissen, wie man in der Wildnis ebenso wie unter Menschen überlebt. Ihnen wollen wir einen Augenblick lang unsere Aufmerksamkeit zuwenden. Auf der Brust unter ihrer gepanzerten Kleidung trugen sie das Zeichen einer großen, mächtigen Nation. Deren Länder groß waren, doch noch nicht groß genug.

Es waren Nationenmänner.

Mit leisen Stimmen und in einer Zunge, die der Wald nicht kannte – in diesem Teil der Welt hatte seit Langem kein Mensch gesprochen –, sprach der eine zum anderen: »Lass kein einziges Stückchen glühende Asche zurück.«

Der Ältere der beiden war kahlköpfig und hatte ein vernarbtes Gesicht. Sein linkes Auge trug die Spuren eines Messerkampfes. Er würde die Reise überleben. Für den Moment hatte er den Helm abgesetzt, sodass man seine niedrige, breite Stirn sehen konnte. Sein Begleiter war jünger, obgleich auch seine Haut durch viele Schlachten alt wirkte. Sie trugen Schwerter, Messer, Bögen und Pfeile mit sich, sie waren auf Pferden hierher gelangt. Sie waren nicht böse. Ihre Motive waren nicht hinterhältig. Sie taten, was man ihnen auftrug. Sie gehörten zu jenen Gruppen, die man nach Norden, Süden, Osten und Westen ausgesandt hatte, um dort nach Spionen, Feinden und möglichen neuen Eroberungen Ausschau zu halten. Sie würden für ihre Nation kämpfen, wenn es nötig sein sollte. Sie würden auch für ihre Nation sterben. Sie waren Krieger.

Sie hatten sich vor längerer Zeit auf den Weg gemacht. Und schon bald würden sie feststellen, dass es nicht umsonst geschehen war.

Alles war still und ruhig. Doch die Zeit verging mit jedem stechenden Schmerz, den sie in sich spürte. Fieberschübe schüttelten sie immer wieder. Etwas in ihrem Inneren brodelte. Es wartete darauf, sich zu zeigen, ihr Blut in Besitz zu nehmen, ihren Körper als sein Heim zu benutzen, ehe dieser ihn freigeben würde.

Sie schrubbte den Boden, als er nach ihr rief. Er, dem sie immer gehorchen würde. Sie ließ den Schwamm in den Eimer fallen und stieg in den Keller hinab. Dort hinunter, wo nur das gelbe Licht einer Kerze flackerte. Eine Stufe nach der anderen. Er stand am Fußende der Treppe, ein Messer in der Hand, dessen Spitze auf das getrocknete Leder zeigte, das an einem Haken hing. Sie wusste Bescheid. Ihre Kommunikation funktionierte auch ohne Worte. Es war nichts, was man ihr jeweils wegnehmen konnte. Wortlos reichte er ihr das Messer. Sie schnitt zwei Lederstücke ab.

Ihre anderen Pflichten vergessend, saß sie danach auf dem Boden des Wohnzimmers und nähte ihr neues Paar Handschuhe. Die alten hatte sie ausgezogen. Sie hatten sie lange begleitet. Sie hatte sie getragen, als sie dieses Leben begonnen hatte. Als sie die Handschuhe das erste Mal angezogen hatte, war ihr zum Weinen zumute gewesen. Jetzt weinte sie nicht mehr. Schweigend ließ sie das neue Paar schließlich über die Finger gleiten und die Handgelenke bedecken.

Mit ihnen würde weitere Leben ausgelöscht.

Das Nähen hatte Stunden in höchster Konzentration gedauert und sie von ihren anderen Aufgaben abgehalten. Hastig beendete sie jetzt das Putzen und Einsammeln der schmutzigen Wäsche in der Hütte. Als sie die Tür zu ihrer Kammer aufstieß, sah sie, dass der Wäschekorb umgestürzt war. Ihre schmutzigen Kleidungsstücke lagen auf dem Boden. Der Jäger kniete in der Mitte. Eine seltsame Geste der Unterwerfung. Sie hatte noch nie auf ihn herabgeblickt. Hastig schloss sie die Tür, da sie befürchtete, der Lehrer könnte sie so vorfinden.

Sie sah, wie der Jäger verzweifelt den Kopf schüttelte. In seiner Hand hielt er das fleckige Handtuch, mit dem sie ihre blutigen Hände abgewischt hatte.

»Ist es wahr?«, murmelte er. Seine Stimme klang so, als ob er geweint hätte. »Hast du nun geblutet?«

»Ich …«

»Bist du nun guter Hoffnung oder nicht?«

Oh, wie sehr er sich wünschte, ein gänzlich anderes Leben geführt zu haben! Sich von dem zu befreien, was er war! Sie verstand es jetzt, all das Vertrauen, das er in sie setzte, wie er sich blindlings auf die Hoffnung auf ein neues Leben stürzte. Dass sie nicht nur sein Kind gebar, sondern dabei auch eine neue Gestalt seines Selbst. Damit er seine böse Seite vergessen konnte!

»Bist du nun guter Hoffnung oder nicht?«

Sie warf den Stapel Betttücher beiseite, den sie in den Armen trug. Trat näher zu ihm. Mit flehenden Augen blickte er zu ihr auf. »Hast du nicht die schreckliche Wölbung meines Bauchs gespürt?«, fauchte sie ihn an, während sie unsanft seine Hände auf ihren Bauch legte. »Hast du nicht gespürt, was sich in mir zusammenbraut? Er wird es herausfinden. Er wird dich bestrafen …«

»Dann geh doch zu ihm und sag es ihm, Mutantin … Wag es doch.«

»Du willst ihn töten«, gab sie leise zurück.

»In diesem Haus ist kein Platz für vier.«

Sie stieß seine Hände fort. »Das würdest du nicht wagen … Ich bringe dich um, wenn du es auch nur versuchst …«

Er hielt sie am Handgelenk fest. »Du? Du kannst mich nicht töten … Ich habe dir jeden Hieb, jeden Schlag, jeden Sprung beigebracht. Jeden Trick, den du einsetzen könntest, hast du von mir. Deine Bewegungen werden dich verraten, denn es sind die meinen.«

Er stand auf und sah sie an. Gaia trat einen Schritt zurück. Er öffnete den Mund, als ob er noch etwas sagen wollte. Doch in diesem Moment klingelte draußen die Glocke zur Tierweide.

Er erstarrte. Gaia zuckte zusammen.

Der Lehrer befand sich noch unten im Keller. Alles war eigentlich so, wie es sein sollte. Der Jäger warf einen Blick aus dem Fenster und stürzte los.

»Wir sind nicht allein!«, rief er, während er die Treppe hinunterrannte.

Sie hörte Schritte auf Holz – der Lehrer hastete aus dem Keller nach oben. Etwas fiel herab und zerschlug auf dem Boden. Schränke wurden aufgerissen und wieder geschlossen. Sie bereiteten ihre Waffen vor. In seltenen Augenblicken wie diesem musste sich Gaia verstecken. Dann war die

Stille der Wildnis nicht mehr genug, und die Hütte konnte nicht mehr als Versteck dienen. Sie schaute aus dem Fenster.

Ein gesatteltes Pferd, das nicht ihr eigenes war, wartete am Zaun zur Weide. Doch sie sah auch zwei Menschen; sie hatten offenbar unterwegs ein Pferd verloren. Gaia beobachtete, wie einer der Männer ihr geliebtes Pferd vom Feld führte. Es trug bereits Sattel und Zaumzeug. Der Mann hatte seinen Helm abgenommen, um das Tier nicht zu beunruhigen. Langsam verließ er die Weide und schloss das Gatter hinter sich. Erneut ertönte die kleine Glocke.

Der zweite Mann stand neben seinem eigenen Pferd. Die beiden machten sich bereit weiterzureiten, zogen aber auch ihre Waffen. Offenbar wollten sie noch etwas erledigen. Sie hatten eine lange Strecke zurückgelegt, diese Nationenmänner. Sie waren nicht nur eines Pferdes wegen gekommen. Wo es solches Leben gab, gab es auch Menschen. Gab es auch Beute.

Gaia konnte die beiden Fremden sehen.
Schau hin und sieh, wie langsam die Reue aufsteigt.
Schreib es dir auf, um es nicht zu vergessen:
Es wird der Tag kommen, an dem der Lehrer sagen wird:
»Wir hätten in der Hütte bleiben sollen.«
Und sie wird antworten: *»Ja, wir hätten in der Hütte bleiben sollen.«*
Ach, hätte die Mutantin doch damals gewusst, was sie später wusste – damals,
als sie die Handschuhe auszog.
Ihre Klauen, für alle sichtbar, wenn sie ihr Leben in der Wildnis verwirkt haben würde.

Die Knöchel an der Fensterscheibe.
Dreimal klopfen, um zu bekennen, wer sie war.
Dreimal klopfen, damit die Männer Bescheid wussten.

Sie hoben die Köpfe, sie sahen sie an. Sie winkte mit ihren Mutantenhänden, die linke Seite ihres monströsen Kopfes dem hellen Licht des Tages zugewandt. Blitzartig stürzte einer der beiden zu Boden, rang nach Luft. Ein Pfeil in seinem Hals. Mit freundlichen Grüßen vom Jäger.

Gaias Pferd brach durch den Tumult in Panik aus und stürmte durch die Bäume außer Sichtweite. Das zweite Pferd galoppierte mit dem anderen Mann auf dem Rücken davon. Sie flohen. Flohen in die Welt des Mannes zurück. Der Helm saß wieder auf seinem Kopf, als er einen Blick nach hinten warf, um zu sehen, wer ihm folgte. Pfeile prallten an seiner Rüstung ab, einer drang durch einen Schlitz in die Haut zwischen Achsel und Schulter. Gaia sah den Jäger und den Lehrer aus der Hütte stürmen. Ohne eine Chance, dem Nationenmann weiter zu folgen, blieb der Lehrer bald stehen. Der Jäger hingegen rannte verzweifelt hinter dem Eindringling her, brüllte ihm Obszönitäten und mörderische Drohungen nach, während dieser davonritt. Trotz seiner Wunde vermochte er das Pferd zu lenken. Er lebte, und er würde nicht alleine zurückkehren.

Wieder Stille. Der Jäger stolperte zur Hütte und schleuderte seine Armbrust auf den Boden. Nichts als ein Leichnam war zurückgeblieben. Gaia warf hastig ihren Mantel über und rannte nach draußen, um den Toten zu begutachten. Doch der Lehrer hielt sie am Arm fest. Er wollte nicht, dass sie ihn sah.

»Aber er ist tot!«, sagte Gaia.

»Wir spielen nicht mit Toten«, fauchte der Lehrer.

»Wie konntest du nur? Ich hab dich gehört. Ich hab dich gehört! Du hast ans Fenster geklopft. Du hast sie gewarnt. Sie hat sie *gewarnt*!«, wütete der Jäger. Baute sich drohend vor ihr auf. Sein Finger knapp vor ihrem Gesicht. Dieser menschliche Finger, voller Schwielen, schmutzig von körperlicher Arbeit und dennoch menschlich, dennoch all das, was sie nicht war. Der Blick des Verrats. Der Lehrer trat vor sie. Sie beugte sich zur Seite, um den Leichnam zu betrachten. Der Himmel glitzerte in den Augen des Mannes. Wie fantastisch anders sein Gesicht, sein Kopf, seine Schultern waren im Vergleich zu den Männern, mit denen sie zusammenlebte – und doch: Wie ähnlich! Frisches menschliches Blut schimmerte im Tageslicht. Freier, als sie jemals sein würde. Für den Überlebenden, der entkommen war, gab es noch Hoffnung.

»Ich habe nichts gehört«, sagte der Lehrer gelassen und trat zum Toten.

Er kniete sich nieder und musterte die Linien, die auf dessen Hals tätowiert waren. Zwölf Linien, zwölf Schlachten. Nur bei denjenigen, die in zivilisierten Nationen lebten, gab es solche Rituale. Sie sollten Treue, Ordnung und Rang zwischen den Kriegern herstellen. Der Lehrer öffnete die Rüstung des Mannes und zog seinen Mantel herunter. Das Zeichen, das unterhalb seines Schlüsselbeins auf der linken Seite der Brust direkt über dem Herzen eintätowiert war, wies ihn jener Nation zu, der er angehört hatte.

»Ein Gregorianer«, sagte der Lehrer. »Nur wenige Tage und sie werden zurückkehren.«

»Hast du gehört, Gaia?«, fragte der Jäger. »Sie werden mit mehr Leuten zurückkehren und dich einfangen. Sie werden in einem Kreis stehen und dich abfackeln wie ein Stück Holz. Klingt das verlockend?«

Warum sonst hatte sie ans Fenster geklopft?

Ihr Ende nahte.

Wie wunderbar sich das Wissen anfühlte, dass der Jäger sein Kind niemals in den Armen halten würde.

Kapitel zwölf

Abfall und Überreste wie Ungeziefer durchwühlend, war der Stamm von Gregor Nicola vor Generationen rein zufällig entstanden. Eine Handvoll miteinander verbundener Familien folgte dem Weg ins Nirgendwo, blindlings beständig vorwärtsstolpernd. Diejenigen, die sich ihnen anschlossen, entkamen so ihrer unbekannten Vergangenheit. Der Vergangenheit eines besiegten Heldenmuts, deren Wunden nicht heilen konnten, weil es keine Hoffnung auf eine Zukunft in Einsamkeit gab. Von Sicherheit war kaum zu sprechen. Die Hunde blieben wild, die Kinder ungewaschen. Stumm vor sich hinstarrend, aß man gemeinsam sein Essen am Feuer. Niemand erwähnte Jenen Tag auch nur mit einem Wort. Wie Nomaden streiften sie durch Neuamerika und fanden allmählich Gegenden, die nicht unter Wasser standen, die nicht rußverschmiert waren und noch schwelten, sondern die sich in fruchtbare Felder verwandeln ließen. Wo das Leben wieder aufblühen konnte.

Man nennt sie die Erste Generation.

Gregor, der Stärkste unter ihnen, war der Erste, der gegen die Verzweiflung und die Trauer anzukämpfen begann. Er fing an, in den skelettartigen Ruinen der Städte Zuflucht zu suchen und Häuser zu bauen.

Das Pflanzen von Getreide, das Pflanzen von Leben. Er war es, der sie in eine neue Zivilisation führte, zurück zu jenen Sitten der Menschen, wie sie geherrscht hatten, ehe die Moderne gekommen und wieder gegangen war. Nie wieder.

Die Männer jagten, die Frauen brachten Kinder zur Welt und wenn sie sich als stark genug erwiesen, bildete man sie zu kämpfenden Maiden aus.

Sie hielten Tiere, die sich zum Züchten eigneten. Diejenigen, die man essen konnte, wurden samt Knochen, Haut und Fell verwertet. Sie entdeckten und sammelten Pflanzen und Kräuter. Wasser fanden sie im Boden oder in alten Brunnen, über die sie zufällig stolperten. Fremde, die ihnen begegneten, schlossen sich ihnen entweder an oder bekämpften sie bis zum Tod. Diejenigen, die ihnen über den Weg liefen, waren meist verstümmelt, jung oder alt. Oft verdächtigte man sie, Krankheiten, Hungersnot und Unglück zu bringen, weshalb man die meisten der Erde opferte.

Nie wieder.

Und so begann der Aufbau der Stämme.

Es war Gregor, der das Gesetz der Natur einführte.

Die Gesetze entstanden über die Jahre, mündlich weitergetragen und im ganzen Land verbreitet. Allmählich bestimmten sie die neue Art des menschlichen Zusammenlebens. Später, als die wilden Geächteten aufkamen, folgten auch diese einigen, obgleich nicht allen Gesetzen. Ein Hauch von Ehre, ein Hauch von Menschlichkeit.

Es war Gregor, der mit dem Graben der Minen begann. Die Erde gab ihnen Silber, Kupfer und Gold, Edelmetalle, mit denen sie eine Währung prägten.

Schon lange war Gregor gestorben. Sein Stamm wurde jedoch der größte, bekannt dafür, als Erster die Zivilisation wiedereingeführt zu haben. Die Gregorianer besiedelten Teile von Idaho, Nevada, Utah und Wyoming. Eine der vier großen Nationen. Die zweitgrößte, die Calistoniten, waren ihre spannungsreichen Verbündeten. Jahre des Krieges und der Waffenstillstände, oft gebrochen, oft erneuert. Ihr Gebiet erstreckte sich über Wyoming, Kansas, Nebraska und Iowa. Das arinische Volk hingegen – die Ariner – lebte in Iowa, Illinois, Indiana. Die Franciskaner wiederum in Nord- und Süd-Carolina.

Verdammt war die Mutantin, die sie alle kennenlernen würde.

Kapitel dreizehn

Gaia strich mit dem Finger über die wettergegerbte Haut des gregorianischen Kriegers. Sie hatte nun doch die Erlaubnis erhalten, ihn näher zu betrachten, ehe er begraben wurde.

Die zwölf Tätowierungsstriche an seinem Hals, an die zwölf Schlachten erinnernd, hatten eine tiefblaue Farbe. Das Zeichen unter seinem Schlüsselbein zeigte eine Cutthroat-Forelle unterhalb eines Bogens, ein wenig verlaufen durch die ständige Reibung von Stoff auf Haut. Sein Gesicht war durch die häufige Sonneneinstrahlung stark gerötet. Der Mund stand offen, das ausgetretene Blut zeigte sich dunkel, getrocknet. Auch sein Schweiß war nicht mehr feucht, obgleich sie ihn noch riechen konnte. Der Geruch der Menschen.

Sie sah zum Lehrer auf und nickte. Dann beobachtete sie, wie er und der Jäger dem Toten die Waffen abnahmen, die Kleidung auszogen und ihn in die Grube hinabließen, die sie zuvor ausgehoben hatten.

Gaia musste danach im Inneren der Hütte bleiben, neben dem Waffenschrank. Sie schärfte jede Waffe, die sie besaßen. Der Jäger und der Lehrer fertigten währenddessen zwischen den Bäumen neue Pfeile an. Die Mutantin zitterte. Ihr Herz schlug bis zum Hals, ihr Magen krampfte sich zusammen, und aus jeder Pore trat Schweiß. Ein Warten auf den Tod. Angst und Sehnsucht zugleich. Sie drückte die Spitze eines Speers gegen ihre Haut, um seine Schärfe zu spüren. Im Licht der Sonne schimmerte das Metall wie neu geschlagen.

Sie stand auf, um den Speer wegzuräumen, als ihr Blick durch das Fenster nach draußen fiel. Er hatte ihr den Rücken zugekehrt und schnitzte in einiger Entfernung. Ahnungslos, unwissend. Hätte das Fenster offen gestanden, wäre es für sie ein Leichtes gewesen, ihn zu treffen. Ihre Finger krampften sich zusammen. Sogar ihre Beine brachten sich wie von selbst in Position. Zum Angriff.

Gaia sah, wie er den Kopf wandte und sie finster anstarrte. Als ob er Bescheid wüsste.

Nachdem sie den Speer an seinen Platz geräumt hatte, ging sie zu den beiden nach draußen.

»Bleib in der Hütte«, befahl der Jäger.

»Sie kann sich auch hier nützlich machen«, widersprach der Lehrer.

Er reichte ihr ein Schnitzmesser. Wortlos setzte sie sich auf einen Baumstumpf.

Die spürbare Bedrohung, dieser Jägerblick. Sie, die Verräterin. Er würde sie bestrafen. Das tat er immer, denn sie war seine Beute. Sie war auch seine Schülerin, dazu ausgebildet, jeden zu töten. Jeden außer ihn. Wie würde es sein? Ein Angriff auf ihre Ehre? Den hatte es schon gegeben. Die Ermordung des Lehrers? Bereits morgen könnte er schon nicht mehr am Leben sein.

Abrupt spannten sich ihre Schultern an. Sie richtete sich auf. Es waren keine Vögel mehr zu hören. Gaia hielt den Atem an. Sie spürte, dass jemand oder etwas leise auf sie zukam. Oder auf die Männer. Es war kaum ein Laut zu hören. Die Äste der Bäume schwangen sanft hin und her. Wellen rollten mit einer Leichtigkeit zwischen ihnen hindurch, die auch Gaia nicht wahrnahm. Zwischen den Bäumen in der Ferne bewegte sich etwas Schweres. Sie stand auf.

Sie sagte: »Da ist etwas.«

»Ich sehe nichts«, entgegnete der Jäger.

Der Lehrer hielt inne und sah sich um.

In der Ferne raschelte Laub. Jetzt hatten es alle drei gehört. Sie hoben die Waffen. Die dunkle Gestalt eines Pferdes – ihres Pferdes – zeigte sich. Es kehrte zurück. Allein und unverletzt. Das Tier wusste, dass es hier zu Hause war.

Sie trat zu ihm, um ihm den Kopf zu streicheln und den Nacken zu kraulen. Dann dankte sie dem Pferd flüsternd für seine Treue.

»Wir haben Glück, dass es zurückgekehrt ist. Ich gehe auf Patrouille«, erklärte der Jäger, hakte den Bogen an den Köcher auf seinem Rücken und schob die fertig geschnitzten Pfeile hinein. Dann sprang er aufs Pferd und galoppierte davon.

Sie sah ihm nach. Würde er wohl zurückkehren?

»Warum hast du geklopft?«

Der Lehrer beugte sich noch immer über seinen Pfeil, den Blick auf das geschnitzte Holz gerichtet. Scham überkam sie, ihre Wangen röteten sich.

»Das habe ich nicht.«

»Doch, das hast du.«

»Das habe ich nicht.«

»Die Gerechten lügen nicht. Dreimal hast du geklopft. Wozu? Für den Tod, für eine Schlacht, dass Blut fließt? Warst du neugierig, gelangweilt, wütend?«

Schweigen.

»Du hütest ein Geheimnis. Das tust du schon seit Längerem.«

»Er will dich töten.«

»Wer?«

»Der Jäger.«

»Er ist nur jähzornig.«

»Er will dich töten.«

Ungläubig runzelte er die Stirn. Erkannte er seine Mutantin noch?

Er schickte sie nach drinnen, um die Wäsche zu erledigen. Bis zum Abend schrubbte sie die blutbespritzten Kleidungsstücke ihres Opfers. Als der Jäger von der Patrouille zurückkehrte, aßen sie zu Abend. Während des Essens berichtete er von einer zwei Tage alten Feuerstelle nicht weit entfernt. Er hatte keine anderen Menschen entdeckt, aber einige bedrohliche Regenwolken in der Ferne bemerkt.

In dem Moment hörten sie bereits das Aufkommen des Sturms. Die Fensterläden begannen zu klappern. Sie rannte in Socken zur Haustür, rutschte aus und schlug sich die Knie auf. Es blieb keine Zeit, Stiefel anzuziehen. In größter Eile hastete sie zum Stall, in den sich die Tiere bereits zurückgezogen hatten. Der Sturm wurde schnell stärker. Sie schloss das Tor. Es war ihre Aufgabe, sie zu beschützen. Zitternd machte sie sich auf den Rückweg. Sie fühlte sich atemlos, erschöpft. Und das, obwohl die Mutantin stärker war als jedes Menschenmädchen, dem sie je begegnen würde. Und das, obwohl die Mutantin stärker war als viele Männer, denen sie je begegnen würde. Doch schon bald sollte ihr Körper protestieren. Die vielen täglichen Aufgaben und Pflichten waren kaum mehr zu schaffen. Jede Aufgabe eine Last. Jede Pflicht eine Anstrengung, je dicker ihr Bauch wurde. Als sie sich wieder an den Tisch setzte, wischte sie sich den Schweiß von der Stirn. Ihr Körper würde sie bald verraten.

Der Jäger beobachtete sie aus dem Augenwinkel. Der Lehrer beobachtete das Beobachten.

»Der Nationenmann ist verletzt und allein«, meinte der Jäger nach einem lauten Donnerschlag.

Einen Moment lang erfüllte weißes Licht den Wald.

Die wilden Tiere hatten sich versteckt.

»Hoffen wir, dass er das Unwetter nicht überlebt.«

11.
Gesetz des Mordens

Begeht einer eine Grausamkeit einer anderen Person gegenüber, indem er ihr das Leben nimmt, muss er seine Schuld bekennen. Er muss eine Entschädigung demjenigen gegenüber gewähren, dem er die Grausamkeit angetan hat, und zwar in der Höhe, die von den Behörden seines Stammes, Clans, seiner Nation, Familie, Sippe oder den Behörden jeglicher anderen Art von gesellschaftlicher Ordnung, in der er lebt, festgelegt wird. Hat derjenige keine Familie, der die Entschädigung ausgezahlt werden kann, soll der festgelegte Betrag an die Behörden seines Stammes, Clans, seiner Nation, Familie, Sippe oder den Behörden jeglicher anderen Art von gesellschaftlicher Ordnung, in der er lebt, fallen. Derjenige, der eine Grausamkeit gegen einen Mitmenschen begeht, indem er ihm das Leben nimmt, soll für eine bestimmte Zeit, die von den Behörden seines Stammes, Clans, seiner Nation, Familie, Sippe oder den Behörden jeglicher anderer Art von gesellschaftlicher Ordnung, in der er lebt, festgelegt wird, eingekerkert werden. Derjenige, der eine Grausamkeit gegen einen Mitmenschen begeht, indem er ihm das Leben bei einem ausgetragenen Duell nimmt, soll für eine bestimmte Zeit, die von den Behörden seines Stammes, Clans, seiner Nation, Familie, Sippe oder den Behörden jeglicher anderer Art von gesellschaftlicher Ordnung, in der er lebt, festgelegt wird, eingekerkert werden. Derjenige, der eine Grausamkeit gegen einen Mitmenschen begeht, indem er ihm das Leben nimmt, soll nachsichtig verurteilt werden, sollte dabei sein eigenes Leben in Gefahr gestanden haben, wobei dies durch körperliche Versehrtheit, Augenzeugen, Zerstörung von Eigentum oder zuvor erfassten Verbrechen zu beweisen ist. Derjenige, der eine Grausamkeit gegen einen Mitmenschen begeht, indem er ihm das Leben nimmt, um sich selbst zu verteidigen oder aus anderem Grund, soll in jedem Fall für immer bis zu seinem Tod dieses Verbrechens schuldig sein. Das Verbrechen soll von den Behörden seines Stammes, Clans, seiner Nation, Familie, Sippe oder den Behörden jeglicher anderen Art von gesellschaftlicher Ordnung, in der er lebt, festgehalten werden. So lautet das Gesetz der Natur.

Kapitel vierzehn

Er ging jeden Nachmittag auf Patrouille. Unbeirrt. In seiner Niederträchtigkeit besaß er eine Kühnheit, die sich nicht hemmen ließ. Jeden Nachmittag ging er auf Patrouille, und jeden Nachmittag hoffte sie, er würde nicht zurückkehren.

Kurz nach Sonnenaufgang am sechsten Tag nach dem Vorfall begannen die Vögel zu singen. Schwärme bedeckten den Himmel, verbanden sich zu tanzenden Teppichen. Sie kehrten nach dem Winter aus dem südlichen Neuamerika zurück. Spatzenfamilien segelten über die Hütte. Gaia blickte aus dem Fenster und sah sie über den Baumwipfeln fliegen.

Fieber schüttelte ihren Körper. Übelkeit stieg aus dem Magen auf. Ganz langsam kleidete sie sich an. Jedes Glied ihres Körpers zog sie nach unten. Sie stieg die Treppe hinab und sah das Licht einer Kerze unter der Tür zur Kammer des Lehrers hervorschimmern. Er war schon wach.

Unten entdeckte sie die Überreste eines Zweikampfs. Das Toben des Sturms war nicht das einzige Brüllen gewesen, das sie in der Nacht gehört hatte. Doch sie hatte sich zu schwach gefühlt, um aufzustehen und nachzusehen. In den Pausen zwischen ihren fiebrigen Albträumen hatte sie vermutet, dass die Geräusche, die sie im Halbschlaf vernahm, noch von den Träumen stammten.

Ein Stuhlbein war abgebrochen, einige Gefäße lagen zerbrochen auf dem Boden. In der Fensterscheibe befand sich ein Riss in Form eines Kreises, in der Wand eine Delle. Sie konnten nicht überfallen worden sein, sonst hätte man sie mitgenommen. Dieser Zweikampf musste während ihres Schlafs zwischen den beiden Männern stattgefunden haben, die sie am besten kannte.

Der Sturm hatte ein Chaos aus abgerissenen Ästen und Blättern hinterlassen, doch Stall und Weide waren verschont geblieben. Während sie den Stall ausmistete, bemerkte sie, dass ein Tier fehlte.

Ein blökendes Maul weniger. Eine Lücke. Eines der Zwillingslämmchen war nicht mehr da.

Sie blickte hinter jeden Heuhaufen, in jede Ecke der abgezäunten Weide. Das Lamm war verschwunden. Sie wusste, dass es nicht zurückkehren würde.

Der Jäger hatte seine Bestrafung gewählt.

Sie weinte, als sie in die Hütte kam. Natürlich wusste sie, dass es besser war, sein Herz an kein Lebewesen zu verlieren, das man aufzog. Während sie die restlichen Scherben beseitigte, weinte sie stumm vor sich hin. Sie wusste auch, dass es besser war, sein Herz an kein Lebewesen zu verlieren, das sowieso einmal getötet werden sollte. Aber es war noch nicht an der Zeit gewesen. Sie hatte sich noch nicht verabschieden können.

Mit dem Besen kehrte sie die zerbrochenen Tassen zusammen. Auf dem Teppich entdeckte sie Blutflecken. Von Mann oder Tier? Sie putzte alles, was geputzt werden musste, bis schließlich nur noch die Wand und das Fenster auf die Auseinandersetzung hinwiesen. Schritte kamen die

Treppe herab. Sie wollte nicht aufblicken. Nicht jetzt. Sie konnte ihn noch nicht ansehen, sonst würde sie alles vergessen, was sie über Recht und Unrecht gelernt hatte, und ihn einfach töten.

Die schlurfenden Schritte näherten sich von hinten. Es waren nicht die Schritte des Verruchten. Es waren die des Lehrers. Seine Augen waren blutunterlaufen, seine Unterlippe violett angeschwollen. Sie sprach, ehe er es konnte.

»Er war es«, schluchzte sie.

»Ich weiß. Ich habe ihn dabei erwischt.«

»Ist es tot?«

Er nickte. Ihre Zähne begannen zu klappern.

»Schau mich an«, sagte er. Sie tat es nur kurz. »Hat er dir jemals wehgetan?«

Sie ließ ihn nicht weiter fragen. Es fiel ihr schwer, sich aufrecht zu halten, und mit einem Rauschen in den Ohren hielt sie sich am Tisch fest. Sie war schweißüberströmt, in ihrem Mund sammelte sich Speichel, und es fiel ihr schwer, sich nicht zu übergeben.

»Bitte! Was hat er mit ihm gemacht?«, weinte sie. »Hat … Hat er das Körperchen weggeworfen? Bitte … Ich flehe dich an, ich muss es begraben, ich muss es zumindest zur Ruhe legen!«

Sie warf den Putzlappen auf den Boden und rannte die Treppe hinauf, schaffte es jedoch nicht ganz nach oben. Panisch keuchend, klammerte sie sich ans Geländer, ehe sie in ihre Kammer stolperte – das besiegte, das eroberte Beutetier. Sie brach auf dem Boden zusammen. Ihre zitternden Knie schabten über das Holz. Langsam stand sie wieder auf und fasste nach dem Bettgestell. Ein Fieberanfall. Kaum

Zeit zum Atmen. Sie zerrte sich die Handschuhe von den Fingern und riss sich den Wollpullover vom Leib. Er war schweißnass. Das zu klein gewordene Hemdchen darunter klebte auf der Haut. Ihr Bauch entblößt. Ihr verseuchter Bauch. Sie starrte ihren beschmutzten Bauch an, der sich sichtbar vorwölbte. Sie versuchte, wieder ruhiger zu atmen. Als sie ein Knarzen hörte, hob sie den Kopf. Blickte direkt in die Augen des Lehrers.

Kapitel fünfzehn

Es würde sie noch viele Winter lang quälen, dass er jetzt wusste, was ihr angetan worden war. Dass er es gesehen hatte. Nun war sie unreiner denn je, unreiner, als sie es bereits durch den Fluch war, mit dem sie auf die Welt gekommen war und von dem er wusste.

Dass sie nie mehr Kind sein würde. Dass es keine Hoffnung, keine Anmut für jene gab, deren Schicksal es war, zerstört zu werden.

Dass er gesehen hatte. Dass er sie nicht zu retten vermocht hatte.

Sie packte den Pullover und presste ihn in einem Versuch, nicht den letzten Rest von Würde zu verlieren, vor ihren Bauch. Dann schlug sie die Tür vor seiner Nase zu. Kein Klopfen, kein Drehen des Knaufs. Die Mutantin blieb allein in ihrem Elend. Konnte er es riechen, jetzt, da er Bescheid wusste? Konnte er den Geruch des Jägers an ihr riechen? War er beißend, war er säuerlich, war der Geruch so, dass er die Nase rümpfen wollte? Der Tod rief, das tat er schon seit geraumer Zeit. Jemand hier würde sterben. Sie würde es heute Abend tun, ehe er seinerseits den Lehrer umbrachte. Sie wusste, wie man tötete, sie wusste, wie sich Pfeil und Messer verhielten. Sie wollte sich von hinten anschleichen. Aber das würde er hören. Selbst in der Dunkelheit, selbst hinter einer Ecke versteckt – er würde sie erwischen. Immer. Er würde sie immer erwischen, so, wie er es bisher immer getan hatte, denn sie war zuerst einmal seine Beute, ehe sie zu seiner Schlächterin werden konnte.

Ein wütendes Brüllen der Männer drang von unten zu ihr herauf. Ein fast unnatürlicher Widerhall, der den Boden erbeben ließ. Gaia kroch unter ihr Bett. Die Zähne aufeinandergepresst, die Füße ineinandergeschlungen. Nicht mehr leben. Lange blieb sie reglos liegen, bis ihr schließlich die Beine schmerzten. Es roch nach Verbranntem, ohne dass ein Feuer zu sehen war. Braune Flecken auf dem Boden an jener Stelle, wo ihre Hände gelegen hatten. Welch furchtbare Säure hatte sie von sich gegeben, welch furchtbare Flüssigkeit?

Das ist also das Leben einer Mutantin. Wenn es nichts mehr gibt, wofür es sich zu leben lohnt, lässt einen sogar der Körper im Stich, beginnt, einen zu täuschen. Beginnt, von innen zu verfaulen.

In der Stille auf einmal ein Geräusch. Näher kommende Schritte. In der Hütte war also noch jemand, sie war nicht allein. Sie wartete auf das Klopfen, das über ihr Leben entscheiden würde. Wieder Stille, dann das Schlurfen von Stiefeln. Fingerknöchel auf Holz, ein vorsichtiges Pochen.

Zögerlich wurde die knarzende Tür einen Spalt breit geöffnet.

Noch immer unter dem Bett liegend, beobachtete sie, wie er den Kopf zu ihr nach unten beugte.

»Er hat dieses Haus entehrt«, sagte er heiser.

Sie kam unter dem Bett hervor.

Betrachtete ihn, betrachtete seinen Schatten:

War es noch das Gesicht, das sie kannte, das Gesicht, das sie liebte?

War es noch der Mann, dem sie in jede dunkle Nacht hinausfolgen würde, für den sie töten, für den sie kämpfen würde?

Sie flüsterte: »Wozu macht ihn das als Gefährte?«

»Zu einem Verräter.«

»Und als Mann?«

»Zu einem Betrüger.«

Langsam kam sie näher. Schweißtropfen auf seiner Haut, die zerzausten Haare, an denen noch im letzten Moment des Kampfs gerissen worden waren. Der angeschlagene Zahn hinter seinen Lippen. Das verschmierte Blut bereits dunkler. Er hatte gebraucht, bis er sich entschlossen hatte, die Treppe nach oben zu steigen und ihr seine Tat zu gestehen. Die Falten auf seiner Stirn waren vor Entsetzen noch tiefer geworden.

Sie verstand. Es war stets weniger um Rache gegangen als ums bloße Überleben. So hatte man es ihr beigebracht. Das war der innere Kern der Wildnis.

Einer ist immer der Schlachter, und einer ist immer der Gefallene.

Dieses Gesetz offenbarte sich stets zwischen Beutegreifer und Beute. Doch auch da war nicht in Stein gemeißelt, dass der Beutegreifer immer als Sieger hervorgehen würde. Der Lehrer, hager, redlich, gefühlvoll in seinem Unterricht, hatte überlebt.

»Aber die Gerechten sind gnädig, hast du gesagt …«, flüsterte sie. »Die Gerechten entscheiden sich für die Gnade, die Verruchten hingegen vermögen das nicht, hast du gesagt.«

Er wischte sich die Tränen, wischte sich das Blut weg. Schuldgefühle eines gescheiterten Beschützers. Angst vor dem, was nun kam. »Wir dürfen nicht immer Gnade walten lassen … Wir können nicht immer ein Leben verschonen.«

Sie würde nie diejenige sein, die es getan hatte. Sie würde nie diese Last mit sich tragen müssen.

Sie würde nie diejenige sein, die den Vater ihres Kindes getötet hatte.

Sie nickte ihm zu. Manche Dinge sprach man besser nicht aus. »Bring mich zu ihm.«

Der Lehrer nahm sie an der Hand. Noch immer Verbündete. Der Hüter ihrer Würde. Sie würde ihn immer mehr lieben als sich selbst.

Sie traten durch die offene Tür. Der Gang in eine neue Welt. Die Treppe hinunter. Das Licht tastete ihre Füße ab. Ein Weg in ein neues Leben. Sie hielt den Blick auf den Hinterkopf des Lehrers gerichtet, der sie zum Ort des Geschehens führte.

Neben dem Eingang zur Hütte lag der Jäger. Seine Fingerknöchel schimmerten dunkelrot. Das gefallene Raubtier. Langsam, ganz langsam trat sie näher. Viel Blut war aus seinem zerschmetterten Schädel gesickert. Die Armbrust des Lehrers lag einige Schritte entfernt. Das rechte Auge noch intakt, ein Auge, mit dem der Tote an die Decke starrte. Ein unwahrscheinlicher Tod, ein unvorstellbarer Tod. In ihrem Inneren würde er nie sterben.

Stille lässt selbst Monster anmutig wirken.

Hinter ihrer Schulter die Stimme des Lehrers.

»Was sollen wir tun?«

Sie musste die Führung übernehmen. Nun war es an ihr.

»Ich sage: Für die niederträchtigen Menschen dieser Welt gibt es keine Beerdigung. Wir verbrennen ihn.«

Gaia trug einen Stapel mit Brennholz, er schleifte den Toten. Sie stieß die Tür nach draußen auf. Unter ihren Stiefeln das Blut des Niederträchtigen. Überreste der Vergangenheit. Sie trat hinaus auf den Erdboden voller Laub. Holte tief Luft.

Eine neue Welt.

So sah also der Beginn einer Welt ohne ihn aus.

Eine plötzliche Erkenntnis: Alles ist in Bewegung.

Ein Ausbruch des Zorns, ein Anschwellen von Zweifeln bis hin zu Todeswünschen, der liebliche Gesang von Vögeln.

Für die anderen Lebenden mochte es nur ein weiterer Morgen sein. Aber Gaia beschloss, dass es der erste Tag auf Erden sein sollte.

Es war der Beginn.

Und die Mutantin war da, um alles zu erleben.

Sie verstand, dass die Welt mit dem Tod begann. Man hörte, man sah, man roch, man schmeckte ihn, ehe man zu leben anfing.

Das war gut.

Das machte einen zum Krieger, ehe man zu einem Lebenden wurde. Sie war bereits mehr als einmal mit dem Tod in Berührung gekommen.

Der Wald roch nach Erde und Regen. Um die Bäume schlangen sich grüne Ranken, und an den Halmen vieler Gräser hatten Spinnen ihre Netze gespannt. Inmitten von Pflanzen und Unterholz lagen graue und braune Steine, dazwischen wuchsen Grasbüschel und anderes Grün. Der Himmel war noch perlgrau, er erholte sich vom Sturm der Nacht. Bald würde er milchweiß sein, ehe die Sonne hervorbrach.

Die Mutantin fühlte sich wie auserwählt, weiterhin unter den Lebenden zu weilen. Sie hatte die Gesetze der Natur, die er ihr beigebracht hatte, perfekt erlernt – er, der zum Gefallenen geworden war.

Und in dieser neuen Welt wollte sie das Kind in ihr wie eines ehren, das nur ihr allein entstammte.

Kapitel sechzehn

Der Lehrer hatte die Zeremonie vorbereitet. Er stand neben dem Leichnam, den er auf einen Stapel Holz gelegt und mit trockenem Gras bedeckt hatte. Die Arme hinter dem Rücken verschränkt, das Kinn gereckt, die Miene ernst. Mit durchgedrücktem Rücken folgte er jeder ihrer Bewegungen.

Für die Sünden eines anderen büßen.

Sich von der Schuld eines anderen reinigen.

Vollkommene Treue durch den Betrug eines anderen.

Ja, die Mutantin hatte dem Leben des Lehrers einen Sinn gegeben. Er hatte für sie getötet. Er würde wieder für sie töten. Bis zum Schluss würde er ihr treuester Begleiter sein.

Er reichte ihr die brennende Fackel. Trat beiseite. Ein letzter Blick auf den Leichnam, auf den Mann, der ihr Gewalt angetan und Grausamkeit beigebracht hatte. Ein letzter Blick auf den Mann, dessen Lehren vom Tod sie blind folgen würde, noch lange nachdem er tot war.

Ein Blick auf den Lehrer, dessen Lehren sie nicht zu befolgen imstande sein würde.

Lass dir sagen: Zu viel Tod und Leid zu früh erfahren, zu spät hingegen Güte sollten sie auf ewig dem Untergang weihen.

Sie streckte den Arm aus und setzte den Gefallenen in Brand. Der Frühling war da. Es würde regnen. Aus der Asche würde neues Leben wachsen und gedeihen, selbst wenn dieses vergangene Leben in Niedertracht wurzelte.

Gerüche und Geräusche wurden nun von dem schwarzen Rauch geschluckt. Es blieb keine Zeit, zu verweilen und zuzusehen, wie sich der Körper in Asche verwandelte. Der Feind war im Anmarsch.

»Ich war es«, gestand sie. »Ich war es, die geklopft hat.«

»Ich weiß.«

Er öffnete den Waffenschrank. Holte Bögen und Pfeile, die Schwerter und eine Armbrust heraus.

»Wir werden also gegen sie kämpfen«, sagte sie.

»Nur wenn es sein muss. Wir gehen weg. Wir machen uns auf. In Richtung Osten.«

»Aber das ist unser Land. Wir sollten darum kämpfen.«

»Dieses Land gehört der Wildnis. Wir gehören zu niemandem.«

»Hier ist unsere Zuflucht – oder etwa nicht? Wir werden zu plündernden Geächteten, wenn wir weggehen. Wir werden uns in unsere schlimmsten Feinde verwandeln.«

Fest packte er sie mit einer Hand an der Schulter. Das hatte er noch nie getan, nicht so fest. »Wir werden niemals Geächtete sein«, sagte er eindringlich. »Wir sind Gerechte, du und ich, und wir werden auf dem Pfad der Gerechtigkeit bleiben. Wo auch immer wir sind. Selbst wenn du eines Tages ohne mich sein solltest.«

Ihr Begleiter. Sie würde ihm bis in den Tod folgen. Ohne Widerrede schulterte sie Bogen und Köcher. Der Lehrer befestigte einen Gürtel um ihre Taille.

»Ist es zu fest?«

»Es geht.«

Er brachte die Scheide an und schob das Schwert hinein. Sie beobachtete, wie er sich selbst bereit machte. Wie klein sie beide im Vergleich zu den Nationenmännern waren, deren Körper durch die vielen Kämpfe gestählt waren und deren Muskeln sich unter der Kleidung abzeichneten. Wie hager der Lehrer war, wie schmal seine Beine unter dem Mantel hervorsahen. Sie bemerkte, dass er stark zitterte.

Es war stets der Jäger gewesen, der sie in den Kampf geführt hatte, jedes Mal. Er war es gewesen, der dem Lehrer Mut gemacht hatte. Gab es Hoffnung für eine Mutantin und einen Mann, der Lehrer gewesen war, ehe er zum Krieger wurde? Sie streckte den Arm aus, um nach seiner Hand zu greifen.

Das Schmettern eines Horns erschütterte den Boden. Die Bretter unter ihren Füßen bebten.

»Das ist kein normaler Ruf aus der Wildnis«, sagte der Lehrer. »Wir müssen los.«

»Die Tiere. Ich lasse sie nicht zurück.«

»Sie werden uns zur Last fallen.«

»Sie sind das Einzige, was wir haben.«

Gaia rannte zum Stall. Sie nahm das Seil, das an einem Haken hing, und versammelte die Tiere, um es lose um ihre Hälse zu binden.

»Nun beginnt unsere Reise«, sagte sie und führte sie durch das offene Gatter. Gehorsam folgten sie ihr, einer nach dem anderen, hinaus. Nur die Hühner waren zu klein, um sie mitzunehmen. Sie öffnete den Hühnerstall und ließ sie frei. Nur noch die Wildnis, die sie beschützen konnte.

Er stand da, ihr treuer Begleiter, bewaffnet, bereit. Zusammen hasteten sie durch die Bäume davon. Es blieb keine Zeit, noch einmal zurückzublicken. Diese Ära war vorbei. Keine Hoffnung, jemals wiederzukommen.

Der Boden begann steiler zu werden, als sich die Landschaft änderte, in Geruch und Belaubung. Die Sonne traf sie von Zeit zu Zeit, wenn es ihr gelang, durch die Schatten zu dringen. Das Geräusch fließenden Wassers kam und ging. Die beiden drängten sich durch Gebüsch und entdeckten einen breiten Bach, der sich seinen Weg zwischen den Bäumen hindurch bahnte und den sie nun durchquerten. Ihre Stiefel wurden dunkel vor Nässe. Das Wasser spritzte gegen die Hufe der Tiere.

Aus den Gräsern auf der anderen Seite des Bachs richteten sich auf einmal drei Pfeile auf sie. Drei Pfeile, bereit zum Kampf.

»Wir sind nur Wanderer«, rief der Lehrer.

Er versuchte, sich in eine andere Richtung zu wenden, wo ihn jedoch sieben weitere Pfeile erwarteten. Sieben weitere Fremde. Doch nicht alle waren fremd.

Unter ihnen stand auch der verletzte Mann, der die Reise nach Hause überlebt hatte. Dessen linkes Auge durch einen früheren Messerkampf vernarbt war und dessen Körper unter der Rüstung frische Verletzungen durch den Vorfall an der Hütte trug. Er steckte seinen Bogen weg und griff nach seinem Schwert. Groß und von der Politur noch glänzend. Er hatte es nach Ammon zurückgeschafft, der Hauptstadt der gregorianischen Nation. Dort hatte man ihn für seinen Mut gepriesen. Daraufhin war er mit sechs Mann wieder in die tiefen Täler der Berge marschiert, diesmal mit dem Ziel, die Mutantin zu fangen, die er dort gesehen hatte.

Für immer sollte er als derjenige in Erinnerung bleiben, der die letzte Mutantin gefunden hatte. Hätte er damals gewusst, dass er dadurch dem Untergang geweiht sein würde, hätte er sie dann ziehen lassen? Er sah Gaia direkt an.

»Wir sind nur Nationenmänner«, sagte er.

Er stieß einen lauten Pfiff aus. Die Pferde der Männer tauchten zwischen den Bäumen auf. In dem kurzen Moment, in dem er sich umdrehte, hieb der Lehrer mit dem Schwert nach ihm, was der Nationenmann jedoch leichthin abwehrte. Nur um dann mit der Spitze seiner Waffe gefährlich nah an des Lehrers Nase zu kommen. Gaia stieß das Schwert beiseite. Als sie ihre Waffe hob, spürte sie Pfeilspitzen an ihrem Rücken.

Der Mann wandte sich zu ihr.

»Möge dir die Erde mit Gnade begegnen.«

Lange war es her, seitdem sie das letzte Mal solche Worte gehört hatte.

Der Herrscher seiner Nation sollte sie ebenfalls sagen.

Sie würden gesprochen werden, ehe man ihr das Herz herausschnitt. Sie würden nach ihrem Tod gesprochen werden, wenn man ihren Körper verbrannt hatte.

Sie kannte ihr Schicksal. Er war es, der es sie gelehrt hatte – er, der sich jetzt weigerte, sie im Stich zu lassen.

Der Mann wandte sich erneut an den Lehrer.

»Ist die Mutantin dein Kind?«

»Nein.«

»Gehört sie zu deiner Sippe?«

»Für mich ist sie meine Sippe.«

»Wirst du sie uns ausliefern?«

»Nein.«

»Unsere Nation kann dir ein gutes Leben bieten. Wir haben alles im Überfluss. Ein Leben der Ehre als Krieger im Tausch gegen die Mutantin. Man wird dich nicht anklagen, weil du sie beherbergt hast, wenn du sie uns auslieferst.«

»Die Mutantin gehört zu mir.«

Die Spitzen der Pfeile kratzten über seinen bereits blutenden Nacken. Eine Warnung, in seine Haut geritzt. Sie liebte ihn, aber sie durfte nicht zulassen, dass er für sie starb. Für einen Menschen gab es immer Hoffnung.

Sie sah, wie die Bogensehnen sich spannten. Der Nationenmann würde jeden Moment den Befehl zum Abschuss erteilen. Er würde seinen Männern erlauben, ihn zu töten.

»Verschont ihn!«, schrie sie und drückte sich das Schwert gegen den Hals.

Der Mann trat zu ihr. Noch hatte er seinen Arm erhoben. Eine Bewegung seines Fingers, und es würde das Ende des Mannes bedeuten, für den sie zu sterben bereit war.

»Sie spricht.«

»Ja, ich spreche«, entgegnete sie und drückte die Klinge fester gegen ihren Hals.

»Du bist kraftvoll und groß«, sagte er. Sein Blick folgte den Linien und Malen auf ihrem Gesicht zu ihrem Körper hinab. Er legte seine Hand auf die ihre und senkte ihr Schwert. Zwar wollte er ihren Tod, doch nicht zu ihren Bedingungen. So ehrlos, mitten in der Wildnis. So sollte es nicht sein, weder für sie noch für ihn.

»Hättest du eine andere Hautfarbe«, stellte er fest, »hättest du einen Helm auf dem Kopf, würde ich dich für eine Kriegerin halten.«

»Mein Blut mag schlecht sein, doch es ist stark.«

»Hast du einen Namen?«

»Gaia Marinos.«

»Marko Hagen, Sohn des Markus Hagen. Aus dem Lande Gregors.«

»Verschone ihn«, wiederholte sie. Erneut führte sie das Schwert an ihren Hals.

»Ich werde ihn verschonen. Das werde ich, denn du bist die letzte Mutantin.«

Kapitel siebzehn

Ihre Berührung gefürchtet.

Im Wald aufgewachsen, von Wölfen erzogen, ein Wesen der Dunkelheit.

Rissige Haut, nässend, jede Blase eine Gefahr.

In der Menschen Angst lag auch Verehrung – sie war, was sie niemals sein würden.

Kein Mitleid für der Mutantin Tod, und doch ging von ihr eine unleugbare Unantastbarkeit aus.

Sie lief neben den Männern, während diese auf ihren Pferden ritten. Ihre Handgelenke waren in Ketten gelegt, die Waffen hatte man den beiden abgenommen. Obgleich der Lehrer ein Mann wie die anderen war, hielten sie ihn auf Abstand. Sie fürchteten seine Furchtlosigkeit. Wie er viele oder auch wenige Jahre mit ihr hatte zusammenleben können! Dass er sie als Sippe, als Vertraute betrachtete und damit seinesgleichen verleugnete!

Hatte er gewusst, dass sie die Letzte war? Wie hätte er das wissen können, nachdem er so lange in der Wildnis gelebt hatte, dass er ein Wildling geworden war wie sie? Hatte er gewusst, dass sie die Letzte war?

Man befahl ihr, die Handschuhe zu tragen. Doch zuerst musste sie diese einen kurzen Moment lang ausziehen, damit die Männer aus sicherer Entfernung ihre Hände begutachten konnten. Sie hatten sich auf ihren wohlgenährten Pferden nach vorne gebeugt, die Stirn gerunzelt und dann genickt. Einer nach dem anderen ein Nicken. Es stimmte also. Hagen behielt sie im Auge, während sie die Handschuhe wieder überzog. Er sollte das Ritual anführen, ihre Opferung vor dem Volk seiner Nation, um der Menschen Ehre willen.

Ihr ganzes Leben lang würde sie es bereuen, die Hütte verlassen zu haben.

Kapitel achtzehn

Mag für viele eine Wanderung durch den Wald etwas Gewöhnliches sein, so bedeutete sie für die Mutantin eine Zeit der Entdeckungen – ganz gleich, ob es auch eine Wanderung in ihren Untergang war.

Jeder Schritt brachte sie weiter, als sie jemals gewesen war.

Die Bäume, groß und breit, hoch und voller Grün. Eichhörnchen, Kaninchen und Rotwild sprangen vor der Horde Fremder davon. Es wurde steiler. Sie kamen an einem umgestürzten Baum vorbei, der aus der Erde gerissen worden war und dessen Stamm breiter war als sie hoch. Das Wurzelwerk wie eine riesige Blüte. Erdklumpen hingen noch an den dünnsten Strängen. Verschiedene Pilze hatten die Rinde zu ihrem Heim auserkoren. Dazwischen kleine ausgefräste Rillen als Wege für Insekten. Aus der Rinde wuchsen büschelweise weiße Blumen. Moospolster. Gaia legte ihre behandschuhte Hand darauf, hinterließ in der weichen Oberfläche einen Abdruck. Ein Lebewohl.

Einer der Männer versetzte ihr einen leichten Stoß in den Rücken. Sie ging weiter. Die Kühe beschwerten bereits ihr Vorwärtskommen. Die älteren Schafe blökten. Solche langen Wanderungen waren sie nicht gewohnt. Sie würden es nicht bis in die Stadt schaffen.

Was war ehrbarer? Von einem Menschen oder von einem Tier getötet zu werden? Der eine tötete im Namen des Gesetzes, der andere im Namen des Überlebens. Gaia spürte ein Treten in ihrem Bauch. Das kleine Wesen in ihrem Inneren, das nie eine Möglichkeit bekommen würde zu leben.

Die Sonne war untergegangen. Das Licht wurde schwächer. Alles um sie herum verlor an Farbe. Das rhythmische Surren der Insekten verstummte. Man machte ein Feuer, reichte Stücke geräucherten Fleisches herum. Gaia saß, an einen nahe stehenden Baum gelehnt, aufmerksam bewacht. Die Tiere legten sich hin und schliefen ein.

Sie zog ihre Stiefel aus, damit ihre Blasen Luft bekamen. Streckte die Zehen. Die Handgelenke wund von der ständigen Reibung. Ihre Hände brannten. Normalerweise hätte sie diese jetzt mit dem Tierfett eingerieben, das der Lehrer so liebevoll für sie zubereitet hatte. Er saß stumm auf der anderen Seite des Feuers. Nur die Nationenmänner hatten die Waffen. Sie konnte nur hoffen, dass sie tot sein würde, ehe sie seinen Tod miterleben musste, sollte man beschließen, ihn doch noch zu töten.

Vielleicht waren das seine letzten Tage als Lehrer. Würde er das Angebot annehmen und Krieger werden? Um die Erinnerung an die Mutantin zu ehren, die er heimlich aufgezogen hatte?

Sie hatte den Jäger überlebt. Das war genug.

Die ersten morgendlichen Vögel sangen. Hagen war bereits auf den Beinen und spähte durch die Bäume. Hinter dem dichten Unterholz war ein Rascheln und Knacken zu hören. Die Tiere waren ebenfalls schon wach. Gaia bahnte sich langsam einen Weg durch die Zweige und stellte sich neben Hagen, um zu sehen, was los war.

Ein dunkles Tier, doppelt so groß wie ein Mensch. Wenn sie die Augen halb zukniff, sah sie die große Schnauze, die langen Beine, das riesige Geweih.

Sie wollte das Tier genau betrachten, denn sie wusste, dass es das letzte seiner Art sein würde, das sie sah.

Sie wollte es sehen. Lange würde sie nicht mehr leben, um sich daran zu erinnern.

»Ein Rentier«, flüsterte Hagen. Es starrte sie an. Hatte es die Panikwellen gespürt, die von den Haustieren ausgingen? Die schweren Füße kamen in Bewegung. Es lief weiter. Hagen knurrte und zerrte Gaia an ihrer Kette zurück. Dann gab er den letzten seiner Männer, die noch schnarchten, eine schallende Ohrfeige. Hastig erhoben sie sich.

Tag zwei in der Welt.

Kapitel neunzehn

Seit dem vorherigen Tag waren sie schneller geworden. Die Tiere kämpften, um mitzuhalten, verloren sichtbar an Kraft. Das übrig gebliebene Lämmchen schrie immer wieder vor Verzweiflung und weigerte sich weiterzugehen. Gaia nahm das kleine Tier in die Arme und trug es mit sich.

Die Blasen an ihren Füßen hatten sich geöffnet. So wund

und feucht und schrecklich wie ihre ganze Mutantenhaut. Sie ließ die Stiefel liegen. Legte sie zwischen Blätter, als ob sie von einem unsichtbaren Kind zurückgelassen worden wären. In ihren Bauch rührte es sich. Den Männern begann aufzufallen, dass sie für jemanden, der in der Wildnis aufgewachsen war, nur langsam vorankam.

In weiter Ferne am Fuße des Berges konnte man Felder erkennen. Sie trafen wieder auf den Bach, dem sie am Tag zuvor begegnet waren. Sein Wasser stürzte hier über glänzende Steine und bildete unten einen kleinen Wasserfall. Alles würde Gaia zum ersten und zum letzten Mal gesehen haben.

Gegen Abend erreichten sie eine Ebene. In der Ferne war ein Heulen zu hören.

Sieben Schafe. Elf Männer. Zwei Kühe. Ein Esel. Eine Mutantin, mussten sich die Wölfe mitteilen.

Sie errichteten ein Lager neben dem Wasserfall.

»Die Sippe der Unerwünschten wartet nicht weit von hier«, verkündete Hagen. »Wir haben vereinbart, dass sie uns begleitet, auch wenn ich nicht mehr bei euch bleibe. Ich eile nach Ammon zurück. Und du kommst mit mir.« Er deutete auf den Lehrer.

Sie blickte ihren treuen Begleiter über das Feuer hinweg an. Es gab so viel zu sagen, doch sie durften nicht miteinander sprechen. Sie sah Zorn, Angst und die Liebe in seinen Augen, die er für sie empfand.

Das Ende war nah.

Sie schmiegte sich an die Tiere. Fürchtete sich vor dem, was in der Dunkelheit lauern konnte. Schlief dennoch ein.

Früh am nächsten Morgen wachte sie auf, den Kopf auf dem weichen Bauch eines Schafs ruhend. Unter den Ärmelaufschlägen zeigten sich Flecken von getrocknetem Blut und Rost. In ihrem Bauch brodelte etwas Widerwärtiges. Sie kroch, soweit es ihre Kette zuließ, von den anderen fort und übergab sich. Hagens schwere, schmutzige Stiefel tauchten neben ihr auf und hoben die Kette, an die sie gefesselt war. Sie blickte zu ihm hoch. Wischte sich den Mund ab.

»Geht es dir nicht gut?«, wollte er wissen.

»Ich erwarte ein Kind«, gab sie zu.

»Von einem anderen Mutanten?«

»Nein«, erwiderte sie. Erhob sich.

»Von deinem Begleiter?«

»Nein.«

»Von wem dann? Wo ist er?«

»Er ist tot.«

»Starb er an einer Krankheit?«

»Nein. Er wurde getötet.«

»Ich werde es mit ihm besprechen.«

»Mit wem?«

»Mit Gregor dem Herrscher. Geh und wasch dich. Männer, begleite sie einer zum Wasser.«

Sie kniete sich vor dem Wasser nieder, die drohende Gegenwart eines Kriegers im Rücken. Langsam zog sie ihre Handschuhe aus und trank aus beiden Händen. Sie wusch sich Arme und Gesicht. Wie dunkel die Haut unter ihren Augen im Spiegel des Wassers wirkte. Haarsträhnen hingen aus ihrem geflochtenen Zopf. Auf der Seite ihres Kopfes, die sie normalerweise rasierte, wuchsen Stoppeln. Die andere, die mutierte Seite, schimmerte rosafarben im Licht der Morgensonne. Sie flocht sich den Zopf so fest wie möglich. Die Männer warteten auf den Rücken ihrer Pferde.

Es wurde nun luftiger zwischen den Bäumen. Es gab mehr Himmel und weniger Möglichkeit, sich zu schützen. Vor ihnen lag in einiger Entfernung ein noch weiterer Himmel. Sie kamen nur noch langsam voran. Die Kühe bewegten sich kaum und stöhnten vor Qualen. Gaia blieb stehen, um sich ihre Hufe anzusehen. Fußfäule. Fast alle waren davon befallen. Sie fluchte leise. Die Tiere zurückzulassen würde ihren sicheren Tod bedeuten. Die Männer sahen ihr ungeduldig zu. Der Lehrer schüttelte den Kopf, als wollte er sagen: *Lass sie ziehen.*

»Es tut mir so leid«, flüsterte sie den Tieren zu. »Wir sind beinahe am Ziel. Bitte. Es tut mir so leid.«

Sanft zog sie an ihrem Seil, um sie zu weiterzuleiten. Die Augen feucht vor Schmerzen gehorchten sie. Das Lamm hatte wieder zu jammern begonnen. Sie hob es hoch. Inzwischen befanden sie sich so nahe an der Grenze. So nahe, dass sie fast zu sehen glaubte, was auf der anderen Seite lag. Ein ebenes Land. Bedeckt von hohen, zarten Gräsern, die sich im Wind krümmten.

Eine Straße führte hindurch, von Menschenhand gefertigt.
Eine Straße, zu Gaias Schicksal.
Die Sonne blendete sie. Die Luft war mild, das Land gut.

Kapitel zwanzig

Doch die Straße war nicht unbelebt.

Nicht leer, nicht menschenleer.

Auf der Straße standen vier hölzerne Kutschen, eine hinter der anderen. Esel, die neben den Kutschen grasten, sollten sie ziehen, wenn es an der Zeit war. Die Gruppe ließ den Wald hinter sich. Gaia drehte sich noch einmal um. Zur Erinnerung. Wie makellos der Himmel hier war. Nichts verdeckte ihn. Die Sonne hüllte sie ein, blendete sie.

Als sie die Kutschen erreichten, hörte Gaia Stimmen aus dem Inneren dringen. Geräusche einer Welt, die sie noch nicht kannte. Melodien, die in der Wildnis nicht vorkamen. Sie lief auf leisen Sohlen weiter. Aus der letzten Kutsche war ein Summen, ein Knurren aus der Kehle eines Lebewesens zu vernehmen, das sie aufhorchen ließ. Hagen, die Kette in der Hand, an die sie gefesselt war, blieb stehen, um zu sehen, wie sie das Unbekannte entdeckte.

Die Tür stand einen Spalt breit offen. Sie spähte hinein. Im Inneren sah sie einen halb nackten Mann mit rauer Haut, dessen Haare einen Großteil seines Körpers bedeckten. Er saß auf dem Boden, ungewaschen, ungezähmt. Als er sie bemerkte, kämpfte er sich hoch und begann, mit den Füßen zu stampfen. Sie schreckte zurück und ließ das Lämmchen los. Der Fremde stieß mit seinen rauen Händen die Tür auf. Ununterbrochen redete er vor sich hin. Rief: *»Ich schwör, ich tue es, ich schwör, ich tue es … Du! Ich schwör, ich tue es …«*

Ihre erste Begegnung mit der anderen Welt. Eine Begegnung unter Hoffnungslosen. Umgeben von der Schönheit grüner Felder traf sie auf jemanden, den sie für ein Tier in Menschengestalt hielt. Sein Heulen wurde lauter, hallte schrill in ihren Ohren wider. Er warf die Hände in die Luft und ging auf sie los. Sie wich zurück, stolperte über eines der Schafe hinter ihr. Die Tiere flohen Richtung Felder. Sie hielt sich schützend die Arme vors Gesicht und wartete darauf, dass der Mann sie angreifen würde, jetzt, da er sie überragte.

Ihre Furcht bestimmte noch immer ihr Handeln.

Sie hatte noch immer nicht alles verloren.

Sie hatte aber auch noch immer nicht alles, wofür es sich zu töten lohnte.

Und so wartete sie darauf, dass er sie angreifen würde. Doch er tat es nicht. Vorsichtig spähte sie durch die Finger. Seine Augen lagen tief in seinem Schädel, seine Pupillen nur noch Punkte.

Einen Moment lang starrten sie einander an. Zu groß die Angst, um sich zu bewegen. Dann fauchte er und zog sich in seine Kutsche zurück.

Der Lehrer, in der Hitze schwitzend, versuchte, zu ihr zu gelangen. Die Krieger hielten ihn an seiner Kette fest.

Hagens Miene wirkte amüsiert. Er hätte sie keiner echten Gefahr ausgesetzt. Sie war sein Hauptgewinn.

Es stellte sich als die schnellste Art und Weise heraus, die restliche Sippe der Unerwünschten kennenzulernen. Alle stiegen aus, um zu sehen, was geschehen war. Ein blinder Schäferhund kroch unter einer der Kutschen hervor, aufgebracht bellend. Eine bärtige Frau mit nur einem Bein und einer Krücke kam aus einer weiteren Kutsche, gefolgt von einem weißhäutigen, weißhaarigen Mann. Beide schienen sich nicht zu trauen, näher zu kommen. Aus einer anderen Kutsche stieg ein großer Kerl, fast ein Riese. Schließlich ein Menschenmädchen.

Hagen hatte sie bei seinem letzten Besuch vor Gaia gewarnt. Man hätte ihnen, Wanderern einer verlorenen Welt, nie eine solche Aufgabe zukommen lassen, wenn die Zeiten andere gewesen wären. Die Prozession aus Tänzern und Sängern, die jeden Mutanten, jede Mutantin in ihren Tod begleitet hatten. Die Kutschen, die Besitztümer, die Instrumente. Die Pferde, die Hörner, das Gold – alles für die Opfergaben der Mutanten. Alles verschwunden, alles vergessen. Bräuche einer vergangenen Zeit. Die Tänzer damals waren jung gewesen, jetzt alt und verkrüppelt. Die Pferde schon lange tot, die Kutschen anderen Zwecken zugedacht, die Instrumente in diversen Tavernen verteilt, zur Freude der Betrunkenen. Die Hörner hatte man verkauft und das Gold eingeschmolzen, denn dies war die sechzehnte Generation der neuen Welt.

Doch es gab noch die Sippe der Unerwünschten.
Sie würde es immer geben, stets unterwegs.
Morsch, schwach, verschmutzt, doch eine Parade gleichwohl.
Ihnen würde diesmal die Ehre zuteil, das zu begleiten, was nicht sein durfte,
was nie hätte sein sollen, eine Prozession des Unmöglichen,
ein Marsch der Unpassenden.

Sie kamen nun näher, um Gaia voll Neugier zu betrachten. Wieder schützte sie ihren Kopf mit den Händen. Gespenstisch unwirklich musterten sie die Mutantin. Sie erwiderte die Blicke dieser Wesen, so hässlich, so abgelebt. Auf viele Arten traurig. Nichts hatte sie darauf vorbereitet, wie unterschiedlich Menschen aussehen konnten. Doch sie wusste, dass sie selbst die Furchtbarste unter ihnen war. Sie empfand tiefes Entsetzen über die Absurdität der anderen. Die bärtige Frau rückte dicht an sie heran.

»Nicht so nah!«, rief Gaia.

Die Frau hielt inne. Wurde von dem Mädchen beiseite gestoßen.

Vergiss nicht, es war ihre erste Begegnung. Das menschliche Mädchen sah überraschend harmlos aus. Doch da war etwas Unangenehmes an ihr.

Ihre Augen, so groß wie die eines Rehs, musterten die Mutantin. Sie hatte keine offensichtlichen Deformationen, Verletzungen oder Narben. Ihr Haar hing offen, ihre Lippen waren mit roten Pigmenten bemalt. Die Kleidung, die sie trug, war außergewöhnlich verarbeitet, auch wenn sie, wie bei den anderen, durch die vielen Reisen und mit der Zeit abgenutzt worden war.

Ein Mensch, fast zart gebaut. Gaia würde sie ohne Weiteres überwältigen können, käme es zum Kampf. Ihre Muskeln entspannten sich ein wenig.

Das Menschenmädchen, das sein Leben dafür geben würde, der Mutantin zu dienen.

Einander noch fremd.

»Was ist er?«, wollte Gaia wissen. Sie konnte eines Tages noch einmal einem wie ihm über den Weg laufen.

»Er ist Homer, der Kannibale«, erwiderte das Menschenmädchen. Beobachtete sie. Vorsichtig, aber nicht unfreundlich.

»Kannibale? Eine Spezies?«

»Ein Mensch, der andere Menschen frisst.«

Ein Mensch, der seine Artgenossen zur Beute macht, dachte sie. Vielleicht war er mit der Strahlung geboren worden, mit den Wellen des Unglücks. »Wen frisst er?«

»Niemanden. Aber die Leute glauben es.«

»Und was bist du?«

»Ein Menschenmädchen. Und du?«

»Ein Mutantenmädchen.«

Unruhig starrte die Gruppe Gaia an.

»Er hat gesagt, du hättest Klauen«, meinte das Mädchen.

»Stimmt.«

»Darf ich sehen?«

Die Augen des Mädchens folgten den Bewegungen ihrer Arme. Sie sah Gold, wo Schmutz war. Den Mund leicht geöffnet, als ob die Mutantin nicht aus Tod, sondern aus Ruhm geboren worden wäre. Gaia zog die Handschuhe aus.

»Sind sie ansteckend?«

»Nein.«

Das Mädchen streckte den Arm aus, um nach dem ihren zu fassen. Eine stille Interaktion zwischen Erwählter und Verfaulter. Die Finger des Mädchens berührten die ihren, hoben sie an, und es legte seine weiche Handfläche in die von Gaia. Sanft spielte der Wind um ihre Fingerspitzen. Gaias Hand war größer, ihre Knochen steifer unter der rauen Haut. Und dennoch war es so, als ob sie ein Körperglied miteinander teilten.

Die Krieger wurden unruhig. Hagen trat zu ihnen und zog das Mädchen weg.

»Julie, wir sind hungrig«, erklärte er.

Ah. Damit hatte Hagen seinen ersten Fehler begangen.

Die Unerwünschten dieser Welt beschützen selbst die Verdammten.

Sie hieß mit vollem Namen Julie Bonaparte. Julie mit einem weichen J. Gaia sah zu, wie Julie und Hagen zusammen zu einer Kutsche zurückgingen. Er sprach, sie lachte. Ihre Stimme klang jetzt höher. Sie kannten die Sprache des jeweils anderen, sie waren sich schon viele Male begegnet. Gaia warf sie keinen erneuten Blick zu. Die Mutantin war sich sicher, dass das Mädchen keinen weiteren Gedanken an sie verschwendete. Sie hatte Hagen so mühelos dazu gebracht, ihr zu folgen, dass er sogar die Kette fallen ließ. Hätte Gaia gewollt, wäre es ein Leichtes gewesen davonzulaufen. Seine Männer beobachteten Julie aufmerksam, als diese mit Hagen im Schatten der Kutsche stand. Die Esel und die anderen Tiere grasten friedlich auf den Feldern.

Sie schlich zum Lehrer. Er stand da und schaute auf die Wiesen hinaus. Der Gerechte war zum Gefesselten geworden.

»Wenn du vor dem Herrscher stehst«, flüsterte er, »möchte ich, dass du ihm vorliest.«

»Ihm vorlesen?«

»Zeige ihm, dass du keine gewöhnliche Mutantin bist.«

»Aber das bin ich.«

»In der gregorianischen Nation gibt es einen Mann. Einen guten Mann. Einen Leser. Er hat einmal versucht, den Herrscher davon zu überzeugen, das dritte Gesetz zu verbannen. Wenn er immer noch so ist, wie er einmal war, sieht er in dir vielleicht etwas, was andere nicht sehen.«

Er sprach von seinem Vater. Das verstand sie. Ein Zerren an ihrer Kette. Sie stolperte rückwärts. Sie würde ihm gehorchen. Sie würde ihm immer gehorchen.

Kapitel einundzwanzig

Sie aßen einen wässrigen Eintopf aus Bohnen und Kartoffeln, bis Hagen seinen Schwertgurt festzog und die Pfeile in seinem Köcher zählte.

»Gregor der Herrscher erwartet uns«, verkündete er, während er sich erhob. Er rief sein Pferd und befahl dem Lehrer, ebenfalls aufzustehen.

Auch Gaia erhob sich. Sie spürte, wie man an ihrer Kette zog, die immer noch von den Männern gehalten wurde. Stürzte zu dem Lehrer hinüber, um sich von ihm zu verabschieden. Doch sie vermochte ihn nicht ganz zu erreichen. Nachdem man ihm auf sein Pferd geholfen hatte, streckte der Lehrer seine gefesselten Arme aus und fasste nach ihrer Hand.

Seine Augen, die sie so gut kannte,
dunkel, unverändert vom Sonnenlicht,
die schimmernde Spitze seiner Nase,
die Linien, von Sorgen eingegraben auf seiner Stirn,
er, der für sie gekämpft hatte,
er, der sie jetzt in den Armen dieser großen Welt allein zurückließ.

Ihr gemeinsames Kapitel kam zu seinem Ende. Man würde ihn zur Befragung in die Stadt bringen und ihr damit jenen rauben, für den sie zu sterben bereit war.

»Nimm das Angebot an«, flüsterte Gaia. »Werde ein Krieger.«

»Ich werde nicht auf der Seite derer kämpfen, die dich töten.«

»Das musst du. Du musst kämpfen, denn ich kann es nicht«, murmelte Gaia.

Hagen stieg auf sein Pferd. Er zog den Lehrer hoch, sodass er aufrecht im Sattel saß.

Keine Hoffnung für den Gerechten. Keine Hoffnung für diejenigen, die aus Ehre töten, wenn es solche gibt, die für das Gesetz allein töten.

Hagen sagte zu ihr: »Wir werden uns in drei Tagen wiedersehen.« Damit war ihr Schicksal besiegelt.

Ein letzter Blick auf ihn. Das Pferd galoppierte die einsame Straße hinunter. In der Ferne ließ die Hitze, die vom Boden aufstieg, die beiden Männer zu tanzenden Streifen werden, bis sie vom Horizont verschluckt wurden. Sie war allein. Niemands Mutantin, nur eine Mutantin dieser Welt. Ungeliebt, jetzt da sie wusste, dass sie ihn nie wiedersehen würde.

Sie blickte zum Himmel hinauf. Ja, es war ein Wunder, dass sie den weiten Himmel sehen konnte, den sie in seiner Gesamtheit bis zu diesem Tag nie erlebt hatte. Wie kurz doch ihre Zeit in der Welt der Menschen war! Trotz der Menschen brachialer Natur war es der Lehrer gewesen, der sie dazu gebracht hatte, daran zu glauben, dass das Gute das Böse überwog, selbst wenn es eine Lüge war.

Sie wandte sich den anderen zu.
Bewegungen in ihrem Bauch:
das Letzte, das ihr von ihrem alten Leben noch geblieben war.

Kapitel zweiundzwanzig

Die Sippe der Unerwünschten wusste alles, was es über Verlassenheit zu wissen gab. Die Unerwünschten kannten jede verlassene Stadt, jede Einöde, sie waren schon überall gewesen. Sie wussten, wo die Brunnen lagen, die Apfelbäume wuchsen. Sie kannten die Ruinen, die Jenen Tag überstanden hatten.

Sie kannten die Völkerschaften, die kleinen und die großen,
die im Land verstreut lebten,
sie kannten die Straßen, die zu ihnen führten.
Sie kannten die Geächteten, gefürchtet von vielen, aber nicht von allen.
Nein, von ihnen nicht, denn ebenso ungeliebt
waren sie Verbündete in einer Welt der Stammeszugehörigkeiten.

Die Verlorenen, die Unerwünschten, von niemandem gewollt. Von Stadt zu Stadt reisend, eine Ansammlung menschlicher Seltsamkeiten, bereit, sich von denjenigen anstarren zu lassen, die sich entsetzen lassen wollten. So konnte man ein paar Münzen verdienen oder eine warme Mahlzeit. Homer der Kannibale, der Riese, die bärtige

Dame, der weiße Mann, der blinde Hund Prince und Julie Bonaparte die Schwertschluckerin. Zwischen den verschiedenen Nationen und den umherziehenden Geächteten waren sie die Fehlerhaften am Rand des Geschehens. Niederlage oder Sieg gab es für sie nicht.

Doch das Menschenmädchen fand Heiliges auch dort, wo andere nur Zerstörung sahen.

> Die Straße vor ihnen niemals endend, das Grasland unbewohnt.
> Die Kutschenräder drehten sich.
> Begleitet von Hagens Männern auf ihren Pferden
> ging die Reise nach Ammon weiter.

Man setzte sie in Julies Kutsche – ein hölzerner Kasten, in dem jemand ein Leben führte. Ein kleiner Raum für ein Mädchen, das durch die Welt zog. Eine Unterkunft, aber kein Zuhause; eine Decke, aber ohne Bett.

Vorsicht, Vorsicht: Diese Umgebung war nicht die ihre. An der Wand hing die Scherbe eines zerbrochenen Spiegels und warf ein seltsames Bild zu ihr zurück. Spiegelungen, die kein Fenster und kein Fluss hervorbrachten. Die linke Seite ihres Kopfes war so gemustert wie der Erdboden zur Dürrezeit. Ihr mutiertes Ohr hatte die Form eines polierten Kiesels, der vom Fluss abgeschliffen worden war. Selbst ihre Zunge war ihr fremd, als sie den Mund öffnete. Sie stand aus ihrem Rachen heraus wie ein unbekanntes Wesen.

Wieso hatte der Jäger so etwas Groteskes berühren wollen?

Die Kette hinter sich herziehend, spähte sie in eine Kiste mit Dingen in einer Ecke. Zerbröckelte Seifenstückchen;

Parfüm in einem viereckigen Glasbehältnis, fast leer. Ein Hauch davon war für Gaia so stark, dass sie husten musste, als hätte sie brennendes Öl eingeatmet. Eine ovale Haarbürste mit fürstlich schwarzen Borsten; eine Reihe von goldenen Ringen, grünlich schimmernd.

Sie öffnete ein Schränkchen. Säbel und Dolche verschiedener Längen hingen darin an Haken. Gaia strich über ihre Spitzen. Stumpf wie hölzerne Stäbe.

»Du solltest dich besser um deine Säbel kümmern«, sagte sie streng.

»Ich nutze sie nicht zum Kampf.«

»Warum nicht?«

»Sie werden verschluckt.«

»Du schiebst dir Säbel in den Schlund?«

»Du wirst feststellen, dass viele Menschen bereit sind, Geld zu zahlen, um die seltsamsten Dinge zu sehen.«

Das Menschenmädchen öffnete ein weiteres Schränkchen und holte ein Kleidungsstück heraus. Es war ein langes Kleid aus leuchtend roter Seide. Gaia zog einen Handschuh aus, um den Stoff zu befühlen.

»Das trage ich bei der Vorführung. Es garantiert mir Einkünfte.«

Ruhig entledigte sie sich ihrer Kleidung. Ein Mädchen, das Säbel polierte, um sie zu schlucken. Die Haare offen über die Schultern fallend, der Körper nackt. Nichts an ihr außer das schwache Tageslicht. Ein Körper, der niemals die Wildnis überleben würde, seine Haut war zu makellos. Füße, die niemals auf Erde oder Steinen gelaufen waren. Arme, die niemals am frühen Morgen eine schwere Armbrust gehalten hatten. Gaia wandte den Blick ab. Sie schämte sich für ihre Neugier. Das Mädchen schlüpfte in das rote Kleid, die Rüschen kräuselten sich an den Rändern. Die bauschigen Ärmel bedeckten ihre zarten Schultern. Sie schnürte die Bänder zu einer Schleife.

»Ich habe es letzten Sommer gefunden«, sagte Julie. Sie war nicht bereit einzugestehen, dass sie es gestohlen hatte.

»Es ist wunderschön«, meinte Gaia. »Aber nicht geeignet, um es zu benutzen.«

»Wozu benutzen?«

»Jedes Lebewesen auf dieser Erde kann den feinen Stoff zerreißen. Einmal an den Bändern gezogen und dein Oberkörper ist jedem Angriff schutzlos ausgeliefert. Bei so viel sichtbar entblößter Haut kann man leicht dein Herz durchbohren oder deinen Nacken packen.«

Die Landschaft draußen rollte vorbei, während die Kutsche sanft schaukelte. Das Menschenmädchen wandte ihr stumm den Rücken zu und wechselte spürbar angespannt wieder in seine normale Kleidung zurück. Es hatte auf einmal eine beängstigende Ausstrahlung, die allein von seiner Haltung ausging. Immer wieder dieser scharfe Falkenblick, als es sein Kleid aufhängte. Wie konnte jemand, der in einem Kampf so leicht besiegt werden würde, gleichzeitig so furchteinflößend wirken?

Langsam ließ sich Gaia auf den Boden sinken. Sie stöhnte vor Erschöpfung. Knöpfte ihren Mantel auf, um leichter zu atmen. Ihr gewölbter Bauch fühlte sich endlich frei. Julie starrte ihn mit großen Augen an. Dann tat sie hastig so, als würde sie ihn nicht bemerken und begann, ihre Schwerter zu säubern. Hatte Gaia Mitleid in ihren Augen gesehen? War es Ekel?

In der Ferne Hügel. Im Hintergrund die Berge, wie poliert. Die Felder, an denen sie vorüberfuhren, waren von Zäunen umgeben. Pfähle, von Bäumen oder dem Wind niedergedrückt. Einige waren derart morsch, dass sie ein darauf landender Vogel zum Einsturz gebracht hätte.

Das Land hatte einst Menschen gehört.

Bauern, die diese Felder beackert hatten, ehe Jener Tag sie zur Flucht gezwungen oder sie mit sich gerissen hatte, ehe sie zu fliehen vermochten. Doch zwischen den verlassenen Feldern lag ein Hof, wo noch ein Mann draußen den Boden bearbeitete. Hoffnung inmitten der Trostlosigkeit.

Bei ihm tauschten sie Gaias Tiere gegen Nahrung ein. Gaia winkte den Tieren zum Abschied zu. Leben inmitten des Untergangs.

Kapitel dreiundzwanzig

Am nächsten Morgen vermochte sie den Horizont nicht mehr zu sehen. Reihen von menschengebauten Häusern durchzogen nun die Landschaft – einige verfallen, zusammenstürzt, andere noch intakt. Ihre Mauern waren von Kletterpflanzen überwuchert, und durch ihre Öffnungen wuchs Gras. Gebäude, in denen früher einmal oben Familien gelebt hatten und aus denen Geld in die Läden im Erdgeschoss geflossen war. Jedoch nicht genug, um zu bleiben.

Gaia stieg aus. Ihre Kette zog sie wie einen Katzenschwanz hinter sich her. Neben ihrem Kutschenverschlag standen vier von Hagens Männern und wünschten ihr einen guten Morgen. Die Sippe der Unerwünschten holte an einem Brunnen in der Ferne Wasser. Julie konnte sie dort nicht erkennen.

Das Geräusch ihrer Schritte, als sie zwischen den Mauern entlanglief. Die durch Wind und Regen zerstörten Wände waren löchrig geworden. Es fiel Sonne durch sie hindurch und hinterließ in der noch dunklen Umgebung leuchtende Flecken. Klein wie Nadelstiche zwischen den Häusern und den fernen Bergen.

Zwei von Hagens Männern standen vor dem Gefängnis des Städtchens, den Rücken der Veranda zugewandt. Was bewachten sie da? Worauf warteten sie in dieser Leere? Gaias Kette schrammte klirrend über den Boden. Sie blickten auf.

»Mutantin«, warnte der eine, als sie vor der Eingangstür stehen blieb. Sie trat dennoch ein.

»Sie haben vielleicht schon angefangen«, warnte der andere.

Sie ging an Tischen voller Schutt und Asche vorbei. Diese Räume – wofür sie früher auch immer verwendet worden waren – hatten Menschen und Tiere auf der Suche nach Beute durchstöbert. Ihre Spuren zeigten sich im Staub und im Dreck. Fußstapfen und Pfotenabdrücke. Seltsame Geräusche führten sie weiter. In einem hinteren Raum, wo zwei Gefängniszellen lagen, entdeckte sie die beiden.

Seine Hose um seine Knöchel, sein haariger Rücken entblößt. Sie bei ihm, unter ihm – das Menschenmädchen. Gaia riss ihn von ihr, die Hände um seinen Hals, ihn mit einer Heftigkeit verfluchend, die sie dem Jäger gegenüber nie zu zeigen gewagt hatte. Die Bestrafung, die ihm nie zuteilwurde, der Preis, den sie ihn niemals hatte zahlen lassen.

Gerettet durch den eigenen Tod, während Männer wie dieser weiterhin frei herumliefen. Julies Arme schlangen sich um Gaias Oberkörper und versuchten, sie wegzuzerren, vermochten gegen die Kraft der Mutantin jedoch nicht anzukommen.

»Er bringt mich nicht um«, ächzte Julie.

»Doch, das tut er!«, rief Gaia und schüttelte sie ab. »Er wird seinen Samen in dich pflanzen und dich auf Ewigkeit besudeln! Er ist ein *Mann*!«

»Ich weiß, dass er ein *Mann* ist.«

Gaia wischte sich die Tränen aus den Augen und blickte ihn an. Die Hose wieder hochgezogen, doch noch geöffnet, als ob er nur abzuwarten gedachte, bis die Unterbrechung vorbei war, um dann ungestört weitermachen zu können. Abwarten, bis der kurze Austausch vorüber war. Bloß ein Mann auf der Suche nach Fleisch und Leben, um dagegen Krieg führen zu können. Immer nur ein Mann – und dafür verurteilte ihn Gaia.

Der Lehrer hätte dasselbe getan, um das Mädchen vor sich selbst zu schützen. Oder etwa nicht? Ihr Zorn war sein Zorn, seine Lehren formten ihr Verhalten. Der Pfad der Gerechtigkeit, so hatte er ihn genannt, auch wenn Gaia nun feststellen musste, dass nur er und sie auf diesem gewandelt waren.

Mit einem heftigen Riss an ihrer Kette wurde sie zu Boden gezogen. Während die Männer sie aus dem Gefängnis zerrten, hörte sie, wie Julie ihn leise beruhigte. Sie flüsterte: »Ich werde es keiner Menschenseele verraten, ich verspreche es … Ihre Haut hat dich nicht berührt, ich schwöre es …«

Ein letzter Blick auf Julie, die zurückblieb. Julie, ein Mädchen, das beschloss, in den Armen niederträchtiger Männer zu liegen, während Gaia den höchsten Preis dafür zahlen musste, unter ihnen gelebt zu haben.

Kapitel vierundzwanzig

Als sie wieder in den Kutschen saßen, begannen die Räder erneut zu rollen.
Dem Tod entgegen, ihrem einzigen Ausweg,
keine Ehre, für die es sich zu leben lohnte.
Noch keine.

Am Horizont sah sie verlassene Städte, deren Gebäude einmal in den Himmel gereicht hatten. Jetzt nur noch die Ruinen einer Vergangenheit, durch die man langsam und qualvoll waten konnte. Gaia sah sie vorüberziehen, bis schließlich erneut bloß flaches Grasland zu entdecken war.

Julie saß ihr gegenüber. Schweigend zählte sie die Münzen, die sie verdient hatte, ehe sie diese in einem kleinen, geheimen Kasten in der Kutsche verstaute.

»Wage es nicht«, warnte sie, als sie die Riegel wieder zuschob.

»Als ob du mich besiegen könntest.«

Julie erstarrte. Verstand sie in diesem Augenblick, dass sie vor einem Wildling saß?

Die eine ausgebildet, die andere erfahren.

Die eine Jägerin, die andere Fallenstellerin.

Es war das Beste, jemanden in Ruhe zu lassen, der wusste, wie man dort überlebte, wo Julie es nicht wusste.

»Es gibt andere Wege zu töten«, sagte Julie in dem Versuch, eine Art von Verständigung zwischen ihnen herzustellen. »Aber ich weiß nicht, ob ich dir trauen und das zeigen kann, was ich habe.«

»Wenn du mich nicht im Schlaf tötest, werde ich dich nicht töten, wenn du wach bist.«

Julie willigte ein. Sie öffnete den geheimen Kasten und holte einen Lederbeutel an einer Schnur heraus. In ihm eine Handvoll dunkelgelber Pilze.

»Ein Tod ohne Blutvergießen«, murmelte Gaia. »Hast du schon einmal getötet?«

»Nein.«

»Dann weißt du nichts vom Töten. Wenn ich dir diesen Beutel wegnehme, hast du keine Chance zu überleben. Du solltest kämpfen lernen.«

Gaia wusste jedoch nicht, dass dort, wo Julie auf die Welt gekommen war, schwere Regenfälle die Lehmstraßen in Teiche und Flüsse verwandelt hatten und man die Häuser so umbaute, dass man zu ihnen segeln konnte. Julie war mit Wasser in den Lungen geboren worden und aufgewachsen – an einem Ort, wo die Hunde immer schon Stunden vor dem Sturm zu bellen begannen, wo jeder Bewohner der Stadt ein eigenes Boot besaß, falls der Ozean in der Ferne zu brodeln begann. Wo man mehr Tage in der Dunkelheit als im Licht verbrachte, mit keiner Hoffnung als der auf Sonnenstrahlen. Wo sie von Menschen umgeben gewesen war, deren Haare in alle Richtungen abstanden, denn der Wind hatte sich dort eingenistet. Wo nichts im Boden wuchs, das lange am Leben blieb.

Sie hatte mehr als genug Knochen gesehen. Doch es war

ihr Zuhause gewesen. Man nahm es klaglos hin, man überlebte den Sturm, hämmerte mehr Nägel in das Dach, damit es nicht davonflog, und trug Stiefel, wenn man zu Bett ging. Das hier war jetzt ihr Leben, die Sippe der Unerwünschten ihre Retter. Die schwarze Silhouette des Kutschenzuges in der Ferne auf einer schlammigen Straße, aus Westen kommend. Ihre Eltern waren von den Sümpfen verschlungen worden, alles, was ihr vertraut gewesen war, hatte sich aufgelöst. In den Sumpfgebieten von Louisiana gab es kein Überleben mehr, alles war dem Meer anheimgefallen.

Julie mochte nichts vom Töten wissen, aber sie kannte den Tod.

»Manche kämpfen ohne Waffen«, entgegnete sie der Mutantin.

Kapitel fünfundzwanzig

Gloria Nicola, die Mutter des ersten Gregor, des Vorgängers all jener, die nach ihm kamen, hatte Jenen Tag nicht überlebt. Die Hauptstadt der Nation wurde zum Symbol ihrer Erinnerung. Das Zeichen der Stadt war ihre Lieblingsblume, ein Bartfaden – Penstemon payettensis. Auch im Zeichen für die gregorianische Nation fand sich diese Blume: eine Cutthroat-Forelle in der Mitte, über die zwei Bartfadenblumen einen Bogen formten.

Aus grobem Leinen genäht, flatterten die Flaggen von Ammon über jedem Wachposten und auf den Dächern der Wohnhäuser. Diese Nation war stolz und mächtig. Es war eine Nation, die wusste, wie man überlebte.

Es gab die Wachen von Ammon, die ihre Stadt beschützten, und die gregorianischen Krieger, die ihre Nation beschützten. Man konnte die Wachleute durch die farbenfrohere Kleidung erkennen: Ihr Gambeson war rot, darüber trugen sie eiserne Panzerhemden, die als Rüstung dienten. Über ihren roten Hosen hatten sie metallüberzogene Strümpfe, während metallene Manschetten ihre Unterarme und Ellbogen schützten. Auf ihren Köpfen saßen Helme, auf die das ammonische Symbol gemalt war. Diese Uniform trugen sie im Dienst.

Die Krieger, die in der Landschaft nicht auffallen sollten, hatten braune oder grüne Tuniken unter ihrem Gambeson sowie Kettenmanschetten an Beinen und Armen, um unterwegs und beim Kampf beweglich zu sein. Ihre Helme bedeckten Stirn und Mund. Die Helme der Bogenschützen besaßen keinen Schutz für die Nase, um so eine bessere Sicht zu ermöglichen.

Ganz unten standen die Lehrlinge, junge Männer, die gerade erst das Kämpfen erlernten. Zuerst zog man sie zu Nachwuchskriegern heran, was mehrere Winter dauerte. Dann wiesen ihre Offiziere sie ihrer jeweiligen Stellung als Wachmann eines Kriegers zu. Den höchsten Rang stellten die obersten Krieger, die bereits viele getötet hatten und die Anzahl der von ihnen Getöteten als Tätowierungen auf ihrem Hals trugen. Sie wurden von Gregor dem Herrscher beauftragt, besondere Missionen auszuführen, und konnten sich glücklich schätzen, ihn persönlich zu kennen. Solch ein oberster Krieger war auch Hagen, doch er würde es bitter bereuen, die Mutantin nicht zu seiner Verbündeten gemacht zu haben.

Kapitel sechsundzwanzig

Gaia erwachte mit dem Anblick hoher steinerner Wachtürme. Die Türme von Ammon. Sie sah die ersten bewaffneten Wachen aus der Nähe, die auf ihren Posten standen und langsam hin und her patrouillierten. Man hatte sie informiert, dass die Sippe der Unerwünschten eintreffen würde, begleitet von Kriegern. Sie salutierten und ließen sie passieren.

Kein Zurück.

Hier und dort standen die Häuser von Bauern. Die Krieger ritten unbemerkt nach Ammon hinein, denn ihr Kommen und Gehen war für die Bewohner ein gewöhnlicher Anblick, ob nun in Rüstung oder ohne. Doch wie viele Kutschen kamen diesmal mit ihnen? Was konnten sie aus der Ferne mitgebracht haben?

Schon bald fuhren sie an mehr Häusern vorbei. Die Straße wurde weniger holprig, denn beinahe ununterbrochen bewegten sich Frauen, Männer und Kinder darüber – ebenso wie die Hufe von Tieren oder das schwere Gewicht von Kutschenrädern. In den verschiedenen Wohnvierteln sah Gaia Leute auf dem Weg zu Verkaufsständen, die an den Seiten der Straßen aufgebaut waren. Die geschäftigen Läden der Goldschmiede, Lederhandwerker, Schuhmacher, Apotheker und Spielzeughändler. Die Juweliere, Töpfer, Schneider. Sie alle versuchten es. Sie alle versuchten, ein Leben zu führen. Die Tavernen, die Teestuben, die Bäckereien. Sie bemühten sich, wie diejenigen Menschen zu leben, die einmal gewesen waren.

Alles war schmutzig und das Holz morsch.
Was erbaut worden war, hatte man nicht erhalten,
was zerstört worden war, hatte man nicht neu errichtet.
Niemand achtete darauf, denn allein das Versprechen
auf Hoffnung genügte.

»Aus dem Weg!«, rief einer der Krieger. Männer und Frauen traten beiseite. Sie waren keine gewöhnlichen Reiter, sie waren Krieger. Vor ihnen tat sich ein Weg auf, und der Zug der Kutschen rumpelte weiter.

Was Gaia besonders seltsam anmutete, war der Geruch. Ein Gestank in den Straßen, der auch in die Kutsche drang. Eine Mischung aus Fett, Rauch, Tierausscheidungen und Staub. Dort, wo die Ärmsten wohnten, wo die Abwässer nicht abliefen, roch es nach Tod.

Sie sah aufmerksam zu, wie die Menschen eng nebeneinander herliefen oder beisammenstanden. Kein Ort, um sich zu verstecken, ein leichtes Ziel. Die Hälse der Frauen erhoben sich über Kleidern, die ihre weiblichen Kurven zeigten, sichtbar selbst unter ihren Schaffellmänteln, die eng um ihre Taillen lagen. Und die Männer. Ihre schmutzigen Haare fielen in ihre Gesichter; sie zeigten offen ihre Hände, um Münzen zu geben oder zu empfangen, während sie atemlos Tausch betrieben und dabei nie einen Blick nach hinten warfen, ob jemand sie angriff. Gaia verstand sie nicht, und sie würden Gaia nicht verstehen.

Wenn sie sich jemals verstehen würden, dann allein durch einen Krieg.

»Es sind viele«, murmelte sie irgendwann. Da waren die Blinden und die Tauben und die Verkrüppelten. Vieles, was einmal gewesen war, gab es nicht mehr. Aber für die Mutantin war diese leidende Stadt dennoch eine Stadt, eine herrliche noch dazu.

»Das ist wahr«, sagte Julie.

Alles, was das Menschenmädchen sah, kannte es in- und auswendig. In diesen Straßen trat es auf. Es war für die Kinder hier eine Hexe, eine Hexe mit verzauberten Schwertern. Jedes Mal, wenn es nach Ammon zurückkehrte, waren die Leute begeistert. Es war die Hure für die betrogenen Ehefrauen, die es mit Fackeln gejagt hatten. Eine Verführerin für die Männer, die ihre Nächte mit ihr verbrachten. Als Begleiterin einer Mutantin aufzutreten, hatte sie sich jedoch nie träumen lassen.

»Hier gibt es auch viele Krieger«, bemerkte Julie.

»Sie müssen alle Waffen tragen.«

»Das tun sie.«

»Ich kann nicht gegen alle kämpfen.«

»Nein, das kannst du nicht. Es herrscht Anspannung auf den Straßen. Man munkelt, dass die Calistoniten planen, ihr Gebiet zu erweitern.«

Sie kamen an ammonischen Fahnenposten vorbei. Eine Nation, aus dem Nichts erschaffen, mit Gesetzen, die aus Tragödien entstanden waren. Kinder, aus Hoffnung geboren. Der Lehrer stammte aus einem solchen Leben, aus der Welt dieser Menschen. Er hatte es für Gaia geopfert. Hatte alles, was er hätte sein können, für das Mutantenkind aufgegeben.

Kapitel siebenundzwanzig

Langsam wurde sie allen klar, die Bedeutung dieser Prozession. Die Kutschen hatten einen ungewöhnlichen Weg eingeschlagen, als sie in eine enge Gasse einbogen, die nicht oft befahren wurde. Den Leuten fiel das auf. Die Straßenkinder, die es mit ihren raschen Blicken als Erste bemerkten, begannen, neben den Kutschen herzulaufen, auch wenn die Krieger ihnen zu verschwinden befahlen. Als Nächstes kamen die Erwachsenen, die mit ihren Karren stehen blieben. Ihre Körbe umklammerten. Einander zuflüsterten, dass in einer dieser Kutschen vielleicht die Mutantin sitzen könnte. Schließlich waren es Hagens Männer, die nebenherritten.

Aber wie sollte sie verlaufen? Wie, wenn in den Geschichten über die Mutanten-Prozessionen diese immer farbenfroh, üppig und dekadent geschildert wurden?

Mit Kutschen, deren Räder nicht bei jeder Kurve ächzten, deren Schrauben nicht halb am Herausfallen waren.

Doch das waren die Tage der Wunder gewesen. Das waren die Tage gewesen, als selbst die Sippe der Unerwünschten die wertvollsten Kreaturen mit sich führte.

Julie zog rasch die Vorhänge zu. Gaia konnte dennoch durch die Schlitze sehen. Sie beobachtete, wie die Silhouetten von Menschen an den Fenstern der Häuser erschienen. Wie Türen geöffnet wurden. Hastig kamen Leute heraus. Manche hatten in der Eile vergessen, die Schuhe anzuziehen und schlossen sich barfüßig der größer werdenden Menge an. Ein Säugling weinte in den Armen seiner Mutter.

Die Kutsche fuhr eine Seitenstraße hinunter. Die anderen Teilnehmer der Prozession sollten am Hauptplatz anhalten und dort warten. Am Ende der Straße befanden sich hohe Tore, durch die sie hindurchfuhren und die niemand seit vielen Sommern passiert hatte.

Die neugierige Menge verweilte dahinter. Die Tore, dessen schwarze Eisenzacken in den Himmel ragten, ängstigten sie mit der Erinnerung daran, was einmal hier durchgekommen war. Einige lugten hindurch, um einen Blick zu erhaschen. Krieger und Wachen hielten sie davon ab weiterzugehen.

Die Tore markierten die Grenze zu einem umzäunten Viertel, das vom Rest der Stadt abgeschnitten war und wo man die Mutanten vor ihrem rituellen Tod isolierte. Die Holzzäune waren mit der Zeit verrottet. Einige Bewohner der Stadt hatten Stücke zum Feuermachen mitgehen lassen. Das Quarantäne-Gebäude stand groß und verlassen da. Drei zerbrochene Stufen führten zu einer Veranda hinauf. Schrauben und Nägel hielten das Dach nur noch schwach zusammen. An jeder Ecke stand ein leerer Wachposten. Die Sonne schien, und ihre Strahlen trafen auf die verstaubten Fensterscheiben, die rund und vergittert waren.

Neben dem Hauptgebäude befand sich das Haus des Mediziners. Dunkel, verstaubt, verlassen. Die schwer kranken Mutanten waren hierhergekommen, um ihre Schmerzen vor dem Ritual zu lindern. Leidende Mutanten, kranke Mutanten. Mutanten mit Wunden, Mutanten mit Albträumen. Die Mutantin mit Kind.

Der Preis, den die Menschheit in jener Zeit gezahlt hatte. Was man ihr genommen hatte. Die Krankheiten, die sich ausgebreitet hatten. Die Kinder, die missgestaltet zur Welt gekommen waren; die Starken, die schwach wurden. Die Erwachsenen, die nie alt wurden. Der Verfall der Menschheit, bis zur Auslöschung.

Nie mehr.

Die Rückkehr zum Erdreich, dort lag die Befreiung. Als Mensch wiedergeboren zu werden. Dort lag das Versprechen. Das Versprechen einer starken Gesundheit, einer Zukunft, eines Lebens.

Der Erde wiedergegeben werden, eine gereinigte Rückkehr.

Es ist an anderen, den Grad an Niederträchtigkeit zu beurteilen, der für diese Menschen Gesetz geworden war.

Kapitel achtundzwanzig

Durch das Fenster sah sie einen Reiter durch die Tore kommen, einen galoppierenden Krieger. Er brachte die Neuigkeiten des Höchsten. Hielt vor seinen Kameraden und sprach:

»Gregor der Herrscher hat einen neuen Beschluss gefasst. Dieser Ort ist zu verwittert, die Mauern sind nicht mehr sicher. Sie soll ins Verlies seiner Burg gebracht werden.«

Und so würde sie dorthin gelangen, wo erst wenige gewesen waren. Wohin niemand wollte, was kaum einer gesehen hatte – jenen Ort unter der Erde, wohin die Sonne niemals vordrang.

Abrupt wendete die Kutsche und kehrte in raschem Tempo zur Hauptstraße zurück. Dieser folgte sie durch kurvenreiche Gegenden nach Osten. Über zahlreiche Plätze, vorbei am Gerichtshof, am Krankenhaus. Die Gebäude wurden imposanter, in ihnen wohnten Menschen mit angeseheneren Berufen.

»Er muss Gefallen an dir gefunden haben«, murmelte Julie und sah zu den vorbeiziehenden Villen hinaus. Es waren tatsächlich Villen, die man vor langer Zeit in der alten Welt errichtet hatte. Früher waren sie einmal weiß gestrichen gewesen. Doch nun vermochte man diesen Farbton nicht mehr herzustellen. Früher hatten die Einfahrten zu herrlichen Veranden hinaufgeführt, ihr Holz war glatt und makellos gewesen, jedes Detail wunderbar verziert. Wenn man die Augen zusammenkniff, erahnte man noch, wie es einmal ausgesehen hatte. Doch jetzt waren da große Löcher im Holz, die man mit groben Brettern und Latten reparieren musste – als ob man diese Villen nur mit hässlichen, groben Krücken vor dem Zusammenbruch zu retten vermochte.

Zumindest gab es die Gärten. Zumindest gab es Grün. Die Wildnis schien hier zurückzukehren. Kein Mensch in Sicht. Dann sah Gaia zwischen Bäumen einen hohen Verteidigungswall. Er war aus Holz errichtet, das laut ächzte, wenn man darauf lief, und dabei zu schwanken schien. Doch die Flaggen von Ammon flatterten auch hier stolz im Wind. Überall auf dem Wall waren Wachen postiert, bereit, die zitternde Festung zu verteidigen.

Die Tore öffneten sich auf einen gepflasterten Platz. Man hatte die Steine hastig verlegt, als man die Stadt errichtete. Hier und da ragten sie noch aus dem Boden, sodass man aufpassen musste, nicht zu stolpern. In der Ferne erhob sich die Burg. Ihre Mauern hatten einmal die Reichen und Mächtigen der alten Welt beherbergt; nun gehörten sie jenen, die sich als ihre Nachfolger verstanden. Veranden schirmten das untere Stockwerk gegen Regen und Sonne ab, aufrecht gehalten von massiven Säulen, die den Bau stützten und die hohen Decken trugen. Die feinen Einzelheiten der Schnitzarbeiten hatte der Zahn der Zeit sichtbar angenagt. Um den Platz herum standen Kolonnaden. Von Überlebenden errichtet, von Menschen gebaut, die diese Stadt hatten errichten lassen, diese Nation. Erbaut von Überlebenden, von Menschen, die sich daran erinnern wollten, was es bedeutete, Macht zu besitzen. In diesem neuen Zeitalter konnte man nur noch vorgeben, als Mensch mächtig zu sein – um die Schmerzen zu lindern, die all der Verlust mit sich gebracht hatte.

Unter den Kolonnaden waren Wachen postiert. Bedienstete eilten vorüber. Es hatte zu regnen begonnen. Links und rechts befanden sich Steinbecken, aus denen frisches Wasser floss. Von dem Platz aus konnte man sich in verschiedene Richtungen wenden. Die breiteste Straße führte weiter zur Burg, deren Buntglasfenster teilweise zerbrochen waren. Doch auch die übrig gebliebenen Scherben erinnerten noch an die ehemalige Schönheit. Ein weiterer Weg ging zu den Ställen. Einer in die Gärten. Noch einer zu kleineren Häusern aus Holz, wo die Wachen wohnten.

Der Kutschenverschlag wurde geöffnet. Gaia warf einen letzten Blick auf das Menschenmädchen. Julie sah sie an, die Lippen entschlossen aufeinandergepresst.

Gaia fragte: »Wirst du da sein?«

Das Menschenmädchen antwortete: »Ich werde da sein.«

Gaia trat ins Freie. Ihre Kette fiel klirrend neben ihr auf das Kopfsteinpflaster.

»Vergiss mich nicht«, sagte Julie hinter ihr. Die Mutantin würde sie nicht vergessen.

Die Krieger hatten die Visiere ihrer Helme hochgeklappt. Gaia konnte ihre Gesichter deutlich sehen. Regentropfen fielen auf das Metall. Die Luft war nicht mehr stickig. Die Männer standen aufrecht da. Sie vermochte es nicht, einem von ihnen in die Augen zu blicken.

Krieger gegen Mutantin: ein nie stattgefundener Kampf.

Die Kettenmanschetten an den Armen der Männer waren durch das lange Tragen schwarz geworden. An den Händen Handschuhe aus feinem Leder. Drei Riemen um jedes Handgelenk führten bis zu den Ellbogen hinauf. Das Leder war fein verziert. Ein solches Paar Handschuhe zu besitzen! Der Lehrer hätte es für sie angefertigt, wenn sie ihn darum gebeten hätte. Wenn sie davon gewusst hätte.

Hinter ihr fuhr die Kutsche ratternd durch die Tore davon. Sie konnte das Menschenmädchen nicht sehen, das durch das Fenster einen letzten Blick auf die Mutantin warf.

Und diese Mauern, von Holzblöcken gestützt,
gegen den Wind kämpfend, noch immer aufrecht.
Diese Mauern, von Menschen mit ihrem Leben bewacht,
diese Fenster aus buntem Glas,
zerbrochen und verwittert, doch immer noch glänzend.
Diese Flaggen, lustig flatternd.
Ah, als Kind eines Herrschers geboren zu sein.

Die Krieger umringten sie, während sie lief. Sie hielten vor einer Falltür inne, die sich im Pflaster befand. Ein Schritt näher Richtung Tod. Eine Treppe hinab in die Dunkelheit. Als sie hinunterstiegen, zeigten die Männer warnend auf die Stufen, die von Kägerlarven derart zerfressen waren, dass man einen ganzen Fuß darin verlieren konnte. Sie sprang über die Stufen hinweg, als wollte sie die Krieger überzeugen, dass so etwas für sie noch Bedeutung hatte. Immer tiefer – bis sie zu einem Tunnel gelangten, der von Laternen erhellt wurde. Die Lampen ließen die Dunkelheit nur noch schwärzer erscheinen.

Ihre Gefängniszelle. Man hatte sie für Gaia vorbereitet, in einer getrennten Abteilung, reserviert für die schwersten Verbrecher. Diese Stille. Wände aus Stahl, eine verriegelte Tür mit einer verschlossenen Luke auf Augenhöhe. Man ließ Gaia von der Kette. Die Schritte der Krieger verhallten, als sie sich entfernten. Argwöhnisch musterte der Wachmann vor der Tür die Zelle mit der Mutantin.

Gaia zog den Mantel aus. Endlich konnte sich ihr runder Bauch ungehindert mit ihr bewegen. Sie entledigte sich ihrer Handschuhe. Aufgerieben und wund, war ihre Haut voller getrockneter, brauner Krusten, die aufplatzten, wenn sie die Finger krümmte. Zerstört, zerstört, zerstört.

Kapitel neunundzwanzig

Sie vernahm Bewegung in der Stille.

Echos an einem Ort, wo man fast vergessen hatte, dass es so etwas gab.

Die Luke an ihrer Tür wurde aufgeschoben, und der Wachmann ging draußen vor der Zelle in die Knie, um zu ihr hineinzusehen. Ein rasches Kopfnicken. Ein fast unmerkliches Flüstern zur Begrüßung. Man hätte ihn auch mit dem Schaben von Schuhen über den Boden verwechseln können. Der Mann blieb in der Hocke, während er ein paar weitere Worte von sich gab – ein Gebet oder einen Fluch. Er reichte ihr eine Schale mit Suppe und ein Stück Brot, die Augen unverwandt auf sie gerichtet. Als er ihr einen Krug Wasser gab, berührten ihre rauen Fingerkuppen die seinen.

Sie sah ihn an. Er wandte den Blick nicht ab. Die Berührung eines Mutanten galt als unheilbringend. Wenn er erzählte, was ihm geschehen war, würden ihn viele meiden. Mädchen würden ihm aus dem Weg gehen, man würde ihn verachten. Sie erinnerte sich an das Menschenmädchen, das sich über ihre Berührung keine Gedanken gemacht hatte. Doch Julie hatte bereits zu den Ausgestoßenen gehört.

Er schloss die Luke und stand einen Moment lang reglos hinter der Tür.

»Ich bin als Wache zugeteilt«, erklärte er. »Ich schätze es nicht, berührt zu werden.«

»Ich schätze das auch nicht.«

»Iss jetzt«, befahl er. »Er wird bald kommen.«

Als sie Luft holte, begannen die Krämpfe. Ein furchtbarer Schmerz, der ihre Nerven erzittern ließ. Ihr Körper wusste bereits, was bevorstand. Er schien sie vor dem Kommenden zu warnen. Er schien sie aufzufordern zu fliehen, auch wenn sie das nicht mehr konnte.

Der erste Herrscher, dem sie begegnen würde.

Er würde das, was geschehen sollte, sein Leben lang bereuen.

Hätte er sie mit ihrem treuen Begleiter zusammengebracht, wenn er gewusst hätte, was passieren würde?

Das Einzige, was sie begehrte, das ihr einzig Wichtige: nicht vom Hüter der Gerechtigkeit getrennt zu werden. Hatte er geahnt, dass ihm ihr Exil die Zugehörigkeit zu seiner Nation kosten würde?

Der Herrscher kam, mit Hagen an seiner Seite. Hinter den beiden folgten weitere hochrangige Persönlichkeiten: die drei Obersten Leser der gregorianischen Nation und die drei höchsten Senatoren der ammonischen Geschworenen. Gaias Wachmann hatte sich erhoben und sperrte die Zellentür auf. Das Licht der Fackeln zeichnete die Silhouetten der Männer an die dunklen Mauern.

Die Männer, die um den Herrscher standen, salutierten ihm mit den Augen. Er bewegte sich leichtfüßig, als er vor Hagen und die Obersten Leser trat. Er betrat die Zelle allein. In einiger Entfernung von Gaia blieb er stehen. Er war kein Krieger unterwegs in die Berge. Seine rechte Hand ruhte souverän auf dem Griff seines Schwerts, die Fingerkuppen lautlos dagegenklopfend. Sie bemerkte, dass er mit dem Schwert umzugehen wusste. Er war nicht nur in der Wärme von Gänsefedern und mit Festgelagen aufgewachsen, sondern hatte von Geburt an gelernt, wie er sein Volk in den Krieg führen konnte. Unter seinem Ledermantel trug er eine Tunika aus rotem Stoff. Wolfsfell lag auf seinen Schultern und bedeckte teilweise die tätowierten Linien an seinem Nacken, deren genaue Anzahl sie nicht erkennen konnte. Um den Hals trug er eine goldene Kette. Auf dem daran befestigten Anhänger waren die Symbole Ammons zu sehen. An den Fingern steckten Ringe. Wenn er sich bewegte, vernahm man das Klirren von kostbarem Schmuck, der unter seiner Kleidung verborgen war. Solchen Schmuck stellte man nicht mehr her. Man hatte ihn gefunden und den Skeletten in den Ruinen der Häuser entwendet.

Seine langen kastanienbraunen Haare reichten bis zu den Schultern, schimmerten rötlich und waren in der Mitte gescheitelt. Die Augen waren blau, wirkten jedoch im Licht der Fackeln silbern. Er musterte sie aufmerksam, ehe er das Wort an sie richtete und dabei die linke Hand über ihren Kopf hielt.

»Möge dir die Erde mit Gnade begegnen, Gaia Marinos«, sagte Gregor der Herrscher.

Sie sah ihn überrascht an. In seiner Stimme schwang die Macht mit, die er besaß. Ach, zu sein wie er! Er zog die Hand zurück und befahl ihr, sich zu erheben.

»Du hast nichts gegessen«, stellte er fest. Die Suppe in der Schüssel war kalt, das Brot unberührt.

»Ich habe keinen Hunger«, erwiderte sie.

»Geht es dir nicht gut?«

»Ich erwarte ein Kind.«

»Das hat man mir gesagt. Wie ich sehe, ist es bereits weiter fortgeschritten, als ich angenommen hatte.«

Das war es. In der vergangenen Nacht hatte sich der fünfte Vollmond seit ihrer letzten Blutung gezeigt.

»Wenn es nur einen anderen Weg gäbe«, sagte er. »Niemand konnte dein Kommen vorhersehen.«

»Und doch bin ich hier.«

»Und doch bist du hier.«

»Und mein Gefährte – wo ist er?«

»Er ist nicht weit von hier untergebracht und denkt über unser Angebot nach. Ihm liegt viel an dir. Für dich würde er sich für den Tod und gegen ein Leben mit uns entscheiden.«

Es würde schon genügend Tote geben. Wie sollte sie jemals erfahren, wofür er sich entschieden hatte? Sie würde ihn nicht wiedersehen. Nicht als Lehrer.

»Ich weiß, dass er das tun würde«, murmelte die Mutantin. Sie sah, wie Gregor der Herrscher nickte und sich dann zum Gehen wandte. »Ich weiß, dass er das tun würde«, sagte sie noch einmal zu sich selbst.

Kapitel dreißig

Sie sah den Schatten ihres Wachmanns, als sie die Augen öffnete. Durch die Luke in der Tür stellte er gerade einen Krug mit Milch und eine Schale mit dampfendem Haferbrei in die Zelle. Sie setzte sich auf und spürte erneut die Krämpfe in ihrem Bauch. Auch in ihren Albträumen hatten die Schmerzen sie erreicht. Ihre Pritsche knarzte. Der mächtige Wachmann zuckte erschreckt zusammen, verängstigt wie alle, wenn sie in der Nähe war. Er senkte tief den Kopf, sodass sein Gesicht fast zwischen seinen Schultern verschwand.

Das einzige Licht hier unten stammte vom schwachen Schein der Fackeln.

Sie fragte: »Ist es Morgen?«

»Noch nicht. Sie kommen bei Sonnenaufgang.«

Die Luke wurde wieder geschlossen. Sie stand auf. Das Gewicht ihres Körpers zog sie nach unten. Die Welt schien zu schweben, und sie hatte das Gefühl, selbst den Boden nicht mehr zu berühren. Wo sie gelegen hatte, waren Flecken frischen Bluts. Sie sah nach unten. Rot auch zwischen ihren Beinen.

Gaia versuchte aufzustehen. Sie biss die Zähne zusammen. Benommen vor Schmerzen taumelte sie zur Tür und fiel dort auf die Knie. Nicht nur in ihrem Bauch pochte es heftig, sondern ihr ganzer Körper zitterte so, als wäre er bereits endgültig besiegt. Etwas flehte in ihr, bat sie, herauszudürfen, kratzte an ihrem Inneren. Jede Ader in ihren Fingern brannte, selbst die Zehenspitzen schmerzten.

Sie fürchtete, dass es kein Mensch sein würde, was sie in sich trug.

Sie räusperte sich.

»Ich blute.«

Die Luke wurde aufgeschoben, seine Augen lugten herein. Panik begann sich im Raum auszubreiten. Der Wachmann eilte den Gang davon. Rannte. Wenn sie jetzt in der Zelle starb, würde ihn das kosten. Schwarze Schatten tanzten vor ihren Augen. Wer war da? Die Tür stand offen … Licht … Luft. Sie erkannte ihn, ihren Wachmann. Fremde waren nun bei ihm. Er unter ihnen, der eine: Gregor der Herrscher. Sein Wolfspelz hing über seinem Nachtgewand. War es Angst, die sich in seiner Miene widerspiegelte? War es Sorge? Um sie, um das Gesetz? Ruhm und Blamage, Geschichte und Niederlage. Man griff nach ihren Armen und ihrem Gesicht, berührte ihre Haut mit weißen Leinenhandschuhen.

Sie tasteten nach ihrem Puls, stellten Fragen, die sie unbeantwortet ließ. Lasst sie, lasst sie, die Mutantin ist schon dem Tod geweiht. Fieber hatte ihren Körper erfasst. Wie kalt sich die Knochen in ihrem Fleisch anfühlten, wie quälend heiß ihre mutierte Haut glühte.

Sie hob die Arme, als man sie hochziehen wollte. »Lasst es uns hinter uns bringen«, stöhnte sie in ihren Qualen. »Lasst es uns hinter uns bringen …«

Alle sahen ihn an, der eine Entscheidung fällen sollte. Doch Gaias Wunsch verblüffte ihn. Er hatte nicht genügend Zeit gehabt, um sich, seine Leute und seine Nation vorzubereiten. Um sich seiner eigenen Niedertracht zu stellen.

Gaia schloss die Augen und wartete.

Sie wurde hochgezogen. Was für eine Erleichterung, sich nach dem Tod zu sehnen. Sie legten sie auf eine Bahre und trugen sie in den Gang hinaus.

»Schickt Reiter zu den Obersten Lesern«, befahl Gregor der Herrscher seinen Leuten. »Lasst unsere besten Männer sofort das Feuer entfachen, und schickt einen Boten, der das Volk benachrichtigt. Wir beginnen bei Sonnenaufgang.«

III.
Gesetz der Mutanten

Die Behörden der Stämme, Clans, Nationen, Familien, Sippen oder jeglicher anderen Art von gesellschaftlicher Ordnung müssen jegliche Person aus Stamm, Clan, Nation, Familie, Sippe oder jeglicher anderen Art von gesellschaftlicher Ordnung verhaften lassen, die auf das Mutantentum bezogene Symptome, Ausprägungen, Störungen, Beschwerden, Diagnosen oder Erkrankungen aufweist, einschließlich, aber nicht beschränkt auf rote, hellrote oder violette Hautausschläge, zusammen mit sichtbaren schwarzen, violetten oder grünen Venen, Deformationen von Gliedmaßen und anderen Körperteilen, dunkle Hautausschläge mit Absonderungen, gräuliche Haut, gelbliche Augäpfel, unnatürliche Müdigkeit oder Übelkeit. Die Behörden der Stämme, Clans, Nationen, Familien, Sippen oder jeglicher anderen Art von gesellschaftlicher Ordnung müssen jegliche Person, die solche auf das Mutantentum bezogenen Symptome aufweist, in Quarantäne setzen und von der restlichen gesellschaftlichen Ordnung isolieren. Dabei müssen Männer und Frauen getrennt voneinander verwahrt werden, damit sie sich unter solch isolierten Bedingungen nicht gegenseitig schänden und Nachkommen erzeugen. Jede Person, ob Mann oder Frau, die einer mutanteninfizierten Person beiwohnt, gilt ebenfalls als mutanteninfiziert. Jede Frau, die ein mutanteninfiziertes Kind gebiert, gilt ebenfalls als mutanteninfiziert. Jeder Mann, der ein mutanteninfiziertes Kind zeugt, gilt ebenfalls als mutanteninfiziert. Jede Person, die jegliche Art von Flüssigkeit aus dem Gefäß einer mutanteninfizierten Person trinkt, gilt nicht als mutanteninfiziert, soll jedoch gemieden werden. Jede Person, die vom Teller einer mutanteninfizierten Person isst, gilt nicht als mutanteninfiziert, soll jedoch gemieden werden. Jede Person, die eine mutanteninfizierte Person bei sich im Haus oder einer anderen Unterkunft innerhalb oder außerhalb der Grenzen ihrer Stämme, Clans, Nationen, Familien, Sippen oder jeglicher anderen Art von gesellschaftlicher Ordnung versteckt, soll je nach Schwere ihres Verbrechens gefangen gesetzt werden, es sei denn, die mutanteninfizierte Person hat die nicht-mutanteninfizierte Person gegen deren explizit geäußerten Willen festgehalten. Jede Person, die mit einer mutanteninfizierten Person in Hautkontakt kommt, gilt nicht als mutanteninfiziert, soll jedoch gemieden werden. Abhängig von der Schwere der Erkrankung soll das Opferritual so bald wie möglich erfolgen. Steht eine mutanteninfizierte Person in Gefahr, bald zu sterben, soll das Ritual noch am ersten Tag ihrer Isolation erfolgen. Das Ritual für mutanteninfizierte Personen sieht folgendermaßen aus: Die medizinischen Behörden der jeweiligen Stämme, Clans, Nationen, Familien, Sippen oder jeglicher anderen Art von gesellschaftlicher Ordnung sollen die mutanteninfizierte Person in reinigenden Ölen baden sowie ihre Mägen und Gefäße mithilfe von Tränken so entleeren und reinigen, dass die Asche ihres Körpers später der Erde als Opfer dargebracht werden kann. Die Scham der mutanteninfizierten Person soll mit dünnem Stoff bedeckt werden, und die mutanteninfizierte Person soll sich vor der Obrigkeit der jeweiligen Stämme, Clans, Nationen, Familien, Sippen oder jeglicher anderen Art von gesellschaftlicher Ordnung niederknien. Der höchste Krieger, ausgewählt durch die Obrigkeit der jeweiligen Stämme, Clans, Nationen, Familien, Sippen oder jeglicher anderen Art von gesellschaftlicher Ordnung, soll daraufhin den Ort bestimmen, an dem das Herz der mutanteninfizierten Person begraben wird, sobald es entfernt wurde. Er soll den Ort wählen, indem er mithilfe seiner Waffe ein Loch in den Boden bohrt und erklärt: »Hierin soll es liegen.« Die Obrigkeit der jeweiligen Stämme, Clans, Nationen, Familien, Sippen oder jeglicher anderen Art von gesellschaftlicher Ordnung soll daraufhin der mutanteninfizierten Person erklären: »Möge dir die Erde mit Gnade begegnen.« Dann soll die mutanteninfizierte Person gefragt werden: »Was ist es, was du noch tun, sagen oder hören willst, in deinen letzten Augenblicken in diesem verdorbenen Körper?« Die mutanteninfizierte Person soll ihren Wunsch äußern. Ist ihr Wunsch innerhalb vernünftiger Maßstäbe umzusetzen, soll er der mutanteninfizierten Person für ihre letzten Augenblicke auf Erden gewährt werden. Sobald der Wunsch erfüllt wurde, soll ein Tuch auf dem Boden ausgebreitet werden, auf das sich die mutanteninfizierte Person knien soll. Der höchste Krieger der jeweiligen Stämme, Clans, Nationen, Familien, Sippen oder jeglicher anderen Art von gesellschaftlicher Ordnung soll daraufhin vortreten und seine Waffe in die Brust der mutanteninfizierten Person versenken, um das Herz herauszuschneiden. Er soll das Herz in das offene Loch im Boden legen. Der Leib der mutanteninfizierten Person soll ebenso wie das Tuch, auf dem sie zuvor kniete, verbrannt werden. Die Asche der mutanteninfizierten Person soll in eine Urne geschüttet werden, in die auch all jene Gegenstände gelegt werden, die während des Opferrituals verwendet wurden: die Fackeln, die Gefäße für die Tränke und Öle, die Tücher, die Schaber und die Waffen. Das Herz soll drei Tage lang im Boden liegen, bis seine Feuchtigkeit von der Erde aufgenommen wurde, ehe das leere Herz ausgegraben und ebenfalls in der Urne platziert werden soll. Die Urne soll daraufhin zugekettet und in eine Kutsche gestellt werden, gelenkt von einem ausgewählten Diener der jeweiligen Stämme, Clans, Nationen, Familien, Sippen oder jeglicher anderen Art von gesellschaftlicher Ordnung. Sie soll außerhalb der Grenzen ihres Territoriums gebracht und dort vergraben werden. Die Urne soll mit der Erde wiedervereint werden und den Kräften der Natur erliegen. So lautet das Gesetz der Natur.

Kapitel einunddreißig

Nun bedarf der Burginnenhof der werten Aufmerksamkeit.

Schritte hallten auf dem Kopfsteinpflaster wider, dunkle Schatten bewegten sich im schwächer werdenden Mondlicht. Das Leuchten von Laternen. Hochrangige Krieger, deren Schlaf von Gehorsam, Pflicht, Gesetzen unterbrochen worden war. In ihre Rüstung gekleidet, hatten sie ihre Waffen ergriffen, die neben den Betten lagen. Hagen, der große Krieger, war unter ihnen. Entdecker der letzten Mutantin. Er hatte sein Schwert im Schlaf eng umklammert gehalten. Julie lag neben ihm, ihr nackter Körper nur von einem Laken bedeckt. Sie wurden vom Eintreten eines Dieners geweckt, der Hagen die Nachricht zuflüsterte. Hagen nickte. Er erhob sich und legte Rüstung, Panzerhemd, Kettenmanschetten und Stiefel bereit.

Julie setzte sich auf. »Gibt es eine Schlacht?«

»Lasst uns ein paar Mutanten abschlachten!«, erwiderte er, während er den Gürtel umschnallte.

»Es gibt nur noch eine.«

»Nicht, wenn du ihr ungeborenes Kind mitzählst.«

Sie schlüpfte in ihre Kleidung und trat zu ihm. Als sie ihm seine Manschetten vom Tisch reichte, fragte sie: »Ist das ein Grund zur Freude?«

Er band seine Haare zusammen. »Es ist meine Pflicht.

Ich habe dieser Nation mein Leben gewidmet. Verstehst du als Wanderin, was eine solche Pflichttreue bedeutet? Kannst du so etwas nachvollziehen?«

Sie schüttelte den Kopf. Noch gehörte sie zu niemandem.

»Bring mir etwas Wasser, wärst du so gut?«

Sie gehorchte. Doch das Menschenmädchen war nicht bereit zu vergessen.

Sie war nicht bereit aufzugeben.

Sich dem Gesetz zu beugen, vor dem sie geflohen war.

Alles dem Schicksal zu überlassen.

Das aufzugeben, was sie bekommen hatte.

Sie holte eine Halskette aus ihrer Tasche. Wenn man das, was nicht mehr als ein Faden war, an dem ein kleines Säckchen hing, so bezeichnen konnte. Eine rasche Handbewegung – vielleicht zu wenig, vielleicht zu viel. Das Geräusch von Schritten vor der Tür. Hagen hinter ihr war bereit. Er hatte den Helm aufgesetzt, trank rasch noch das Wasser und verließ sie.

Mit leisem Gruß betraten die Krieger von Ammon die Ställe. Die Pferde erhoben sich, damit die Männer aufsteigen konnten. Hagen führte sie hinaus. Vor ihnen öffneten sich die Tore. Als sie eintrafen, war keine Menschenseele auf dem Adelsplatz, dem zentralen Platz innerhalb der Festung. Leer, verheißungsvoll.

Dann traf der Hornträger ein. Er galoppierte die Straße hinunter. Der wortlose Bote.

Um seine Taille hing das große Horn eines Büffels. Er nahm es in die Hände, führte es an die Lippen, und das Signal des gregorianischen Stammes ertönte. Viermal ließ er die alte Melodie erklingen. Drei kurze Stöße, gefolgt von einem, den er einen Moment länger hielt als die anderen. Dann setzte er das Horn ab und überließ die gregorianische Nation erneut der Stille. Kerzen wurden entzündet, die Obersten Leser waren erwacht. Der Hornträger galoppierte weiter, in die Straßen des Volkes hinein. Hunde begannen zu jaulen, Säuglinge weinten. Hinter geschlossenen Vorhängen bewegten sich die Menschen. Die Welt erwachte, denn es war an der Zeit. Türen wurden geöffnet, keine Fragen mehr gestellt. Es war nicht mehr nötig. Die Mutantin war auf dem Weg.

Am Adelsplatz hatten die Krieger Holz zusammengetragen.
In der Mitte, wo sich die Feuergrube befand, legte man die Holzblöcke.
Die Fackeln, mit denen man die Grube entzünden würde, wurden herbeigebracht,
eine davon sollte das Feuer zum Lodern bringen.
Der Mond, der schon schwächer wurde, schimmerte nur noch durchsichtig.
Der dunkelgrüne Himmel verwandelte sich langsam in ein helles Blau.
Bald sollte die Sonne aufgehen.

Hätte man sein Ohr an die Tür des Arztzimmers in den Kerkern gelegt, so hätte man dort die erstickten Schreie der Mutantin vernommen. Entkleidet, mit Salzwasser sauber geschrubbt und in dem dampfenden Raum schwitzend zurückgelassen. Dort fanden die Mägde sie halb ohnmächtig und erschöpft auf dem Boden.

Glänzend, glitschig, schleimig in ihrer Nacktheit.

Weinend und doch froh, diese Welt zu verlassen, wenn sie schon den Ansprüchen des Lehrers nicht mehr nachzukommen vermochte.

Man legte sie auf den Operationstisch und rieb ihre Haut mit ekelhaft riechenden Ölen ein, damit sie besser brannte. Zwang sie dazu, Arzneien zu essen, damit sich ihre Organe leerten. Heftig übergab sich die Mutantin in den Eimer neben ihr. Hoffnungslos, hoffnungslos. Kein Ungeborenes würde ein solches Leben wollen. Es war das Beste, wenn es heute starb und niemals betrauerte, was hätte sein können.

Sie malten eine Linie auf ihre Brust, wo man ihr das Herz herausschneiden würde. Ein leuchtend roter Strich aus jenem Sand, den man am Roten Hügel gefunden hatte, wo vor langer Zeit einmal Menschen gewesen waren. Ein vergessener Ort. Er lag außerhalb der Stadt. Dort schaufelten Männer bereits Gaias Grab. Dort sollte ihre Asche ruhen und zur Erde zurückkehren.

Kapitel zweiunddreißig

Gregor der Herrscher wollte eine geeignete Urne aussuchen, sobald er bereit war. Er stand vor seinem ovalen Spiegel und wurde für die Zeremonie angekleidet. Die Kleidung bestand aus einer Tunika mit reich verziertem Brokat, einer Hose und herrlichen Strümpfen. Seine Diener legten den Nerzmantel über seine Schultern und befestigten den goldbestückten Festtagsgürtel um seine Taille. Sein Nacken wurden, von zahlreichen Ketten bedeckt, die Krone vorsichtig auf seinen Kopf gesetzt. Alles Dekoration, kein wahrer Reichtum. Das Szepter, mit dem er auf sie weisen würde, damit sie wiedergeboren werden konnte, lag in seiner Hand.

Die Tage solcher Rituale waren schon lange vorbei. Er war damals noch ein Kind gewesen, erst sechs Winter alt, als das letzte stattgefunden hatte. Mit einer Handbewegung schickte er seine Diener aus dem Raum.

Seine Gemahlin Ada trat ein. Auch Gaia sollte bald ihre Schönheit erblicken. Unter ihrem Umhang trug sie ein seidenes Kleid, dessen lange Ärmel fast bis zum Boden reichten. Sie streckte den Arm aus und strich ihrem Mann beruhigend über die Wange. Die vielen Ringe an ihren zarten Fingern glitzerten. Unter dem Kleid hatte sie Armreifen oberhalb der Ellbogen übergestreift. Ein Kopfschmuck mit herabhängenden Perlen zierte ihre Stirn und fiel über den Rücken und die blonden Haare.

»Geh. Ich werde dir folgen«, sagte sie bedächtig und küsste ihn auf die Wange.

»Steht nicht nur eine Bestie vor dir?«, fragte er. »Ist es nicht ein Geächteter mit der erhobenen Faust eines Wilden?«

»Ich sehe einen Mann, der den Stolz seines Volkes trägt.«

»Welchen Grund gibt es für mich, stolz zu sein?«

»Du bist der Herrscher.«

»Ich sollte das Merian-Gebirge erobern, ich sollte das tun, was meine Vorfahren nicht vermochten, das gewinnen, was ihnen nicht gegeben war. Und stattdessen schlachte ich Mädchen, schlachte Ungeborene ab.«

»Wenn all das getan ist, wirst du losziehen und erobern.

Was es zu betrauern gibt, betrauerst du im Geheimen. So ist dein Leben.«

Er nahm eine Ecke seines Umhangs und wischte sich damit die Stirn. Seine Gemahlin legte die Hand auf seinen Arm, und gemeinsam stiegen sie die Treppe hinab.

Die Menschen von Ammon strömten nun schweigend auf den Platz. Auch Bewohner anderer gregorianischer Orte waren gekommen. Kinder wurden von ihren Müttern getragen, ihre kleinen Köpfe ruhten auf deren Schultern, noch halb im Schlaf. Metallisch blitzten Schwerter und Messer auf, die von den Vätern mitgebracht wurden, denn so mancher erwartete einen Aufstand und war entschlossen, seine Familie zu beschützen. Man reichte Taschentücher herum, um sich gegen den stinkenden Brandgeruch zu verwahren, der bald aufsteigen sollte. Jugendliche begleiteten ihre Großeltern, die das letzte große Spektakel ihres Lebens nicht verpassen wollten.

Ach, welche Spektakel noch kommen sollten!

Wert so manchen Auftritt in einer Arena – wenn es erst an der Zeit war.

Kapitel dreiunddreißig

Man hatte die Mutantin in einen Gefangenenwagen gelegt. Ihr Schädel schlug gegen das Holz. Sie trug eine dünne weiße Tunika, die ihr die Mägde angezogen hatten, um ihre Scham zu bedecken. Das Blut zwischen ihren Beinen hatte man weggewaschen. Mehr war nicht gekommen.

Noch immer gequält, noch immer auf das Ende hoffend.
Bei Bewusstsein, aber schwach.
Schwach, aber weiterhin bereit zu kämpfen,
sollte man ihr eine Klinge geben.

Ihre Augen waren leicht geöffnet. Sie hustete heftig und spuckte dabei roten Schleim auf das Holz.

Der Verschlag des Wagens wurde geöffnet.

Die ersten Strahlen der Sonne berührten gerade die Erde.

Sich erheben. Vor die Menge zu treten, aber sich nicht unter sie mischen. Ihre nackten Füße berührten das kalte Kopfsteinpflaster, als sie ihre ersten Schritte vorwärts ging. Umgeben von Kriegern, die ihrerseits von den Bewohnern von Ammon umrundet waren.

Keiner sprach ein Wort.

Vor der Grube hatte man eine Bühne errichtet. Dort saßen Gregor der Herrscher und seine Gemahlin auf zwei Thronen. In der Hand hatte er die Schriftrolle mit dem Gesetz der Natur, die von einem der Leser vorgelesen werden sollte. Hinter ihm standen die sechs Obersten Leser Ammons und hielten die sechs restlichen Schriftrollen von Neuamerika in den Händen.

Die Schrift des Krieges, die Schrift der Reise, die Schrift der Erfindung, die Schrift des Volkstums, die Schrift der Krieger, die Schrift der Herrscher.

Ein Reiter galoppierte durch die zur Seite springende Menge. Er hielt sein Pferd um Haaresbreite vor Gaia an und rammte seinen Speer in den Boden neben ihr. Es war der große Hagen.

Er sprang herab und zerrte seine Waffe wieder aus der

Erde. Das Loch, das entstanden war, sollte ihr herausgeschnittenes Herz aufnehmen, bis die Zeremonie vorüber war.

»Hierin soll es liegen!«, rief er.

Gregor der Herrscher erhob sich. »Möge dir die Erde mit Gnade begegnen, Gaia Marinos.«

»Ich danke Euch«, krächzte sie, wie man sie angewiesen hatte.

»Was ist es, was du noch tun, sagen oder hören willst«, fuhr Gregor der Herrscher fort, »in deinen letzten Augenblicken in diesem verdorbenen Körper?«

In ihrem Bauch pochte es, und es fiel ihr schwer, noch die Welt um sie herum wahrzunehmen. Dennoch hielt sie die Augen offen.

Sie blickte hoch.

Das Aufgehen der Sonne.
War ihre Hütte in den Wäldern bereits übernommen?
Von der einengenden Umarmung durch Unkraut und Efeu,
von der übermächtigen Hand der Wildnis?
Hatte ihr Bett schon zu faulen begonnen,
hatte sich seine Asche bereits mit dem Erdboden vermischt?

Was wäre geschehen, wenn sie und der Lehrer geblieben wären und gekämpft hätten, dachte sie. Wenn er noch lebte. Wenn er sie noch so liebte, wie er es damals getan hatte. Wenn sie ihr eigenes Kind so geliebt hätte wie er sie.

Erst jetzt merkte sie, dass man sie angesprochen hatte. Sie blickte Gregor dem Herrscher in die Augen. Diese Augen waren dunkel, aber nicht böse, voller Angst, aber nicht ohne Hoffnung. Die Haut unter ihnen zeigte Fältchen wegen des fehlenden Schlafs, die Brauen über ihnen waren sorgenvoll gerunzelt. Er wusste nicht, wer da vor ihm kniete, und fürchtete sie genauso wie sie ihn.

Langsam öffnete sie die aufgesprungenen Lippen und krächzte: »Sprich noch einmal.«

»Ich will wissen …«, wiederholte er mit der Überraschung eines Menschen, der nicht daran gewöhnt war, Anweisungen zu erhalten, »ich will wissen, wie dein letzter Wunsch lautet, was du tun, sagen oder hören willst in diesen letzten Augenblicken in deinem verdorbenen Körper.«

Wer außer dem Lehrer hatte das Recht, ihre letzten Augenblicke zu bestimmen, dachte die Mutantin.

War nicht er es gewesen, der ihre weißen Schafe geschoren hatte?
Und die Wolle zu ihrem ersten Mantel gewebt?
Und die Kühe gemolken, als Gaia es noch nicht konnte?
Und Gaia ernährt hatte, als sie noch nicht wusste, wie?
Und das Leder ihrer ersten Handschuhe zusammengenäht hatte, bis sie perfekt saßen und er sie ihr über die Finger ziehen konnte?

Welche Freude es bedeutet hätte, wenn er ein letztes Mal für sie hätte sorgen können! Ihr letzter Wunsch war es, ihm für ihr Leben zu danken. Ihr Wunsch war es, gehört zu werden, dabei gehört zu werden, wie sie das geschriebene Wort laut vorlas, so, wie er es ihr beigebracht hatte.

Die Schrift des Gesetzes der Natur lag in den Händen von Gregor dem Herrscher, und sie hob den Kopf, um den Worten zu lauschen. Erinnerungen. Für diese Menschen war sie nur eine Mutantin, aber sie wusste etwas, was die Menschen nicht wussten.

Also sagte sie: »Ich möchte eine der Schriftrollen sehen.«

Es war eine seltsame Bitte.

Gregor der Herrscher neigte den Kopf zur Seite.

Wer wollte Buchstaben auf Pergamentpapier sehen, wenn er sie nicht zu entziffern vermochte? Wer wollte solche Linien und Figuren sehen, wenn er sie nicht laut auszusprechen vermochte?

Eine verzweifelte Mutantin verlangte das zu betrachten, was nur einige wenige mit eigenen Augen gesehen hatten. Eine verzweifelte Mutantin verlangte das zu wissen, was nur einige wenige wussten.

Er hob den Arm. Ein Krümmen seines Zeigefingers. Der auserwählte Leser trat hinter ihm hervor und stieg die Stufen von der Tribüne herunter. In seinen Händen hielt er die Schrift des Krieges, die mit der Zeit fleckig geworden war, aber noch immer auf so festem Pergament verfasst war, dass es wie neu wirkte. Das Pergament stammte vom Leder einer schwarzen Ziege, deren Haut damals noch von Gregor Nicolai selbst zerschnitten worden war. Er hatte die Haut in Salz eingelegt, mit Kalk konserviert, getrocknet und gedehnt, um schließlich die ersten Worte der neuen Welt mit einer Tinte darauf zu schreiben, die er aus Eichenrinde gewonnen hatte.

Die helle Morgensonne hatte Gaia geschwächt, und sie vermochte kaum mehr, sich länger aufrecht zu erhalten. Der Leser blieb vor ihr stehen. Zuerst fiel ihr Blick auf seine Stiefel. Als sie den Kopf hob, sah sie seinen Umhang.

Schließlich entdeckte sie die Schriftrolle, die er geöffnet hatte und vor sie hinhielt. Braune Buchstaben in der zarten Farbe von Baumharz verzierten das Pergament. Worte von damals. Die Taten von Helden auf Schlachtfeldern verewigend, Helden, die ihr niemals außer in ihren Träumen begegnen würden. Oder dann, wenn sie die Buchstaben zu lesen vermochte.

Und so las sie laut vor.

»Die Schrift des Krieges. Die Sonne ist nun fast aufgegangen, am fünften Tag des achten Jahres, des Jahres zweitausendundachtundsiebzig«, begann sie.

Worte einer Zeit, die bereits vergangen war. Lauter, lauter, falls sie der Lehrer in irgendeinem fernen Kerker hören konnte.

»Romano Nicolai, dessen Titel lautet ›Krieger unter den Menschen‹, denn in vielen Schlachten war er Kämpfer gewesen. Sein Körper, geboren für den Kampf und all seine harten Proben – Romano Nicolai nahm es auf sich, den feindlichen Anführer der Calistoniten in einen Hinterhalt zu locken, indem er nur fünf seiner Männer, ein Seil und eine brennende Kerze nahm … Rache für Land, Mutter, Schwester, Vater … Eisig kalt war die Nacht. Es heißt, dass der See, den sie umrunden sollten, von den Südwinden leer getrunken worden war, und so marschierten sie mitten hindurch …«

Die Schriftrolle fiel aus der faltigen Hand des alten Lesers, als er verängstigt den Mund aufriss. Er hatte diese Worte selbst schon oft vorgelesen, vor großen und vor kleinen Menschenansammlungen. Doch nur er hatte sie gelesen.

Die Schriftrolle schwebte langsam zu Boden, langsam wie eine Feder. So etwas war mit diesen heiligen Worten noch nie geschehen.

Das Pergament landete vor Gaia und blieb dort liegen.
Es war zu Boden gefallen, als ob es nicht begriffen hätte,
dass die Stimme einer Fremden diese Worte gesprochen hatte,
die Zunge einer Fremden, einer Außenseiterin, einer Mutantin –
Worte, die nur ein Leser zu entziffern vermochte.
Wie konnte jemand Verdammter verstehen, was nur einige wenige verstanden? Wie konnte eine derart Geächtete so gebildet sein?

Die Angst, die den Leser ergriffen hatte, erfasste nun auch den Herrscher und mit ihm die Menge.

Murmeln, Flüstern, überraschte Rufe, nachdem alle allmählich verstanden, dass diese Worte tatsächlich niedergeschrieben waren, dass man genau diese Worte mit Tinte festgehalten hatte. Historische Worte, keine von der Mutantin erfundenen.

Der Herrscher verlieh der allgemeinen Aufregung Ausdruck, als er rief: »Ruhe! Die Mutantin liest.«

Die Fassungslosigkeit, die Ehrfurcht. Das Entsetzen, das Staunen. Die Menge um Gaia verstummte. Auf einmal waren schreckliche Geräusche hinter ihr zu hören, die niemand außer einer hätte vorhersehen können. Das furchtbare Geräusch von Hagen, dem Krieger, der Blut und Schleim spuckte. Selbst Gaia drehte sich um, als sie die Laute des Todes vernahm. Stille breitete sich auf dem Adelsplatz aus. Nur noch das gequälte Würgen des Mannes, der einem Anfall erlag. Er hielt sich an seinem Speer aufrecht, zitterte heftig am ganzen Körper, sackte schließlich auf die Knie. Seine Augen waren blutunterlaufen, sein Körper zuckte. Er hob den Arm, so hoch er es noch vermochte, und streckte den Finger aus, auf die Mutantin zeigend.

IV.

Gesetz des geschriebenen Wortes

Sechs Männer in jeder Nation soll es geben, nicht jedoch in einem Stamm, Clan, einer Familie, Sippe oder jeglicher anderen Art von gesellschaftlicher Ordnung. Diese Männer sollen eine Macht innehaben, die selten genug ist, um ein Volk zu beherrschen, weshalb nur Nationengrößen dieser Macht angemessen sind. Leser sollen diese sechs Männer genannt werden. Das Gebot für die Leser lautet wie folgt: Die sechs Männer sollen ihrer Nation dienen, und mit ihrem Ableben soll ihr erstgeborener Sohn in ihre Fußstapfen treten. Die sechs Männer sollen jeden Buchstaben erlernen, aus dem jedes erdenkliche Wort gebildet wird, sowie jede Ziffer, aus der jede erdenkliche Zahl gebildet wird. Die sechs Männer sollen das geschriebene Wort kennen und es auswendig erlernen. Die sechs Männer sollen das Gesetz der Natur studieren, sie sollen die Sechs Schriften des Krieges, der Reisen, der Erfindung, des Volkstums, der Krieger, der Herrscher studieren. Die sechs Männer sollen dem Herrscher ihrer jeweiligen Nation bei jeder Zeremonie und jedem Mutanten-Ritual beiseitestehen. Die sechs Männer sollen dem Herrscher ihrer jeweiligen Nationen als Ratgeber bei Konflikten jeglicher Art beistehen. Die sechs Männer sollen jeweils eine Frau ehelichen, und diese soll ihnen mindestens einen Sohn gebären. Die sechs Männer sollen nicht morden und nicht stehlen, ebenso wenig wie ihre Nachkommen. Die sechs Männer sollen weder Krieger noch Kämpfer werden, denn sie sollen nichts anderes und nichts weniger kennen als das geschriebene Wort. Von diesen sechs Männern sollen zwei ihre jeweilige Nation zu Kriegen begleiten, so denn es nicht anders beschlossen wird. Die sechs Männer sollen nur aus dem Gesetz der Natur und den Sechs Schriften des Krieges, der Reisen, der Erfindung, des Volkstums, der Krieger, der Herrscher lesen sowie aus Briefen, Korrespondenzen, pekuniären Papieren und Landkarten. Jegliche anderen Bücher, Geschichten, Fabeln oder Märchen der alten Welt, die in ihrem Besitz gefunden werden, sollen gemäß dem Gesetz der Natur verbrannt werden, denn diese Worte sollen der neuen Welt nicht bekannt sein. So lautet das Gesetz für die Angehörigen aller Nationen, Stämme, Clans, Familien, Sippen oder jeglicher anderen gesellschaftlichen Ordnung: Jeder, der auch nur einen Buchstaben eines Wortes kennt, soll wegen Hochverrats seiner gesellschaftlichen Ordnung gegenüber gefangen gesetzt werden. Jeder, der auch nur einen Buchstaben eines Wortes erlernt, soll wegen Hochverrats seiner gesellschaftlichen Ordnung gegenüber lebenslang gefangen gesetzt werden. Jeder, der auch nur einen Buchstaben eines Wortes lehrt, soll wegen Hochverrats seiner gesellschaftlichen Ordnung gegenüber lebenslang gefangen gesetzt werden. Jeder, der Buch, Schriftrolle, Geschichte, Fabel oder Märchen der alten oder der neuen Welt besitzt, soll wegen Hochverrats seiner gesellschaftlichen Ordnung gegenüber lebenslang gefangen gesetzt werden, und Buch, Schriftrolle, Geschichte, Fabel oder Märchen der alten oder der neuen

Welt in ihrem Besitz sollen konfisziert und gemäß dem Gesetz der Natur verbrannt werden, denn diese Worte der alten Welt sollen in der neuen Welt nicht bekannt sein. Jeder, der früher einmal dergleichen besaß oder Kenntnis über das geschriebene Wort besitzt, soll gefangen gesetzt werden, um zu vermeiden, dass andere in seiner Nähe davon erfahren. Die Kenntnis, das Erlernen und die Lehre von Ziffern und Zahlen ist gestattet, soweit es beruflich verlangt wird, unter anderem dem Bauern, dem Baumeister, dem Zimmermann, dem Schlosser, dem Goldschmied, dem Metallschmied, dem Silberschmied, dem Wirt oder dem Händler jeglicher Waren. Doch jeder, der auch nur einen Buchstaben eines Wortes beruflich kennt, erlernt oder lehrt, soll wegen Hochverrats seiner gesellschaftlichen Ordnung gegenüber lebenslang gefangen gesetzt werden. Diese Gesetze sollen garantieren, dass keinem aufgrund seines Wissens über die alte Welt etwas in der neuen Welt fehle. So lautet das Gesetz der Natur.

Kapitel vierunddreißig

Von diesem Tag sprachen Jung und Alt noch lang. Es war der Beginn von Gaias Geschichte, niedergeschrieben in eben jener Schrift des Volkstums. Von diesem Tag und all den Fragen, die denjenigen gestellt wurden, die dabei waren. Ihre Antworten erfuhren jedoch nur wenige, die Wahrheit nur einige Auserwählte.

Begann zu diesem Zeitpunkt der Krieg?

Lag dort die ursprüngliche Quelle ihres Hasses?

Nein, sie war damit aufgewachsen, sie hatte ihr ganzes Leben damit verbracht. Der Hass war bereits in ihr gewesen, die Welt der Menschen hatte ihn nur ans Licht gebracht.

Eingekreist und bedroht von Schwert und Speer.

Der sterbende Krieger wurde durch die Menge getragen. Laute Schreie und Rufe durchdrangen die aufgepeitschte Stimmung. Die Ärzte sollten ihn behandeln, er würde noch viele Tage leiden müssen, doch der Tod sollte ihn nicht holen. Das Gift war dafür zu wenig gewesen, so, wie es das Menschenmädchen beabsichtigt hatte. Sie war keine Mörderin, das war nicht ihre Aufgabe. Sie kämpfte ohne Waffen.

Die Mutantin saß stumm da. Die Schrift des Krieges war vom Boden aufgehoben und den Obersten Lesern gereicht worden, um sie sicher zu verwahren. Aus der Menge war Schluchzen zu hören. Frauen hielten zitternd ihre Liebsten in den Armen. Die Kinder, die noch nicht davongerannt waren, weinten. Ein Mann rief dazu auf, die Waffen zu ergreifen, einige folgten seiner Aufforderung. Man hörte immer wieder die Worte »Hexe« und »Zauberin«. Schließlich rief Gregor der Herrscher zur Ordnung auf, und die Hysterie der Menschen äußerte sich nur noch in gelegentlichem Murren und unterdrückten Rufen.

Wir kommen nun zu dem Augenblick, als die erste Frage nach dem erschütternden Vorfall gestellt wurde. Die bloße Tatsache, wie diese Frage geäußert wurde, sollte sich als wesentlich und ausschlaggebend erweisen. Die Mutantin hatte Hagen durch übernatürliche Kräfte niedergestreckt. So glaubte es jedenfalls der Herrscher und mit ihm sein Volk. Dieses war sogar davon überzeugt, dass die Mutantin wusste, was mit Hagen passieren würde!

Und so wurde der Herrscher zum Schüler.

Er fragte: »Wird er leben?«

Vermochte sie diese Menschen zu Marionetten ihres Willens zu machen? Zu lügen? Lüge in Wahrheit zu verwandeln? Sie zu veranlassen, ihr zu folgen, sie vom Tod abzubringen – von ihrem eigenen und dem anderer?

Gaias Blick wanderte durch die Menge. Viele Angreifer. Keine Verteidiger. Das Grauen, unter Fremden zu leben. Fremde waren sie alle. Außer einer. Klein stand sie zwischen den Männern, hatte sich einen Weg ganz nach vorne gebahnt. Ihr Haar flatterte im Wind.

Ihr Mund formte Worte, die Gaia wiederholen sollte.
Julie Bonaparte, mit Wasser in den Lungen geboren,
nickte Gaia unbemerkt zu,
und Gaia verstand.

Ihre Stimme zitterte. »Ja«, sagte sie, »er wird überleben.«

Die Spitzen der Speere waren weiterhin auf ihren Rücken gerichtet. Würde sie nur ein wenig nach links oder rechts rücken, würden sich die scharfen Klingen in ihren Nacken pressen. Ihr Körper war derart schweißüberströmt, dass selbst die dünne Tunika völlig durchnässt war.

In diesem Moment spürte sie einen Tritt des warmblütigen Wesens in ihrem Bauch. Ah, also lebte es noch. Es hatte den Trank, die Öle, das Blut überlebt.

»Was bist du?«, wollte der Herrscher wissen. »Was bist du außer einer Mutantin?«

»Eine Alchemistin«, schlug einer der Obersten Leser vor.

»Eine Seherin«, sagte ein anderer.

»Eine Prophetin!«, schlug ein Dritter vor.

»Sie muss getötet werden«, meinte einer.

»Sie muss gerettet werden!«

»Es gibt nichts, was getan werden kann.«

»Lasst uns sehen, was sie vermag.«

»Ruhe!«, rief der höchste der Obersten Leser. »Eine Mutantin verdient den Tod, aber eine Leserin verdient eine Anhörung.«

Gregor der Herrscher erhob sich, das Szepter in der Hand. »Die Anklage gegen dich lautet versuchter Mord, Verschwörung gegen die Nation, versuchte Hexerei und unerlaubtes Lesen. Wie bekennst du dich?«

»Unschuldig«, flüsterte Julie.

»Unschuldig«, sagte die Mutantin.

»Heilig im Geist, verwerflich im Körper. Du wirst mich Menschen und Krieger kosten …«

»Verschont sie!«, rief der höchste der Obersten Leser.

»Tötet sie!«

»Bringt sie in den Kerker zurück!«, befahl Gregor der Herrscher. »Ich muss mich beratschlagen …«

Die Krieger zerrten sie, die Bedrohung für die Nation, auf die Füße. Die grobe Art und Weise, wie sie mit ihr umgingen, zeigte, dass sie die Mutantin lieber getötet hätten. Die Menge folgte ihnen, nur noch schwer in Bann zu halten. In dem Meer aus Ablehnung bemerkte Gaia jedoch auch Verehrung. Man bat sie, die Zukunft vorauszusagen. Spucke und Erde flogen ebenso, wie sich begierige Hände nach ihr ausstreckten. Eine Mutter flehte sie an, das Schicksal ihres Säuglings zu enthüllen, den sie ihr entgegenhielt. Ein winzig kleiner Kinderkörper, haarlos und weich, leicht verwundbar. Würde ihr eigenes Kind im Vergleich zu diesem ein Monster sein?

Man legte ihr Ketten an die Handgelenke. Dieses Gefühl kannte sie inzwischen, es war noch nicht lange her. Sie zogen ihr einen Sack über den Kopf. Alles wurde schwarz. Dann schubsten sie Gaia in den Wagen. Der Verschlag fiel zu. Draußen die Geräusche der noch immer aufgepeitschten Menge.

Es war also nicht das Ende.

Fünf Krieger sollten sie in den Kerker zurückbringen. Fünf Krieger, die sie fürchteten, fünf Krieger, die sie bereits gekannt hatten, als sie noch ein Niemand gewesen war.

Die Zauberin, die Verbannte.

Es gab also noch Hoffnung.

Kapitel fünfunddreißig

Schwarz die Nacht, noch schwärzer im Kerker.

Das Blut, das sie am Morgen verloren hatte, war noch zu sehen. Beschmutzt der Kerker, ekelhaft. Die Mutantin hatte hier ihr Zeichen hinterlassen. Dunkler und härter war es geworden. Erinnerungen an ein anderes Schicksal, was sie vor Kurzem jedoch noch nicht gewusst hatte.

Das Blut und was es in sich trug, um sie zu retten.

Das geschriebene Wort und was es vermochte, um sie zu befreien.

Sie lag stumm da, zur Wand blickend. Der besiegte Wildling. So kalt, so vergessen. Sie wusste, dass sie nie mehr geliebt werden würde.

Doch in der Dunkelheit gab es auch ein Licht.

Das Näherkommen von Schritten. Füße, von alten, steifen Beinen bewegt, der Rücken krumm, das Gesicht wettergegerbt. Darin jedoch ein strahlender Geist.

»Öffne die Tür«, flüsterte der Alte dem Wachmann zu.

Sie lag still da. Es gab keinen Grund mehr zu kämpfen. Nicht jetzt. Nicht auf diesem Boden. Aber lassen wir uns nicht von ihrem Elend täuschen!

»Aus der Dunkelheit soll ein Licht kommen«, sagte er. An den Wänden tanzte das Flackern einer Kerze, orangefarben hinter ihren geschlossenen Lidern. Sie setzte sich langsam auf. Die schreckliche Erschöpfung derjenigen, die bereits seit der Geburt verdammt gewesen war. Todmüde, jeder Muskel schlaff und schwach. Doch es gab Hoffnung. Noch hatte man sie nicht gebrochen. Noch hatte man sie nicht gezähmt – sie, das Ungeheuer.

»Auch in den tiefsten Schatten wird dieses Feuer Licht bringen«, sagte er.

Das Kerzenlicht tauchte sein Gesicht ins Dunkle. Der höchste der Obersten Leser stand vor ihr. Von all jenen, die hätten hier sein können, um sie zu bestrafen, um sie zu schlagen. Sie mitzunehmen, sie zu zermalmen.

Unbewaffnet, wehrlos. Und er kam allein. Darauf vertrauend, dass der Wildling nicht angriff, war er allein gekommen. Ja, allein. Da war es, was der Lehrer sie gelehrt hatte – da war er, der Weg der Gerechtigkeit, den sie kennenlernen sollte.

Er drehte sich um und schloss die Tür. Für einen Mann seines Alters war er überraschend schnell.

»Wer hat dich unterrichtet?«

»Niemand.«

»Wer hat dich unterrichtet?«

»Niemand ...«

»Ein Mann? Ein guter Mann?«

»Ein guter Mann.«

»Was hat er dir noch beigebracht?«

»Er brachte mir Gerechtigkeit bei. Er lehrte mich das Gesetz der Natur.«

»Wer ist er?«

»Wenn ich dir das sagen würde, wäre es ein Verrat an ihm. Ich würde sein Leben verwirken.«

»Hat er dir erklärt, warum er dich unterrichtet?«

»Um Licht ins Dunkel zu bringen.«

»Und hat es das?«

»Hat es was?«

»Hat es Licht ins Dunkel gebracht?«

»Noch nicht.«

Er schlurfte näher zu ihr heran. Ein Blick hinter ihn zeigte, dass die Tür sicher verschlossen war. Wer konnte sie hören? Wer würde ihn hier erwischen? Wer konnte seine Absicht verraten?

»Ich scheine das Stürzen der fallenden Gesetze und den Lärm der Veränderung zu vernehmen – ah, und die Freude der Menschen, wenn sie erfahren, was hier einmal stand, welche Schönheit hier einmal errichtet worden war …«

Gaia wich zurück. Sie mochte es nicht, wenn man ihr so nahe ins Gesicht flüsterte, ganz gleich, was gesagt wurde.

»Siehst du nicht einen alten Mann vor dir? Siehst du nicht einen alten Mann vor dir, der lange gelebt hat, so wie mein Vorgänger, der dasselbe weiß wie sein Vorgänger? Und am Schluss meines Lebens ein leeres Abschiednehmen, das Ende eines Ruhms, den es niemals gab. Mein Nachfolger wird kommen und dasselbe wissen wie ich, um dann ebenso Abschied zu nehmen wie ich … Verstehst du, warum ich hier bin? Der Kummer des menschlichen Lebens bedeutet dir nichts. Die Dinge, die wir verlieren können, sind nichts für dich, für dich, die du nichts hast!«

Die Mutantin wich noch weiter zurück.

»Oh Gaia, edle Mutantin! Vergiss alles, stelle dich deiner Pflicht. Finde, was verborgen ist … Finde die Wahrheit über die Vergangenheit heraus.«

Die Mutantin wich noch weiter zurück. Das waren die

Worte, die ihr Schicksal besiegeln sollten. Doch die Worte der Vergangenheit waren schon lange verklungen, die Bücher schon lange von Feuern verbrannt. Jedes Einzelne von ihnen. Zerfetzt an Jenem Tag, samt und sonders. Ihre Worte nur noch Träume, die in jener Zeit der Menschheit lebendig gewesen waren, nun jedoch nicht mehr geträumt werden konnten. Nicht diese Träume. Es war das Beste, gar nicht erst zu wissen, was man verloren hatte.

Er sagte: »Finde sie. Finde die letzten Bücher aus der alten Welt.«

Sie antwortete nicht. Konnte sich der Lehrer getäuscht haben? Er war der Bewahrer aller Wahrheiten gewesen. Hatte er gewusst, dass es doch noch Hoffnung gab?

»Finde sie, rette sie – was sagst du? Jeder Nationenmann würde dafür bestraft werden. Die Geächteten würden sich nicht die Mühe machen, es auch nur zu versuchen, so ungeliebt und gesetzlos, wie sie sind. Stell dir vor, so etwas würde in Gegenwart der Calistoniten erwähnt werden! Sie würden jeden töten, der versuchte, das zu finden, was sie aufbewahren. Aber du! Du, eine Verbannte! Du, die du an nichts gebunden bist! Stell dir vor, ich würde dich vor der Opferung retten …«

Sie wich noch weiter zurück, bis sie mit dem Rücken an die Wand stieß. Er hielt seine Kerze hoch, und sie blinzelte ins Licht.

»Aber ich bin nur eine Mutantin«, krächzte sie. Suchte in seinem Gesicht nach Ähnlichkeiten mit dem Lehrer. Ja, diese tief liegenden Augen und die Nase. Die Falten durch die ständigen Sorgen waren an den gleichen Stellen zu sehen …

»Das bist du in der Tat.«

»Du verlangst zu viel von einer, die von Geburt an verdammt ist. Du magst mich vielleicht vor der Opferung retten, aber ein anderer wird das nicht noch einmal tun.« Sie kam jetzt näher an ihn heran, um ihn einzuschüchtern, um ihn dorthin zurückzuschicken, wo er hergekommen war. Um ihm klarzumachen, dass sie nicht die Auserwählte war, sondern nur diejenige, die man dem Tod anheimzugeben gedachte.

Er trat ein paar Schritte zurück, überrascht über ihre plötzliche Entschlossenheit. Angst hatte er keine, sondern war sich nur der Kraft bewusst, die sie einzusetzen vermochte, wenn sie wollte.

»Und wenn ich deinem geliebten Gefährten ein Leben in Freiheit geben würde?«, murmelte er, als sich ihre Blicke erneut trafen. Sie hielt inne.

»Du hattest einmal einen Begleiter«, fuhr er fort. »Einen guten Mann – das war er doch, oder?«

»Ein guter Mann.«

»Auch ich weiß, was Verlust bedeutet. Ich hatte zwei Söhne. Einen verlor ich an den Tod, der andere ging ins Exil. Und dieser gute Mann, er hat dich unterrichtet, nicht wahr? Willst du ihm also nicht den gebührenden Respekt zollen?«

»Ich werde ihm immer Respekt zollen.«

Sie kannte alle Gesetze auswendig. Jede Geschichte, die er ihr erzählt hatte, von dem Mädchen in der Wildnis mit Händen so weich wie Federn und mit einer Haut so weich wie das Fell eines Kaninchens – jede Geschichte hatte er für sie erzählt. Jedes Wort, das sie las, war eine Ehrbezeugung.

»Dort drüben, auf der anderen Seite der Grenze, im Land der Calistoniten … Wenn du findest, was deren Oberste Leser verbergen. Dort verwahrt ist die Landkarte, die den Weg zum Roten Berg zeigt, wo die letzten Bücher liegen. Die letzten Bücher der Welt, zurückgeholt von der letzten Mutantin.«

»Und mein Gefährte wird leben?«

»Er wird leben.«

»Wie soll ich davon erfahren?«

»Ein Leser ist kein Mörder.«

»Nein«, erwiderte sie. »Er lässt es andere für ihn tun …«

Er blickte in die Dunkelheit. Dann streckte er den Arm aus und legte ihn sanft auf ihre Schulter. »Willst du nicht dieses Leben beenden, wie wir es kennen?«

Sie schüttelte seine Hand nicht ab. Er wollte ihr nicht wehtun. Er sollte vielmehr ihr Bündnis besiegeln. Eines, das sie einzuhalten gedachte. »Eine Karte, um mich zu leiten«, sagte sie leise.

»Eine Karte, um dich zu leiten. Und sie werden dich jagen, die Gregorianer genauso wie die Calistoniten. Aber diejenige, die diesen feurigen Berg erklimmen kann«, erklärte der Leser, »sie wird eine Macht erringen, stärker als alles andere auf dieser Erde.«

»Und das traust du einer Mutantin zu?«

»Die Welt hat der Mutantin nichts geschenkt. Aber die Mutantin wird ihr alles geben.«

Schatten in der Nacht. Der höchste der Leser, die Mutantin, der Wachmann. Durch die Hallen eilend, in den Roben, welche die Leser trugen. Kein Grund zur Sorge, es waren nur Leser, die vorbeikamen, kein Grund zur Angst. Sie hasteten über den Hof zu den Ställen, wo seine Kutsche stand. Doch er wollte zurückbleiben. Er war kein Reisender, er war der geborene Leser. Ihr Wachmann sollte sie über die Grenze bringen, vorbei an der Stadt Meriah, wo sie sich dann allein dem Merian-Gebirge stellen würde.

Sie stieg ein.

»Warte«, sagte sie.

Es war ihr nicht möglich abzureisen, ohne es ihm vorher zu gestehen.

»Mein Gefährte«, erklärte sie. »Ihr kennt ihn. Ihr habt ihn geliebt. Ihr habt ihn verbannt.«

Die Augen des höchsten der Leser weiteten sich. Ungläubig schüttelte er den Kopf.

»Er wurde von Geächteten getötet«, erwiderte er leise.

»Das wurde er nicht. Er sitzt hier irgendwo in einem Kerker. Er hat keinen Namen, keinen Rang«, sagte sie. »Lasst ihn nicht sterben. Er hat mich mein ganzes Leben lang beschützt. Er weiß, was Gerechtigkeit ist.«

Ihm kamen die Tränen, sie konnte es sehen. Wenn sie nicht so viel Angst gehabt hätte, wäre sie nun zusammengebrochen und hätte mit ihm geweint. Stattdessen wandte er sich an den Wachmann und befahl mit zitternder Stimme: »Bringe sie weit nach Wyoming hinein, vorbei an der Stadt Meriah, über die Grenze.« Damit schlug er den Kutschenverschlag zu.

Das Klappern von Hufen. Der Wachmann lenkte die Kutsche durch die Tore, die sich für sie geöffnet hatten.

Für Gaia brach eine neue Epoche an.

Die Epoche der Pilgerschaft

Kapitel sechsunddreißig

Die Reise durch die Wildnis dauerte zwei Wochen. Die Mutantin verschlief die meiste Zeit oder starrte vor sich hin. Erholte sich von der rituellen Reinigung. Von den Strapazen in der Stadt Ammon und den Qualen, die ihr ihre Bewohner zugefügt hatten.

Nie mehr.

Ihre Hände hatten sich in schwere, nässende Klumpen aus aufgerissener, verkrusteter Haut verwandelt. Wo immer sie auch ruhten, zeigten sich danach dunkle Flecken. Jegliche Bewegung ihres Gesichts und der entstellten Seite ihres Kopfs brannte, sowohl in der Dunkelheit als auch im Sonnenlicht. Ihre Pobacken und Schultern waren wund, da sie so lange reglos auf dem Kutschenboden lag. Ihr Bauch war nun der einzige Teil ihres Körpers, der noch weich schien. Elastisch fand er allmählich seine eigene Form der Schönheit. Sie sah und spürte die Tritte in ihrem Inneren. Das kleine Herz schlug in ihr mit der Hoffnung auf immerwährendes Leben, auch wenn Gaias Gedanken an das Gute stets von der Erinnerung an das abgelöst wurden, was sie verloren hatte. All das, was sie hätte sein können. Die Tritte zwangen sie zudem, daran zu denken, warum ihr Bauch wuchs. Durch wen. Dass sie eines Tages die Stimme ihres treuen Begleiters vergessen haben würde, wenn der

Leser sein Wort nicht hielt. Wenn sie ihr Wort nicht halten würde.

Hoffnung bestand für das, was eines Tages ins Licht treten würde. Was ins Leben treten würde.

Von der Schwärze der Vergangenheit war ihr Leben verschont geblieben.

Vierzehn Tage allein. Vierzehn Tage isoliert. Ihre einzige Möglichkeit, sich zu bewegen, war, wenn der Wachmann sie morgens und abends aus der Kutsche ließ, damit sie ihre Notdurft verrichten konnte. Tagelang lag sie sonst reglos wie eine Katze da, die vergessen hatte, wie man jagte, deren Krallen gestutzt worden waren.

Sie war stets in Bewegung gewesen. Ihre früheren Pflichten und Aufgaben hatten es von ihr verlangt. Die ständigen Bewegungen hatten ihre Arme stark gemacht. Das Laufen durch wild wucherndes Unkraut und tiefen Schlamm, wie er nach den Regenfällen entstand, hatte ihre Beine gestählt. Jetzt schrumpften ihre Muskeln, und die Gliedmaßen wurden durch zu viel Schlaf weich und schlaff. Sie träumte von Büchern, die sie nie gesehen hatte. Albträume, in denen es ihr nicht gelang, sie aufzuspüren, quälten sie immer wieder.

Zugleich fand sie in dieser Zeit der Ungestörtheit auch inneren Frieden. Aus den Tiefen der Einsamkeit wuchs Zutrauen zu dem, was sie so lange gefürchtet hatte.

Ungestört und allein konnte sie nun mit ihrem ungeborenen Kind sprechen.

»Heute Morgen flogen Schwalben in großen Scharen über den Himmel, mein Kind«, flüsterte sie. »Du hättest die Schönheit ihres Tanzes sehen sollen.«

Die Kutsche hielt an.

Sie war von der Straße abgebogen und stoppte nun zwischen den Bäumen. Es war Zeit für ihre Freilassung.

Alles, was sie jetzt noch tun musste, war auszusteigen.

Gaia rutschte an den Rand der Kutschenöffnung und ließ ihre Beine einen Moment lang baumeln. Dann stellte sie die nackten Füße auf den Erdboden. Sie zog den Mantel aus, den ihr der Wachmann für die kalten Nächte geliehen hatte. Doch als er sah, wie zerbrechlich und schmutzig sie war, weigerte er sich, ihn zurückzunehmen.

»Mögest du Frieden finden«, flüsterte er.

Sprach da Mitleid, sprach da Erbarmen aus ihm?

War es Trauer darüber, dass ein solches Wesen wie sie überhaupt zu existieren vermochte?

Er streckte die Hand aus, um die ihre zu ergreifen. Sie wehrte sich nicht. In dieser Gegend, wo keine Menschenseele außer ihnen war, würde niemand erfahren, dass er sie berührt hatte – sie mit der Mutantenhaut. Weder er noch sie würden es jemals verraten. Ach, mit seinem Schweigen signalisierte er Verbundenheit. Der höchste der Obersten Leser hatte ihn gut ausgewählt.

Er löste die Kutsche von den Pferden, wie es ihm befohlen worden war. Ohne einen weiteren Blick galoppierte er davon – zurück zu der Nation, die er seine Heimat nannte. Sie hoffte, dass er es schaffen würde.

Tief atmete sie den Geruch der Wildnis ein.

Sie war wieder allein. Gesegnet sind die Einsamen, denn sie wissen, wie man überlebt.

Kapitel siebenunddreißig

Das Wiedersehen des Wildlings mit der Natur. Vor Gaia lagen Felder, üppig und grün dank der frühsommerlichen Regenfälle. Die Baumkronen von Wyomings Kiefern ragten über viele Meilen hinweg hoch in die Lüfte. In den spitzen Bergen hielt sich noch der letzte Rest von Schnee, der auch in der warmen Jahreszeit nicht schmelzen würde.

Dort war das Merian-Gebirge. Das Massiv breitete sich vor ihr aus, sie sollte es im Laufe der Zeit gut kennenlernen. Ihr blieb nichts anderes übrig, wenn sie von den Menschen anerkannt werden wollte. Sie musste es, weil sich die Gregorianer inzwischen bereits auf die Suche nach ihr gemacht hatten. Sie musste es, weil die Calistoniten auf der anderen Seite der Berge lebten und sie ihnen nicht begegnen wollte. Nicht so, wie sie war – als machtlose Mutantin.

Es gab kein Zurück. Keinen Weg nach Hause.

Sie hatte lange geschlafen. Ihre Träume waren oft düster gewesen. Jetzt war sie wach. So wach, wie es ein Wildling sein musste, um in der Wildnis zu überleben.

Der Himmel schimmerte milchig grau. Es würde bald regnen. Nicht weit entfernt lag die alte Straße. Gaia wollte sich keinem Lebewesen zeigen, weder Geächteten noch Mensch oder Tier. Sie stieg wieder in die Kutsche, um ihre Habseligkeiten zu begutachten: den Jutesack, den man ihr über den Kopf gezogen und die Kette, mit der man sie gefesselt hatte. Diese Dinge würden noch nützlich sein und konnten ihr beim Überleben helfen. Vor allem brauchte sie jedoch Waffen.

Die Wolken, noch nicht sturmschwer, zeigten ihr den Stand der Sonne. Sie war im Osten aufgegangen, hinter dem Gebirge, das vor der Mutantin lag, und würde im Westen untergehen, von wo Gaia gekommen war. Von einem der Berge floss ein Strom herab, den sie in der Ebene ganz in ihrer Nähe entdeckte. Sie begann, dort Steine und brauchbare Äste zu sammeln, trank so viel Wasser wie möglich und lief an dessen Bett entlang. An anderer Stelle wusch sie sich ausführlich. Dann wühlte sie durch die Erde am Wasser und fand zwischen den Steinen das, was sie gesucht hatte: Feuersteine.

Zurück in der Kutsche schärfte sie die Feuersteine. Das kratzende Geräusch erfüllte die Luft. Es gab vieles, was ihr fehlte, um einen perfekten Bogen und Pfeile herzustellen. Sie müsste das Holz über Dampf aufweichen oder es in Wasser einlegen, um es in die richtige Form biegen zu können. Die Pfeilspitzen müssten aus Eisen geschmiedet werden, um besonders stabil zu sein, und die beste Befiederung wären Gänse- oder Truthahnfedern gewesen.

Doch sie besaß nur das, was ihr die Natur bot.

So war das Leben in der Wildnis.

Nachdem sie die Steine geschärft und geformt hatte, dienten diese als Werkzeug. Sie schliff damit Äste ab und stellte einige Ruten her. Dann zupfte sie den Rand des Sacks auseinander, um die Jutefäden zu lösen. Diese wickelte sie um die Pfeilspitzen und die Holzruten, um schließlich mit einem weiteren Jutefaden die Bogensehne zu spannen. Jetzt hatte sie einen Bogen und drei Pfeile.

Drei Pfeile, um gegen die Welt zu kämpfen.

Es war dunkel geworden. Mit dem letzten Feuerstein

konnte sie Feuer machen. Regen prasselte auf das Kutschendach. Sie schloss den Verschlag. Wäre sie nicht so erschöpft gewesen, hätte sie der Hunger wach gehalten. Doch die Mutantin schlief ein, träumte von Worten und wie man diese festhalten konnte.

Kapitel achtunddreißig

Als sie erwachte, war der Tag noch nicht angebrochen.

Ihr erster Morgen allein. Sie öffnete den Verschlag und trat nach draußen. Begrüßte die Natur. Das Gras war feucht von Tau, benetzte ihre Füße. Sie nahm ein Leuchten wahr. Das Aufgehen der Sonne. So hatte sie die Sonne noch nie gesehen, so unverstellt, ganz ohne Bäume, Gebäude, Mauern vor sich. Wie sie über den Horizont stieg! Wie sie die Dunkelheit ablöste. Sie tauchte die letzten zarten Wolken am Himmel in ein sanftes Orange. Das Violett verwandelte sich in Rosa. Gaia beobachtete das Schauspiel, eine Verkörperung ihrer Hoffnung.

Das schmerzliche Gefühl des Hungers erinnerte sie daran zu jagen. Zuerst musste sie sich mit dem Bogen vertraut machen. Der Pfeil leicht zwischen den Fingern, der Bogen sicher, aber nicht zu fest. Ihr Arm ein Teil der Waffe. Sie übte, so lange auf einen Baum zu schießen, bis ihr Oberarm zu brennen begann. Ein schneller, geschmeidiger Schuss war bei diesem hastig zusammengebauten Bogen unmöglich. Doch mit großer Konzentration würde sie ihr Ziel treffen.

Vor ihr lag ein offenes Feld. Vögel pickten dort nach

Würmern, die durch den Regen aus dem Boden gekrochen waren. Sie entschied sich, zum Fluss zurückzukehren, wo das fließende Wasser jedes ihrer Geräusche übertönen würde. Dort setzte sie sich ans Ufer. In der Nähe badete eine Schar Gänse. Sie legte ihre Waffen zurecht und wartete. Die Jägerin, die überleben musste.

Die Mutantin kratzte mit dem Feuerstein über die stählerne Kette. Funken entstanden, mit denen sie die Blätter und Zweige anzuzünden vermochte, die nicht vom Regen durchnässt waren. Sie durchbohrte das tote Tier mit einem Ast und hängte es über die Flammen. Die Wärme tat ihr gut. Hungrig verschlang sie ihre Beute.

Danach schnitzte sie aus den Gänseknochen Nadeln und Haken, um sie zum Angeln zu benutzen. Den übrig gebliebenen Jutesack stopfte sie voller Gras und Federn, ehe sie sich darauflegte. Ein Kissen zum Schlafen. Ein Dach über dem Kopf, wo sie sich hinflüchten konnte. Eine Möglichkeit, sich und ihr ungeborenes Kind zu schützen. Ein Leben, das sich allerdings nicht für einen Säugling eignete. Hier konnte sie auf längere Zeit nicht bleiben.

»Wir haben ein Dach über dem Kopf, aber noch kein Zuhause. Wir müssen eine bessere Zuflucht finden«, erklärte sie leise dem Kind in ihrem Bauch.

Dabei blickte sie in die Landschaft, die sich durch den offenen Kutschenverschlag vor ihr ausbreitete: die Berge in der Ferne, dahinter im Osten von Wyoming das Land der Calistoniten.

Wie viele Kämpfe hatte man geführt, um das verlorene Gebiet des Merian-Gebirges zurückzugewinnen? Die größte natürliche Grenze, die man sich wünschen konnte. Wie viel Blut war dafür geflossen? Der Landstrich hier war nationenlos. Gaia stand vor den Bergen, um die so heftig gekämpft worden war. Doch sie waren nicht das Einzige, wie sie allmählich verstand – sie waren nicht das Einzige, worum es in den Schlachten gegangen war.

Die Mutantin würde das Land der Calistoniten erreichen, jedoch nicht mit einem ungeborenen Kind in ihrem Bauch.

Sie würde stark und schnell sein müssen, wenn sie sich wieder unter den Menschen bewegte.

Ja, so sollte es sein: Das Kind würde als Wildling geboren werden.

Ein neuer Tag war angebrochen. Sie lief den Fluss hinunter bis zu einer Stelle, wo er breiter und wilder war. Sie konnte von dort aus erkennen, dass er sich einen Weg durch die Berge bahnte. Wenn sie aufblickte, vermochte sie die hohen Gipfel zu sehen.

Gaia ließ die selbst gemachte Angelschnur ins Wasser. Tiere waren keine in der Nähe. Noch nicht. Sie dachte an das letzte Mal, als sie fischen gewesen war. Die Sonne brach durch die Wolken. Sie dachte an den Lehrer, der ihr das Angeln beigebracht hatte.

Kapitel neununddreißig

Sechzig Tage nach jener Nacht, als Gaia Marinos heimlich aus der Stadt Ammon gebracht wurde, setzt unsere Geschichte wieder ein.

Die Geduld, die Gaia brauchte, um zur Jägerin zu werden. Ihr Bogen war inzwischen strapazierfähiger. Sie hatte ihn überarbeitet, ebenso wie ihre Pfeile. Aus Knochen und Feuerstein gebaut, besaß sie nun einen langen Speer.

Die mutierte Seite ihres Kopfs war rot
von der Sonne geworden, die so hell schien,
und von den kalten Winden,
die der Fluss mit sich brachte.

Ihre Hände hatten sich verselbstständigt. Sie sonderten nun Substanzen ab, als ob sie faulen würden, undicht wären. Doch bisher waren sie noch nicht abgefallen. Sie waren noch immer ein Teil von ihr. Noch war sie am Leben.

Sie befand sich nun im siebten Monat ihres Zustands. Die Kutsche hatte sie näher an die Berge herangezerrt, sodass sie zwischen eng nebeneinander wachsenden Bäumen verborgen war, wo sie von Ferne weder Beutejäger noch Beutetier entdecken konnten. Die Worte des höchsten der Leser hallten noch immer in ihren Ohren wider, auch wenn die Hoffnung in ihrem Herzen, die er ihr gegeben hatte, schwächer geworden war. In der Wildnis gibt es nur Leben und Tod. Hoffnungen und Wünsche von gestern und morgen bedeuteten hier nur wenig.

Sie wachte eines Morgens lange vor Sonnenaufgang auf.

Die Sonne sollte sich an diesem Tag nicht zeigen, dunkle Wolken brauten einen Sturm zusammen. Erschöpft aß sie die letzten Reste eines Fischs, den sie am Tag zuvor gebraten hatte. Bis Mittag blieb sie in ihrer Kutsche. Das Gewicht des Kindes war zu schwer für Gaia geworden, um allein zu überleben.

Noch vom Schlaf benommen, wurde sie durch ein vertrautes Geräusch schlagartig wach. Die Mutantin setzte sich auf, als klappernde Hufe auf der fernen Straße zu hören waren. Sie hatte schon öfter in der Nacht vorbeikommende Reisende und das Schnüffeln von Kojoten, die um ihre Kutsche kreisten, gehört, doch am Morgen war all das verschwunden. Doch diesmal war es anders. Sie vernahm nicht nur das Schlagen von Hufen, sondern auch Stimmen und das Lachen von Kindern.

Langsam öffnete sie den Verschlag, damit das Holz nicht knarzte. Sie spähte hinaus. Auf der Straße war eine Gruppe von Reisenden zu sehen. Ihre Kleidung war verwittert, ihre Haut von Sonne und Wind stark gebräunt. Die Haare hatte keiner gekämmt, und sie trugen ihre Habseligkeiten auf dem Rücken, Eseln und Pferden. Geächtete.

Familien. Mehr als eine. Die meisten waren Männer. Zuvorderst trugen sie die größten Waffen, die sie gefunden, gemacht oder gestohlen hatten. Die älteren Leute liefen am Ende und führten die Tiere. Kinder rannten vor ihnen her. Um ihre Taillen hingen Dolche. Sie waren alle bewaffnet. Die Frauen wanderten über die Felder auf der anderen Seite und suchten dort nach Kräutern, Beeren und Pilzen.

Irgendwo hinter der Kutsche knackten Zweige. Gaia zog den Kopf zurück ins Innere. Sie nahm den Bogen und einen

Pfeil und spannte ihn zum Schuss. Die Schritte kamen näher, bis eine Frau zu sehen war. Durch die Bäume war sie hier für ihre Leute auf der Straße nicht zu sehen. Sie trug einen Korb. Ihre Haare waren dunkel und ihr Mantel wunderschön. Die Ränder waren abgestoßen und durch Abnutzung zerrissen, doch der Stoff war mit roten Rosen und am Kragen mit einer Reihe von Spatzen bestickt. Ein gestohlener Mantel, ein Mantel, an den sich Gaia noch lange erinnern sollte.

Erst als sie sich zur Seite drehte, sah sie es – die Begrüßung durch Gaias auf sie gerichteten Pfeil.

Gaia schüttelte den Kopf. Eine stumme Warnung. Dieses Raubtier ließ man besser in Ruhe.

Die Frau schaute sie besorgt an. Kein Mädchen, am Leben und unverletzt, gehörte allein hierher. Die Schatten in der Kutsche verloren ihre Wirkung, als sie vorsichtig näher kam. Im Licht konnte sie nun Gaias unansehnlichen Kopf sehen. Ihre Hände. Die Wahrheit. Ihr Brustkorb weitete sich, sie holte Luft, bereit zu brüllen, zu warnen. Der erste Ton kam heraus, ehe Gaia schoss. Der Pfeil bohrte sich in ihr Auge, und die Frau stürzte nach hinten. Eine Hinrichtung zwischen den Bäumen. Ihre Kinder sprangen fröhlich in der Ferne weiter. Hastig sammelte Gaia ihre Sachen zusammen und stieg aus der Kutsche. Sie sah nach, ob irgendjemand der Frau gefolgt war. Doch die anderen Geächteten liefen auf der anderen Seite der Straße weiter, unwissend, noch nicht trauernd. Gaia löste den Gürtel von der Taille der Frau, um ihn an sich zu nehmen. Sie zog den Pfeil aus ihrem Schädel. Halb geduckt, geschickt wie ein Fuchs, rannte Gaia durch die Bäume davon zum Fluss hinunter.

Die Gruppe der Geächteten würde die Leiche finden. Sie würden sehen, dass die Wunde von einer menschlichen Waffe stammte. Sie würden die Gegend absuchen. Sie würden der Todesschützin den Krieg erklären.

Sie konnte nicht gegen alle kämpfen.

Das Kind. Das Kind, das unverletzt geboren werden musste.

Sie rannte weinend am Fluss entlang, kam jedoch nur langsam voran, denn das Ungeborene wog schwer in ihrem Bauch. Als sie die Berge erreichte, hastete sie ein paar Felsen hoch, um zwischen den Bäumen Schutz zu suchen. Noch hatten sie die Tote nicht entdeckt, noch waren keine Schreie zu hören. Gaia merkte, dass sie bereits kaum mehr Kraft hatte. Sie stieg weiter die steilen Hänge hoch und kletterte dann in eine Kiefer, um sich zu verstecken und auszuruhen. Von der Rinde riss sie Efeu ab, das hier wucherte, um sich dahinter zu verbergen. Während sie leise weinte, schob sie ihre zitternden Hände unter den Mantel und strich mit den Handflächen über die Wärme um ihren Nabel. Ungeboren, noch mit der Hoffnung auf Herzensgüte. Solange sie lebte, gab es Hoffnung für die Gerechtigkeit.

Kapitel vierzig

Die Schreie drangen nie bis zu ihr vor, aber man musste die Leiche gefunden haben. Vielleicht hatte der Wind, der zu heulen begonnen hatte, die Geräusche übertönt. Vielleicht war sie auch zu weit entfernt, um sie zu hören. Sie hielt sich an dem Stamm fest, als der Sturm begann und ein heftiger

Regenguss zu einer wahren Sturzflut den Berg herab führte. Sie klammerte sich an den Baum, während der Fluss über die Ufer trat und unter ihr zu einem tosenden Meer zu werden schien. Kein Land, nur Wasser. Es gab keinen Ort, zu dem sie flüchten konnte. Nur ertrinken.

Kurz vor Sonnenuntergang war der Sturm vorüber. Ihre Hände waren wund und blutig, so fest hatte sie sich an den Baum geklammert. Stille. Die Erde war betäubt von der Kraft des Himmels. Die Luft roch rein. Das Land unter ihr lag noch immer unter Wasser, hier war Gaia sicherer als anderswo. Die Geächteten konnten nicht hierhergekommen sein, wo sie alle ertrinken würden. Die ganze Nacht über saß sie im Baum wie die Eulen, die ihr Gesellschaft leisteten. Sie schlief nicht. Der üppig verzierte Mantel der getöteten Frau, die Albträume des Mordes. Die gestickten Spatzen, die Anfertigung dieses exquisiten Stoffs, den weder sie noch die Frau jemals wirklich ihr Eigen nennen konnten.

Am Morgen war das Wasser zurückgewichen. Sie ließ sich auf den Boden herab und landete in dickem Schlamm, der ihr bis zu den Knöcheln reichte. Zitternd vor Nässe, lief die Mutantin neben dem Fluss, dessen Zorn nachgelassen hatte. Sie stolperte vorwärts, mit jedem Schritt gequält Luft holend.

Endlich stieg die Sonne hoch genug, um ihren Rücken zu wärmen. Gaia drehte sich ihr zu, um ihr Gesicht bestrahlen zu lassen, und sie setzte sich neben dem Fluss auf den Boden. Im Sand waren die Spuren von Krallen. Ein Bär war hier vorbeigekommen. Sie war zu erschöpft, um es zu bemerken, legte sich hin und schlief ein.

Beunruhigt keuchend, erwachte sie und packte ihren
Speer.
War sie allein? Sie blickte an ihrem Körper herab.
War sie unverletzt? Ihr Bauch, warm und prall wie zuvor,
noch immer das innere Licht beschützend, unversehrt.
Sie stand auf. Ihre Kleidung war in der Sonne getrocknet.
Sich innerlich tadelnd, dass sie sich so ausgeliefert hatte,
als ob der Jäger zur Beute hätte werden wollen.
Es war sicherer, zwischen den Bäumen zu bleiben.
Sie fischte und aß und bewahrte etwas für die vor ihr liegende Reise.
Die Wanderung den Berg hinauf ging weiter.

Die Mutantin kam eine gute Strecke voran, ehe es Nacht wurde. Sie schnitt Äste von einem dicht belaubten Busch und kroch hinein. Eine Herberge der Natur. Alles Lebende konnte zunutze kommen. Sie aß den letzten Rest der Bachforelle, den sie aufgehoben hatte. In den kommenden Nächten schlief sie immer in solchen Büschen. In Höhlen, in einem Bau – die Mutantin und ihre Nagetierart. Sie war bereits tief in das Gebiet der Berge vorgedrungen. Die Ebene lag hinter ihr außer Sicht. Sie war zu einer Mutantin der Berge geworden. Wieder war die Wildnis zu ihrem Zuhause geworden.

Allmählich merkte sie, dass sie nicht allein war.

Die Geächteten waren schon lange verschwunden. Sie würden es auch nicht wagen, ihre Familien auf solch gefährliches Terrain zu führen. Dessen Schluchten so tief waren. Dessen Gipfel so steil. Überleben statt Rache. Sie sollte erfahren, dass nur Nationenmänner Letzteres wählten. Eben jene jagten sie bereits, aber noch hatten sie die Mutantin nicht eingeholt.

Die Geächteten mochten sie um ihrer eigenen Leben willen nicht verfolgt haben. Doch ein wildes Tier tat nichts dergleichen.

Umherstreifende Lebewesen. Reißzähne und Pfoten in allen Formen und Größen. Sie kamen und gingen, kreuzten bestimmte Gegenden, von denen Gaia nicht mehr weit entfernt war. In den Nächten verfolgten die Mutantin Schreie und Grunzlaute in den Schlaf. Sie entdeckte Spuren von Klauen, zweimal so groß wie ihre eigenen Fußabdrücke. Die Einbuchtungen von Krallen, von Zähnen. Der Elch, den sie entdeckte, blieb nicht stehen, sondern eilte davon. Auch die Kaninchen und Vögel wussten, wann sie fliehen mussten.

Eines Morgens begegnete sie einem der Gefürchteten. Das Schnüffeln einer langen Schnauze, die neugierig über Gaias Haut wanderte und sie sanft bei Sonnenaufgang weckte. Braune Augen blickten in ihre. Neugier spiegelte sich in ihren, zu sehen, wie sich ihre Knochen unter ihrer Haut bewegten, wie ihre Lunge unter ihren Rippen atmete. Die schwarze Nase bebte.

Man kann sich nicht für immer vor den Raubtieren verstecken.

Rasch griff die Mutantin nach ihren Waffen. Der Bär war groß, doch noch unbeholfen in seinen Bewegungen. Stumm begann sie davonzukriechen. Dort, in der Ferne, entdeckte sie die Mutter auf allen vieren. Das gefürchtete Ungeheuer der Berge, dessen riesige Pfoten über den Boden stampften. Dichter brauner Pelz glitt über seine Schultern und seinen runden Rücken. Hier und da drangen knurrende Laute aus seinem Maul. Der Kopf war gesenkt. Mit dem Speer in der Hand wich Gaia langsam zurück, ohne auch nur einen Moment lang das Tier aus den Augen zu verlieren. Es erhob sich nun auf seine Hinterbeine, um die Fremde besser betrachten zu können. Sein langes Maul stand offen und entblößte die Zähne. Warnrufe. Wieder auf allen vieren, wartete es auf den richtigen Moment anzugreifen.

Schlachter gegen Schlachter, ein Kampf Ebenbürtiger.
Tier gegen Mensch, ein ungleicher Kampf.
Tier gegen Mutantin, ein Kampf, den es nicht geben sollte, den es aber gab,
den es immer geben würde. Die Natur lügt nicht,
und so begann die Jagd.

Hier kam der Bär, raste auf sie zu. Innerhalb weniger Momente erreichte er sie, innerhalb eines Lidschlags. Sie stolperte über ihre Füße, als er sich näherte. Über ihr aufragend, eine Pranke erhoben, deren einziger Schlag ihr Ende bedeuten würde. Sie warf den Speer, größer als sie, in das aufgerissene Maul. Er flog an den Reißzähnen vorbei und bohrte sich ins Gehirn.

Das Tier wurde stumm. Leben wich aus ihm, doch noch pumpte Adrenalin durch seine Adern und kämpfte gegen den Tod. Das machte es zum König des Waldes, beinahe unsterblich. Der Bär stand auf seinen zwei Hinterbeinen, schwankte, war jedoch noch immer bereit zu kämpfen. Gaia griff nach zwei Pfeilen, doch er war zu nahe, um sie zu schießen. Sie stieß sie ihm in die Brust. Noch einmal zwei, um die Lungen zu durchbohren. Weitere zwei, um das Herz zu durchstechen, falls die Pfeile überhaupt durch das Fell und das Fett einzudringen vermochten. Das war alles, was sie hatte. Der Körper des Tieres schwankte vorwärts, ein Bein versuchte noch in der Erde unter ihm Halt zu finden. Doch es verlor das Gleichgewicht und stürzte in seiner ganzen Schwere und Festigkeit zu Boden. Gaia robbte zur Seite, ehe der Kopf aufkam. Alles vibrierte, als ob ein großer Baum gefällt worden wäre. Der Sturz eines Mächtigen.

Der Kampf gewonnen.

Gaia saß still neben dem Leichnam.

Ein gewaltiger Körper, Muskeln, Knochen, denen sie ihre Stärke geraubt hatte. Sie war nicht in der Verfassung gewesen zu töten.

Es war viel gewesen. Die Stille danach hallte in ihren Ohren wider. Viel in so kurzer Zeit.

Noch war es nicht normal für sie geworden.

Blut quoll aus dem Maul, wo sich der Speer hineingebohrt hatte. Das verängstigte Junge versteckte sich irgendwo in der Nähe.

Hätte sie nicht dasselbe für ihren Nachwuchs, ihre Familie getan? Hätte sie nicht auch ihre Nase gebläht, wären nicht auch ihre Fingerknöchel weiß hervorgetreten? Hätte sie nicht ihre Waffen eingesetzt, um ihr Kind gegen alles zu beschützen? Ihr Kampf war aus demselben Grund geführt worden, sie hatten beide alles eingesetzt, um diejenigen zu beschützen, die sie liebten.

Das Leben eines Schlachters zu führen, die Mutter eines anderen zu töten, wie das jeder Schlachter tun würde. Jetzt waren bereits zwei Mütter durch ihre Hand gestorben. Sie sah die letzten Momente der Geächteten vor sich. Die langen Haare, die Farben ihres Mantels, die leisen Schritte ihrer Füße. Unvorbereitet, überrascht getroffen.

Aber die Mutantin wusste, wie es ging. Die Mutantin wusste es. Der Jäger hatte es ihr beigebracht. Keine Reue für diejenigen, die auch keine Gnade für sie empfinden würden. Der einzige Weg, nicht unterzugehen, war so zu leben, wie es ihr erster Feind getan hatte.

Sie betrachtete das tote Tier. Noch immer reglos, erschöpft von ihrem Kampf. Aber sie würde sich den Körper zunutze machen.

»Ich habe genug vom Tod gesehen«, murmelte sie, obwohl sie wusste, dass es eine Lüge war.

Kapitel einundvierzig

Sie bearbeitete den Pelz so, dass sie ihn sich über die Schultern hängen konnte. Um sich in den König der Wälder zu verwandeln. Wiedergeboren. Die Bearbeitung war anstrengend und dauerte mehrere Tage. Fett und Fleisch musste von der Haut gekratzt, dann in Hirn und Wasser gekocht werden, um es weich zu machen. Am letzten Tag, als es ganz trocken war, spannte sie das Fell auf, um es noch mal geschmeidiger zu machen.

Am vierten Tag war es zum Tragen bereit. Sie hängte es sich über die Schultern. Schwer hing es da. Es würde sie in der kalten Luft der Berge wärmen.

Sie trug den Sieg auf ihrem Rücken, die Trophäe einer Schlacht, wie es Krieger taten.

Für das Kind, dessen zarte Haut den kommenden kalten Jahreszeiten nicht standhalten würde. Für das Kind, dessen kleiner Körper nun weich gebettet sein würde.

Doch noch immer war die Mutantin nicht allein.

Sie war weit gekommen, ehe andere Raubtiere den Rest des Leichnams fanden, den sie zurückgelassen hatte. Doch sie hatte zuvor die Schreie des Jungen gehört, das ihr nun im Schutz der Schatten folgte. Es folgte dem Rücken seiner Mutter, dem Geruch ihres Pelzes, dem Anblick seiner Farbe – als ob seine Mutter es noch immer führen würde. Jeden Morgen fand sie den Sack leer vor, in dem sie Beeren und Pflanzen sammelte. Das Junge kam näher und zog sich dann wieder zurück. Es roch seine Mutter, deren Augen jedoch anders geworden waren, deren Schnauze sich in einen Mund verwandelt hatte und deren Krallen nun unbehaart waren.

Sie röstete ein Kaninchen, das sie gefangen hatte, über einem Feuer. Sein Körper war von den Klauennägeln des Bären durchbohrt. Das Junge beobachtete sie durch Blättergestrüpp in ihrer Nähe. Es wimmerte nach Aufmerksamkeit. Verschwand zwischen den Bäumen, nur um gleich wieder zu erscheinen. Ungebrochen treu. Wenn sie zu weit wegging, rief es nach ihr. Wenn sie einschlief, in den Pelz gewickelt, spürte sie seinen Körper neben sich, groß und kraftvoll wie ein kleiner Berg. Die Mutantin und das Tierjunge. Es war ein Männchen, ein Sohn für sie. Ein Er, ein Er, der sie liebte.

Kein einsames Kind. Die Geburt ihres eigenen Nachwuchses rückte näher.

Sie verbrachte die Tage in einer kleinen Höhle in den Felsen. Ein Bauch, zu groß, um sich zu bewegen. Ein Bauch, der ihren restlichen Körper erobert hatte. Sanft und mächtig zugleich. Jedes Tier, das sie erlegte, wurde nun geräuchert, um das Fleisch für die bevorstehende Zeit aufzubewahren. Ihr eigener kleiner Berg wurde stetig größer. Die Höhle des Ungeborenen. Ihre Hände jedoch erschienen ihr so monströs wie selten zuvor. Dunkle Ablagerungen zeichneten die Linien und Risse ihrer Haut, als ob ihre Klauen trotz all der Schönheit, die in ihrem Körper heranwuchs, ihr eigenes Gift zu fabrizieren begonnen hatten.

Und wenn das Kind grotesk geboren würde? Verkrüppelt, verstümmelt? Ein kränkliches Kind? Würde es so leiden, wie sie es jedes Mal tat, wenn sie die Finger streckte und dabei die Haut wie der Boden in der Wüste riss? Würde es so leiden wie sie, wenn Menschen es zu Gesicht bekamen?

Kapitel zweiundvierzig

Auf der Wiese vor ihr spielte ihr Junges. Visionen von einem Kind, wäre es nicht als Tier auf die Welt gekommen.

Er rollte sich im Gras und rieb sich den Rücken auf dem Boden, steckte seine Schnauze in den morgendlichen Tau und kletterte ein paar Bäume hoch, um diese mit seinem Geruch zu markieren. Ein Kind im Körper eines Raubtiers. Das stetig größer wurde. Wenn er rannte, zog ihn sein schweres Gewicht nach unten. Wenn er davonlief, um auf eigene Erkundungen zu gehen, kehrte er immer wieder zu ihr zurück. Ihm fehlte das strenge Muttertier, das ihn nicht weit laufen lassen würde. Doch die Mutantin gestattete es ihm.

Ein weiterer voller Mond war vergangen. Der Bär war wild, doch er wusste auch, wie er sie beschützen konnte. Er hielt die Wölfe in Schach und brachte die Berglöwen dazu, sich ihnen nicht zu nähern. Sie beschwichtigte ihn, wenn er mal brüllte, wenn auch aus sicherer Entfernung. Sie wusste, dass es besser war, ein wildes Tier nicht zu lieben.

Sie erwachte, als die Sonne aufging, und stellte fest, dass sie allein war. Er hatte sich auf eines seiner Abenteuer begeben. Die Vögel sangen, das Land war an diesem Morgen gut und keine Gefahr in der Nähe. Die Baumwipfel leuchteten strahlend orangefarben, als ob sie von der Sonne angezündet worden wären. Der restliche Himmel hatte ein Rot, wie sie es noch nie gesehen hatte. Sie kroch auf die Wiese hinaus, um die Schönheit der Wildnis zu sehen.

Da begannen die Krämpfe im Inneren ihres Körpers.

Die Muskeln zogen sich zusammen, um das Unbekannte hinauszulassen.

Die Stunde war gekommen.

Kapitel dreiundvierzig

»Nimm dich in Acht …«, ächzte sie dem Wald zu.

Ein unbekannter Ort wartete auf sie. Blut rauschte in ihren Ohren. Alle Venen spannten sich an, um dann loslassen zu können. Ihre Zunge war taub, ihr Mund trocken, ihre Zähne klapperten zitternd aufeinander. Es kam, es kam.

Sie hielt den Kopf zwischen den Armen. Sie klammerte sich an sich selbst, obwohl sie am liebsten ins Leere gefallen wäre.

Die Schönheit des Sonnenaufgangs. Gaia schaukelte hin und her, während in ihr ein Kampf tobte.

Die Schreie drangen aus ihrem Rachen und störten den Frieden des Morgens.

Grausam, die Schreie. Weiße Blitze zuckten vor ihren Augen auf, als würde sie blind werden.

»Nimm dich in Acht …«

Sie verlor allmählich das Bewusstsein. Dunkelheit, während die Sonne erstrahlte.

Taunasses Gras an ihrer Wange. Sie rutschte auf den Rücken und schrie undeutliche Worte gen Himmel. Befreite sich von ihren Kleidern. Winselnd, jammernd darum, nicht vom Tod genommen zu werden. Jegliche Empfindung sickerte aus ihren Gliedern. Ihre monströsen Hände schimmerten, als ob sie sich an ihrem Leid laben würden.

Es war mehr als eine Geburt. Es war eine Aussöhnung mit der Wahrheit. Die Erkenntnis, dass die Mutantin ein warnendes Zeichen brauchte, wenn das Schicksal wollte, dass sie lebte. Diese Wahrheit kroch durch sie hindurch bis zu ihren Fingerspitzen.

Eine solche Wärme in ihrem Körper, der so eisig war – als ob sie die Sonne in sich trüge. Als ob ihre Handflächen in Wachs getaucht wären, in glühendes Metall.

Lodernd würde diese Sonne niemals erlöschen. Die Hitze pulsierte unter ihrer Haut. Sie hievte sich aus den Tiefen der Bewusstlosigkeit heraus und öffnete die Augen, um zu sehen, was sich seinen ersehnten Weg in die Freiheit gebahnt hatte. Was in die Welt gekommen war.

Zuerst sah sie das Licht auf ihnen. Sie sah ihre Hände vor dem Himmel.

Ihre Handflächen, von züngelnden Flammen umspielt, die sich nach oben Richtung Sonne reckten. Die Hände der Mutantin brannten. Und das würden sie von nun an immer tun, immer, wenn sie es brauchte.

Um ihre Finger wanden sich Flammen, die aus ihrem
Körper kamen.
All diese unwissenden Tage.
Jedes Mal hatten ihre Hände
Asche zurückgelassen.
Wer hätte gedacht, dass die Schwachen zu Unberührbaren werden würden?

Die Mutantin hob ihre Arme. Sie streckte die Finger und beobachtete, wie die Flammen langsam erloschen. Sie wiederholte es. Da waren sie. Ein blaues Flackern, dann orangefarben, dann gelb. Wer hätte geahnt, dass die Verlorene zur Behüteten werden würde? Die Ausgelieferte zur Beschützten?

Sie schrie lauter, während die Geburt weiterging. Wie hell sie brannte.

Die Wanderin, die Angekommene?
Die Streunerin, die Ernannte?

Der junge Bär beobachtete sie durch Blätter hinweg. Er war gekommen, weil er ihre Qualen gehört hatte. Blieb jedoch in einiger Entfernung. Das Feuer ängstigte ihn.

»Ich verstehe, ich verstehe«, flüsterte sie. »Ich bin eine Mutantin, eine Mutantin, die brennt.«

Dort zwischen ihren Beinen war Leben. Keine Flammen umgaben ihn. Er war weder aus Erde noch aus Wind gemacht. Die Haut eines Menschen, der Körper eines Jungen. Das Gesicht eines Babys, Augen wie die ihren. Schweißüberströmt brachte sie ihre Flammen zum Erlöschen. Sie bedeckte ihre Hände mit den Kleidern und hielt ihn hoch. Seine Haut war glatt und rosa. Sein Haar dunkel. Kein Zeichen von Deformation auf seinem perfekten Körper. Seine Augen starrten sie schläfrig an. Mensch, Lebewesen – vollkommen.

»Seht, was ich geboren habe«, flüsterte sie. »Dem Wald ist ein Mensch geboren. Mir wurde ein Kind gegeben, und das Gewicht der Welt soll niemals auf seinen Schultern liegen … Sein Name sei Sohn.«

Sie biss die Nabelschnur durch, zog sich an und nahm ihn in ihre Arme. Er fühlte sich warm an ihrer Brust. Mit ihr an seiner Seite würde ihm niemals kalt sein. Er würde nie die Dunkelheit fürchten, nicht mit ihr, die das Licht trug.

Sie kroch in die Höhle zurück, wusch ihn mit Wasser und wickelte ihn in ihren Bärenpelz. Er schlief friedlich. Ihre Hände waren noch rot, wund und von ihrem ersten Feuer wie glasiert. Es würde nicht das letzte Feuer bleiben. Gesegnet diejenige, deren Blut verflucht ist. Sie hob die Hand und ließ die Flammen erneut züngeln. Die Schatten tanzten an den Wänden der Höhle. Als sich ihre Hitze wieder gelegt hatte, nahm sie ihren Sohn hoch. So kleine Fingernägel. Sie hatte diese Hände geschaffen, ganz und gar menschlich, ganz und gar gut. Sie hatte diese Füße geschaffen, diese Augen in den Farben ihrer eigenen. Sie hatte dieses Wesen geschaffen, das jetzt neben ihr atmete. Sie hatte es neun Monde lang in sich getragen. Aus Trotz und aus Hoffnung. Sie hatte lange genug überlebt, um eine wandelnde Waffe zu werden. Es gibt immer Hoffnung für die Kronenlosen.

Kapitel vierundvierzig

Die Wildnis ist tödlich. Sie ist nicht für die Schwachen, nicht für die Unwilligen. Nicht für diejenigen, die nicht wissen, wie man dort lebt.

Alles gerecht, alles wahr.

Und doch greifen heilige Gesetze tief für diejenigen, die dort leben. Man muss nicht sprechen, um sie zu kennen.

Und so wusste der junge Bär, dass er seinen neugeborenen Bruder am Leben lassen musste. Er hielt Distanz, er ahnte, dass es an der Zeit war, allein seinen weiteren Weg zu beschreiten. Jetzt war nicht er mehr das Kleine, nicht mehr das Junge. Der jüngste Nachwuchs hatte ihm seinen Platz genommen. Doch sie waren weiterhin seine Familie.

Der Sohn streckte den Arm aus und umklammerte Gaias Handgelenk. Nie wieder allein. Eine eigene Sippe. Er weinte nach der Milch seiner Mutter, und sie drückte ihn an ihre Brust.

»Ich habe dich gespürt, als du noch nicht hier warst«, erklärte sie ihm. »Ich kenne dich, denn ich war es, die dich in sich getragen hat. Ich werde nie mehr allein sein. In meinem Bauch trug ich dich voll Angst … Aber wir sind verschieden, du und ich. Denn du bist ein Mensch.«

Sie streckte den Arm aus und entzündete erneut das Lagerfeuer. Blätter wehten, die Winde des Herbstes. Wenn der Winter kam, würde dieses Land von Eis umschlossen.

»Du sollst Leid nicht kennenlernen und auch nie wissen, wie das meine klingt. Doch die Kälte wird kommen.«

Die Nation der Calistoniten wartete im Osten.

Die Epoche des Blutes

Kapitel fünfundvierzig

Die Tage wurden kälter, die Blätter verloren ihr Grün. Alles wurde zerrissen, alles neu geschaffen.

So wie die Mutantin, wieder schnell und leichtfüßig.

Ihr Bauch war geschrumpft, ihre Arme und Beine bewegten sich kraftvoll.

Die lange Pilgerreise hatte sie stärker gemacht.

Durch die dicke Hornhaut vermochte kein Dorn mehr zu dringen. Ihr Herz pumpte Blut, und aus ihren Brüsten floss die Milch des Lebens. Sie trug den Sohn in einem Beutel, den sie aus Jute genäht hatte. Die Mutter und ihr Junges. Aus ihren Kleidern hatte sie ihm eine Tunika gemacht, um seine Haut zu schützen.

In der dritten Nacht begann das Weinen.

Nie ächzte, wimmerte oder kicherte er. Nur dieses Weinen in den Nächten. Das Weinen um den Verlust des Mutterleibs. Selbst wenn sein Bauch gefüllt war und er selbst sauber, er sanft geschaukelt und beschwichtigt wurde, weinte der Sohn heftig. Auch die Wärme des Lagerfeuers beruhigte ihn nicht. Die Stille des Waldes machte ihm nur Sorgen. Auch die hellen Farben der Flammen ängstigten ihn und so wandte sie eines Nachts dem Feuer den Rücken zu und hielt ihn so, dass sie der Dunkelheit des Waldes gegenübersaß.

Flackernde Augen. Die Wölfe wussten, dass sie da waren.

Sie kroch zurück in die Höhle und spürte, wie die Hitze des Feuers sie beinahe verschluckte. Wie viele waren es? Wie viele umkreisten sie? Wohin auch immer sie blickte, sah sie bernsteinfarbene Augen. Sie war Wölfen schon früher begegnet. Sie hatte Kojoten erlebt. In der Wildnis kann man ihnen nicht für immer ausweichen. Doch die durchdringenden menschlichen Schreie hatten in den Tieren eine Erregung ausgelöst, die eine brennende Fackel nicht verjagen konnte.

Das Kind spürte ihre Angst.

Es hing an ihrer Brust. Sie verlagerte es auf ihren Rücken. Wenn ein Tier in der Dunkelheit von hinten angreifen würde? Welche schrecklichen Dinge konnten außerhalb ihres Sichtfelds geschehen? Sie griff nach dem Speer, verfehlte ihn aber aus Angst, das Kind zu verletzen – den Sohn, der ihren Armen so nahe war, so nahe ihrer Kraft.

Im schwachen Licht des Feuers sah sie immer wieder kurz ihre feuchten Schnauzen. Näher kommend, dann wieder in der Dunkelheit verschwindend. Der Sohn weinte lauter, als ihre Hände zu brennen begannen. Wie stark konnten ihre Flammen lodern? Wie weit? Wie lange vermochte sie zu brennen, ehe sie zusammenbrach? Sie streckte einen Arm aus und schirmte mit dem anderen den Sohn ab, wobei sie den Jutestoff enger um ihn legte. Die Nerven angespannt, kaum atmend, die Zehen eingerollt. Sie ließ die Flammen in ihrer Handfläche entstehen. Eine lodernde Welle. Jaulen drang durch ihre sie selbst blendende Kraft. Rasch kam sie wieder zu sich und sah, dass ihr Feuer zwei der Tiere erreicht hatte. Zwei Unglückliche. Sie rannten durch den Wald davon, heulend, das Fell noch immer hell brennend, bis die Dunkelheit sie verschlang.

Sechs aus dem Rudel waren noch übrig. Sie hatten die Ohren gespitzt. Die menschlichen Schreie lockten sie noch immer, störten sie aber auch in ihrer Konzentration. Vorwärts und rückwärts, zögernd und doch vom Hunger getrieben. Nur das Verstreichen der Zeit würde sie das Interesse verlieren lassen. Nur wenn sie mit heißen Flammen verbrannt wurden, sodass sie sich wünschten, es nie versucht zu haben.

Und Gaia loderte so lange, bis die Nacht vergangen war. So lange, bis die Wölfe bei Sonnenaufgang verschwanden, um nach einer leichteren Beute zu suchen. Dann brach die Mutantin zusammen.

Sie wurde vom Grunzen eines Raubtiers geweckt. Dichtes Fell strich ihr über Arm und Hals, während sie auf der Seite lag. Sie setzte sich auf. Der Jutesack hing ihr noch von den Schultern. Der Sohn darin schlief tief, als ob er nie einen Grund zum Weinen verspürt hätte. Neben ihn hatte sich sein Bärenbruder gelegt. Er hatte sich nach Gaias Aufmerksamkeit gesehnt und war von seinen Jagdabenteuern zu ihr zurückgekehrt. Rollte sich auf den Rücken, das Tierkind, sein dicker Bauch hob und senkte sich.

Der Boden war mit Asche bedeckt. Ihr Kopf schmerzte vor Erschöpfung. Die singenden Vögel in ihrer unbeschwerten Freiheit, sich nicht des Kampfes bewusst, der hier beinahe stattgefunden hatte.

»Ich werde dich nächstes Mal brauchen, wenn ich wieder dem Tod gegenüberstehe«, murmelte sie dem Bären zu. Wenn er dann nur da wäre.

Düstere Kämpfe aus Feuer und Reißzähnen.

Sie kämpfte allein, aber kein Reißzahn vermag ein Feuer zu besiegen.

Die Wölfe, die Kojoten und die Berglöwen – alle kamen, um selbst nachzuschauen, um es selbst zu versuchen. Bei diesem Menschen, der unbesiegbar war, uneinnehmbar. Am Morgen waren die Kämpfe beendet, als hätte es sie niemals gegeben.

Doch auch im hellen Licht der Sonne lauerten Angriffe. Wenn sie Glück hatte, kam der Bärenbruder des Sohnes während einer solchen Attacke gerade zurück, um zu sehen, was los war. Und verjagte so die Kojoten und Berglöwen. Doch die großen Wolfsrudel fürchtete auch er. Noch war er nicht König des Waldes.

Je länger Gaia brannte, desto schwächer wurde die Haut ihrer Hände. Jeder Kampf ließ sie wund und schmerzend zurück, so als würden sie jeden Moment aufplatzen. Verzehrt von ihrer eigenen Kraft. Sie hatte wieder begonnen, auch ihre Waffen einzusetzen. Stetig im Kreis laufend, der Sack mit ihrem Sohn auf dem Rücken, sodass ihn die Dunkelheit hinter ihnen nicht erwischen würde. Ein niemals endender Kampf. Keine Möglichkeit zu schlafen. Und dennoch schien man sie in Frieden zu lassen.

Es gab Geflüster. Man raunte über sie in der Sprache der Wildnis. Unter den Raubtieren, den Füchsen, den Vögeln und all jenen, die sie verfolgt hatten oder es planten.

Ihre Kräfte waren unter den Tieren des Waldes bekannt geworden.

Langsam ließen die Angriffe nach. Diejenigen, die sie attackiert hatten, kehrten selten ein zweites Mal zurück.

Ihre Flammen markierten Gaias Territorium, ihr Feuer war ihr Schild.

Kapitel sechsundvierzig

Die Mutantin, der Sohn und der wandernde Bär rückten weiter nach Osten vor.

Auf dem Weg fanden sie keine verlassene Hütte, nichts, was sie ihr Zuhause hätten nennen können.

Nun war nur noch ein Berg übrig, den es zu überqueren galt, ehe sie in das flache Land absteigen würden. *Vielleicht,* dachte sie, *war es besser hierzubleiben, vielleicht war es besser, den Menschen nicht mehr zu begegnen.* Dort unten gab es keinen Ort, wo sie sich vor den Gefahren durch den Menschen verstecken konnten.

Das Vergehen mehrerer Vollmonde. Sie verlor allmählich jegliches Wissen um menschliches Leben. Alle Eigenheiten, alle unausgesprochenen Kodexe der Menschen, von denen sie sowieso nur wenige gekannt hatte. Würde sie sich im Laufe der Zeit noch an die Stimme des Lehrers erinnern, eine schon lange verlorene Seele aus einem anderen Leben? Würde sie sich an das geschriebene Wort erinnern? Was nutzte es, dem Sohn dergleichen an einem Ort wie diesem beizubringen?

Ihr einziger Wunsch war es, ihm beizubringen, wie er gegen die Welt kämpfen konnte.

Stumm und ausdruckslos ließ sich der Sohn tragen. Wenn er hinuntersah, erblickte er nur Erde und Gras. Täglich wurde er zum Zeugen der Kämpfe zwischen der Mutantin und der Wildnis. Für ihn gab es nichts anderes. Kein eigenes Zuhause, keine echte Geborgenheit.

»Es ist sehr schade, dass du ihn wahrscheinlich nie kennenlernen wirst«, sagte sie eines Tages zu ihm. »Er war mein treuester Begleiter.«

Sie saß am Ufer eines Baches und zog ihn aus seinem Jutebeutel. Seine Haut war leuchtend weiß im Licht der Sonne. Mit dem Finger fuhr sie seine Augenbrauen und seinen Nasenrücken nach. Er gähnte und gab einen leisen Laut von sich. Und er lächelte, als er die Hände dem Himmel entgegenstreckte und den vorüberziehenden Wolken nachsah. Sein erstes Lächeln, die rosafarbene Weichheit seines Mundes enthüllend. Das Lachen einer Seele. Hoffnung in der Wildnis.

»Du lächelst! Du bist mein – mein einziges Licht!«

Es begann sanft zu regnen.

Kapitel siebenundvierzig

Der Winter würde bald da sein. Die Vögel hatten sich wieder in Richtung Süden aufgemacht. Das Land würde gefrieren, und die Bäume würden viele Monde lang wie tot sein. Wo sollte die Mutantin hin, wenn nicht zur Nation der Calistoniten, vor der sie sich so fürchtete?

Schwärme von Spatzen flogen an einem nebeligen Morgen über sie hinweg. Sie aß von der Forelle, die sie am Tag zuvor gefangen hatte, und legte den Sohn an ihre Brust. Er begann zu trinken, seine Augen wurden schläfrig. Seine Backen schwollen an. Sein Vertrauen in sie so allumfassend. Er wusste, dass er geliebt wurde.

»Ich habe dich im Geheimen auf die Welt gebracht«, flüsterte sie. »Kein Mensch außer mir weiß von deiner Geburt.«

Sie gab den Rest der Forelle dem Tier, das zu ihr hingetrottet war. Der Bär drängte sich an sie. Er wollte gekrault werden. Auch der Sohn weinte nicht, wenn er ihn bemerkte. Der Bär wandte ihr seinen großen Kopf zu und sah ihr in die Augen.

Zum ersten Mal beobachtete sie das Tier mit voller Aufmerksamkeit.

Was genau sah sie in seinen Augen? Der Pelz um sie war dunkler, als ob er ständig von Tränen befeuchtet würde. Sie bemerkte die Zuneigung in seiner schwarzen Schnauze und seinem übermäßig großen Kopf. Dieser ging in seinen Körper über, wobei seine Schultern inzwischen klarer zu erkennen waren. Auch der Buckel auf seinem Rücken wuchs täglich, seine Muskeln waren deutlicher definiert. Die Tatzen, auf denen er lief, waren riesig. Er verwandelte sich in den König des Waldes, der er werden würde. Der Bär beobachtete sie, so, wie sie ihn beobachtete.

»Vergib mir«, sagte sie, »was ich dir und der Deinen angetan habe. Was ich befürchte, du eines Tages mir und dem Meinen antun könntest.«

Der Sohn in seinem Beutel ruhte an ihrer Brust. Sie sammelte ihre Habseligkeiten zusammen und verließ das Bachufer. Weiter, ohne das Tier. Wenn er wieder in ihre Nähe kommen sollte, würde sie ihn mit Feuer verjagen. Sie konnte ihn nicht lieben. Sie konnte keinen Wildling lieben.

Als sich der Nebel lichtete und sich die Sonne zeigte, trat Gaia – bei ihrer Wanderung über den Berg – auf eine Straße. Eine von Menschenhand angelegte Straße. Voller Risse, Erinnerungen an Verlagerungen der Erdkruste. Wenn sie hier entlanglief, musste sie nicht durch schwerer zu durchwanderndes Terrain. Noch gab es Hoffnung. Die Hände des Sohnes griffen beim Laufen nach ihren langen, ungepflegten Haaren. Sie senkte den Kopf, um ihm einen Kuss zu geben, und er zog an ihrer Nase.

Unverstellt bei jeder Berührung. Er war der Ihre. Nie mehr allein.

Sie ruhte sich aus, als sie die Hälfte des Berges erklommen hatte, denn ihre Wunden brannten. Sie befanden sich auf ihren Schultern, wo sie die Waffen trug. An ihrem Nacken, wo der Beutel hing. Blasen an ihren Füßen. Ihre Hände waren ebenfalls durch die vielen Feuer offen. Die Innenseiten ihrer Schenkel. Wo es möglich war, legte sie Blätter zwischen ihre Haut und den Stoff ihrer Kleidung. Täglich suchte sie sich und das Kind nach Zecken ab. Dann lief sie weiter, und am Nachmittag hatte sie den Gipfel erreicht.

Im Westen sah sie die dunklen zerklüfteten Felsen der Berge, die sie überwunden hatte. Die spitzen Gipfel, die tiefen Täler, die Schatten in den Senken. Die grünen Bäume an den höchsten Punkten. Im Osten lag neues Land. Grasland, Hügel, Üppigkeit. Und hinter dem Horizont, noch zu entfernt, um es zu sehen, standen die Wachtürme entlang der Grenzen der calistonitischen Nation.

Kapitel achtundvierzig

Sein Name war Calisto Samuels.

Der zweite von vier Männern, die nach Gregor Nicola das Gesetz der Natur geschrieben hatten.

Die ersten Herrscher, die ersten Väter.

Das erste Dorf, die erste Ernte.

Die erste Regel, das erste Ritual.

Alles musste neu getan, gedacht, erfunden werden. Gregor war nicht allein. Keine Zivilisation wurde von einem einzelnen Mann errichtet. Er stammte aus einer Familie von Bauern, und sein Name war Calisto Samuels. Man hatte ihn unter einer schweren Schicht schwarzen Staubs gefunden. Gregor hatte ihn an diesem Tag nur deshalb entdeckt, weil es kurz regnete und die schwarze Asche von seinen blonden Haaren gewaschen wurde. Der einzige Teil seines Körpers oberhalb des Erdreichs. Seine Haut war schwarz geblieben, nachdem man ihn ausgegraben hatte, als ob er in Tinte getaucht worden wäre. Es brauchte Tage, den Staub abzuwaschen und den Mann darunter zu enthüllen.

Es war Gregors Wunsch gewesen, sein Getreide so zu vermehren, dass es die Überlebenden ernähren konnte, die sich damals etwa auf die Größe eines Dorfes beliefen. Calisto war der Mann, der ihm zeigte, wie es ging. Unter dem Staub fand er Pflanzen und Blumen, deren Wurzeln tief unten im Boden alles überstanden hatten. Sie pflanzten sie in den fruchtbaren Gegenden ein, die nach den Buschfeuern entstanden waren.

»Du sollst dein Land beschützen.«

Im Leben standen sich beide so nahe wie Brüder. Im Tod waren sie gezwungen, zu Feinden zu werden. Ihre Anhänger gingen getrennte Wege, nachdem die Männer gestorben waren. Sie trennten sich und bildeten eigene Nationen. Jahre des Krieges folgten. Nur die Berge trennten sie. Dort, wo Calisto sein erstes Getreide ausgesät hatte, stand nun die Stadt Meriah. Jahrelange Kriege, denn die Stadt war nach Gregors Tochter benannt. Hier war sie geboren worden. Alles Gerechte ihrer eigenen Geschichte.

Ein Land ohne Nation. Dem Waffenstillstand verpflichtet. Die Mutantin hatte die Grenze überschritten und lebte. Eine Nation ihr Gegner, eine andere noch unbekannt. Wer würde es wagen, einer wandelnden Waffe die Gefolgschaft zu verweigern?

Kapitel neunundvierzig

Die Wanderung den Berg hinunter verlief friedlich. Sie folgte der Asphaltstraße, die vor ihr lag und auf der keine herausragenden Wurzeln oder Dornen sie behinderten. Es begann zu regnen. Zuerst sanft genug, dass der Pelz sie beide schützen konnte, doch dann folgte ein kurzer, heftiger Guss. Sie verließ den Weg und suchte Schutz unter den Bäumen.

»Rieche ich da Rauch?«, murmelte die Mutantin.

Wenn sie nur, im Nachhinein betrachtet, nicht den beißenden Geruch bemerkt hätte, der ihr in die Nase stieg. Wenn ihre Sinne als Wildling nur nicht an einem derart ungezähmten Ort so geschärft reagiert hätten und sie in Gedanken woanders gewesen wäre, dann hätte sie nichts entdeckt. Dann wäre sie vielleicht niemals von ihrem Weg abgekommen und hätte ihren Auftrag ungehindert weiterverfolgt. Sie hätte den höchsten der Obersten Leser möglicherweise noch ein letztes Mal vor seinem Tod sehen und ihm persönlich berichten können, dass sie ihre Pflicht erfüllt hatte. Sie wäre nicht von Gier und Mord abgelenkt worden. Und dennoch: Vielleicht wäre sie dann niemals in der Lage gewesen, ihren Auftrag auszuführen, die schreckliche Reise zu meistern oder den furchtbaren Zorn der Menschen zu überleben, hätte sie nicht das gefunden, worauf sie an diesem Tag stieß. Ganz gleich, wie viel Blut auch folgen sollte.

Zwischen den Bäumen stiegen graue Wolken vom Boden auf, wobei niemand zu sehen war. Leise setzte sie sich mit dem Rücken an einen Baumstamm und beobachtete, wie sich der Rauch kringelte. Sie wartete darauf, dass der Regen nachließ, damit sie keine Schritte in der Umgebung überhören würde.

»Und das sind schwarze Johannisbeeren«, murmelte sie und begutachtete die Büsche vor sich. »Wenn ich mich nicht täusche.«

Es waren wilde Beeren, die jedoch gewöhnlich nicht so weit oben, sondern nur auf flachem Land wuchsen.

Man hatte sie angepflanzt. Man hatte Samen hierhergebracht, um sie anzupflanzen.

Sie betrachtete die Zweige. Zwischen ihnen hing, kaum sichtbar, ein weißer Faden. Festgebunden auf der Höhe, wie sich etwa Gaias Fesseln befanden. Sie hielt den Sohn mit einem Arm an ihre Brust gedrückt, während sie näher herankroch. Brachte den Kopf auf Höhe des Fadens, um zu sehen, wohin er führte. Als sie ihn berührte, wehte eine kurze Windböe über sie hinweg.

Was war da über sie geflogen?

Drei Pfeile, noch immer zitternd vom Aufprall, hatten sich in den Baum hinter ihr gebohrt. Einen Fingerbreit von ihrem Schädel entfernt. Die Rinde wies bereits andere Spuren von Pfeilen auf, sie musste schon öfter als Zielscheibe gedient haben. Dieser weiße Faden diente als Falle. Die Pfeile sollten jeden aufhalten, der hierherkam. Es war das Gebiet eines anderen, das sie betreten hatte. Das Gebiet eines Menschen.

Im Regen hörte sie ihn nicht näher kommen. Sie hörte ihn nicht, aber sie wusste, dass er kam. Sie spürte seine Schritte auf dem Boden. Hastig schob sie den Sohn auf ihren Rücken und zückte Pfeil und Bogen.

»Wo bist du?«, brüllte sie mit durchdringender Stimme in den Wald hinein. »Ich habe dir gesagt, dass ich dich brauche, wenn ich dem Tod gegenüberstehe.«

Welche anderen Waffen würden sie angreifen, wenn sie sich erhob? Welche anderen unsichtbaren Formen des Todes sie bedrohen? Was wartete darauf, dass sie sich zu ihrer vollen Größe erhob? Sie blieb auf den Knien. Blätter beiseiteschiebend blieb der Mensch direkt vor ihr stehen.

»Könntest du nicht so laut schreien? Man wird dich hören. Ich bin hier«, sagte der Fremde. Er war allein gekommen. Nicht unbewaffnet, denn was er in Händen hielt, musste eine Waffe sein. Groß und schwer, mit einigen glänzenden Teilen. Er bewegte seine Arme, als ob das Gerät ein Teil seines Körpers wäre. Machte damit eine schnelle Bewegung. Sie hörte ein Klicken, als würde eine Gürtelschnalle fester gezurrt werden. Das Gerät starrte sie aus einem schwarzen Auge an.

Sie hingegen hatte den Pfeil auf ihn gerichtet. Doch in seinen Augen sah sie keine Furcht. Er senkte das Gerät, streckte den Arm aus und packte ihren Pfeil an seiner Spitze. Diese schnitt in seine Hand, der Schaft zerbrach. Keine Waffe mehr zu fürchten. Sie warf den Bogen beiseite und entfachte verzweifelt stattdessen ihr Feuer. Der Mann machte einen Satz rückwärts und fluchte.

»Was ist das? Nicht in der Nähe meiner Waffe!«, rief er heiser. »Es sei denn, du willst, dass wir beide unsere Gesichter verlieren.«

Sie kroch rückwärts. Es gab jeden Anlass, gegen ihn zu kämpfen, doch sein Gerät hielt sie ab. Wer war er? Was besaß er, was fürchtete er?

»Hast du noch nie eine gesehen?«, fragte er ein wenig atemlos. »Schau auf den Baum. Schau genau hin.«

Er richtete seine Waffe darauf. Sie folgte der Schusslinie. Einen Moment lang herrschte noch Stille. Keine Warnung vor der Explosion. Zuerst kam die Zerstörung. Die Rinde zersplitterte, ein Loch blieb zurück. Es regnete Holzsplitter auf den Boden. Dann das Geräusch. Ein Donnerschlag, ein Blitz, der die Erde durchbohren konnte. Der Kriegsschrei der Unbelebten.

Der Sohn begann zu weinen.

»Nicht weinen! Er soll aufhören. Man wird ihn hören. Sie kommen, sie suchen nach mir.«

»Wer?«, flüsterte sie.

»Sie kommen, um mich zu holen. Still!«

Ihr wurde allmählich bewusst, dass niemand anderer da war, niemand kommen würde. Doch die Last der Waffen, die er dort, tief in den Bergen aufbewahrte, reichte, um ihn um den Verstand zu bringen. Er hob die Waffe auf seine Schulter. Das kalte Auge der Waffe beobachtete die Mutantin. Nein, er würde sie nicht am Leben lassen.

»Sie werden mich finden. Und sie werden mich töten. Sie werden mich finden …«

Doch jemand hatte das Weinen des Sohnes gehört. Er war unhörbar im Regen gekommen, der Bärenbruder.

Er war ihren Rufen in der Ferne gefolgt, ein Pfeil in seinem Bauch, zwei Pfeile in seiner Lunge, Folgen der Pfeilfalle, in die er auf dem Weg getappt war. Selbst die größten Tiere können tödlichen Bedrohungen zum Opfer fallen. Doch er rannte nur noch schneller in seinem Zorn. Tauchte hinter dem Fremden auf. Der Schatten eines Riesen. Einen letzten Moment lang stand der Mann noch da, ehe der tödliche Schlag erfolgte, der seinen Schädel auf den Boden rammte. Der Körper rührte sich nicht mehr. Seine Waffe war mit ihm gefallen und noch ein letzter Schuss löste sich, um ins Nichts zu fliegen. Der Bär hieb nach der Brust des Mannes, um sicherzustellen, dass er tot war. Er riss dessen Haut auf. Die Organe hießen den leichten Regen willkommen. Das Tier keuchte benebelt. Lautes Brüllen sollte andere Feinde abhalten, ein Brüllen, das lauter war als irgendein Geräusch einer Waffe. Diese Mutantin war seine Mutantin. Er brach auf dem Leichnam zusammen.

Die Augen noch halb geöffnet, beobachtete er, wie Gaia zu ihm kroch. Er atmete in den Pelz, den sie trug. Das Vertrauen in seine Mutter, die er in ihr gefunden hatte. Gaia nahm den Sohn in die Arme, der noch immer weinte, und legte seine kleine Hand auf das Fell des Bären. Der Sohn war getröstet.

Und sie weinte. Sie wusste, dass das Ende nahte. Aber er war noch nicht ausgewachsen, seine Zeit war noch nicht gekommen. Er war noch nicht König geworden. Unzählige Male hätte er sie töten können, wenn er es gewollt hätte, so zart war sie im Vergleich zu ihm. Aber er hatte es nicht gewollt. Es war ihm nicht beigebracht worden. Sie hatte dieses Tier beim Heranwachsen begleitet.

Er atmete ruhig. Ihre Hand lag auf seinem Kopf, als sie zusah, wie er ging.

»Du warst es, du warst mein Erstgeborener«, murmelte sie schluchzend.

Kapitel fünfzig

Der Regen hatte aufgehört, die Sonne eine große Strecke am Himmel zurückgelegt. Dennoch lag sie noch immer neben dem Bären. Ihre Zähne hatten zu klappern begonnen. Ihre Augen und Lippen waren heiß und geschwollen vom Weinen.

Sie würde ihm ein richtiges Grab ausheben, so, wie er es verdiente. Den menschlichen Leichnam würde sie verbrennen.

»Das ist der Preis, den ich bezahle, weil ich einen Wildling geliebt habe«, murmelte sie. »Auch wenn ich selbst einer bin.«

Sie band sich den Sohn wieder auf den Rücken. Mit langsamen Bewegungen sah sie sich um. Hier konnte sie auf nichts vertrauen. Sie fand die Waffe zwischen den Büschen, fallen gelassen, nachdem sie so viel Gewalt verursacht hatte. Ihr Auge starrte in die Ferne. Ausdruckslos, kalt, fühllos. Sie beugte sich herab und legte die Hand auf den Griff. Vorsichtig hob Gaia sie hoch. Ihr schweres Gewicht überraschte sie. Sie schulterte sie, so, wie der Fremde es getan hatte. Vorsichtig setzte sie einen Fuß vor den anderen, wobei sie aufpasste, wo sie hintrat. Alles konnte sie verraten. Sie wich jedem weißen Faden aus oder stieg darüber hinweg. Gab es einen schlimmeren Tod als den durch etwas Lebloses?

Nicht mehr von dem Rauch geleitet, der schon lange nicht mehr in die Luft stieg, sondern von dem süßen und starken Geruch eines offenen Kamins, so, wie sie ihn aus ihrer Hütte kannte, die sie einmal ihr Zuhause genannt hatte. Sie folgte ihrer Nase bis zu einer Tür, die in dem grünen Moos eines riesigen Felsens verborgen war. Darüber rankte sich Efeu, darunter verborgen konnte man die Andeutung eines Schornsteins erkennen.

Sie machte die Tür auf. Ein verborgenes Heim. Ein Tisch, ein Kamin, ein Läufer, ein Bett. Hier und da lagen zur Dekoration getrocknete Blumen, Blätter, Blüten. Eine Badekammer, die noch warm vom Dampf war. Draußen entdeckte sie ein Häuschen mit einem Klosett und einen Brunnen. Ein menschliches Zuhause, ein seit Jahrhunderten entlegener Ort.

Es war nicht der Fremde gewesen, der das alles errichtet hatte. Dieser Ort hatte Geschichte. Der Mann war lange nach dem eigentlichen Erbauer darauf gestoßen, dessen

Skelett er auf dem Bett gefunden hatte, wo dieser gestorben war.

Derjenige, der das Haus gebaut hatte, hatte an Jenem Tag Dienst.

Er hatte keine Familie oder andere vertraute Menschen in seinem Leben. Er war auf dem Weg zu einer häuslichen Auseinandersetzung gewesen, als er angerufen wurde. Fuhr gerade in einen Tunnel, als ein Sandsturm sein Auto von der Straße abbrachte. Drei Tage Dunkelheit, ehe er erwachte. Er kroch aus dem Wagen, stolpernd und blutend. Seine Uniform war nur leicht beschädigt. Den Rest des Tages verbrachte er auf der Suche nach der Polizeistation in dem unglaublichen Chaos, das die Straßen erfasst hatte. Als er dort eintraf: Kollegen, verletzt oder tot. Die Telefonverbindungen, die Computer, die Lichter waren zusammengebrochen. Niemand konnte ihm helfen. Aber er hatte noch Glück. Er hatte Glück, denn damals, ehe man die bleiernen Waffen ganz verbot, durften sie bereits nur noch von Militär und Polizei benutzt werden. Er wusste, wo er welche bekam, er war dreizehn Jahre lang Polizeibeamter gewesen. Er sperrte den Waffenraum auf und ging dann in die Tiefgarage hinunter. Er wollte in die Wildnis fliehen und sich dort niederlassen.

Sein Zuhause. Sein Wandschrank, vor dem Gaia nun stand. Der Schlüssel steckte noch im Schloss. Im Inneren war es dunkel. Sie ließ das Feuer in ihrer Hand aufflackern, um besser sehen zu können. Legte die Waffe auf den Tisch. Daneben stand eine Laterne, die sie entzündete. Sie hochhaltend, sah sie sich in dem Schrank um. Und was sie entdeckte, würde sie für ihr restliches Leben blenden.

Die Mutantin sollte die Ergebene werden, die Kraft der Kugel. Ihre niedergeschlagene Kraft in dieser Welt würde sich wieder erheben. Gaia und die Kugeln, Verbündete in diesem menschlichen Krieg.

Die Gerechte würde zur Mörderin werden,
die Edle zur Willigen.

Keine Nation würde sie mehr ausschließen, doch sie wusste, dass sie Geduld brauchte.

Sie hingen an den Wänden. Sie lagen in Kisten. Langwaffen, zwölf an der Zahl, geschmeidig gebaut. Sturmgewehre, achtzehn Stück, ihre Läufe grob, die Kanten derb. Handfeuerwaffen, insgesamt vierundzwanzig. Neunzehn Flinten. Ein Schuss, um zu töten, einer, um zu zerstören. Die Schachteln voller Munition, die goldenen Geschosse, im Licht schimmernd.

An der Wand hing seine dunkelblaue Uniform. Überreste früherer Zeiten. Ein anderes Imperium, eine andere Nation. Eine andere Welt, ein anderes Gesetz. Als Gaia näher trat, sah sie die Falten im Stoff. Auf dem Ärmel war eine ausgesprochen seltsame Flagge genäht. Die roten, weißen und blauen Farben schienen ihr einen Blick in die Ruinen der Vergangenheit zu gewähren. Auf dem anderen ein goldbesticktes Abzeichen, darunter ein fliegender Adler. Dieser Raum voll toter Geschichte, dieses Grab – all das würde die Mutantin wieder zu neuem Leben erwecken.

Neben ihr auf dem Tisch lag eine berüchtigte Remington 870, bereit, von ihr in die Hand genommen zu werden. Sie hatte sich bereits gefragt, wann der Fremde den Schuss abgegeben hatte. Sie hatte es bereits verstanden. Die Waffe war nicht von Menschenhand hergestellt worden, sondern von einer Maschine. Sie fühlte sich kalt an. Ihr fehlte die Anmut eines Schwerts, der sanfte Schwung eines Bogens. Das tote Auge war jetzt stumm, doch wenn es brüllte, war es ohrenzerreißend.

Wie schwer dieser beinahe ausgerottete Todestänzer in der Hand lag.

V.
Gesetz des Diebstahls

Begeht einer eine Ungerechtigkeit einer anderen Person gegenüber, indem er ihr einen oder mehrere Gegenstände entgegen ihres explizit geäußerten Willens entwendet, muss er seine Schuld bekennen. Er muss an den Geschädigten eine Entschädigung in Höhe des Wertes des entwendeten Gegenstands oder der entwendeten Gegenstände zahlen, wie sie von den Behörden seines Stammes, Clans, seiner Nation, Familie, Sippe oder den Behörden jeglicher anderen Art von gesellschaftlicher Ordnung, in der er lebt, festgelegt wird. Sollte der Geschädigte in der Zeit zwischen Diebstahl und Prozess sterben und keine Angehörigen hinterlassen, denen die Entschädigung zugesprochen werden kann, soll der gezahlte Betrag an die Behörden seines Stammes, Clans, seiner Nation, Familie, Sippe oder den Behörden jeglicher anderen Art von gesellschaftlicher Ordnung, in der er lebt, fallen. Die Person, die eine Ungerechtigkeit einer anderen Person gegenüber begeht, indem sie ihr einen oder mehrere Gegenstände entgegen ihres explizit geäußerten Willens entwendet, soll für eine Zeitspanne gefangen gesetzt werden, die von den Behörden ihres Stammes, Clans, ihrer Nation, Familie, Sippe oder den Behörden jeglicher anderen Art von gesellschaftlicher Ordnung, in der sie lebt, festgelegt wird, abhängig von der Schwere des Verbrechens. Die Person, die eine Ungerechtigkeit einer anderen Person gegenüber begeht, indem sie ihr einen oder mehrere Gegenstände entgegen ihres explizit geäußerten Willens entwendet, soll durch Folgendes beurteilt werden: zugefügter körperlicher Schaden, Augenzeugen, Eigentumsbeschädigungen sowie bisherige Straftaten. Die Person, die eine Ungerechtigkeit einer anderen Person gegenüber begeht, indem sie ihr einen oder mehrere Gegenstände entgegen ihres explizit geäußerten Willens entwendet, soll für eine Zeitspanne gefangen gesetzt werden, die von den Behörden ihres Stammes, Clans, ihrer Nation, Familie, Sippe oder den Behörden jeglicher anderer Art von gesellschaftlicher Ordnung, in der sie lebt, festgelegt wird. Bringt eine Person einen oder mehrere Gegenstände an sich, deren Eigentümer nicht bekannt ist, soll diese ebenso verurteilt werden wie jene Person, die einen oder mehrere Gegenstände an sich bringt, deren Eigentümer bekannt ist, bis der Eigentümer ermittelt werden konnte. Sollte der Eigentümer nicht ermittelt werden, sollen die Gegenstände in deren Besitz übergehen und sie nicht wegen Diebstahls verurteilt werden. So lautet das Gesetz der Natur.

Kapitel einundfünfzig

Das Feuer im Kamin brannte knisternd. Gaia wickelte sich und den Sohn in das Bärenfell und legte sich mit dem Kind ins Bett. Es war zu still, um zu schlafen. Sie scherte sich nicht um die weichen Decken, jedenfalls nicht für sich selbst. Ihr Körper war teilweise so schwielig und verhärtet, dass ihr das Schlafen auf bloßem Boden schon lange nichts mehr ausmachte. Ihr fehlte das Rascheln des Waldes. Bisher hatte sie immer gewusst, wenn es Morgen war, weil sie den Tau riechen konnte oder weil der Bär sie gestupst hatte, nach Aufmerksamkeit bettelnd.

Das Licht drang durch die kleinen Luken am oberen Rand der Wände und Fenster. Der Sohn war noch warm von seinen Träumen, während er trank. Er nahm die Milch mit geschlossenen Augen zu sich, noch immer halb schlafend. Er wusste, dass er keine Angst haben musste. Er wurde geliebt. Er war geschützt. Er war der Ihre.

»Gewöhne dich nicht an diesen Ort«, sagte sie, während sie einen Rucksack so umnähte, dass sie den Sohn damit tragen konnte. Er schrie vor Freude, als würde er seiner Begeisterung Ausdruck verleihen, endlich ein Dach über dem Kopf zu haben. Endlich einen Boden zu haben, auf dem er liegen konnte. Sie hatte den Garten gesehen und die Mauern. Ein Blick war genug gewesen.

All das hatte sie bisher nie gekannt,
gebaut aus Holz, gebaut aus Stein.
Männer über Männer, eine eigene Armee.
Keine Bedrohungen, keine Angst, wahre Treue –
sie wollte ihm das geben, was ihr immer verwehrt blieb.

Gaia schnitt die Decke in Stücke und nähte dem Sohn daraus Kleidung und eine Windel. In wenigen Tagen würden sie nach Eden aufbrechen, die Hauptstadt der calistonitischen Nation.

Sie würde den Calistoniten ein Bündnis vorschlagen. Nun kam Gaia nicht mehr mit leeren Händen. Nie wieder würde sie ein Nichts sein.

»Du wirst nicht so aufwachsen, wie ich es getan habe, Sohn«, sagte sie, zog ihn an und setzte ihn in den Rucksack. »Die Wildnis ist kein Ort für ein Menschenkind.«

Mit ernster Miene zog sie ein Paar Handschuhe an, die sie gefunden hatte. Sie nahm eine Schaufel und ging nach draußen. Vorsichtig bahnte sie sich einen Weg durch die Fallen. Jeder Faden eine Erinnerung daran, dass sie nicht bleiben konnten. Wie sollte hier ein Kind frei laufen können? Was war das für ein Heim, das den Tod brachte?

Sie hängte den Rucksack an einen Ast, um sich besser bewegen zu können. Der Sohn sah ihr bei der makabren Beschäftigung zu, ein Grab für den toten Bären auszuheben. Auf dessen Pelz funkelten Tautropfen. Er würde für immer der einzige Zeuge sein, der bei der Geburt ihres Sohnes anwesend war. Nur er hatte gesehen, was andere niemals sehen würden.

Um die Mittagszeit ruhte er in seinem Grab.

Schläfrig von der Milch, wickelte sie den Sohn in den Bärenpelz und legte ihn im Inneren der Behausung zum Schlafen. Damit er nicht zusah. Damit er nicht sehen konnte, wozu seine Mutter in der Lage war.

Sie zog den zweiten Leichnam auf die Straße. Dann hielt sie ihre Hand über ihn, während sie den Blick abwandte. Auch sie wollte das schmelzende Fleisch nicht sehen. Doch ihrer Nase konnte sie den Gestank nicht ersparen. Sie verbrannte den Toten, bis sein Körper schwarz war. Dann ließ sie die schwelenden Überreste auf der Straße zurück.

Sie würde sich an diesen Geruch gewöhnen müssen.

Das Schluchzen des Sohnes hallte durch den Wald. Aufrüttelnd, schrill. Ein Laut, den sie fürchtete, wenn sie von seiner Seite wich. Sie rannte durch die Bäume zurück und stolperte dabei über denselben weißen Faden wie am Tag zuvor, als sie beinahe getötet worden wäre. Nichts bewegte sich, nichts flog durch die Luft. Die Pfeile steckten noch immer in dem Baum hinter ihr.

Und wenn ein anderer Faden ihr Ende bedeutet hätte? Wenn sie gestürzt und niemals mehr aufgestanden wäre? Wie lange hätte es gedauert, bis das Kind einen erbärmlichen Hungertod erlitten hätte?

Hastig kroch sie den restlichen Weg zurück. Niedergeschlagen. Sie stieß die Tür auf und sah ihn, wie er die Arme nach ihr ausstreckte. Er war unversehrt. Sie nahm ihn hoch und merkte, dass er schwerer geworden war. Er wurde dicker, er würde einmal groß werden.

Ein tiefer Seufzer. Sie trug ihn ins Freie, wobei sie aufpasste, dass die Fäden ihnen nicht zum Verhängnis wurden. Draußen zeigte sie auf Beeren, üppiges Grünzeug und

Wurzelgemüse, die von einer menschlichen Hand gepflegt worden waren.

»Büffelbeeren«, sagte sie. »Stachelbeeren und Felsenbirnen. Hickorynüsse, Kürbisse, Gartenbohnen, Krauser Ampfer …«

Heute Abend würde sie ein Festessen genießen.

Vor Sonnenaufgang kroch sie aus dem Bett. Bemüht, ihn nicht zu wecken. Sie schlich in die Grabkammer der bleiernen Waffen und entzündete die Laterne.

Gaia zählte die Schachteln mit den Patronen. Vierzig Stück in jeder Schachtel, einhundertzwölf Schachteln insgesamt. Es gab vierundsiebzig Waffen aus Blei. In einer Kiste fand sie ein Paar Handschellen, die Ketten der Vergangenheit. Darunter lagen, staubig und ein wenig angeschimmelt, drei kleine Bücher. Gebunden, aus Papier und Druckerschwärze.

Ehre sei dem, der ihr so sehr fehlte. Den sie liebte. Der ihr die Buchstaben und die Zahlen beigebracht hatte, damit sie in einer Welt überleben konnte, die ihr zu leben verbieten wollte. Hätte er sie verstanden? Hätte er ihr gestattet, mit solchen Mördern zu tanzen? Hätte er ihr erlaubt, auf ihr Ideal der Gerechtigkeit zu verzichten? Hätte er sie davon abgehalten, ein Bündnis mit dem Tod einzugehen?

Sie ließ einen Finger über das vergilbte, dünn geschnittene Papier wandern. Die Druckerschwärze, deren glatter Abdruck keine Unebenheit hinterließ. Die Buchstaben, in einer klaren Schönheit gedruckt, wie sie eine menschliche Hand niemals hätte herstellen können. Die sauber geschnittenen Ecken, die Linien so ebenmäßig.

Es waren tatsächlich Bücher. Echte Bücher, wenn auch nicht die, welche sie finden sollte.

Sie erzählten auch keine Geschichten. Diese Bücher dienten nur einem Zweck.

Der erste Titel lautete: *Handhabung der AK-47. Bedienungshandbuch mit Warnhinweisen.*

Der zweite Titel lautete: *Bedienungshandbuch der Glock 17.*

Der dritte Titel: *Handhabung der Remington 870. Bedienungshandbuch mit Warnhinweisen.*

Es war an der Zeit, wieder zur Schülerin zu werden.

Kapitel zweiundfünfzig

Die Warnungen waren klar und deutlich formuliert. Auf jeder Seite gab es einen Hinweis auf den Tod. Die Waffe zu benutzen oder nicht zu benutzen – beides konnte tödlich sein. Sie hatte ein Eigenleben. Eine ungeschickte Bewegung. Das Abrutschen des Fingers. Ein Zucken des Körpers. Geblendet vom Licht. Selbst unter idealen Bedingungen, wenn man allen Anweisungen genau folgte, war das Abfeuern eines Schusses für den Schießenden bereits so kraftvoll, dass sein Körper es deutlich spürte. Als ob es eine Waffe wäre, die an beiden Seiten traf. Niemandem verpflichtet, treulos.

Unsterblicher als alles, was sie jemals gesehen oder berührt hatte.

Sie las und begann dabei, die Waffe zu zerlegen. Nachdem sie die Schlagbolzensicherung gelöst hatte, nahm sie

sie auseinander. Mit einem Lappen säuberte sie vorsichtig die inneren Teile, die kalten Knochen und Organe der Maschine, ehe sie die einzelnen Gliedmaßen wieder zusammenfügte.

Sie zog das leere Magazin heraus und legte die goldenen Patronen hinein. Steckte es wieder zurück und hörte ein ›Klick‹. Hörte, wie die Waffe zum Leben erwachte.

Gaia wusste, dass ihn das Geräusch erschrecken würde. Sie wollte bei ihm sein, wenn es geschah. Also wickelte sie einen Streifen Stoff um den Kopf und über die Ohren des Sohnes und hängte ihn, satt und ausgeruht, in seinem Rucksack erneut an einen Ast in der Nähe. Sie blieb stehen und sah ihn an. Seine Unschuld war strahlend. Seine Wimpern flatterten, als er einen Hüttensänger vorbeisegeln sah. Sie kannte seine Augen so gut.

Wo war ihr Sinn für Gerechtigkeit?

Hatte er sie in dem Moment verlassen, als der Lehrer das tat? Hatte sie ihn jemals besessen? Dass der Sohn bleierne Waffen kennenlernen würde. Dass er ihr Geräusch erfahren, ihr Anblick ihm geläufig werden würde. Seine Unschuld war bereits verloren. Wie sollte sie denjenigen gegenüber gnädig sein, die sie niemals lieben würden? Sie würde das Gesetz der Natur brechen, indem sie solche Zerstörung in die Welt zurückbrachte. Aber sie hatte es schon lange zuvor gebrochen. Indem sie Luft geatmet hatte. Ihr Überleben allein war ihr Verbrechen.

Der Einzige, dem ihr Herz gehörte, sah sie aus seinen neugeborenen Augen an. Zumindest sollte er nicht das Kind einer Ausgestoßenen, einer Vergessenen werden. Ihre stetig größer werdende Macht würde das verhindern.

Gaia schulterte das Sturmgewehr. Ihre Muskeln zitterten unter seinem Gewicht. Alles, was ihr genommen worden war. Alles, was ihr noch genommen werden konnte. Diese Grabkammer voller Schätze war eine Wiedergutmachung all dessen, was sie erlebt hatte. Es war ihr lieber, dass sie es war, die wusste, wie man mit den Waffen umging, als dass sie in die Hände eines anderen fielen. Der Preis für die Sicherheit. Sie würde die Bedienungsanleitungen verbrennen, damit dieses Wissen ganz gewiss nur Gaias blieb.

Wenn sie es nur hätte sehen können! Nur einen Blick auf sein Gesicht. Wenn sie ihn ein letztes Mal sehen könnte, wie er ihr zusah, während sie die Waffe kennenlernte, von welcher der Jäger nur hatte träumen können.

Sie zog den Klappschaft zurück. Platzierte die Waffe in die Mulde zwischen ihrer Brust und der Schulter. Ihr Finger lag auf dem Abzug. Die letzte Bewegung. Der furchtbare Rückschlag. Welche Kraft die Waffe von sich gab. Welche Macht! Der schmerzhafte Schlag gegen ihren Arm ließ sie zischen. Sie betrachtete die zersplitterte Rinde des Baumes, den sie gewählt hatte. Sie hatte ihr Ziel getroffen. Das würde sie immer tun. Aufgewachsen in der Wildnis. Von einem Jäger erzogen. Wie stolz sie stets auf das stille Warten gewesen war, auf das Loslassen des Armbrustbolzens oder des Pfeiles im rechten Moment. Auf das Sausen des Speeres, das anmutige Klirren, wenn zwei Schwerter aufeinandertrafen.

Was es alles eine Probe gewesen? Alles Vorarbeit, Vorbereitung? Dafür, dass die Mutantin eines Tages jene Waffe kennenlernen würde, die in der Lage war, die Zeit selbst zu besiegen?

Kapitel dreiundfünfzig

In den kommenden Tagen wechselte sie zwischen Gewehr, Flinte und Handfeuerwaffe hin und her. Sie änderte die Entfernung ihrer Ziele und die Schnelligkeit, mit der sie lud. Ihre Arme schmerzten. Ihre Ohren surrten. Der Sohn weinte jedes Mal, kurz nachdem sie anfing. Nach jeder Übung hob sie ihn hoch. Fürchtete sich vor der Fassungslosigkeit in seinen Augen. Es würde keine Hoffnung geben, sollte er sich jemals vor ihr fürchten.

Eines Abends wusch sie ihn zärtlich in der Wanne. Er fühlte sich im Wasser weich und lieblich an. Als er sauber war, legte sie ihn zum Spielen auf ein trockenes Stück Stoff und schrubbte dann ihren eigenen Körper. Jede befremdliche Linie und Kante ihres Leibes. Wie die Muskeln ihrer übermäßig muskulösen Schenkel und Arme schimmerten. Keine Spur von Weiblichkeit, so, wie sie diese in dem zarten Körper von Julie Bonaparte vor langer Zeit gesehen hatte.

Auf dem Schrank fand sie eine Rasierklinge, mit der sie sich die rechte Seite ihres Kopfes rasierte. Sie schnitt ihre langen Haare so weit ab, dass sie bis unter die Schulterblätter reichten. Dann flocht sie sich einen Zopf, der über ihren Nacken fiel. Wie sie das fast ihr ganzes Leben lang getan hatte. Sie stand da, die Hände hinter ihren Schultern, die Finger blindlings die Strähnen flechtend. Eine Erinnerung daran, wie es damals in der Hütte gewesen war.

Sie bewegte ihre Finger und beobachtete die Schatten, die sie auf dem Wasser hinterließen. Wie die rauen Falten ihrer Hände im Licht der Laterne zitterten. Diese Artillerie, die sich in ihrem Blut, an ihrer Haut befand. Jetzt gab es niemanden mehr zu fürchten.

Gaia verbrachte eine Woche mit täglichen Übungen, ehe sie aufbrachen. Sie wollte los, bevor sie Angst haben musste, dass er durch die tödlichen Fäden krabbelte. Bevor sie begann, diesen Ort ihr Zuhause zu nennen.

Sie wachte bei Sonnenaufgang auf. Ein letzter stiller Morgen an diesem Ort. Gaia küsste den Sohn wach. Er gähnte, ein leiser Ton aus seinem Mund. Ein letzter Tag in einem Bett, aber nicht sein letzter. Niemals sein letzter, nicht bei ihm. Sie würde nicht zulassen, dass er wieder auf dem harten Boden schlafen musste.

Sie schulterte links eine große Tasche, die sie gefunden hatte. Darin befanden sich zwei Sturmgewehre und eine Glock, geräuchertes Wildfleisch und eine Wasserflasche, ein Dolch sowie ihre Pfeile. Rechts hingen ihr Bogen und ihr Speer, die an abnehmbaren Lederriemen befestigt waren. Auf der Brust der Rucksack mit dem Sohn. Sie trug die Polizeiuniform, die einmal dem Mann der alten Welt gehört hatte. Darüber hing das Bärenfell. Auf ihrem Kopf hatte sie seine Filzkappe, mit breiter Krempe und einem goldenen Abzeichen auf der Vorderseite. Auch seine Handschuhe hatte sie an. An den Füßen zwei Paar Socken, denn seine Stiefel wären sonst zu groß gewesen. Um den Hals hing eine Schnur mit zwei Schlüsseln: einer für die Grabkammer, der andere für das Haus. Auf diese Weise würde niemand in ihrer Abwesenheit hineingelangen. Und sie wäre immer in der Lage, zurückzukehren und die restlichen Waffen zu holen.

Der Morgen war kalt. Sie ging zum Grab des Bären und kniete sich daneben.

»Ich verlasse dich jetzt«, sagte sie, die Hände auf der Erde.

Ein letzter Blick auf die moosbedeckte Tür.

»Wenn es keine Hoffnung für mich und den Meinen in der Welt der Menschen gibt«, fügte sie seufzend hinzu, »kann ich immer noch in die Wildnis zurückkehren.«

Der Sohn streckte den Arm nach ihr aus. Die Haare, mit denen er so oft gespielt hatte, waren jetzt zu kurz, um sie zu erreichen. Sie sah auf ihn herab.

»Zuerst einmal wollen wir unter die Menschen. Für meinen Menschensohn.«

Kapitel vierundfünfzig

Und so begann ihre Wanderung den Berg hinunter.

Zurück auf der von Menschenhand geschaffenen Straße. Den verbrannten Körper umrundend.

Die Ausgestoßene, die Reisende.

Die Reisende, aber nicht die ziellos Wandernde. Sie wusste, wohin sie gehen musste.

Sie war bewaffnet, würde aber niemanden töten. Außer den Gregorianern, falls diese sie entdeckten. Sie wusste, wie gefährlich es war, sich neue Feinde zu machen.

Keuchend, mit langsamen Schritten, beinahe stolpernd. All die Schwere aus Blei und Metall. All die Last, die es zu tragen gab.

Die Sonne bemalte den Himmel in nachmittäglichen

Farben. Das flache Land zu erreichen kam ihr wie ein Abstieg zurück in die Welt vor. Ihre Vergangenheit als Wildling lag hinter ihr. Sie ließ sich auf die Knie nieder und rang um Atem. Rieb sich die schmerzenden Schultern und fütterte den Sohn. Etwas stimmte nicht mit der Art, wie er trank. Er war zu schnell fertig, schneller als zuvor. Als ob er weniger zu sich nehmen würde. Als ob sie ihm weniger zu geben hatte. Hoffentlich würde die Stadt seinen Appetit beleben. Sie knöpfte ihr Hemd zu und blickte auf.

Vor sich sah sie keine scharfen Kanten, keine unberührbaren Berggipfel. Nur sanfte Hügel, Wiesen, die nicht an Felsen endeten, ein Meer aus Büschen und Stauden, die in höheren Lagen nicht wuchsen. Es gab Teiche und uralte, gekrümmte Bäume, die der Schwerkraft zu trotzen schienen und auf den Bergen schon lange umgestürzt wären. Gaia erhob sich und betrat das Grasland. Präriehunde jagten vorbei. Das Gras war kurz, Tiere hatten hier geäst. In der Ferne waren sie noch zu sehen, wie sie in dunklen Herden dahinzogen. Große Kreaturen in großer Anzahl, bedächtig vorwärtsmarschierend. Herbstliche Regenfälle hatten dem Süden Wachstum beschert. Dorthin waren sie unterwegs, diese wandernden Bisonherden Neuamerikas.

»Auch ich suche ein besseres Leben«, sagte Gaia.

Und sie folgte ihnen. Immer weiter vorwärts. Noch war es ein langer Weg.

Sie überquerte die wenigen von Menschen geschaffenen Straßen. Offenbar waren vor Kurzem hier Leute vorbeigekommen, denn man sah noch die Abdrücke von Wagenrädern und Hufen im Schlamm. Gaia wickelte den Stoff um des Sohnes Kopf, zog ein Gewehr heraus und legte es auf die Schulter. Dann begann sie in Kreisen über das flache Land zu laufen, eine einsame Jägerin. Die nicht zur Beute werden würde. Sie war nicht allein.

Sie sah Pferde am Horizont. Kamen sie auf sie zu oder entfernten sie sich? Sie vermochte es nicht zu erkennen. Zu welcher Nation gehörten sie, welchem Herrscher waren sie unterstellt? Gaia ließ sich auf ein Knie sinken und behielt die Pferde im Blick. Da es so wenig Schutz durch Bäume gab, hatte man sie sicher bereits entdeckt. Die Körper wurden größer. Sie kamen in ihre Richtung. Nägel, die zu Pfeilen wurden, Stecken, die sich als Schwerter erwiesen. Das waren Gregorianer, sie erkannte sie an den Symbolen auf ihrer Rüstung, an den Farben ihrer Kleidung.

Als sie näher kamen, wurde ihr Galopp langsamer. Sieben Mann insgesamt, sieben Mann, die es zu töten galt. Ihr Finger am Abzug. Sie drückte ab. Ruchloses Brüllen jenes Dinges, das nicht sein sollte. Ihre Körper fielen nach vorn, rutschten von den Pferden.

Gaia keuchte. Etwas Böses lag in der Luft. All die Stunden, in denen sie das stille Warten geübt hatte, die stille Jagd. Durch eine derart grobe Waffe geschlagen. Zu laut für einen Jäger, zu grausam.

Sie lauschte den Pferden, die entsetzt wiehernd flohen. Die Tiere hatte sie verschont. Sie hatten genug gesehen. Gaia war so benommen, dass sie das Weinen des Sohnes zuerst nicht hörte. Sie sah auf ihn herab. Vielleicht war dies das erste Zeichen. Es war die erste und einzige Waffe, die ihn derart ängstigte, dass er weinte.

Kapitel fünfundfünfzig

Fünf Tage vergingen mit Reisen.

Der restliche Marsch verlief ruhig. Die Landschaft war freundlich und angenehm. Mit jeder Stunde kamen sie ihnen näher – den Calistoniten. Noch einen Tag und dann würde Gaia die ersten Wachtürme sehen. Und die Wachleute würden sie entdecken. Dort wollte sie nicht mit ihren ganzen Waffen auftauchen. Sie waren zu schwer, das Risiko zu groß. Man würde ihr niemals gestatten, derart bewaffnet die Stadt zu betreten.

Sie bemerkte einen einsamen Baum, der in der Mitte eines Feldes stand. Er war ungewöhnlich gebogen, in jene Richtung blickend, in der die Sonne aufging. Diesen Baum wählte sie aus. Sie brannte mehrere Ringe entlang seiner Rinde und schnitzte ihren Namen in den ersten. Um ihn zu erkennen, sollte sie die Stadt bei einem Angriff fluchtartig verlassen müssen. Um ihre eigene geheime Grabkammer wiederzufinden.

Sie steckte die letzten Stücke geräucherten Wildfleischs in die Tasche. Die Wasserflasche band sie zusammen mit dem Dolch an ihren Gürtel. Sie entlud die Glock und schob sie in eine Tasche des Rucksacks, in dem der Sohn saß. Die Patronen legte sie in einen seitlich befestigten Beutel. Vor dem Baum grub sie ein Loch und stellte die Tasche mit den beiden Sturmgewehren hinein. Nachdem sie das Loch wieder zugeschüttet hatte, klopfte sie den Boden glatt.

»Eine Last ist uns von den Schultern genommen«, sagte sie. Ein Schwarm Gänse flog laut schreiend über sie hinweg.

»Schau!«, rief sie, und der Ernst verschwand aus ihrer Stimme. Sie zeigte nach oben. Der Sohn folgte ihrem Finger. Fröhlich stieß er einen Laut aus, während sie gemeinsam den Vögeln zusahen, wie sie in die Wolken hineinflogen.

Sie holte tief Luft. Das war der letzte Tag seines menschenlosen Lebens.

In dieser Nacht entzündete sie nicht weit entfernt ein Lagerfeuer. Ein Besuch von Kojoten. Ein Flammenkampf, ehe sich die Tiere auf die Suche nach leichterer Beute machten. Die Wachen von Eden hatten ihr Feuer in der Nacht gesehen und behielten sie im Auge.

Bei Sonnenaufgang zog sie weiter. Mit dem ersten Licht zeichneten sich die Silhouetten der Wachtürme vor dem dunklen Himmel ab. Sie ragten weit hinauf, weiter als jeder Baum oder Wipfel. Kabinen aus Metall, die auf hölzernen Beinen ruhten. Die Flaggen der Calistoniten. Das Symbol der Nation, der Bison, stand vor einem grünen Salbeistrauch. Neben dieser Flagge flatterte die der Hauptstadt Eden: ein ovaler Jadestein, in dem ein kleiner schwarzer Bison rannte. Die Flaggen einer großen Nation. Einer Nation, die sich davor hüten sollte, sie zu töten.

Die Wachleute trugen unter ihrer Rüstung Uniformen in derselben jadegrünen Farbe. Diejenigen, die auf den Wachtürmen waren, erhoben sich nun und flüsterten miteinander. Was kam da auf sie zu? Es sah so klein aus. Wer kam? Wer wanderte zu Fuß über die Ebene?

Diejenigen unten auf dem Boden traten Gaia ein paar Schritte entgegen. Ihre metallüberzogenen Strümpfe und Ärmelaufschläge ächzten leise. Ihre Helme aus Metall, bemalt in den Farben der calistonitischen Symbole, glänzten silbrig blau im Licht der Morgensonne. Sie hatten die Waffen gezückt.

»Komm nicht näher!«, riefen sie.

Gaia blieb stehen.

»Weise dich aus!«

Sie hob den Blick zu den Türmen um sie herum und sah die vielen Pfeile, die auf sie gerichtet waren. Der Sohn war von dem schimmernden Metall der Helme verzaubert. Langsam zog sie ihre Kappe herunter und ihre Handschuhe aus.

»Ich bin eine Mutantin«, erklärte sie, die Arme erhoben. »Ich ergebe mich. Ich ergebe mich.«

Kapitel sechsundfünfzig

Der Schall eines Horns, dessen Ruf alle Wachtürme erfasste. Er hallte durch die gepflasterten Gassen, mit jeder Meile leiser werdend. Hinaus zu den Außenbezirken, wo die Bauern lebten, über die gewundenen Straßen der verschiedenen Viertel, bis zu den vollgestopften Zentren jener Städte, wo die Einwohner noch nie diese Töne vernommen hatten. Durch die heruntergekommenen Villen der Adeligen und der Leser, durch die Kampfarena. Schließlich bis zur Burg von Calisto dem Herrscher selbst, der sich aufgeschreckt erhob.

Der Mutantin wurden an der Grenze Bogen, Pfeile, Speer, Dolch und sogar die Wasserflasche abgenommen, da man befürchtete, ihr Inhalt könnte giftig sein. Ungeschickt entwaffnete man sie, wobei die zitternden Finger der Männer nur hastig über ihre Kleidung strichen. Sie holten bebend Atem. Diese menschlichen Augen, deren feuchte Pupillen hierhin und dorthin wanderten. Es war lange her, seitdem Gaia einen menschlichen Blick gespürt hatte. Es waren echte Menschen, leibhaftige, doch nur ihr Tod würde sie wirklich überzeugen. Die lebenslange Grenze zwischen ihr und ihnen würde sich nie auflösen. Als sie einen Schritt nach vorne machte, zuckten sie erschreckt zusammen.

Inzwischen wurde sie von Wachleuten und Kriegern umringt. Die Krieger hatten nicht weit von hier ihren Dienst absolviert. Sie waren herbeigaloppiert, das Schlimmste befürchtend. Keiner von ihnen hatte jemals diesen Ruf des Horns vernommen. Der Wachmann, der ihn ausgestoßen hatte, wusste kaum noch, wie diese Warnung klingen sollte. Weder er noch irgendjemand sonst hatte ihn bisher gehört. Ebenso wenig wie die Bewohner von Eden.

Als die Krieger ihre Pferde bei Gaias Anblick anhielten, waren sie zuerst verwirrt. War ein Fehler unterlaufen? War es ein übler Scherz? Erst als die Wachmänner zur Seite traten und die Krieger die Beschaffenheit von Gaias Haut sehen konnten, wurden sie aschfahl. Sie hatten die Geschichte gehört. Alle kannten sie, denn sie hatte sich verbreitet – von reisenden Kaufleuten über die Ausgestoßenen zu den Kriegern bis hin zu den Vätern, die ihren Kindern davon zum Einschlafen erzählten.

Die Mutantin lebte, und ihr Kind war nicht als Monster geboren worden.

Sie hielt den Sohn an ihre Brust gedrückt, als die Wachleute versuchten, ihn zu berühren.

»Ihr würdet doch keine Mutter von ihrem Kind trennen, oder?«

»Wir müssen in den Rucksack sehen«, befahlen sie.

Sie zog den Sohn heraus und gestattete den Männern, einen Blick hineinzuwerfen. Die versteckte Waffe bohrte sich in ihre linke Brust. Vorsichtig traten die Wachleute näher. Einen Moment lang standen sie nahe genug neben ihr, um ihren Atem riechen zu können. Nur ein rascher Blick. Sie wagten es nicht, die Hände hineinzustecken. Nicht nur, weil der Rucksack gegen ihren Brustkorb drückte, deren unverkennbar weibliche Form sie irritierte, sondern auch weil sie fürchteten, vielleicht ihre Hände oder zumindest einen Finger zu verlieren, sollten sie aus Versehen das Kind zum Weinen bringen. Als ob sie ein gefährliches, wildes Tier wäre.

Sie nickten ihr finster zu. Wichen gerade noch rechtzeitig der Hand des Sohnes aus, der nach ihren Helmen griff.

Eine Pferdekutsche kam auf sie zugefahren. Damit sollte Gaia in die Stadt gebracht werden. Man fesselte ihr die Handgelenke und setzte sie hinein. Der Verschlag wurde geschlossen. All das kannte sie nur zu gut. Sie hatte viele Tage auf dem Boden einer Kutsche verbracht, in einer solchen Kiste. Davor fürchtete sie sich nicht mehr.

Zuerst nahm sie den Geruch der Bauernhöfe wahr. Der Gestank der Misthaufen, gemischt mit Erde und Grün. Die Stimmen weniger Menschen, die am Rand der Stadt lebten. Viel Zeit verging, ehe Gaia die fernen Geräusche belebterer Viertel ausmachen konnte. Dazu der Duft von Gewürzen, das Knacken von Feuern, Rinder, das Räuchern von Fleisch. Schritte, Hufe, Stimmen, das Rollen von Wagenrädern in einiger Entfernung.

Sie setzte sich an das kleine, vergitterte Fenster, um den Sohn hinausschauen zu lassen. Die Szenerie flog rasch an ihnen vorbei. Er sperrte seinen kleinen Mund auf und verzog ihn dann zu einem Lächeln. Doch da ihre Hände gefesselt waren, verlor sie das Gleichgewicht, wenn sie versuchte, ihm die Aussicht zu ermöglichen. Er begann, vor Hunger zu weinen.

Das Weinen war kaum zu vernehmen, vermischte sich mit den Geräuschen der Stadt. Nur diejenigen, die nahe an der Kutsche vorbeikamen, konnten es hören. Der Erste von ihnen rannte ein paar Schritte mit, um ganz sicherzugehen, dass er richtig lag. Durch die Menge lief ein Flüstern. Es gab bereits Gerede und Gerüchte, was das Blasen des Horns bedeutet hatte. Warum hatte es keine öffentliche Erklärung gegeben? Worum ging es bei dieser Verschwörung, an der ihre größten Beschützer, die Krieger, beteiligt zu sein schienen? Warum brauchte ein Kleinkind den Schutz der Schwertträger? Die Fenster der Kutsche waren zudem vergittert. Der Verschlag versiegelt.

Wer außer einem gefährlichen Kind oder einem Kind, das aus Gefahr geboren worden war, sollte mit dieser Kutsche reisen?

Kapitel siebenundfünfzig

Die Kutsche befand sich inzwischen im Handwerkerviertel mit seinen Werkstätten und Mühlen, wo nur wenige Menschen unterwegs waren. Das Weinen des Sohnes hielt auch noch an, als es draußen wieder stiller wurde. Er wimmerte nun, wurde aber müde. Ihre gefesselten Handgelenke begannen zu brennen.

Diese Stadt war so groß, dass es ein Sprichwort gab: Wenn man es eilig hatte, sollte man lieber nicht durch Eden reisen.

Aber sie hatte Zeit.

Die Kutsche blieb schließlich vor dem Kerker stehen. Dorthin brachte man die Verbrecher. Calisto der Herrscher hielt es für das Beste, die Zauberin nicht in seine Burg zu lassen.

Als der Verschlag geöffnet wurde, standen fünf Wachmänner und zehn Krieger bereit, sich gegen Gaia zur Wehr zu setzen, sollte es nötig sein. Zehn hatten ihre Schwerter gezückt. Drei hielten brennende Fackeln, zwei Armbrüste. *Sollen sie,* dachte die Mutantin, *sollen sie glauben, sie können sich verteidigen.*

Vor ihr erhob sich das Gefängnis. Es hatte die Form einer Kuppel und lag hinter hohen, mit Eisenspitzen gesicherten Toren. Die Fenster waren bloße Öffnungen zwischen Ziegeln, durch die kein Vogel kam. Die ganze Fassade schien den Gefangenen zu versprechen, dass sie hier niemals entkommen konnten.

Dies war kein Ort für ein Kind.

Ihre Füße berührten den Boden. Sie streckte die Beine. Beide gähnten, Mutter und Kind. Dann führte man sie, umgeben von den Männern, in das Gefängnis. Die Schwerter noch immer gezückt, als wäre Gaia eine Armee, die es in Schach zu halten galt. Der Sohn schlief ein, sein Kopf ruhte in ihrer Kuhle zwischen Hals und Schulter.

Die Zellen lagen entlang der runden Mauern des Gebäudes. Von der Mitte aus konnte man alle gut überblicken. Es gab so viele Stockwerke, dass Gaia den Kopf in den Nacken legen musste, um bis ganz nach oben sehen zu können. Durch ein kleines rundes Fenster in der Mitte der Decke fiel ein schwaches Licht. Eine menschengemachte Sonne für einen menschengemachten Planeten. Es war kalt und roch nach Stein.

Sie wurde nicht nach oben, sondern nach unten gebracht. Die Weite und die Luft verschwanden hier. Dort unten in den Gängen waren die schlimmsten Verbrecher in Einzelzellen gefangen. Ihr wurde eine solche Zelle zugewiesen. Klein, dunkel, hoffnungslos. Die schwere Tür fiel hinter ihr ins Schloss. In der Mitte dieser Tür gab es einen Schlitz, durch den sie ihre Hände steckte. Darauf wartend, dass man die Fesseln losmachte. Sie hörte gedämpfte Stimmen. Ein geflüsterter Streit.

»Ich habe ihr die Waffen abgenommen, jetzt bist du dran«, flüsterte einer.

»Ich auch. Du bist dran.«

»Ich habe den Rucksack durchsucht.«

»Ich mach es. Aber wenn sie mich anfasst, verrät das niemand von euch«, zischte der Vierte. Sie spürte, wie seine Hände nur die Länge eines Splitters von ihr entfernt herumtasteten. Sie hätte ihre Finger ausstrecken können, um seine Haut zu berühren, als leichte Vergeltung. Doch die Schande, die ihm das einbringen konnte, wenn es sich herumsprechen würde, war zu groß, um sie jemandem aufzuerlegen, der nur so lebte, wie man es ihm beigebracht hatte. Sie war nicht hier, um ihre Verachtung zu zeigen. Auch nicht aus Rache. Sie würde diese Männer auf ihrer Seite brauchen.

Ein Klicken befreite sie von der Fessel. Das Metall sprang auf und fiel herab. Sie schlang die Arme um den Sohn. Die Schritte der Männer entfernten sich.

»Wach auf, mein Kind«, flüsterte sie.

Sie hob seinen Kopf, während sie sich auf die Pritsche setzte. Ein Auge öffnete sich schläfrig. Wie warm das Braun seiner Augen in dem schwachen Kerzenlicht aussah, das durch den Schlitz in der Tür zu ihnen hereindrang. Das zweite Auge begrüßte sie mit derselben Schönheit. Gaia setzte den Rucksack ab. Sie nahm die verborgene Waffe heraus, lud sie mit Patronen und legte sie unter das Kissen. Den Sohn in den Armen, der von ihr trank. Das leise Geräusch des Saugens erfüllte die Stille des Kerkers. Manchmal vernahm sie über sich Schritte. Fernes Gebrüll drang durch die Steinwände.

Sie wusste, dass er kommen würde. Er musste erst einmal Mut fassen.

Er saß in seiner mehrfach gesicherten Kutsche und berührte für einen Moment den Anhänger mit dem Symbol von Eden, der um seinen Hals hing. Calisto der Herrscher. Über seinen Schultern hing Bisonfell, halb die vielen schwarzen Linien auf seinem Hals verbergend. Manche von ihnen waren von Narben halbiert, die Teile seines Gesichts bedeckten. Unter seinem eng geschnürten grünen Ledermantel trug er ein Kettenhemd, das sowohl seinen Oberkörper als auch seine Arme bedeckte. Würdevoll blickte er aus dem Fenster. Neben ihm saß der Oberste Leser der calistonitischen Nation, vor ihm sein engster Vertrauter, der frühere Arenakämpfer Gabriel Macondo.

Die Räder der Kutsche kamen zum Stillstand. Vor einem Ort, den er lieber nicht betrat. Er stieg aus und verschwand sofort in einer verborgenen Gasse, um heimlich ins Gefängnis geführt zu werden. Um keine neugierigen Blicke auf sich zu ziehen. Seine Männer folgten ihm durch die Gänge und hinunter in das Kellerverlies.

Gaia hörte ihn kommen. Seine Stiefel, spitz zulaufend, aus frischem Leder gemacht, schlugen gegen den Boden. Noch nicht durch Erde oder Staub verschmutzt. Langsame Schritte von jemandem, der nicht in Eile ist. Der die Macht besaß, sich Zeit zu lassen.

Er blieb vor ihrer Tür stehen.

Es wirkte wahrlich so, als würde er über Tag und Nacht herrschen, denn das flackernde Kerzenlicht hinter ihm wurde von seinem Körper verdeckt und das wenige Licht, das zuvor in die Zelle gefallen war, erlosch. Man erwartete von ihr, sich vor ihn hinzuknien. Doch alle Regeln der Schicklichkeit waren unwichtig geworden. Er hätte seine Hand über ihren Kopf halten und murmeln sollen: »Möge dir die Erde mit Gnade begegnen.« Doch nichts davon geschah. Die Tür blieb verschlossen.

Sie hörte den Singsang der flüsternden Stimmen seiner Männer. »Ich muss widersprechen, Herr …« Gefolgt von dem Ziehen eines Schwertes aus einer Scheide, nur um es wieder in dieser verschwinden zu lassen. Dann leiser werdende Schritte. Seine Männer ließen ihn nun allein. Wenn jemand ihr gegenübertreten sollte, dann er – und zwar nur er.

Es war zu dunkel, um seine Gesichtszüge durch den Schlitz in der Tür sehen zu können. Seine Stimme war nur ein Laut in der Dunkelheit. Doch auch ohne einen Blick auf ihn zu werfen, merkte sie, dass er ein Herrscher war.

»Es hat sich im Westen herumgesprochen, dass du da bist«, begann er. »Sie fanden dich in der Wildnis, Gaia Marinos, eine Mutantin. Eine Zauberin. Eine Leserin. Sie bezeichnen dich als verräterisch. Mit einem einzigen Blick sollst du beinahe ihren hochgeehrten Krieger getötet haben.«

Er atmete durch die Nase ein. »Es heißt, das Ritual sei nie vollzogen worden. Es heißt, sie hätten dich im Geheimen getötet.«

Sie legte den Sohn auf die Pritsche und faltete die Hände in ihrem Schoß.

»Das sind Lügen.«

Die Tür ging langsam auf. Er trat in die Zelle. Zog sein Schwert vor ihr. Wie sie schimmerte, diese eindrucksvolle Waffe aus dem besten Stahl, den es gab. Wie weit seine scharfe Spitze reichte, bis zu ihrem Hals. Sein Griff, in stärkstes Leder gewickelt. Die Hand von zwei eleganten Stahlschlaufen geschützt, und am Ende des Griffs hatte der Knauf die Form eines Dreizacks, in dessen Mitte ein Jadestein funkelte.

Ein Schwert, wie es sich für einen Herrscher gehörte.

Jetzt konnte sie auch sein Gesicht erkennen. Die Linien und Narben auf seinen Wangen, die er über viele Jahre hinweg durch zahlreiche Klingen erhalten hatte. Er hatte an Hässlichkeit im Laufe seines Lebens zugenommen, während sie bereits damit geboren worden war. In seinen Augen zeigte sich keine Furcht, aber eine große Sorge darüber, was sein Land betreten hatte. Er hatte die Zelle ohne den Schutz seiner Leute betreten. Bereit, an ihrer Stelle zu sterben. Seine pechschwarzen Haare waren lang und zum Teil zurückgebunden, um sein Gesicht zu enthüllen. Auch seine Augen waren dunkel und imposant.

Er wählte seine Worte mit Bedacht.

»Was hast du uns anzubieten? Auch wenn du mit guten Absichten gekommen sein magst, rufst du doch Angst, Panik und Verachtung unter meinem unwissenden Volk hervor. Dieses wird mir deshalb seinerseits mit Misstrauen begegnen, sollte ich dir gestatten hierzubleiben.«

Sie fasste langsam unter das Kissen, so bedächtig, dass sie ihn nicht erschrecken würde. Legte die Waffe auf ihre Handflächen, als würde sie einen verletzten Vogel tragen. Zwischen Leben und Tod schwebend, einen Vogel, den nur sie ins Leben zurückbringen konnte. Sie stand auf, und sein Schwert folgte ihr.

Sie sagte: »Ich komme nicht mit leeren Händen.«

Er senkte das Schwert ein wenig. Seine Lippen pressten sich aufeinander. Seine Pupillen weiteten sich. Er streckte die Hand aus. Bereitwillig kam sie ihm entgegen, bis eine seiner Fingerkuppen die kalte, eiskalte Maschine berührte. Er strich über die kantigen Linien bis zum Bogen des Abzugs und dann zu dem berüchtigten leeren schwarzen Auge.

Es gab Geschichten darüber, was bleierne Waffen den Menschen angetan hatten. Über diejenigen, die ihr Ziel gewesen waren und über diejenigen, die eine getragen und nie mehr dieselben gewesen waren.

Die Pistole lag ruhig in ihrer Hand.

»Das, was man das Magazin nennt, ist bis oben hin mit goldenen Patronen gefüllt«, flüsterte sie.

Er zog den Arm zurück. »Diejenigen, die das Gesetz des Bleies brechen, kommen nicht ungestraft davon.«

»Oh ja, die Gesetze waren die ersten Worte, die ich zu schreiben vermochte. Und ich kann sie alle auswendig. Ich hatte viel Zeit, um nachzudenken. Zu viel zu ertragen. Wenn also etwas in diesem Gesetz oder seinem Entwurf ausgelassen wurde, wenn etwas von den damaligen Verfassern übersehen wurde, dann kann ich darauf ein Licht werfen«, sagte sie. »Und die Gesetze sind klar. Die Gesetze sind eindeutig. Aber nicht für einen Herrscher. Nicht für einen Herrscher im Notfall eines Krieges, einer Hungersnot oder einer Invasion. Nicht für dich. Nicht, wenn du eine Waffe als großzügiges Geschenk übergeben bekommst. Nicht, wenn es darum geht, dass eine Nation ums Überleben kämpft.«

Er senkte den Blick. »Du bringst den Tod hierher, wie du ihn auch nach Ammon gebracht hast.«

»Wohl wahr«, erwiderte sie leise und sah nach unten. »Aber der Tod des einen ist die rechtmäßige Verteidigung des anderen. In meinen Händen ist es eine bleierne Waffe. Du hingegen kannst es eine Kriegswaffe nennen, wenn sie einmal in deinen Händen liegen sollte, und es als solche für das öffentliche Wohl verwenden.«

»Ich …«

»Für das öffentliche Wohl. Ich habe noch mehr, und du kannst mit ihnen jede Stadt einnehmen. Ich habe mehr von ihnen. Du kannst sie als Modelle nehmen, um weitere anzufertigen.«

»Wie viele?«

»Vierundsiebzig. Einhundertundzwölf Schachteln mit Munition, in jeder Schachtel vierzig Patronen. Das sind viertausendundfünfhundertdreiundfünfzig Kugeln. Akzeptiere meinen Vorschlag zu einem Bündnis, im Namen derjenigen, die mich im Stich ließen.«

Sie hatte ihr Angebot gemacht und streckte erneut die Arme aus.

Er war der Gesetzgeber im Land der Calistoniten, im Krieg Feldherr, in der Regierung der Herrscher.

Im Verhandeln von Macht ein einfacher Kaufmann.

Vergeltung für Stamm, Nation, Name.

Er legte die Finger um das Geschenk.

»Ich muss dich daran erinnern …«, sagte er. »Ich bin ein Mann meines Volkes. Auch wenn du mich überzeugt hast, musst du doch erst die Menschen hier überzeugen.«

Sie blickte ihm in die Augen. In diesem Licht ähnelte er überraschend einem Mutanten. »Für die Menschen bin ich nur eine Mutantin«, entgegnete sie.

Er hielt die Waffe hoch. Warnend drückte sie den Lauf nach unten Richtung Boden.

»Es gibt eine Möglichkeit«, meinte er, »für einen Verbrecher, einen Gefangenen, einen Ausgestoßenen, vom Volk geliebt zu werden. Aber ich muss dich als Verbrecherin bestrafen und nicht als Mutantin. Du musst dafür wissen, wie du mit dem Schwert umgehst.«

»Ich töte nur im Namen derer, die ich liebe.«

»Das wirst du. Bist du denn nicht deshalb hierhergekommen?«

Sie schwieg.

»Du wirst nur töten, wenn es die Menge verlangt und ich es erlaube«, fuhr er fort. »Und ich werde niemandem erlauben, dich zu töten, denn du wirst unter meinem Namen kämpfen.«

Sie betrachtete den Sohn. »Ich will aufseiten deines Volkes kämpfen, nicht gegen es.«

»Das wirst du auch tun, sobald die Meinen dich lieben. In der Kampfarena kannst du gut verdienen, wenn du dich als gut erweist. Die besten Kämpfer stehen unter dem Schutz des Gesetzes von Eden und werden auch als Kämpfer verurteilt, was bedeutet, dass sie ihre Strafe in der Arena absitzen müssen. Ah, dein Gesicht bekommt eine andere Farbe! Genau, die Stadt Eden hat eigene Gesetze, was Kämpfen betrifft. Wie du siehst, weiß auch ich, wie man diese umgeht …«

Er schob sein Schwert in die Scheide. Schutzlos. Darauf vertrauend, dass sie es nicht tun würde.

»Ich verurteile dich zu einer Kampfzeit in der Arena. Damit dich mein Volk zu lieben lernt. Damit du die Freiheit zurückgewinnst.«

»Und was wird das Volk sehen, wenn es mich einmal liebt?«

»Weiterhin eine Mutantin. Aber eine, die man lieben kann.«

Kapitel achtundfünfzig

Sie nannten ihn den Tempel. Er war der letzte seiner Art.

Man hatte fünfundzwanzig Jahre gebraucht, um ihn zu bauen. Errichtet aus Holzblöcken, geschmolzenem Stahl und Eisen, hatte er Platz für bis zu dreißigtausend Zuschauer. Es war der einzige Bau der Stadt, der nicht kurz vor dem Zusammenbrechen zu sein schien. Es hatte eine Zeit gegeben, in der alle Stämme ihre eigenen Kampfspiele ausgetragen hatten. Die beliebtesten Kämpfer waren auf Wandbildern abgebildet, und man sprach über die Ergebnisse der Kämpfe in Kneipen und Tavernen der Stadt. Aber die Brutalität und das Abschlachten wurden von den Lesern und den Herrschern als zu grausam angesehen, als dass sie sich in einer zivilisierten Gesellschaft hätten halten können – vor allem in einer, in der Mutanten-Rituale den Bürgern bereits genügend öffentliches Blutvergießen lieferten. Die Spiele führten zu Aufständen, Schlägereien, Ausbrüchen von Gewalt, und vor allem galten Duelle nach dem Zweiten Gebot des Gesetzes der Natur als verboten.

Die Calistoniten waren von Natur aus starrköpfig. Vom Willen nationalistisch. Unbeirrt wurde der Tempel weiterhin genutzt, obgleich die anderen Nationen heftig protestierten, denn deren Kampfarenen waren von ihren Herrschern abgerissen oder anderen Zwecken zugeeignet worden. Die Gregorianer hielten ihre Rivalen für Barbaren, da sie an diesem unzivilisierten Brauch festhielten. Die Calistoniten sangen nun ihre Volkslieder vor jedem Spiel noch lauter. Mehr Flaggen wehten auf dem Tempel, um ihren

Stolz auf ihre Kultur zu zeigen, zu denen auch die Kampfspiele gehörten. Nach einigen Jahren begann der Tempel zum Schrecken der anderen Herrscher und Leser Ausländer aus ganz Neuamerika anzulocken, die es sich leisten konnten, geschützt zu reisen, und die das grausame Spektakel sehen wollten, welches ihre eigenen Nationen abgeschafft hatten.

Ohne Gaias Wissen war sie an einen Kampfmeister verkauft worden. Für einen hohen Preis. Calisto der Herrscher hatte dem einzigen Mann und Meister, dem er traute – Gabriel Macondo – ein Angebot gemacht, und Macondo hatte angenommen. Doch ein derartig hoher Preis bedeutete auch, dass viel auf dem Spiel stand.

Ihr Scheitern als Kämpferin würde sein Scheitern als Meister bedeuten.

Sein Scheitern als Meister würde bedeuten, dass der Herrscher eine schlechte Intuition bewiesen hätte.

Aber wir werden sehen, dass er gut gewählt hatte.

Kapitel neunundfünfzig

Die Mutantin hob das Fell von ihrem Kopf.

Banner hingen an den Mauern des Tempels. Sie zeigten die Gesichter berühmter Kämpfer, die Gaia nicht kannte. Ihre Mienen wirkten nachdenklich, entschlossen. Calistonitische Flaggen flatterten auf dem Dach und aus jedem Fenster. All jene, die hier gekämpft hatten. All jene, die niemals zurückgekehrt waren. Diese stolze Nation. Diese tödliche Nation. Sie verstand, dass es keinen Weg zurück gab.

Hinter der Arena befand sich ein privater, bewachter Eingang, durch den man zu den Übungsplätzen und den Unterkünften gelangte. Durch Gewölbegänge gelangten sie zu einem Innenhof, den andere Gebäude umgaben. Die schlimmsten Verbrecher wohnten in unterirdischen Kammern, doch Gaia brachte man in eine eigene Unterkunft in einem respektablen Bereich der Baracken. Der Herrscher hatte es so beschlossen. Er hatte etwas Gutes erkannt, wo andere nur den Tod gesehen hatten.

Sie wurde in das Gebäude und durch die Gänge in ihr Quartier gebracht. Man schloss die Tür zu ihrer Kammer auf. Der unebene Boden war vergilbt, Licht fiel durch die Fenster. Gefaltete Betttücher lagen in einem Schrank. Das Bett war gemacht.

Dies war jetzt ihr Zuhause.

Drei Mägde kamen herein, um ihr zu Diensten zu sein. Um sich um den Sohn zu kümmern, wenn sie nicht da war. Sie traten vor sie. Daphne, die Älteste. Rowan, die Schwerste, mit dickem rotbraunem Haar. Rosella, die Jüngste. Sie lächelten Gaia an. Erklärten ihr, dass eine Wiege für ihr Kind gebaut werde. Eine streckte zärtlich die Arme nach dem Sohn aus. Gaia wich zurück.

»Was wollt ihr mit ihm machen?«, fragte sie und presste ihn an ihre Brust.

»Was wir mit ihm machen wollen? Nun, zuerst einmal muss er gebadet werden«, antwortete Rosella.

»Daphne wird ein paar alte Spielsachen mitbringen, damit er damit spielen kann«, meinte Rowan. »Sie hat selbst ein Kind.«

»Wir hatten noch nie ein Kind hier, aber schon ein paar

Kämpferinnen«, sagte Daphne. »Dein Meister wird sicher verlangen, dass du deine Brust schnürst, um beweglicher zu sein.«

»Meine Brust schnüren?«

»Daphne hat noch Milch. Er wird nicht hungern müssen, während du arbeitest.«

Sie hielt ihn noch immer an sich gedrückt. »Wird er mich vergessen?«, flüsterte sie besorgt.

Die Backen der Mägde röteten sich ein wenig, als sie kicherten. Die Mutantin konnte sich nicht daran erinnern, wann sie das letzte Mal Lachen gehört hatte. Das Geräusch gab ihr ein Gefühl von Einsamkeit. Sie verstand die Frauen nicht und hatte kein Interesse daran, ihnen ihr Lächeln zu zeigen.

»Nein, das wird er nicht …«, antwortete eine von ihnen.

»Und wenn ihm etwas geschieht«, sagte Gaia, »dann wisst ihr, was passieren wird?«

Sie stand mit ihrer seltsamen Art des Sprechens und ihren merkwürdigen Kleidern vor ihnen. Ihr distanzierter Blick, ihre Narben und Kratzer. Insektenbisse, Ausschlag. Verstörender als die anderen Kämpfer, die bisher hier gewohnt hatten. Die bisherige Leichtigkeit der Mägde hatte sich in Luft aufgelöst.

Gefürchtet, ehe sie gemocht wurde. Aber lasst uns nicht vergessen, dass Gaia bisher die Wärme einer weiblichen Stimme jemals vernommen hatte. Ihre Melodien lösten bei ihr Misstrauen aus. Was sie über Gefühle und Regungen nicht wusste, machte sie mit körperlicher Stärke wett. Sie besaß die Stärke, den Respekt von Tausenden zu erlangen, nicht jedoch die Zuneigung von drei Frauen.

Sie begleiteten sie in die Badekammer. Die Fenster waren vom Dampf beschlagen. Die Fliesen auf dem Boden schimmerten sauber. Die Wanne war voll mit heißem Wasser. Die Mägde lehnten sich mit den Rücken gegen die Wand, blickten geradeaus und warteten darauf, dass sie sich entkleidete.

Sollte sie sich ihnen entblößt zeigen?

Um so mit jeder Pore ihrer Haut von einer Waffe ihrer Wahl getroffen werden zu können?

Im Wasser liegend, eine Einladung für jede Klinge und jede Pfeilspitze?

»Seid ihr bewaffnet?«, fragte die Mutantin.

Die Frauen schüttelten die Köpfe. Als ob sie sich selbst verleugnen würden. In der angespannten Stille tropfte Wasser in gleichmäßigem Rhythmus in eine Schüssel.

Gaia musterte sie. Auf den Schürzen um ihre Taillen zeigten sich Flecken von Mehl, Staub, Marmelade und Eigelb. Die Kleider, die sie über ihren runden, reizlosen Körpern trugen, waren eng genug, um ein Verbergen von Waffen fast unmöglich zu machen. Und doch konnten um ihre Beine leicht schreckliche Dinge geschnallt sein.

Sollte sie die drei auffordern, ihre Beine zu zeigen?

Die Mutantin öffnete den Mund, um zu sprechen. Doch dann erinnerte sie sich daran, dass sie sich nicht mehr in der Wildnis befand. Das war jetzt ihr Zuhause. Sie spielte hier eine Rolle. Der Herrscher brauchte sie lebend.

Langsam zog sie sich und den Sohn aus. Sie stieg in die Wanne, und er wurde in eine kleinere gelegt. Ihre Haare und ihre Körper wurden gewaschen. Sie säuberten ihn sanft und schrubbten sie mit Kraft. Das Wasser färbte sich schwarz. Sie berührten die Mutantin ohne Angst. Es stimmte also:

Man würde sie hier anders behandeln. Als ob sie keine Mutantin wäre. Zumindest nicht für diese Menschen. Die Stille im Raum war durchdringend, es herrschte Anspannung, und doch vermochten die Mägde ihre zärtlichen Rufe nicht zu unterdrücken, wenn sie sich mit dem Kind beschäftigten. Die Zuneigung, wie sie nur gut ernährte Frauen mit rosigen Wangen auszudrücken vermögen, die wissen, wie man jemanden versorgt und liebt.

Der Sohn stieß Freudenschreie aus, während er im Wasser plantschte. Beruhigt durch den Anblick, sah Gaia ihm zu, während ihr Kopf am Rand der Wanne ruhte. Fast war es, als ob sie sich für einen Moment gestatten konnte, sich vorzustellen, dass es keine Raubtiere in der Welt geben würde.

Abgetrocknet, eingewickelt, angezogen. Ihre Haare wieder geflochten, ihre Hände mit einer wohltuenden Salbe eingerieben – der verhätschelte Wildling.

Draußen vor dem Gebäude warteten ihre Wachen. Sie folgte ihnen über den Innenhof zum Raum des Mediziners. Wie jeder Kämpfer musste auch sie sich einer Untersuchung unterziehen. Es war nicht viel mehr als eine Hütte, in die sie gebracht wurde, gelb gestrichen, um das bröckelnde Holz zu verbergen, aus dem sie bestand.

Es war auf dem Weg dorthin, als Gaia sie entdeckte: Wohnwagen von Schaustellern neben dem Tor. In ihnen lebten die sogenannten »Erneuerer«, wie sie im Umfeld der Kampfarena genannt wurden. Es waren Schausteller, die vor den Kämpfen und während der Pausen die Menge unterhielten. Für einige von ihnen war das ihr Hauptverdienst.

Für andere, für Reisende, für Verlorene, nur eine zeitweilige Beschäftigung zwischen zwei Orten.

Unter den Schaustellern war ein schlaksiger, spargeldünner Riese. Ein Mann mit schneeweißer Haut. Eine Frau mit einem Bart, der ihr bis zum Bauch reichte.

Und nicht weit von ihnen entfernt saß auf einem Steinsims Julie Bonaparte.

Gaia blieb abrupt stehen. Auch das Menschenmädchen hatte sie entdeckt. Julie, die Schwertschluckerin, Julie aus den Sumpfgebieten. Sie hob einen Arm und zeigte auf den Sohn.

Gaia nickte langsam. Ja, das war der Ihre.

Ohne Begleiter betrat sie das Untersuchungszimmer des Mediziners. Hatte ihr Verstand sie hereingelegt? Hatte das Menschenmädchen gewusst, dass die Mutantin kommen würde?

In dem Raum konnte man kaum die Wände und die Decke sehen, denn überall stapelten sich Kisten voller medizinischer Vorräte. Den bräunlichen und dunklen Farben in den Glasbehältern nach zu urteilen, schien es sich um Medikamente zu handeln, die nicht oft neu hergestellt wurden. Die Lücken zwischen den Kisten dienten als Gänge, durch die man sich schlängeln musste. Gaia bog einmal nach links und einmal nach rechts ab, ehe sie einen Tisch entdeckte, hinter dem Richton, der Mediziner, saß.

Er hatte einen dichten schwarzen Schnurrbart und kleine Knopfaugen, die sie von Kopf bis Fuß musterten. Als sie vor ihm stehen blieb, nahm er eine Pfeife aus dem Mund und wedelte mit einer Hand den Tabakrauch weg. Das war also die Mutantin, vor der man ihn gewarnt hatte.

»Du bist es. Komm. Setz dich dorthin.«

Sie ließ sich auf einem Sofa nieder und legte den Sohn neben sich. Scharfe Gegenstände waren auf dem Tisch ausgebreitet. Keine Waffen, auch wenn man sie als solche hätte einsetzen können. Beinahe in Reichweite. Würde er sie bei der Untersuchung verwenden? Was wollte er untersuchen? Nachsehen, ob man sie angemessen gesäubert hatte? Hatte man auch Julie untersucht? Hatte sie auf ihre schreckliche Weise den Kämpfern und Wachen dieses Ortes gestattet, sie zu untersuchen?

Gaia beruhigte das Wissen, dass sie ihn zur Verschwiegenheit verpflichten konnte, würde er sie oder den Sohn als krank diagnostizieren. Denn sie waren allein. Vor den Fenstern hingen ungewaschene Vorhänge. Draußen waren Wolken aufgezogen, weshalb die Sonne auch nicht durch den Stoff drang. Doch in einem Vorhang war in der rechten unteren Ecke eine Falte, durch die ein rautenförmiges Stück Fenster zu sehen war. Und dort entdeckte sie die Augen von Julie Bonaparte.

»Außergewöhnlich«, murmelte Richton, als er ihre Hände an ihren Fingern hochhielt. »Höchst entzündet, aber keine offenen Wunden. In einigen Fissuren kann ich Schmutz erkennen, der im Bad nicht weggewaschen wurde. Ich werde sie erst einmal desinfizieren. Aufgepasst.«

Er griff nach einem Wattebausch, tauchte ihn in eine Flasche mit einer klaren Flüssigkeit und nahm dann ihre Hand in die seine. Etwas Scharfes brannte durch ihre Haut und ließ sie nicht mehr los. Es war derart scharf, dass sie spürte, wie ihre Organe protestierten, innerlich aufschrien und wie ihr das Herz in den Hals sprang. Ehe sie etwas dagegen tun konnte, brannte ihre zitternde Hand, und die andere tat es ihr kurz darauf nach. Sie sprang hastig auf, stolperte über die Schuhe des Mediziners, verlor fast das Gleichgewicht und warf dabei ein Tablett mit Instrumenten um, ehe sich das Feuer wieder legte. Währenddessen lag der Sohn auf dem Rücken, ein Lächeln auf dem Gesicht. Für ihn war dies kein unvertrauter Anblick. Er würde ihn noch oft sehen.

Die Mutantin blickte zu Richton. »Bitte«, sagte sie. »Das sollte nicht noch einmal geschehen.«

Er antwortete mit einem Flüstern, aus Angst, dass eine laute Stimme der Mutantin Gefahr signalisieren könnte. Er zog die Vorhänge noch besser zu und bedeckte auch die Lücke, die zuvor ausgelassen worden war, als Gaia ihn darauf hinwies. Beinahe warf er dabei einen Stapel mit Papieren um, was einen Moment lang das Konstrukt aus Papieren und Kisten ins Wanken brachte. »Wenn mich die Wissenschaft eines gelehrt hat, dann an Wunder zu glauben«, murmelte er.

Er eilte zu seinem Schreibtisch zurück und versuchte, in seiner Ratlosigkeit die Pfeife zu rauchen, um seine Nerven zu beruhigen. Seine zitternden Hände machten dies jedoch unmöglich. Er wischte sich den Schweiß von der Stirn und ließ sich auf seinen Stuhl fallen. War er den Tränen nahe? War es Angst, die sich in seinem Gesicht widerspiegelte? Oder Hoffnung?

»Weißt du, wie schwer es ist, ein Feuer ohne Öl zu entzünden?«, fragte er atemlos. »Im Winter? Nach einem Regen?«

»Das weiß ich.«

»Die letzte Mutantin brennt also.«

»Gab es keine anderen Mutanten, die brannten?«

»Brannten? Mutanten hatten meist nicht einmal die Kraft, ein Schwert zu halten. Oh nein. Wie alt bist du, mein Kind?«

»Siebzehn Sommer. Glaube ich.«

»Kinder von Mutantinnen starben gewöhnlich innerhalb einer Mondphase«, murmelte er. Sein Blick blieb erneut an ihren Händen hängen. Er fürchtete sich. »Was soll ich meiner Frau erzählen?«, krächzte er.

»Nichts wirst du ihr erzählen.«

»Und meinen Kindern?«

»Ich werde wissen, wer es verbreitet hat, sollte es sich herumsprechen.«

»Warum willst du das vor der Welt verbergen?«

»Es ist noch nicht an der Zeit.«

»Was hast du vor?«

»Ich werde kämpfen. Ich werde meinen Sohn großziehen.« Schweißtropfen liefen ihr über den Rücken. »Ich werde jetzt gehen.«

Sie drehte sich um und ging. Es gelang ihr, Haltung zu bewahren, während sie die Tür öffnete. Mit einem Nicken signalisierte sie den Wachen, dass sie bereit war, in ihr Quartier zurückgebracht zu werden. Sie sah nicht auf, um festzustellen, ob Julie noch in der Nähe war. Als sie in ihrer Kammer eintraf, schickte sie die Mägde weg und trat zum Fenster. Dort saß Julie noch immer auf dem Steinsims und ließ die Beine baumeln.

Kapitel sechzig

Bei Sonnenuntergang wurde das Abendessen in der Speisehalle serviert. Dutzende von Kämpfern schwärmten in die Halle, als ob sie einer mythischen Quelle entsprungen wären. Gaia trat durch die Tür ein. Sie war nicht allein. Zwei Wachen begleiteten sie.

Die Kämpfer setzten sich an die beiden langen Tische. Die Halle war warm und feucht von dem Schweiß und dem Atem der Menschen, vom Dampf der heißen Speisen. Ihre großen Schatten bedeckten den Boden, während sie um das Essen stritten, das für sie vorbereitet worden war. Warmes Brot aus dem Ofen, voller Butter. Gebratenes Fleisch, Gemüse aus den Gärten. Hände griffen danach, nahmen sich. Krüge wurden gefüllt und geleert. Man hörte zwischen den Kau- und Schmatzlauten Auseinandersetzungen, das Schlagen von Fäusten auf die Tische. Ein Anstoßen mit Bechern stellte wieder Frieden her.

Außerhalb der Speisehalle verbrachten die Kämpfer wenig Zeit mit Sprechen. In den Stunden, in denen sie trainierten, sahen sie nicht die Gesichter ihrer Gegenüber, sondern nur deren Schwerter. In den Stunden der Arbeit bloß die Rüstungen des Gegenübers. Die Neuankömmlinge waren während des Essens meist schweigsam. Das Blut und die Schreie der Menge nach dem ersten Kampf hielten sie wach.

Nachdem sie länger hier waren, ließ sie das nachts gut schlafen.

Hatte Gaia eine Ahnung davon, welches Leben des Blutvergießens vor ihr lag, jetzt, da sie unter den Schlachtern saß?

Sie kauten ihr Brot, als wären sie einfache Bauern. Nippten an ihrem Bier. Die Venen auf ihren Armen traten wie Schlangen über ihren geschwollenen Muskeln hervor. Doch nicht alle waren so gewaltig. Es gab auch schlanke Kämpfer, dazu ausgebildet, geschickt zu navigieren. Andere waren klein und kompakt, geschult in der Ausdauer. Alle waren darauf abgerichtet, um ihr nacktes Leben zu kämpfen. Für die Möglichkeit zu leben, ihren Gegner zu töten, was wahren großen Wohlstand nach sich zog.

Die Kämpfer beobachteten Gaia und ihre Wachen. Diejenigen, die zu hungrig waren, um ihr die volle Aufmerksamkeit zu widmen, warfen ihr während des Essens immer wieder Blicke zu. Andere, die bereits voller Bier und Fleisch waren, starrten sie mit Krügen in der Hand an. Alle achteten darauf, die Mutantin nicht zu stören. Sie nicht zu verärgern. Dies war seine Nation. Diese Arena gehörte ihm. Sie war seine Kämpferin. Sie war seine Mutantin.

Dennoch fiel es ihr schwer, unter ihnen zu sitzen, um ihnen später in der Arena gegenüberzutreten. Wann hatte sie jemals vor einem Mann gestanden, ohne ihn zu überzeugen, anzuflehen, zu gehorchen oder zu töten? Es hatte nur einen gegeben. Einen, der voller Zärtlichkeit zu ihr gesprochen hatte.

Also aß sie allein im Schutz ihrer Kammer. Die Sonne war untergegangen. Sie zündete die Laternen an und nahm den Sohn in die Arme, um ihn zu füttern. Er konnte inzwischen seine Hände auf ihre Brust legen, ohne während des Saugens zu schwächeln. Er vermochte seinen Körper besser zu kontrollieren. Er wuchs. Seine Augen wurden größer, seine Haare dunkler.

»Ein eigenes Zuhause«, erklärte ihm Gaia. »Ein Garten. Ein Stall. Dein eigenes Zimmer. Wenn du alt genug bist, allein nach draußen zu gehen, was wirst du dann wohl hören? Lachen und Geschichten. Und du wirst verstehen. Du wirst sie verstehen. Du wirst ebenfalls lachen. Du wirst einer von ihnen sein.«

Schon bald würde er zwei Vollmonde alt sein.

Neben dem Bett stand seine Wiege. Sie wickelte ihn in eine Decke, die für ihn bereitlag, und trunken von Milch schloss er bald die Augen.

Kapitel einundsechzig

Am Morgen kleideten die Mägde die Mutantin in die Kleidung für das Training. Sie knöpfte die grüne Tunika selbst zu und machte einen Knoten in das Band um ihre lederne Hose. Sie zogen den geschmeidigen Mantel über ihre Arme. Ein Paar Handschuhe für ihre Hände. Die Frauen zeigten ihr, wie sie ihre Brust binden musste, konnten ihr aber nicht beibringen, wie der Schmerz verschwand. Doch jetzt war sie Kämpferin. Sie musste körperlichen Schmerz ertragen.

Vor dem Spiegel schnallte sie den Gürtel enger. Die drei Mägde traten gehorsam einen Schritt zurück und betrachteten Gaia.

Sie ging zur Wiege, die Absätze ihrer Stiefel hallten auf dem Holzboden wider. Man hatte ihr zwei Paar gegeben, eines für die freie Zeit, eines für die Arbeit. Wie anders sie waren im Vergleich zu den Stiefeln, die sie bisher besessen hatte. Wie viele Monate hatte sie den groben Boden gespürt, der ihre Füße so quälte?

Hier waren die Böden glatt und eben, die Straßen gepflastert. Aus den Dielenböden standen zwar manchmal Nägel, und zwischen den Pflastersteinen gab es Lücken, doch für die Mutantin, für den Wildling, fühlten sich diese Böden immer weich an.

Wenn sie lief, konnte man sie hören. Das schwere Klacken des Leders folgte ihr wie ein Mantel, der zu lang war.

Sie beugte sich über die Wiege und nahm den Sohn heraus. Gaia fürchtete sich. Fremde Augen hatten gesehen, was sie nicht hätten sehen sollen. Noch war es nicht an der Zeit. Ihr Feuer musste noch das Ihre bleiben.

Sie spürte das Gewicht des Sohnes, seinen kleinen Körper. Da riefen die Wachen nach ihr. Sie sollte in die Halle kommen.

Dieses kleine Wesen aus ihrem Blut. Ihre erste Trennung stand bevor.

Es tröstete sie zu wissen, dass er sich an diese entwurzelten Tage nicht erinnern würde. Auch an sie als Kämpferin würde er sich nicht erinnern. Dass sie ihn in den Armen anderer Frauen zurückgelassen hatte. Wenn er alt genug war, um Erinnerungen zu haben, würde sie eine Mutter für ihn sein, die sich wie eine menschliche Mutter um ihn kümmerte. Der fromme Wunsch eines Wildlings.

Sie musterte die Mägde. Ihnen musste sie ihr Leben anvertrauen. Doch sie hatte selbst erlebt, wie der Tod vor ihrem Kind gestanden, geheult und geknurrt hatte. Im Vergleich dazu waren die Mägde harmlose Spatzen, deren

Pflicht nur darin bestand, das Nest warm zu halten, während sie fort war.

Sie gab dem Sohn einen letzten Kuss und reichte ihn dann den Frauen.

Vernarrt in das Kind, überschütteten diese es mit Aufmerksamkeit, noch ehe Gaia die Kammer verließ. Er war in guten Händen. Sie wusste es. Es waren Frauen, die Liebe besser kannten als die Mutantin. Ihre Stimmen zeigten es. Ihre weichen Hände waren wie gemacht für Zärtlichkeiten.

Die Mutantin folgte den Wachen über den Innenhof. In der Ferne sah sie Julie, die wieder auf dem Steinsims saß. Das Menschenmädchen erhob sich, als es Gaia entdeckte, als ob sie nur auf ein Signal von ihr gewartet hätte. Als ob sie auf eine Aufgabe warte, um nicht ganz verloren und ziellos durchs Leben zu taumeln.

Gaia verschwand in einem langen Gang. An dessen Ende erhellte ein starkes Licht den Boden. Sie war im Herzen der Arena angelangt. Die gewaltige Größe des Feldes überraschte sie, denn von außen war sie nicht zu erkennen gewesen. Die Arena war aus riesigen, unbearbeiteten Steinquadern grobschlächtig errichtet und wurde von schweren Eisenstangen zusammengehalten. Tausende Plätze für das Publikum umgaben den Kampfplatz. Im Norden und im Süden befanden sich zwei erhöhte Tribünen, umzäunt von vergoldeten Barrieren und mit Stoffen und Möbelstücken dekoriert. Dort nahm gewöhnlich der Herrscher seinen Platz ein.

In der Mitte der Arena stand jetzt ein Mann. Er hatte die Hände auf dem Rücken verschränkt und blickte Gaia erwartungsvoll entgegen. Die Wachen, die sie begleitet hatten, verschwanden nun. Sie wollten in den Gängen auf sie warten. Die Mutantin trat auf das Kampffeld. Die Pflastersteine, mit denen es ausgelegt war, hatte man sorgfältig in den Boden eingelassen, damit sich kein Fuß an einer hervorstehenden Kante verfing. Hier konnte Stolpern den Tod bedeuten.

Sie musterte den Mann.

Gabriel Macondo. Er war noch nicht alt, auch wenn seine Haut durch die vielen Kämpfe im prallen Sonnenlicht und durch zahlreiche schlaflose Nächte bereits Falten zeigte. Er war kahlköpfig. Um Kinn und auf der Oberlippe wuchs ein dunkler Dreitagebart. Auffallend muskulös war er nicht. Gaia hätte ihn nicht für einen erfahrenen Kämpfer gehalten, wenn sie ihm in der Wildnis begegnet wäre. Seine Augen strahlten jedoch eine Kraft aus, wie sie diese selten bei einem Menschen gesehen hatte. Tatsächlich war ihr bisher nur ein Mann mit einem solchen Blick begegnet – ein niederträchtiger Mann. Aber vielleicht betrogen sie auch ihre Erinnerungen an diese schreckliche Zeit.

Sie trat näher. Jetzt konnte sie die Falten seiner Kleidung erkennen. Seine Stiefel hatten schon lange ihren Glanz verloren. Über seinem dunklen Hemd trug er einen jadegrünen Mantel, der ihn als Calistonit auszeichnete. An seinem Gürtel hing ein Holzschwert, in einer Hand hielt er ein weiteres. Am auffälligsten waren die tätowierten Linien um seinen wettergegerbten Hals, die man durch die Rüstung und den Mantel, die ein Krieger, ein Wachmann oder ein Herrscher trugen, nicht leicht erkennen konnte. Es waren so viele, dass die Tinte mit der Zeit ausgelaufen war und der

Hals aussah, als ob er eine dunkle Krause trüge. Gaia fragte sich, ob sie wohl in dieser Nation leben konnte, ohne selbst derartige Linien zu erwerben.

Eine Begegnung von zwei Fremden.

»Ah«, seufzte er. Sein Blick wanderte über die leeren Plätze um sie herum. »Es gibt keine bessere Schule als die Arena.«

Damit reichte er ihr das Schwert. Ohne Vorwarnung, ohne ein weiteres Wort. Das kannte sie. Er holte von links aus. Die Kante seiner Holzklinge berührte sie, während sie fast zu spät seinem Angriff parierte. Nicht schnell genug, um ihn gänzlich abzuwehren. Der Griff vibrierte von dem Schlag, und sein Schwert fand seinen Weg zu ihrem Bauch, auf den es jetzt zeigte.

Er wirbelte herum und griff sie von rechts an.

»Du bewegst dich nicht«, sagte er.

Sie blickte auf ihre Füße. Ein kraftvoller Schlag gegen ihre Seite ließ sie beinahe ihr Gleichgewicht verlieren.

Ein Winter war vergangen, seitdem sie das letzte Mal einen Schwertkampf ausgefochten hatte.

Der Winter, der sein letzter gewesen war.

Geleitet durch den Jäger, seinen Hohn, seine Wutausbrüche. Der kleinste Fehltritt hatte ihn empört. Jede ihrer Bewegungen musste perfekt sitzen. Selbst wenn es nichts zu verbessern gab, pochte die Ader auf seiner Stirn, sein Rachen war rau vom Fluchen, und er bespuckte sie mit seinen Beschimpfungen. Eines Tages schnitt sie ihm während einer Übungsstunde seitlich in die Brust, nachdem er sie besonders heftig angegangen war. Sie hatten statt Holzschwertern solche aus Stahl verwendet – eine schlechte Entscheidung für ihn. Es war ein langer Schnitt, ganz anders als die üblichen kleineren Verletzungen, die sie beide oft davontrugen. Ihre Füße waren zu flink gewesen. Ihr Schlag hatte ihn überrascht, ihre plötzliche Drehung war nicht zu hören gewesen, und er hatte dafür bezahlt.

In derselben Woche noch hatte er in ihr seine Spur hinterlassen.

Jetzt stand ein anderer Mann vor ihr. Die Angst jedoch war dieselbe. Ihre Arme zitterten, als sie den Griff mit beiden Händen hielt. An ihrer Haltung gab es nichts auszusetzen. Der Griff am Ohr, die Schwertspitze nach vorne zeigend.

»Du bewegst dich nicht«, wiederholte er. Es war kein Kompliment.

Sie hielt den Atem an und begann, bewusstere Schritte zu machen. Doch seinen Angriffen vermochte sie nichts entgegenzusetzen. Sein Schwert schwang durch die Luft, als wäre es weich und biegsam. Sie versuchte, ihn voller Zorn zu treffen, seinem eleganten Tanz mit schierer Gewalt zu begegnen. Wendige Schritte, Anmut – all das hatte sie vergessen. Neun Monate lang war ihr Gang schwerfällig gewesen. Wenn sie zugeschlagen hatte, dann um zu töten, und jetzt fehlten ihr Überblick und Geschicklichkeit für ein klug ausgeführtes Duell.

Sie holte aus. Er parierte kraftvoll, und das Schwert flog ihr aus den Händen. Doch es blieb nahe genug liegen, um nach links zu hechten und es wieder greifen zu können.

»Sie bewegt sich!«, stellte er fest.

»Aber das war ein Fehler.«

»Das war ein Tanz«, entgegnete er lachend.

Abrupt kam er zurück und attackierte sie von rechts. Sie wehrte den Angriff mit dem Schwert ab, wirbelte herum und griff nun ihrerseits an. Die Waffenspitze traf auf seine Brust.

»Sie kämpft!«

Er schlug auf ihr Schwert und dann in Richtung ihrer Schenkel. Nur ihr schneller Reflex rettete sie. Seine Angriffe wurden von ihr pariert, seine Schläge vorhergesehen. Einen Moment lang schätzte sie die Lage falsch ein, und er hielt seine Waffe an ihren Hals. Im Gegensatz zu ihr vermochte er sein Schwert in eleganter Distanz zu seinem Körper zu halten.

»Wo wurdest du ausgebildet?«

»In der Wildnis.«

»Von wem?«

»Er ist tot.«

Er wirbelte herum, und einen kurzen Augenblick lang hatte er ihr den Rücken zugewandt. Sie traf ihn an der Schulter. Als er sich wieder zu ihr drehte, war er zu überrascht, um ihr Schwert abzuwehren. Sie hielt sich zurück, sie wollte ihn nicht am Brustkorb treffen. Er drängte mit seiner Waffe die ihre ab und attackierte sie zugleich auf Brusthöhe. Sie machte rechtzeitig einen Satz zurück. Jetzt fiel es ihr nicht mehr schwer, sich zu erinnern. Stets wachsam, um sich im Notfall verteidigen zu können. Das lehrt die Wildnis jenen, die in ihr allein zu kämpfen haben.

In den Gängen hinter ihr fand die Ablösung der Wachen statt. Die neu eingetroffenen Männer setzten sich, um Gaia zuzusehen, die Ellbogen auf die Knie gestützt. Nach vorne gebeugt, kommentierten sie lauthals, als wäre die Arena voller Zuschauer. Sie waren die Ersten, welche die Mutantin in Aktion erlebten. Die Ersten, die daran glaubten, dass sie gut sein könnte. Und so dauerte der Kampf eine Weile im kühlen Wetter an, beobachtet von zwei Männern. Als schließlich die Sonne unterging, war Gaia so schweißüberströmt, als wäre es mitten im Sommer.

Am nächsten Tag sollte es so zur gleichen Zeit weitergehen.

Kapitel zweiundsechzig

Die erste Wiederbegegnung.

Sie rannte die Stufen hinauf, erschöpft und schmutzig. Ehe sie die Tür öffnete, lauschte sie einen Moment lang in den Raum hinein. Dann drehte sie den Knauf. Dort saßen sie, die drei Mägde, und sangen ihm etwas vor. Lieder, die seine Mutter nicht sang. Lieder, die ein Wildling nicht kannte. Er trug saubere Kleider, lag in seiner Wiege, ein winziges Holzpferd mit rauer Mähne in der Hand.

Die Frauen brachen den Gesang ab, als Gaia eintrat. Standen auf und begrüßten sie ehrfürchtig.

»Hat er Hunger?«, fragte die Mutantin.

»Daphne hat ihn gerade gefüttert«, erwiderte Rosella, ehe die drei leise den Raum verließen. Als sich Gaia ihm näherte, erschrak er für einen Moment. Als ob es nicht sein konnte. Als ob sie nicht zurückgekehrt sein konnte. Dann streckte er die Arme nach ihr aus, und es gab nur noch sie beide. So würde es immer sein.

Sie versuchte es. Sie versuchte, ihn zu halten. Doch ihre Brust war von der engen Binde wund gerieben, dass sie vor Schmerz zusammenzuckte. Auch sollte er nicht schmutzig werden. Sie legte ihn in die Wiege zurück, deckte ihn zu und betrachtete ihn einen Moment lang voller Zärtlichkeit.

Dann zog sie die Stiefel aus, die bereits nach dem ersten Tag des Kämpfens stark zerschrammt waren. Sie zerrte die Handschuhe herunter. Die Haut fühlte sich heiß, klebrig und wund an.

Ein scharrendes Geräusch an der Tür. Gefolgt von einem selbstsicher klingenden Klopfen. Gaia öffnete. Da stand sie. Die Wachen hatten sie durchgelassen.

Das Menschenmädchen trat ein und schaute sich im Zimmer um. Sie musterte jeden Schrank und sah in jede Schublade. Ihre Hände glitten zwischen die gefalteten Stoffe. Sie schaute hinter die Vorhänge. Als sie an der Wiege vorbeikam, blieb sie stehen und zog die Augenbrauen hoch, als wäre sie überrascht, dass noch ein Lebewesen anwesend war. Als hätte sie vergessen, dass sie nicht allein waren.

Ihre Haare waren ungekämmt und unregelmäßig geschnitten. Sie sah magerer aus als bei ihrer letzten Begegnung in der Stadt Ammon. Diesmal trug sie eine dünne Tunika, Sandalen, die sie einem Schuhmacher gestohlen hatte, und eine Hose, die lose um ihre Taille schlotterte. Um ihren Hals hing eine Schnur.

Gaia hatte Julie damals vor der feigen Waffe in der Kutsche gewarnt. Jetzt, im Licht der Lampe, offenbarte sich die Wahrheit im staubigen Quartier der Kämpfer von Eden.

Verborgen in einem Lederbeutel, nicht größer als ein Anhänger,
an einer Schnur um Julies Hals hängend,
steckten die Pilze, die Hagen beinahe das Leben gekostet hatten.

»Warst du das?«

»Ich war es«, antwortete Julie.

»Was hat dich zu diesem Wahnsinn getrieben?«

Das Mädchen trat näher. Die schmutzigen Finger spielten mit der Schnur. Das war der Moment, an dem sich das Menschenmädchen in der Welt nicht mehr verloren fühlen würde.

»Es gab eine Mutantin aus der Wildnis, die letzte ihrer Art. Sie war guter Hoffnung, und ich gebe zu, dass ich eine Schwäche für Ungewolltes hege. Ich begleitete sie zur Opferstätte, dieselbe Mutantin, die auf dem Adelsplatz der Stadt Ammon das geschriebene Wort las, dieselbe Mutantin, die aus dem Kerker verschwand, als hätte sie sich in Luft aufgelöst, die über das Merian-Gebirge gekommen sein muss, um es bis hierher zu schaffen, die jetzt im Namen Calistos kämpft, dieselbe Mutantin, die Flammen entstehen lassen kann. Ich bereue nichts.«

Gaia wich zurück. »Du solltest nicht davon sprechen, was du gestern gesehen hast.«

Das Mädchen schnaubte ungeduldig. »Weißt du nicht, wann du es mit Loyalität zu tun hast?«

»Ich …« Gaia senkte den Blick.

»Er lebt, dein Begleiter«, verriet Julie mit leiser Stimme. »Sie haben ihn zum Krieger gemacht. Er darf seinen Posten nicht verlassen, aber das darfst du auch nicht. Würdet ihr euch wiedersehen, wäre es niemals so, wie du dir das vorstellst.« Sie hielt inne. »Aber ich höre, was gesprochen wird. Ich höre viel aus den Mündern der Männer. Sie erzählen mir, dass Calisto ein ehrgeiziger Mann sein soll, der eines Tages seinen Rivalen vielleicht überwältigen wird, und dass Gregor ihm in nichts nachsteht. Ehe das geschieht, muss dein Begleiter gewarnt werden.«

Sie lächelte. Ihre Augen glitzerten. »Falls so eine Zeit kommt, werdet ihr vielleicht wieder ein gemeinsames Leben führen können.«

Gaia ließ sich auf einen Stuhl nieder. Ihr Körper, der es nicht mehr gewohnt war, so lange zu kämpfen, war zu schwach zum Stehen. Jeder Muskel schmerzte. Jede Bewegung schoss schmerzhaft durch ihre Brust. Am stärksten jedoch litt ihr Herz. Tränen stiegen ihr in die Augen. Das Menschenmädchen durfte sie nicht sehen. Sie sah sich in dem schwach beleuchteten Zimmer nach Antworten darauf um, weshalb der einzig Gute in ihrem alten Leben, der einzig Gerechte, bisher von der Grausamkeit der Welt verschont geblieben war.

Sie konnte kaum glauben, dass es so war. Nicht in diesem Leben. Nicht für sie.

Nimm das Angebot an. Werde ein Krieger.

Der Lehrer war ihrem Rat gefolgt. Der Leser, dem sie ihre Freiheit verdankte, hatte sein Wort gehalten.

VI.

Gesetz der Götter

So lautet das Gesetz der Götter: In keinem Stamm, Clan, keiner Nation, Familie, Sippe oder jeglicher anderen Art von gesellschaftlicher Ordnung gibt es Götter. Es existiert allein das Gesetz der Natur. Am vierzehnten Tag des achten Monats im Jahr zweitausendneunundzwanzig widerlegte ein Meteorit alle Gesetze irgendeines Gottes und bewies allein das Gesetz der Natur. Es existiert allein das Gesetz der Natur. Die Bräuche der alten Welt sind unrein. Die Schlussfolgerungen der alten Welt sind unrein. Die Götter der alten Welt sind unrein. Sie alle haben uns hierher gebracht. So lautet das Gesetz der Götter: Jede Person, die an eine selbst ernannte Gottheit, Macht, Seele, an einen selbst ernannten Geist oder Meister glaubt und daran glaubt, dass dieser etwas Totes oder Lebendiges auf dieser Erde geschaffen oder die Erde selbst geschaffen habe oder eine waltende Rolle innehabe; jede Person, die Lehren über eine selbst ernannte Gottheit, Macht, Seele, einen selbst ernannten Geist oder Meister verbreitet und behauptet, dass dieser etwas Totes oder Lebendiges auf dieser Erde geschaffen oder die Erde selbst geschaffen habe oder eine waltende Rolle innehabe; jede Person, die eine Gottheit, Macht, Seele, einen Geist oder Meister erfindet und behauptet, dass dieser etwas Totes oder Lebendiges auf dieser Erde geschaffen oder die Erde selbst geschaffen habe oder eine waltende Rolle innehabe, soll von den Behörden ihres Stamms, Clans, ihrer Nation, Familie, Sippe oder jeglicher anderen Art von gesellschaftlicher Ordnung als unrein erklärt und aus ihrem Stamm, Clan, ihrer Nation, Familie, Sippe oder jeglicher anderen Art von gesellschaftlicher Ordnung verbannt werden, um sicherzustellen, dass keine ihrer Lehren verbreitet werden. So lautet das Gesetz der Natur.

Kapitel dreiundsechzig

Sie ging in Schweiß und Schmutz mit der Hoffnung zu Bett, dass sie von ihm träumen würde.

Sie wartete auf ihn. Wollte sich nicht der Dunkelheit anheimgeben.

Und sie fand ihn, ihren geliebten Begleiter.

Zum ersten Mal begegnete sie ihm in ihren Träumen.

Ihr Geist hatte ihn freigegeben.

Seine Stimme war nahe genug, um sie zu hören. Das Gesicht des Lehrers, mit seinen Verschattungen, unverkennbar er. Die ganze Nacht hindurch wachte sie immer wieder auf, Tränen liefen ihr über das Gesicht. Doch sie schloss hastig wieder die Augen, um weiter von ihm zu träumen.

Am Morgen fanden sie die drei Mägde. Sie hatte noch immer ihre Kampfkleider an. Die Laken waren im Schlaf aus dem Bett geworfen worden. Ihre Füße, die immer noch in den Stiefeln steckten, hingen seitlich herab. Ihre Wangen salzig verkrustet. Im Zimmer roch es verbrannt. Ihre Träume hatten ihre Hände in der Nacht immer wieder zum Flackern gebracht.

Rosella beugte sich vorsichtig zu ihr herab, um sie nicht zu erschrecken. Sanft legte sie eine Hand auf Gaias Schulter. Gaia riss die Augen auf und griff automatisch nach dem Dolch an ihrer Seite. Doch sie war unbewaffnet. Hier gab es keinen Grund, immer eine Waffe parat zu tragen. Langsam richtete sie sich auf. Augen und Lippen waren vom Weinen geschwollen.

»Du siehst blass aus«, sagte die Magd einen Moment, bevor der Sohn zu schluchzen begann. »Hast du gegessen?«

Sie schüttelte den Kopf. Sie sah an sich herab. »Helft mir, diesen Schmutz wegzuwaschen. Ich muss ihn füttern.«

»Wir haben eine Flasche für ihn vorbereitet. Damit du es leichter hast.«

»Er muss essen, ehe ich gehe«, entgegnete sie.

Eine Magd blieb beim Sohn, um ihm die Flasche zu geben, während die anderen Gaia in die Badekammer geleiteten. Dort entkleidete man sie. Löste die Binde um ihre Brust. Eine der Frau stieß unwillkürlich einen entsetzten Schrei aus, als sie die Haut unter dem Stoff sah – die violetten Blutergüsse, die wund geriebenen Brüste.

»Das sind nur leichte Verletzungen«, murmelte Gaia. »Wascht mich.«

Für ein Bad blieb keine Zeit. Sie rieben sie im Stehen ab und schütteten Eimer voller Wasser über ihren Kopf. Dann kleideten sie die Mutantin frisch ein und führten sie ins Zimmer zurück.

Sie nahm den Sohn aus den Armen der Magd. Er weinte. Gaia legte ihn sich an die Brust. Ihn kümmerten die blauen Flecken nicht. Er schloss die Augen und trank.

Gaia zuckte zusammen. Ihre Brüste schmerzten. Als ob ihr Körper keine Mutter mehr sein wollte. Als ob er ihr mitteilte, dass es nicht zu ihr passte, dass es keine ihrer Fähigkeiten, nicht ihre Stärke war. Hatte sie sich vorgegaukelt, etwas anderes zu sein als eine Mutantin?

Sie biss sich auf die Unterlippe, bis sie Blut schmeckte. Schließlich reichte sie ihn den Frauen, ehe er zu Ende getrunken hatte – geschlagen, gedemütigt von seinem Weinen, das erst aufhörte, als man ihm die Flasche gab. Danach banden sie ihr wieder die Brust zusammen, während sie mit gesenktem Kopf dastand.

Kapitel vierundsechzig

Ein Teller mit dampfendem Essen und ein Glas Wasser wurden ihr in die Kammer gebracht. Die Mägde, von der angespannten, bedrückten Stimmung der Mutantin betroffen, sahen ihr zu, wie sie hastig aß und trank. Der fehlende Schlaf hatte ihr Augenringe gezeichnet, mit den Gedanken war sie anderswo.

Das Wissen, dass er weit entfernt von ihr lebte, machte sie einsamer denn je.

»Geht es dir nicht gut?«, fragte Daphne.

»Doch.«

»Ist etwas geschehen?«

»Nein«, erwiderte sie, auch wenn die Frauen das Beben in ihrer Stimme hörten.

Gaia stand auf und gab dem Sohn einen Kuss auf die Stirn. Einer, für den sie sorgen musste. Einer, dem ihr Herz gehörte. Kein Grund zur Hoffnungslosigkeit, denn er war der Ihre. Selbst nachdem alles andere verloren war.

Sie schnürte die Stiefel und zog den Gürtel enger. Dann folgte sie den Wachen. Diesmal entdeckte sie Julie Bonaparte, die Überbringerin der Nachricht, nirgendwo.

Im weiten, offenen Raum der Arena fand sie Ruhe. Die Unsicherheit, die sie verspürte, verschwand beim Schlagen der Holzschwerter und den Geräuschen ihrer Schritte. Bei den keuchenden Atemzügen in der Stille. Mit jedem schmerzhaften Schwingen ihres Schwerts wurden ihre Sorgen geringer, bis sie nur noch ein kaum wahrnehmbares Flüstern waren. Mit jedem Hieb gegen das Bein, gegen die Seiten, die Arme kehrte die Gewissheit zurück, dass sie zurückschlagen konnte. Ihre Verteidigung kam prompt, und ihr Blick war scharf, auch wenn sie nicht dieselbe Kraft hatte wie am Tag zuvor. Wäre die Arena voll gewesen, hätte sie es nicht geschafft, ihren Gegner zu besiegen.

»Was beunruhigt dich?«, fragte Gabriel Macondo und holte in Richtung ihrer Brust aus. Sie sprang zurück. »Du kämpfst für den Herrscher! Es gibt keine größere Ehre.«

Ihre Waffen trafen aufeinander, als er näher kam und ihr das Schwert aus der Hand schlug. Er hob beide Arme, um sie zu besiegen, doch Gaia ging in Deckung und hechtete unter seinen Beinen durch. Sie trat ihm in die Kniekehlen, brachte ihn zu Fall und entriss ihm die Waffe, um diese dann auf Hals und Kinn ihres Meisters zu richten.

Er lächelte sie an.

Sie nahmen wieder ihre Grundpositionen ein. Gaia griff sofort an, ohne auch nur einen Moment zu zögern. Etwas Aggressives zeigte sich nun in ihrer Attacke, eine verborgene Wut. Geschickt wehrte er sie ab und grinste, während er um Luft rang. Durch ihre schnellen tänzelnden Schritte gelang es ihm nicht, ihrem zweiten Hieb auszuweichen. Sie ging davon aus, dass er rechtzeitig abwehren würde und schlug zu. Ihr Schwert traf ihn mit einem lauten Krach auf den Brustkorb. Er stöhnte und wirbelte herum. Griff sie von links an. Sie drückte ihre Waffe gegen die seine und schlug sie ihm aus der Hand.

Danach hob sie sein Schwert auf und reichte es ihm. Sie setzten ihr Training fort. Er traf sie mit erhobener Waffe. Sie ging auf die Knie, um seine Beine zu attackieren, und rollte zur Seite, als er sie von oben angriff. Wieder auf den Knien hob sie das Schwert und schlug es ihm auf den Schenkel, während er gleichzeitig ihren jetzt enthüllten Nacken angriff. Seine Waffe zeigte auf die mutierte Seite ihres Schädels.

Beide keuchten, während sie wie erstarrt in ihren Positionen verharrten.

»Wahrscheinlich wirst du kleiner als dein Gegner sein«, sagte er und zog sie auf die Beine. »Du solltest nicht noch mehr schrumpfen.«

»Aber ich habe mich bewegt.«

Sie nahmen wieder ihre Ausgangspositionen ein.

Und kämpften bis zum Sonnenuntergang.

Kein Wind regte sich auf dem Rückweg zu ihrer Unterkunft. In der Ferne donnerte es. In den zerbrochenen Fenstern spiegelten sich das Blau und das Schwarz des Himmels. Die Leute, die sich noch im Innenhof aufhielten, gingen allmählich ins Innere der Gebäude. Die Sippe der Unerwünschten hatte sich bereits in ihre Kutschen zurückgezogen. Rauch stieg aus den Kaminen der Speisehalle, und die Mutantin konnte dort die gedämpften Stimmen der Männer hören. Weiterer Donner hallte durch den Abend. Die ersten Regentropfen begannen zu fallen. Stumm standen die Wachen neben ihr, drei Personen in der Mitte des Innenhofs.

Wie schön das Grollen des Himmels war. Das Kämpfen hatte ihr gutgetan. Morgen würde sie besser parieren. Es gab Hoffnung. Für sie. Für den Sohn, für den Lehrer.

Sie sah Julies Kutsche in der Ferne. Im Inneren brannte Licht. Die Vorhänge standen offen, und eine Gestalt in einer Kapuzenrobe winkte ihr zu. Gaia näherte sich vorsichtig. Tatsächlich, es war Julie, so verhüllt, als wollte sie sich verbergen.

Kapitel fünfundsechzig

»Lasst mich einen Moment allein«, sagte Gaia zu den Wachmännern.

Das Menschenmädchen öffnete die Kutschentür. Gaia stieg ein. Julie war durchnässt. Sie trug keine Schuhe und zitterte. Hastig zog sie sich die Kapuze vom Kopf und schloss hinter der Mutantin die Tür, um ihr dann den Rücken zuzuwenden. Sie hatte ein Schwert in der Hand. Ihre Handflächen waren rot vor Kälte. Die Klinge schimmerte wie neu. Keine Delle, kein Kratzer. Es war keine Waffe, wie Julie sie besaß. Das Menschenmädchen nagte auf seiner bläulichen Unterlippe, während es nach den richtigen Worten suchte. Doch Gaia sprach als Erste.

»Das ist nicht dein Schwert«, sagte sie.

»Nein. Es ist deines«, antwortete Julie. Sie kam näher. Um der Mutantin ihre Verbundenheit zu signalisieren. »Ich habe es für dich geholt, du wirst eines für die Kämpfe brauchen. Es soll Glück bringen, wenn man ein Schwert geschenkt bekommt. Vor allem eines dieser Art. Nur die Reichen und Mächtigen können sich ein solches Schwert leisten. Ich bin zu den Klingenschmieden in Ost-Eden gegangen und habe dort eines gestohlen. Denk daran, dass ich Vagabundin bin, ich schwindle und stehle, ich tauche auf und verschwinde, als wäre ich niemals dort gewesen … Wie schwer es ist! Mit einem Schwert viele Stunden lang unter dem Arm in der Kälte zu laufen, lässt mich vermuten, dass die Krieger Muskeln aus Stahl haben müssen. Gefällt es dir?«

Worauf hatte sich Gaia eingelassen?

In was war sie hineingeraten?

Die Kutsche schien nicht mehr zum Wohnen geeignet. Sie erinnerte nicht mehr wie zuvor an ein Zimmer. Überall lagen Stoffe, von denen nicht klar war, ob es sich um Kleidungsstücke oder um nutzlose Fetzen handelte. Die Degen für Julies Auftritte, die früher einmal ordentlich in einem Schrank hingen, lagen unbeachtet und unpoliert in einer Ecke. Alle möglichen Gegenstände waren in der ganzen Kutsche verteilt, als ob sie nur zufällig eingesammelt worden wären. Nicht einmal die brennenden Kerzen gehörten hierher. Sie steckten in glänzenden Haltern, die besser in das Heim einer wohlhabenden Familie gepasst hätten. Die Kutsche war zu einer Art Tempel geworden. Für jemanden. Ein Grab voller gestohlener Dinge. Geschenke, die es wegzugeben galt.

»Gefällt es dir nicht? Ich habe noch andere Sachen«, sagte Julie.

Sie hob ein fein gearbeitetes Fernglas vom Boden auf.

Einen einzelnen Kettenhandschuh. Während sie sich nach dem Pendant dazu umsah, stolperte sie beinahe über einen Ledermantel, den sie in einer Kneipe vom Rücken eines Stuhls gezogen und mitgenommen hatte.

Gaia betrachtete die Kerzen. Wie hell sie brannten. Welche Bedeutung das Menschenmädchen auch immer dem Leben der Mutantin zugewiesen hatte – sie würde nicht von Dauer sein. All das waren wortlose Bitten. Das Menschenmädchen als Bittstellerin. Sie wollte geben, um dafür zur Auserwählten zu werden. Um dafür gesehen, von der Mutantin berufen zu werden.

Doch diese nahm das Schwert nicht an. Hals über Kopf stürzte sie aus der Kutsche in die Nacht hinaus. Sie fürchtete sich vor dem Wahnsinn des Mädchens. Was dieser anziehen konnte. In einem anderen Menschen würde sie keine Treue finden. Nur der Lehrer hatte ihr Treue bewiesen.

Sie hörte, wie ihr Name durch den Sturm gerufen wurde. Fürchtete sich vor der Stimme. Fürchtete etwas, das nicht direkt der Tod war, aber größer als das Leben. Sie floh durch den Regen, gefolgt von ihren Wachen. Rannte die Treppen hinauf zu ihren Räumen, wo sie in die Stille trat.

»Lasst niemanden herein«, befahl sie den Wachen und schloss die Tür hinter sich. Zurück in das Leben, das sie inzwischen kannte. Sie versuchte, die Gegenwart des Mädchens abzuschütteln.

»Hat er getrunken?«, fragte sie.

Auf den Gesichtern der Mägde spiegelte sich Erleichterung, weil sie unverletzt zurückgekommen war. Sie blickten ihr entgegen. Gaia hinterließ Pfützen auf dem Boden, als sie auf den Sohn zuging. Da war er, eingewickelt in seine Decke. Der Sohn, der sich an Daphne schmiegte. Verängstigt durch den Sturm, der draußen toste, verbarg er sein Gesicht an ihrer Brust.

»Fürchte dich nicht«, flüsterte Gaia. Sie nahm ihn Daphne aus den Armen. Rosella legte ihr trockene Tücher auf die nassen Schultern. Der Sohn atmete unruhig, als er zu ihr aufblickte. Ihre Haare und ihre Haut schimmerten feucht vom Regen. Er streckte die Hand aus und legte sie auf ihre tropfende Wange.

»Du musst keine Angst haben.« Sie hielt ihn an sich gedrückt. Flüsterte in sein Ohr: »… denn du hast meine wahre Natur gesehen.« Und sie küsste ihn auf den Kopf.

Danach trocknete sie sich ab und schlüpfte in ihr Nachtgewand. Sie drückte den Sohn an ihre Brust. Warm, gut, wahrhaftig. Sie kannte nichts genauer als das, was sich in seinen Augen spiegelte. Sie hatte ihn geschaffen. Einen kurzen Moment des Friedens, ehe der Sohn unruhig wurde. Wimmerte. Wo früher einmal Milch in seinen Mund gelaufen war, schien er jetzt nichts mehr vorzufinden.

Hatte ihr Körper sie zu einer ungeeigneten Mutter gemacht? Ihre Tage waren zu lang und zu sehr von Gewalt geprägt. Es gab zu wenig Ruhe. Ihre Milch war versiegt. War das die Strafe dafür, dass sie eine Mutantin war? Die Strafe dafür, dass ihr Körper besser zu kämpfen als zu lieben wusste?

Sie blickte auf. In ihren Augen spiegelte sich Verzweiflung wider. »Was habt ihr getan? Er trinkt nicht mehr«, fauchte sie die Mägde an.

Die drei Frauen, die gerade die Wasserflecken vom Boden aufwischten, kamen herüber, um zu beobachten, wie er seine Mutter zurückwies. Er hatte den Kopf abgewandt, seine Arme streckten sich nach Daphne aus.

»Er will zu dir«, stellte Gaia voller Bitterkeit fest. Geschlagen reichte sie ihr das Kind. »Mein Körper lässt mich im Stich.«

»Das kommt nicht selten vor.«

»Ich hatte gehofft, einmal in etwas gut zu sein, das nicht mit Blutvergießen zu tun hat.«

»Du bist noch immer Mutter.«

»Aber nicht so, wie eine Mutter sein sollte.«

Nachdem der Sohn getrunken hatte, verabschiedeten sie sich. Still aß Gaia am Tisch ihr Abendessen, der Sohn auf ihrem Schoß. Würde er sie vergessen, je häufiger sie fort war? Es war der Preis, den sie zahlen musste, um sein Leben zu schützen. Sie würde jeden Tag weg sein und immer mehr von ihrer Weiblichkeit verlieren, während die Frauen bessere Mütter als sie sein würden – drei Mal besser. Mit ihnen konnte sie es niemals aufnehmen.

Draußen war es dunkel. Nur das schwache Licht von Kerzen und Laternen schimmerte durch die zugezogenen Vorhänge. Es regnete in Strömen. Dennoch wollte sie sich nicht der Düsterkeit überlassen. Sie war mehr als eine Mutantin.

Als sie kurz darauf im Bett lag, hörte sie Stimmen vor ihrer Tür. Eine weibliche Stimme unter mehreren männlichen, schrill vor Empörung. Das Menschenmädchen. Sie wollte noch einmal mit der Mutantin sprechen. Erklärte, sie hätte den ganzen Tag gewartet und wäre nun durch den strömenden Regen gelaufen, um sie zu sehen.

Kapitel sechsundsechzig

Und es kam der dritte Tag ihres Trainings.

Ihr Schwert berührte kein einziges Mal den Boden,
kein Zögern der Klinge, jedem Angriff erfolgreich ausgewichen.
Die Worte des Jägers klangen ihr in den Ohren,
Macondo erweckte sie zu neuem Leben.

Hier störte sie niemand. Ihr Zuhause war dort, wo die Klinge lebte. Bis der Unterricht zu seinem Ende kam. Bis sie durch den Innenhof ging, wo das Menschenmädchen sie aus der Ferne beobachtete, die Augen erwartungsvoll auf sie gerichtet. Mit der Hand hielt es den Beutel um seinen Hals fest.

Vor jeder Mahlzeit, die Gaia zu sich nahm, zögerte sie einen Moment lang. Vor jedem Schluck Wasser roch sie daran, ehe sie es trank. Es galt, niemandem außer der Klinge zu vertrauen. Wer wusste, ob das Menschenmädchen sie nicht als Nächste vergiften würde?

Die erste Woche verging, und die Mutantin wurde zur Kämpferin. Sie rang zwischen den Duellen nicht mehr um Atem. Eine Tänzerin der Kampfarena.

Mit dem ersten Vollmond kamen die ersten Gerüchte. Es begann damit, dass sie vernahm, wie Gabriel Macondo sie den anderen Meistern gegenüber als außergewöhnlich bezeichnete. Sie lief leise an der Gruppe vorbei und tat so, als hätte sie nichts gehört.

Mit dem zweiten Vollmond übte sie nicht mehr nur das

Duellieren. Es gab Stunden mit anderen Kämpfern, die sie in Gruppen von drei bis vier Männern in der Trainingshalle angriffen.

Bald war die Mitte des Winters erreicht.

Schnee bedeckte Wyoming. Die Flüsse waren zugefroren. Alle weichen Körperteile Gaias waren zu harten Muskeln geworden. Ihre Wangenknochen begannen hervorzustehen. Sorgfältig rasierte sie sich jede Woche die Seite ihres Kopfes und flocht die Haare zu einem festen Zopf, der stets entgegen der Richtung schwang, in der ihr Schwert tanzte.

Sie war muskulöser geworden, der Sohn gewachsen. Alle seine Glieder waren so rund und weich, wie sie sein sollten. Seine Backen schimmerten rosa, und seine Wimpern warfen zarte lange Schatten wie die eines Rehkitzes. Ein gut ernährtes Kind, wenn auch nicht von ihrer Brust. Ein geliebtes Kind, das sich der Zuneigung von vier Frauen sicher sein konnte. Die Mägde liebten ihn, sie liebten ihn so sehr, wie sie seine Mutter fürchteten. Sie fürchteten sie, wussten jedoch, dass sie ihr Vertrauen gewonnen hatten. Sie wussten, dass sie ihnen nichts antun würde. Auch sie vernahmen die Gerüchte, die Geschichten, die man sich in den Gängen erzählte, im Innenhof und auf den Straßen jenseits der Tore.

Die Gerüchte arbeiteten in den Köpfen der Kämpfer und der Meister. Richton, der Mediziner, verriet sich beinahe, als sich ein Kämpfer bei ihm über Gaia erkundigte. Gerade noch rechtzeitig fiel ihm ein, nicht zu viel zu verraten, da er sonst sein eigenes Todesurteil unterschrieben hätte.

»Sie ist vielleicht zu mehr in der Lage, als wir uns vorstellen können«, hatte er erklärt.

Das war sie.

Für die kommende Kampfsaison im Frühjahr würde sie bereit sein. Es hieß, der Herrscher würde ihr sogar gestatten zu töten.

Er habe eine besondere Vorliebe für sie, hieß es. Einige vermuteten, dass die Beziehung der beiden mehr sei als nur eine zwischen Kämpferin und Herrscher. Andere nannten es eine geschäftliche Verbindung, die auf bloßer Korruption basierte.

Jedes Mal, wenn Gaia ihre Räume betrat, erzählten die Mägde von einem neuen Gerücht, das die Runde machte.

Und dann war da noch sie.

Aus ihrer Kutsche blickend. Danach flehend, gesehen zu werden. Jeden Abend, wenn die Mutantin in ihre Unterkunft zurückkehrte, saß sie da und beobachtete sie. Es war ihr nicht gelungen, die Wachen zu bestechen, um noch einmal in Gaias Kammer zu gelangen. Ihr Starren im Innenhof war das Einzige, was ihr blieb. Als ob die beiden sich jeden Tag zum ersten Mal sehen würden. Sie war ein Mädchen, Gaia eine Mutantin. Solche Verbindungen konnte es nicht geben.

Die Gerüchte drangen auch ans Ohr des Menschenmädchens. Sie hörte die Diskussionen in der Speisehalle. Im Innenhof. In den Kammern und Betten, in denen sie sich wiederfand.

»Was ich denke?«, antwortete sie, wenn man sie fragte. »Sie ist nur eine Mutantin«, fügte sie hinzu, ohne Verachtung, ohne Bewunderung.

Das war alles, was sie sagen konnte. Sie wusste, dass man sie zurückgewiesen hatte, dass ihre Treue nicht willkommen war. Ihr war bewusst, dass Gaia sie ausschloss, und doch konnte sie diese Entscheidung der Mutantin nicht akzeptieren. Gaia musste oft an Julie denken – jedes Mal, wenn sie ihr aus dem Weg ging. So gesehen, wurde das Menschenmädchen nicht einen Moment lang missachtet. Auch für die Unerwünschten gibt es immer Hoffnung.

Kapitel siebenundsechzig

Winterliche Tage. Ein blassblauer Himmel.

An einem kalten Spätnachmittag hielt eine Kutsche vor den Toren. Die Seiten waren mit gelb gemalten Tieren verziert, die geheimnisvoll schimmerten und mit vergoldeten Ranken aus Wyoming-Blumen verwoben waren, welche bis zum Kutschendach reichten. Es war ein Gefährt, wie es viele der Reichen jener Zeit in der neuen Welt fuhren. Doch bei näherem Hinsehen konnte man eine geschickt verborgene Armbrust samt Speeren erkennen, die durch das Ziehen eines Griffs abgeschossen werden konnten.

Nur Calisto der Herrscher besaß eine solche Kutsche.

Er war entschlossen, nicht durch einen Überfall ums Leben zu kommen. Durch einen Hinterhalt, in dem er in eine Ecke getrieben, festgehalten und zu Tode gefoltert wurde. Sollte er sterben, dann lieber auf dem Schlachtfeld bei seinen Männern, auf dieselbe Weise umkommend wie sie. Für das Land, für die Ehre.

Der ehrgeizigste Verteidiger seiner Nation sollte der simpelsten aller menschlichen Schwächen zum Opfer fallen. Der Schwäche von Liebe, Macht und dem Wahnsinn, der sich dort zeigt, wo Ehre keine Rolle spielt. Weder für ihn. Noch für sie.

Seine Rückkehr in die Kampfarena wurde von den Wachen und Kriegern mit einem Salut begrüßt. Sie stellten sich in eine Reihe, während er durch das Fenster seiner Kutsche blickte. Er trug sein Bisonfell über dem schweren Mantel, wollene Handschuhe sowie eine Mütze aus Wolfsfell auf dem Kopf. Seine Haare waren im Winter dunkler geworden. Die Narben auf seinem Gesicht hatte das kalte Wetter deutlich gerötet.

Das Tageslicht wurde schon schwächer. Gaia war nicht da, um seine Ankunft zu sehen. Sie kämpfte. Sie stand Gabriel Macondo in der Arena gegenüber, links und rechts neben ihr zwei Kämpfer. Hinter ihr befand sich ein weiterer Mann. In den Händen hielt sie Schwerter, sodass sie immer zwei gleichzeitig angreifen konnte. Der Schweiß rann in Strömen an ihr herab. Drinnen war niemals Winter. Der Kämpfer hinter ihr wirbelte um sie herum und attackierte. Die Spitze seines Holzschwerts war rau und grob, als sie die Mutantin seitlich am Kopf streifte. Hätten nicht Splitter aus dem Holz gestanden, wäre sie unverletzt geblieben. Doch der Angriff hinterließ einen Kratzer, der zwar nicht schmerzte, aber blutete.

Ein Mann stand unter dem Eingang und sah zu. Gabriel Macondo beendete die Übung, überrascht von dem unangekündigten Besuch. Seine Haltung wurde starr.

Calisto der Herrscher nahm seine Mütze ab und reichte sie dem nächststehenden Wachmann. Als er näher kam, salutierten die Kämpfer verblüfft. Sie waren es gewöhnt, ihn auf seiner Tribüne in der Arena, auf einem öffentlichen

Platz oder bei einer Rede an seine Nation auf einem seiner Türme zu sehen. Die wenigen, die früher einmal Krieger gewesen waren, ehe sie Kämpfer wurden, kannten ihn aus Schlachten, wo sein Gesicht unter einem Helm verborgen war. Doch keiner hatte ihn bisher aus solcher Nähe gesehen.

»Es ist also wahr! Sie blutet rot wie jeder andere auch!«, rief Calisto.

»Sie blutet rot wie ein Mensch, kämpft aber nicht wie einer«, entgegnete Macondo.

»Nimmst du sie auch nicht zu hart heran?«

Mit einer Handbewegung bedeutete er den anderen Kämpfern, den Übungsplatz zu verlassen.

»Sie nimmt uns hart heran«, meinte Macondo. »Ich weiß es. Ich habe sie ausgebildet.«

»Tust du das?«, fragte der Herrscher die Mutantin.

»Ich kämpfe so, wie man es mir beibringt«, erwiderte sie.

Sie sah zwei Gürtel um seine Taille – was sie überraschte. Schließlich hatte ein Herrscher Hunderte von Untergebenen, die seine Ausstattung tragen konnten. Sein Schwert, das an seiner rechten Hüfte hing, steckte in einer vergoldeten Scheide. An seiner linken befand sich eine zweite Waffe. Calisto bemerkte, wie sie diese betrachtete, und entsann sich des Grundes für sein Kommen. Er nahm das Schwert ab. Die Scheide, in der die Waffe steckte, war dunkelgrün und am Rand schwarz. Sie war aus neuem Leder, bedruckt mit Verzierungen, wie man sie ausschließlich auf den Waffen des Herrschers fand. Einladend breitete er seine Arme aus.

»Ich bringe ein Geschenk«, sagte er.

Sie zog die Handschuhe aus.

»Für die kommende Saison«, fuhr er fort. »Damit du mit einer Stärke kämpfen kannst, die dem Herrscher gebührt.«

Gaia nahm das Schwert entgegen. Wie glatt sich der Stahl auf der wunden Haut der Hände anfühlte, die stets so aussahen, als wären sie ewigem Sonnenlicht ausgeliefert. Ihre Finger legten sich um den kalten Griff, dessen Knauf mit einem kleinen schwarzen Bison und einem Stein aus Jade verziert war. Der geschwungene Korb aus Stahl diente dem Schutz der Hand. Eine tiefe Kerbe lief die Klinge hinab, einen kaum sichtbaren Schatten hinterlassend. Neben dem Griff war ein Name aus sieben Buchstaben in den Stahl graviert. Man hatte unter Anleitung eines Lesers das Wort MARINOS hineinziseliert. Neu geschmolzen, geschmiedet und verziert: Dieses Schwert war allein für die Mutantin angefertigt worden.

Die Andeutung eines Lächelns huschte über ihr Gesicht. Was jedoch verborgen blieb, da sie in diesem Moment die Waffe vor das Gesicht hielt. Sie legte den Gürtel um und schob das Schwert in die Scheide. Machte ein paar Schritte. Spürte das Gewicht an ihrer Hüfte. Spürte, wie die Scheide gegen ihr Bein rieb.

»Eine Kämpferin ist geboren.«

Kapitel achtundsechzig

Sonnenaufgang.

Das Morgenlicht ging hinter den Bergen auf – in einer Helligkeit, die den Frühling verkündete. Ein Licht, zu dem die winterliche Kälte nicht in der Lage ist. Das Eis hatte zu schmelzen begonnen, die Vögel erwachten. Farbe kehrte auf die Felder zurück.

Hinter dem Merian-Gebirge, wo die Calistoniten lebten und ihr Land beschützten, stand jene Arena, die von den Bewohnern Neuamerikas auch Tempel genannt wurde.

Neu genähte Banner flatterten aus den Fensteröffnungen. Das größte hing über dem Haupteingang und zeigte Gaia, die Mutantin, im Profil, wie sie direkt in die Augen von Edens berühmtesten Kämpfer blickte, Admon dem Wilden. Die Menschenmenge auf den Straßen eilte Richtung Tempel. Um die eigentliche Arena hatten Fackelträger ihre Plätze eingenommen. Überall reges Treiben. Kinder pressten die Hände gegen die Mauern des Gebäudes, die Tavernen füllten sich. Man schloss Wetten ab.

In Gaias Räumen herrschte unheimliche Stille.

Die drei Mägde, ihre Lippen geschürzt, die Stirnen gerunzelt, legten ihr die Kampfrüstung an. Als sie das Klicken der letzten Schnalle hörte, betrachtete sich Gaia im Spiegel. Der Gambeson unter der metallenen Brigandine, hart wie Stein, leuchtete grün zwischen den Schlitzen auf. Die metallbeschlagenen Strümpfe und Armschützer lagen eng an ihrem Körper an. Auf dem Kopf trug sie einen Helm mit dem Symbol von Eden, Mund und Nase bedeckt. Der laute Widerhall ihrer Stiefelabsätze stand im Wettstreit mit ihrer Rüstung, die bei jeder Bewegung ebenfalls ein Geräusch von sich gab. Die Mutantin – ein wandelnder Schild.

Sie ließ sich auf ein Knie nieder und hielt das Gesicht des Sohnes zwischen ihren behandschuhten Händen. Er spürte die Unruhe, die draußen herrschte. Neugierig musterte er sie, als wäre sie eine Fremde. In ihren Augen spiegelten sich die seinen. Sie war es – sie, die er kannte, unter all dieser Rüstung.

»Ich kenne dich, mein Kind«, flüsterte sie. »Dir gehört mein Herz. Für dich kehre ich heute Abend zurück. Ich werde vielleicht anders aussehen, aber wisse: Unter all dem Blut bin ich es, die dich geboren hat.«

Sie erhob sich. Die Wachen riefen nach ihr. Sie legte den Waffengürtel an und warf den Mägden, die dicht beisammenstanden, einen letzten Blick zu. Drei Körper, die wussten, wie man sich kümmerte, wie man versorgte. Körper, für immer weich und sanft. Sie ahnten nicht, was Kämpfen bedeutete. Sie kannten nur die verletzten Körper, die danach zurückkehrten und von ihnen gepflegt wurden. Gaia wusste, dass sie die Frauen brauchte.

»Hoffen wir, dass meine Knochen unversehrt bleiben.«

Sie folgte den Wachen die Treppe hinunter. Der Innenhof war menschenleer. Die Kutschen ebenso. Als sie die Gänge betrat, kam sie an Kämpfern in ihren Ausrüstungen vorbei, an Meistern und denjenigen, denen die Meister gehörten. Am Eingang zur Arena wartete Gabriel Macondo. Er packte sie an der Schulter und drehte sie zu sich.

»Sag mir, wie es abläuft«, befahl er.

»In der ersten Runde werden es drei sein. Wenn ich sie besiege, trete ich Admon entgegen. Er ist ein Riese von einem Mann, aber langsam in der Bewegung. Calisto wird mir erlauben, ihn zu töten, wenn er mich nicht zuerst umbringt.«

»Im Namen unseres Herrschers.«

»Im Namen unseres Herrschers.«

Sie schritt unter dem berüchtigten Schicksalsbogen hindurch, durch den man den Kampfplatz betrat. Wenn sie als Siegerin aus der Schlacht hervorging, würde sie das Feld auf der gegenüberliegenden Seite verlassen – durch den Triumphbogen. Ihre Wachen waren verschwunden. Niemand befand sich mehr bei ihr.

Sie schritt hinein in die Hölle. Ein ununterbrochenes Brüllen und Dröhnen. Dreißigtausend Gesichter, die sich ihr zuwandten, als sie den Waffengürtel ablegte und einem Zuständigen reichte. Die Tore des Bogens schlugen hinter ihr zu.

Gaia packte das Schwert. In der Ferne standen drei Kämpfer in stacheligen Rüstungen, die Waffen ebenfalls gezückt. Jetzt richteten sich die Augen aller auf den Herrscher. Er lehnte an der Brüstung im Schatten seines Baldachins.

»Am heutigen Tag wird Geschichte geschrieben!«, rief er. »Seht die stets wandelbare Mutantin! Zauberin, Leserin, Verbrecherin, Ausgestoßene. Auf unserem Boden wird sie als Kämpferin wiedergeboren, und als solche ist sie hier. Freut euch, Menschen des Westens. Für unsere Freiheit und für diejenigen, die bereit sind, mit Klinge und Knochen dafür zu kämpfen.«

Er hob seinen Becher. »Blut!«

»Blut!«

Eine plötzliche Windböe ließ Gaia erschaudern. Die drei Kämpfer traten auseinander. Sie lief los. Hielt sich seitlich, um nicht eingekreist zu werden. Niemals in einer geraden Linie laufen. Augen aus dem Osten, dem Westen, dem Norden und dem Süden waren auf die Mutantin gerichtet. Sie wollten sie geschlagen, sie zerschmettert sehen, den Helm beiseite geschleudert. Sie wollten ohrenbetäubend laut ihre Niederlage feiern, selbst wenn die Wetten anderes vorhersagten. Diejenigen, die aufseiten der Mutantin standen, taten dies leise. Sie hatten ihre Wetten heimlich abgeschlossen. Welche Schande würde es bedeuten, wenn herauskam, dass sie daran geglaubt hatten, eine Mutantin könnte einen Menschen besiegen! Doch es gab gute Gründe, sie zu wählen. Schließlich hatte sie einen Triumph über das Gesetz gefeiert und ihren eigenen Untergang abgewandt. Für diejenigen ohne Krone bedeutete sie Hoffnung.

Wohin sich die Mutantin auch immer mit schnellen Bewegungen wandte – die drei Kämpfer folgten ihr. Die Geschmeidigkeit ihres Körpers konnte von der Grobheit der männlichen Schritte nicht nachgeahmt werden. Aber die drei hatten gar nicht vor, sich ihr zu nähern. Nein, sie warteten auf sie. Die Schreie der Menge wurden lauter. Gaias Herz begann zu rasen. Sie hörte mit ihrem Tänzeln auf und attackierte den Kämpfer zu ihrer Rechten. Die Kante ihres Schwerts schlug gegen seine Rüstung. Aus dem Augenwinkel sah sie den linken Mann herbeirennen. Sie sprang zurück, um seiner Klinge auszuweichen, parierte seinen zweiten Angriff und benutzte den Druck ihrer Klingen gegeneinander, indem sie ihr Schwert an seinem bis zu seiner Hand herabrutschen ließ. Zu ihrer Überraschung landete die Klinge zwischen seinem Handschuh und seinem Armschutz. Sein Handgelenk schimmerte rötlich, als er auf die Knie fiel. Die abgetrennte Hand lag neben ihm. Ein Schrei des Entsetzens drang aus seiner Kehle.

Schritte kündigten das Näherkommen des nächsten

Gegners von hinten an. Ihre Klingen trafen aufeinander. Gaia lieferte sich mit den zwei übrig gebliebenen Kämpfern einen tänzelnden Schlagabtausch. Sie sah, wie ihre Augen unter den Helmen aufblitzten, sah Haut, Hinweise auf ihre Menschlichkeit. Sie kämpfte, bis mehr Blut floss, auch wenn sie nicht wusste, wem es gehörte. Einen der Kämpfer besiegte sie durch Ausdauer, wobei er kein Blut verspritzte. Nur sein geschwollenes Gesicht, soweit es unter dem Helm zu erkennen war, schimmerte violett von den Schlägen, die sie ihm mit ihrem Schwertknauf versetzte.

Durch die Schlitze seines stacheligen Helms keuchend, stand nun der letzte Kämpfer vor ihr. Sie konnte nicht mehr klar sehen. Ihre Braue war verletzt, und Blut floss ihr ins rechte Auge. Aber sie hörte, dass den anderen die Kraft verließ. Ihre Schwerter trafen in rhythmischen Abständen aufeinander, bis sie ein Schlag gegen ihren Oberkörper verwirrte. Ein Tritt gegen die Brust warf sie rücklings zu Boden. Der Mann tauchte vor dem klaren Himmel über ihr auf, bereit, ihr den letzten Schlag zu versetzen, der den Kampf beenden würde. Geschmeidig rollte sie unter seinen Beinen hindurch, sprang auf und konnte ihn nun leicht von hinten erwischen. Sie riss ihm den Helm vom Kopf und rammte dessen Stacheln in seinen Schädel.

Sie wischte sich das blutüberströmte Auge ab. Stand aufrecht da. Er tat es nicht mehr.

»Blut!«

Alle Augen waren auf den Herrscher gerichtet. Würde er seinen Becher heben, würde der Besiegte davonkommen. Würde er einen Schluck trinken, würde Gaia ihn töten müssen.

Sein Arm war in der Luft. Wo er blieb. Sie atmete erleichtert auf.

Ein Tod, aufgeschoben. Helfer rannten über das Feld und trugen die geschlagenen Gegner davon. Man gab Gaia Wasser zu trinken und wischte ihr das Blut ab.

Nun kamen Julie und die anderen Unerwünschten in die Mitte des Platzes gelaufen. Das Menschenmädchen hatte die Haare aus dem Gesicht gebunden, die Lippen so rot wie Rosenblätter. Die Mutantin sah ihr zu, wie sie tanzte und dabei ihre Schenkel enthüllte, als wären es Kostbarkeiten. Doch hatten nicht alle Menschen solche Beine, auf denen sie umherliefen? Wie sie ihre Brust liebkoste! Hatten nicht alle Männer und Frauen ebenfalls einen Brustkorb, in dem ihr Herz schlug? Und das geschwollene Fleisch, das eine Frau zu einer Frau machte, aus der Säuglinge seit Anbeginn der Zeiten tranken – was war so besonders daran, es entblößt zu sehen? Warum vermochte Julie so zu sein, wie Gaia das niemals gekonnt hätte, und wurde doch nicht dafür getötet? Was gab es im Leben noch außer dem Tod?

Der Mann, der sich um Gaias Rüstung gekümmert hatte, verließ nun das Feld. Die schwache Musik verhallte, und die Sippe der Unerwünschten lief aus der Arena. Julie war die Letzte, wobei sie noch immer die empfindlichsten Teile ihres Körpers enthüllte. Sie warf Gaia einen Blick zu. Aus der Ferne waren die Augen der Mutantin nicht zu erkennen, sie lagen im Schatten des Helms. Erneut nahm sie das Schwert zur Hand. Wie seltsam das Leben doch spielen konnte! Sie empfand tatsächlich größere Angst vor dem Menschenmädchen als vor dem Riesen mit seinem Schwert und seiner Axt, der jetzt auf den Platz trat.

Der Riese war Admon der Wilde. Er wurde ›Der Wilde‹ genannt, weil er einer Familie Ausgestoßener entstammte und als kleines Kind im Wald zurückgelassen worden war, wo calistonitische Krieger ihn fanden. Admon war der Name jenes Kriegers gewesen, der ihn zu seiner Frau nach Hause gebracht hatte, in eine Stadt namens Nonan, nordwestlich von Eden. Dort wuchs der Junge heran, auch wenn er niemals gezähmt wurde. Er wurde so groß, als hätte etwas in den Körnern des Brotes gesteckt, das er aß. Im Alter von neun Jahren trank er bereits Bier wie andere Wasser und überragte jeden Mann seiner Stadt. Mit elf wurde er zum Krieger ausgebildet. Im Alter von achtzehn Sommern erzählten ihm seine Pflegeeltern von seiner wahren Herkunft. An diesem Tag verließ er sein Heim mit Axt und Speer und schlachtete die erste Familie von Ausgestoßenen ab, die ihm über den Weg lief.

Gaia wusste von seiner Größe und der Art, wie er kämpfte. Sie sah die krumme Nase, die für sein Gesicht zu groß war und aus der Öffnung des Helms herausschaute, welcher speziell für ihn angefertigt worden war. Sie konnte ihn gegen das Metall atmen hören. Die Zuschauer würden später erzählen, es habe ausgesehen, als würde er Dampfwolken ausstoßen, während sein gewaltiger Körper das Sonnenlicht verdunkelte und die Mutantin in Schatten tauchte. Er hatte die Arena seit fünfzehn Jahren nicht mehr verlassen, weil er eine lebenslange Haftstrafe für die Morde an den Ausgestoßenen erhalten hatte. Jeder Kampf war für ihn etwas Großartiges, der Kampfplatz sein eigentliches Zuhause. Er hielt sein Schwert in der rechten, einen Morgenstern in der linken Hand.

Mutantin und Riese starrten einander an. Beide stellten sie Abnormalitäten in der Welt der Menschen dar – am Leben, atmend nur deshalb, weil sie körperlich so ungewöhnlich waren. Wenn nun einer von ihnen den Blick abwandte, wenn einen der Mut verließ! Wenn sie einen Fehler begingen oder sie ein Ruf aus dem Gleichgewicht brachte!

Der Schrei der Menge nach Blut wurde lauter. Frauen und Männer erhoben die Fäuste. Eine verschwommene Masse aus zahllosen Gliedmaßen.

Der Riese machte den ersten Schritt. Sein Brüllen ließ sie erstarren, denn dieses Brüllen war selbst an einem Ort wie diesem ohrenbetäubend. Wurde er größer, als er losrannte? Sein Morgenstern kreiste durch die Luft, exakt auf der Höhe, wo er sie entzweigeschlagen hätte, wären seine Arme rechtzeitig zurückgerudert. Die Kugel donnerte mit solcher Wucht neben ihr in den Boden, dass ihr ein Windstoß entgegenwehte, als sie zur Seite sprang. Sie attackierte, doch sein Schwert war schneller als das ihre. Wieder flog sein Morgenstern hinter ihm hervor, während ihr Schwert gegen das seine klirrte. Sie wich der Klinge aus, doch die Kugel traf sie auf der Brust, und sie stürzte.

Ehe er näher kommen konnte, sprang sie auf. Sein Schwert traf auf das ihre, noch bevor sie es erneut fest in den Händen hielt. Die Wucht seines Stahls sandte Schockwellen durch ihren Arm. Sie versuchte, das Gleichgewicht nicht zu verlieren. Stellte einen Fuß vor den anderen. Der Morgenstern schwang von Neuem und traf sie diesmal leicht an der Schulter, danach fast am Bauch.

Als Nächstes kam sein Schwert, das um das ihre tanzte. Es gelang ihr, unerwartet sein Bein zu treffen. Auf einmal bot sich die Gelegenheit, ihn durch einen Schlitz in seiner Rüstung zwischen Knie und Schenkel zu treffen. Einen Moment lang zitterte sein Bein. Doch er hob wieder die Arme. Erneut surrte die Kugel durch die Luft. Sie schlug gegen ihre Schulter, griff sie wie ein stählerner Raubvogel an. Gaia biss sich vor Schmerz auf die Zunge. Diese Wunde würde schwarz werden. Als der Morgenstern vor ihr auf den Boden fiel, hob sie prompt ihr Schwert, stieß die Spitze durch ein Kettenglied und riss die Waffe aus Admons Hand. Dann fasste sie nach dem Griff der Kugel und hielt sie kurz darauf in ihrer Rechten.

Der Morgenstern flog nun schneller. Er war jetzt in der Gewalt einer Kämpferin, deren Stärke in Einklang mit ihrer Geschwindigkeit stand. Während sie mit dem Schwert in der einen Hand attackierte, ließ sie gleichzeitig mit der anderen die Kugel durch die Luft schwirren. Zum ersten Mal hatte sie das Gefühl, das Duell gewinnen zu können. Sie schlug auf den Riesen ein und unterwarf ihn ihrer Macht. Die Menge teilte nun ihr Triumphgefühl.

»Zehn auf die Mutantin!«

»Vergeben!«

»Ich sage zwanzig!«

Sie fand ihr inneres Gleichgewicht, fand zurück zu einer Einheit mit ihren Waffen. Jetzt spürte sie die Sicherheit, die ihr die Kraft in ihrem Körper gab. Zuvor hatte sie sich von der teilweisen Ungeschicklichkeit ihrer Bewegungen wie gelähmt gefühlt.

Woher nahm Gaia diese Kraft, mit der sie alles und entgegen allen Erwartungen abzuwehren vermochte? Von wem, wenn nicht von Meister Macondo – nachdem der Jäger den Grundstock für ihre eiserne Disziplin gelegt hatte. Er hatte ihre schnellen Schritte mit gnadenlosem Willen dazu gebracht, lautlos auf Erdboden, Holz oder auch den Steinen der Arena aufzutreten, sogar lange, nachdem er selbst nicht mehr am Leben war. Woher kam diese Geschwindigkeit, mit der ihre Augen und ihre Ohren wahrnahmen, wenn nicht von dem Wissen um die Heimtücke, mit der sich sowohl Gefahren als auch Beutetiere in der Wildnis verbergen konnten? Und war nicht die Geduld, mit der sie ihren Gegner verfolgte und jede Regung vorhersah, während sie sich selbst bis zum entscheidenden Schlag zurückhielt, das Ergebnis dessen, was ihr der Lehrer beigebracht hatte?

Admons Erschöpfung fing an, ihn wütend zu machen. Gaia versuchte, ihre eigene Müdigkeit hinter einem schnelleren Atmen zu verbergen. Er holte aus und schlug daneben. Ein weiterer Hieb, der sie diesmal seitlich traf. Ihr Selbstvertrauen hatte sie getäuscht. Sie fiel auf die Knie. In einem verzweifelten Versuch klatschte sie mit der Kugel gegen sein rechtes Bein. Die Kette wickelte sich wie eine Schlange um seinen Knöchel. Gaia zog. Er machte einen Satz nach vorn, kämpfte einen Moment um sein Gleichgewicht und stürzte dann rücklings zu Boden.

Sollten es ihre oder seine letzten Atemzüge sein? Sie eilte zu ihm und lehnte sich auf seine Brust. Zeigte mit dem Schwert auf sein Gesicht. Eine Geste des Sieges. Kalt starrte er sie an. Kein Zeichen des Protests. Hätte sie ihn töten sollen, wäre das vom Herrscher inzwischen verkündet worden.

Durch die Arena ertönte der Ruf des Horns. Noch ehe

der Bläser diesen beendet hatte, entkam Admons Kehle ein Knurren. Er packte Gaias Klinge, die ihm durch die Handschuhe schnitt. Bohrte das Schwert in den Boden und zog somit die Mutantin näher an sich heran. Seine freie Hand griff nach ihrem Nacken, als er sich zur Seite rollte und sich mit seinem schweren Gewicht auf sie wuchtete.

Sie sah ihn mit geweiteten Augen an. Sie durfte den Sohn nicht allein zurücklassen! Sie durfte nicht durch die Hände eines Unmenschen sterben. Seine Finger umschlossen ihren Hals. Ihr Blick wanderte zum Herrscher. Dieser lehnte sich über die Brüstung – sprachlos, regungslos. Noch hatte er seinen Becher nicht erhoben.

Das Wort begann durch die Menge zu schwappen. *»Tod!«*

Gaia blickte Admon in die Augen. Sie hörte das Knirschen seiner Zähne hinter seinem Helm. Ihr Atem kam nur noch stockend. Verzweifelt trat sie gegen den Riesen, dessen Rüstung jedoch zu undurchdringlich war, als dass sie etwas hätte bewirken können. Sie tastete nach ihrem Schwert und krallte sich in sein Gesicht. Versuchte, die Finger in seine Augen zu bohren und seinen Kopf in dem Bemühen zurückzustoßen, sich zu befreien.

Ihre Augen fielen zu. Sie hatte auf einmal das Gefühl, hinter einer dicken Glasschicht zu sein. Rief etwas, wusste jedoch nicht, was es war. Plötzlich überkam sie eine große Ruhe. Als würde sie ihr Selbst wiederfinden.

Natürlich. Sie hatte es vergessen. Aus Todesangst hatte sie es vergessen. Wieder bohrten sich ihre Finger in seine Augen. Mit jeder Bewegung entsetzte sie das Publikum, dessen Schreie verstummten. Die Menge hielt den Atem an, als die Leute verstanden, dass Admon in ihr keinen ebenbürtigen Gegner gefunden hatte, sondern einen Feind. Sie öffnete die Augen und wurde aus ihrer Benommenheit gerissen. Die Menschen sahen sie jetzt angewidert an, obwohl sie sich zuvor noch an der Brutalität des Schauspiels ergötzt hatten.

Der stumme Schrei des Feuers bedeutet kein Vergnügen.

Sie roch das verbrannte Leder, die verbrannte Haut. Erst jetzt nahm sie seine durchdringenden Schreie wahr. Ihre brennenden Finger drangen tiefer in sein Gesicht ein. Als sie wieder klar denken konnte, zog sie die Arme zurück, um ihn nicht noch mehr zu zerstören. Er kroch davon. Sie folgte seinem Beispiel.

Welche Erleichterung es bedeutete, brennen zu können.

Gaia sah, wie er sich in sein Gesicht fasste. Die Flammen hatten seinen Helm geschwärzt. Das wahnsinnige, gellende Lachen, das durch die Arena gehallt hatte, war verstummt. Einige Zuschauer rannten panisch von dannen. Sie wollten nicht in den Bann der Zauberin geraten. Die meisten blieben jedoch und drängten sogar weiter nach vorne, um besser sehen zu können. War es Hexerei? War es ein Zeichen der Mutantin Zorn? Bestand ihr Blut aus Feuer und ihr Feuer aus lodernder Wut?

Das Horn ertönte kein zweites Mal. Der Herrscher hatte bisher kein Wort gesprochen. Die Helfer jedoch rannten auf das Feld, um den reglosen Admon zu begutachten. Gaia warf ihre verbrannten Handschuhe beiseite. Stofffetzen klebten wie Honig an ihrer Haut. Drangen in ihr Fleisch. Die Zuschauer würden später erzählen, ihre Hände hätten noch lange, nachdem sie gebrannt hatten, vor sich hin geraucht.

Als die Helfer zu ihr traten, fauchte sie die Männer an, ihr nicht näher zu kommen. Sie setzte den Helm ab. Presste die Hände auf den Boden, um sie zu kühlen. Führte alle Bewegungen langsam aus, um die Wachen in der Arena nicht zu alarmieren. Denn diese hatten Gaia ins Visier genommen. Die Arme der Männer zitterten mit erhobenen Bögen. Ein Fehler ihrerseits und ein Pfeil würde fliegen. Auch Julie bebte vor Erregung, während sie von den Gängen aus zusah.

Als Admon davongetragen wurde, erhob sich Gaia. Die Helfer zuckten zusammen. Sie nahm ihr Schwert und stolperte über das Feld davon.

Später, als man sich von diesem Tag erzählte, hieß es, sie habe nicht den Gang einer Frau oder eines Mädchens gehabt. Keinerlei Anzeichen von Zartheit, von Leichtigkeit.

Sie bewegte sich wie jemand, der Holzstämme und Steinbrocken geschleppt hatte, Kadaver, größer als sie selbst, Waffen, schwerer als sie selbst, noch ehe sie ausgewachsen war.

Und dann waren da ihre Hände. Steif hingen sie an ihr herab, als wären es Waffen. Was in gewisser Weise auch stimme, hieß es.

Der Triumphbogen wurde geöffnet, als sie näher kam. Stille. Das Publikum war verwirrt. Es wusste nicht, was es von Gaias Erfolg halten sollte. Es herrschte Sprachlosigkeit, seitdem der Herrscher die Tribüne verlassen hatte. Als Gaia auf den Bogen zutrat, begannen die Menschen zu rufen – begeistert, aber auch verdammend. Einige wollten sie für das, was sie getan hatte, bestraft sehen, andere applaudierten ihr.

Solche Urteile war sie nicht gewöhnt. Sie blieb stehen und blickte zu den Leuten hinauf. Es gefiel ihr nicht, von Fremden herausgefordert zu werden, ohne gegen sie kämpfen zu können. Nicht hier. Sie vermochte nicht zu unterscheiden, wer auf ihrer Seite stand und wer sie am liebsten tot gesehen hätte.

Gaia warf die Arme in die Luft, als ob der Himmel ihr zuhören sollte.

»Kämpft gegen mich!«, brüllte sie.

Das Publikum verstummte schlagartig. Es rührte sich nicht mehr. War verstört.

»Kämpft gegen mich!«, wiederholte die Mutantin.

Sie starrte sie an. In ihrem Schädel pochte es, ihre Wunden schmerzten. Sie brauchte Ruhe. Dringend bedurfte sie des Friedens durch den Sohn.

Ein Mann trat durch den Triumphbogen. Er redete beruhigend auf sie ein, als wäre sie ein wildes Tier, das gezähmt werden musste. Es war Calisto der Herrscher. Er kam näher. Und er war allein. Keine Wachen an seiner Seite. Keine Krieger. Langsam ging er auf sie zu, als wollte er sie nicht ängstigen. Als er schließlich neben ihr stehen blieb, drehte er sich zur Menge.

»Hört, Menschen des Westens.«

Stille.

»Erhebt euch.«

Sie taten es.

»Erweist unserer bisher größten Waffe die Ehre. Ein Sieg in der Arena. Ein Gewinn für die Zukunft unserer Nation.«

Er stand so nahe neben ihr, dass sie seine angespannten, blutunterlaufenen Augen sehen konnte. Den vor Angst zitternden Mund. Er fürchtete die Mutantin, auch wenn sie niemals seine Feindin werden würde. Nein. Er würde sie lieben lernen, ehe er sie hassen konnte.

Calisto der Herrscher streckte ihr die Hand entgegen. Der größte Beweis der Verbundenheit. Haut auf Haut. Mutantin und Mensch. Kämpferin und Herrscher. Sie nahm die Hand und schüttelte sie.

Und so gewann Gaia das Herz der calistonitischen Nation.

Kapitel neunundsechzig

Sich vom Brennen zu erholen war schmerzhafter als von jeder anderen Wunde.

Die Kraft, die beim Brennen unter Gefahr verbraucht wurde – vor allem während eines Kampfes –, hinterließ eine Narbe, wie sie kein überdehnter oder gerissener Muskel kannte. Schnitte und Quetschungen verheilten, aber Gaias Hände sollten ihr durch ihre Macht auf ewig Leid und Qualen verursachen.

Wie sehr hatte sie doch davon geträumt, wozu ihre Hände in der Lage sein würden.

Zugleich hatte sie sich davor gefürchtet.

Die Siegerin kehrte in ihre Unterkunft zurück. Allein. Niemand war da, um sie zu begleiten oder zu bejubeln. Als sie die Tür öffnete und das Zimmer betrat, sah sie, wie die Mägde sie mit anderen Augen anblickten. Der Sohn schaute ihr entgegen wie immer. Sie nahm ihn in die Arme. Drückte ihn an sich und hielt ihn fest – als wäre sie keine tödliche

Gefahr, als könnte sie nicht bereits auf einen Getöteten verweisen.

Gaia schlief. Fast schien das viele Blut, das geflossen war, nur ein böser Traum gewesen zu sein. Schatten in den Gängen. Schritte von Männern, die schlafen sollten. Ihre Wachen betraten ihre Räumlichkeiten. Er war unter ihnen, Calisto der Herrscher. Alles lag im Dunkeln. Es herrschte Stille. Sie hörte nicht, wie er an ihr Bett trat, denn er lief leisen Fußes. Sie befand sich in tiefem Schlaf mit blutigen Träumen. Erst als er ganz nahe neben ihr stand, konnte sie ihn unter seinem schweren, kostbaren Mantel atmen hören. Schlagartig erwacht, fasste Gaia nach dem Schwert, das zwischen ihrem Bett und der Wand lag. Packte ihn wie von selbst an der Hand.

Überrascht sah der Herrscher sie an.

»Für wen gilt dein Einsatz?«, flüsterte er und starrte auf die Klinge. Sie sah den Sohn, der ungestört neben ihr in seiner Wiege schlief. Eine Wand aus Wachen hinderte sie daran, ihr Bett zu verlassen. Eine falsche Bewegung und die Männer würden ihre Waffen ziehen.

»Für wen gilt dein Einsatz? Wessen Befehle führst du aus?«, wisperte der Herrscher. »Woraus bist du gemacht? Was verbirgst du?«

»Ich bin nur eine Mutantin – eine Mutantin, die brennen kann.«

»Mein Volk hat bis tief in die Nacht von dir gesungen. Sie bezeichnen dich als Wunder. Sie wollen dich noch einmal brennen sehen. Schmerzen sie?«, fragte er und betrachtete ihre Hände. »Leidest du Qualen?«

»Ja.«

»Was kann ich tun, um dein Leid zu verringern?«
»Ich möchte nicht getötet werden.«
Und sie wurde nicht getötet.

Gaia verbrachte zwei Wochen in ihren Räumen, um sich vor der Welt zu verstecken. Niemand außer den Mägden sah sie. Während sie sich ausruhte, wurde ihre Rüstung so umgearbeitet, dass sie sich besser für die Kämpfe eignete. Man nähte ihr zudem neue Handschuhe. Sie hingegen erholte sich allein und in Stille.

Als sie die Arena wieder betrat, war ein Mond vergangen.

Träume von geschriebenen Worten wurden von Träumen der verschiedenen Tötungsarten verdrängt.

Die Menge jubelte ihr zu, als hätte Gaia sie gerettet.

»Hier kommt das Wunder«, sagten die Menschen, *»das mit einem Schwert beginnt und mit einem Feuer endet.«*

Von da an wurde Kämpfen zu einem Zeitvertreib.

Kapitel siebzig

Admon der Wilde hatte überlebt, aber er würde nie mehr sehen. Auch Essen vermochte er nicht mehr zu schmecken. Trotzdem konnte er sich glücklich schätzen. Er war einer der wenigen Gegner der Mutantin, der überlebte. Dalton der Braune, Hal der Hässliche, Han der Große und Warner der Furchtlose erlagen allesamt ihren Verbrennungen. Warren der Starke starb durch ihr Schwert in der Arena. Dawson der Kühne, Benson der Narr, Bo der Mächtige, Ned der Graue, Sven der Bauer und Cassius der Axtschwinger starben während des Kampfes durch ihr Feuer. Sie würden nicht die Letzten sein.

Während der ereignisreichen Kampfsaison, die vom Frühling bis zum Ende des Sommers reichte, gab es viele Kämpfe. Man trank dazu Bier und sang Lieder. Frische Früchte wurden geerntet, Kinder entstanden in den langen, heißen Nächten. Die Jugendlichen wurden braun unter der Sonne, die Männer arbeiteten, und keiner kam mit leeren Händen zurück. Die Frauen begrüßten sie mit Liebe und Gesundheit, es gab eine Fülle an Fleisch, Gemüse und Brot. Unmengen von Besuchern kamen, um die Kämpfe zu sehen. Eden platzte aus allen Nähten, keiner musste Hunger leiden. Es hieß, es sei das üppigste Jahr seit der Einführung des Gesetzes der Natur.

Es war eine gute Zeit, ein Calistonit zu sein.

Es war eine gute Zeit, eine Mutantin zu sein.

Hätte man das Übungsgelände der Krieger betreten, so hätte man die Rufe der Befehlshaber hören können, die ihre Männer trainierten. Jeden Tag kamen frische, junge Gesichter dazu. Man hätte erlebt, wie Schwerter geschmiedet und Bögen geschnitzt wurden. Blenden, Katapulte, Wurfgeschütze und Bliden entstanden in Vierteln, die von Normalsterblichen nicht betreten wurden. An dunklen Orten, die kaum jemand kannte, stellte man bleierne Waffen ebenso wie Kugeln voller Schießpulver her. Hätte man die Gemächer des Herrschers oder die seiner Männer, seiner Amtsträger, Beamten und Leser betreten, hätte man sie dabei ertappt, wie sie Pläne schmiedeten, wo man einfallen, was es zu erobern galt. Und hätte man das Land der Calistoniten verlassen und die Nation der Gregorianer erreicht, hätte man festgestellt, dass in der Stadt Ammon große Anspannung herrschte, denn Spione gab es überall. Wäre man dann weiter nach Osten gereist, hätte man zwei weitere große Nationen vorgefunden, die sich auf das Schlimmste vorbereiteten, sollte man sie zu Hilfe rufen.

Man konnte behaupten, alles hatte mit einer Fremden aus den Bergen begonnen, die gekommen war, um ein Geschenk zu machen.

Kapitel einundsiebzig

Um Mittsommer herum war Gaia Marinos vor den Augen der Arenazuschauer erwachsen geworden.

Sie hatte einundzwanzig Gegner getötet. Das Gefühl der Reue kannte sie nicht. Inzwischen begleiteten sie keine Wachen mehr auf Schritt und Tritt, denn sie hatte dem Herrscher gezeigt, dass er sich auf sie verlassen konnte. Sie hatte sich als nützliche Verbündete erwiesen.

Es war Gabriel Macondo, der nach jedem Kampf unter dem Triumphbogen auf sie wartete, um ihr Schwert zu säubern. Stets in Sorge darüber, welche Verletzungen ihr zugefügt worden waren. Wie ihr Gesicht aussah, wenn er den Helm vorsichtig von ihrem Kopf zog.

Auch an diesem Tag war er da.

Ein weiterer Kampf war gewonnen. Die Mutantin hatte einem Schlag auf den Helm standgehalten, der heftig genug gewesen war, um ihr die Zähne in die Unterlippe zu rammen. Sie spuckte Blut, als sie gemeinsam zu ihrem Quartier liefen.

»Weshalb besuchst du nie die anderen Teile der Stadt?«, wollte Macondo wissen. »Der Herrscher macht für dich eine Ausnahme. Du darfst kommen und gehen, wie es dir gefällt, solange du bis zum Ende der Saison weiterhin hier wohnst.«

»Ich bin schon zu lange hier, um darüber nachdenken zu können, wohin ich gehen könnte«, erwiderte Gaia.

»Hast du diese Gegend bisher nie verlassen?«

»Nein.«

»Wieso nicht?«

»Ich erkunde fremde Gegenden nur, wenn ich auf der Flucht bin.«

Sie spürte leichtes Schulterklopfen, während sie durch den Innenhof lief und ihr die anderen Kämpfer gratulierten. Hörte das Lob derjenigen, die genug Mut für einen solchen Austausch mit ihr besaßen. Als sie ihre Kammer betrat, breitete sie die Arme aus. Daphne und Rosella eilten ihr entgegen, um die Rüstung abzunehmen. Rowan kam mit dem Sohn, den sie draußen in einem kleinen Wagen spazieren gefahren hatte.

»Noch zwei Monde und die Saison ist zu Ende«, sagte Macondo, der von der Tür aus zusah. Als sie nur noch Tunika und Hose trug, wurde ihr der Sohn in die Arme gelegt. Sie begrüßte ihn mit einem blutigen Lächeln. Wenn sie dieses zarte Wesen nach einem grausamen Kampf an sich drückte, wirkte das noch grotesker als sonst. Konnte man wirklich glauben, dass ein kleiner Mensch wie dieser Junge von ihr abstammte?

»Es ist an der Zeit, dich an das Leben außerhalb zu erinnern«, meinte Macondo und verabschiedete sich.

Sie nahm ein heißes Bad. Seine Worte hallten in ihren Ohren wider, während die Mägde ihre Wunden reinigten, ihre Muskeln massierten und ihre Hände in wohltuende Öle tauchten. Ihr gefiel dieses Leben. Sie mochte es, ein gezähmtes Raubtier zu sein.

Während sie zu Abend aß, beobachtete sie,
wie der Sohn mit den Spielsachen spielte, die ihm die Mägde gegeben hatten,
wie er die Kleider trug, die nicht von ihr genäht worden waren,
wie er die weichen Schühchen trug, die nicht sie für ihn angefertigt hatte,
wie er die Milch trank, die nicht von ihr stammte.

Doch wenn er seinen Blick auf sie richtete, wusste er, wohin er gehörte. Er hatte sie bereits gekannt, als sie noch wie sein Bärenbruder gerochen hatte. Er hatte sie in ihrem Pelz gekannt. Er erkannte sie auch jetzt unter dem scharfen Geruch von Metall. Selbst wenn er aufgehört hatte, von ihr zu trinken, war ihr Gesicht ihm doch am vertrautesten.

Als sie ihn zu Bett brachte, schlief er sofort ein. Sie fiel in einen ebenso tiefen Schlaf. Er tat es, weil er geliebt wurde. Sie tat es, weil noch der Siegesschrei in ihren Ohren widerhallte.

In derselben schwarzen Nacht wollen wir unsere Aufmerksamkeit auf den Sonnenaufgang in den Hügeln von Wyoming richten, die sich zwischen den Grenzen der Nation und dem Merian-Gebirge erstrecken. Hier zeigt sich die Dämmerung. Hier finden wir die Abdrücke der Mutantin, wie sie im Herbst zuvor den Berg hinabgekommen war.

Die Luft ist klar. Wer hier herumstreift, gehört der Wildnis an. Das erste Licht des Tages berührt die Landschaft. Durchdringt die Schatten der Bäume.

Wird von einer Horde von Menschen durchbrochen, die sich vorwärtsbewegt.

Silhouetten, in dieser Gegend nicht oft gesehen, Stimmen, die flüsternd die Luft erfüllen.

Sie wissen, es ist besser, nicht zu laut zu sprechen.

Sie trugen Säcke auf dem Rücken, voll bis oben hin mit Habseligkeiten. Jedes Kind, das laufen konnte, war bereits bewaffnet. Die Väter waren stehen geblieben und hatten sich um einen Baum gestellt. Ihre Finger wanderten über die verbrannten Linien des Stammes. Eine nicht entzifferbare Nachricht.

Das Symbol *G* war dort eingeritzt. Was bedeutete es? Eine Strecke? Wohin? Ein Weg? Zu welchem Ort? In dieser Gegend gab es nichts, was sich zu finden lohnte, nichts, was sich zu sehen lohnte. Dennoch hegten die Geächteten Hoffnung.

Während die Väter den Baum umkreisten, bemerkten sie den gelockerten Boden unter ihren Füßen und begannen zu graben. So fanden sie den Schatz, im Erdreich verborgen – wie Reichtümer aus Gold und Edelsteinen, Saat und Kernen. So fanden sie zwei Sturmgewehre.

Der Anführer dieser Sippe hatte vom Graben braune Hände bekommen. Er war der stärkste und klügste der Männer, sein Sohn das älteste unter den Kindern. Nach der langen Zeit des Leids gab ihnen die Erde endlich ein Geschenk. Das Merian-Gebirge war zu groß, um es zu durchsuchen. Er wusste, dass der Mörder seiner Frau niemals gefunden werden würde. Er hatte sie im Gras entdeckt, mit einem Pfeil in ihrem Kopf. Hatte gehofft, dass ihm die Erde eines Tages etwas Vergleichbares zurückgeben würde.

Da lag es nun. Kalt in seinen Händen. Mit rauen Kanten, aus unbiegsamem Metall. Eine bleierne Waffe. Wirklicher als in den Erzählungen, von denen es unzählige gab. Über die Waffe, die angeblich kalt genug war, um Hände erfrieren zu lassen. Scharf genug, um sich an den Kanten des Laufs die Haut aufzuritzen. Der Abzug war wie ein großer, gebogener Reißzahn, an dem man zog, und wenn man in die schwarze Mündung sah, würde man ein Auge entdecken, das den eigenen Blick zurückwarf. Ja, solche Märchen gab es. Mit ihnen erschreckte man die Kinder.

Jetzt traten die restlichen Männer der Sippe zu ihm. Ihre Kinder klammerten sich an ihre Taillen und Beine, ihre Frauen hielten sie ängstlich zurück. Er gab einen ersten Schuss in den Himmel ab. Für die Freiheit. Niemand hatte ahnen können, welche Kraft in dieser Waffe lag, auch wenn die Geschichten über sie warnende gewesen waren. Das Abdrücken ein Schuss der Hoffnung. Doch die Waffe löste sich aus seinem Griff wie ein wildes Tier, das sich zu befreien versucht. Kugeln flogen in jede erdenkliche Richtung. Als ihm die Waffe aus der Hand fiel, verteilten sich die Patronen wie ein Käferschwarm, der als Plage die Erde heimsucht.

Körper stürzten zu Boden.
Niemand wusste, wer getroffen war.
Nirgendwo ragte ein Pfeil heraus,

nirgendwo zeigte sich eine Schwertwunde.
Nur ein Loch blieb zurück – fast als hätte es die Waffe
nie gegeben.

Ziellos umherfliegende Kugeln geben keine Warnung von sich. Auch er würde ihnen zum Opfer fallen, der Anführer dieser Sippe. Schon bald. Doch nun war er auf die Knie gestürzt und weinte, während er die Gefallenen zählte. Das Loch in seinem Bauch würde ihn verbluten lassen. Vom Oberkörper bis zum Kopf überlebt niemand den Angriff einer bleiernen Waffe.

Sein Sohn hingegen war unverletzt. Die Hände des Jungen fassten nach ihm.

»Was soll ich tun? Wohin soll ich gehen?«, fragte er den Vater.

»Zerstöre sie nicht«, erwiderte der Vater. »Ich fürchte, es wird sonst noch mehr Blutvergießen geben. Bring sie zu den Calistoniten. Sollen sie die Erde vor diesem Tod bewahren.«

Kapitel zweiundsiebzig

Genesung einer Kämpferin.

Ihre Lippe verheilte, ihre Blutergüsse wurden allmählich violett. Danach würde Gelb folgen, dann würden sie verschwinden, bis der nächste Kampf ihren Körper in neue Farben tauchte. Wenn sie badete, balancierte der Sohn auf ihrem Bauch. Sie sah, wie sich die Formen der Quetschungen auf ihrem Körper veränderten. Sie hatte sich angewöhnt, in ihrer freien Zeit zu baden – ein Luxus, der ihr in ihrem früheren Leben nicht vergönnt war. Am Tag verwandelte das Sonnenlicht den Dampf in der Badekammer in ein rauchiges Blau; abends tauchten es die Lampen in schimmerndes Gelb. Sie stellte sich vor, in der Rauchglocke eines schwelenden Feuers zu liegen, sie und der Sohn, während der Lehrer in der Welt unterwegs war und sie suchte. Ausschließlich in solchen Momenten hing sie ihrer Fantasie nach. Sonst gab es nichts, worüber sie fantasieren konnte. Außer über den Tod.

Nachdem sie sich angekleidet hatte, trat Rosella oft mit einem Rasiermesser zu ihr. Sie war dazu auserkoren worden, das Ritual durchzuführen. Vorsichtig hielt sie Gaias Kopf fest und neigte ihn sanft zur Seite, während die Mutantin die Augen geschlossen hatte. Rosella war die Einzige, die eine scharfe Klinge an Gaias Haut legen durfte, ohne von ihr getötet zu werden. Als sie fertig war, wischte sie den Kopf mit einem feuchten Tuch ab. Kein Tropfen Blut war geflossen. Rosella flocht das restliche Haar zu einem Zopf. Die wiedergeborene Mutantin.

Macondo wartete bereits auf sie.

»Meister«, begrüßte sie ihn herzlich, während sie den Sohn in den Armen hielt.

»Kämpferin«, erwiderte er ihren Gruß. »Heute werden wir nicht üben. Calisto der Herrscher hat für dich einen Ausflug arrangiert, damit du die Schönheit der Stadt erkunden kannst.«

»Ich sehe genug vom Tempel aus«, entgegnete sie starr.

In Wahrheit fürchtete sie sich vor den verwinkelten, ihr unverständlichen Straßen und Menschenmengen. Sie hatte vor langer Zeit akzeptiert, dass der Sohn dieses Leben eines Tages kennenlernen würde, um ein erfahrener Stammesangehöriger zu werden. Doch in der Arena fand sich eine Ordnung, eine Klarheit, die sie bevorzugte.

»Es wird dich nicht überraschen, dass dein eigenes Kind inzwischen mehr von dieser Stadt gesehen hat als du«, bemerkte er.

»Und ich hoffe, dass er noch mehr sehen wird, als ich das jemals tun werde.«

»Gaia«, sagte Macondo vorsichtig. »Wenn du Calistonitin sein willst, ist es klüger, dich mit den Straßen dieser Stadt vertraut zu machen. Der Sohn wird es von dir erwarten.«

Sie betrachtete den Sohn, der in ihren Armen schlief.

Vielleicht hatte sie zu viele Kämpfe gesehen. Zu viel Blut.

Sie küsste ihn, ehe sie ihn Daphne übergab.

»Wenn er aufwacht, will ich zurück sein.«

Die Mägde verabschiedeten sich. Gaia hatte Angst, sie niemals wiederzusehen, wenn sie sich vor die Tore der Arena wagte.

Sie war keine Stadtbewohnerin, selbst wenn sie jetzt hier lebte.

Nur eine Kämpferin, die ihre Pflicht erfüllte.

Nur eine Mutantin, die Glück hatte.

Sie ging mit Macondo die Treppe hinunter, vorbei an den Blicken der anderen Kämpfer, hinaus in den Innenhof. Noch war sie kaum einen Schritt ins Freie getreten, als das Menschenmädchen vor ihr auftauchte.

Julie Bonaparte, mit einem siegessicheren Grinsen auf

dem Gesicht. Mädchen gegen Mutantin, ein unblutiger Kampf.

»Ich bin deine Führerin«, erklärte Julie triumphierend.

Sie war durchtrieben.

»Wen hast du überredet?«

»Der Herrscher hat Gefallen an mir gefunden.«

»Es stimmt«, warf Macondo ein, ehe er sich verabschiedete. »Du solltest ihr dankbar sein. Wenn es nur nach ihm gegangen wäre, hättest du nicht gehen dürfen, ehe die Saison vorüber ist. Noch bist du eine Verurteilte.«

Mutantin und Menschenmädchen standen einander gegenüber. Julie sah zerzaust und ungepflegt aus. Ihre Kleidung war ausgeblichen. Doch ihre Hingabe blieb unerschütterlich. Sie hatte sie mehr als einmal bewiesen. Fasziniert betrachtete sie Gaias Schwert, das sie zum ersten Mal aus der Nähe sah. Das Blut, das es vergossen hatte. Die Haut der Mutantin schimmerte in der Sonne. Es war lange her, seitdem sie diese richtig gesehen hatte – ebenso wie den distanzierten Blick der Augen, die stets so weit von ihr entfernt waren. Ihre Hände, in Lederhandschuhen steckend. Sie kannte sie, sie fürchtete und liebte sie. Jetzt ruhte eine von ihnen auf dem Griff des Schwertes.

»Sollen wir gehen?«, fragte Julie und zog sich die Kapuze über den Kopf.

»Versuche keine deiner Possen«, warnte Gaia.

»Ich würde es nie wagen, die beste Kämpferin von Eden zu verärgern.«

»Ich bin nicht die beste.«

»Noch nicht. Aber es gibt Gerüchte. Du sollst bereits den Rekord im Töten halten.«

Sie gingen zum Tor. Gaia warf einen letzten Blick auf die Unterkünfte. Auf die Fenster ihrer Kammern, an die sie sich so gewöhnt hatte.

»Willst du die beste Kämpferin werden?«, fragte Julie.

»Das ist mir gleichgültig.«

»Ist für dich irgendetwas von Bedeutung?«

»Der Sohn.«

»Und dein Begleiter.«

»Und mein Begleiter.«

Kapitel dreiundsiebzig

Das ungleiche Paar trat gemeinsam durch die offenen Tore auf die Straße hinaus. Julies Kopf reichte nur bis zu den Schultern der Mutantin, doch ihr Schritt war doppelt so schnell. Ihre schmalen Fesseln und ihre zarten, nackten Füße eilten neben Gaias braunen Stiefeln dahin. Sie ließ die Arme frei hin- und herschwingen und schritt mit Stolz voran, denn sie kannte diese Stadt tagsüber ebenso wie nachts. Gaia hielt die Hand am Schwert. Die Straßen waren ihr unbekannt, selbst wenn sie hier schon eine Weile lebte. Vorsicht, Vorsicht. In der Welt der Menschen lauerten größere Gefahren als in der Wildnis.

Sie betraten eine Gasse mit dickem Kopfsteinpflaster. Bisher hatte Gaia diese Gegend nur von der holprigen Kutschenfahrt gekannt, als man sie in den Kerker brachte. Jetzt konnte sie die Straße in Freiheit begehen.

Die Gasse lag still da. Zu Gaias Rechten befand sich die Mauer des Kämpferviertels. Zu ihrer Linken konnte sie

Gebäude sehen, die wie in einem dichten Wald eng beisammenstanden. Um viele der Häuser führten Treppen. In den Mauern zeigten sich Fenster in allen Größen und Formen. Wäscheleinen, auf denen gewaschene Kleidungsstücke hingen, verliefen im Zickzack zwischen den Fassaden. Türen und Tore waren schlampig gestrichen. Einige standen offen. Die Mutantin konnte einen Blick hineinwerfen und die Bewohner beobachten, wie sie kochten, sich unterhielten oder wie ihre Kinder auf die Straße hinausrannten und dort Unfug trieben. Essensgerüche stiegen ihr in die Nase. Düfte, die ihre eigenen Geschichten erzählten.

»Wohin gehen wir?«, wollte Gaia wissen.

»Zum Markt«, antwortete Julie.

Die Mutantin lief mit Vorsicht dahin, die Hand stets auf dem Schwert. Hier gab es noch Platz zwischen den einzelnen Menschen, noch hatte sie die Enge des Marktes nicht geschluckt. Die Gesichter der Männer waren breit, ihre Augen von der vielen Arbeit eingefallen. Die Frauen hatten meist kleinere Köpfe, und die Schleier ihrer Kleider flatterten hinter ihnen im Wind. Wenn die Leute die Mutantin sahen, blieben sie stehen oder unterbrachen ihre Unterhaltungen. Sie wandten ohne Scham die Köpfe und starrten sie an. Andere verbargen die Gesichter hinter Körben oder Eselskarren. Sie schenkten ihr ein schüchternes Lächeln und senkten den Blick, wenn Gaia sie ansah.

Die Sonne schien auf sie herab. Gaia hörte die Geräusche von Kindern,
Lachen und Streitereien zwischen
Mann und Frau,

Bruder und Bruder,
Freund und Liebhaber,
Begrüßungen zwischen alten Bekannten, die sich wiedertrafen.
Das war die Sprache, die der Sohn lernen würde.

Am Ende der Gasse bogen sie nach rechts ab. Von Ferne waren die Schritte neugieriger Kinder zu hören, die Gaia folgten, aber verschwanden, sobald sie den Kopf zu ihnen umwandte. Sie erreichten den Haupteingang des Tempels. Als sie unter den großen, wehenden Flaggen Edens hindurchgingen, zeigte Julie auf die Banner, die am Gebäude hingen. Auf einem war Gaia zu sehen, aufrecht und allein, die Arme über dem Kopf, die Hände voll lodernder Flammen.

Die Hufschläge eines Pferdes, das eine Kutsche zog, brachen abrupt hinter ihnen ab. Julie packte Gaia und zog sie zur Seite.

Sie blickte auf und sah in die Augen des Kutschers.

»Mutantin«, grüßte der Fremde. Er wartete, bis die beiden die Straße überquert hatten. Dann fuhr er weiter.

Man kannte sie.

Man liebte sie.

Daran würde sie sich immer erinnern. Sie würde immer ihren Tagen als Kämpferin nachtrauern.

»Siehst du das kleine Fenster dort oben? Vor langer Zeit gab es einmal einen Kämpfer, er hieß Milton der Feige. Er verlor in der Arena vor Angst den Verstand und rannte durch die Zuschauer, durch die Gänge bis zu diesem Fenster, wo er hinunter in die Tiefe sprang«, erzählte das Menschenmädchen.

Sie liefen eine Weile die Kolonnaden entlang, als Julie jemanden in der Menge entdeckte. Hastig zog sie ihre Kapuze über den Kopf, nahm Gaia an der Hand und eilte zwischen den Menschen hindurch in eine Seitengasse. Sie war zu eng, als dass die Sonne sie hätte erhellen können.

»Du hast jemanden gesehen, wolltest aber nicht, dass er dich sieht«, stellte Gaia fest und zog ihre Hand aus der des Mädchens.

»Ich habe Schulden zu begleichen.«

Gemeinsam liefen sie weiter durch die Straßen. Schließlich wurde Julies Schritt langsamer. Ach! Wenn der Herrscher damals davon gewusst hätte – niemals hätte er sie mit der Mutantin allein gelassen.

»Hier entlang«, flüsterte Julie und zog Gaia in einen dunklen Durchgang. Das Menschenmädchen und ihre Listigkeit. Kein Moment verging, in dem sie nicht möglichen Taktiken und Plänen nachgehangen wäre. Ein Eifer erfüllte sie in dieser Hinsicht, der vermuten ließ, dass es ihr Lebenselixier sein musste.

Hinter ihnen fiel eine Tür ins Schloss. Die Fenster waren verhangen. Schwarze Schatten von einem Dutzend Gestalten, alle kniend, zeigten sich entlang der Wände. Gaia zog das Schwert. Die dunklen Gestalten bewegten sich gemeinsam wie in einem Tanz, als sie zurückwichen.

»Du!«, stieß Gaia aus und presste die Klinge an Julies Hals.

»Still. Lass das Schwert sinken«, flüsterte Julie. »Ich habe ihnen geschworen, dass du ihnen nichts tun würdest.«

Jemand reichte Julie in der Dunkelheit eine Kerze.

»Könntest du?«, fragte sie und wollte sie Gaia geben.

»Ich gehe«, knurrte die Mutantin und öffnete die Tür.

»Es heißt, dass sich ein Krieg zusammenbraut. Diese Menschen würden dir in den Tod folgen.«

»Warum sollte mich das interessieren?«

»Du wirst Menschen um dich brauchen, die nicht von Macht getrieben sind.«

»Wovon wirst du getrieben?«

»Von Hingabe.«

»Von Wahnsinn.«

Die Stille in dem dunklen Raum ließ selbst das Dröhnen der Stadt einen Moment lang verstummen. Eine Stille, die plötzlich durch den Ton eines Horns durchbrochen wurde. Das Horn einer Stadtwache, wiederholt von anderen Wachen in entfernteren Vierteln. Die Töne legten sich wie eine unheilvolle Melodie über die Nation der Calistoniten.

Die Menschen in ihren Häusern streckten die Köpfe aus den Fenstern. Diejenigen auf den Straßen blieben abrupt stehen. Sie blickten auf, als ob der Ruf vom Himmel gekommen wäre. Stimmengewirr, panische Rufe nach den Liebsten, berittene Wachen, die versuchten, die Menge zu beruhigen.

Herrschte schon Krieg? Die Krieger von Eden wurden in voller Rüstung aus den geheimen Baracken geführt, in denen sie wohnten. Reiten zum Blutvergießen. Calisto der Herrscher befand sich unter ihnen. Wie immer war er einer von ihnen. Man konnte ihn von den anderen nur durch die prächtigeren Federn auf seinem Helm unterscheiden. Alle ritten in die Schlacht, allerdings nicht, um zu kämpfen. Sie waren nicht die Auserwählten. Siebenundzwanzig Wachen an der calistonitischen Grenze waren bereits von goldenen Kugeln getroffen worden. Noch mehr würden sterben, sollte der Angreifer auf Zivilisten treffen, ehe ihn die Mutantin fand.

Der Herrscher hatte die Wachen beauftragt, Gaia zu suchen. Just an dem Tag, als er sie am meisten brauchte, war sie unauffindbar. In der Stadt unterwegs wie eine gewöhnliche Bewohnerin, wie er es für sie entschieden hatte. Doch es war falsch gewesen, eine Mutantin wie einen Menschen zu behandeln.

Aber Gaia war da, mitten unter den Bewohnern von Eden. Julie zerrte an ihr. Die Leute, die im Dunkeln des Raums auf sie gewartet hatten, traten zur Seite, um sie durchzulassen. Der Mutantin traten Tränen in die Augen. Waren bereits Feinde in das Kämpferviertel vorgedrungen? Welche Feinde liefen schon durch ihre Unterkunft? Wie sehr hatte sie darum gekämpft, dass der Sohn am Leben blieb. Sie hatte sich geschworen, ihn zu beschützen. Es war ihr gelungen, ihm Sicherheit zu geben, ehe er geboren wurde, und das musste ihr auch jetzt wieder gelingen. Sie würde für ihn sterben, jederzeit.

Gaia rannte zum Tor des Tempels. Die Menschenmenge drängte sich um sie. Es war ihr kaum möglich, sich einen Weg zu bahnen. Panisch rief sie den Wachen entgegen, sie durchzulassen. Sobald sie im Inneren war, hastete sie über das riesige Feld, durch die leere Arena. Julie blieb hinter ihr zurück. Die Mutantin rannte unter dem Bogen hindurch, die Gänge entlang, über den Innenhof. Auf der Treppe stolperte sie, als sie mit einem Stiefel durch ein morsches Brett brach. Hastig zog sie den Fuß heraus und setzte ihren Weg fort. Endlich stieß sie die Tür zu ihren Räumen auf. Der Sohn war nicht allein.

Da standen die drei Mägde. In ihren Mienen zeigte sich die Angst vor dem Tod, während ihre Körper ihn schützend wie eine Mauer umgaben. Ihre Haare waren zerzaust, ihre Schürzen zerknittert. Sie waren bereit, sich jedem Eindringling entgegenzustellen. Daphne hatte sich mit Schnitzmesser und Besen bewaffnet. Rosella hielt ein Messer aus der Küche und eine Schaufel vom Herd in den Händen, während Rowan mit dem Schürhaken drohte. Keinerlei Zögern. Gaia verstand: Die drei hätten sie angegriffen, wäre sie eine Fremde gewesen. Aus Liebe zu dem Sohn. Aus Liebe zu seiner Mutter.

Unterschieden sie sich von den Wachen vor der Tür? Sie waren bereit, ihr Leben zu geben, ihre Pflicht zu erfüllen. War ihr Mut nicht ebenso groß wie der eines Kriegers?

Sie wischte sich Tränen aus den Augen und stolperte in ihre Richtung. Die drei wichen zur Seite und senkten die Waffen. Er lag in seiner Wiege – mit rosafarbenen Wangen, friedlich, sich des Wahnsinns jenseits dieser Mauern nicht bewusst. Jammernd rief er nach ihr, als er sie sah. Sie hielt ihn fest. Er war der Ihre. Auch wenn ihre gemeinsame Zeit nur flüchtig war.

»Sie suchen nach dir«, flüsterte Rosella und versuchte, die Tränen zu verbergen.

»Wer?«

»Die Wachen. Sie sagen, die Nation sei angegriffen worden.«

»Warum brauchen sie dann mich? Ich bin keine Kriegerin.« Doch während sie noch sprach, wurde ihr klar, warum man sie suchte. Nur sie wusste, wie man sie benutzte. Wenn man sie brauchte, dann um sie abzufeuern. Was bedeuten musste, dass die bleiernen Waffen in die Hände von Fremden gelangt waren und Kugeln durch die Lüfte flogen. Es musste ein Fremder die Waffen dort entdeckt haben, wo Gaia sie versteckt hatte. Gegen solche Waffen waren selbst die besten Krieger und Wachen nicht gefeit.

Auch die Schutzmauern dieser Stadt, die inzwischen ihr Zuhause war, nutzten wenig angesichts des Schreckens, den sie aus der Vergangenheit zurückgeholt hatte.

Bisher hatte Gaia um ihr Leben und um den Ruhm gekämpft. Noch nie zuvor um der Ehre einer Nation willen.

»Vergebt mir«, sagte sie zu dem Sohn, zu den Mägden. »Ich habe mehr Zeit mit Töten verbracht als mit Fürsorge. Vergebt mir. Aber hört mir auch zu: Diese Nation ist jetzt unsere Nation, und ich muss sie beschützen, wenn es nötig ist.«

Verstört euch das, verehrte Leserschaft? Verunsichert es euch?
Zu wissen, wie schnell sie der Welt der Menschen anheimfiel,
wie schnell sie schwor,
jemandem zu dienen, der nicht sie selbst war?

Kapitel vierundsiebzig

An diesem Ort begann es, das Bleimassaker an der Juniper Straße.

Die zitternden Atemzüge der Krieger und Wachen. Die Männer hatten sich in den Büschen und Bäumen versteckt, während die Leichen ihrer Kameraden auf dem Boden vor ihnen, hinter ihnen oder neben ihnen lagen. Ihre Schwerter waren nutzlos gewesen. Zwei Pfeile hatten den Angreifer getroffen. Doch noch war er am Leben.

Dort verbarg er sich, hinter dem Pferdestall eines Bauernhofes. In seinen Händen hielt er das zweite Sturmgewehr. Er hatte das erste in den Himmel und die Erde entladen. Der Boden um ihn herum war durchlöchert. Er holte Atem. Beobachtete die Krieger auf den Pferden und zu Fuß. Sie warteten darauf, dass er unachtsam wurde. Falls sie nicht zuvor von seinen Kugeln getroffen wurden. Viel älter als er waren sie nicht.

Auf einmal war er zu einem Angreifer, einem Mörder geworden, obwohl er doch noch Minuten zuvor ein bloßer Waisenjunge gewesen war. Einige Tage früher war er sogar ein ganz normaler Junge gewesen, dessen Vater Anführer einer Sippe gewesen war. Er hatte die Worte seines sterbenden Vaters befolgt und die Waffen auf das Gebiet der Calistoniten gebracht, in der Hoffnung, dass man ihn dafür loben würde. Doch er war nur der Furcht vor einem Fremden mit bleiernen Waffen begegnet. Als er zu nahe gekommen war, hatte ihn ein Pfeil getroffen. Noch ehe er seine Trauer entladen konnte, traf ihn ein weiterer Pfeil. Doch solche Einzelheiten spielten keine Rolle mehr bei dem, was kommen sollte. Es war gleichgültig, wessen Schuld es war und wer welche Maßnahmen ergriff. Wandernde Kugeln kennen keinen Unterschied, keine Gnade.

Kapitel fünfundsiebzig

An diesem Ort versuchten die Verteidiger von Calisto, ihn aufzuhalten.

Etwa dreißig Meilen von Eden entfernt, warteten sie auf die Mutantin, deren Eintreffen man ihnen versprochen hatte. Sie riefen dem Angreifer zu, er solle die Waffen niederlegen und sich ergeben. Doch der Tod des Vaters würde nicht gerächt sein, ehe nicht die letzte Kugel verschossen war. Der Junge wusste, dass es sein letzter Tag auf Erden sein würde.

Noch waren die Hufe nicht zu vernehmen,
noch erbebte die Erde nicht unter der Geschwindigkeit,
in der sie ritt.

Sie war so schnell, wie das Pferd zu rennen vermochte, den Kriegern folgend, die durch die verwinkelten Straßen der riesigen Stadt jagten. Die Gassen waren kaum breit genug für ein galoppierendes Pferd. Immer wieder musste das Tier leeren Kutschen ausweichen, die von fliehenden Bürgern zurückgelassen worden waren. Nicht alle hatten es sicher nach Hause geschafft. Viele mussten zur Seite hechten oder um ihr Leben rennen, damit sie nicht zu Tode getrampelt wurden. Man sah sie einem Blitz gleich vorbeirasen.

»Das ist die Mutantin«, riefen die Leute und eilten in ihre Häuser.

»Hoffen wir, dass sie auf dem Weg dorthin ist, wo man sie am dringendsten braucht.«

Wieder auf einem Pferd sitzen. Nicht mehr auf dem Boden laufen, sondern getragen werden von der Stärke der Tiermuskeln zwischen ihren Beinen. Das glatte Fell. Wie es in der Sonne schimmerte. Sie war entschlossen, so schnell wie möglich anzukommen.

Vielleicht hatte sie zu viel Blut gesehen. Doch das Schicksal wollte es nicht anders. Vielleicht wollte auch sie es nicht anders, vielleicht hatte sie es immer gewollt.

Als die Krieger sie schließlich aus Eden hinausgeführt hatten, waren bereits sechzehn weitere Männer gefallen. Sie galoppierte weiter, vorbei an den Reihen der Krieger und Wachen, die ihre Stellung hielten. Es wurden mehr, je näher sie dem Ort des Geschehens kam. Vor einer Wand von Kriegern, die den Weg versperrten, hielten Gaia und ihre Begleiter an.

Ein gefiederter Helm ragte aus dem Meer aus Metall, Speeren und Pfeilen heraus. Der Mann, der ihn trug, trat zu ihr, als sie vom Pferd sprang. Es war Calisto der Herrscher, der sie vor lauter Verzweiflung in die Arme schloss.

»Er ist allein«, berichtete er. »Er hat zwei bleierne Waffen. Eine ist bereits leer geschossen. Das letzte Mal sahen wir ihn in der Nähe dieses Bauernhauses, hinten bei den Ställen. Vielleicht hat er die Familie getötet. Meine Männer sitzen in der Falle. Es hört nicht auf. Ich habe sie leblos zu Boden sinken sehen, als wären sie aus Nichts gemacht …«

»Es wird aufhören. Magazine halten nicht endlos. Er

wird nicht wissen, wie man nachlädt«, erwiderte Gaia. Sie kniff die Augen zusammen und betrachtete das Bauernhaus in der Ferne, die überlebenden Krieger. Auch auf den Pferdestall dahinter warf sie einen Blick. Die Tiere, die dort gehalten wurden, stürmten panisch über die Felder davon.

»Ich werde nicht zulassen, dass weitere meiner Leute sterben, um herauszufinden, ob du recht hast.«

»Wo ist sie?«, erkundigte sich Gaia mit finsterer Miene. Sie wusste, was kommen würde. Der Herrscher nickte einem seiner Männer zu. Dieser näherte sich mit einem Gegenstand, der in ein Tuch gewickelt war. Es war die Glock 17, seit der Übergabe nicht benutzt. Beinahe ein Jahr war vergangen, als sie die Waffe das letzte Mal in Händen gehalten hatte. Es war ihr Versprechen an den Herrscher gewesen. Durch dieses Geschenk hatte er ihr Zugang zu seinem Land, eine Unterkunft und seinen Schutz geboten. Bisher hatte sie ihr Versprechen, zu zeigen, wie man die Waffe verwendete, noch nicht wahrgemacht. Sie sah im Magazin nach. Alle siebzehn Kugeln waren geladen.

Was mit einem Waisenjungen begann,
würde mit Legionen enden!
Alles begann mit einem Waisenjungen
und würde mit Legionen enden.

»Ist es möglich?«, fragte der Herrscher.

»Es ist möglich.«

»Lauf den Pfad an den Getreidefeldern entlang. Er wird einen Hinterhalt erwarten, aber keinen durch eine bleierne Waffe. Benutze so viele Kugeln wie nötig.«

Sie blickte sich ein letztes Mal um.
Wenn sie in diesem Duell starb,
würden die letzten Gesichter, die sie sah,
die Verteidiger dieser Nation sein, Männer, die in den Tod geritten waren.
Wohl wissend, dass die goldene Kugel auch sie treffen konnte,
waren sie dennoch losgeritten.
Für die Nation, für die Familie. Aufmerksam und stumm traten die Männer zur Seite, um sie durchzulassen.

Die Augen aller waren auf die Mutantin gerichtet, als sie sich durch die Bäume davonbewegte. Sie hielt die Waffe fest in der Hand, die Mündung nach unten gerichtet. Keinem kam die Möglichkeit ihrer Niederlage in den Sinn. Gaia betrat den Pfad. In einiger Entfernung stand die Bauernkate. Sie lag fünfzehn Schritte vom Pferdestall entfernt. Um sich dort zu verstecken, musste man einen kleinen Streifen zwischen Stall und Holzzaun, der das Anwesen umgab, überwinden. Zwei Zugänge. Einer befand sich vorne am Haus, der andere hinten im Garten. Gaia wählte den zweiten.

Sie sah die Spitze seines rechten Fußes hinter dem Stall herauslugen. Langsam robbte sie durch das hohe Getreide, das im Wind schwankte. Das Feld endete zehn Schritte vor dem Garten, und es gab nichts mehr, wo man sich verbergen konnte. Immer wieder hob sie vorsichtig den Kopf, um zu sehen, ob er seine Position verändert hatte. Ihre Ellbogen und Knie bohrten sich in die Erde. Ihre Waffe drückte gegen die Hüfte, wo sie unter dem Gürtel klemmte.

Sie vernahm den Schrei einer Frau und dann das Feuern von Schüssen. Einige Tote lagen bereits im Garten. Die

Frau des Bauern. Ein paar Krieger, die es gewagt hatten, sich mit einem Schwert in der Hand zu nähern – als ob ihnen das Unmögliche gelingen könnte. Als ob sie den Tanz mit dem Tod hätten beginnen und gewinnen können.

Sie hörte das leise Rascheln von Getreide. Von Bewegungen, die nicht vom Wind stammten. Einige Schritte von ihr entfernt lagen zwei Kinder auf dem Bauch. Sie hielten sich an den Händen und beobachteten Gaia stumm. Auch sie sagte nichts, sondern robbte nur leise weiter. Unerwartet wurde ihr Arm attackiert. Eine Tierfalle schnappte zu und bohrte ihre Metallzähne in ihren Ellbogen. Ihre Haut war von metallenen Dornen gefangen. Mühsam zerrte Gaia die enge, blutige Klammer auf, schob sie beiseite und kroch weiter.

Als sie den Eingang zum Garten erreichte, hielt sie zwischen den Getreideähren an. Sein rechter Fuß war nicht mehr zu sehen. Ihr Blick wanderte zu den Fenstern des Hauses. Im Inneren war niemand zu entdecken. Schweigend wartete sie einen Moment. Nur wenige Augenblicke und sie würde wieder zur Jägerin werden. Sie musste sich auf die Möglichkeit ihres Todes vorbereiten. Von hier aus konnte sie keinen ungehinderten Schuss abgeben, sondern nur dem Angreifer die Chance geben, sie zu sehen – so, wie auch sie ihn gesehen hatte. Sie musste den unbekannten Streifen vor sich betreten, was bedeuten konnte, dass sie sich von diesem Leben verabschieden musste. Dann würde sie die Welt der Menschen nicht überlebt haben. Der Sohn würde mutterlos aufwachsen. Sie wäre besiegt.

Doch sie war die Schülerin des Jägers.

Sie erinnerte sich daran, wie solche Momente meist abliefen. Ihr fiel ein, was geschehen war und was sein würde. Einer würde der Schlachter sein, einer der Gefallene. Doch zwischen zwei Raubtieren gab es keine simple Jagd. Es war windstill. Halb hockend bahnte sich Gaia einen Weg durch den Garten, wo sie über die Leichen der Familie stieg: drei Männer, zwei junge Frauen, ein kleines Kind. Noch immer kein Anzeichen des Angreifers. Jeder Schritt, den sie machte, war wohlüberlegt. Die Schritte einer Jägerin. Neben dem Stall hielt sie an und richtete vorsichtig die Mündung ihrer Waffe um die Ecke. Hinter dem Stall war niemand zu sehen.

Vorsichtig schlich sie um die Ecke. Die Ecken mussten zuerst abgesucht werden. Sie spürte etwas, das sich wie eine Windböe anfühlte. Doch es war eine Kugel, die ihr Ohr streifte. Blut lief ihr den Nacken hinab. Das Geräusch verhallte. Eine weitere Kugel ließ eine Fensterscheibe im Haus hinter ihr zerbersten. Es kam ihr so vor, als wäre sie direkt in den Kopf getroffen worden. Sie schwankte durch die Stalltür und sah, dass der Angreifer in der dunkelsten Ecke Zuflucht gesucht hatte. Keuchend hielt er die schwere Waffe in der Hand, deren schwarzes Auge die Mutantin beobachtete. Sie hob eine Hand zu dem verletzten Ohr. Jeglicher Sinn für Gleichgewicht verließ sie. Sie hörte nichts als ein ekelerregendes, ohrenbetäubendes Klingeln. Gaia zog die Handschuhe aus.

Würde er das Recht in seine Hand nehmen? Galten seine Schüsse letztlich ihr?
Ein Pfeil in den Kopf, am helllichten Tag am Merian-Gebirge.

Gaia war geflohen und hatte sich versteckt,
hatte nie die Gesichter der Kinder jener Frau gesehen,
deren Leichnam von ihr zurückgelassen wurde.
Würde er Gerechtigkeit walten lassen und die Mörderin
seiner Mutter töten?
Wäre er erfolgreich gewesen, hätte er es jemals erfahren?

Sie ging auf die Knie. Kroch von der Türe fort. Nachdem sie sich in einiger Entfernung in Sicherheit gebracht hatte, stand sie auf. Die Kugel hatte ihr Ohr verletzt. Das würde sie nicht umbringen. Es war eine oberflächliche Wunde, auch wenn sie das Gefühl hatte, das heiße Metall hätte sich tief in die Haut gebohrt. Wenn Gaia blinzelte, sah sie weiße Schlieren. Wenn sie den Kopf schüttelte, tanzten schwarze Flecken vor ihren Augen. Sie durfte dem Schmerz nicht nachgeben.

Um das Gleichgewicht nicht zu verlieren, stützte sie sich mit beiden Händen an der Stallwand ab. Tu, was du kannst – was du am besten kennst, wenn du dem Tod begegnest. Langsam begann sie zu brennen, ehe ihre Hände schlagartig in Flammen standen. Sie setzte den Holzstall in Brand, dessen Bretter durch den Sommer ausgetrocknet waren. Wie sehr sie in der sommerlichen Sonne nach Feuer verlangt zu haben schienen! Die Flammen bildeten einen zornigen Tunnel, durch den der Angreifer hinausrannte. Sie richtete die Waffe auf ihn und schoss. Die goldene Kugel traf ihn in der Schulter. Ein zweiter Schuss bohrte sich in seinen Hals.

Gaia betrachtete den Toten, der zu Boden gestürzt war.

Eine dichte Mähne brauner Haare. Gekleidet in den verblichenen Stoffen der Armut. In seinem Oberarm steckte ein Pfeil, ein weiterer in seinem Schenkel.

All diese Tode nur die Folge des blutigen Unterfangens eines Jungen.

Wieso war er hier gewesen?

Seine Haut war von der Sonne gezeichnet. Sie täuschte ebenso über sein junges Alter hinweg wie der wilde, unrasierte Bart auf seinen Wangen. Das Kind Geächteter. Niemals würde man wissen, woher er gekommen war, welcher Familie er entstammte.

Zwei Kugeln befanden sich noch in dem Gewehr. Zwei. Zwei weitere Möglichkeiten zu töten, zwei Möglichkeiten, danebenzutreffen. Wäre er am Leben geblieben, hätte man ihn bis zu seinem Gerichtsprozess als Geächteten eingesperrt. Bis ihn die Leser dann zum Tode verurteilt hätten. Das wäre sein Ende gewesen. Einmal im Jahr ein Gedenktag an die Toten, und das Leben ging weiter.

Gaia kniete neben ihm. Sie bemerkte kaum das Blut, das ihr über die Schulter auf den Arm lief, während sie seine Hosentaschen durchsuchte. Nichts. Aus seiner Hemdtasche lugte ein dunkles Stück Stoff. Es war dick und musste zu einem Wintermantel oder einer Jacke gehört haben. Sie faltete es auseinander. Rote gestickte Rosen auf schwarzem Hintergrund, rechts oben ein kleiner Spatz. Er hatte den Stoff aufgehoben und in jene Tasche gesteckt, die seinem Herzen am nächsten war. Gaia erinnerte sich genau daran, wessen Mantel mit Rosen verziert gewesen war. Sie hatte den Anblick nie vergessen, ebenso wenig wie den Körper der Frau, die ihn getragen hatte. Sie hatte noch vor Augen, wie dieser Körper am letzten Tag seines Lebens zu Boden gestürzt war. Gaias erstes menschliches Opfer.

Kapitel sechsundsiebzig

Die Krieger fanden sie neben dem Toten – bei Bewusstsein, jedoch nicht ansprechbar. Sie betrachtete den Stoff mit den Rosen in ihrem Schoß, die Schönheit des gestickten Spatzen. Die blutige Mutantin, eine Mörderin, genauso wie derjenige, der so viele getötet hatte.

Wie viel von ihrer Mütterlichkeit war noch vorhanden, nachdem sie nun einen weiteren getötet hatte, noch einen Namen auf ihre immer länger werdende Liste setzen konnte?

Das war also ihr Schicksal: zur Mörderin von Mördern zu werden. Zur Mörderin von Unschuldigen. Von solchen, die Erbarmen kannten, und solchen, die gnadenlos waren.

Sie war von Niedertracht erzogen worden. Wunderte es da, dass sie selbst zur Jägerin wurde?

Und so begann ihr Untergang.

Hinter ihr loderte das Feuer. Sie rieb sich die Augen. Die Krieger um sie herum schreckten zurück, als ihre Hände erneut zu brennen begannen. Das Entsetzen über das Blutbad, in dem sie sich wiedergefunden hatte, hatte es ebenso entfacht wie der innere Aufruhr, den das Stückchen Stoff in ihr auslöste. Das Dach des Stalls brach in einem Regen aus gelben Funken ein. Die zwei Gewehre lagen auf dem Boden, nicht weit voneinander entfernt. Zwei schwarze AK-47, noch immer so glänzend, wie sie in der Erde vergraben worden waren.

So viele Tode in so kurzer Zeit. Diese Spur aus Toten: Gaias Spur.

Sie würde als Verräterin verurteilt, falls man herausfand, dass sie die Waffen dort vergraben hatte. Und wenn man sie wegen Hochverrats und Verschwörung gegen die Nation nicht zum Tode verurteilte, würde der Herrscher sie auf jeden Fall des Landes verweisen. Man würde ihn verhöhnen, weil er einer Mutantin vertraut hatte, und all ihre Verdienste würden in Verruf geraten. Dann wäre sie erneut ein streunender Wildling, eine Außenseiterin, eine Fremde. Von allen gemieden, als ob sie niemals für sie gekämpft hätte. Der Sohn würde ohne Chance auf ein Leben als Mensch aufwachsen. Man würde die beiden vergessen und im Wald zurücklassen, wo sie zwischen den Blättern verrotten würden, wenn ihre Zeit gekommen war. Welche Kräfte der Herrscher für sein Volk aufgeboten hatte, welche Hoffnung auf eine erneut gestärkte Nation er aus den Tiefen der Vergessenheit entfacht hatte – all das vermochte nur sie zum Leben erwecken.

Er war inzwischen eingetroffen. Ging neben ihr in die Hocke, um ihre Wunde zu betrachten. Erkundigte sich bei seinen Männern, warum noch kein Arzt eingetroffen sei. Er nahm das schwarze Stück Stoff und presste es gegen Gaias blutendes Ohr. Dann half er ihr auf. Sie schwankte von einer Seite zur anderen.

»Du wurdest getroffen«, stellte er sorgenvoll fest. »Das ist meine Schuld.«

»Momentan gibt es Wichtigeres«, erwiderte sie heiser.

Das Leben des Sohnes retten, eine neue Wahrheit besiegeln:

Worte sagen, die zum Krieg führen würden.

»Mit seinen letzten Atemzügen«, erklärte sie, »verriet er,

dass diese Waffen westlich von hier auf den Feldern neben der Juniper Straße lagen. Zwei Tagesritte von hier … Das Zeichen unseres Feindes sei dort in den ersten Baum eingeritzt. Entziffert, was dort steht, und ihr werdet wissen, woher das Übel kam. Ich muss zurück …«

War es zu spät für sie, wie eine Gerechte zu handeln? Hatte sie zu viel Tod gesehen? War das Blut bereits in sie gedrungen? Sie presste den Stoff gegen ihre Wunde und stolperte abschiedslos an den Kriegern vorbei.

Er hielt sie auf. Er machte sich mehr Sorgen um sie als um das, was als Nächstes geschehen würde. Sie war seine wertvolle Mutantin, seiner Vision entsprechend geformt und abgerichtet.

»Vergib mir«, sagte er.

»Vergiss nicht«, erwiderte sie und packte ihn an der Schulter, sodass sie kaum einen Fingerbreit voneinander entfernt waren, »was du für mich getan hast. In jedem Hause und jeder Hütte, von den südlichen Dörfern der Region Annet über den Bead-See bis über das Merian-Gebirge und zu den Gregorianern, ja über den Osten hinaus zu den Feldern und Bergen der Franciscaner und der Ariner bin ich bekannt. Die Menschen singen mein Lied …«

Kapitel siebenundsiebzig

Lasst uns einen Moment lang zu jener Ära der ersten Stammesväter zurückkehren, als Gregor Nicola und Calisto Samuels ihre Leute durch die wilden Ebenen Neuamerikas führten, sich gegen die zahlreichen Stürme und die schwelenden Felder wappnend, die damals noch das Land verwüsteten. Die Dutzenden, die ihnen folgten, wurden zu Hunderten durch das Versprechen auf einen windlosen Tag, der irgendwann kommen würde. Das Versprechen einer neuen Ära. Die Wolken tauchten damals die Erde in eine Düsternis, wie sie inzwischen nicht mehr bekannt war. Die Erde erholte sich noch von Jenem Tag. Auf ihrer Reise durch dieses neue Land hörten sie plötzlich ein Weinen, das aus einem halb verfallenen Gebäude kam.

Im Inneren entdeckten sie zu ihrem Entsetzen einen Mann, der die Leichen seiner Frau und seiner Tochter umschlungen hielt. Ebenso sahen sie die bleiernen Waffen, welche neben ihnen auf dem Boden lagen und mit denen sie sich das Leben genommen hatten. Die Welt um sie herum hatte sie verlassen, eine Welt, von der sie ihrer Überzeugung nach im Tod befreit sein würden. Die Frauen waren nicht die Einzigen, die so dachten. Städte verwandelten sich in Friedhöfe. Die bleiernen Waffen der Polizeireviere und Armeen waren von Überlebenden gefunden worden. Häuser wurden zu Gräbern. Die Stammesväter verstanden zum ersten Mal, was genau vor sich ging, als sie diesen Mann fanden, dessen Familie an der Massenflucht teilgenommen hatte.

In einer verlorenen Welt, deren Morgen vielleicht nie kommen wird, scheint alles gerechtfertigt.

Der weinende Mann wurde fünfundzwanzig Meilen lang getragen, bis er in der Lage war, einen Fuß auf die entweihte Erde zu setzen und selbst weiterzulaufen. Sich seinem neuen Leben zu stellen, ohne seine Liebsten. Sein Name war Ari Harlow, und er war Physiklehrer an der örtlichen Highschool in Kansas City gewesen.

Er war es, der den Anstoß gab. Die Zerstörung durch die bleiernen Waffen war für einen derart fragilen Planeten, wie es die Erde geworden war, zu groß, und ihr Einsatz in der Welt gehörte sowieso der Vergangenheit an. Als Ari Harlow begann, Pfeile zu schnitzen, war er ein Anfänger. Sein Wissen um physikalische Gesetze, die ihren Aufbau und ihren Flug beeinflussten, halfen ihm bei einer Kunst, der er bald sein Leben widmen würde. Die Schäfte seiner Pfeile waren so geschnitzt, dass sie besonders schnell flogen, und die Spitzen so geformt, dass sie stets den Gegner trafen. Er stellte Schwerter her, deren Stahl er bei Temperaturen schmolz, die ein perfektes Gleichgewicht zwischen Stärke und Flexibilität ergaben, und deren Griffe so entworfen wurden, dass sie nicht aus der Hand geschlagen werden konnten. Seine Speere ragten höher in die Luft als der größte Mann, waren jedoch leichter als ein Kind. Seine Dolche konnte man problemlos unter der Kleidung verbergen, und doch besaßen sie eine Länge, die bis ins Herz eines Tieres reichte. Als er im hohen Alter starb, lag sein erstes Schwert an seiner Seite.

In den Schriftrollen wurde es das Gesetz des Bleies genannt. In diesem alten Text hieß es zumindest für die ersten einhundert Jahre, dass es als genauso schmachvoll galt, sich selbst das Leben durch eine Kugel oder auf eine andere Art und Weise zu nehmen, wie der Mord an einem Menschen. Die zurückbleibenden Verwandten wurden deshalb nach einem Freitod zu ihrem eigenen Schutz aus dem Stamm entfernt. Dem Gesetz der Natur zufolge galt Suizid als ehrloser Betrug an der eigenen Familie – ein Akt, der zu einer Zeit, als die Familie das Einzige war, woran man sich festhalten konnte, zu demoralisierend war. Ari, der dritte der Stammesväter, war selbst oft niedergeschlagen. Doch dank seiner Lehren, wie man am besten jagte und fischte, fanden die Menschen Selbstvertrauen und einen Sinn in der Welt. Die Wälder wurden gerodet, Häuser errichtet. Irgendwann legten sich die grauen Stürme, und auch die Winde wurden leiser. Mit jedem Kind, das auf die Welt kam, wuchs der Kampfgeist der Leute. Im Laufe der Zeit nahm das Vertrauen zu, und alle besaßen von Ari entworfene Waffen, um sie selbst einsetzen zu können. Statt hoffnungslose Bauern zu bleiben, wurden sie zu Erbauern ihrer eigenen Zivilisation. Von einem Niemand zu einem Bauern, zu einem Verteidiger des Stammes, zu Müttern, zu Männern von Frauen und zu Frauen von Männern.

Einige nennen es auch heute noch Aris Gesetz, denn sein entschlossenes Eingreifen war prägend gewesen. In den flatternden Flaggen der arinischen Nation lebt noch jetzt die Erinnerung an seine Herrschaft, denn sie sind mit einem Kreis aus Pfeilen bestickt, in dem sich ein Amboss befindet, mit dem man ein Schwert schmiedet. Betrachtet man die Frauen und Männer dieser Nation, so stellt man fest, dass sie schon früh lernen, wie man mit einer Klinge umgeht und sich selbst verteidigt. Es heißt, dass der augenblickliche Herrscher, Ari, eine Zielscheibe neben seinem Bett hängen hat, auf die er noch im Schlaf Pfeile schießt. Angehörige dieser Nation lieben ihre Waffen, doch Kriege lieben sie nicht.

Als die drei Stammesväter den Mann fanden, der später den vierten großen Stamm gründen sollte, war ihre Zivilisation vollständig.

So wie jeder, auf den sie gestoßen waren, stellte sich auch dieses Treffen als schicksalhaft heraus. Aus Rauch, Schlamm und Schutt gezogen. Asche und Dreck wurden weggewischt. Neue Möglichkeiten entstanden aus dem Nichts.

Die drei Anführer und ihre Leute reisten zu den östlichen Gebieten Neuamerikas, zu den Meeren von Nord-Carolina, um zu sehen, was dort noch geblieben war. Hatten die Winde das Wasser vertrocknen lassen? Wenn sie sich weiter nach Osten vorwagten, würden sie dort noch Reste der alten Welt vorfinden?

Sie entdeckten den Mann, als er auf dem Deck seines unfertigen Schiffs stand und über sein Werk fluchte, während er eine Planke festhämmerte. Sie bemerkten, wie sein kahler Schädel vom Salz in der Luft schimmerte. Der Wind blies hier so stark, dass sie sonst kaum etwas erkennen konnten. Der Mann trug eine Schutzbrille, die er selbst angefertigt hatte, und er war dick eingemummelt, sodass man nur die Spitze seiner Nase rot und wund vom Wetter hervorleuchten sah.

Seine ersten Worte an die neue Generation der Menschen finden sich in den Schriften des Gesetzes der Natur.

»Endlich! Helft mir! Ich habe genügend Fische gefangen, um ein Land mit Essen zu versorgen, aber es ist niemand da, den ich versorgen kann.«

Und so versorgte Francisco Halden die Menschen, die damals die Bevölkerung eines kleinen Landes ausmachten.

Zu jener Zeit hatte er bereits vier Schiffe entworfen, von denen kein einziges auf den wilden Wellen zu fahren vermochte. Er verglich sich gern selbst mit einer Kreatur des Wassers und bezeichnete seine Rippen als Kiemen. Tatsächlich kehrte er nach jedem Sturm auf dem Meer an Land zurück, sein Herz weiterhin pochend, während seine großen, robusten Konstruktionen zerschellt waren. Francisco Halden, der einzige Überlebende der tobenden Gewässer.

Jedes Mal, wenn das Meer ihn ausgespuckt hatte, erklärte er von Neuem: »Ich versuche es noch einmal.« Und das tat er.

Die Stammesväter waren seine Retter. Endlich hatte er ein Publikum gefunden, dem er seine Erfindungen zeigen konnte. Er hatte ein Haus auf einem der vielen Seen gebaut, die dort entstanden waren. Es war mit Holzflößen und Tauen an Land festgemacht und bewies, dass er nicht auf festen Boden angewiesen war – wie jedes Kiemenwesen. Bei Sturm schwankte sein Heim auf dem Wasser, doch die Taue hielten es fest verankert, und es vermochte sich nicht loszureißen.

Er war der erste Mann der neuen Welt, der nicht vor dem wilden Wetter geflohen war, sondern seinen Bewegungen folgte. Er hatte nicht aus Glück, sondern aus reiner Entschlossenheit und Durchhaltevermögen überlebt. Er besaß eine an Wahnsinn grenzende Besessenheit, das Wetter zu meistern, Katastrophen zu überleben, zu besiegen, was nicht zu besiegen war, doch immer und immer wieder versucht werden konnte.

Selbst mit der Hilfe des Stammes, der ihn gefunden hatte, gelang es ihm nie, den Ozean zu überqueren. Doch er versuchte es. Der Ozean konnte nicht mit bloßem Glück befahren werden. Nach dem zehnten Scheitern wurde schließlich beschlossen, dass man einen weiterreichenden Plan brauchte. Das große Unternehmen wurde zurückgestellt, und man benutzte die übrig gebliebenen Schiffe für Fischzüge. Der Plan geriet in Vergessenheit und mit ihm Franciscos Traum, das zu finden, was jenseits des Ozeans noch von der Welt übrig geblieben war.

Doch in der Dunkelheit gab es ein Licht. Es gab Hoffnung. Fieberhaft erfand Francisco neue Dinge. Einen Kompass, der sich nach der Sonne richtete; windtrotzende Zelte; Schilde, die als Flöße eingesetzt werden konnten; Katapulte, leicht genug, um zu schwimmen. All das konstruierte er. Doch je älter er wurde, desto schwächer wurde sein Körper. Seine Lungen wurden müde, sein Aussehen veränderte sich.

Sein Tod kam schließlich auf unerwartete Weise, bei der Wasser keine Rolle spielte.

Keiner wusste, welche Krankheit ihn quälte. Alle hielten es für die Folge des wilden Wetters, dem er jahrelang getrotzt hatte. Er nahm seine schwangere Frau Thea mit in Richtung Westen, wo die Luft trocken war. Schon bald zeigten sich Ausschläge auf seiner Haut. Rötlich, voller Blasen, schuppend. Wunde Stellen, Verbrennungen, Schwellungen. Adern traten schwarz, violett und grün hervor. Er war nicht der Erste, der unter dieser Krankheit litt. Alle ahnten, was mit ihm geschah. Doch sein Einfluss auf den Stamm als Erfinder war so groß, seine Bedeutung als Stammesvater so gewichtig, dass niemand wagte, etwas zu unternehmen. Niemand so Mächtiges konnte etwas Unsichtbarem zum Opfer fallen. Nicht er, nicht der Mann, der gegen das Meer gekämpft und überlebt hatte.

Er starb, ehe seine Frau zwei missgestaltete Jungen zur Welt brachte. Die Befürchtungen des Stammes bestätigten sich. Doch wie war es möglich, dass sich die giftige Luft so weit verbreitet hatte? Wie war es ihr gelungen, die reinen Winde des Meeres und der Küsten und den Stärksten unter den Männern zu erreichen?

Thea flehte darum, ihrem Mann in den Tod folgen zu dürfen, um ihr Leid und das ihrer Neugeborenen zu beenden. Sie wurde ein paar Tage später hingerichtet. Es gab keine Genesung, nur den Tod.

Im selben Jahr wurde das Gesetz der Mutanten erlassen.

Seitdem sind Jahrhunderte vergangen. Das Wetter hat sich beruhigt. Es leben wieder Menschen an den Küsten, denn der Anblick des Meeres hatte vielen gefehlt. Der Boden ist reich an Mineralien und eignet sich für den Anbau von Korn und Gemüse. Man errichtete Deiche nach Franciscos alten Entwürfen. Die Leute, die hier wohnen, werden von den anderen Stämmen als Wasservolk bezeichnet. Sie bewegen sich im Wasser flink und geschickt, ob mit Booten oder schwimmend, auf Weisen, wie es die Landvölker nicht vermögen. Ihre Krieger sind geschickt, es sind gute Menschen, gastfreundlich. Ohne sie wäre man nie in der Lage gewesen, Landkarten von Neuamerika anzufertigen. Sie wagten sich sogar bis zum nördlichsten Punkt dessen, was früher einmal Mexiko gewesen war – ihre einzige Begegnung mit der restlichen Welt. Es war eine Reise, von der nur ein einziger Seemann lebend zurückkehrte.

Dieses Volk liebt Entdeckungen, Krieg mag es jedoch nicht.

Welche Rolle würden diese beiden Stämme in den kommenden Zeiten wohl einnehmen?

Kapitel achtundsiebzig

Die Hitze des Sommers war zerstoben, und der Herbst hielt allmählich Einzug. In dieser Periode zwischen den Jahreszeiten patrouillierten seit Neuestem nachts Wachen durch die Straßen der Calistoniten. Die ersten unbewaffneten Leute, die zu früher Stunde durch die Gassen liefen, waren reisende Bauern und Händler auf dem Weg zum Markt. Zwischen den Gesprächen lag Unsicherheit in der Luft. Die Besucher der Stadt waren schon lange abgereist und planten nicht, in nächster Zeit zurückzukehren. Die Kampfsaison war frühzeitig beendet worden. Die Arena war menschenleer, die Gänge verlassen. Calisto der Herrscher hatte seine Männer losgeschickt, damit sie die sicherste Route um das Merian-Gebirge bewachten.

Auch Gaia war zu dieser frühen Stunde wach. Sie blickte durch das Fenster ihres neuen Zuhauses auf die unbekannte Landschaft hinaus. Den Tempel vermochte sie von hier aus nicht mehr zu sehen.

Ihr Zopf schwang auf ihrem Rücken hin und her. Vor ein paar Tagen hatte man ihr die Fäden aus der Kopfwunde gezogen. Nur ein kleines Stück ihres mutierten Ohrs, von dem es sowieso nicht viel gegeben hatte, war noch übrig. Sie hatte die ganze Operation hindurch gebrannt, als wäre auf einmal die Sonne auf Erden. Die drei Mediziner, die gezwungen waren, sie wie ein wildes Tier festzuhalten, mussten später wegen Verbrennungen behandelt werden.

Würde sie im Herzen ein Wildling bleiben?

Sie dachte noch oft an die beiden. Das würde sie immer

tun. An jene beiden in der Wildnis, an jene Männer, die ihr alles beigebracht hatten, was sie wusste. An die wutentbrannten Schreie des Niederträchtigen. An die sanften Reden des Gütigen. Einer der Gefallene, der andere der Schlachter. Es war ein Wunder, dass sich mit dem, womit sie das Schicksal der Nationen besiegelt hatte, die Möglichkeit für ein Wiedersehen mit ihrem geliebten Begleiter bot.

Der kommende Krieg würde sie zu ihm bringen. Ihre nackten, schwieligen Füße liefen über den Boden ihres Zimmers. Ihr Schwert war seit dem Tag des Bleimassakers nicht mehr geschwungen worden. Sie sehnte sich in die Arena zurück. Welche Macht von der Liebe des Publikums ausgegangen war, wenn es nach ihr gerufen hatte, während sie ihre todgeweihten Gegner mit ihrer Mutantenkraft ins Verderben stürzte.

Sie hörte seine Stimme, noch so zart.

»Yaia!«

Wie gut Gaia dieses Gesicht kannte.

Sie blickte auf den Sohn, er schaute zu ihr auf. Sie würde seine Stimme immer erkennen, selbst wenn sie mit dem linken Ohr nicht mehr so gut zu hören vermochte. Er krabbelte auf dem Boden, sah sie mit wachen und wissenden Augen an. Was wäre verloren gegangen, wenn ihr Wille, in der Wildnis und in der Welt der Menschen zu überleben, jemals ins Wanken geraten wäre? Was hätte im Namen der Gier und der Rache gewonnen werden können, hätte sie keine Angst um seinen Verlust verspürt!

»Yaia!«

»Das bin ich«, sagte sie. Sie trat zu ihm und zog ihn auf die Beine. Hielt ihn fest, während er zu gehen versuchte.

Sie betrachtete seine kleinen Hände in den ihren.

Dann vernahm sie Schritte im Flur. Sie stellte sich vor den Spiegel, der Sohn krabbelte zu ihren Füßen. Ehe die Tür aufging, breitete sie die Arme aus. Es waren ihre drei Betreuerinnen, Daphne, Rosella und Rowan, die mit ihr gekommen waren, nachdem sie den Tempel hatte verlassen müssen. Sie umrundeten Gaia und befestigten den metallenen Schutz um ihre Knie, ihre Schenkel und ihre Arme. Der jadegrüne Gambeson wurde ihr übergezogen, darüber kam das Panzerhemd. Es war keine Ausrüstung für die Arena, es waren die Kleidungsstücke einer Kriegerin. Man zog ihr die Stiefel an und schnürte diese zu. Ihre Hände wurden in Handschuhe gesteckt, mit dem Wappen der Calistoniten verziert. Rosellas schlanke Finger flochten rasch noch einmal Gaias Zopf, ehe der Kriegerhelm aufgesetzt und die tätowierte Linie an ihrem Hals verborgen wurde.

Sie war dagegen gewesen, ihre Niedertracht auf ihrer Haut zu verewigen. Die Linien standen für Siege in Schlachten und nicht für Massaker, hatte sie erklärt.

Calisto der Herrscher fand, es sei eine Schlacht gewesen. Eine siegreiche Schlacht. Und als solche zu betrachten.

Welchen Weg hatte sie gewählt! Die Krieger, die das Tätowierungszeremoniell begleitet hatten, waren dieselben, die sie jetzt ausbildete. Die Krieger, die sie jetzt ausbildete, waren dieselben, die mit ihr auf dem neuen Gebiet der Armee wohnten, vier Tagesritte von Eden entfernt, am Rand einer kleinen Stadt namens Heath.

Was war aus ihr geworden!

Die ersten Blätter fielen bereits, auch wenn die Sommersonne noch am Himmel stand. Das Land war flach und aus guter Erde. Weder Zivilisten noch Ausländer oder Geächtete durften diese Zone betreten. Bewacht von bewaffneten Männern und von hohen Zäunen umgeben, würde sich weder Feind noch Tier hierherwagen – nicht tagsüber, nicht nachts. Täglich kamen junge Männer hinzu, die Wangen noch rot von der ersten Begegnung mit einem Rasiermesser, die Hände noch jungenhaft. Sie wollten für die Ehre ihrer Nation kämpfen. Es waren jedoch nur die erfahrenen und hochrangigen Krieger, die der neuen Division beitreten durften, welche auf Anordnung des Herrschers entstanden war. Sie wurden zusammen mit den anderen Soldaten der unteren Ränge trainiert, doch man sprach nicht über sie. Das Gebiet war so groß, dass die verschiedenen Divisionen einander nicht in die Quere kamen.

Am nächsten Tag sollten sie zur gregorianischen Nation reiten.

Kapitel neunundsiebzig

Sie hatte ein paar Tage allein mit den Waffen benötigt, ehe sie zur Lehrerin werden konnte.

Es brauchte Geduld und Konzentration, um sich mit ihrem Aufbau vertraut zu machen. Erst dann würde sie die Waffen meistern.

Sie wollte sich daran erinnern, wie sie sich in ihren Händen anfühlten. Wie sie konstruiert waren. Wie man sie laden und entladen musste. Alles, was sie wusste, hatte sie aus den Handbüchern gelernt, die sie vor langer Zeit verbrannt hatte. Sie bot dem Herrscher an, ihr Wissen für ihn niederzuschreiben. Doch seine Angst, dass die Aufzeichnungen in falsche Hände geraten konnten, war zu groß.

Stattdessen wurde das Wissen physisch lebendig gehalten. Durch Menschen aus Fleisch und Blut. Beginnend mit ihr, der Mutantin, weitergereicht an die Männer, die sie ausbilden sollte. Der Aufbau jeder Waffe, die sie in Händen hielt, war in ihrem Gedächtnis aufbewahrt. Sie konnte dem Jäger noch im Nachhinein für die eiserne Disziplin dankbar sein, die er ihr anerzogen hatte.

Wenn sie den Männern ihr Wissen vermittelte, klang sie wie er. Sie wusste, dass er ihre Art des Unterrichts beeinflusste. Sein Blut lief in den Adern des Sohnes. Sie würde seinen Geruch, wenn auch nur einen Hauch, mit sich tragen, bis sie starb.

Kapitel achtzig

Die Mutantin kam aus der Haustür und trat ihren Männern gegenüber.

Während die anderen Krieger in Stockbetten in langen, kalten Sälen schliefen, schmutzige Waschräume teilten und keine Rückzugsmöglichkeiten hatten, wohnte sie in einem Haus für sich. Im Stillen murrten die Männer darüber, dass Gaia vom Herrscher bevorzugt wurde. Sie lebte so, wie es nur die obersten Würdenträger, Befehlshaber oder Calisto selbst taten, der viel Zeit auf dem Stützpunkt verbrachte. Keiner wagte es allerdings, sich laut zu beklagen. Sie drückten ihr Missfallen in Murren und unzufriedenem Ächzen aus. Man kannte ihren Stand. Niemals zuvor hatte jemand in der Geschichte ihrer Armee eine Linie eintätowiert bekommen, ehe er zum Krieger geweiht worden war. Doch hätte man sie gefragt, hätten die Männer zugeben müssen, dass sie die Sonderbehandlung verstanden.

Die Division wartete in Reihen an diesem strahlenden Morgen auf sie.

Die Arme hinter dem Rücken verschränkt, die Köpfe ihr zugewandt.

Ihre Schritte waren auf dem Erdboden kaum zu hören. Die stille Jägerin, auch wenn die Schuhe Spuren hinterließen, während sie vorwärtsschritt. Die Sonne warf Schatten unter ihre metallene Brigandine, und sie sah aus, als hätte sie auf dem Rücken Flügel. Man begrüßte sie.

Ein Salut, gefolgt von einem »Guten Morgen, Mutantin!«

»Guten Morgen«, erwiderte sie. Musterte ihre Gesichter, von denen einige vom Schlaf verquollen waren. Von den Männern kannte sie ein paar, denn sie hatten sie auf die zehntägige Mission begleitet, um die bleiernen Waffen aus dem Versteck im Merian-Gebirge zu holen. Dieselben Waffen, die nun auf den Tischen ausgebreitet lagen. Dieselben Waffen, die im Krieg benutzt werden sollten.

Man hatte sie unter Baldachine gelegt, um sie vor der Sonne zu schützen. Bis sie auf den Platz hinaustrat, mussten die Männer die Waffen bereits entladen und zerlegt haben, wie sie das jeden Morgen von ihnen erwartete.

Sie genoss das Unterrichten. Vor allem genoss sie den Geruch von Schießpulver am Morgen, den Anblick der goldenen Kugeln im Gras, die am Ende des Tages eingesammelt und in den Industriebezirk von Eden gebracht wurden, um dort eingeschmolzen und zusammen mit anderem Metall zu Hunderten von neuen Kugeln verarbeitet zu werden. Durch zahlreiche Unfälle kam es immer wieder zu Todesfällen in den Mühlen. Das Pulver explodierte, denn niemand wusste so recht um seine Wirkung. Trotzdem machte man mit einer naiven Begeisterung weiter.

Da seine Obersten Leser den Buchstaben ›G‹ in der Rinde des allein stehenden Baumes als Beweis für die Hinterhältigkeit der gregorianischen Nation sahen, ließ Calisto nun in seine neu angefertigten Kugeln ein ›C‹ einprägen, um damit seinem eigenen Stamm Tribut zu zollen.

Die Calistoniten sollten ihre Rache bekommen.

Kapitel einundachtzig

Man spürte den Wunsch nach Rache in der Luft, in der Erde,
in der Tinte der Schriftrollen des Gesetzes der Natur
und in den Geschichten der neuen Welt,
in den Erzählungen von Stammesfehden und Kriegen.

Abkommen und Verträge, gebrochen und neu geschlossen. Gefallene Helden, schwelende Gier, verblendetes Ehrgefühl. Es braute sich seit Jahrzehnten, seit Jahrhunderten zusammen und musste in der Welt der Menschen immer wieder explodieren.

Wie sehr sich Gaia nach dem Tag der Lobpreisung sehnte!

Ihr verlorenes Land zurückerobern und das Gefühl haben, es sei ihr eigenes. Denjenigen Gerechtigkeit widerfahren lassen, die beim Bleimassaker ums Leben gekommen waren, und glauben, dass es nicht Gaias Schuld gewesen war.

Sich auf dieser Erde selbst gesühnt fühlen.

Wie weit sie vom Weg abgekommen war,

vom Pfad der Gerechtigkeit!

Aufgegebene Träume. Nur der Sohn, das ewig Gute. Sie erinnerte sich an die Worte des Herrschers.

»Wie fühlt es sich an, Tausende von Männern als Brüder zu haben? Diese Armee würde für dich sterben.«

Und sie hatte geantwortet: »Ich fühle mich geliebt, denn der Sohn hat eine ganze Armee von Männern, die er Familie nennen kann.«

Kapitel zweiundachtzig

»Glock-Brüder, erklärt, wie ihr ladet.«

Ihre Männer traten vor.

»Das Magazin herausnehmen«, riefen sie einstimmig, »durch Drücken des Verriegelungsschiebers, Mutantin. Den Schlitten nach hinten ziehen und einrasten lassen, Mutantin. Das Magazin mit siebzehn Patronen laden, Mutantin. Finger immer auf dem Griffrücken. Entsichern. Den Schieber herunterziehen. Den Schlitten zurückziehen. Die Pistole ist jetzt geladen, Mutantin.«

»AK-Brüder, erklärt, wie ihr ladet.«

Ihre AK-Männer traten vor.

»Das Magazin herausnehmen«, riefen sie einstimmig, »durch Drücken des Verriegelungsschiebers, Mutantin.

Das Magazin mit dreißig bis fünfundsiebzig Patronen laden, Mutantin. Der Magazinrand wird etwas schräg eingesetzt. Drehen, um es einrasten zu lassen. Entsichern. Die Schulterstütze zurückziehen. Das Sturmgewehr ist jetzt geladen, Mutantin.«

»Remington-Brüder, erklärt, wie ihr ladet.«

Ihre Remington-Männer traten vor.

»Die Waffe umdrehen, Mutantin«, brüllten die Remington-Männer einstimmig. »In den Gewehrlauf bis zu fünf Patronen schieben, Mutantin. Wieder umdrehen. Einen Finger an den Abzug legen. Entsichern. Die Flinte ist jetzt geladen, Mutantin.«

Eine Windböe umkreiste sie. »Dem Herrscher zugeeignet«, erwiderte sie.

Sie schickte sie an ihre Positionen auf dem Schießplatz, der mit hölzernen Zielscheiben und Metallschrott bestückt war. Tontauben wurden in regelmäßigen Abständen in den Himmel geschossen. Am Rand des Platzes lag die alte Transportstraße, dieselbe Straße, auf der die Armee in die Schlacht ziehen würde.

Sie befahl ihren Kriegern, mit den Schießübungen zu beginnen, während sie die Kutschen in der Ferne kommen und wegfahren sah. Auf der anderen Seite der Straße standen die Baracken. Die Übungshalle und die Munitionslager. Sie blickte durch ihr Fernglas, um ihr eigenes Zuhause zu betrachten, durch einen Zaun von den anderen getrennt. Sie konnte die drei Beschützerinnen ihres Kindes durch die Haustür treten sehen. Etwas bewegte sich durch den Garten. Ein winziges Lebewesen, ein winziger Körper. Von den Frauen geführt, beinahe zu klein, um ihn ausmachen zu können, war dieser winzige Mensch der Sohn, der auf seinen zwei Beinen lief.

Die Schüsse, die hinter ihr abgefeuert wurden, ließen sie zusammenzucken. Sie schüttelte den Kopf, wenn sie daran dachte, dass er inmitten dieses Wahnsinns aufwuchs, und musste dann lächeln. Die einzige Blume in der Dunkelheit.

»Weitermachen!«, befahl sie den Kriegern. Sie rannte über den Platz. Die AK hing um ihren Nacken, schlug gegen ihre Rippen. Sie näherte sich der Transportstraße und bahnte sich einen Weg um die herein- und hinausfahrenden Kutschen. Die Kutscher hielten ihre Pferde an und wandten die Köpfe, um der rennenden Mutantin hinterherzublicken. Sie hatten gehofft, sie als Kriegerin in Aktion zu erleben. Keiner hatte jedoch angenommen, sie wirklich aus nächster Nähe zu sehen.

Sie entriegelte den Zaun, der ihr Haus umgab, und eilte in den Garten. Die drei Mägde begrüßten sie überrascht. Er stand, an der Hand von Rosella, auf seinen zwei Füßen und sah ihr entgegen. Es war nicht sein erstes Mal. Er war schon früher gelaufen, während sie fremden Männern beibrachte, wie man tötete.

»Sohn«, begrüßte sie ihn und ließ sich vor ihm auf ein Knie nieder.

Ja, er würde groß und mächtig werden.

»Das Landleben tut dir gut«, sagte sie. Sie musterte ihn von Kopf bis Fuß, wie er so vor ihr stand.

Sein dichtes dunkles Haar wurde strubbeliger. In seinen Augen sah sie bereits Hinweise auf seine zukünftigen Gesichtszüge. Er war noch so klein. Mitten unter all dem Blut und den Kriegsvorbereitungen war er hier, ihr Licht, ihre Blume.

»Yaia«, erwiderte er. Streckte eine Hand aus, um die Mündung ihrer Waffe zu berühren. Sie nahm die Hand und küsste die Handfläche.

Noch war er der Ihre.

Kapitel dreiundachtzig

In dieser Nacht segelte eine Brieftaube durch den Himmel der gregorianischen Hauptstadt Ammon.

Gregor der Herrscher schlief tief. Seine Gemahlin Ada schlummerte neben ihm, die neugeborenen Zwillinge lagen in ihren Wiegen. Still war es auf den Straßen. Friedlich war die Nacht. Die Brieftaube, von den Calistoniten gesandt, der einzige schwarze Punkt im Licht des Mondes vor dem wolkenlosen Himmel. Sie flog über die Dächer der Häuser, durch den letzten Rauch der Kaminfeuer – mit der Dringlichkeit, die nur eine Krise mit sich bringt. Sie landete auf der Burg von Gregor dem Herrscher.

Ein Diener fand sie nicht viel später in ihrem Käfig. Der Brief, der an ihr Bein gebunden war, wurde vorsichtig entfernt. Die Boten wurden alarmiert. Gregor der Herrscher erfuhr vom Inhalt des Briefes vor den versammelten Lesern, den Heeresführern und Offizieren, noch ehe die Sonne aufgegangen war. Später am selben Tag brachten calistonitische Tauben dieselbe Information zu den arinischen und franciscanischen Burgen. Die Botschaften, die sie trugen, wurden auf ähnliche Art verbreitet. Die entscheidende Erklärung, die auf dem Papier stand und von Calisto selbst unterzeichnet worden war, wurde in verzweifelter Eile debattiert.

Der Krieg war da.

Kapitel vierundachtzig

Das Aufgehen der Sonne.

Die Vögel suchten Schutz vor dem ohrenbetäubenden Lärm. Präriehunde vergruben sich tief in ihren Tunneln, während die Erde über ihnen dröhnte. Das Kriegshorn war ertönt und erfüllte die Luft des Militärstützpunkts. Staub wirbelte um die Räder der Armeefahrwerke, die Nahrung und medizinische Versorgung, Zelte, Munition und Waffen transportierten. Die Krieger waren bereit, sich in ruhmreiche Taten zu stürzen. Tausende von Pferden trabten durch die Tore, auf jedem ein Krieger der calistonitischen Nation, ausgeruht und gut genährt, die Rüstung noch unberührt von der Schlacht. Ihre Gesichter waren frisch rasiert, ihre Waffen aus Metall, Holz und Blei hatte man poliert. Die Männer stellten sich ihren Rängen gemäß in Reihen auf und warteten darauf, dass Calisto der Herrscher den Befehl zum Aufbruch gab. Unter den neuen und den erfahrenen Kriegern war nervöses Lachen zu hören. Ein aufregendes Gefühl von Hoffnung erfüllte die Menge. Man kam sich bereits siegreich vor, obwohl die Schlacht noch nicht begonnen hatte.

Vom abgelegenen Militärstützpunkt aus sollte der Marsch nordwestwärts gehen, um das Merian-Gebirge herum, anstatt über es hinweg. Im rauen, gefährlichen Gebiet der Berge würde es sonst Wochen länger dauern. Die schnellste Route zur Stadt Meriah, noch unter gregorianischer Herrschaft, würde fünf, höchstens sieben Tage in Anspruch nehmen. Sie wollten diese Stadt traditionell erobern, mit Klingen, Pfeilen und Muskelkraft. Wenn sie nach ihrem Sieg das merianische Gebiet zu dem ihren erklären würden, wollten sie weiter nach Ammon marschieren, fünf Tagesritte entfernt. Um die Hauptstadt zu besiegen, würden sie dann ihre bisher heimlichen Waffen einsetzen.

Der Klang des Horns hatte den Sohn geweckt.

Der Platz neben ihm, wo seine Mutter gelegen hatte, war noch warm.

Angezogen und mit dem Schwert an ihrer Hüfte, ließ sie sich auf ein Knie herab und beobachtete aufmerksam, wie der Sohn beim zweiten Klang des Horns die Augen öffnete.

Noch verschlafen sah er sie fragend an. »Yaia?«

»Kann es sein, dass wir in die Schlacht ziehen?«, fragte sie ihn leise. Sie küsste ihn auf die Stirn. »Ich gehe jetzt …«

Es war nicht das erste Mal, dass sie diese Worte gesprochen hatte.

»Und ich weiß noch nicht, wann ich zurückkehren werde.«

Gaia legte ihre Hände auf seine Wangen.

Sie sagte: »Ich habe dieser Nation einen Eid geschworen, und du bist nicht mehr schutzlos. Niemals, denn du gehörst zu mir, und ich gehöre zu dieser Nation.«

Sie küsste sein Gesicht. Für lange Zeit würde sie nicht mehr so etwas Weiches spüren.

Und sie sagte: »Du und deine Beschützerinnen werden

in die Burg des Herrschers gebracht, wo ihr wohnen werdet. Du wirst unter den Obersten Lesern weilen, während ich fort bin. Unter den Lesern mit ihren großartigen Geschichten und in Gärten, die wunderbar grün sind. Ich hingegen, ich werde …«

Solche Dinge mussten nicht laut ausgesprochen werden.

Draußen dröhnte die Erde, bebte unter Hufen und Stiefeln.

Gesegnet war sie, welche die moderne Kriegsführung wiedererweckt hatte, denn in jedem Heim, in dem der Sohn gelebt hatte, war er willkommen gewesen. In Ehren gehalten. Früher einmal hatte er nur Schmutz, Stein und Fell gekannt.

Ihre Entdeckung würde viele berauben –
die Mutantin, ewige Retterin, selbst in ihrem Untergang.
Gesegnet war sie, die lebte und tötete
für den Sohn, dem ihr Herz gehörte.
Sie küsste ihn ein letztes Mal. Drückte seine Wange an die ihre.

»Ich kenne dich, denn ich bin es, die dich geboren hat«, flüsterte sie ihm ins Ohr, ergebene Worte ihrer Liebe. »Du, nur du wirst ein Leben in Schönheit führen. Ich fürchte mich vor dem, was ich für dich tun würde. Ich habe für dich getötet … Ich würde wieder für dich töten … Eines Tages wirst du verstehen, warum ich den Handel mit den Mächtigen eingegangen bin.«

Sie trug ihn zur Tür und legte ihn dort in Daphnes Arme. Die drei Beschützerinnen. Liebende Frauen. Sie würden für Gaia töten, wenn diese sie darum bäte. Sie hatte ihnen beigebracht, dass zum Überleben Blutvergießen gehörte. Sie hatten gelernt, sie in ihren ruhigsten Momenten zu zähmen.

»Was ist, wenn er nach dir weint?«, fragte Rosella.

»Dann sagt ihm, dass seine Mutter bald wiederkommen wird.«

»Was, wenn du nicht wiederkommst?«

»Ich komme immer wieder!«

Sie kannten sie inzwischen gut. Vor einem Kampf, vor dem Blutvergießen. Wenn ihr Gesicht diesen finsteren Ausdruck annahm und ihre Augen diesen fernen Blick bekamen. In eine schützende Rüstung gehüllt, nirgendwo auch nur eine Andeutung ihres verletzlichen Körpers.

So kannten sie die Leute.

Doch die Mägde hatten auch Seiten an ihr gesehen, die andere nicht für möglich hielten: eine unbewaffnete, schutzlose Mutantin. Entkleidet, zerzaust oder benommen wie ein kleines Kind, wenn sie erwachte.

Sie waren es, die sie zu Hause willkommen hießen – blutig und geschunden nach den Kämpfen. Vor Erschöpfung zitternd, die Hände voller Blasen und sich schälend bei der kleinsten Berührung, verzweifelt den Sohn in den Armen haltend. Sie kämmten ihre Haare und flochten sie, während sie für andere so geboren zu sein schien. Die Mägde hatten sie an dem Tag gebadet, an dem sie in Eden eintraf, und waren von ihr bedroht worden. Doch sie hatten Gaia so sauber geschrubbt, als wäre sie eine von ihnen.

»Ihr seid gut. Und ihr seid wahrhaftig«, murmelte Gaia.

Die drei Mägde weinten. Sie war bereits spät dran, aber sie wollte diese Erinnerung mit sich nehmen.

Gaia sprach die Worte, als ob sie sich daran erinnern müsste, was sie bei ihrem Bemühen, das Leben ihres Kindes in dieser seltsamen Welt zu schützen, verloren hatte. Versprechen, die sie gemacht, Versprechen, die sie gebrochen hatte. Wie viel von ihrer eigenen Güte war verschwunden und durch Gleichgültigkeit für ihr Unbekannte ersetzt worden?

Der Sohn würde sich auf den Weg der Gerechtigkeit begeben. Das geschriebene Wort war für sie nur noch eine verschwommene Hoffnung aus vergangenen Zeiten.

> Ihr Wille, gut zu sein, eng mit der Schönheit seines Lebens verbunden,
> galt nur jenen, die halfen, es zu beschützen.
> In der Gesellschaft der drei Frauen war sie gezähmt,
> doch für die restliche Welt blieb sie die Mutantin, die man fürchten musste.

»Es wird nicht immer so sein«, sagte sie sich und betrachtete die vier, die unter der Tür standen. »Das Zeitalter des Blutes wird zu einem Ende kommen.«

Kapitel fünfundachtzig

Am Zaun stand ein weißes Pferd. Seine Schnauze war grau, die Augen schimmerten schwarz. Es war kraftvoll, groß und imposant. Ein Schlachtross.

Gaia sollte es gut kennenlernen. Es würde in den kommenden Wochen mehr Blutvergießen sehen, als es das in seinem bisherigen Leben getan hatte. Doch in den dunkelsten Tagen des Krieges würde sie es frei laufen lassen.

»Das ist Nada«, sagte der Knappe, der neben dem Pferd wartete. »Sie weiß, was Geschwindigkeit heißt. Der Herrscher erwartet dich. Sie haben sich bereits in Bewegung gesetzt. Eile!«

Sie stieg auf Nadas Rücken, die Augen auf den Sohn gerichtet. Auch er sah sie an. Sie winkte zum Abschied, doch in seiner Verwirrung begann er zu weinen, als er seine Mutter so plötzlich gehen sah. Die drei Mägde versuchten, ihn zu beruhigen, doch er hielt den Blick nur auf Gaia gerichtet. Die Tränen, die er jetzt vergoss, musste er später, wenn er alt genug war und sich daran erinnerte, nicht mehr vergießen.

»Kehre zurück« sagte Daphne.

Gaia fasste nach dem Zaumzeug. Nada begann loszutraben, und das Haus verschwand rasch aus ihrem Blickfeld. Sie würde es nicht wiedersehen. Sie ritt zu der Transportstraße, wo noch immer Krieger zu dem langen Zug dazustießen, der sich wie eine dunkle Schlange durch die Landschaft zog. Der vorderste Teil war nicht mehr zu sehen. Die Luft war vom Geklapper der Hufe erfüllt, dem schweren Atmen der Männer, dem Rollen der Artilleriegefährte, dem Wiehern der Pferde, die darauf trainiert waren, das Chaos einer Schlacht zu überleben, sowie der Rufe der Händler, die eingetroffen waren, um Essen, Tabak, Kaffee, Glücksspiele und Huren für die Zeit nach den Schlachten feilzuhalten.

»Nada!«, rief sie entschlossen. »Zeig mir, wie schnell du bist!«

Ja, Nada war ein Schlachtross. Sie zögerte nicht, keinen Augenblick lang. Sie rasten dahin. Der Wind umwehte sie, und die Hufe des Pferdes hämmerten auf die Erde. Gaia konnte die Luft spüren, die ihr in die Nase drang, merkte, wie ihr Zopf gegen den Rücken peitschte und wie sich ihre Stiefel in Nadas Seiten bohrten. Jetzt war sie eine Kriegerin, die in die Schlacht ritt. Sie zog an den Soldaten vorbei, um bis ganz nach vorne zu gelangen. Die Reihen der Krieger schienen endlos zu sein.

Er war an vorderster Front. Führte sie auf seinem Rappen an. Seine Rüstung war an den Rändern verziert, die Metallplatten auf seinen Schultern hatten gebogene Zacken, als ob dort Hörner wuchsen, wo Flügel hätten sein sollen. Sein Kettenpanzer war von den vielen Schlachten dunkel geworden. Die Satteldecke aus grünem Leder hatte ein geprägtes Muster. Noch saß der Helm nicht auf seinem Kopf. Seine schwarzen Haare hingen herab. Nur die oberen Strähnen waren zu einem Knoten zusammengebunden, befestigt durch eine geschickt verborgene kleine Stichwaffe, die er benutzen konnte, sollte er sich allein und unbewaffnet wiederfinden.

Hinter ihm ritten die fünf besten seiner Krieger sowie die Befehlshaber der Armee, die Bannerträger und einer der Leser, der Briefe über die neuesten Entwicklungen verfassen und nach Eden zurücksenden sollte. Gewöhnlich führte eine Armee stets zwei Leser mit sich, falls einer von ihnen im Krieg sterben sollte. Diesmal war es an Gaia, diese Rolle zu übernehmen.

Sie zügelte ihr Pferd und hielt es neben dem Herrscher an.

»Ein Krieger sollte sich niemals verspäten«, sagte Calisto kalt. Doch Gaia kannte seine Stimme inzwischen gut genug, um zu wissen, dass er nicht ernsthaft verärgert war.

»Eine Mutter sollte nie abreisen, ohne sich von ihrem Kind zu verabschieden.«

Ihre Blicke trafen sich, während sie nebeneinander weiterritten. Im Tageslicht sah sie die Narben auf seinem Gesicht. In den Sälen und Zimmern verbargen meist Schatten die hässliche Wahrheit. Doch hier draußen ertappte sie sich dabei, wie sie ihn anstarrte – so, wie er auch ihre Narben musterte.

»Mutantin.«

»Herrscher.«

Und hinter den Bergen, in der Nation der Gregorianer, wusste man um ihr Kommen. Dort läuteten die Glocken der Stadt. Die Legionen machten sich in größter Eile bereit.

Auch er wusste um ihr Eintreffen, der Kämpfer der gregorianischen Nation.

Man hatte ihn gewarnt, heimlich, denn eine solche Weitergabe von Informationen würde jeden der Spionage schuldig machen. Dennoch war er von einer kleinen Vagabundin, einem Menschenmädchen gewarnt worden, das von der Welt verstoßen war und jetzt sicherstellte, dass er sich am richtigen Ort – hinter dem Glockenturm, dem Rathaus der Stadt Ammon gegenüber – zur richtigen Zeit einfand. Um Mitternacht am Vorabend der Schlacht würde er dort sein, so hatte er es versprochen, um auf die Mutantin zu treffen.

Wer, wenn nicht der Mann, der Gaia Marinos aufgezogen hatte, würde die Macht besitzen, sie von dem geplanten

Kugelhagel abzubringen, der auf die nichts ahnende Stadt herabregnen sollte? Nur ein einziger Mensch war dazu in der Lage.

Kapitel sechsundachtzig

Man hörte nur das Geräusch von Hufen und Stiefeln, die auf den Boden schlugen.

Die Armee hinterließ eine breite Spur aus zertretenen Gräsern und Pflanzen, als ob die dunkle Schlange aus Kriegern, die sich durch das Land walzte, alles niederstreckte, was sich ihr in den Weg stellte. Immer wieder häutete sich dieses Tier, indem Befehlshaber ihre Positionen verließen, an die Spitze oder ans Schwanzende ritten, um die Truppen in ihren Reihen zu halten.

Bis zum Horizont war keine einzige Seele zu sehen. Geächtete, die zufällig in der Gegend waren, suchten sofort das Weite, wenn sie die Größe der Armee bemerkten. Auch die wilden Tiere flohen. Sie kamen nur an dem Ort Heath vorbei, wo die einzigen Menschen dieser Gegend lebten. Hirten, Dorfbewohner und Bauern sammelten sich an den Ecken ihrer Straßen und Felder, um den vorbeimarschierenden Kriegern nachzusehen.

»Da ist der Herrscher. Da ist unser Calisto!«

Sie schwenkten Strohhüte und Kappen in der Luft, während ihre Kinder auf und ab sprangen, um mit ihren Helden eine Weile mithalten zu können, bis sie nicht mehr hinterherkamen.

»Und da ist die Mutantin!«, riefen die Leute, als sie den

geflochtenen Zopf in Gaias Nacken sahen. Das Wissen um ihre Existenz war bis in die entferntesten Ecken des Landes vorgedrungen und offenbarte die Macht der Geschichten, die sich um sie rankten. Gaia war die Mutantin der Nation.

Eine Heldin, die tief fallen würde.

Kapitel siebenundachtzig

Die Nacht ist für den marschierenden Krieger eine herrliche Zeit, denn in diesen kurzen Stunden darf er sich im Schlaf erholen. Die Nacht ist für den marschierenden Krieger eine Zeit der Kontemplation, denn in diesen kurzen Stunden darf er sich seinen Gedanken hingeben.

Ein langer Zug wie dieser marschiert viele Stunden lang an jenen vorbei, die zusehen wollten, wie er vorüberzieht. Deshalb wurde das Nachtlager von den Kriegern vorne an der Spitze aufgeschlagen. Sie legten sich ein paar Stunden hin, und als sie weitermarschierten, nutzten es die nachfolgenden Truppen zur Ruhe. Das Ende des Zuges baute das Lager schließlich wieder ab. So häutete sich die Schlange jede Nacht von Neuem und fraß zum Schluss ihren Schwanz, als wäre sie niemals da gewesen.

Doch nicht alle, die im Nachtlager eintrafen, vermochten sich auch so auszuruhen, wie ihr Körper das brauchte. Da gab es diejenigen, die Wache halten und im Stehen schlafen mussten. Ihre Augen standen offen, keine Regung entkam ihrem Blick. Nachdem etwas ihre Aufmerksamkeit erregt hatte – sei es ein Tier oder ein herabfallender Zweig –, drifteten sie wieder ab, und die Stille nach dem dröhnend marschierenden Zug hüllte sie ein wie eine weiche Decke. Dann gab es solche, die auf Pferderücken schliefen, weil sie patrouillieren mussten. Sie ritten durch die Umgebung und suchten diese ab, soweit es das Mondlicht zuließ. Zumindest genossen sie den Vorteil, in einer solchen Zeit für sich sein zu können, ohne das Atmen, das Grunzen, Seufzen, Fluchen, Furzen, Rülpsen, Murmeln, Stören der anderen hören zu müssen. Dann kehrten auch sie ins Lager zurück, und die nächste Patrouille ritt los.

Manche schliefen gar nicht.

Zu ihnen gehörte Calisto der Herrscher, der auf Märschen nie schlief. Wenn man in der Nacht sein Zelt betrat, fand man ihn stets an einem von zwei Plätzen. Entweder beugte er sich an seinem Tisch über Landkarten, die er mithilfe eines Lesers entzifferte. Oder er lag allein auf dem Rücken in seinem Bett und starrte an die Decke. Sein Schwert ruhte über seinem Herzen, als ob die Klinge es am Schlagen hielte. Seine Augen wurden immer röter, je näher die Schlacht rückte. Seine Narben begannen, heller zu schimmern. Falten zeigten sich an Stellen, wo es zuvor noch keine gegeben hatte, und er hielt seinen Rücken gebeugt, als ob ein riesiger Felsbrocken auf seinen Schultern läge.

Es hieß, er trage die ganze Last seiner Armee.

Dann gab es noch jene, die nicht schliefen, weil sie den Krieg noch nicht kannten.

Zu ihnen gehörte die Mutantin, die sich auf der Pritsche in ihrem Zelt ruhelos hin und her warf, ehe sie wieder an die frische Luft hinaustrat und durchs Lager wanderte.

Auch andere Krieger fanden keinen Schlaf. Sie rauchten,

wenn sie vorüberkam, oder baten sie um Feuer, um ihre gerade gestopften Pfeifen zu entzünden. Einige fetteten die Gelenke ihrer Rüstungen oder polierten ihre Schwerter. Oder sie reinigten ihre bleiernen Waffen, wenn sie das Glück hatten, eine zu besitzen. Gaia kam an nackten Zehen vorbei, die unter Decken hervorlugten, ein Körper neben dem anderen wie damals die Toten, die man nach dem Bleimassaker Seite an Seite aufgereiht hatte.

Sie entzündete einige abgebrannte Lagerfeuer und legte sich schließlich ins Gras. Ihre AK-47 hielt sie in den Armen, als hätte sie diese selbst geboren. So schlief sie am besten, obwohl sie schon lange Daunendecken und Baumwolllaken kannte. Sie schlief am liebsten unter freiem Himmel, denn dann hörte sie als Erste die Vögel zwitschern, die Grillen zirpen und die Blätter rascheln. Ein Wildling würde sie immer bleiben.

Die Geräusche der Nacht verbargen die Angst im Lager und das Gefühl des Nichts, das mit dem Krieg einhergeht. Am Morgen würde dieses Nichts verschwunden sein. Mit Tagesanbruch würde Mut in die Herzen der Krieger zurückkehren. Doch mit dem Untergehen der Sonne sollte erneut das Nichts zurückkehren – wie ein Nebel, der über den Feldern hängt.

Sie hörte das Klirren von Rüstungen und öffnete die Augen. Bald würde die Sonne aufgehen. Der Himmel war strahlend blau, und das Tageslicht sollte ihn im Laufe der Stunden noch leuchtender werden lassen. Krieger liefen vorüber. Manche schnallten sich gerade ihre Knieplatten und den Schenkelschutz an. Ein Körper nach dem anderen: silbern. Brustschilde wurden an Leiber gezurrt, Köpfe verschwanden unter Helmen. Gaia beobachtete die Männer und vergaß einen Moment lang fast, dass sie eine von ihnen war. Als ihr einfiel, dass auch sie in voller Rüstung auf ihrem Pferd sitzen musste, stand sie hastig auf.

Dieser Krieg war ihr Krieg.

Sie marschierten weiter.

Zu ihrer Linken lag nun, nicht allzu weit entfernt, das Merian-Gebirge. Es schien fast, als ob die Berge mit ihnen mitmarschieren würden, da große Gesteinsbrocken und Felsen jede ihrer Bewegungen widerspiegelten.

Von unten konnte man das Labyrinth aus Tälern und Kämmen, das zwischen den Bergen lag, nicht einmal erahnen. Gaia jedoch wusste, was auf sie wartete. Sie kannte die Gegend, dort hatte sie gelebt. Sie betrachtete die Berge ein wenig misstrauisch, aber auch dankbar. Hier war es gewesen, wo sie ihren persönlichen Retter geboren als auch ihre Rettung zwischen den Bäumen gefunden hatte.

Auch Calisto der Herrscher musterte dankbar das mächtig wilde Land, aus dem die Mutantin zu ihm gekommen war.

Kapitel achtundachtzig

Erfahrene Krieger marschierten stumpf dahin. Erst in der Nacht überlegten sie, wie sich wohl zu Hause das Getreide entwickelte, ob die Kinder zu Abend gegessen hatten oder die Türen verriegelt waren. Doch auch solche Gedanken waren flüchtig. In der Nacht dachte der unerfahrene Krieger an seinen nahenden Tod. An die bevorstehende Schlacht, an das zurückliegende Leben. Viele ließen solche Gedanken auch am Tag nicht in Ruhe. Keine Armee marschiert auf einen garantierten Sieg zu, nicht einmal diese Truppen, angeführt von diesem Herrscher, beschützt von diesen Waffen und bewacht von dieser Mutantin.

Sie hingegen, sie dachte an ihn.

Sie dachte an den Sohn.

Wie warm er strahlte, als ob sie ihre eigene Sonne neben sich hätte.

Wie warm die Laken waren, wenn er in ihrem Bett schlief. Wie seine Backen rosa wurden, wenn Gaia in ihren gemeinsamen Momenten vor ihm saß. Wenn sie ihn mit ihren Feuerspielen begeisterte. Dorthin, zu diesen Erinnerungen – dorthin wollte sie immer zurückkehren.

Doch der Tod kam oft, ehe sie ihren Frieden fand. Sie hatte gelebt und überlebt, damit er nie davon erfahren musste. Ach, wenn sie den Lehrer wiedersehen würde, wenn dieser Wunsch je in Erfüllung ginge, dann könnte sie ihm sagen: »Ich lebe für meinen Sohn, und ich sterbe für ihn.« Und er würde antworten: »Ich weiß.«

Wenn der Lehrer ihn in sein Herz schließen würde. Wenn er ihn so lieben würde, wie er sie geliebt hatte – als wäre sie sein eigen Fleisch und Blut.

Hinter und neben ihr marschierten Tausende, bereit, an ihrer Seite zu sterben, wenn das Schicksal es wollte. Sie freuten sich, die Mutantin zu grüßen und zuzusehen, wie sie an ihnen vorbeiritt, zu versuchen, einen Blick auf ihr Gesicht zu erhaschen. Die Augen verweilten meist einen Moment länger auf ihren Handschuhen, und sie stellten sich vor, was dort verborgen war. Befanden sie sich am Morgen zufälligerweise an einem günstigen Platz, erlebten sie, wie Gaia die Handschuhe auszog, um Hände und Gesicht zu waschen. Im Gegensatz zu den Kriegern hatte sie intensiv trainiert. Wer sie kannte, trat zu ihr, um mit ihr zu plaudern. Doch die anderen bevorzugten es, das Geheimnis der Mutantin aus der Ferne zu beobachten. Sie versuchten, von ihr zu lernen, doch sie sprachen nie mit ihr. Auch unter Tausenden war sie allein.

Vor allem ein Mann mied sie. Es war der Leser, dazu bestimmt, den Marsch zu begleiten. Wie demütigend es für ihn war, als hoch angesehener Gelehrter mit einer Mutantin verglichen zu werden, die über dieselben Fähigkeiten verfügte, die ihn vom einfachen Volk unterschieden, und zugleich all den brutalen körperlichen Aktivitäten nachging, von denen sich die Leser fernhielten. Die Leser waren Geistesmenschen, keine Kämpfer. Sie studierten die Sechs Schriftrollen. Sie lasen bei den rituellen Opferungen aus dem Gesetz der Natur vor. Sie war nicht dazu bestimmt.

Gaia beobachtete jede Nacht, wie er in seinem Zelt verschwand. Er tat es, sobald das Nachtlager aufgebaut war. Sein langer Umhang glitt übers Gras. Er zog die Kapuze vom Kopf, sodass man den leicht gebeugten Hals und den fast kahlen Kopf sehen konnte, ehe er im Eingang verschwand. Er hatte ein Schwert bei sich, doch sie bezweifelte, dass er es einzusetzen verstand.

Würde er den Krieg überstehen? Was wusste er vom Überleben? Hatte er jemals einen besorgten Blick hinter sich geworfen, weil er befürchtete, dass ihm Bären, Wölfe oder Berglöwen folgten? Hatte er jemals Angst davor gehabt, dass das Lagerfeuer nicht ausreichen könnte, um die Raubtiere fernzuhalten? Er wusste nicht, wie es war, Licht mit sich zu tragen. Der bloße Gedanke daran versetzte vor Zorn ihre Fingerspitzen in Brand. Er hatte nie um sein Leben kämpfen müssen. Hatte sie denn vergessen, dass es die Gerechtigkeit eines Lehrers war, die sie in die Freiheit führte?

Ihre Überlegungen wurden durch einen Pfiff unterbrochen. Sie brachen wieder auf. Plötzlich war es wieder Tag. Sie wischte von ihrer AK-47 etwas Dreck ab und hängte sie sich über die Schulter – mit einer ähnlichen Selbstverständlichkeit, wie sie damals den Sohn in seiner Tasche mit sich getragen hatte.

Noch zwei Tage bis Meriah.

Kapitel neunundachtzig

Zum Leidwesen der calistonitischen Armee fiel strömender Regen auf das Land.

Die Natur weiß, wie die Pläne der Menschen zu untergraben sind.

Deshalb hatte man auch das Gesetz der Natur verfasst.

Hufe versanken in schlammigem Boden und wurden mit einem lauten Schmatzen wieder herausgezogen, wobei Pferd und Mann gleichermaßen bespritzt wurden. Regentropfen prasselten melodisch auf die Rüstungen. Das nasse Fell der Pferde ließ die Reiter frieren. Der Herrscher hatte eine Kutsche, in die er sich zurückziehen konnte. Doch als er sah, wie seine Männer und die Mutantin im Gegenwind dahinritten, beschloss er, es ihnen gleichzutun. Das Prasseln des heftigen Regens vermischte sich mit dem Wind, der über die Wiesen fegte, mit dem Klirren von Metall, dem Wiehern der Pferde, dem Knarren der Räder und dem Stapfen der Stiefel auf dem Boden. Menschliche Stimmen waren zu schwach, um sich jetzt noch unterhalten zu können. So marschierten die Truppen niedergeschlagen und stumm dahin.

Die Landschaft vor ihnen wurde beängstigender.
So weit! So menschenleer!
Jeder Krieger so einsam, zusammen, aber doch allein, isoliert in ihren Rüstungen unter dem grauen, aufgepeitschten Himmel.

Jedes Blatt troff. Der Erdboden war zu Schlamm geworden und blieb es auch, nachdem es zu regnen aufgehört hatte. Das heftige Wetter hatte sich gelegt, wenngleich es noch immer stark windete. Es war schwierig, ein Feuer zu entfachen und es am Brennen zu halten, nachdem das Nachtlager errichtet worden war. Stumm lief Gaia durch die Reihen und gab rechts und links ihr Licht und ihre Wärme. Der Leser beobachtete sie mit verschränkten Armen, ehe er sich in sein Zelt zurückzog.

Da lag etwas auf dem Boden. Etwas Dunkles, Lebendiges. Beinahe trat sie auf dem Weg zu ihrem Zelt darauf. Das Licht der brennenden Fackeln in ihrer Nähe zeigte ihr, es hatte Federn. Es war ein Vogel. Den aufgestellten Federn nach zu urteilen, war das Tier noch am Leben. Es blickte sich mit milchig blauen Augen um und schien sie zu spüren, auch wenn es sie offenbar nicht sehen konnte. Langsam schob sie ihre Hände vor seine Füße. Nachdem der Vogel sie abgetastet hatte, kletterte er auf ihre Handschuhe und klammerte sich daran. Wie groß dieses Tier war. Als sie es genauer sah, stellte sie fest, dass es ein Adler sein musste. Sie untersuchte ihn, konnte aber keine Wunden entdecken, weder einen gebrochenen Flügel noch ein verletztes Bein. Der Adler schien ihr zu vertrauen, obwohl sie eine Bedrohung für ihn darstellte.

Langsam verließ sie das Lager, den großen Raubvogel auf ihrer Hand. Krieger sahen ihr überrascht nach, als sie vorüberging. Hatte sie das Tier herbeigezaubert? Hatte sie es aus der Luft geholt? Münder hörten auf zu kauen. Rasiermesser hielten abrupt auf der Haut der Wangen inne. Etwas weiter im Wald setzte sie den Adler auf den Boden.

»Flieg«, sagte sie zu ihm.

Es kam ihr der seltsame Gedanke, dass die Menschen, denen sie in ihrem Leben Leid zugefügt hatte, dass die Menschen, die es nicht verdient hatten, durch ihre Hand zu sterben, ihr von dort aus, wo sie nun waren, zusahen und erkennen konnten, dass sie sich diesmal für Erbarmen entschieden hatte.

Seine Krallen ließen sich auf dem Erdboden nieder. Dann erhob er sich in die Nacht. Seine Ohren hörten die Stille, die vor ihm lag, und er flog in die Dunkelheit davon. Lange würde ihm das Glück nicht hold sein, denn so ergeht es jenen, die blind geworden sind.

Am Morgen waren das seltsame Leid, das die Armee durch den Regen befallen hatte, und das Ungemach verflogen, welches damit einhergegangen war. Blätter ragten wieder gen Himmel, Vögel sangen wie zuvor. Die Armee bewegte sich wieder leichter über Land, und man konnte Gespräche vernehmen, sogar Gelächter. Die Sonne zeigte sich zuerst flüchtig zwischen den Wolken, die sich bis mittags ganz aufgelöst hatten. Sonnenstrahlen, in den Rüstungen der Krieger widerspiegelnd, tauchten Gaias Gesicht in goldenes Licht.

Es gab noch Hoffnung.

Unter dieser Sonne lachte ihr Sohn.

Sie hielt inzwischen einen gewissen Abstand zu den Truppen. Doch an diesem Tag ritt sie so, wie sie es am ersten getan hatte. Calisto der Herrscher an ihrer Seite. Nada, das Schlachtross, das mehr vom Krieg wusste als sie, trottete dahin. Sein weißes Fell schimmerte hell neben Calistos Rappen.

Als die Sonne unterging, hatten sie den Hügel am Horizont erreicht. Auf der anderen Seite lag die Stadt Meriah.

»Wie fühlt sich der Vorabend der Schlacht an?«, fragte Calisto.

»Ich nähere mich dem Tod, jedoch nicht meinem eigenen«, erwiderte sie.

»Und wie fühlst du dich?«

»Heute bin ich Kriegerin. Morgen bin ich Mörderin.«

»Warst du nicht schon vorher Mörderin?«

»Ja, das war ich«, antwortete sie, »auch wenn ich mich nicht an den Titel gewöhnen kann.«

Kapitel neunzig

Es kam der Abend der Abende, die Nacht vor der Schlacht von Meriah.

> Verzeichnet in der Schrift des Krieges als die Schlacht,
> welche die Ruhe vor dem Sturm war, der durch Ammon
> toben sollte,
> die Schrift der Krieger, in der die Mutantin als jene fest-
> gehalten wurde,
> die ihn toben ließ,
> die Schrift der Herrscher, die von Calisto als jenem er-
> zählte, der die Mutantin
> zu der werden ließ, die sie war.

Hier naht der Vorabend der Schlacht, das stille Warten von zwanzigtausend Mann. Die bleiernen Waffen wurden in bewachten Fuhren transportiert. Vor Ammon sollten sie nicht ihren tödlichen Tanz aufführen. Die Krieger verbrachten die letzten Stunden ohne Blut unsicher und entschlossen zugleich. In Hingabe zu den bleiernen Waffen, von denen Gaia ein Teil war.

An jenem Abend roch es nach schmelzendem Metall, kochendem Eintopf, verbranntem Leder, verdreckten Pferden und wilden Blumen. An jenem Abend blickte sich Gaia um und sah die atmenden Brustkörbe der Männer, die sich ausruhten, ehe ihnen die Kraft und vielleicht das Leben genommen werden sollten. Diese Nation war ihre Nation, Gaias Nation war die Nation dieser Männer.

Sie stand auf dem Hügel in der Dunkelheit und blickte

auf die funkelnde Stadt, die sich am Horizont über das gregorianische Land ausbreitete. Lichter flackerten in den Häusern. Laternen leuchteten in den Straßen der Viertel, wo noch die Unschuldigen lebten. Fackeln von Kriegern wanderten durch das unbewohnte Land um die Stadt. In der Dunkelheit konnte sie die Krieger nicht erkennen, welche die Grenzen bewachten. Doch die brennenden, wandernden Fackeln verrieten ihre Gegenwart. Man hatte Wehrmauern errichtet, bereit für die Calistoniten und ihre Mutantin.

Die Chancen in der Schlacht von Meriah standen gut für die Gregorianer. Sie verteidigten eine Stadt, deren Straßen sie kannten und deren Verteidiger nicht tagelang unterwegs gewesen waren und wunde Füße hatten. Sie würden wissen, wo man sich verstecken und wohin man fliehen konnte. Ihre Bogenschützen hatten hoch oben in den Türmen gute Positionen inne, von wo aus sie alles überblickten. Hier würde es noch gerecht zugehen. Kämpfe zwischen Klinge und Klinge, zwischen Pfeil und Pfeil, zwischen Mann und Mann.

Auch die darauffolgende Schlacht um Ammon sah für die gregorianische Seite hoffnungsvoll aus. Weitere fünf Tagesreisen für die Calistoniten könnten ihre verbliebene Kraft für den zweiten Kampf aufbrauchen. Die Erschöpfung würde ihren Tribut fordern.

Jedenfalls dann, wenn sie noch immer gerecht spielen
würden,
was aber nicht der Fall sein würde.
Gesegnet sei die Mutantin. Das Schwert braucht den
ganzen Körper, um zu schwingen,
doch ein Abzug braucht nur einen Finger, um zu feuern.

Sie beobachtete das still daliegende gregorianische Land und dachte an ihn.

Er war dort, auf gregorianischem Boden. In einer der Städte gab es einen Mann in der Nacht, dessen wahres Wesen unsichtbar war. Ein Krieger für die Menschen dort, ein Lehrer für Gaia. Ihr treuer Gefährte. Sie fürchtete, ihre Krieger würden ihn töten, ehe sich ihre Blicke wieder trafen. Sie fürchtete, dass er sie angreifen würde, wenn sie sich von Angesicht zu Angesicht gegenüberstanden, denn das war jetzt seine Aufgabe. So, wie es auch die ihre war.

Sie wanderte zum Lager zurück. In der Luft lag die Aufregung vor der Schlacht. Auch die Pferde merkten, was bevorstand. Jeder Grashalm, jede Klinge zitterte. Als sie an Calisto dem Herrscher vorüberkam, fasste er sie am Arm.

»Ruhe dich aus. Morgen werden sie zu dir aufblicken, um ihr Inneres zu erhellen.«

»Und ich werde es erhellen«, versicherte sie.

Sie würde den Kriegern ein Licht sein.

Sie ging weiter und fand einen Platz im Gras, wo sie sich niederlegte. Die Nacht war mild. Die Sterne über ihr funkelten. *Wie schrecklich es gewesen wäre,* dachte sie, *die letzte Nacht vor dem Chaos unter einem dunklen Himmel zu liegen.*

Wenn der Sohn am nächsten Morgen erwachte, würde

der Blutstrom eines Fremden bereits in ihr widerhallen. Er hingegen würde von weiblichen Stimmen geweckt werden, den lieblichsten Tönen. Er würde seine kleinen Schritte durch die Gärten des Herrschers machen.

Er allein würde wissen, wie es war.

Sie schloss die Augen.

Nur er allein würde ein Leben in Schönheit führen.

Kapitel einundneunzig

Die Sonne ging auf. Ein roter Tag.

Ein unerfahrener Krieger wickelte seine wunden Füße in Blättern ein. Er hatte an seinem engen Stiefel gezerrt und ihn aus Versehen in hohem Bogen in eine Schlammpfütze neben die schlafende Mutantin geschleudert. Sie erwachte. Da sie glaubte, man hätte sie attackiert, zückte sie ihr Schwert.

Hatte die Schlacht bereits begonnen?

Hastig holte der Krieger seinen Stiefel und entschuldigte sich bei ihr, ehe er davonstolperte. Sie wischte sich den Schlamm vom Gesicht und war erleichtert, dass es kein Pfeil war. Dann rieb sie sich die Augen, um die Träume zu verscheuchen.

Sie holte tief Luft. Das letzte Mal Ruhe, ehe es nur noch ums Überleben ging. Sie würde in den Zustand ihres wilden früheren Lebens zurückkehren. Sie würde nicht laufen, sondern schreiten. Nicht sprechen, sondern brüllen. Ihre Hände würden nach dem Tod suchen, um zu fühlen. Ihre Nase würde Blut riechen. Sie würde auf die Siegeshymnen in der Arena warten, doch solche Lieder würde es in der Hölle des Krieges nicht geben.

Die letzten Momente vor der Schlacht. Krieger stolperten einander über die Füße, pfiffen nach ihren Pferden, riefen ihre Knappen. Suchten nach ihrem Befehlshaber, um letzte ermutigende Worte zu vernehmen.

Die Mutantin kehrte zu ihrem Zelt zurück, wo bereits ein Knappe auf sie wartete, um ihr in die Rüstung zu helfen. Sie musterte ihn missmutig, während er hastig die Metallplatten um ihre Glieder legte. Das wilde Tier in ihr wurde ungeduldig. Er hängte ihr rasch den Köcher über die Schulter, reichte ihr Schild und Helm und verschwand dann so schnell wie möglich. Er schätzte sie richtig ein: Sie war nur auf der Oberfläche zahm.

Sie hielt den Helm in den Händen. Noch schimmerte er wie neu. Setzte ihn auf, atmete gegen das Metall. Der Widerhall ihres Odems kam ihr wie der finale Schritt in die Unterwerfung vor. Gestern Mutter, heute Mörderin. Mutantin, Maschine. Sie zog beide Handschuhe aus und steckte sie ein. Dehnte die Finger und trat dann in das tobende Chaos hinaus. Beinahe stieß sie mit einem Krieger zusammen, der gerade vorbeihastete. Obwohl alles im Aufbruch und voll innerem Aufruhr war, sahen die Männer um sie herum ihren baumelnden Zopf und den für sie angefertigten Helm.

Sie entdeckte Nada und stieg auf.

»Wenn wir uns in dem Chaos verlieren«, flüsterte sie dem Pferd ins Ohr, das nervös auf dem Gras tänzelte und auf ein Zeichen wartete, loslaufen zu können, »dann schau nach dem Feuer im Kampfgetümmel.«

Damit galoppierte sie den Hügel hinauf. Die Männer nahmen ihre Positionen in ihren Legionen ein. Gaias Legion wartete bereits auf sie, gemeinsam mit dem Herrscher. Sie sollten als erster Trupp voranreiten und angreifen. Es war Gaias Legion, und Calisto der Herrscher neben ihr würde die Führung übernehmen.

In der Ferne verbarrikadierten die gregorianischen Soldaten ihre Stadt. Alle hatten ihre Plätze eingenommen und warteten regungslos auf das Eintreffen des Feindes.

Nada trottete im Takt mit dem Ross des Herrschers dahin. Seite an Seite, Verbündete. Ein Bannerträger ritt herbei und reichte Calisto ein großes, eindrucksvolles Horn. Als der Herrscher es an seine Lippen setzte und hineinblies, ergriff der gewaltige Ton das umliegende Land mit ohrenbetäubendem Dröhnen.

Gaia zückte ihr Schwert und warf Calisto einen letzten Blick zu. Er sah sie an. Das war ihr Moment. Entschlossen gab sie Nada die Sporen und ritt los – vorbei an den Kriegern in vorderster Reihe, die in ihren Rüstungen zitterten. Sie wusste, dass sie jeder ihrer Bewegungen folgten.

»Erhebt eure Schwerter, Krieger Calistos!«

Das Geräusch von Klingen, die aus ihren Scheiden gezogen wurden, hallte durch die Luft.

»Erhebt euch!«

Sie richteten sich auf, den Rücken durchgedrückt. Diejenigen, die zuvor düster nach unten geblickt oder den Kopf leicht gesenkt hatten, schauten jetzt die Mutantin an. Reglos unter den Helmen, reglos die Hälse.

»Krieger des Westens!«, brüllte sie. »Jetzt ist unsere Stunde gekommen!

Dieser Tag ließ auf sich warten.

Ihr seid fern von zu Hause, lange seid ihr marschiert.

Uns soll die Zukunft gehören! Heute wird Geschichte geschrieben.

Von diesen Türmen wird man unsere Lieder singen!

Von diesen Türmen werden unsere Banner wehen!

Hebt eure Schwerter!

Tötet, wenn es sein muss!«, rief sie aus brennenden Lungen. Als sie das Ende der Reihen erreicht hatte, machte sie kehrt und ritt zurück. Sie streckte ihre brennenden Hände aus und entzündete die ölgetränkten Schwerter. Vereint mit ihrer Armee.

»Es ist schon eine Weile her, seit ich den Tod gehört habe.

Nun reitet los! Brennt – für die Nation!«

Kapitel zweiundneunzig

Die führende Kompanie machte die Vorhut, ihre Schwerter nach vorne weisend. Nadas Galopp brachte Gaia an die Spitze ihrer Legion. So war sie die Erste, die auf die entgegenkommenden Feinde stieß.

Ein Regen aus gregorianischen Pfeilen prasselte aus den Türmen auf sie herab. Die Krieger galoppierten schneller, bis die ganze Armee der Calistoniten auf die ihrer Feinde stieß.

Jegliches Geräusch war wie ausgelöscht.

Wenn man genau hinhörte, konnte man in dem Chaos nur die animalischen Schreie derjenigen hören, die Momente zuvor noch Männer gewesen waren. Jetzt hatten sie sich in Instrumente des Todes verwandelt. Zwischen dem Schlagen der Schwerter und dem Knacken von Körperteilen vergaß man die Farbe des Himmels.

Das Grauen der Schlacht ergriff Meriah.

Gefangen zwischen Gliedern und Klingen versuchte das Pferd unter Gaia zu fliehen. Fort von der Welt der Menschen, fort von Tod und Zerstörung. Gaia hatte auf dem Pferderücken eine bessere Chance als auf dem Boden, denn die Köpfe ihrer Angreifer befanden sich so auf Höhe ihres schwingenden Schwerts. Sie schwankte auf Nada hin und her, während sie ihre Waffe schwang. Ihre Beine umklammerten den Bauch des Tieres, damit sie nicht stürzte. Nicht in den Abgrund fiel.

Schon nach wenigen Augenblicken triefte ihre Klinge bereits vor Blut. Mit jedem Wimpernschlag riskierte sie den Tod. Gaia fühlte sich in ihrer Rüstung gefangen, blind und fast taub durch den Helm, durch den kaum Geräusche von draußen drangen. Man hätte sie wahnsinnig genannt, hätte jemand gesehen, was sie als Nächstes tat. Doch in Momenten des Überlebens kannte die Mutantin ihren Körper am besten.

Sie zog den Helm ab.

Die Geräusche des Todes drangen auf sie ein. Sie konnte den strahlend blauen Himmel erkennen und die Türme der Bogenschützen. Klar wie einen Scherenschnitt sah sie nun einen Feind auf sich zurennen. Sie schleuderte ihm ihren Helm entgegen. Blut strömte aus seiner Nase. Hasserfüllt versuchte er, ihr Pferd zu treffen, doch sie vermochte seinen Angriff abzuwehren. Ihre Klingen schlugen aufeinander. Mit dem rechten Bein trat sie ihm in den Magen, er ging rücklings zu Boden. Sie zog Pfeil und Bogen aus dem Köcher und schoss ihm zwischen die Augen.

Von einem Pfeil überrascht, der sie nur fingerbreit verfehlte, blickte sie zu den Türmen hinauf, wo sie die Bogenschützen sah. Sie bahnte sich einen Weg durch die Menge, schwang ihr Schwert, wenn jemand sie anzugreifen versuchte, und fand eine Stelle, die sie für einen Moment aus der Schlacht heraushielt. Dort zog sie ihre in Öl getränkten Pfeile. Hastig zündete sie diese an und zielte auf die nichtsahnenden Schützen. Keiner erwartete einen Angriff mitten aus dem Getümmel heraus. Sie feuerte die Pfeile. Den ersten, den zweiten, den dritten. Gerade bereitete sie einen vierten vor, als sie aus dem Augenwinkel sah, wie ein Gegner auf sie zurannte. Sie saß locker auf dem Sattel, um besser schießen zu können, während sie sich auf die Spitze seiner Klinge konzentrierte. Sie wollte sehen, wohin sie schwang. Ehe sie den Pfeil abzufeuern vermochte, prallte eine Gruppe von Männern gegen Nadas Flanke. Gaia konnte nicht erkennen, ob es Freund oder Feind war. Durch die Mauer aus Menschenkörpern ins Schwanken gebracht, verlor das Pferd das Gleichgewicht, stürzte und riss Gaias Angreifer mit sich. Entsetzt wiehernd, sprang das Ross auf und begann, ohne die Mutantin auf seinem Rücken verwirrt im Kreis zu galoppieren. Gaia lag auf dem Boden, Hände und Knie zerschunden. Sie blickte auf und stellte fest, dass die Männer ihre eigenen waren. Sie hatten versucht, sie gegen diejenigen abzuschirmen, die dabei waren, sie anzugreifen. Der abgetrennte Kopf eines Calistoniten rollte an ihr vorbei. Erst jetzt verstand sie, dass der Helm auf dem Kopf ihre Identität verborgen hatte. Jetzt konnte man sie jagen, die Mutantin.

Langsam rückte die Schlacht auf die Stadt zu. Statt der offenen Felder befanden sie sich nun in breiten Straßen und engen Gassen. Fenster und Türen waren verbarrikadiert. Familien hielten sich in den Kellern ihrer Häuser oder denen der Hospitäler, öffentlicher Gebäude oder Tavernen versteckt. Blut floss auf dem Pflaster, das am Tag zuvor noch voller Getreidekörner und Schmutz gewesen war.

Wohin sie auch blickte – das Auge des Feindes war auf sie gerichtet. Man hatte sie an der Schulter und am Rücken getroffen. Ihre Rüstung hatte sie vor schlimmeren Verletzungen bewahrt, doch die Schläge würden sicher schwarz anlaufen. Jedes Mal, wenn sie einen Mann besiegt hatte, wurde sie mit zwei weiteren Angreifern belohnt. Sie wollte Calisto den Herrscher wissen lassen, dass man sie jagte. Doch der unablässige Strom von Verfolgern zwang sie, ihre Aufmerksamkeit woanders hinzulenken, und sie verlor ihn in der Menge.

Eine Horde gregorianischer Krieger trat ihr in den Weg, als es ihr gerade gelungen war, einen weiteren Feind zu töten. Sie zählte ihre Schwerter und Dolche. In den Köchern der Männer befanden sich jedoch keine Pfeile mehr. Sie konnte ihnen also den Rücken zudrehen und davonlaufen, sollte es nötig sein. Keiner ihrer Mitkämpfer war zu sehen. Das Rudel näherte sich seinem Opfer. Sie wandte sich um und rannte durch die Straße davon. Die Feinde folgten ihr. Gaia hörte ihre Schritte auf dem Kopfsteinpflaster. Sie kam schnell voran, doch die anderen waren in der Überzahl. Hastig bog sie nach rechts ab und rannte in eine Sackgasse. Sie hatte nicht vor zu fliehen. Schließlich war sie vom Jäger erzogen worden. Sie suchte nur nach dem richtigen Ort, um zu warten. Vor einer Haustür stand ein zurückgelassener Stuhl. Sie stieg darauf und kletterte auf einen Fenstersims. Von dort aus zog sie sich in den ersten Stock hinauf und harrte der Dinge, die da kamen. Keuchend blickte sie auf die Meute herab. Dann streckte sie den Arm aus.

Welche Wirkung das bloße Ausstrecken ihres Armes, der nicht einmal ein Schwert hielt, auf das Dutzend Männer hatte!

Einige von ihnen erstarrten. Man kannte die Geschichten. Andere kamen, wenn auch zögerlich, näher.

»Rückzug«, sagte einer der Männer leise.

Sie streckte die Finger aus. Das gefürchtete Feuer, jetzt brannte es. Die aufsteigende Lohe loderte derart hoch, dass ein Fenster neben ihr barst und alle Männer davor von orangefarbenen und gelben Flammen verschlungen wurden. Das Feuer war kraftvoll. Gaia knirschte vor Anstrengung mit den Zähnen, und die Venen unter ihrer Kopfhaut liefen sichtbar an. Sie hörte die Männer »Rückzug!« schreien.

Daraufhin zügelte sie ihr Feuer und betrachtete, was sie getan hatte. Harnische brennen leicht. Metall hält lange genug die Hitze, um die Haut dort zu verbrennen, wo das Feuer nicht vordringt. Selbst diejenigen, die entkommen waren, waren nicht unverletzt geblieben. Sie würden auf ewig das Zeichen der Mutantin auf ihren Körpern tragen. Die Männer, die direkt getroffen worden waren, wanden sich schmerzvoll auf dem Boden.

Sie stieg über die zahlreichen Leichen auf den Straßen und rannte zurück ins Zentrum der Schlacht. Dort attackierte sie einen Feind, der gerade dabei war, einen ihrer Männer anzugreifen. Der Mann drehte sich überrascht zu ihr um, und der Calistonit, den er hatte töten wollen, sprang auf und rammte nun seinerseits das Schwert in den Rücken des Feindes. Ehe er ihr danken konnte, eilte Gaia bereits zur Straßenecke weiter, wo sie begann, Pfeile auf die Bogenschützen zu schießen, die von den Häuser herab angriffen.

Sie traf vor allem jene, die zu nahe am Rand der Gebäude standen. Ihre Körper stürzten herab und landeten mit einem dumpfen Schlag auf dem Boden. Ein Regen aus Schützen. So hörte sie die Gegner nicht, die sie auf einmal von links angriffen. Ihre eigenen Männer kamen ihr zu Hilfe, wobei einige von ihnen zu Gaias Füßen starben.

Sie starben für sie, für die Mutantin. Aus freien Stücken. Nach Jahrhunderten einer Gesetzgebung, die ihr das Leben abgesprochen hatte.

Sie sah keine Möglichkeit, zu fliehen oder auch nur zu Atem zu kommen. Die Hoffnungslosigkeit forderte ihren Tribut. Wohin sie sich auch wandte, man folgte ihr. Wo sie auch kämpfte, wurde sie beobachtet. Ein Krieger näherte sich ihr, ein stolzer, aufrechter Mann aus Ammon. Das waren nicht die Schultern ihres treuen Gefährten, die sich so eindrucksvoll vor ihr erhoben. Auch war es nicht sein Gang. Als er sein Schwert schwang, tat er es mit Zorn, und als er sie seitlich traf, hatte sie den Eindruck, sie habe ihn verärgert. Sie stürzte auf die Knie. Er zog seinen Helm ab. Darunter zeigten sich ein kahler Kopf und zahlreiche Linien, die seinen Hals zierten. Hagen der Krieger gehörte nicht in diese Stadt. Er war nur ihretwegen aus Ammon hierhergekommen.

»So treffen wir uns wieder«, ächzte Gaia und parierte seine erneute Attacke. Er lehnte sich über sie, während sie aufzustehen versuchte. Mit einer raschen Bewegung zog sie ihren Dolch und richtete ihn auf seinen Hals. Zornig packte er ihren Arm. Sie starrten einander kalt an. Keiner der beiden rührte sich.

»Ich werde hier nicht sterben«, sagte er.

»Ich auch nicht.«

»Das wirst du nicht. Denn zuerst bringe ich dich zum Herrscher.« Und damit schlug er mit seinem Kopf gegen den ihren.

Es wurde dunkel.

Kapitel dreiundneunzig

Als das Licht wieder zurückkehrte, wurde sie durch die Straßen der Stadt geschleift. Ihre Rüstung schabte über das Kopfsteinpflaster.

Er hatte eines ihrer Handgelenke an ein Seil gebunden, das er hielt, während er sie zu seinem Pferd brachte. Über ihr dehnte sich der Himmel. Alles war still. Sie dachte: *Noch bin ich am Leben.* Sie dachte: *Noch scheint die Sonne.*

Sie blinzelte und sah Krieger in der Ferne. Krieger, die ihre eigenen Kämpfe ausfechten mussten. Ihre eigenen Leben retten. Die ihre eigenen Kinder hatten, für die es zu leben galt, so, wie sie das ihre hatte, für das sie tötete. Aus der kämpfenden Menge löste sich eine Horde Kämpfer. Keiner griff sie an. Sie liefen an ihr vorbei und stürzten sich auf Hagen. Es waren ihre eigenen Männer.

Es folgte ein Blutbad. Sie schnitt ihr Handgelenk von dem Seil los und kroch in eine Gasse davon. Einer der berühmtesten Krieger der gregorianischen Nation unterlag beinahe chancenlos, ohne sich wehren zu können.

Sein Name fand sich in der Schrift der Krieger wieder: Hagen der Krieger.

Seine Schreie hallten die Gasse hinunter. Gaia erschauderte. Sie versuchte, erleichtert zu sein, doch es gelang ihr nicht. Für sein Volk war Hagen ein Held gewesen. Wenn es jemanden gab, der sich niederträchtig verhielt, dann war das sie – sie allein.

Sie erhob sich, um gegen weitere Feinde zu kämpfen. Noch schien die Sonne. Doch in einem Krieg rechnet man nicht in Tagen. Die Stunden werden durch Tote gezählt. Die Sonne wanderte über die Schatten der Toten, die den Boden bedeckten.

Kapitel vierundneunzig

Sie stieg über die Leichen von Freund und Feind.

Nahm den Helm einer ihrer gefallenen Männer und strich mit dem Finger über das calistonitische Symbol. Dann setzte sie den Helm auf.

Gefühle und Gedanken haben im Krieg keinen Platz,

doch auch in der Schlacht beherrscht man sein Herz nicht immer.

Sie fühlte sich dem Unbekannten gegenüber fremd. Dem Verbündeten. Dachte an das, was sie gewonnen, an das, was sie verloren hatte.

Was tat sie hier?

Gaia wanderte durch die einsamen Straßen. Sie war für den Sohn hier, allein für den Sohn.

Immer wieder kam ihr ein Gegner entgegen, und sie kämpfte bis aufs Blut. Das Blut des Gegners floss, und jeder Tod beruhigte sie. Jeder Mord entfernte sie einen Schritt von der unerträglichen Last ihrer Menschlichkeit. Sie hatte früher einmal Pflichten gekannt. Gerechtigkeit, Wissen.

Warum war sie hier?

Sie war hier, weil sie mit dem Töten ihr Brot verdiente.

Eine wandernde Mörderin, auf der Suche nach Einsamkeit. In der Ferne sah sie, dass die Schlacht inzwischen auf dem Marktplatz stattfand. Doch sie eilte nicht dorthin. Ihre Hände glühten. Sie fürchtete sich vor dem, was sie tun würde. Was sie tun würde, wenn man sie auf eine Weise traf, die sie entfesselte. Wenn einer der Ihren oder ein Feind sie schubsen oder auf bestimmte Weise ansprechen würde, könnte sie brennen – das Böse in ihr würde zum Vorschein kommen.

In den Straßen herrschte Stille, die sich nie mehr auflösen würde. Eine Stille, in Stein gemeißelt. Doch mitten in dieser Stille drang ein Geräusch an ihr Ohr. Von etwas Lebendigem. Gaia blieb stehen. Sie kannte solche Töne. Folgte ihnen durch eine offen stehende Tür an einen Ort, der zuvor abgesperrt gewesen war. Sie stolperte in das Haus, angelockt von dem Ton. Vorsichtig und rasch stieg sie die Treppe hinauf. Ihr Feuer flammte bereits, als sie ihn fand. Sie fasste nach seinem Gesicht. Die Mutantin und ihre Klauen. Tod für den Krieger, den Unbewaffneten, den Schutzlosen. Sie zog ihren Dolch und stieß ihn in seinen Hals.

Dann drehte sie ihn auf den Rücken und suchte nach seinen Symbolen. Es war einer der Ihren.

Und da war das Mädchen, auf einem Bett sitzend. Am Leben, aber für immer gezeichnet. Sie konnte Blut zwischen ihren Beinen sehen, das Kleid war zerfetzt. Das Mädchen sah sie schweigend an. Es gab keinen Grund zur Freude. Keinen zur Dankbarkeit, es gab niemandem zu danken. Nein, die Mutantin war eine von ihnen. Eine Kriegerin, eine Mörderin wie sie alle. Jeder Akt von Gerechtigkeit wurde durch das überschattet, was sie war. Sie war eine Schlächterin. Eine Schlächterin im Körper einer Mutantin.

Gaia riss eine Schranktür auf und zerrte das Mädchen hinein. Es wehrte sich nicht.

»Versteck dich hier«, sagte die Mutantin und schloss mit zitternden Händen die Tür.

Sie erinnerte sich an den Jäger – eine Erinnerung, die hier nichts zu suchen hatte. Die sie nur behinderte. So schnell sie konnte, verließ sie das Haus. Draußen auf der Straße übergab sie sich.

Er, dessen Niedertracht auf sie abgefärbt hatte.

Von dessen Niedertracht sie erzogen worden war. Die sie formte.

Die durch ihr Blut floss. Dafür hatte er gesorgt.

Sie war seine Ernte, sie war sein Geschöpf.

Ihre Rechtschaffenheit war nichts als ein Traum. Ihre Barmherzigkeit nur ein Traum des Lehrers für sie, obwohl sie das Blut des Schlächters in sich trug.

Konnte es sein? Konnte es sein, dass die Mutantin nicht auf der gerechten Seite der Geschichte stand?

Eine Horde Feinde näherte sich von links. Die Männer durchforsteten die Straßen nach ihr. Die Schlächterin war ihre Beute. Sie schrie nach ihren eigenen Kriegern, die ganz in der Nähe kämpften. Diese eilten ihr zu Hilfe. Gemeinsam besiegten sie die anderen in einem kurzen Schlagabtausch, bis schließlich nur noch ein Mann übrig war. Der Gregorianer, dem das Glück sogar im Krieg hold war, schwang sein Schwert und enthauptete den Krieger vor sich. Der Kopf des Calistoniten rollte vor Gaias Füße. Er hatte dem jungen Mann gehört, der sich heute Morgen bei ihr entschuldigt hatte, sie geweckt zu haben.

»Du brennst«, murmelte einer der anderen, ehe er in Richtung Marktplatz davonlief. Sie blickte auf ihre lodernden Hände. Ein brennender Pfeil sauste an ihr vorbei und traf den abgetrennten Kopf zu ihren Füßen. Sie versuchte zurückzuschießen, doch ihr Pfeil ging in Flammen auf. Panisch ließ sie ihn auf den Boden fallen. Ihr Feuer machte sie noch zorniger. Jeder ihrer Finger war verflucht.

Die Krieger, die zu ihrer Verteidigung herbeigeeilt waren, sahen ihr nach, als sie zum Turm mit den Bogenschützen lief. Jetzt mussten sie sich ihrem Feuer stellen. Dieser Kampf würde zu einem Ende kommen. Das Monster in ihr hatte genug.

Ihre Flammen leckten bereits am Griff ihres Schildes, das sie hochhielt. Hier war sie und würde töten. Sie trat die Tür ein und rannte die dunklen Stufen hinauf. Ein Pfeil traf ihren Schild, als sie oben ankam. *Das ist mein erstes Opfer*, dachte sie und prallte gegen ihn. Sie drängte ihn gegen die Mauer, ihr Schwert traf seinen Hals, und sie drehte die Klinge. Das Monster kannte den Tod. Der zweite Schütze kam von hinten. Er spannte den Bogen, als sie sich zu ihm umdrehte und ihn ansah. Ihre Wangen waren blutleer, und jegliches Licht war aus ihren Augen verschwunden. Für solche, die schon verdorben zur Welt gekommen sind, gibt es keine Furcht. Der brennende Pfeil zitterte vor ihrem Gesicht. Sie riss ihn aus dem Bogen und zertrat ihn, ehe sie den Mann tötete.

Mehr zu sehen, mehr zu töten. Die Laterne, die sie zum Entzünden der Pfeile benutzt hatte, brannte noch. Zwei große Kanister mit brennbaren Ölen standen auf dem Boden, eine für jeden der Schützen. Noch mehr zum Entzünden. Sie schulterte die Taschen und rannte die Stufen nach unten.

Dies war ihre Stunde. Sie sprang über Leichen, über Schutt und Asche. Pfeile folgten ihr auf Schritt und Tritt. Überall verschüttete sie das Öl, ließ das Chaos laufen, während sie um den Marktplatz rannte und so den Tod des Feindes besiegelte. Plötzlich entdeckte sie Calisto auf seinem Pferd. Sie warnte ihn: »Flieh!« Und er gehorchte.

Er rief seinen Männern zu, sich vom Marktplatz zurückzuziehen. Sie folgten seinem Befehl. Ein Pfeil traf Gaia an der Schulter, während sie weiterrannte. Ihre Krieger eilten zu ihr, um sie zu schützen. Der zweite Kanister war leer. In einiger Ferne konnte sie die ersten Ölpfützen sehen, die sie hinterlassen hatte. Gleich war der Kreis geschlossen. Sie war gekommen, um für den Tod des Feindes zu sorgen, um diese Schlacht zu Ende zu führen. Sie wollte sich endlich ausruhen, das Licht des Himmels sehen und diese dunklen Stunden vorüber wissen. Mit dem letzten Schritt sprang sie vor und ließ den Marktplatz in Flammen aufgehen.

Sie kroch durch die Flammen hindurch in Sicherheit. Rollte sich außerhalb des lodernden Kreises auf den Rücken und starrte, noch immer brennend, in den Himmel hinauf. Dann entledigte sie sich ihrer angebrannten Rüstung, ehe sie zu schmelzen begann. Setzte sich auf. Sah Männer durch die orangefarbenen Flammen fliehen. Hörte die Rufe »Rückzug!« und »Flieht!«, die jene riefen, welche den Flammen entkamen, nur um durch die bereits wartenden Calistoniten doch ihren Tod zu erleiden.

Sie spürte, wie die Arme des Herrschers sie davonschleiften.

Die Schlacht von Meriah. Gewonnen durch einen Ring aus Feuer, wie die Schrift des Krieges festhalten würde. Eine Stadt in Flammen, durch die Berührung einer Mutantin. Die rußgeschwärzten Häuser würden wieder erbaut werden, die Straßen neu gepflastert. Eine Statue der Mutantin sollte in der Mitte des Platzes errichtet werden – so hatte es der Herrscher versprochen. Es war der Tag, der bewies, dass die Mutantin alles für den Sieg ihrer Nation gegeben hatte.

Sie schwang sich auf sein Pferd und beobachtete das Massaker.

Und sie dachte: *Zumindest werde ich in meiner Niedertracht von einigen geliebt.*

Sie hatte es weder der Ehre noch der Berühmtheit willen getan. Sie war müde. Sie hatte sich nur danach gesehnt, dass es wieder still wurde. Dass dieser Tag zu Ende ging und sie schlafen und vom Leben ihres Sohnes in Schönheit träumen konnte. Eine Armee in Flammen, nur weil sie müde war.

So denkt der Schlächter.

Kapitel fünfundneunzig

Die schwelenden Überreste einer Schlacht bieten einen furchtbaren Anblick.

Jeder tote Körper erzählt seine Geschichte in Farbe –
in Schwarz, Blau, Rot.
Manche zucken noch, stöhnen oder flehen um Gnade,
doch die meisten liegen regungslos da.
Ihre Gesichter sind unter Helmen verborgen,
einer vom anderen nicht zu unterscheiden.
Brüder, Väter, Onkel,
vergessen wie der Rest.
Seht nur die grauen Wolken über den Häusern von Meriah. Die gregorianischen Banner sind gefallen. Die letzten Flammen knistern noch.

Die Nachricht war bereits nach Ammon vorgedrungen. Die Zeit war dunkler geworden. Schrecklicher als zuvor. Hoffnung verließ das Land. Gregor der Herrscher hatte das Vertrauen verloren. Meriah war der Puffer zwischen ihm und seinem Gegner gewesen.

Jetzt blieb nur noch die Zeit zwischen ihm und dem Feind.

Doch Gregor würde seine Hauptstadt nicht allein verteidigen.

In zwei Tagen sollten sie in Ammon eintreffen. Doch aus Südosten eilte eine weitere Nation zu seiner Hilfe herbei …

Kapitel sechsundneunzig

Rot breitete sich der Sonnenuntergang am Himmel aus.

Die Toten waren zusammengetragen, die Überlebenden geflohen.

Die Zurückgebliebenen stürzten sich in die Tavernen.

Eine Stille lag über allem, genau wie sie sich Gaia gewünscht hatte. Die Vögel kehrten in die Stadt zurück, vorsichtig zwitschernd. Selbst in den Kneipen, in denen die siegreichen Krieger betrunken grölten und sangen, herrschte in den kurzen Momenten, in denen sie Luft holten, eine seltsame Leere. Der Jubel hallte durch eine tote Stadt. Ihre Lieder prallten an blutbefleckten und zerstörten Mauern ab. Die Leichen, die noch in den Straßen lagen, vermochten weder die Töne der Sieger noch die der Verlierer zu hören.

Calisto der Herrscher befand sich ebenfalls in einer Taverne, mitten unter seinen Männern. Aus seinen Wunden sickerte Blut durch die Verbände, die man ihm angelegt hatte. Doch er achtete nicht darauf. Seine Handflächen waren von den heftigen Schwertkämpfen voller Blasen. Gesicht und Haare glänzten ölig. Seine rechte Hand ruhte auf seinem Schwert, in der linken hielt er einen Krug mit Bier. Er wollte nur einen Humpen trinken, während er diejenigen beobachtete, die sich um ihn herum ihrem Vergnügen hingaben. Die Händler boten alles feil, was es gab, um sich zu erfreuen: Bier, Tabak, Frauen, die ihre Körper darboten. Alle strömten in die Tavernen der Männer wegen.

Calisto interessierte das nicht. Er hatte nur Augen für eine. Doch sie war noch nicht gekommen.

Die Mutantin lag regungslos und wach in einem weißen Zelt. Die Schürzen der Krankenschwestern waren voller Flecken von Blut und Eiter, was entweder von Gaia oder von jenen Männern stammte, die sie vor ihr behandelt hatten. Sie musterte die Frauen, wie sie aufmerksam ihre Wunden betrachteten. Sie sprachen in einer ihr unbekannten Sprache. Wenn sie sich vorbeugten, um besser sehen zu können, konnte sie ihre Hälse sehen, weich und narbenlos. Ohne schwarze Linien. Sie spürte den sanften Atem der Krankenschwestern auf ihrer Haut, sah ihre schnell hin und her wandernden Augen, die wussten, was Gaia nicht wusste. Sie behandelten sie sorgfältig, aber ohne Liebe. Es waren nicht ihre drei Mägde.

Gaia warnte die Frauen davor, dass sie vielleicht brennen würde, wenn die Salben zu stark waren. Doch sie fühlte sich derart erschöpft und kraftlos, dass nur ein paar Funken aus ihren Händen stoben. Während sie die Wunde reinigten, die der Pfeil hinterlassen hatte, erklärten sie ihr, dass ihr die Schulterrüstung das Leben gerettet habe.

Würde sie leben? Sie würde leben.

Würde sie weiterkämpfen? Sie würde weiterkämpfen.

Ihre restlichen Wunden wurden gesäubert und ihre Quetschungen mit Ölen eingerieben. Dann verrieten ihr die Schwestern, zu welcher Taverne die Krieger gegangen waren, ehe sie sich von ihr verabschiedeten.

Verbunden und ein wenig benommen ließ Gaia das Feldlazarett hinter sich und ging zurück zur Stadt.

War es wirklich gelungen? Gehörte die Stadt tatsächlich ihnen?

Sie blieb stehen und betrachtete die Banner der Calistoniten, die bereits im Wind flatterten. Was hätte sein können? Was hätte noch getötet werden können? Es war geschafft, die Stadt gehörte nun den Calistoniten, am Tag und in der Nacht. Es wurde allmählich dunkel. Doch die Stadt würde bleiben. Sie vernahm ferne Rufe und Gelächter von Männern, Frauen und Kinder waren nicht zu hören.

Wem wohl dieser Stiefel gehört hatte, an dem sie vorbeikam?
Wessen Finger hatten diese Schnürbänder gebunden?
Welche Stirn hatte sich gegen diesen Helm gepresst,
wessen Hand lag dort und wessen Kopf da drüben?
Welcher Mann wanderte gerade durch die Stadt, auf der Suche nach einem Gliedmaß?
Wessen Schwert hatte ein letztes Mal über diese Mauer gekratzt?

Auf dem Boden lag ein schwarzer Umhang. Sie hob ihn auf und spürte den Stoff zwischen ihren Fingern; er war noch warm. Rasch wickelte sie sich in den Umhang und zog die Kapuze über den Kopf. Die langen Ärmel bedeckten ihre Hände.

Nun näherte sie sich der Taverne. Man hatte ihr gesagt, dass sie erwartet wurde. Ein Krug und dann wollte sie ins Lager zurück. Ein Becher auf den Sieg. Ihre Schritte wurden lauter. Die Stimmen verstummten: Die Mutantin kam. Ihr Gang verriet sie ebenso wie die rötliche Linie im unteren Teil ihres Gesichts. Sie betrat die Taverne. Ihre Stiefel hallten auf dem Holzboden wider.

Der Herrscher saß weit hinten in einer Ecke. Er war der Erste, der sich erhob. Seine Männer taten es ihm nach. Sie tranken ihre Krüge leer, sprachen jedoch kein Wort. Wo blieb der Jubel für Gaia, wie es sich für eine Heldin gehörte? Wo waren die zahllosen Bierkrüge, die man ihr entgegenhielt? Wo blieb eine kurze Rede auf sie von dem betrunkensten und mutigsten der Krieger, während die anderen laut lachten und riefen, wie es ihr nur gelungen sei, noch immer am Leben zu sein?

Es gab Kopfnicken, nur Kopfnicken. Zurückhaltende Begrüßungen, bloße Begrüßungen.

Doch selbst die Männer, die eine Frau auf dem Schoß hatten, erhoben sich. Alle grüßten die Mutantin schüchtern. Nirgendwo war ein Lächeln zu sehen. So war es: Im stummen Schrei des Feuers fand sich keine Ausgelassenheit. Sie würden niemals mit einer lachen, deren Körper zum Sterben und Töten geboren war. Sie blieb allein.

Endlich setzte sie sich auf einen Stuhl. Der Herrscher hob seinen Krug, und die Männer taten es ihm nach. Von allen Anwesenden kannte er sie am besten – er mit seinem ehrgeizigen Herzen und seiner Willenskraft, er, der wusste, wann man sie allein ließ und wann man sie provozieren musste, er, dessen Gesicht ähnlich vernarbt war wie das ihre.

»Auf unsere geliebte Mutantin!«, sagte er und trank.

»Auf unsere geliebte Mutantin!«, wiederholten die Krieger und tranken ebenfalls.

Die Krieger, die sie ausgebildet hatte, stellten Bierkrüge auf ihren Tisch. Allmählich nahmen alle wieder ihre Gespräche auf. Die erschöpften Krieger entspannten sich, und die Frauen setzten sich erneut auf die Schenkel der Männer. Einige Frauen musterten Gaia verstohlen – diese geheimnisvolle Gestalt in der schwarzen Robe. Sie schlenderten durch das Lokal, bahnten sich einen Weg zwischen den vollen Tischen hindurch und blieben schließlich vor der Mutantin stehen.

Sie hatten von ihr gehört, doch man wusste nichts von ihrem Geschlecht. Wie es zu jener Zeit üblich war, gingen die Frauen davon aus, dass Gaia dasselbe Geschlecht hatte wie die Männer hier. Nicht jede Geschichte über sie erzählte die Wahrheit. Vielleicht waren die Frauen auch schlecht informiert. Jedenfalls schätzten sie ihre Sexualität falsch ein, denn Gaia hatte keine.

»Freust du dich über den Sieg?«

Es war eine Brünette, die diese Frage stellte. Sie lehnte sich an Gaias Stuhl, wurde jedoch sogleich von einer blonden Frau beiseite gedrängt, die sich auf den Tisch setzte. Eine schwarzhaarige Schönheit legte neugierig den Kopf zur Seite und sagte: »Ein schüchterner Krieger ist ungewöhnlich.«

Die Mutantin schüttelte den Kopf. Sie griff nach der Kapuze und zog sie herab. Ihre hässliche Schädelseite schimmerte wund, die Haut gereizt vom Tragen des Helms. Ihre distanziert wirkenden Augen starrten die Frauen erschöpft an.

»Entschuldigt … Aber ich bin nicht der Kunde, den ihr sucht.«

Kapitel siebenundneunzig

Das Sternenlicht vermochte nicht zwischen die Gebäude vorzudringen, als die Mutantin zum Feldlager zurückkehrte. Ihre Augen und ihr Mund waren warm, und das Bier im Magen fühlte sich gut an. *In der Nacht ist die Stadt erträglich,* dachte sie. Blut konnte leicht mit Schmutz verwechselt werden, und die Toten hätten auch schlafende Trunkenbolde sein können, die ihr Zuhause und nicht ihr Leben verloren hatten. Leben, das sie ihnen geraubt hatte. Sie.

Vor den Grenzen der Stadt patrouillierten ihre Leute. Auch auf den Türmen sah sie Calistoniten. Diese Stadt war jetzt die ihre, wenn auch noch nicht ganz. Die Luft hing noch voller Rauch. Angst und Schrecken lauerten in jeder Ecke.

Was Krieg vermochte. Was Krieg tat.
Sie fragte sich, ob Calisto der Herrscher wusste,
dass sie es war, die den Preis für den Sieg zahlte.
Dass sie die Last des Sieges trug.

Als sie an ihrem Zelt eintraf, graste Nada in der Nähe. Schmutzig, aber unverletzt, mit Augen, die zu viel gesehen hatten.

»Du lebst«, sagte sie und wanderte mit der Hand über die Linien des Kopfs.

»Und du?«, fragte Calisto, der hinter ihr stand.

Überrascht wandte sie sich zu ihm um. »Ich lebe«, murmelte sie.

»Ist das wahr? Du kämpfst, aber da ist keine Freude. Du tötest, aber da ist kein Stolz. Wo ist dein Stolz geblieben?«

»Du erinnerst dich an mich, wie ich in der Arena war.«

»Ich erinnere mich an dich, wie du warst, als du dein Schwert, deinen Bogen, dein Gewehr getragen hast.«

»Das bin ich auch.«

»Wohin ist sie verschwunden?«

»Sie ist noch hier«, erwiderte sie.

»Was kann ich für dich tun? Sag es mir, und ich werde es tun. Soll ich eine Kutsche schicken, damit dich dein Sohn und die Mägde besuchen können?«

»Nein. In Eden sind sie in Sicherheit.«

»Was kann ich dann tun?«

»Du sollst nichts tun.«

Calisto der Herrscher kam näher. Er legte eine Hand auf ihre Schulter. Wie nahe sein Gesicht dem ihren kam. Sie würde es nie erfahren. Jede gemeinsam ausgefochtene Schlacht, jeder tödliche Schlag waren für ihn der Beweis einer Verbindung zu ihr. Es war beinahe sein Liebesbekenntnis.

»Planst du, mich zu verraten?«, fragte er.

»Ich werde dich niemals verraten«, antwortete sie. Doch diese Worte entpuppten sich als Lüge.

Kapitel achtundneunzig

Kein Schlaf ist so tief wie der Schlaf nach einer Schlacht.

Sie träumte in jener Nacht. Farbenfrohe Träume vom Sohn und dem Lehrer, Träume in wahren Farben. Dort, wo sie in ihrem Herzen weilten, war der einzige Platz in ihr, der unzerstörbar war. In den benommenen Momenten zwischen Schlaf und Erwachen glaubte sie, dass der Tau des Grases auf ihrer Stirn ein Kuss des Sohnes wäre. Der Stupser von Nadas Schnauze an ihrer Schulter die Hand des Lehrers, der sie weckte. Sie vergaß, wie Leid und die Angst vor dem Tod rochen. Wie es klang, wenn das Blut spritzte, wie es schmeckte, wenn es auf ihre Lippen traf. Welches Glück zu vergessen! Doch dann die Erinnerung, als sie die Augen öffnete, dass sie von so vielen umgeben und dennoch allein war.

Sie wachte dort auf, wo sie eingeschlafen war. Ein neuer Tag, derselbe Krieg.

Als der Morgen kam, brachen die zahlreichen Knappen rasch die Zelte ab. Die Feuerstellen wurden mit Wasser zischend gelöscht, und man versorgte die Pferde vor dem bevorstehenden Ritt.

Jene, die am Tag zuvor nicht viele getötet hatten, würden in ein paar Tagen eine neue Möglichkeit erhalten. Die Männer, die viele getötet hatten, konnten dann ihre Zahl verdoppeln, um nicht in den Schatten gestellt zu werden.

Nicht die ganze Armee verließ Meriah. Mehrere Divisionen blieben als Wachen zurück und warteten auf die Ankunft der Arbeiter. Für viele calistonitische Bewohner aus Dorf und Stadt würde Meriah zur neuen Heimat werden. Doch noch war es nicht so weit. Noch hatte der Traum sich nicht erfüllt.

Die Armee verabschiedete sich von Meriah. Ihre eigenen Banner winkten ihnen zu. Der Zug kam diesmal schneller voran; zumindest erschien es Gaia so. Man hatte die Männer nicht angehalten, rascher zu werden. Doch ihre Entschlossenheit, durch den Sieg verstärkt, steigerte ihre Geschwindigkeit. Eifrig marschierten sie dahin. Unsicherheit war von Blutdurst übertüncht worden. Die vor Kurzem noch unerfahrenen Krieger wussten, dass die Straße, die vor ihnen lag, zu weiteren Siegen führte.

Stellen wir uns einen Augenblick diese große Armee vor. Wie es gewesen sein musste, sie in der Ferne marschieren zu sehen. Wie eine schwarze Schlange, die sich durch die Ebene wand. Diese Geräusche! Zu wissen, was sich in ihren Fuhrwerken befand! Die Macht und die Kraft, mit denen sie den Feind besiegen würden! Der Anblick der letzten Mutantin, wie sie an der Spitze ritt! Ihr Zopf wand sich wie eine weitere Schlange den Rücken hinab. Selbst in den furchtbaren Momenten ihres Untergangs konnte man nicht leugnen, dass sie die neue Welt bereits jetzt für immer verändert hatte.

Kapitel neunundneunzig

Gefühle und Gedanken haben im Krieg nichts verloren. Dennoch quälten sie die Mutantin.

Die letzten Tage vor Ammons Untergang und ihrem eigenen.

Noch folgten ihr die Augen aller, wohin sie auch ritt.

Wo immer sie den Kopf hinwandte, schauten alle hin.

Wie lange würde es noch dauern, dass sie eine Armee zu Brüdern hatte? Wie lange würde sie noch herrschen? Sie konnte an der Macht festhalten, wenn sie ihrer Niedertracht weiterhin folgte. Als Nachfolgerin des Jägers war dies ihr Schicksal.

Ah, aber es quälte die Mutantin.

Am ersten Tag des Zweiten Marsches begann das Glühen.

In den Handschuhen steckten Hände, die frei und ungestört brennen wollten.

Von ihren Schläfen rannen Schweißtropfen der Bedrängnis herab.

Im Feldlager rasierte sie die rechte Seite ihres Schädels und rieb sich den Kopf mit Wasser ab. Sie flocht ihren Zopf in dem Versuch, ihr früheres Selbst nicht zu verlieren. Die Hoffnung, gut zu sein, war schon lange verschwunden. Nur im Schlaf fand sie Frieden. Nur im Schlaf fand sie Raum zum Atmen.

Auch am zweiten Tag des Zweiten Marsches hörte das Glühen nicht auf.

Die Anzahl der Bäume um die Armee verdreifachte sich mit jeder Stunde. Das Laub hatte bereits die Farben des Herbstes angenommen. Je näher sie ihrem Ziel kamen, desto besser kannte Gaia die Bäume, welche die Straße säumten. Bäume mit langen, sich ausbreitenden Ästen.

Jetzt, am dritten Tag des Zweiten Marsches,

verkrampfte sich ihr Magen mit jedem Atemzug,

und in ihrem Mund sammelte sich Flüssigkeit, als müsste sie sich übergeben.

War es Scham? War es Trauer? Kannte die Jägerin solche Empfindungen überhaupt?

Im Schlaf fand sie Frieden, um dort sein zu können, wo sie den Sohn sehen konnte. Sie sah ihn als Kind eines Herrschers leben und all die Dinge sein, die sie nie sein konnte. Während die Armee weiter durch jene Landschaft marschierte, die sie noch von ihrer Flucht zu kennen glaubte. Wo sie die Mutter, die Geächtete, ermordet hatte. Ihr erstes menschliches Opfer.

Am vierten Tag des Zweiten Marsches jagte ihr jede Windböe Schauer über den Rücken.

Gleißend war das Licht der Sonne,

und der Himmel zu hell – als ob sie ihr gesamtes Leben in der Dunkelheit verbracht hätte.

Jede Stimme, die sie vernahm, ein Hindernis,

jeder Körper, den sie sah, eine Last.

Welcher Dunkelheit fiel sie anheim? Welcher Niedertracht, welchen Sorgen? Sie kannte diesen Boden, über den sie ritt, denn sie erinnerte sich daran, wie sie damals aus dem Fenster der Kutsche geblickt und ihn gesehen hatte. Eine andere Ära. Die Jahreszeiten änderten sich, doch sie war in sich selbst gefangen. Die Bäume warfen ihre Blätter ab und löschten so behutsam ihre Vergangenheit. Sie hingegen vermochte die ihre niemals abzuschütteln. Sie würde sie bis in den Tod verfolgen.

Am fünften Tag des Zweiten Marsches wachte die Mutantin mit brennenden Händen auf.

Der Geruch nach verbranntem Leder. Ein Fluch. Ein Seufzer.

Sie konnte ihr Herz nicht länger verbergen.

Jede Flamme war ein Beweis, jeder Funke ein Beleg.

Brennend, brennend – ihr Feuer würde immer ihren Zorn verraten. Aber der Zug der Armee war an seinem Ziel angelangt, denn in der Ferne sahen sie bereits die ersten

Häuser von Ammon. Das Tageslicht wurde schwächer, und die glitzernden Lichter der Hauptstadt schimmerten am Horizont vor einem dicht bewölkten Nachthimmel.

Eine Stadt, die auf eine Schlacht wartete und doch so leuchtete wie immer. Eine Stadt, die auf den Tod wartete, doch aus der Ferne so schien, als ob sich nichts auf ihren Straßen regen würde. Von hier aus konnte Gaia die Legionen nicht erkennen, die sich zur Verteidigung der Stadt geformt hatten. Nach einem Marsch über viele Tage und Nächte hinweg waren arinische Krieger in Ammon eingetroffen, um ihren Verbündeten beizustehen. Gnade den Mutigen, die kämpfen und sterben aus einem Grund, der nicht der ihre ist.

Die zwei Herrscher standen Seite an Seite und blickten durch die Fensteröffnungen der Burg. Ari der Herrscher, den Gaia noch kennenlernen würde, wenn auch nicht in diesem Krieg, und Gregor der Herrscher, der ihn nicht überleben würde. Hinter ihnen stand der Oberste Leser, den sie im Stich gelassen hatte.

Kapitel einhundert

In der Dunkelheit gab Calisto Gaia den Befehl. »Ruf deine Krieger.«

Sie sah ihn an, und er erwiderte ihren Blick. Ein paar Augenblicke noch zum Trauern, um sich daran zu erinnern, dass es einmal die Hoffnung auf Güte und Gnade gegeben hatte, wenn es auch nicht ihre eigene Hoffnung gewesen war. Die Tat war schon lange vollbracht. Das wusste sie. Sie hatte es immer gewusst. Sie hatte ihre eigene Rechtschaffenheit für das Leben des Sohnes geopfert. Ihre Tugend für seinen Wohlstand, ihre Gnade für seine Freiheit.

Und sie würde es wieder tun.

Calisto sagte erneut: »Ruf deine Krieger.« Diesmal folgte sie seinem Befehl. Der Abend vor dem Bleimassaker. Als ob seit Meriah keine Zeit vergangen wäre, als wäre der Marsch zwischen den Schlachten nur ein Wimpernschlag gewesen. Eine Schlacht, die in die nächste überging.

Noch waren es die kalten, gespenstischen Stunden des Abends. Ein letzter Schritt, den es zu nehmen galt, dann waren sie Herrscher über ihre Feinde. Die Fuhrwerke wurden von Calisto selbst entsperrt. Ein Knappe schob die Metalltüren auf, und die Mutantin wurde nach vorne geleitet. Ihre Krieger stellten sich in Reih und Glied hinter sie. Zuerst ihre Glock-Brüder, denen sie ihre Pistolen reichte. Gefolgt von ihren Remington-Brüdern, denen sie die Gewehre übergab. Schließlich ihre AK-Brüder, an die sie ebenfalls ihre Waffen austeilte. Das Gewicht des Bleis hing an ihnen, während sie zärtlich über den Abzug strichen. Jeder Lauf das Auge eines neugeborenen Bruders. Keiner war mehr ohne Schuld.

Gesegnet seien die Auserwählten.

Sie legte sich den Gurt ihrer eigenen AK über die Schulter. Auf der Waffe war ihr Name eingraviert. Die Waffe gehörte ihr ebenso, wie sie der Waffe gehörte. Seit dem Tag, an dem sie beschlossen hatte, sie in die Welt zurückzubringen, war sie von jeder der Waffen in Besitz genommen worden, und das blieb so, auch lange nachdem sie diese an andere weitergegeben hatte.

»Wir werden nicht foltern, stehlen, plündern oder brandschatzen«, rief Calisto der Herrscher. »Wir feuern unsere Kugeln im Namen des höheren Wohls und des Gesetzes der Natur. Um jene zu rächen, die in den Jahrhunderten fielen, als man versuchte, uns zu untergraben, um jene zu rächen, die erst gestern starben.«

In der Nacht schliefen ihre Brüder in Reihen neben ihren Waffen. Sie war nicht unter ihnen. Sie stand am Rand des Feldlagers und rieb das getrocknete Blut von Nadas Fell. Sie war allein, aber nicht lange. In der Dunkelheit des nahe gelegenen Waldes liefen Gestalten umher, die keine Rüstungen trugen, sondern Umhänge und Lumpen. Ihr Kommen war jenen bekannt, die Wache hielten; sie hatten ihnen erlaubt, ins Lager zu kommen. Man kannte sie, selbst die Mutantin, aber sie waren bisher unbemerkt geblieben.

Sie kamen von fern und würden bald weiterziehen. Bis ans Ende der Welt würden sie für einen einzigen Krieger unter Tausenden kommen. Barfuß schlichen sie langsam und leise dahin, damit die Mutantin sie nicht hören konnte.

Nada sah sich nervös um, denn sie vernahm sie zuerst. Gaia hingegen war ahnungslos, denn das Rascheln kam von ihrer Linken. Doch sie spürte die Bewegung in der Stille um sie herum. Sie hielt inne.

»Da ist etwas«, flüsterte sie.

»Das könnte sein«, vernahm sie eine leise Stimme – eine Stimme, die sie kannte. Erst als die dunklen Gestalten in ihr Blickfeld traten, wandte sie sich um. Hände packten sie an Armen und Beinen und zerrten sie weg, so schnell und so leise, dass niemand es mitbekam. Ihre Lumpen bedeckten und verdunkelten sie, als wäre sie ein Teil der Nacht. Sie ließ sich davontragen, denn sie kannte diese Stimme. Es war eine Stimme, der sie vertraute. Den wilden Augen hingegen nicht.

Zwischen den Bäumen brachten sie Gaia tief in den Wald hinein. Schließlich traten sie durch einen Türbogen hindurch, und die Geräusche des Waldes erstarben. Sie ließen sie zu Füßen einer dunklen Gestalt mit einer Kapuze über dem Kopf auf den Boden herab.

»Habe ich nicht gesagt, dass wir dir bis in den Tod folgen würden?«, fragte die Stimme, während die Gestalt die Kapuze herabzog.

Das Menschenmädchen war hinterlistig. Sie streckte die Hand aus, um den Schmutz vom Gesicht der Mutantin zu wischen, das Blut aus ihrem Zopf.

»Warum seid ihr hier?«, wollte Gaia mit leiser Stimme wissen. Sie blickte sich um. Die anderen kannte sie nicht. Sie hatte damals an jenem Tag nur ihre Schatten in dem dunklen Raum gesehen. Es war jedoch ihre Haltung, die sie jetzt wiederzuerkennen glaubte, ihr Schweigen und den fesselnden Blick.

Julie Bonaparte trat einen Schritt näher.

Das geheimnisvolle Lächeln, das ihr Gesicht zierte, war nicht mehr dasselbe wie zuvor.

Ein belasteter Blick. Wo sich früher Begeisterung und Aufregung gezeigt hatten, war jetzt eine Schwere, als ob sie die Last ihrer Zuneigung für die Mutantin spüren würde.

»Erkennst du nicht Treue, wenn du sie siehst?«, fragte sie. »Ich bringe dich dorthin, wo du Sühne leisten kannst. Noch kannst du den Pfad der Gerechtigkeit einschlagen …«

Kapitel einhunderteins

Die Stadt Ammon, Nation des ersten Stammesvaters.

Selbst in ihren letzten stolzen Momenten war es eine prächtige Stadt. Die Stadtmauern glitzerten noch immer, obwohl das Glitzern von den Fackeln des Krieges herrührte. Die Gebäude ragten imposant in den Himmel, die Fenster waren noch nicht zerbrochen. Selbst nach der Schlacht würde Gaia in dieser Stadt niemals geliebt werden.

Die Räder der Kutschen drehten sich. Sie trugen sie durch den Wald, auf die Felder hinaus und zur Grenze von Ammon. Die Mutantin saß in einer Ecke des Gefährts. Man hatte ihr einen Umhang übergeworfen, sodass sie wie die anderen aussah. Ebenso hatte man ihr neues Paar Handschuhe gegeben, damit sie menschlich wirkte. Sie saß reglos da, wie man es ihr befohlen hatte. Sie gehorchte, denn sie wusste, dass sie sich in tödlicher Gefahr stets auf das Menschenmädchen verlassen konnte.

Die Kutsche kam zum Stehen.

»Ich bin es«, sagte Julie zu den Wachen, nachdem sie den Verschlag geöffnet hatten. »Ich war erst vor ein paar Tagen hier.«

»Julie! Warum bist du zurück?«, fragte einer der Männer.

»Ich möchte Hagens Familie meine Aufwartung machen.«

»Eine ungewöhnliche Uhrzeit für einen Beileidsbesuch.«

»Es ist besser, jetzt zu kommen, ehe morgen die Schlacht beginnt. Ist die Familie zu Hause?«

»Ja.«

Sie zog den Verschlag zu. Ein Grinsen auf ihrem Gesicht. Es gelang ihr fast immer, einen Sieg mit Worten zu erlangen. Als die Kutsche weiterfuhr, wandte sie sich Gaia zu.

»Sein Tod«, sagte sie bedeutungsvoll, »wurde hier nicht gut aufgenommen.«

»Ich habe ihn nicht getötet.«

»O doch, das hast du. Er war in dem Moment verloren, als er dich gefunden hat. Du warst es.«

»Ich …«

»Still«, flüsterte Julie. »Es ist beinahe Mitternacht.«

Die Hufe der Pferde klapperten über das Kopfsteinpflaster. Die Straßen breiteten sich vor ihnen aus. Nicht weit entfernt stand ein hoher weißer Glockenturm, dessen Glocken selbst an Tagen mit bedecktem Himmel schimmerten. Dort hielt die Kutsche. Die Mutantin versteckte ihr Gesicht unter der Kapuze, wie man es ihr befohlen hatte. Dann stieg sie aus.

In der Gasse vor ihr stand ein Pferd, das friedlich in der Nacht wartete. Gaia musterte neugierig den Reiter.

Wer war er?

Seine Gestalt war durch die ammonitische Rüstung verborgen. Noch vermochte sie sein Gesicht nicht zu sehen. Doch seine Bewegungen wirkten vertraut, und in ihr regten sich Erinnerungen an längst vergangene Zeiten.

Wer konnte das sein?

Der Reiter auf dem Pferd näherte sich in einem langsamen Trott. Unter dem Licht einer Straßenlaterne wurde er sichtbar. Er schien ein Mann nobler Herkunft zu sein. Den Rücken hielt er aufrecht wie ein wahrer Krieger, eine Hand hielt die Zügel, die andere ruhte auf seinem Schwert. Dann stieg er anmutig ab und kam auf sie zu. Mit einer raschen Bewegung setzte er den Helm ab und hob sanft Gaias Kinn, um ihr Gesicht im Licht besser sehen zu können.

»Ich kenne dich, denn ich war es, der dich großgezogen hat«, sagte er.

Sie warf sich ihm in die Arme. Auch sie kannte ihn. Er hatte sie großgezogen! Sein Herz schlug wie früher. Noch immer atmete er im Rhythmus der Wahrheit.

Doch sein früheres Leben als Lehrer gab es nicht mehr.
In der neuen Ära, die ausgerufen war,
lebte er als Krieger.

Kapitel einhundertzwei

Als man ihn von ihr gerissen und nach Ammon gebracht hatte, war er so unverletzt, gesund und verängstigt gewesen, dass man ihn für keinen Geächteten hielt.

Er wurde entkleidet und nach Tätowierungen abgesucht, die zeigen sollten, welcher Nation er angehörte oder ob er andere Hinweise auf eine Stammeszugehörigkeit zeigte. Doch es gab keine.

Und nachdem sie ihn fast zu Tode gefoltert hatten, kam der Oberste Leser zu ihnen, um ihnen mitzuteilen, dass er gegen seinen Willen von der Mutantin festgehalten worden sei.

Gaias Schicksal hatte ihn mit seinem Vater wiedervereint. In der Dunkelheit gab es immer Hoffnung. Doch zum Leser würde er niemals werden. Auch nicht zum Lehrer. Zu viele Jahre waren vergangen.

Er hatte die Wahl zwischen dem Leben eines Kämpfers oder eines Ausgestoßenen. Er schwor einen Eid und wählte den Weg, um den ihn die Mutantin angefleht hatte. Er würde ein Krieger sein.

Die Gregorianer hatten sich richtig entschieden, als sie ihn diesen Pfad einschlagen ließen. Er kämpfte gut. Nicht außergewöhnlich gut, denn er tat es ohne Leidenschaft. Erst als er dazu gezwungen war, um seinen Lebensunterhalt zu verdienen und um der Ehre willen, begann er, es zu schätzen. Seine Fähigkeiten verbesserten sich. Sein scharfer Verstand half ihm, er wurde muskulös und stark. Und so wurde er mit der Zeit außergewöhnlich und herausragend.

Der Kämpfer war ein raffinierter und vernünftiger Mann. Er konnte mit Worten umgehen und war keiner, der zu Wutausbrüchen neigte, wie diese schnell zwischen Männern aufkamen. Die Krieger und Befehlshaber, die er kennenlernte und mit denen er zusammenlebte, bemerkten bald, dass er stets Haltung bewahrte, ruhig sprach und auch Antworten auf jene Dinge fand, über die andere nur lachten. Den Weisen aus der Wildnis nannte man ihn oft.

Seine Kameraden und die hochrangigen Anführer begannen diesen Mann, der die Mutantin überlebt hatte, besonders zu schätzen, denn sie glaubten, dass es seine Klugheit gewesen war, die ihn davor bewahrt hatte, von ihr getötet zu werden. Da er sie überlebt hatte, galt er als der mutigste unter den Kriegern.

Und dennoch würde sich dieser Kämpfer stets für sie entscheiden und nicht für seine Kameraden.

Es war Mitternacht in Ammon. Er stand heimlich hinter dem Glockenturm. Seine Kameraden warteten an den

Frontlinien neben den arinischen Verbündeten, während sich die Bürger in den Kellern und Krypten der Stadt verbargen. Das Kriegshorn war an diesem Morgen ertönt. Doch er stand nun vor ihr, vor seiner Mutantin. Er geleitete sie aus dem Licht der Laterne in die dunkle Straße, damit sie sicher waren. Einen Moment lang verlor er die Fassung. Tränen stiegen ihm in die Augen. Er hegte noch Hoffnung, selbst wenn die Welt drohte unterzugehen. Denn der Kämpfer hatte seine eigenen Pläne, wie er das, worin er sich wiedergefunden hatte, überleben und sie dabei nicht zurücklassen würde. Er holte tief Luft. Senkte feierlich den Kopf und blickte auf die Beule auf ihrem Rücken. Er wusste, was sich darunter verbarg.

»Ich habe gehört, dass bei Sonnenaufgang ein Kugelhagel auf diese Stadt niedergehen wird«, flüsterte er.

»Ich gebe zu, es ist wahr«, erwiderte sie.

»Mithilfe von niemand anderem als der Mutantin.«

»Ich gebe es zu.«

»Und ich sage dir: Verzichte darauf. Kein Krieger sollte einen ehrlosen Tod sterben.«

»Diese Männer wurden für diesen Moment ausgebildet und vorbereitet. Sie warten darauf, ebenso wie es Calisto tut. Das wird sein größter Ruhm. Die Chance, darauf zu verzichten, ist schon lange vorüber.«

»Sein größter Ruhm ist es, dich zu haben, so hat man mir erzählt. Du kannst ihn überreden. Und dein Ruhm, wohin ist der verschwunden?«

»Ich habe ihn meinem Sohn geopfert.«

Ein kaum sichtbares Lächeln zeigte sich auf des Kämpfers Gesicht. »Es ist also wahr. Das Kind hat überlebt.«

»Das hat es. Und es wohnt jetzt in einer Burg. Hättest du dich nicht ebenso entschieden, wenn du gewusst hättest, dass der Sohn im Dreck geboren wurde? Dass sein Zuhause eine Höhle war? Sein Zeitvertreib das ferne Heulen der Wölfe?«

»Sein Leben wurde gerettet. Durch dich. Bringe kein Unglück in diese Welt, dem du ihn nicht aussetzen würdest.«

»Es ist Calistos mächtigste Stunde.«

»Das muss sie nicht sein.«

»Wenn ich ihn im Stich lasse, wird er mich töten.«

»Lügen! Du weißt, dass du das nicht zulassen wirst. Überrede ihn, auf das Blei zu verzichten«, entgegnete er. Dann sprach er die Worte, die sie bereits in ihren Träumen gehört hatte: »Und danach fliehst du mit mir in die Wildnis. Dort wirst du in Sicherheit sein. Ich werde euch ein Haus bauen. Ich werde deinem Sohn ein Leben bauen.«

»Und er wird machtlos und gejagt aufwachsen«, widersprach sie, obwohl sie ihren eigenen Worten nicht glaubte. Der Wildling sehnte sich noch immer nach den einfachen Tagen. »Ich habe gesehen, was es in den Städten gibt. Schutz vor Feinden. Reichtum. Und dort werden wir geschätzt! Und verehrt! Und keiner wagt es, sich mir entgegenzustellen.«

»Aber da sind auch Dinge, von denen du nicht weißt, meine Schülerin. Es gibt Dinge, die weder du noch ich kennen. Wir werden vielleicht gejagt sein, aber wir werden Reichtum haben, den wir teilen können. Reichtümer, die diese Welt schon lange vergessen hat. In dem Land, das verborgen liegt«, sagte er und zog sie näher an sich. Sein Gesicht veränderte sich und blickte sie voll Staunen an, als ob er ein anderer Mann geworden wäre. Rasch schaute er zu Julie und den anderen hinüber, denn er wollte nicht, dass sie von dem erfuhren, was er jetzt sagte. »Ich habe einmal einen Kommandanten in Gregors Gemach begleitet. Der Kommandant konnte nicht lesen, aber bei Gregor war ein Leser, der ihn vor unserem Besuch beraten hatte. Vor ihnen lag eine aufgerollte Schrift. Ich habe sie heimlich gelesen, Gaia, aus dem Augenwinkel. Beinahe hätte ich das Gleichgewicht verloren, und für den restlichen Tag litt ich unter Kopfschmerzen. Ich habe von dem gelesen, was in den Höhlen des Roten Berges verborgen liegt. Dorthin wagt sich kein Mensch, doch dort sind die letzten Bücher der Welt versteckt. Ammon zu erobern ist nicht das letzte Ziel der Calistoniten. Sie haben bereits bleierne Waffen. Sie werden auch die letzten Bücher zerstören, um sicherzustellen, dass niemand mehr von dem Wissen und den Erkenntnissen der alten Welt erfährt. Denn die Calistoniten, *deine* Calistoniten, halten die Karte geheim.«

Eine neue Ära war angebrochen.

»Solche Träume sind schon lange vorbei«, flüsterte Gaia. »Ich brenne, ich schlachte, ich bin eine Mutantin.«

»Ah, du brennst«, sagte er sanft. Er erinnerte sich daran, wann und wo er davon gehört hatte. Dann streckte er die Hand aus, um die ihre unter die Straßenlaterne zu halten. Hände, die er viele Jahre lang gepflegt hatte. »Alles, was es bedarf, ist, diesen Weg zu betreten und zu leben, um davon zu erzählen. Die Mutantin hat genommen. Jetzt wird sie geben.«

Die dunkle Epoche

Kapitel einhundertdrei

Tausende von ammonitischen und arinischen Kriegern standen groß und mächtig auf ihren Posten. Ihre Rüstungen waren frisch poliert, sie hielten ihre Schwerter voller Zuneigung in den Händen. Die gepflasterten Straßen hinter ihnen wurden durch diese menschliche Mauer, die sie bildeten, geschützt.

Straßen führten gewunden oder direkt in die verschiedenen Viertel der gregorianischen Hauptstadt, wo in den Häusern keine Lichter mehr brannten. Nur tief in Gregors Burg flackerten noch einige Kerzen. Die Straßen wanden sich weiter, mal schmal, mal so breit, dass mehrere Pferde nebeneinanderpassten. Andere verengten sich zu Gassen. Am Beginn einer solchen Gasse stand Julies Kutsche, zu groß, als dass jemand an ihr vorbeigekommen wäre. So stellte sie sich, damit keiner dorthin gelangte, wo der Kämpfer und die Mutantin miteinander redeten.

Nun verabschiedeten sie sich voneinander. Um ihren Missionen zu folgen, mussten sie getrennte Wege gehen. Er würde aus Ammon hinausreiten und sie an dem allein stehenden Baum auf den Feldern treffen. An dem Ort wollten sie sich wiedersehen. Wenn er nicht bei Sonnenaufgang dort eintraf, müsste sie annehmen, dass er tot oder in den Kerker geworfen worden war. Wenn sie nicht bei Sonnenaufgang dort eintraf, müsste er annehmen, dass sie das gleiche Schicksal ereilt hatte.

In einer Zeit, als endlich ein Lichtschimmer in den dunklen Schatten dieser Epoche zu sehen war, gab es Angst, etwas falsch zu machen, zu versagen, besiegt zu werden – die Angst, dass nichts in der kommenden Zukunft leuchten würde. Doch ein Lichtschimmer ist trotzdem ein Licht.

Die Mutantin stieg wieder in die Kutsche. Sie zog den Vorhang zur Seite, um ihm nachblicken zu können. Er hatte ihr den Rücken zugewandt, und von ihrem Platz aus sah er wie ein Fremder aus. Rasch kehrte er zu seinem Pferd zurück und ritt davon.

Julie nahm sanft Gaias Hand vom Vorhang. Die Räder begannen, sich in Bewegung zu setzen. Das Menschenmädchen sagte: »Jetzt verlassen wir die Stadt so schnell und unbemerkt, wie wir sie betreten haben.«

Die Straßen waren still. Die einzigen Geräusche stammten von den Wachen, die vorüberkamen. Jedes Gebäude, jeder Turm war menschenleer. In der Stille konnte man das Rattern der Kutsche deutlich hören. Das Knarzen des Holzes durchdrang die Nacht. Auch wenn die Türme verlassen schienen, standen doch Bogenschützen hinter deren Fenstern und lagen auf den Dächern.

Vielleicht waren sie in der dunklen Gasse für den wertvollen Augenblick ihres Wiedersehens allein gewesen. Doch in den Straßen beobachteten die Bogenschützen die Kutsche, die unter ihnen vorbeifuhr, alarmiert durch die Räder und die Hufe der Pferde. Die Schützen ließen sie vorbeifahren, denn sie vertrauten den Wachen, die ihnen den Zugang zur

Stadt genehmigt hatten. Die Wachmänner auf den Straßen reagierten jedoch anders.

Die Kutsche kam schaukelnd zum Stehen, als die Wachen ihre Fahrt durch die kalten, düsteren Straßen anhielten. Die Pferde wieherten, erschrocken über die plötzliche Unterbrechung. *Ah,* dachte Gaia und beobachtete, wie sich das Menschenmädchen verhielt. Ihr Gesicht war noch so hübsch wie zuvor, unbelastet von der Qual eines Mordes, und noch immer das Rosa der Jugend auf den Wangen. Doch die Augen blickten ungezähmt und wild. Julie Bonaparte, ein verlorenes Kind, das seine Prophetin gefunden hatte. Mädchen ihres Lebens.

Julie öffnete kühn den Verschlag. »Ja?«

»Euer Ziel ist offenbar doch nicht das Haus Hagens«, sagte die Stimme desselben Wachmanns, der sie in die Stadt gelassen hatte. Er zog sie aus der Kutsche. Die Klinge seines Schwerts war auf ihren Hals gerichtet. Er schien dem nationenlosen Mädchen nicht mehr zu vertrauen.

»Wir sind auf dem Weg dorthin. Natürlich sind wir auf dem Weg dorthin.«

Gaia kroch zum Verschlag und lugte hinaus. Sicher im Schatten der Kutsche und unter ihrer Kapuze verborgen, war sie bisher nur eine Fremde für den Wachmann. Sie würde nicht zulassen, dass er sein Schwert benutzte. Wenn er es tat, würde er erfahren, mit wem er es zu tun hatte.

»Dann hättet ihr nach eurem Eintreffen südlich abbiegen müssen«, sagte er.

»Die Nacht ist trügerisch. Wir haben uns verfahren.«

»Nachts ist dir diese Stadt vertraut«, fauchte er. Seine Klinge drückte fester gegen ihre Haut. »Was führst du im

Schilde? Ich befehle allen in der Kutsche, auf der Stelle auszusteigen.«

Julie stand still da, das Kinn hochgereckt. Sobald sie sich bewegte, würde die Schwertspitze ihre Haut durchdringen. Blut würde fließen. Ihre Augen wanderten zu Gaia, und deren Augen wanderten zum Mund des Menschenmädchens. Stumm formte er das Wort »Renn!«

Ein Moment, um fraglos zu gehorchen.

Gaia legte die Finger auf die Klinke des Verschlags. Stellte einen Fuß vor den anderen. Holte tief Luft und warf einen Blick in die Dunkelheit der leeren Straße rechts von ihr. Julie stieß einen markerschütternd schrillen Schrei aus und erschreckte damit sowohl Gaia als auch die Wache.

Jetzt. Gaia sprang hinaus. Beim Aufsetzen auf dem Boden knickte ihr Fuß um. Ein stechender Schmerz schoss ihr durch das Bein. Ohne darauf zu achten, raste sie die Straße hinunter. Hufschläge hallten an den Wänden wider. Sie bog nach links ab und öffnete die erste unversperrte Tür, die sie finden konnte. Es war ein verlassenes Haus. In der Dunkelheit stieß sie gegen eine Wand. Als sie die Treppe hinaufrannte, hörte sie bereits, wie die Tür hinter ihr erneut aufging. Jetzt ihr Feuer zu entzünden, um etwas zu sehen, hätte sie verraten. Sie rannte im zweiten Stock zu einem Fenster und kletterte dort auf den Sims. Der Boden befand sich weit unter ihr. Sie sammelte sich, um zum Balkon des Nachbargebäudes zu springen. Tat es. Ihre Hände griffen nach dem Geländer, und sie zog sich hinüber. Dann betrat sie das Haus. Hastig rannte sie in den Speicher hinauf. Die Dachschrägen erinnerten sie an ihr Zimmer in der Hütte im Wald, in jener längst vergangenen Zeit.

Sie stieß die Dachluke auf und kletterte hinaus. Deutlich war die Gegenwart ihrer Verfolger zu spüren, die ihr noch immer in der Dunkelheit auf den Fersen waren. Männer der feindlichen Nation, Feinde der Mutantin.

Auf den umliegenden Dächern standen Bogenschützen, die unter ihnen liegenden Straßen bewachend. Gaia ließ sich auf alle viere nieder und kroch, so schnell es ging. Immer wieder suchte sie kurz Schutz hinter Schornsteinen, bis schließlich eine offen stehende Luke, die sie übersehen hatte, sie verschluckte. Sie stürzte mit einem dumpfen Schlag auf den Boden unter ihr.

Einen Augenblick lang blieb sie regungslos liegen.

Ob sie Julie verhaftet hatten? Auf keinen Fall wollte sie, dass das Menschenmädchen starb – ein Gedanke, der sie überraschte.

Sie erhob sich und stolperte die Treppe hinunter. Vorsichtig öffnete sie die Haustür und sah, wie zwei Wachen nach links in eine Gasse abbogen. Schnell rannte sie auf das gegenüberliegende Gebäude zu.

In der Falle, verfolgt, geschwächt: Die Schlächterin war zur Gejagten geworden!

Als sie über die Straße eilte, warf sie einen Blick hinter sich. Ein Pfeil traf sie im Bein, ein Geschenk der versteckten Bogenschützen. Sie schaute nach vorn und sah sich einer Gruppe von Wachen gegenüber.

»Wer bist du?«

Ungläubig blickte sie auf den Pfeil hinunter, der direkt über ihrem Knie in ihrem Bein steckte. Genau zwischen den Metallplatten ihrer Rüstung. Ihr wurde schwindlig.

War sie dazu noch in der Lage? Konnte sie brennen?

Nein, es gelang ihr nicht. Alle Pfeile der Stadt würden sie durchbohren.

Würde sie es tun?

Nein, sie würde es nicht tun. Sie würde die Mauern dieser Stadt niemals lebend verlassen.

Für die Ehre, den Sohn, den Kämpfer. Es würde das erste und einzige Mal sein, dass sie kapitulierte.

Sie zog den Umhang von den Schultern. Zeigte ihr Gesicht und was sich auf ihrem Rücken befand. Die matte Spitze des Gewehrlaufs ragte hinter ihrem Kopf hervor. Sie nahm die Waffe ab und hielt sie in ihren Händen. Das Blut aus ihrer Wunde tropfte langsam auf ihren Fuß. Sie hielt die bleierne Waffe gegen ihre Brust gepresst, deren hohles Auge in die Nacht blickte. Sie wollte sie nicht abfeuern, sondern nur warnen. Nicht töten, sondern nur bitten.

Mehr Wachen schlichen sich von hinten an sie heran. Der Schmerz machte es schwerer für sie, deren Näherkommen zu hören. Die Pfeilspitzen der Schützen auf den Dächern über ihr warteten auf ein Zeichen.

Die Waffen der ganzen Stadt sehnten sich nach der Mutantin.

Und so wurde die Beute zur Gefangenen.

Sie brach zusammen.

»Fragt ihr euch nicht«, ächzte sie, »warum ich auf diesen dunklen Straßen wandle, obwohl ich hier nicht hingehöre? Weshalb glaubt ihr, bin ich hier, wo eine wie ich nicht sein sollte? Auf dieser Seite der Front, in Kriegszeiten? Ich bin an diesen Ort gekommen, der nicht der meine ist. Die Waffe, die ihr seht, ist eine von Tausenden, die mitgebracht wurden, um euch bei Sonnenaufgang zu töten. Mich jetzt auf der Stelle töten, wird euch nicht retten. Bringt mich zu Calisto. Bringt mich zu ihm, um eure Leben, eure Stadt zu retten.«

Die Männer planten, sie zu Calisto zu führen. Sie planten es, doch zuerst wollten sie etwas anderes tun. Tief in ihren Herzen hegten sie einen Wunsch, den kein Gesetz zu richten vermochte. Der erste Tritt in ihren Rücken ließ sie stürzen. Im schwachen Licht der Straßenlaternen sah sie, wie immer mehr Silhouetten auftauchten. Wie schwarze Blitze in ihrem Blickfeld in den kurzen Momenten, in denen statt Waffen Stiefel und Fäuste eingesetzt wurden. Ihr Schwert befand sich in den Händen eines der Angreifer. Ihre bleierne Waffe in den Händen eines anderen, das schwarze Auge auf sie gerichtet, als ob derjenige, der sie trug, ihre wahre Macht kannte.

»Narr«, flüsterte sie. Schmeckte Blut in ihrem Mund. Da wusste sie, dass sie langsam zu brennen begann. Funken sprühten von ihren Händen, als sie die Augen öffnete. Die Kraft ihres Körpers schwand. »Ich bin die Meisterin der Waffe, die du in deinen Händen hältst. Töte mich, und du wirst noch am selben Tag von einer solchen Waffe getötet werden.«

Ein Schlag auf den Kopf brachte sie zum Schweigen. Noch konnte sie sehen, auch wenn ihre Augen blutunterlaufen waren. Man riss den Pfeil aus ihrem Bein. Einen Moment lang lag sie regungslos da, während sie ihr die Rüstung auszogen, damit jeder Tritt ein Zeichen auf ihrem Körper hinterließ.

Welcher Zorn in ihren nicht brennenden Händen lag!
Welcher Zorn darüber, dass die Mutantin so selbstverständlich Feuer mit sich trug wie ein Wolf Reißzähne – etwas, was für die Männer ein Mittel zum Überleben, ein Luxus, eine Rettungsleine bedeutete.
Welcher Zorn darüber, dass sie sich an der Spitze einer Armee befunden hatte,
während sie Jahre dazu brauchten, sich hochzuarbeiten!
Welcher Zorn darüber, dass sie jetzt vor ihnen lag, schutzlos ausgeliefert,
und doch eine Rüstung besaß, die sie beschützte – als ob sie nicht bereits genug besäße!

Sie rissen ihr die Metallplatten ab und schleuderten sie auf die Straße. Mit jedem Tritt erinnerte sie sich daran, wer sie war. Die Verdorbene, die Beschmutzte. Für den Tod bestimmt, für die Niederlage. Sie warfen sie auf den Boden und zogen ihre Arme hoch in die Luft, als wollten sie ihre Hände fesseln.

Einer der Krieger hob sein Schwert. Er musste es nur schwingen, wie er es gelernt hatte, um ihr die Hände abzutrennen. Eine Bewegung, und sie wäre von ihrer Macht befreit, so, wie die Männer davon befreit wären.

Doch ein Horn hallte durch die Straßen. Ein Ton, den man nur vernahm, wenn Feinde nahe genug waren, um gewarnt zu werden. Es war der Kriegsruf der Calistoniten. Er erfüllte die Straßen, die Gassen, jede Ecke der Stadt. Er tönte vorbei an den Stadtmauern bis hin zu den Feldern.

Calisto der Herrscher hatte seine Männer aus dem Schlaf gerissen und sie an die Front zu einer Stunde befohlen, die keiner vorhergesehen hatte. Tränen waren ihm über die Wangen geströmt, doch die Nacht hatte sie verborgen. Sein

Krieg hatte eine schlechte Wendung genommen. Die Mutantin war gefangen worden. Man hatte ihm seine Mutantin genommen.

Wehe dem, der ihm seine Mutantin nahm.

Kapitel einhundertvier

Da lag sie.

Die Beute, die Verlassene. Reglos. Die Einsame, leblos zurückgelassen. Man hatte ihre bleierne Waffe mitgenommen, ihr Schwert würde sie nie wiedersehen.

Sie lag auf dem Bauch, den Kopf unter ihren Armen verborgen. Hätte man sie so im Staub liegen sehen, voll des eigenen Blutes, hätte man sie für tot gehalten. Besiegt, ihre Flammen kaum mehr als ein schwacher Rauch. Langsam und nur durch die Liebe getragen, die sie für einige wenige im Herzen trug, richtete sie sich auf.

Ein Arm nach dem anderen. Es war nicht zu spät, denn sie lebte noch. Sie hegte noch die Hoffnung, dass sie ihn um Gnade anflehen konnte, sie zu verschonen. Sie suchte um Gnade, auch wenn sie in ihrem Herzen nach Rache für diejenigen schrie, die ihr das angetan hatten. Derselbe Wunsch nach Rache, den auch die anderen hatten. Sie lag hier, doch den anderen erging es nicht viel besser.

Als sie vorwärtskroch, hinterließ sie eine Blutspur. Wenn sie ausspuckte, war der Speichel rot. Am Ende der Straße fasste sie nach einem Ziegelstein, der aus einer Mauer ragte, und es gelang ihr, sich hochzuziehen – zuerst auf einen Fuß, dann auf den anderen. Ihre Knie zitterten. Ächzend und stöhnend hielt sie sich fest. Sie musste monströs aussehen und ebenso schrecklich klingen.

Doch es gab Licht in der Dunkelheit. Eine Tür wurde für sie geöffnet, damit sie eintreten konnte. Selbst unter den Verhassten gab es solche, die verziehen.

Noch war es zu finster, als dass sie viel hätte sehen können. Aber sie vermochte eine zarte, weiche Hand auszumachen, die sie heranwinkte. Als sie sich näherte, entdeckte sie die kleine Gestalt eines Kindes, das jedoch sofort wieder hineingezogen und geschimpft wurde. Gaia schlich mühsam zu der Tür, ihr Hafen in einer tosenden See. Sie bewegte sich so langsam, dass eine andere Gestalt über die Straße zu ihr gerannt kam und sie mit sich zog. Jetzt konnte sie erkennen, dass die winkende Hand einer Frau gehört hatte. Noch gab es Gnade in der Stadt, die sie zum Sterben zurückgelassen hatte. Die Tür wurde hinter ihr verschlossen, und die Frau führte sie in einen Keller, wobei Gaia vorsichtig einen Fuß vor den anderen setzte. Das Blut in ihren Augen ließ ihren Blick verschwimmen, und ihr Bein pochte schmerzhaft bei jedem Schritt.

Man entzündete einen Docht und erhellte die Welt, in die man sie gebracht hatte. Sie sah die weit aufgerissenen Augen von Kindern und von einem älteren Mann, der faltig und gebeugt auf einem Stuhl saß. Es war deutlich, dass sie Angst vor ihr hatten. Nur der Mann nicht, denn sein Augenlicht war zu schwach, um sie zu erkennen. Neugierig lehnte er sich vor, bis eines der Kinder zischte: »Das ist sie. Das ist die Mutantin.«

Der alte Mann wiederholte: »Die Mutantin?« Er kniff die Augen zusammen, suchte nach seiner Brille, die in der

Dunkelheit bisher nutzlos gewesen war, und setzte sie auf. »Woher willst du das wissen?«

»Das Gesicht! Die Hände! Und sie redet knurrend. Außerdem weint sie Blut.«

»Nicht knurrend. Ihre Schreie waren die eines Menschen«, widersprach die Frau, die ihr helfen wollte. Nachdem sie Gaia hereingebracht hatte und die Wahrheit ans Licht gekommen war, konnte sie die Mutantin nicht vor den Augen ihrer Kinder wieder in die Dunkelheit hinauswerfen. Doch war diese ihre Feindin.

Warum kümmerte sie sich dann um sie?

Warum wischten ihr die Menschen in dem düsteren Keller das Blut weg?

Ah, weil sie zuerst die letzte Mutantin war und erst dann die Feindin. Dieses Wissen war genug, um auch in einer solchen Zeit Gnade vor Recht walten zu lassen.

Die Frau stellte die übrigen Stühle nebeneinander und legte Gaia mithilfe des Alten dort nieder. Vorsichtig zog sie ihr die Kleider aus. Sie presste ihr einen Verband auf die Wunde. Die Augen der Mutantin waren blutunterlaufen, ihr Gesicht schimmerte bleich.

»Vorsichtig«, flüsterte sie, und die Frau beugte ihren Kopf dicht vor Gaias Mund, um besser hören zu können. »Vorsichtig, oder ich fange an zu brennen.«

»Was hat sie gesagt?«, wollten die Kinder wissen.

»Sie hat gesagt: Vorsichtig, oder ich fange an zu brennen.«

Rasch versorgte sie die Frau, während Gaia immer wieder aufzustehen versuchte, aber von dem Mann sanft zurück auf die Stühle gedrückt wurde. Sie hielt die Augen auf die Kellertür gerichtet und versuchte zu hören, was draußen geschah. Ihr lief die Zeit davon. Auch die Frau wollte sie so schnell wie möglich verarzten.

»Eine Arterie wurde nicht getroffen«, murmelte sie. »Sonst hätten wir eine riesige Lache. Ein Knochen scheint auch nicht gebrochen.«

Die einzigen antiseptischen Mittel, die sie hatten, waren Honig und Wein. Darin tauchten sie den Verband, ehe sie mit diesem die Wunde reinigten. Die beiden Erwachsenen hielten Gaia bei der Prozedur fest, während sie vor Schmerzen mit den Zähnen knirschte. Nicht brennen, nicht brennen. Doch es war schwer, bei solchen Qualen nicht in Flammen aufzugehen. Der alte Mann sah ihr zu. Als die Wunde gesäubert war, wickelte die Frau ihr Stoffstreifen um das Bein. Ihre anderen Wunden versorgte sie ebenso. Vorsichtig halfen die beiden Gaia schließlich wieder in ihre Kleider. Man reichte ihr einen Krug Wasser, den sie atemlos leer trank.

Dann setzte sie sich aufrecht hin und betrachtete die Familie.

»Ich muss gehen«, erklärte sie beinahe stimmlos. »Ich muss gehen. Ich muss diese Stadt retten. Ihr seid gute Menschen. Mitfühlend. Und ihr müsst gerettet werden. Noch gibt es Hoffnung.«

»Wir sind gute Menschen – im Gegensatz zu dir. Und im Gegensatz zu dir, Mutantin von Calisto, entscheiden wir uns für die Gnade.«

»Ich mag nicht gut sein, aber ich versuche es. Ich bin hier, um zu retten, nicht, um zu töten. Jetzt muss ich weg, es gilt, keine Zeit mehr zu verlieren. Bitte, helft mir die Treppe hinauf«, sagte sie und machte mit zitternden Knien die ersten Schritte. Sie sprach mit den Worten einer Anführerin. Einer, die Befehle gab und erwartete, dass man ihr gehorchte. Aus irgendeinem Grund taten das die Leute auch. Allein die Tatsache, dass es die Mutantin war, deren Blut auf ihren Kellerboden tropfte, faszinierte sie so, dass sie ihr zuhörten, selbst wenn sie ihr zugleich abgeneigt waren. Gaia griff nach einem Hut, der auf einer Holzlatte lag. Vorne war das Symbol von Ammon in den Stoff geprägt. Sie setzte ihn auf ihren schmerzenden Kopf, als der Alte ihr die Kellertür aufsperrte.

»Geh noch nicht«, flüsterte ein Kind, das hinter seiner Mutter hervorlugte.

»Du solltest die Schlacht lieber irgendwo in einem Versteck abwarten«, meinte die Frau zu Gaia, während sie ihre Kinder an sich drückte. »Benutze die Hintertür. Du wirst nicht weit gehen können.«

»Es ist meine Pflicht, nicht länger zu warten.«

Sie humpelte durch die Tür und die Treppe hinauf. Unten stand die Familie und hielt den Atem an. Der Alte hatte nach seinem Stock gegriffen, auf den er sich jetzt stützte. Von oben wirkten die Gesichter klein und zerbrechlich. Das Licht in ihren Augen konnte so rasch verlöschen.

»Findet mich«, sagte die Mutantin. »Findet mich wieder, und ich werde euch eure Hilfe vergelten.« Sie hob den Arm und winkte. Einige schwache Flammen flackerten zum Abschied zwischen ihren Fingern auf, und die Kinder lächelten. Wenn sie den Krieg überlebten, würde ihnen diese Geschichte niemand glauben. Die Familie allein würde wissen, was geschehen war. Das Blut wäre bis dahin weggewischt, und die Wärme, die ihr Körper auf den Stühlen hinterlassen hatte, schon lange verschwunden. Die Kinder würden Albträume davon haben, was in dem Keller passiert war. Sie würden ihre Mahlzeit schweigend essen, wenn sie den Krieg überlebten.

Kapitel einhundertfünf

Die Mutantin schlich durch das stille Haus. Sie kam nicht schnell voran. In der Hintertür steckte ein Schlüssel, den sie umdrehte. Sie stieß die Tür auf. Wie schnell sie sein konnte, wenn sie stark war, wenn es um das Überleben in der Wildnis ging. Jetzt wirkte sie wie ein Schatten ihrer selbst. Jede Bewegung schmerzte, und es fehlte ihr an Geschmeidigkeit. Der Jäger hätte sie verhöhnt, hätte er sie so erlebt. Nur Opfer bewegten sich so langsam.

Sie schleppte sich durch den Innenhof, wobei sie die Hand auf den Mund presste, um nicht laut aufzustöhnen. Vor ihr lag ein Pferdestall. Der Geruch von Heu und Pferdeäpfeln stieg ihr in die Nase, als sie näher kam. Sie sah die Köpfe und spitzen Ohren der Tiere, die ihr aus großen, schimmernden Augen entgegenblickten. Gaia kannte die stumme Kommunikation aus ihrer Zeit in der Wildnis.

»Still«, flüsterte sie. »Ruhig …« Sie trat an den Verschlag und öffnete ihn. Ihr gegenüber stand ein Pferd mit glattem braunen Fell, das sie misstrauisch beäugte, als sie ihm eine Hand auflegte.

Es gab weder Sattel noch Zaumzeug. Nur Pferd und Mutantin.

Sie geleitete das Tier aus dem Stall und zog sich mithilfe eines Schemels auf dessen Rücken. So gut es ging, unterdrückte sie ihr Ächzen. »Ruhig, ruhig«, wisperte sie und dachte daran, wie auf den Feldern in der Nähe der Stadt die Krieger bereits die bleiernen Waffen bereithielten. Das Pferd trottete durch den Innenhof. Einige Hausbewohner hörten das Klappern der Hufe, rannten zu den Fenstern und blickten hinaus. »Dieb! Dieb!«, riefen sie Gaia hinterher, die das Pferd anspornte, als sie das Ende der Gasse erreichten. »Schneller, schneller«, flüsterte sie ihm zu.

Sie gelangten auf eine breite Straße und galoppierten los. Gaias schmerzende Beine drückten in den Leib des Tieres, während sie sich mit den Fingern in seine Mähne krallte. Die Wunde an ihrem Schenkel pochte, Blut strömte heraus. »Beeil dich«, rief sie und ritt an Männern vorbei, die an den Straßenecken Wache hielten. Die Geschwindigkeit des Pferdes wirkte beunruhigend, doch die Männer sahen den ammonitischen Hut, den Gaia zur Täuschung trug, und nahmen an, sie wäre eine der Ihren. Zumindest glaubten sie das für den Moment.

Schon bald vernahm sie jedoch Hufe hinter sich. Sie wusste, dass sie irgendwie nach Westen gelangen musste, um dort aus der Stadt zu fliehen.

Auf den Feldern luden die Hände der Krieger
die Waffen.
Das Klicken von Metall,
um des Ruhmes willen.

Sie galoppierte schneller und schneller. Wie verwinkelt diese Straßen doch waren, sie schienen endlos zu sein. Nach einer halben Ewigkeit tauchten in der Ferne Bäume und die Stadtmauer auf. Die Wachen dort sprangen auf, als sie vorbeiraste, und wurden beinahe von ihren Kameraden niedergerannt, die ihr dicht auf den Fersen waren. Gaia war nun so nahe, dass sie bereits die Felder sehen konnte.

Zu ihrer Linken lag still das Land.
Zu ihrer Rechten in der Ferne
die schwarzen Umrisse von geduckten Männerkörpern
und flackernde Fackeln.
Die bleiernen Waffen waren gezückt, die schwarzen Augen blickten nach vorn, und sie hörte, wie jemand »Feuer!« rief, als sie auf sie zugaloppierte.
Durch die Luft flogen die Kugeln der alten Welt.
Ein Bleiregen ging auf Ammon nieder.

Die Erde bebte, als das Rattern der AKs widerhallte. Gaias Pferd stellte sich auf die Hinterbeine und wieherte vor Angst. Die Mutantin wurde abgeworfen. Sie landete mit einem dumpfen Schlag im Gras. Ihre Lungen wurden gegen ihren Brustkorb geschleudert. Sie versuchte sich aufzurichten, war aber zu schwach. Es war ihre schlimmste Stunde.

Mühsam robbte sie sich mit den Armen vorwärts, kroch wie ein Ungeziefer. Verzweifelt rief sie: »Calisto!« Doch niemand hörte sie. Sie war allein. Die Wachen, die sie verfolgt hatten, waren beim Fallen der Schüsse geflohen, und das Pferd hatte sich in die Nacht davongemacht. Weder Tier noch Mensch würden sich freiwillig auf das Feld des Todes begeben, das vor ihr lag. Die Schreie und Rufe von Hunderten drangen an Gaias Ohren, während geschossen wurde. Ammonitische Krieger rannten zur Stadtmauer und mussten über die Toten steigen, die bereits den Kugeln zum Opfer gefallen waren.

»Calisto!«, schrie sie über den ohrenbetäubenden Lärm der Bleikugeln hinweg. Sie kroch weiter, sich dem Chaos nähernd, aber noch immer viel zu weit entfernt. Wer außer der Mutantin würde sich dazu entschließen, sich in einen solchen Tod zu begeben? Hinter ihr war es so still, als ob die Welt untergegangen wäre.

»Ich sage mich los!«, schrie sie. »Ich sage mich los!«

Doch keiner außer der blutenden Erde hörte sie. Sie sprach die Worte, und in ihrer Panik hoffte sie, dass der Kämpfer sie hörte und so zumindest wissen würde, dass sie es versucht hatte. Oder dass der Oberste Leser sie vernehmen würde und wüsste, dass sie ihr Bestes getan hatte. Sie schrie diese Worte in die Welt, damit jemand sie hörte und vielleicht verstand, dass die Mutantin getötet hatte und beinahe selbst ums Leben kam, um sie wahr werden zu lassen.

Ein Arm schlang sich von hinten um sie. Schluchzend rieb sie sich die Augen und sah erst jetzt, wo sie sich befand. Sie lag vor dem Baum, an dem sie ihn treffen sollte. Vor dem sie bei Sonnenaufgang stolz und aufrecht hatte stehen wollen.

Noch war die Sonne nicht aufgegangen. Gaia brach zusammen. Die Sonne hatte sich noch nicht gezeigt, doch er war bereits hier. Ihr Kopf, schwer von der Niederlage, hing herab. Aber er hielt ihn hoch, und sie legte ihr Gesicht an des Kämpfers Brust. Unter Tränen entdeckte sie die Gestalt von Julie.

»Ich sage mich los«, schluchzte Gaia. »Ich sage mich los.«

Eine Nadel mit dem Symbol von Ammon glitzerte an seiner Brust, und sie riss sie ihm gewaltvoll ab. »Nimm mein Augenlicht!«, heulte sie. »Damit ich nicht mehr sehen muss, was ich getan habe.«

Er konnte sie durch die ständigen Schüsse kaum hören, nahm ihr aber die Nadel ab, bevor sie es versuchen konnte. Der Kämpfer hielt sie fest an sich gedrückt. Seine Umarmung fühlte sich warm an, weil er keine Rüstung mehr trug.

»Ich bin die Schlächterin«, heulte sie, als ob diese Erkenntnis bereits reichte, um dafür ihr Augenlicht zu verlieren. »Ich bin die Schlächterin.«

»Ja«, flüsterte der Kämpfer, während er sie sanft hin und her wiegte.

Sie würden bald aufbrechen müssen. Ihre nächste Mission war es, den Sohn zu holen. Doch es war nicht ihre einzige. Julie versuchte, die Pferde, die vor die Kutsche gespannt waren, zu beruhigen. Die Tiere wieherten immer wieder panisch.

»Ja«, sagte der Kämpfer. »Eines Tages stürzen selbst die Schlächter.«

Kapitel einhundertsechs

So sah also ein Sonnenaufgang auf einem Feld ohne Ruhm aus. In diesem Teil der Welt, auf misshandeltem Boden, der so nie ausgesehen hätte, wenn die Mutantin nicht ihren Teil dazu beigetragen hätte.

Der Himmel war rot durchzogen. Wie hell er leuchtete,

selbst als die Sonne aufgegangen war. Auf den Feldern herrschte Stille. Berge von Toten, die ruhmlos gestorben waren. Gregorianische und arinische Männer, zwischen ihnen Calistoniten, gestorben durch das, was Gaia in die Welt zurückgebracht hatte.

Auf einem besonders hohen Berg lag Gregor der Herrscher, der furchtlose Krieger. Es hatte nur zweier irrlichternder Kugeln bedurft, um den mächtigen Mann zu nichts werden zu lassen.

Neben ihm lag der Oberste Leser. Unbewaffnet, untrainiert. Seine einzige Waffe waren Worte gewesen. Er war durch Gaias Verrat gestorben. Er hatte der Mutantin vertraut, und sie hatte ihn im Stich gelassen.

All ihre Geschichten waren zu Erinnerungen geworden.

Ari der Herrscher war geflohen, aber er fürchtete sich vor dem Tag, an dem er der Mutantin begegnen würde. Es würde geschehen. Alle würden ihr dann gegenübertreten, wenn der Mutantin Ende nahte.

In den Straßen lagen die Leichen von Kriegern und Bürgern. Versteckt in den Häusern der Toten, der Lebenden und der Fliehenden, warteten die überlebenden gregorianischen Krieger. Bewaffnet mit den Waffen, die ihre Stadt zerstört hatten, auch wenn sie keine Ahnung hatten, wie sie diese benutzen sollten. Einige hatten sich die Köpfe weggeschossen, als sie versuchten, sie zu bedienen.

Selbst im Krieg kann man Wunderbares finden. Aber nicht hier. An diesem windstillen Tag gab es keine Herrlichkeit. In den Straßen vernahm man nur die Schritte der Calistoniten, die nach Gaia suchten. Ohne sie konnte es keinen Sieg geben.

Doch sie befand sich bereits einen Nachtritt von Ammon entfernt.

Die Kutsche fuhr durch die riesigen Ebenen, schnell und frei. Gaia war mit Tausenden über diese Wiesen gekommen. Nun kehrte sie mit dem Knarzen weniger Räder zurück.

Die Reise, die vor ihr lag, war lang und gnadenlos.

Auf dem Bock saß ein Kutscher, einer ihrer treuen, namenlosen Anhänger, und lenkte die Pferde. Im Inneren saßen sie zu dritt: Julie neben dem Kämpfer, Gaia ihnen gegenüber. Die beiden beobachteten die Mutantin, wie sie die Landschaft betrachtete, die vor dem Fenster vorüberzog. Mit bleichem Gesicht, fiebrig. Das Bein war erneut verbunden worden und pochte, blutete aber nicht mehr.

Eines war klar: So niedergeschlagen, geschwächt und ängstlich in die Zukunft blickend sie auch sein mochten – beide empfanden es als den wahren Triumph, dass Gaia gescheitert war.

> Denn die Mutantin befand sich nicht länger in den Händen von Fremden,
> Hände, die viel zu mächtig, zu kalt waren, um sie zu erfassen.

Die Mutantin war bei ihnen. Sie hatten sie am Leben erhalten und hofften, das auch weiterhin zu schaffen. Ein solcher Schutz sollte sich, im Nachhinein betrachtet, als wertvoller erweisen als der einer ganzen Armee.

Der Kämpfer wandte sich mit leiser Stimme zu ihr. »Gaia …«

Langsam wandte sie den Kopf. In ihren roten Augen vermochte man kaum zu erkennen, in welche Richtung sie blickte. Sie lauschte ihrem Namen, so, wie nur er ihn auszusprechen vermochte.

Es war Tag geworden, doch sie hatte den Kämpfer seit Längerem nicht mehr angesehen. Ihn jetzt zu betrachten. Sie rieb sich die Augen.

Wie gut sie dieses Gesicht kannte.

Jeden Schatten, jede Kontur. Er war gealtert. Stets hatte er besorgt gewirkt, sein Blick war immer ernst gewesen. Wenn sie die Augen zusammenkniff, konnte sie ihn noch vor sich sehen, wie er einmal ausgeschaut hatte. Sie glaubte noch sein Klopfen an ihrer Tür zu hören, die Holztafel unter dem Arm. Wie er ihre Kammer betrat, umsichtig und doch schnell, denn jeder Moment war wertvoll. Sie erinnerte sich an seine Finger, die manchmal erdig waren, manchmal sauber, wie sie die Buchstaben und die Wörter nachfuhren, während sein Mund die Laute aussprach, die es bedurfte, um sie in etwas zu verwandeln, was in der Welt existierte.

Wenn er hingegen die Augen zusammenkniff, konnte er noch jene Gaia vor sich sehen, wie er sich ihrer entsann. Das Kind, das er aufgezogen hatte. Ihre schrecklichen Hände, die jene verbotenen Buchstaben und Wörter nachschrieben – schrecklich, aber geliebt, denn es waren ihre Hände. Jedes Wort richtig geschrieben, jede Unterrichtsstunde zeigte ihm, woran sie sich erinnerte, was meist mehr war, als er geglaubt hatte, ihr beigebracht zu haben. Es fiel ihm schwer zu glauben, dass diese Hände, die er größer werden gesehen hatte und jetzt besiegt in ihrem Schoß lagen, mehr getan hatten, als zu schreiben.

»Bevor du zur Schlächterin wurdest«, sagte er, »warst du ein Wildling.«

»Der Sohn verdient mehr als das, was ich bin«, entgegnete sie.

Sie konnte es nicht ertragen, es ihm zu erzählen.

Sie konnte nicht ertragen, ihm zu gestehen, dass sie eine Aufgabe übernommen hatte – die Aufgabe, Bücher zu retten, und nicht, einen Krieg anzuzetteln.

Es war das Beste, es zu vergessen.

»Der Sohn braucht seine Mutter. Er wird sie wiederhaben.«

Ja, dachte sie. Vielleicht war das die einzige wahre Aufgabe für sie.

Kapitel einhundertsieben

Sie richtete vorsichtig den Bogen in die Luft.

Ihr Griff war entschlossen, aber nicht steif. Die Waffe musste nicht allzu fest gehalten werden. Sie riss nicht, und sie explodierte auch nicht. Es war kein Raubtier, das nur darauf wartete, angreifen zu können. Langsam zog sie die Sehne zurück. Der Pfeil ein Vogel, bereit zum Fliegen. Der Schaft zitterte ein wenig, die Spitze entdeckte bereits ihr neues Zuhause. Noch wurde sie zurückgehalten, noch wartete sie auf ein Zeichen.

Es war früh am Morgen, und über dem feuchten Erdboden lagen Nebelschwaden. Die Luft war kühl, würde aber mild werden, sobald die Sonne in den Himmel stieg. Jedoch nicht für lange. In wenigen Monden würde der Winter alles einfrieren, was jetzt zu sehen war. Nördlich der Kutsche lagen die niemals zu enden scheinenden Felder.

Südlich von ihr verstellte das dunkle Merian-Gebirge den Horizont und einen großen Teil des Himmels. Die Sonne im Osten tauchte allmählich die Senken und Gipfel des Gebirges in Licht. Vögel sangen auf eine Weise, die Gaia vergessen hatte, denn das Dröhnen des kriegerischen Marsches hatte alle anderen Laute vertrieben.

Sie schoss den Pfeil ab. Der Hase fiel in Frieden.

Wie lange war es her, seit sie das letzte Mal eine so sanfte Waffe benutzt hatte?

Warum hatte sie Stille gegen Lärm getauscht? Eleganz gegen Chaos? Ah, doch selbst in den gewaltigsten Bergen gab es immer wieder Getöse und Aufruhr.

»Was sagen wir?«, fragte der Kämpfer.

»Wir sagen: Wir danken dir, Erde, für die Gabe einer deiner Kreaturen.«

Sie hatte im offenen Verschlag der Kutsche gesessen. Nun stand sie auf, um ihre Beute zu holen, sank jedoch gleich wieder nieder, so schmerzhaft fuhr es ihr durch das Bein. Der Kämpfer brachte ihr das Tier. Sie bestand darauf, es trotz ihrer Verletzungen selbst zu zerlegen. Es war ihr Recht, denn sie hatte es gejagt.

Sie säuberte den Hasen, zerschnitt das Fleisch und entledigte es seiner Knochen. Es war ein auffallend großes Männchen, das jedoch nicht für vier Menschen reichen würde. Das ganze Tier wurde verwendet. So wie sie es früher getan hatte. Sie bereiteten ein Lagerfeuer vor, das Gaia anzündete. Daran brieten sie das Fleisch und verzehrten es gierig.

Sie waren seit sechs Tagen unterwegs und hatten weder Essensvorräte noch Wasser übrig. Am Tag zuvor hatte die Kutsche Meriah umrundet. Die Stadt erholte sich von der

Schlacht. Da die calistonitischen Krieger in höchster Alarmbereitschaft durch die Straßen patrouillierten, war es nicht möglich gewesen, hineinzufahren und neue Vorräte zu erwerben. Man konnte selbst aus der Ferne spüren, wie ihre marschierenden Stiefel den Boden zum Beben brachten. Es war zu riskant, dass man Gaia entdeckte. Auch ihre treuen Gefährten wären in Gefahr gewesen, hätten sie einen solchen Ausflug gewagt.

Die Wildnis war für sie momentan der sicherste Ort. Für eine Mutantin, die eigentlich nicht leben sollte, war sie es immer gewesen.

Ehe sie ihre Odyssee fortsetzten, holten sie von einem nahe gelegenen Bach Wasser. Gaia begann, Äste zu sammeln und daraus neue Bögen zu machen.

Sie hatte die Beine ausgestreckt und saß auf dem Boden. Ihr Nacken war vorgebeugt, während sie konzentriert das Holz bearbeitete. Ein Teil von ihr war ein wenig erwacht, nachdem sie eine Aufgabe gefunden hatte. Sie konnte ihre Hände einsetzen. Eine Ausrüstung konstruieren. Noch immer geschlagen, doch gleichzeitig lebendiger als zuvor.

Schließlich braucht eine Schlächterin ohne Schwert oder Gewehr neue Waffen.

Was gebrochen war, würde wiedererrichtet werden …

Am achten Tag saß Gaia da und wickelte gerade eine Schnur um einen Knochenschaft, als Julie ihr die Hand auf die Schulter legte.

»Da«, sagte das Menschenmädchen.

In der Ferne waren die Silhouetten einer großen Horde Geächteter zu sehen. Selbst aus dieser Entfernung konnte man erkennen, dass Kinder zwischen den Erwachsenen hin und her rannten. Sie kannten sich offenbar in der Wildnis aus. Furchtlos und frei. Esel trugen große Säcke mit Habseligkeiten auf ihren Rücken, und kein Einziger der Geächteten fuhr in einer Kutsche.

Sie fanden Unterschlupf, aber kein Heim.
Nur für kurze Zeit ließen sie sich nieder,
unterwegs und niemals Wurzeln schlagend.
Waffen wurden genommen, aber nicht erworben.

Die Horde hatte ihre Kutsche noch nicht entdeckt. Diese hielt zwischen einigen Bäumen an, um sich in dem grünen Laub zu verbergen.

»Wir sind nicht allein«, flüsterte Gaia und weckte den Kämpfer, der in einer Ecke der Kutsche geschlafen hatte. Auch der Kutscher stieg ein, um sich besser zu verbergen. Die vier beobachteten die Gruppe durch das Fenster.

Die Geächteten waren aus Westen, aus Ammon, gekommen. Jetzt kehrten sie in ihr Leben als Wanderer zurück. Fliehende Bürger, die sie überfallen und verhört hatten, hatten ihnen berichtet, was mit ihrer Stadt passiert war. Gaia konnte Gewehre erkennen, die von Ferne so dünn und lang wie Stöcke aussahen. Doch sie kannte sie gut genug, um sie zu identifizieren. Sie hatten zwei. Zwei Gewehre waren genug. Mehr hatten sie bei ihrem Überfall nicht mitnehmen können.

»O nein«, flüsterte Julie.

Es wurde ihnen klar, dass die Welt nicht mehr wie früher war.

Zwischen Stärke und Gier liegt Macht. Die Mutantin

hatte alles besessen und alles verloren. Sie riss sich vom Fenster los, denn sie wollte es nicht länger sehen. »Ich bin wie sie geworden«, sagte sie. Kauerte sich in eine Ecke und verbarg ihr Gesicht. »Zerstörerin der Welt.«

Niemand sprach. Selbst der Kämpfer hielt sich zurück und stellte keine weiteren Fragen. Nicht jetzt. Erst wenn sie allein waren. Er kannte sie. Er wusste, dass sie nach vielen friedlichen Wintern und nachdem sie wieder gelernt hatte, was Gerechtigkeit bedeutete, die Odyssee zum Roten Berg auf sich nehmen würde. Er wusste es, denn er hatte sie erzogen.

Kapitel einhundertacht

Sie setzten ihre Mission fort, als die Landschaft um sie herum wieder menschenleer war. Die Horde Geächteter war ohne Zwischenfälle weitergezogen. Sie stellten keine echte Gefahr für die Mutantin dar. Doch je näher sie der Stadt Eden kamen, desto größer wurde die Wahrscheinlichkeit, entdeckt zu werden. Sie wollte ein letztes Mal ihren Fuß in die Stadt setzen, aus nur einem Grund. Je näher Eden rückte, desto kälter wurden die Nächte. In der Kutsche hörte man kein Lachen, nicht einmal von Julie. Viel gesprochen wurde ebenfalls nicht. Zu viel war verloren. Zu hoch war der Einsatz, als dass sie jemals wieder hätten lachen können.

An dem Tag, an dem die Stadt vor ihnen lag, blies ein starker Wind. Ehe die Mauern und die Türme zu sehen waren, verabschiedeten sie sich vom Kämpfer. Sie wollten sich im Süden wiedertreffen. Diesen Plan hatte Julie Bonaparte ausgeheckt, und es würde von nun an keinen Schritt mehr geben, der nicht im Voraus überlegt war.

Ehe er sie verließ, legte er seine Hand auf die Schulter der Mutantin. Diese wissenden Augen. Diese Hand, mit der er ihr so viel beigebracht hatte. Der Wind blies heftig und hallte in ihren Ohren wider, er sang über dem Boden. Ein feierlicher Abschied zwischen Lehrer und Schülerin.

»Für den Sohn«, sagte er.

»Für den Sohn«, antwortete sie.

Sie würden sich wiedersehen. Das war nicht ihr Ende.

Der Kutscher sollte auf Julies Anweisungen hin allein in die Stadt reiten. Er verbeugte sich zum Abschied. Schon bald würde er erneut seine Treue unter Beweis stellen – ein weiterer stummer Untergebener der Mutantin.

So blieben nur die beiden zurück, das Mutantenmädchen und das Menschenmädchen, ganz wie am Anfang. Julie stieg auf die Kutsche, unerschrocken wie eh und je. Gaia legte sich ins Innere des Gefährts und deckte sich mit ihrem Umhang zu. Langsam zog das Pferd sie über die letzten einsamen Hügel bis zur Stadt. Die Sonne ging unter, der Wind toste.

Wer hätte gedacht, dass die verschwundene Mutantin bis zur Schwelle der Nation gebracht werden würde?

Wer hätte gedacht, dass sie am nächsten Tag wieder unbemerkt verschwinden würde?

Um die Nation zu bestehlen, zu hintergehen, um zu morden – alles innerhalb eines Tages?

Wer, wenn nicht Julie Bonaparte hätte sich Derartiges überlegen und ausführen können?

Die ersten Wachen waren zu sehen. Die Männer auf den Türmen begannen der Kutsche mit den Blicken zu folgen, während sie die Straße entlangfuhr. Die sitzenden Männer erhoben sich, die stehenden kniffen die Augen zusammen. Bogen wurden gespannt, Armbrüste in Position gebracht. Aber es war nur Julie Bonaparte.

Gaia und Julie wussten, was beim letzten Mal geschehen war, als sie einen Wachmann getäuscht hatte.

Die Wachen fragten Julie, was sie zurückgebracht habe. Sie erwiderte, dass sie Ammon besucht habe, um den dortigen Kriegern beizustehen und nun zurück sei. Sie schien von ihrer eigenen Lüge überzeugt zu sein, doch Gaia nahm ein leises Zittern in ihrer Stimme wahr. Die Wachen wollten wissen, was in ihrer Kutsche sei. Sie erklärte ihnen, dass ein Freund unter einer ansteckenden Krankheit leide und ihr erster Halt in der Stadt der Mediziner sei.

Gesegnet war das Menschenmädchen, Herrin seines eigenen Schicksals.

Gaia schloss die Augen unter dem Umhang, der sie verbarg. Sie merkte, wie das schwächer werdende Tageslicht von draußen durch den geöffneten Verschlag fiel. Sie hörte den Atem der Männer, spürte, wie deren Augen einen Moment lang auf der Gestalt ruhten, ehe es in der Kutsche wieder dunkel wurde. Ein Klopfen gegen das Holz gab Julie zu verstehen, dass sie weiterfahren konnte.

Das schnelle Pochen von zwei Herzen begleitete das Gefährt auf seiner Fahrt durch die gewundenen Straßen. Keiner sah auf, als es vorüberkam. Kein Kind würdigte es eines Blickes. Eine Kutsche wie andere auch, ein Mädchen, wie es viele gab – als ob die Welt immer noch dieselbe wäre.

Wie lange würde es dauern, ehe Mann, Frau und Kind wussten, was sich wie eine verstörende Dunkelheit jenseits der Stadtmauern ausbreitete? Wie lange, ehe diese Epoche einer neuen Welt auch hier anbrechen würde? Stolz hatten alle ihre calistonitischen Fahnen aus den Fenstern gehängt, um ihre siegreiche Armee zu preisen.

Die Mauern der Burg ragten hoch in die Lüfte, und jeder Stein, aus denen sie bestand, war für die Ewigkeit gedacht. Ihre Wachen waren bereit, für die Sicherheit dieser Burg ihr Leben zu geben. Hunderte von Fackeln flackerten in der Nacht und spendeten Licht, während sich die Ärmsten der Stadt höchstens eine Kerze in der Dunkelheit leisten konnten.

Ja, selbst unter einem pechschwarzen Himmel leuchtete die Burg weithin.

Sie stand davor.

So war es immer gewesen, und so würde es immer sein:

An jeder Wegscheide stand sie allein.

Sie hatte Julie eine Straße früher zurückgelassen, um sie am nächsten Tag dort wiederzutreffen. Die letzte Strecke bis zur Burg des Herrschers wollte sie allein gehen. Es kam ihr so vor, als hätte sie die Stadt nie verlassen. Ihr Umhang flatterte hinter ihr im Wind, als sie unter dem schwachen Licht einer Straßenlaterne stand – eine Fremde in der Nacht. Diebin, Wanderin, Bettlerin, nur ein Schatten. Hinter diesen Mauern, jenseits zahlreicher imposanter Säle, lag der Sohn schlafend in seiner Wiege.

Sie war keine Diebin,
denn was dort lag, hatte schon immer ihr gehört.
Keine Wanderin,
denn sie wusste genau, wohin sie wollte.
Keine Bettlerin,
denn was sie suchte, gehörte ihr allein.

Sie machte einen ersten hinkenden Schritt. Ihr Bein war immer noch nicht verheilt. Mühsam setzte sie einen Fuß vor den anderen, während sie durch die Straße lief, die vor den mächtigen Burgmauern endete. Als sie dort eintraf, blickte sie auf. Sie wusste, dass die Augen der verborgenen Wachen auf sie gerichtet waren. Vor dem Tor wandten sich die Wachhabenden ihr zu. Sie hörte, wie Bögen gespannt wurden. Hände ruhten auf Schwertknäufen. Vorsichtig kam sie näher – nahe genug, um die Augen der Männer unter den Helmen zu sehen. Zu nahe für jeden Fremden, es sei denn, er suchte nach dem Tod.

»Weise dich aus«, sagte einer der Wachen ruhig und richtete den Pfeil auf sie. Wenn sie noch Stolz empfunden hätte, wäre ihr Arm vorgeschnellt, und sie hätte den Pfeil verbrannt, ehe seine Spitze ihre Haut berührte. Doch sie litt unter Schmerzen. Das Brennen kostete sie Kraft, die sie für Wichtigeres aufsparte.

Sie zog die Kapuze vom Kopf und enthüllte ihren erschreckenden Schädel. Dabei nickte sie, als wollte sie sagen: *»Ja, ich bin es, du irrst dich nicht.«* Der Wächter senkte den Bogen. Er murmelte eine Entschuldigung und öffnete stattdessen das Tor.

»Wo ist der Herrscher?«, flüsterte sie.

»Noch immer in Ammon, Mutantin«, erwiderte er.

»Verratet nichts von meiner Rückkehr«, sagte sie zu den Wachen. »Ich möchte keinen Aufruhr verursachen.«

»Er muss davon erfahren, denn er sucht dich überall.«

»Dann wartet bis morgen. Jetzt bringt mich in meine Gemächer. Unauffällig.«

Sie führten Gaia durch Höfe und Gänge, die von anderen Männern bewacht wurden, bis sie zur eigentlichen Burg kamen. Deren große Säle führten ihr vor Augen, was sie gewonnen und verloren hatte. Ach, noch einmal eine solche Macht über eine Nation zu besitzen. Im Kerzenschimmer kamen sie an Skulpturen vorbei, die aus alten geschmolzenen Metallen angefertigt und dann bemalt worden waren, um sie wie Bronze aussehen zu lassen. An Wandteppichen aus derart farbenfrohen Stoffen, wie sie sich Normalsterbliche niemals hätten leisten können. Die runden Fenster mit ihrem bunten, zerbrochenen Glas. Die hohen Decken, die selbst den Kleinsten das Gefühl vermittelten, groß zu sein – auch wenn sie bei jeder Bewegung ächzten und knarrten. Solch Reichtum in einer zerstörten Welt.

In einem der oberen Stockwerke blieben sie stehen. Sie wünschte den Wachen eine gute Nacht, ehe diese wieder zu ihren Posten zurückkehrten.

Würde er sie erkennen?

Ihre Hand ruhte auf der Klinke.

Würde er Angst empfinden?

Sie öffnete die Tür. Nur das Licht des Mondes erhellte den Raum. Sie entzündete ihre linke Hand, um besser sehen zu können. Die drei Mägde setzten sich auf, eine nach der anderen.

»Wer ist da?«, zischte Daphne.

»Still«, beruhigte sie Gaia. »Ich bin es.« Sie hob die Hand, um ihnen zu zeigen, dass es nicht die Kerze einer Fremden war.

»Gaia?«, flüsterte Rowan, deren kastanienbraune Mähne selbst in der Dunkelheit herrlich aussah. Rosella, die Jüngste, die sich unter der Bettdecke versteckt hatte, sprang jetzt hervor und rannte herbei, um die Mutantin zu umarmen.

»Was ist in Ammon geschehen?«

»Wo ist er? Wo ist mein Sohn?«, entgegnete Gaia leise. Die Finger der Mägde zeigten wie Pfeile, wie Federn, auf seine Wiege in der Dunkelheit.

Dort lag das Junge.

Sie schlich zu ihm. Jetzt konnte sie ihn riechen, seine reine Haut, so jung, so weich. Das dunkle Haar auf seinem Kopf und die vollen, glatten Backen, wie zwei rote Äpfelchen in seinem kleinen Gesicht. Ihr Licht weckte ihn langsam. Er war in der Zeit ihrer Abwesenheit gewachsen. Seine Wimpern flatterten. Das erste Zeichen: Furcht. Das zweite: Wiedererkennen. Sie zog ihre Handschuhe an und schloss ihn in die Arme.

Sein warmer Körper kannte sie. Seine Arme erkannten sie, ehe er selbst es tat, und griffen nach ihr.

»Ich kenne dich«, sagte sie, doch mehr vermochte sie nicht herauszubringen. Sie fing zu weinen an. Er war ihre Schöpfung. Sie mochte die Zerstörerin einer Welt sein, doch sie hatte auch diese wertvollste aller Kreaturen erschaffen. Ganz Mensch, durch und durch gut – ein menschlicher Sohn.

Kapitel einhundertneun

In dieser Nacht träumte sie. Sie träumte, ihr Leben würde wunderbar werden.

Am Morgen brachten ihr die drei Mägde warme Milch, gebuttertes Brot und Käse. Ein Festmahl für eine Heldin. Doch sie war keine Heldin. Noch nicht. Die Badekammer, in die sie Gaia führten, war noch herrlicher als jene, die sie zuvor benutzt hatte.

Sie war so schmutzig, dass sie die Mutantin in eine andere Wanne als den Sohn setzten. Liebevoll schrubbten sie ihr den Rücken, denn für die Frauen war sie das wilde Tier, das sie gezähmt hatten. Ach, wie gut sie sich an die Tage als Kämpferin erinnerte. Voller Blut und Staub, waren es die Mägde gewesen, die sie jedes Mal neu auferstehen ließen. Sie hatten ihr die Liebe einer Frau beigebracht, in dreifacher Mannigfaltigkeit, und sie wusste, dass sie ihnen niemals etwas antun würde. Selbst jetzt, in der dunkelsten Zeit, war sie am zahmsten, wenn sie mit ihnen zusammen war.

Ihr Kopf ruhte auf dem Rand der Wanne. Sanft wurde ihr über die Kopfhaut gestrichen, ihr schmutziges, verklebtes Haar von der Sünde reingewaschen. Die hohe Decke der Badekammer starrte auf sie herab, während die Mägde berichteten, was sie wussten. Von den Gefallenen. Dem Tod Gregors, dem seiner Leser, dem des Obersten Lesers. Die Mutantin hatte ihr Versprechen, das sie ihm gegeben hatte, nie eingelöst.

Sie bat sie, still zu sein. Sie wollte nichts weiter hören. Sie wusste, dass sie die Schuldige war.

Und doch würde es ihr fehlen.

Nirgendwo würde sie jemals wieder ein solches Leben führen.

Die Krone des Herrschers spüren, ohne sie zu tragen.

Seine Macht fühlen, ohne sie zu besitzen.

Krieg und Gier hatten ihr gezeigt, was sie mit ihr machten. Nein, sie konnte hier nicht bleiben. Sonst würde sie mit der Zeit alles über die Wildnis vergessen, was sie je gewusst hatte. Nein, auf sie wartete die frische Luft der Felder und Wälder. Nein, hier konnte sie nicht bleiben, der menschlichen Gier und Maßlosigkeit wegen, die sich ihrer bemächtigt hatten.

Sie rasierten die Seite ihres Kopfes. Flochten ihren Zopf neu. Ihre Wunden wurden verbunden, sie bekam saubere Kleidung und eine Robe, um ihren Körper darin einzuhüllen. Als sie in den Gemächern zurück waren, sich in einer stillen Ecke niedergelassen hatten, Gaia den Sohn in den Armen hielt und fütterte, sagte sie es ihnen. Sie sagte ihnen, was an diesem Tag geschehen sollte. Es würde noch einen letzten Morgenspaziergang geben, dann den Abschied. Sie würden sie nie mehr wiedersehen, weder sie noch den Sohn, nicht in dieser Stadt, nicht in dieser Nation.

Keine der drei wollte es akzeptieren. Widerstrebend gehorchten sie ihr dennoch, denn sie waren ihr treu ergeben. Doch in ihren Augen spiegelte sich die Furcht vor dem, was mit dem Sohn geschehen würde, den sie lieben gelernt hatten.

»Nimm wenigstens dein hart verdientes Geld. Du sollst nicht umsonst gekämpft haben«, sagten sie und zogen die Beutel voller Münzen unter dem Bett hervor.

»Ich könnte es brauchen«, gab sie zu.

»Rüstung?«, fragten sie.

»Nicht mehr.«

»Zumindest ein Schwert? Einen Dolch?«, wollten sie wissen und zeigten auf ein besonders schönes Exemplar, das auf dem Tisch auf sie wartete.

Gaia Marinos schüttelte den Kopf. »Nicht in dieser Epoche.«

Kapitel einhundertzehn

Man hätte annehmen können, dass sich die Mägde für eine Schlacht herrichteten, mit derart ernsten Mienen hüllten sie sich in ihre Umhänge. Für den Untergang, den Tod. Ihre Gesichter hatte jegliche Farbe verloren. Sie waren hilflos, allerdings nicht bar jeglicher Hoffnung.

Sie kleideten den Sohn in seine wärmsten Kleider. Sie trugen seine Habseligkeiten zusammen und versteckten sie in seinem Wagen. Als sie ihn hineinsetzten, begann er, zu protestieren und zu weinen.

»Lasst ihn an meiner Seite gehen«, sagte Gaia. »Eines Tages wird er es sein, der mich führt.«

Sie nahm seine Hand. Gemeinsam verließen sie die Gemächer. Eine der Mägde schob den Wagen. Es war ein kalter, strahlender Morgen. Raureif lag auf dem Gras. Mithilfe der Sonne würde noch einmal Wärme den Tag erfüllen. Doch es wurde allmählich herbstlicher.

Die funkelnden Buntglasfenster der Burg blendeten Gaia. Die Gänge kamen ihr länger vor als in der Nacht zuvor. In einem Korridor roch es nach Papier. Dort befand sich vermutlich der Raum eines Lesers. Wenn diese Gänge nur wüssten, welche Geheimnisse Gaia auf ihrem Rücken trug. Einen riesigen Sack, der fast aus den Nähten platzte und in Gefahr stand, seinen Inhalt auf den Boden zu ergießen. Sie hielt die warme kleine Hand des Sohnes fest umschlossen.

Auf der Treppe traten Wachen zu ihnen, um zu helfen, den Kinderwagen hinunterzutragen.

»Wie schwer dieses Ding ist!«, keuchte einer.

»Die besten Wägen sind nun mal schwer«, bemerkte Daphne, während sie gemeinsam die Treppe hinunterstiegen.

Alle bis auf eine.

»Einen Augenblick«, sagte Gaia, plötzlich entschlossen. Sie reichte Daphne die Hand des Sohnes, drehte sich um und lief die Treppe hinauf. Ihr Bein schmerzte, während sie dem Geruch der Schriftrollen in den obersten Stock folgte. Das Papier und die Tinte lockten sie durch den stillsten Gang mit der höchsten Decke. Schließlich fand sie sich in einem der Türme wieder. Hierher wagte sich außer den Lesern niemand, was auch die dösenden Wachen wussten, die nicht bemerkten, dass die Mutantin vorbeischlich.

Ganz oben, der Sonne am nächsten, drang dennoch kaum Licht in die Korridore. Die Fenster waren staubig und verschmutzt, sodass man keinen Blick nach draußen werfen konnte. Sie lief an großen, schweren und verriegelten Türen vorüber, bis sie zu einer gelangte, die einen Spalt breit offen stand. Dort sah sie einen Mann hinter einem fein geschnitzten Schreibtisch sitzen, über ein Blatt Papier gebeugt und schreibend. Das Zimmer war voll von Lederhäuten in verschiedenen Größen. Sie erkannte das Gesicht des Mannes, seine scharfe, gebogene Nase, seine hochgezogenen Augenbrauen, die Falten auf seiner Stirn, entstanden durch das viele Runzeln während des Lesens. Sie kannte ihn von den Zeremonien, bei denen er einige Schritte hinter Calisto dem Herrscher stand. Es war einer seiner Obersten Leser.

Er hatte ihre Schritte auf dem Flur nicht gehört, derart vertieft war er in sein Schreiben. Es kam ihr so vor, als wüsste er nicht einmal, ob es Tag oder Nacht war – als ob er sein ganzes Leben hinter diesem Schreibtisch verbracht hätte. Als das Knarren der sich öffnenden Tür zu hören war, blickte er auf.

Er fragte: »Hast du dich verirrt?«

Seine Stimme klang zart und gebrochen. Sie verriet sein Alter. Gaia konnte sich nicht vorstellen, dass er irgendjemanden hasste. Wie konnte ein derart belesener Mann vermutlich nicht einmal mit der Wimper zucken, wenn sie hingerichtet worden wäre? Sie trat ein und schloss die Tür hinter sich. In der Ecke des Raumes führte ein weiterer Korridor zu einer Bibliothek, wie das bei den Räumen aller Obersten Leser der Fall war. Dort schaute sie sich voller Erstaunen um. Es war tatsächlich eine Bibliothek, jedoch ohne Bücher. Eine Bibliothek mit Pergamenten, Briefen und Geheimnissen.

Er fragte: »Wer hat dich gesandt?«

Sie betrachtete die großen Kommoden und Kabinette. Überall waren Zettel angebracht, auf denen stand, was sich darin befand. Sie las: *Briefe (zugestellt)*, *Briefe (nicht abgesandt)*, *Korrespondenzen*, *Finanzen* und *Landkarten*.

Der Leser stand auf.

Sie hörte, wie er sich näherte. Er legte seine Hand auf eine Kiste, auf der ihr Blick ruhte und die in der hintersten Ecke des Raumes stand.

»Was suchst du?«, fragte er.

Sie holte tief Luft und sah ihm in die Augen.

»Vergib mir«, murmelte sie.

Für den Kämpfer. Der Dolch, den die Mägde für sie hingelegt hatten, war zu wertvoll gewesen, um ihn zurückzulassen. Sie hatte ihn in einem unbemerkten Moment unter ihrer Robe verborgen. Jetzt drang die Klinge in seinen runden, weichen Bauch. Der Pfad der Gerechtigkeit war nicht immer ohne Blutvergießen zu begehen. Er hätte sie verraten, sie einsperren lassen. Jetzt rang er um Luft, seine Beine gaben nach. Mit der linken Hand fasste er nach der Wunde, während er mit der rechten ihren Arm packte, ehe er auf die Knie ging. Seine Nägel gruben sich in ihre Haut. Ein zweiter Stich erlöste ihn von seinen Qualen. Vorsichtig legte sie seinen Körper auf den Boden und wischte Hände und Dolch an seiner Kleidung ab. Sie nahm den Schlüsselbund, der an einer Schnur um seinen Hals hing, und sperrte damit die Kiste auf. Dort lag, wonach sie gesucht hatte.

Danach schloss sie die Tür hinter sich und eilte den Gang hinunter. Ihr Bein schmerzte stärker als zuvor – als ob Schuldgefühle in ihr pochten. Die Wachen saßen noch immer auf ihren Stühlen und dösten. Gaia eilte die Treppe hinunter bis nach unten, wo die anderen auf sie warteten. Sie nahm die Hand des Sohnes, und gemeinsam liefen sie weiter.

»Was musstest du noch erledigen?«, fragte Rosella leise.

»Nicht jetzt.«

»Wann?«

Gaias Kapuze verbarg ihr Gesicht, ihr verstümmeltes Ohr, ihren Zopf. Ihre Hände waren sicher in den Ärmeln versteckt. Dennoch konnte sie hier unten, wo die Diener, Beamten und Vögte bereits wach waren und durch die Gänge eilten, nicht unbemerkt bleiben. Sie erkannten den Sohn, ehe sie Gaia sahen. Dann wussten sie Bescheid: Die Mutantin war unter ihnen. Es konnte nicht anders sein.

»Mutantin«, begrüßte sie einer zurückhaltend, und die anderen folgten seinem Beispiel.

»Mutantin!«

»Mutantin!«

Sie kamen näher. Gaia hielt den Kopf gesenkt, um ihnen nicht in die Gesichter blicken zu müssen, aber sie sah, wie sich ihre Schuhe näherten. Sie wich ihnen aus und beschleunigte ihren Schritt, wobei sie die Zähne zusammenbeißen musste, so sehr schmerzte ihr Bein. Immer noch hielt sie – die Schuldige, die Blutverschmierte – den Kopf gesenkt. So gelangten sie ins Freie. Frische Luft. Vor ihnen lagen die Tore der Burg. Eine Mutantin, ein Kind. Drei Mägde, zwei Wachen.

Die Wächter an den Toren traten vor. »Wir können euch nicht durchlassen, ehe wir nicht vom Herrscher gehört haben«, erklärten sie. »Es ist nicht sicher.«

»Man kann mich nicht erkennen«, entgegnete die Mutantin, die unter der Kapuze stark schwitzte. Sie hatte einen Tropfen Blut auf ihrer Stiefelspitze bemerkt.

»Wir wollen nur zum Markt«, fügte Daphne hinzu. »Und die Wachen kommen mit uns.«

»Stimmt das?«

Die Wachen nickten. Noch gehorchten sie. Noch glaubten sie bedingungslos an die Mutantin. Wie rasch jedoch Verbündete zu Gegnern werden und sich ein Freund zum Feind verwandeln kann.

»Bleibt bei ihr«, mahnten die Wächter. »Und kehrt vor Mittag zurück, ehe es auf dem Markt zu voll wird.«

Die Tore ächzten, als sie vor ihnen aufgezogen wurden. Eine leere Straße, ein freies Leben.

Würden sie es am heutigen oder erst am nächsten Tag erfahren, dass sie nicht auf den Markt ging, sondern floh? Dass es kein zielloses Schlendern war, sondern eine gezielte Flucht?

Der Sohn schrie vor Aufregung und sprang auf und ab, als er auf die Tore zeigte.

»Ja, ja«, sagte Gaia beruhigend. Sie hob ihn hoch und trug ihn. Ihr Blick folgte seinem Finger, der jetzt nach hinten wies: auf die Türme aus schweren Steinquadern, mit Stärke errichtet; auf die Dächer, unter denen Geschichte geschrieben wurde; auf die Wachen, die allein dem einen gehorchten.

Türme, die bloß durch Träume gebaut werden konnten, nachdem die Welt zerbrochen war. Doch auch diese Türme würden nicht für immer bestehen.

Gärten, die der Sohn kennengelernt hatte, als wäre er das Kind eines Herrschers.

Ah! Eines Tages der Herrscher einer namenlosen Nation zu sein. Eines unsichtbaren Volkes. Eines Stammes ohne Namen. Die Möglichkeit zu haben, richtig und wahrhaftig zu handeln. Bis dahin würde er den Pfad der Gerechtigkeit kennen, denn sie wollte ihm diesen beibringen. Er war es, der einen guten Weg einschlagen sollte.

»Gehen wir weiter«, sagte sie zu ihm.

Sie kamen nur langsam voran. Es war besser, wenn sie ihn nahe bei sich hatte. In den Straßen ging es bereits geschäftig zu, obwohl es noch früh war. Als sie sich dem Zentrum der Stadt näherten, sah sie viele Männer und Frauen. Sie führten Karren oder folgten Eseln. Rufe hallten durch die Gassen. Und dann die Gerüche. Gaia würde sich immer an die Gerüche erinnern. Ob ekelhaft oder duftend – alle brannten sich ihr ein, denn es waren die Ausdünstungen menschlichen Lebens in einem Atemzug.

Der Marktplatz lag vor ihnen. Sie spürte die aufmerksamen Schatten der Wachen hinter ihr. Die Mägde liefen an ihrer Seite. Nur noch wenige Straßen. Die Freude des Sohnes drang an ihr Ohr und übertönte alle anderen Geräusche. Es blieb eine letzte Biegung nach rechts. Doch stattdessen wandten sich die Mutantin und die Mägde nach links in eine engere Straße, wo Wäscheleinen von Gebäude zu Gebäude gespannt waren. Hier hingen weiße Laken zum Trocknen, und auf einmal tauchte aus dem Nichts eine Gruppe von Männern und Frauen auf, die laut redend auf sie zusteuerten – fast so, als hätten sie sich versteckt. Sie saßen auf Pferden und trugen Taschen voller Waren und Lebensmitteln mit sich, die so groß waren, dass man befürchten musste, sie könnten ihren Inhalt auf den Boden ergießen. Gaia hielt sich an Daphne geklammert, Daphne an Rowan und Rowan an Rosella, während sie weitergingen. Hinter sich konnten sie die Wachen zwar nicht mehr sehen, aber laut und wütend rufen hören. Gaia bahnte sich einen Weg durch die Menge und spürte, wie sich in ihr alles verkrampfte. Der Sohn begann zu weinen. Sie sah eine offene Kutsche und das Menschenmädchen vor sich, das unruhig winkte.

Blitzschnell versammelte Gaia die Mägde um sich. »Ihr seid gute Menschen, ihr seid wahrhaftig«, sagte sie atemlos. Ihre Augen schossen furchtsam hin und her, aber die Worte, die sie sprach, verloren dadurch nicht an Bedeutung. Sie meinte, was sie sagte, und so würde es bleiben – im Chaos der Zukunft ebenso wie in diesem Moment. »Eines Tages werde ich wie ihr sein. Ich verdanke euch mein Leben und das meines Sohnes. Ein Teil meines Herzens wird auf immer euer sein.«

Die vier stürmten aus der Menge. Dort stand die Kutsche und wartete auf sie. Sie warfen den Wagen ins Innere. Gaia kletterte hinein. Der Sohn schrie vor Überforderung. Sie warf einen letzten Blick aus dem Verschlag und sah den Mägden hinterher, wie diese rasch kleiner wurden und verschwanden. Sie sah auch die Wachen, die noch immer nicht vorankamen und auf dem Weg jeden mit einem Umhang und einer Kapuze packten und in der Hoffnung umdrehten, dass es sich um die Mutantin handelte. Doch diese war verschwunden. Sie hatten sie verloren und würden dafür büßen.

Sie schlug den Verschlag zu.

»Mein Kind, mein Kind«, flüsterte sie dem Sohn ins Ohr. Sein Mund stand offen und seine Augen waren geschlossen, weil er noch immer weinte. Seine Schreie würden sie verraten. »Das Schlimmste ist vorüber«, sagte sie und streichelte ihm den Kopf, um ihn zu beruhigen. All die Macht, die ihre

Hände besaßen, würde niemals mit der Macht einer mütterlichen Stimme mithalten können.

»Yaia …«, erwiderte er und fasste nach ihr, ihre raue Haut berührend. Das Monster, das er sein Eigen nannte.

»Du wirst ihn bald kennenlernen«, wisperte sie und wischte sich den Schweiß von der Stirn, während sie erneut die Zähne gegen die Schmerzen in ihrem Bein aufeinanderpresste. »Ihn, der dich lehren wird, was es heißt, ein Mann zu sein. Ich werde dich nie mehr allein lassen. Ich werde dich nie mehr zurücklassen«, sagte sie.

Doch insgeheim sorgte sie sich darum, was ihr in dieser Welt alles zustoßen konnte, sodass ihr Versprechen zur Lüge würde.

Kapitel einhundertelf

Julie, unsichtbare Herrin dieser Stadt, der Straßen und Gassen,
jeder Kurve und jeder Kehre zwischen den Gebäuden,
wo man Freiheit finden konnte. Bis in diese Tiefen drang nachts kein Mondlicht.
Das wusste das Menschenmädchen.
Es wusste auch, wie man von öffentlichen Plätzen so schnell wie möglich verschwand.
Es kannte die Durchgänge, die zu Kellergewölben führten, und andere zu den Türmen,
in allen Vierteln, in denen sie besonders geliebt wurde,
aber auch in all jenen, in denen sie besonders verachtet wurde.

Julie, streunendes, jedoch niemals verlorenes Kind dieser Welt,
würde die Mutantin an der südlichen Grenze vorbei nach Colorado bringen, dem wilden, nationenlosen Land.

Gaia öffnete die Vorhänge einen Spalt breit, um den Sohn hinaussehen zu lassen. Die weißen und grauen Gebäude der Stadt flogen draußen vorbei.

Die Augen des Sohnes hatten schon so viel gesehen, auch wenn er das meiste davon vermutlich inzwischen wieder vergessen hatte.

Die Wölfe, die Berglöwen, die Raubtiere. Seinen Bärenbruder. Das Leben in der Wildnis. Visionen eines anderen Daseins. Er würde es schnell wieder kennenlernen – die Gerüche, die Luft, das Land ohne Menschen. Und er würde sich gut zurechtfinden, denn er stammte von Jägern ab.

»Unsere Zeit hier ist zu Ende«, erklärte ihm Gaia. Sie hielt ihn so, dass er nicht von ihrem Schoß rutschen würde, während er hinaussah. Dann ließ sie ihn auf den Boden, und er krabbelte in eine Ecke, wo die Pfeile lagen, eingewickelt in ein Tuch.

»Noch nicht«, sagte sie und setzte ihn woanders hin. War das ein Lächeln, das sich kurz auf ihren Lippen zeigte? »Noch nicht.«

Kapitel einhundertzwölf

Am Nachmittag waren sie an den letzten einsam daliegenden Bauernhöfen der Calistoniten vorbeigefahren.

Es war ein Leichtes gewesen, die Stadt zu verlassen. Die Wachen wussten noch nicht, dass die Mutantin verschwunden war, und ebenso wenig, dass das Menschenmädchen etwas mit diesem Verschwinden zu tun hatte. Julie sollte dafür bei ihrer Rückkehr bestraft werden. Doch das würde erst geschehen, wenn ihre Treue zur Mutantin das verlangte.

Dort wuchsen die letzten goldenen und grünen Getreidefelder der calistonitischen Nation. Die Häuser standen Meilen voneinander entfernt. Der Wind blies durch die Bäume, über die Kühe, Schafe und Ziegen hinweg. Lange Zeit fuhren sich durch leere Landstriche. Ohne Häuser, ohne Menschen. Erst als die Sonne unterzugehen begann, trafen sie ihn. Er stand an der Straße und wartete. Der Kämpfer.

Als Gaia den Verschlag öffnete, um ihn zu begrüßen, blieb er stehen, als würde er noch seine Rüstung tragen. Aufrecht, das Kinn gereckt. In seinen Augen lagen Versprechen, als ob das, worum er bitten würde, mehr wert wäre als sein eigenes Leben.

Seine Stimme zitterte ein wenig.

Sie klang so leise, dass sie ihn selbst in der Stille der Nacht kaum hören konnte.

»Darf ich ihn kennenlernen?«, flüsterte er.

Er lag in eine Decke gewickelt da und schlief. Der Kämpfer stieg ein und betrachtete mithilfe von Gaias sanftem Feuer das runde Gesicht des Sohnes. Seine Schönheit. Und er verstand.

Kapitel einhundertdreizehn

Die Reise nach Colorado dauerte zwei volle Monde. Inzwischen war es Winter geworden.

Sie fuhren durch stilles, menschenleeres Land.

Der Kämpfer, das Menschenmädchen, die Mutantin, der Sohn.

Schließlich stießen sie auf eine kleine Stadt, die einen kleinen Stamm beherbergte. Die Romaner, wie sie sich selbst nannten, aus der Stadt Roman. Eine lange, kurvenreiche Straße zwischen Bauernhäusern hatte sie dorthin geführt. Die Stadt lag nahe genug, um zu Fuß hinzugelangen, und weit genug entfernt, um in Ruhe gelassen zu werden. Sie überzeugten einen Bauern, seinen Hof an sie im Tausch gegen eine große Summe von Gaias Münzen zu verkaufen. Nun waren sie keine Wanderer mehr.

Das Haus stand am Rande eines Waldes, dessen Bäume bis zu dem nächsten Berg reichten. Man konnte sehen, wie dicht die Bäume rechts standen, wobei jetzt im kalten Winter das grüne Laub fehlte. Links hingegen lagen offene Felder, die momentan zugefroren und nicht zu bebauen waren.

Das Haus hatte zwei Stockwerke, einen Speicher und einen Kamin. Das Dach war dreieckig. Es gab ein Zimmer für sie und den Sohn, eines für den Kämpfer und eines für Julie.

Sie erwarben vier Kühe, drei Hühner und drei Schafe für den Hof. Wenn der Sohn über die Wiesen rannte, schien er hier geboren zu sein.

Der Kämpfer besuchte immer wieder die Stadt und lernte die dortigen Menschen kennen. Gaia hingegen verbarg sich im Haus. Auf einem Land, das ihr gehörte. Nur ihr. Sie würde es dem Sohn vererben, wenn es an der Zeit war, denn es war jetzt das Land ihrer Familie. Für kurze Zeit war sie kein Wildling mehr.

Kapitel einhundertvierzehn

Sie versuchte zu vergessen.

Die Tode.

Die Träume einer Zukunft waren noch immer Träume. Die Vergangenheit war nicht vergessen, aber sie sprachen nicht darüber.

Noch hielt sie die Beute aus dem Raum des Obersten Lesers versteckt. Wenn sie allein war, betrachtete sie sie manchmal. Noch war sie nicht so weit. Etwas so Kleines, so leicht Zerreißbares, Verbrennbares war also das Kernstück ihrer Verbrechen an den Calistoniten.

Neben einer gesuchten Mörderin und Hochverräterin war sie zu einer gesuchten Diebin geworden.

Doch die wahre Diebin war jene, die ihrer Nation die Mutantin entwendet hatte. Gerettet vor einem Prozess und einer harten Bestrafung.

Julie Bonaparte.

Sie lebte nun mit ihrer geliebten Gaia zusammen. Doch

der fiel auf, dass sie allmählich ruhelos wurde. Ihre Loyalität zur Mutantin war grenzenlos, aber ihre Mission war noch nicht erfüllt. Sie hatte noch immer viel in den Städten und Nationen der neuen Welt zu erledigen. Und ihre Abwesenheit würde die Bewohner, die Krieger und den Herrscher mit der Zeit alarmieren.

Kapitel einhundertfünfzehn

Es hatte in der Nacht geschneit.

Die Wolken waren am Morgen verschwunden, und so waren die vier gemeinsam in den Wald gegangen, damit der Sohn dort im frisch gefallenen Schnee spielen konnte. Der Kämpfer, mit seiner Armbrust bewaffnet, war vorgelaufen und zwischen den Bäumen verschwunden, um sicherzustellen, dass ihnen kein Raubtier auflauerte.

Zuerst konnte ihn Gaia nicht entdecken. Wohin war er verschwunden? Er hätte auch einer der Baumstämme sein können, so gut war seine Tarnung. Schließlich fand sie ihn auf den Knien, das Gesicht nach oben gerichtet, als würde er den Himmel anflehen. Er war nicht allein.

Zwischen den Bäumen standen drei Krieger, als ob sie Teil des Waldes wären. Auf Gaias Kopf war ein Preis ausgesetzt, die Jagd auf sie hatte man nie aufgegeben. Noch immer suchten Calistos Männer nach ihr. In jeder Stadt, auf jeder Straße, ganz gleich, wie weit entfernt sie auch sein mochten.

»Gaia!«, schrie Julie leise.

Die Mutantin hatte ihre Armbrust angelegt, noch ehe

ihr Name gerufen wurde. Ebenso wie sie bereits die Handschuhe abgezogen hatte. Der Sohn trat neugierig einen Schritt vor. Julie riss ihn zurück.

»Geht ins Haus!«, zischte Gaia den beiden zu. Sie rannten über das Feld zurück. Die Mutantin hingegen trat einen Schritt vor. Sie sah den Fremden in die Augen. Noch ein Schritt, ohne den Blick zu senken. Entdeckte zwei schwarze Augen, schwere Waffen, auf sie gerichtet. Darauf also lief es hinaus. Die Armee, die sie trainiert hatte, würde sie letztlich töten. Sie und die Männer hatten mehr gemeinsam, als es Gaia in diesem Moment recht war: Sie kannten alle die Sprache der bleiernen Waffen.

»Eine AK-47, wie ich sehe«, sagte Gaia leise. Der Schnee knirschte unter ihren Stiefelsohlen, als sie langsam näher kam. Sie senkte die Armbrust. Der Haltung der Männer nach zu urteilen, wusste sie, dass sie nicht von ihr ausgebildet worden waren. Ihr Nachfolger hatte das hastig und ungenau getan. Sie waren schlecht vorbereitet in die Wildnis geschickt worden. Gaia empfand Mitleid mit ihnen.

»Alles, was ihr jetzt vielleicht versuchen werdet«, sagte sie, »habe ich jenen beigebracht, die euch ausgebildet haben.«

Der Mann vor ihr hielt das Gewehr fest umklammert. Er hörte ihr zu. Sein Gesicht war unter einem Helm verborgen. In seinen müden Augen zeigte sich kein Hass.

Der zweite Krieger trat neben ihn. Er hielt eine Pistole in der einen und eine brennende Fackel in der anderen Hand. Langsam kam er näher, um Gaia besser zu sehen. Um einen Blick auf sie zu werfen, ehe es die Pflicht von ihnen verlangte, sie anzugreifen.

Gaia wandte sich ihm zu.

»Ich habe jeden Mann trainiert, der euch trainiert hat«, sagte sie. »Jedes Abdrücken stammt von mir. Das könnt ihr nicht wissen, denn bisher habt ihr noch nie abgefeuert.«

Sie sah den Kämpfer, der auf seinen Knien hilflos zwischen den Kriegern kauerte. Sie hatten ihm seine Waffe abgenommen. Der dritte der Männer hielt sie auf ihn gerichtet.

Endlich sprach der erste Krieger. Er flüsterte: »Du bist es.«

Und die Mutantin erwiderte: »Ich bin es.«

»Es heißt, du seist in Ammon gestorben und wiedergeboren worden.«

»Das ist eine Lüge«, entgegnete Gaia.

Dicke Wolken verdunkelten den Himmel. Die Schatten der Bäume wurden düster. Das hellste Licht stammte von Gaia. Sie kam näher und drängte sich gegen das Auge der AK, als ob die Waffe nur ein Hindernis wäre, das zur Seite geschoben werden konnte. Ihre Hände flackerten sanft.

»Wenn wir dich nicht töten«, sagte einer, »werden es andere tun.«

»Ihr könnt mich nicht töten. Eure Bewegungen werden euch verraten, denn ich habe sie erfunden. Eure Versuche werden euch verraten, denn sie sind die meinen. Ich habe die Waffe geboren, die ihr in Händen haltet. Sie gehört mir.«

Sie holte ein letztes Mal Luft, ehe sie rasch mit brennenden Händen nach den seinen griff, woraufhin er das Gewehr losließ. Sie fing es auf und schwang es herum. Es gab ihr das Gefühl, einen alten Freund wiederzutreffen.

Im Schwung schlug sie dem Mann den Helm vom Kopf

und hieb mit dem Gewehrgriff gegen seinen Schädel. Er wurde ohnmächtig. Im allgemeinen Durcheinander gelang es dem Kämpfer, zwischen den Beinen des anderen Kriegers hindurchzurobben, ihn von hinten am Kopf zu packen und seinen Hals umzudrehen. Er hob seine Armbrust auf, und richtete sie auf den letzten der Männer. Dieser war noch bewaffnet. Bewaffnet, aber auf den Knien. Zitternd zielte er auf Gaia.

Er flehte um Vergebung.

Er war der Erste, der sie darum bat. Die Pflicht hatte ihn hierher gezwungen. Der Zufall hatte ihn die Mutantin zwischen den Bäumen finden lassen. Zu Hause würden sie ihn loben, er wäre berühmt, weil er sie gefangen hatte. Doch es tat ihr gut zu vergeben. Sie wurde noch immer bewundert, selbst als Mörderin und Verräterin. Er schien noch immer mehr an sie zu glauben als an die Worte von Calisto dem Herrscher. Als würde er es bevorzugen, an ihrer Seite zu leben. Als ob ihre Macht in der Stadt Eden ihre Anwesenheit überdauert hätte.

Ehe sie überlegen konnte, ob sie ihn laufen ließ, versenkte der Kämpfer einen Pfeil in seinem Schädel. Einen weiteren schoss er in den bewusstlosen Krieger, damit er nicht mehr aufwachte. Blut im Schnee. Die Mutantin verspürte einen kurzen Anflug von Reue. Das würde sie jedoch nicht an ihren weiteren Handlungen hindern. So war das Leben einer Schlächterin.

Hinter sich hörte sie Geräusche. Geräusche, die sie überraschten. Geräusche, die sie kannte. Sie wandte sich um und sah, wie der Sohn entschlossen über das Feld auf sie zugerannt kam. Er lachte. Stolpernd lief er dahin, bis ihn Julie eingeholt hatte und begleitete. Gaia vergrub die Hände im Schnee, um ihre Glut zu löschen. Dann schulterte sie die AK. Das blutige Massaker verbarg sich hinter ihrem Rücken, als er sich in ihre Arme warf.

»Er wollte zu dir«, keuchte Julie und trat ein paar Schritte zur Seite, um die Leichen zu begutachten.

Gaia hob ihn hoch, den Rücken noch immer den Toten zugewandt. »Ja«, murmelte sie, zu Julie gewandt. »Für solche Anblicke ist es noch zu früh. Aber du musst davon erfahren.«

Julie senkte den Blick. Sie heckte etwas aus.

»Vor dem Haus warten drei Pferde«, sagte das Menschenmädchen. »Ich vermute, sie gehörten den Kriegern. Damit habt ihr drei Rösser, und ich nehme meines mit, um mich auf die Reise zu machen. Ich muss die Calistoniten auf eine andere Spur führen. Weit weg von hier.«

»Geh nicht. Du bist zu meiner rechten Hand geworden«, entgegnete Gaia. Der plötzliche Entschluss Julies traf sie.

»In der Stadt fragt man sich sicher, wo ich bin. Das kann für uns beide gefährlich sein.«

»Geh nicht«, wiederholte die Mutantin.

»Noch bist du nicht sicher. Ich werde mich darum kümmern. Ich muss sie dorthin führen, wo du nicht bist.«

»Du wirst die Reise zurück nicht überleben. Nicht im Winter.«

»Ich habe Schlimmeres überstanden, Mutantin. Ich werde in jeder Stadt einkehren. Dort werde ich Geschichten von dir erzählen. Ich werde behaupten, du wärst woanders. Ich kann nicht bleiben, weil ich deine rechte Hand bin. Ich glaube … Ich muss mich von dir verabschieden, meine liebe Mutantin.«

Gaia konnte sie nicht umstimmen. Das Menschenmädchen kannte sein Schicksal, und es war stets bereit gewesen, sich für seine Hingabe zu opfern. Seine Treue war nicht zu brechen, durch nichts.

Es verabschiedete sich noch an Ort und Stelle von dem Kämpfer. Gaia flehte sie noch immer an zu bleiben, während sie Julie zur Kutsche begleitete. Doch diese hatte ihre Entscheidung getroffen. Sie sammelte im Haus ihre Sachen zusammen. Julie spannte das Pferd vor.

Dann küsste sie den Sohn auf seine roten Wangen.

»Wir werden uns wiedersehen«, versicherte sie den beiden.

»Aber wie?«

»Erkennst du denn Treue nicht, wenn du sie siehst?«

Gaia kannte diese Worte. Menschenmädchen und Mutantenmädchen – ein Bund, der nicht gebrochen werden konnte.

»Ich besuche euch, sobald ich kann. Aber ich weiß, dass auch du nicht den Rest deines Lebens hier verbringen wirst. Auf bald, Mutantin.«

Gaia nickte. Das Menschenmädchen hatte ihre Zukunft schon immer besser gekannt als sie selbst. Sie hatte Julie lange genug gefürchtet und konnte sie jetzt umso mehr dafür lieben.

Kapitel einhundertsechzehn

Der Kämpfer wartete auf sie, als Gaia zu den Ställen zurückkehrte. Sie hatte den Sohn in den Armen, doch ihre Vertraute lief nicht mehr an ihrer Seite.

»Sie wird dir fehlen«, stellte der Kämpfer fest.

»Ich versuche, mich daran zu erinnern, wie es ohne sie war. Aber es fällt mir nicht mehr ein«, entgegnete sie. »Aus diesem Grund muss ich sie gehen lassen.«

Sie stellte den Sohn auf den Boden und nahm seine Hand. Julie Bonaparte. Die Mutantin würde sich darum bemühen, dass der Sohn sie kannte, auch wenn er sich später einmal nicht an ihr Gesicht erinnern konnte. Sie würde ihm von ihren heldenhaften Taten erzählen, welche die meisten für Märchen gehalten hätten. Doch sie entsprachen der Wahrheit, nichts als der Wahrheit. Sie erzählten, wie die Mutantin den Zorn zweier Nationen überlebt hatte, was ihr ohne das Menschenmädchen niemals gelungen wäre.

»Verbrenne die Toten und pass auf, dass der blutige Schnee schmilzt«, sagte sie. »Hol mich, wenn es an der Zeit ist, die Waffen einzusammeln. Ich bringe ihn ins Haus.«

Der Kämpfer nickte. Er drehte sich um und kehrte in den Wald zurück. Er gehorchte ihr, denn sie hatte wie eine Befehlshaberin gesprochen. Er würde ihr überallhin folgen, wohin sie ihn auch führte.

Gaia und der Sohn gingen über das Feld. Beide zusammen, Mutter und Sohn. Bärin und Junges. Wölfin und Welpe. Sie schlenderten nach Hause, bis sich der Sohn in den Schnee kniete und ihn begeistert in die Luft warf. Sein

Lachen hallte in der einsamen Landschaft wider. Es war in dieser Jahreszeit und um diese Tageszeit das einzige Geräusch am Rande von Colorado.

Sie beobachtete, wie er einen Schneeball formte und ihn zu ihr trug. Um sie zu bitten, den Trick zu zeigen, den er so liebte.

»Nur einmal.«

Sie hob den Ball hoch und entzündete ihr Feuer, sodass die runde weiße Sonne auf ihrer Handfläche in Brand gesetzt wurde. Einen kurzen Moment lang loderte der Ball, ehe der Schnee schmolz, die Form sich auflöste und nur noch einige Tropfen Wasser zurückblieben.

Er juchzte, während sich seine Augen vor Begeisterung weiteten. Sie bemerkte etwas Blut, das auf ihre Hände gespritzt war und das sie hastig wegwischte, ehe sie ihm sagte, er solle hineingehen. Sie sah ihm nach, wie er raschen, sicheren Schrittes an den Ort ging, den er als Zuhause kannte.

Kind eines Wildlings, Sohn eines Jägers, Nachkomme einer brennenden Mutantin.

Er würde lernen, alles aufschreiben zu können.

»Du«, sagte sie, auch wenn er zu weit entfernt war, um sie hören zu können. Es war an die Wildnis gerichtet. »Du allein wirst ein Leben in Schönheit führen.«

Die Epoche des Kriegers

Kapitel einhundertsiebzehn

Die Geschichte rückt nun von jenem Tage sechs Winter weiter.

Wir finden uns im Frühling wieder, in der Stadt Roman.
Einige Felder die Straße hinunter liegt das Haus
von Gaia Marinos. Das Haus vom Kämpfer, vom Sohn.
Wassertropfen liefen noch an den Rinden der Bäume hinab, während die letzten Eiszapfen schmolzen. Der Himmel hatte noch die Farbe von Eis, doch die ersten Blumen blühten bereits.

Viele Monate waren gekommen und gegangen. Nicht einmal in all den Jahren hatte Gaia ihre Nachbarn getroffen. Deren Häuser lagen zu beiden Seiten ihres Hofes in weiter Ferne. Sie konnte sich solche Begegnungen nicht leisten. Doch aus der Ferne hatte sie einige gesehen. Da waren Männer mit ihren Söhnen, Mütter mit ihren Töchtern, die in das Städtchen liefen oder wieder von dort herauskamen.

Sie unterschied sich nicht allzu sehr von ihnen, da sie inzwischen ihr Land ebenso bestellte, auch wenn die anderen das niemals zugegeben hätten, wären sie ihr begegnet. Sie führten ihr Leben so abgelegen, dass sich nicht viel verändert hatte. Gaia war hier immer noch eine Mutantin. Selbst wenn sich inzwischen Legenden um sie rankten. Noch herrschte das Gesetz der Natur und seine dritte Regentschaft.

Sie hatte die anderen nur gesehen. Doch er hatte sie getroffen.

Alle Nachbarn an dieser Straße und die Menschen anderswo. Sechs Winter hatten das Kleinkind zu einem Jungen werden lassen. Er war groß für sein Alter und würde noch größer werden – so wie sein Vater. Seine Gliedmaßen schienen mit jedem Tag länger. Seine Augen strahlten in seinem Gesicht, dunkel und ebenso geformt wie die ihren. Wenn seine Haare über die Schultern fielen, schnitt sie diese und flocht sie, sodass sie ihn beim Spiel nicht behinderten. Auch ihre Farbe war die seiner Mutter. Er besaß die Nase und den Mund seines Vaters, doch ihr Lächeln.

Er kannte die Namen der Nachbarn und die ihrer Kinder. Er kannte den Namen des Schmiedes in der Stadt, ebenso wie den seiner Tochter. Jedes Mal, wenn der Kämpfer ihn mit auf den Markt nahm, überredete der Sohn ihn, dort vorbeizugehen, um einen Blick auf das Mädchen zu erhaschen. Sie war um einiges älter als er. Doch welche Anmut und Eleganz sie besaß. Man nannte ihn *Junior,* da er keinen Namen wie die Leute aus der Nachbarschaft besaß. Er wusste, wann der Bäcker am Morgen zu backen begann, denn er hatte ihn danach gefragt. Er wusste auch, wohin der Pelzhändler reiste, um auf Jagd zu gehen, ebenso wie er vom Gerber wusste, wie er das weichste Leder herstellte.

Man erzählte ihm diese Dinge, und er hörte genau zu.

Der Kämpfer hatte ihm das Zuhören und die dafür nötige Geduld gelehrt. Denn er erzählte ihm viele Geschichten. Von Dingen, die nicht hier passiert waren, von Dingen, die hier nicht passieren konnten. Von Schlachten und Verrat, von Gefangenschaft und Freiheit – Geschichten, die man bei Kerzenlicht erzählte. Geschichten, die der Sohn kennen musste, um seine Mutter zu verstehen.

Sie selbst erzählte ihm nicht viel. Von den Dingen, die gewesen waren, von den Dingen, die sie getan hatte. Doch stattdessen brachte sie ihm vieles bei. Wie man Pfeil, Bogen und Klinge benutzte, wie man das geschriebene Wort las. Auch solche Dinge musste er lernen, um seine Mutter zu verstehen.

Kapitel einhundertachtzehn

Sehen wir ihm zu, wie er eines Nachmittags auf den Wald zulief, nachdem er mit anderen Kindern der Nachbarschaft gespielt hatte.

Andere, die er seine Freunde nennen konnte. Freunde, die wussten, dass eine Frau bei ihnen lebte, eine Frau in einem dunklen Umhang, die man nur hier und da einen Moment lang auf ihrem Hof sah. Es sei seine kranke Großmutter, behauptete der Sohn.

Er zog seine Handschuhe heraus, als er den Pfad hinunterlief, der in den Wald führte. Seine Hände und Knie waren voller Erde. Sein Zopf baumelte lose hin und her. Die Schnürsenkel seiner Stiefel waren offen, und er kniete sich hin, um sie zu binden, ehe seine Mutter es bemerken und ihn darauf hinweisen konnte. Sie stand nicht weit von ihm entfernt, zwei Holzschwerter in Händen. Sie reichte ihm das seine. Zu Hause lagen im Schrank auch richtige Schwerter aus Stahl, die sie für sich, den Sohn und den Kämpfer erworben hatte. Es hatte eine Zeit gegeben, als sie vorhatte, nie mehr ein Schwert zu schwingen. Doch ein Leben ohne Klinge war für sie wie ein Leben ohne Tanz. Deshalb brachte sie den Umgang auch dem Sohn bei, denn sie kannte keine Kindheit ohne Waffen.

Diese Stunden waren aus Liebe entstanden. Nun hatte sie einen Schüler. Sie wusste, dass es sinnlos war, jemanden zu zwingen, diese Kunst zu schätzen. Je nach Tag übten sie entweder den Schwertkampf oder das Bogenschießen. Sie lehrte ihn das Tänzeln, wie es Macondo getan hatte, wobei sie niemals ein finsteres Gesicht machte, wie es des Jägers Art gewesen war.

Er wusste, dass es noch mehr Waffen gab. Waffen aus Blei und mit Kugeln, die sie ihn nicht berühren ließ. Sie sprachen nie über diese Waffen, doch er wusste, dass zwei davon im Haus versteckt waren. Er war ein Kind der Geheimnisse. All jener Geheimnisse, die man ihm erzählt hatte, die er wahren musste. Er war sehr jung für so viele Geheimnisse.

Doch er bewahrte sie gut.

Ein Schritt, zwei Schritte. Ihren Schlag von rechts abwehren. Er biss die Zähne zusammen, runzelte die Stirn und nahm all seine Kraft zusammen, um ihr Holzschwert zurückzudrängen – als ginge es um Leben und Tod.

Sie hatte ihm beigebracht, jeden Kampf so zu betrachten.

Jetzt ließ sie seine Kraft die Oberhand gewinnen. Ihre Schwerter lösten sich voneinander. Gaias Augen wanderten gedankenverloren in die Ferne. Sein Blick folgte dem ihren, und sie attackierte.

»Du hast mich nicht gewarnt.«

»Das muss ich nicht.«

»Das ist ungerecht.«

»Ich weiß.«

Sie kam näher und wirbelte um ihn herum. Griff ihn von hinten an. Seine Klinge erwischte die ihre gerade noch rechtzeitig.

»Mach weiter.«

Er drehte sich herum, griff sie an den Schultern an, und sie traf sein Schwert. Da er viel kleiner als sie war, besaß er den Vorteil, seine Klinge problemlos an der ihren herabwandern zu lassen. So konnte er ihren Oberkörper attackieren und sie in den Rippen treffen.

»Gauner«, meinte sie.

»Hat es wehgetan?«, fragte er besorgt.

Sie trat zu ihm. »Es sollte immer wehtun«, erwiderte sie, »oder du bist kein richtiger Schwertkämpfer.« Sie strich ihm mit dem Handschuh über das Kinn. Dann griff sie ihn unerwartet erneut an, und er reagierte einen Moment zu spät. Ihre Klinge hielt inne, ehe sie auf seinen Körper traf.

»Jetzt hast du nicht zugeschlagen«, protestierte er. »Du hast doch gesagt, dass es wehtun muss.«

»Ein Lehrer verletzt seinen Schüler nicht.«

»Das stimmt nicht. Dein Lehrer war aufbrausend, oder nicht?«

»Hat dir das Onkel erzählt?«

»Ja.«

»Was hat er dir sonst noch gesagt?«

»Nichts.«

Und sie kämpften weiter.

Der Tag wurde zur Nacht. Und alles war gut. Es waren herrliche Zeiten.

Sie saß an seinem Bett, wo er bereits unter der Decke lag. Er trug sein Nachtgewand, das von ihr gewaschen, getrocknet und gefaltet worden war. Ihm war warm und wohlig zumute. Der Kämpfer hatte das Essen besorgt, für sie gekocht und es ihnen serviert. Sie hatten zu dritt am Tisch gegessen. Es waren schöne Zeiten.

In seinem Zimmer brannte eine Lampe. Er wusste, dass sie immer Licht haben würden, solange seine Mutter im Haus war. Wenn er mit ihr zusammen war, musste er sich um Licht nie sorgen. Das war eine Tatsache, an der es nichts zu rütteln gab. Deshalb litt er auch nie unter Albträumen. Er musste viele Geheimnisse bewahren, sie war eines davon. Sie war ein so wunderbares Geheimnis, dass er befürchtete, es würde seine Magie verlieren, wenn andere davon erführen. Wenn ein Fremder, ein Außenstehender, ein anderer wüsste, dass seine Mutter in der Dunkelheit leuchten konnte.

Wenn sie es wagen würden, ihm seine Mutter wegzunehmen, würde er nie mehr schlafen können. Diese Angst teilten sie miteinander.

Er sah sie an, seine Wildling-Mutter.

»Darf ich dir eine Frage stellen?«

»Das darfst du.«

Er setzte sich auf. »Glaubst du, dass wir zusammenbleiben werden?«

»Ganz sicher.«

»Onkel sagt, dass wir oft getrennt waren.«

»Das waren wir.«

»Ich kann mich nicht erinnern.«

»So ist es mir lieber.«

»Was ist, wenn dir etwas zustößt?«

»Das kann es immer. Du wirst bei mir sein, wenn etwas passiert. Und wenn du mich einmal nicht findest, musst du einfach nach dem Licht in der Dunkelheit suchen.«

»Ja. Ich werde nach dem Licht in der Dunkelheit suchen.«

Kapitel einhundertneunzehn

Die Mutantin wachte bei Sonnenaufgang auf, wie sie das jeden Morgen tat.

Der Tag hatte nie genug Stunden. Sie kam die Treppe in ihrer Arbeitskleidung herunter, und wie jeden Morgen wartete bereits der Kämpfer auf sie. Zusammen gingen sie zu den Ställen und reinigten sie. Sie fütterten die Tiere, bürsteten die Pferde und sammelten die Eier ein. Gaia atmete die frische Luft. Dieses herrliche Leben. Alles, was sie liebte, war bei ihr. Alles, was ihr jemals wichtig gewesen war, hatte nichts an seiner Bedeutung für sie verloren.

Sie hörte ein seltsames Geräusch, das vom Stall kam.

»Etwas ist anders«, murmelte sie.

Sie wusste es, denn es war die richtige Jahreszeit dafür. Vorsichtig betrat sie den Stall, um das Tier nicht zu erschrecken. Das Schaf lag im Heu und hob nur den Kopf. Sein trächtiger Bauch war geschwollen. Es stand kurz bevor. Mehr Leben, um das zu entgelten, was sie genommen hatte.

»Mach sie bereit«, flüsterte sie dem Kämpfer zu, ehe sie nach draußen rannte, das Feld überquerte und ins Haus stürmte. Sie lief die Treppe hinauf und öffnete leise seine Tür. Er saß bereits in seinem Bett und las auf einer der Holztafeln. Sein Rücken war wie eine Weide gebogen, die Beine lagen noch unter der Decke. Er wirkte so, als wäre er gerade erst erwacht und hätte sogleich nach der Tafel gegriffen.

»Welche Geschichte?«, wollte sie als Erstes wissen.

»Von der kleinen Heldin.«

»Die ist gut. Komm mit«, sagte sie und streckte ihm die Hand entgegen. Er nahm sie. Er würde immer ihre Hand nehmen.

Als sie in den Stall kamen, kniete der Kämpfer neben dem Schaf. Das erste Lamm war bereits geboren. Gesegnet sei dieses fruchtbare Land. Als das zweite erschien, stand der Sohn hinter Gaia. Das Blut störte ihn nicht und auch nicht die seltsame Grausamkeit der Geburt. Er verstand, warum es so war und wie, denn er war der Sohn eines Jägers und einer Schlächterin. In jedem Frühling schaute er zuerst weg und dann länger zu als im vergangenen. Jetzt betrachtete er die beiden Neugeborenen.

»Zwei Lämmer«, sagte der Kämpfer. »Wie sollen wir sie nennen?«

»Ehre und Anmut«, rief der Sohn.

»Ah, die Namen aus einer der Geschichten!«

»Und wir werden sie beschützen«, erklärte der Sohn. »Wir werden sie mit unserem Leben verteidigen, wenn es sein muss.«

»Das werden wir.«

Kapitel einhundertzwanzig

Der Kämpfer und der Sohn waren an diesem Tag auf den Markt gegangen.

Sie hatte aus der Ferne zugesehen, wie sie auf dem Weg dorthin die Nachbarn grüßten. Kleine Gestalten auf der Straße, Fremde für die Mutantin, Freunde für die beiden. Die anderen wussten, dass sie ihnen zusah, diese Frau hinter dem Fenster, diese Unbekannte.

Nun ritt sie allein mit dem Pferd über die Wiesen ihres eigenen Landes. Die Frühlingsluft war frisch und rein. Überall hatte es zu blühen und zu sprießen begonnen, sie hatten das Getreide gesät, der Himmel war blau, und die Vögel sangen. Nichts würde jemals mehr so herrlich sein. Morgen würde kommen, und nichts würde so schön bleiben, wie es jetzt war.

Im Wind hörte sie auf einmal ihren Namen.
Die Stimme kam aus dem Wald.
Die Blätter trugen den Klang weiter. Wieder wurde ihr Name gerufen. Und sie sah, wie zwischen den Bäumen eine Gestalt auftauchte. Es war keine Fremde.
Die Gestalt war von weit her gekommen.
Sie hatte vor sechs Wintern diesen Ort verlassen,
sie hatte sechs Winter in den dunklen Kerkern von Eden verbracht.

Man hatte sie verhaftet, sobald sie dorthin zurückgekehrt war, denn sie war der Beihilfe zum Hochverrat angeklagt. Man hatte sie gefoltert, Narben verunstalteten nun ihren Rücken. Sie hatte gehungert, war knochig geworden. Winter wurde zu Sommer, Sommer zu Winter. Nur ein Geständnis hätte sie befreit.

Sie gestand. Nur die Wahrheit gestand sie nicht. Sie behauptete, die Mutantin befände sich in einem Dorf von Geächteten, einen Tagesritt von hier. Sie hatte die Krieger dorthin geführt, zu ihren natürlichen Feinden. Geächtete würden niemals Nationenmänner in ihr Dorf lassen. Als es zu Kämpfen kam, war sie geflohen.

Jetzt tauchte die Sonne ihre Silhouette in Licht, und sie wirkte, als wäre sie eine Erscheinung. Sie trat auf das Feld hinaus und winkte Gaia zu, ohne zu lächeln. Ihre Wangen waren eingefallen, ihre dünnen Handgelenke noch gefesselt. Sie kam der Mutantin wie eine Fremde vor, deshalb legte sie erst einmal den Bogen an. Nur eine streunende Geächtete würde hier so dürr und kränklich herumlaufen. Doch es war das Menschenmädchen. Als Gaia näher ritt, erkannte sie Julie Bonaparte, ihren Vogel mit gestutzten Flügeln.

Julie erzählte nicht, aus welcher Dunkelheit sie befreit war. Sie sagte nur: »Sie kommen. Sie werden bei Einbruch der Nacht hier sein.«

»Wie viele?«

»Dutzende. Mit Kugeln. Er hat genügend bleierne Waffen, um für Tausende zu reichen. Er ist unter ihnen. Du hast keine Verbündeten mehr außer mir, den drei Mägden und einigen Kriegern, die dich noch verehren.«

»Was soll ich tun?«

»Ich weiß es nicht.«

»Wer weiß es dann?«

»Der Kämpfer.«

Kapitel einhunderteinundzwanzig

Die Mutantin befreite das Menschenmädchen von seinen Fesseln und gab ihm zu essen. Sie steckte Julie in bessere Kleider, und dann warteten die beiden, bis die anderen vom Markt zurückkehrten.

Es war Mittag, als der Sohn und der Kämpfer das Haus betraten. Ihre Mienen waren sorgenfrei, ihre Augen leuchteten. Der Sohn hatte ein neues Paar Schuhe, denn er war aus dem letzten herausgewachsen. Hinter geschlossenen Türen erzählte Gaia dem Kämpfer die Neuigkeiten. Leise und knapp, sodass er verstand.

Dann trat sie zum Sohn. Er zog an ihrem Umhang, denn er wollte wissen, wer die Fremde sei.

»Das ist sie. Das ist die kleine Heldin«, erwiderte Gaia.

»Sie sieht nicht sehr stark aus.«

»Ich übernehme das Denken, nicht das Kämpfen«, erklärte Julie.

»Das stimmt«, meinte Gaia. »Willst du jetzt nachsehen, wie es den Lämmern geht?«

Der Sohn nickte. Er starrte die Besucherin einen Moment zu lange an, ehe er durch die Hintertür verschwand. Sie sah ihm nach. Seine Füße berührten das Gras, er rannte über das Feld, vorbei an den Pferden, auf denen er reiten konnte. Vorbei an den Kühen, die ihm gehörten. Zum Stall, wo er sich verstecken konnte. Hin zu den Bäumen, auf die er so gerne kletterte.

»Er kennt das Böse nicht«, sagte der Kämpfer, als er neben Gaia trat.

»Ich kann ihm dieses Leben nicht nehmen«, erwiderte sie. »Ich habe sein ganzes Leben lang dafür gekämpft, es ihm zu geben.«

»Sie werden es ihm nehmen, wenn du es nicht tust.«

»Und wir werden gegen sie kämpfen.«

»Du kannst nicht ewig gegen sie kämpfen.«

»Ich kann ewig gegen sie kämpfen.«

»Dein Stolz wird noch sein Tod sein. Schau dir an, was dein Stolz dieser Welt angetan hat. Schau, was er noch antun wird«, sagte er und brach ab. Sie zeigte mit einem flammenden Finger warnend auf ihn, denn sie wollte nicht daran erinnert werden.

An ihren schlechten Tagen fürchtete sich der Kämpfer vor ihr.

»Dein Kampfwille wird ihm den Tod bringen«, sagte er.

»Zweifelst du? Stelle niemals den Willen einer Schlächterin infrage.«

»Du bist keine Schlächterin mehr. Du wandelst jetzt wieder auf dem Pfad der Gerechtigkeit.«

»Bis mich der Feind zu Bösem zwingt.«

»Nicht, wenn du ihn überlistest.«

»Ich habe nichts.«

»Du lügst. Ich weiß, was du versteckst.«

Sie schwieg.

Er ließ sie stehen und stieg die Leiter in den Dachboden hinauf. Dort kroch er durch Staub und Spinnweben. Er wusste es, denn er hatte gehört, wie sie sich dort oben aufhielt, wenn sie glaubte, allein zu sein. Der Kämpfer wusste, was sie gestohlen hatte, er kannte ihr Verbrechen. In einer Ecke hob er die vierte Planke von rechts an. Er griff hinein, nahm es heraus und stieg wieder die Leiter hinab. Unten warteten Gaia und Julie auf ihn.

»Was ist das?«, fragte das Menschenmädchen.

»Das ist nichts«, murmelte Gaia.

»Nichts, sagst du. Hast du Angst?«

Wie lange sie schon Angst gehabt hatte.

Die Karte war nur der Hoffnungsschimmer eines früheren Lebens. Das Bild nur dic Skizze eines Traums, den jemand anderer geträumt hatte. Jemand, den sie verraten hatte. Jemand, den sie im Stich gelassen hatte.

Der Plan eines anderen Lebens. Nicht dieses Lebens, dieses Lebens in Schönheit. In diesem Leben brauchte es keinen solchen Plan. Er breitete die Karte aus. Seine Finger folgten der Linie durch das grüne Land und die wilden Gegenden des Südens.

»Du kannst sie nicht bekämpfen«, sagte er. »Aber du kannst sie zu einem wissenden Volk machen. Dann werden sie mehr als jene wissen, denen sie gehorchen. Und sie werden gegen die aufbegehren, denen sie gehorchen. Als deine letzte Sühne kannst du ihnen dieses Wissen schenken. Du kannst es ihnen geben und sie damit weiterbringen.«

»Die Mutantin hat genommen, jetzt wird sie geben«, wiederholte Gaia leise. Worte, die er ihr in den dunklen Tagen der Vergangenheit gesagt hatte.

»Nun? Was denkst du?«

Sie holte tief Luft. »Wenn ich gehe …«, antwortete sie langsam. Sie nahm ihren ganzen Mut zusammen. Wenn sie jetzt scheiterte, würde sie einen weiteren gerechten Mann im Stich lassen. »Wenn ich gehe, dann werde ich diejenigen mitnehmen, die ich liebe.«

»Es ist eine Mission, die ein Mensch allein nicht unternehmen kann«, meinte der Kämpfer. Er wusste, dass er sein eigenes Schicksal und das seiner Liebsten besiegelt hatte, indem er Gaia zu diesem Auftrag überredete. »Ich komme mit. Wir sind alle sterblich.«

»Und was sagt das Menschenmädchen?«, fragte die Mutantin.

»Geht«, erwiderte Julie, »und ich folge euch.«

»Was ist mit dem Sohn?«, wollte der Kämpfer wissen.

»Er wird bei mir bleiben«, sagte Gaia Marinos. »Ich habe es ihm versprochen. Für ihn werde ich diese Welt vor mir selbst retten.«

Kapitel einhundertzweiundzwanzig

Nun beginnt wahrhaftig unsere Geschichte,
denn es ist die Geschichte über das Gesetz der Natur.
Das Gesetz des Landes herrschte einmal in früheren Zeiten,
und damals herrschten dessen Worte überall.
Welcher Preis wurde bezahlt, um sie am Leben zu erhalten,
welcher Preis aus Blut und Fleisch, um sie wahrhaftig zu halten.
Lasst uns diese Worte wiederfinden, damit wir sie nicht vergessen.
Lasst uns die ältesten aller Worte wiederfinden.

Die Gemeinschaft der vier, verbunden durch Kameradschaft oder Blut, Treue oder Verwandtschaft, Zugehörigkeit oder Ehre. Der Beginn der neuen Welt, die sie suchten, lag noch in weiter Ferne. Er würde es eines Tages niederschreiben, berichten, was ihnen alles geschehen war. Ein Mann, ein Menschenmädchen, eine Mutantin und ein Kind. Drei Bögen, vierundzwanzig Pfeile. Drei Schwerter, vier Dolche. Zwei bleierne Waffen, sechsunddreißig Kugeln. Zwei Hände mit Flammen. Eine Lesetafel für den Sohn, nur eine, um sich an Zuhause und die Geschichten zu erinnern, die er kennengelernt hatte. Der Rest wurde zusammen mit mehreren ihrer Goldmünzen vergraben. Zwei Rucksäcke voller Rauchfleisch und geräuchertem Fisch, Feldflaschen mit frischem Wasser aus ihrem geliebten Brunnen, Decken von ihren Federbetten sowie Laternen, mit denen der Kämpfer und der Sohn durch das warme Haus gelaufen waren. Die Tiere gaben sie ihren Nachbarn. Die Lämmer würden groß sein, wenn sie zurückkehrten. Ein Tier nach dem anderen wurde zum Abschied geküsst. Nur die unglückseligen Pferde nicht, denn sie sollten mitkommen und sehen, wie sich die Landschaft veränderte.

Die Felder waren so grün wie eh und je, und Gaia würde sich nach ihnen sehnen, während sie durch karge Landschaften ritten.

Auch der Himmel war klar. Die Luft roch nach Erde, die sich in Colorado als besonders fruchtbar herausgestellt hatte. Sie fühlten sich dankbar. Sie hatten damals eine Unterkunft gebraucht, und Colorado hatte ihnen eine gewährt.

Eines Tages würden sie zurückkehren. Sie würden losziehen, um dem Tod im Land der Sterbenden ins Angesicht zu blicken. Dann würden sie wie neugeboren zurückkehren. Sie würden sehen, wie es war – die unvergänglichen Banner, die schlafenden Flammen, die vergrabenen Bäume der Leblosigkeit, all das, was es hier nicht gab und nicht geben konnte. Die Mutantin würde sie anführen, Verbündete des Feuers, und so beweisen, dass die Legenden des Obersten Lesers die Wahrheit erzählt hatten.

Sie wickelten sich in mehrere Umhänge, damit sie gegen die Kälte gewappnet waren. Dann stiegen sie auf ihre Pferde. Der Kämpfer auf den Schimmel Mesa, Julie auf Lalo den Grauen und Gaia mit dem Sohn auf Nada die Braune, benannt nach dem von ihr geliebten Pferd, das sie in der dunklen Epoche verloren hatte.

Gerade als die vier auf die Straße hinausritten, kamen einige Nachbarn vom Markt zurück. Eine Familie. Vier Fremde, so schien es ihnen, auf Pferderücken und in schwarzen Roben an ihnen vorübertrabend. Die Umhänge flatterten ebenso im Wind wie die Mähnen ihrer imposanten Pferde. Die Familie schaute auf, um die Gesichter zu sehen, die ihnen entgegenkamen. Zwei von ihnen erkannten sie. Ihre Blicke verweilten einen Moment länger auf der Mutantin, deren Nase und Mund von Stoff verdeckt war, sodass man unter der Kapuze nur ihre Augen sehen konnte. Nein, es konnte nicht sein. Hastig ritten sie weiter, und keiner von ihnen drehte sich um. Nein, sie hatten niemanden erkannt. Nur Fremde.

»Los«, sagte Gaia zu ihrem Clan, und sie ritten voran. Sie wartete noch einen Moment. Einen letzten Blick. Nur sie beide. Ein letzter Blick auf ihr Haus, ehe ihnen wieder Höhlen und Bäume Unterkunft gewährten.

»Kommen wir bald zurück?«, fragte der Sohn leise.

Sie schlang den Arm um seinen Oberkörper. »Irgendwann«, erwiderte sie.

»Werden wir überleben?«
»Irgendwie.«
»Und werden wir Gutes finden?«
»Ja, wir werden Gutes finden.«

Kapitel einhundertdreiundzwanzig

Südlich von Colorado liegt das Land von Neumexiko.

Es war trocken vor Hitze, doch die höchsten Gipfel der Berge waren mit Schnee bedeckt.

Die Erde war blutrot, und doch wuchsen grüne Bäume auf ihr. Je weiter sie nach Süden kamen, desto karger wurde die Landschaft. Nach Neumexiko kam der Staat Texas, wo nichts Gutes zu finden war. Noch südlicher, wo Texas auf Mexiko trifft – Mexiko, das verlorene Land –, würden sie den Roten Berg finden. Doch die seichten Gewässer des Untergegangenen Landes teilten die beiden Staaten. Die Karte zeigte es. Es bedeutete, dass das Land dort nach Jenem Tag vom Meer geschluckt worden war. Doch das Wasser war nicht tief genug, um es Meer zu nennen. Es war ein überschwemmtes Land, ein untergegangenes Land.

Die Pferde würden es nicht bis dorthin schaffen.

Sie galoppierten durch Landschaften, die noch üppig und fruchtbar waren. Sie hatten die Straßen hinter sich gelassen, um über Felder zu reiten, wo keine Menschenaugen umherblickten. Wo keine Menschenmünder davon erzählen konnten, was sie gesehen hatten. Bei Sonnenuntergang hatten sie es tief in den Wald geschafft.

Mit Untergang der Sonne waren die Krieger in der Stadt

Roman eingetroffen. Calisto der Herrscher führte sie an. Er klopfte mit seinen Handschuhen donnernd an jede Haustür. Die Gesichter seiner Männer waren unter Helmen verborgen, als ob sie körperlose Rüstungen wären, die sich einen Weg durch die Stadt bahnten, angeführt von ihren schnüffelnden Bluthunden.

Doch hier auf dem Land hatte keiner eine Antwort für sie parat. Die Probleme der Städte hatten nichts mit den Leuten hier zu tun. Die Krieger stürmten durch die Häuser, und die Mauern erzitterten. Betten wurden durchwühlt und Schränke aufgerissen. Familien, die stumm zu Abend aßen, sahen sie vorüberziehen. Keiner wollte in die Schwierigkeiten der Stadt verwickelt sein. Sie waren Stammesangehörige, keine Nationenmänner.

Man fragte sie, ob sie die Mutantin kannten, ob sie diese gesehen hätten.

»Nein«, sagte der Schmied.

»Nein«, antwortete der Bäcker.

»Nein«, meinte der Pelzhändler.

»Nein«, erklärte auch der Gerber.

Die Männer schlossen leise die Türen hinter den Kriegern. Und beruhigten ihre Frauen und Kinder. Es seien nur Krieger aus den großen Städten, die jemand Wichtigen, aber nicht Gefährlichen suchten. Kein Grund zur Sorge. Nur ein Herrscher aus einer der Städte, der hier keine Macht hatte. Kein Anlass zur Furcht.

Ah, aber die Leute wussten Bescheid. Sie würden das Geheimnis nicht lüften, dass der Junge, den sie so gemocht hatten, in einem Haus mit einer verborgenen Frau gelebt hatte. Diese Menschen wussten genau und bezweifelten es keinen Augenblick lang, dass die verborgene Frau jene war, nach der die Krieger suchten.

Die Krieger klopften an jedes Haus in Roman, und schließlich kamen sie auch zu ihrem. Es war verlassen. Das war also ihr Zuhause gewesen. Nun menschenleer und vergessen, zurückgelassen und aufgegeben. Die Mutantin hatte sie erneut überlistet.

Sie durchsuchten das Anwesen und entdeckten keinerlei Tiere, obwohl die Bluthunde rochen, dass dort noch vor Kurzem welche gewesen sein mussten. Als sie ins Haus eindrangen, entdeckten sie nichts, was ihnen weiterhelfen konnte. Sie würde sich auch in ihrer Abwesenheit nicht verraten.

Die Männer verließen das Haus und ritten zu den Nachbarn. Dort lebte die Familie, die ihre Tiere aufgenommen hatte. Es waren gute Menschen, gut und wahrhaftig. Als die Krieger sie fragten, woher die Tiere stammten, erklärte der Vater: »Unsere Nachbarn haben sie uns gegeben. Sie haben gesagt, sie wollten auf Reisen gehen.«

Calisto der Herrscher fragte: »Und wohin?«

Der Vater antwortete: »Das weiß ich nicht.«

Das war alles. Er hatte nicht vor, sich mit bewaffneten Nationenmännern anzulegen, die auf seiner Schwelle auftauchten.

Als Nächstes kamen die Krieger zu dem Haus jener Familie, die den vieren am selben Nachmittag auf der Straße begegnet waren. Man stellte der Familie die gleichen Fragen, und auch diese Leute waren gut und wahrhaftig. Sie sprachen die Wahrheit, verstanden aber erst später, dass sie damit das Kind verraten hatten.

Der Vater sagte: »Ich konnte ihre Gesichter nicht gut erkennen. Aber ich weiß, dass zwei Fremde heute hier vorbeiritten. Eine sah besonders herb aus, und sie nahmen den Jungen und den Mann, die hier lebten, mit sich.«

Calisto der Herrscher fragte: »Wohin sind sie geritten?«

Der Vater antwortete: »Nach Süden.«

Und so ritten die Krieger nach Süden.

Kapitel einhundertvierundzwanzig

Es begann zu regnen, wie es das oft im Frühling tat.

Blumen sprossen schneller, als man hinsehen konnte, selbst wenn die Sonne nicht schien.

Alles roch neu. In der Dunkelheit konnte man sich vor dem fürchten, was man nicht sah, doch im Clan der vier gab es immer Licht.

Ihre Pferde trotteten langsam dahin. Ihre Hufe liefen über nasses Laub, begleitet von einem Paar Stiefel. Es gehörte der Mutantin, die zu Fuß nebenherlief. Sie führte Nada, auf der der Sohn saß. Sie wollte das Pferd nicht mit ihrem Feuer erschrecken, weshalb sie die anderen lieber so begleitete.

»Wir sollten nicht anhalten«, sagte Gaia. »Sie werden es nicht riskieren, bei solchem Wetter ihre Laternen zu entzünden, falls sie welche haben. Sie werden ein Lager aufschlagen. Aber wir sollten lieber weiterziehen.«

Der Kämpfer und Julie Bonaparte nickten zustimmend.

Da hörten sie hinter sich das leise Weinen des Sohnes, der versuchte, es zu unterdrücken. Ein furchtbarer Laut.

»Was ist?«, fragte sie. Sie löschte ihr Feuer und eilte zu ihm. Er hielt den Kopf gesenkt. Sein kleiner Körper auf diesem großen Pferd. In der Dunkelheit fühlte es sich so an, als wären sie wieder nur zu zweit.

»Wir haben sie zurückgelassen«, wimmerte er. »Wir haben die Lämmer zurückgelassen. Wir werden sie nie aufwachsen sehen.«

»Sie sind in guten Händen.«

»Das wissen wir nicht.«

»Sind unsere Nachbarn gute Leute?«

»Sie sind gute Leute.«

»Dann sind sie in guten Händen.«

Ihre Hände waren noch zu heiß, um seine Tränen wegzuwischen. Aber ihre Blicke trafen sich in der Dunkelheit, und sie hörte, wie sein Weinen verstummte.

»In Ordnung?«

»In Ordnung.«

Sie ging wieder nach vorn. Neue Flammen flackerten aus ihren Händen, um sie vor der Nacht zu schützen. Der Regen kümmerte sich nicht um sie. Der Regen kümmerte sich um nichts und niemanden. So ist das Gesetz der Natur. Doch in der Kälte war es Gaia warm. Ihr war warm, weil sie in diesem gesetzlosen Land ein Wesen geboren hatte, das sich mehr um zwei Lämmer sorgte als um alles andere, obwohl es schon mehrmals Tod und Verderben entkommen war.

Hätte der Jäger gewusst, wen er da gezeugt hatte! Wie klein er bei der Vorstellung geworden wäre, dass sein Sohn ihm in so vielem überlegen war.

Bei Sonnenaufgang saß sie wieder auf dem Pferd. Es war

inzwischen hell genug, um die Angst zu vertreiben. Der Sohn schlief in ihren Armen. Sie hielt ihn fest. Sein Kopf stieß sanft gegen ihre Schulter, während sie stetig vorankamen. Hinter einem großen Geröllhaufen am Fuße eines Berges beschlossen sie zu rasten.

Einer nach dem anderen sprang vom Pferd. Die Tiere waren noch vor ihren Reitern eingeschlafen. Sie beugten die Hälse, als wollten sie grasen, und schlossen die Augen. Kein Huf bewegte sich, kein Muskel zuckte unter ihrem schimmernden Fell. So regungslos wie die Felsen.

Die vier rollten sich in ihre Decken ein und legten die Köpfe auf Moos.

Sie hatten die erste Nacht überlebt.

Kapitel einhundertfünfundzwanzig

»Was ist das?«

Der Abend brach allmählich herein, und es regnete noch immer. Sie hatten den restlichen Tag auf den Pferden verbracht – ein Tag, der grauer gewesen war als der zuvor. Den Hügel hinab konnten sie am Horizont Rauch aus Kaminen aufsteigen sehen. Durch die Fenster drang das Licht der Feuer, die dort brennen mussten.

Es donnerte in der Ferne.

»Noch eine Stadt, die von Geächteten besetzt wurde«, meinte Julie. »Heutzutage überfallen sie weniger und besetzen mehr. Ich vermute, wir werden immer wieder auf Geächtete stoßen, wenn wir nicht tiefer in die Wildnis eintauchen.«

»Ist es sicher für uns?«

»Solange wir uns als Vertriebene ausgeben.«

»Das wäre nicht gelogen. Am besten schlagen wir dort unser Lager auf und versuchen, keine Aufmerksamkeit zu erregen.«

Der Sohn verbarg sich unter der Robe seiner Mutter, als ein Blitz ganz in der Nähe einschlug. Die Wiesen waren knietief mit Wasser getränkt. Dic Hufe der Pferde versanken im Schlamm, als ob die Erde sie verschlingen wollte. Sie wieherten, während sie immer wieder mühsam die Beine herauszogen. Alle fürchteten sich vor dem Moment, in dem sie zu tief einsinken würden.

»Weiter, Nada!«, rief Gaia, als sich das Pferd auf einmal weigerte, sich vorwärtszubewegen. »Lass dich nicht von diesem Morast besiegen!«

Sie beugte sich vor und ließ neben dem Kopf des Tieres ihre Flammen auflodern. Nada versuchte, vor dem Feuer zu fliehen, riss die Hufe aus dem Schlamm und stürmte los. Nicht erliegen, nicht an diesem Tag.

Die anderen folgten. Als sie sich der Stadt näherten, verfielen sie in einen langsameren Trott. Die Straßen waren leer. Regenwasser strömte über die Pflaster. Obwohl die Sonne noch nicht untergegangen war, hingen so viele Wolken am Himmel, dass man glauben konnte, es wäre bereits Nacht. Kaninchen und Mäuse suchten unter den Dächern Schutz.

Ein Schild mit einem Bierkrug und mit einem Bett hing an einem Gebäude und schwang heftig im Wind hin und her. Hier gab es Unterkunft, Wärme, etwas zu trinken. Die Fenster waren erleuchtet. Der Geruch von Essen und Rauch lag in der Luft. Sie brachten ihre Pferde in Ställen in der Nähe unter und betraten das Haus.

Der Kämpfer stieß die Tür auf. Drinnen waren die Decken niedrig und die Wände dunkel. Doch zahlreiche Kerzen und Laternen erleuchteten den Raum. Bierkrüge glitzerten in den Händen von Männern, alten und jungen, dicken und dünnen, bärtigen und rasierten. Sie trugen alle abgenutzte Kleidung, waren schmutzig und betrunken. Ihr Lachen hallte laut, aber auch beruhigend in den Ohren der vier, die durch das ungemütliche Wetter draußen fast vergessen hatten, wie angenehm menschliche Gesellschaft sein konnte.

Der Unterschied zwischen Geächteten und Dorfbewohnern war nicht zu erkennen. Sie genossen es, gemeinsam zu feiern, als ob sie sich nicht feindlich gesinnt wären. Als ob Feindschaften außerhalb der Nationen nicht existierten – und vielleicht taten sie das auch nicht. Auf langen Tischen standen zahlreiche Teller mit Fleisch und Gemüse. Schwere Körper beugten sich beim Essen darüber. Auch die wenigen anwesenden Frauen waren betrunken. Mit roten Wangen tranken und aßen sie fröhlich und ausgelassen.

Der Clan der vier ging zur Theke.

»Betten gibt es keine mehr«, erklärte der Wirt, als er aufblickte und sie sah. Er kratzte sich am Schnurrbart.

»Wir würden gerne etwas trinken.«

»In dem Fall setzt euch.«

Sie fanden eine Bank neben dem Fenster, wo sie sich niederließen. Noch verbargen die Kapuzen ihre Gesichter. Von ihnen kam weder Lachen noch eine Unterhaltung. Und sie hatten ein Kind bei sich. Nein, sie gehörten nicht hierher.

Doch niemand schien das zu stören. Hier waren alle Vertriebene.

Nervös betrachtete Gaia das Fenster. Der Sohn saß neben ihr und schwieg ebenfalls. Der beißende Rauch, der Geruch nach Bier und Schweiß – dies war kein Ort für ein Kind. Der Kämpfer saß ihnen gegenüber und beobachtete sie. Julie war an die Bar gegangen, um Getränke zu bestellen.

»Hier werden sie uns nicht finden«, versicherte ihr der Kämpfer leise.

»Wir wissen nicht, wie viele uns verfolgen«, gab sie zu bedenken.

Sie blickte auf, als Julie fröhlich mit einigen Bierkrügen und einem Teller voller Brot und Fisch zu ihnen zurückkehrte. Sie hatte die Kapuze abgesetzt. Nun konnte man ihr mädchenhaftes Gesicht sehen. Es war lange her, seit sie sich das letzte Mal so wohlgefühlt hatte.

Alle vergaßen einen Moment lang ihre Sorgen, während sie gierig aßen und tranken. Gaia schenkte dem Sohn Wasser ein.

»Trink«, sagte sie.

»Ich habe keinen Durst«, erwiderte er, während er kaute. Seine Augen blickten groß und verängstigt unter der Kapuze hervor. Er musterte die schmutzigen fremden Leute.

»Trink«, forderte sie, und er gehorchte.

Julie rülpste und wischte sich den Mund ab. »Nun«, sagte sie. »Ich hole mir noch ein Bier.«

»Hier nichts stehlen«, warnte Gaia sie leise und sah dem Menschenmädchen hinterher, wie es an die Bar trat. Die Blicke anderer Gäste folgten Julie ebenfalls. Selbst mit ihrem ausgehungerten Gesicht und den Augen, die für die eingefallenen Wangen zu groß waren, sah sie immer noch wie das Menschenmädchen aus, das stets auf der Suche nach Grenzen war, die es zu testen gab. Während Gaia sie musterte und sich zugleich im Raum umsah, fiel ihr eine Gestalt auf.

Der Mann saß zusammengekauert auf seinem Stuhl. Er war allein und beobachtete von einer Ecke aus das Geschehen in der Taverne, ohne einen Krug in der Hand zu halten. Auch er trug eine Kapuze. Ein Schwert hing an einem Gürtel von seiner Hüfte. Sie hatte schon viele Schwerter in ihrem Leben gesehen, die besten und die mitgenommensten. Doch diese Scheide, in der die Waffe steckte, löste in ihr ferne Erinnerungen aus, die sie schon lange vergessen zu haben glaubte. Von seinem Gesicht konnte sie nur einen Teil der bärtigen Kinnpartie erkennen, wobei er auch sie im Visier zu haben schien, während er eine Pfeife rauchte. Seine Augen lagen im Schatten.

»Unsinn!«, hörte man Julies Stimme an der Bar. Innerhalb weniger Sekunden war sie von einer Traube von Männern umgeben. Auf einmal sahen sie viele finster an, und wo zuvor noch Ausgelassenheit geherrscht hatte, wiesen nun anklagende Finger auf sie.

»Bleib bei deinem Onkel«, sagte Gaia zu dem Sohn. Sie stand auf und bahnte sich einen Weg durch die Menge zu Julie.

»Was ist los?«

»Ich habe mich mit diesem freundlichen Herrn hier unterhalten, als er feststellte, dass er beraubt worden ist. Jetzt beschuldigt er mich. Ich habe nichts dergleichen getan.

Eine Dame eines solchen Verbrechens zu bezichtigen! Diese Dreistigkeit!«

»Ach, wirklich?«

»Zeig uns deine Taschen«, fauchte der Betroffene. Die anderen stimmten ihm zu. »Zeig sie her.«

»Ganz ruhig«, sagte Gaia und hielt den Kopf gesenkt, während sie ihren Beutel mit Münzen herauszog. »Lasst uns einfach feststellen, dass Geld verschwunden ist – ein Problem, das sich schnell lösen lässt.« Sie zählte einige Münzen ab und legte diese auf die Theke. Dann nahm sie Julie am Arm und zerrte sie zum Tisch zurück.

»Du Närrin«, flüsterte sie ihr zu.

»Das Gefängnis hat mich einrosten lassen.«

»Unzweifelhaft.«

Sie zwang das Menschenmädchen dazu, sich wieder zu setzen. Als sich Gaia umdrehte, stellte sie fest, dass der Mann mit der Kapuze verschwunden war.

»Außerdem habe ich das Gefühl, dass wir beobachtet werden«, wisperte sie und beugte sich über den Tisch, den Rücken der Menge zugewandt. Auf einmal hörte sie Schritte hinter sich. Man kannte ihn hier, das war eindeutig, denn die Blicke vieler folgten ihm, und Stimmen wurden leiser, als ob ihn die anderen respektierten und fürchteten. Er war offenbar jemand mit Ansehen. Doch noble Männer betraten keine Taverne wie diese. Wer war er?

Er blieb neben Gaia stehen.

»Du hast ein gutes Schwert«, sagte er. »Aber ich kenne bessere.«

Langsam zog er die Kapuze herab. Sein schwarzer Bart war lang geworden und mit grauen Fäden durchsetzt. Sein

Schädel war kahl wie eh und je, und seine Schlangenaugen funkelten schwarz. Die tätowierten Linien an seinem Hals waren seit ihrer letzten Begegnung mehr geworden. Damals war er ihr Meister gewesen: Gabriel Macondo.

Kapitel einhundertsechsundzwanzig

Macondo, Meister und Mentor in der Kampfarena.

Es hatte eine Zeit gegeben, als er seinen Herrscher voller Stolz verteidigte.

Jeder Kampf, den er in der Arena austrug, war im Namen des Herrschers erfolgt.

Calisto der Herrscher war während der Tätowierungszeremonien stets anwesend gewesen. Ihre Freundschaft hatte seit Jahrzehnten bestanden, als Macondo noch ein junger Mann war.

Sie hatten oft zusammen getrunken und gefeiert. Macondo hatte miterlebt, wie Calistos Gesicht in den Schlachten verletzt und vernarbt wurde. Das Blut des Herrschers war über seine Hände geflossen, wenn Macondo ihn zu den Krankenschwestern trug. Macondo hatte auch gesehen, wie die Wunden mit der Zeit verheilten.

Er hatte oft für Eden gekämpft, noch ehe Gaia geboren war. Auch hatte er viele große Kämpfer ausgebildet, bevor ihr Name bekannt wurde. Ehe ihr Gesicht auf den Bannern zu sehen war. Viele der bedeutenden Kämpfer, die sie später tötete, waren von ihm trainiert worden. Er war alt genug, um die Nation in ihrem Glanz und in ihrem Niedergang erlebt zu haben. Er liebte sie noch immer, die Nation seiner

Leute. Er liebte sie noch in diesen letzten Tagen, als Eden noch Eden war, und ehe Ammon aufhörte, Ammon zu sein. Er war Zeuge all des Wandels. Der Junge, den er einmal kannte, wurde zu einem Mann, ohne Frau, ohne Liebe, mit einem Gesicht, entstellt wie das eines Leichnams. Das Hineinwachsen in die Rolle des Herrschers. Das Glitzern in den Augen, als er seinesgleichen gefunden hatte! Wie seine Augen leuchteten, wenn er von der Mutantin sprach! Wie sie das auch noch taten, nachdem sie ihn hintergangen hatte.

Wie? Wie konnte ein Mann mit mehr Schlachtlinien auf seinem Hals, als Gaia Lebensjahre zählte, die Nation verlassen haben, für die er sein Leben so oft riskiert hatte?

Wie konnte jemand aus der Stadt geflohen sein, für die er Kämpfer heranzog, um ihren Namen zu ehren?

Wie konnte ein in Eden Geborener dem Herrscher, den er hatte aufsteigen sehen, den Rücken kehren?

Es war möglich – genauso möglich wie für Gaia, die denselben Mann im Stich gelassen hatte, obwohl er ihr die Macht über seine Nation zu Füßen legte.

Sie saß vor Macondo, umgeben von ihrem Clan.

Der Sohn neben ihr betrachtete die Linien auf Macondos Hals, soweit sie im Schatten zu sehen waren. Der Kämpfer musterte sein Gesicht. Keiner aus den großen Nationen vermochte diesem Mann ganz zu vertrauen. Julie hingegen blickte in seine Augen, um sich an ihn zu erinnern. Wie sie ihn beneidet hatte, weil er die Mutantin auf eine Weise kannte, wie sie es noch nicht getan hatte. Sie hatte die beiden voller Sehnsucht beobachtet, wenn sie durch den Innenhof gelaufen waren. Wie viel sie ihr hatte sagen wollen!

Mit ihr teilen, ihr zeigen! Wie weit sie gekommen war, wenn man bedachte, dass sie ursprünglich nur ein Schatten im Leben der Mutantin hatte sein dürfen.

Macondo beugte sich vor.

»Seine Herrschaft reicht weit«, sagte er leise zu Gaia. »Es gibt die Stadt Ammon nicht mehr. Sie heißt jetzt Neu-Eden.«

»Aber … Aber du hast ihn verlassen«, entgegnete die Mutantin. »Und du hast in seinen Diensten gestanden. Wie konntest du ihn im Stich lassen?«

»Ich nehme an, dass unsere Gründe nicht unähnlich sind. Auch wenn du deine Entscheidung auf ganz andere Weise gezeigt hast.«

»Und jetzt sitzen wir hier unter Geächteten.«

»Das tun wir in der Tat«, erwiderte er. »Wobei viele nicht mehr das sind, was sie einmal waren. Und lange nicht mehr so schlimm, wie sie einmal waren. Ihr Anführer sitzt vor dir …«

Seine Hand ruhte gelassen auf seinem Schwert, was nach seinen letzten Worten wesentlich unheilvoller wirkte.

Gaia hielt einen Moment lang den Atem an. Dann sagte sie: »Man hat mir beigebracht, keinem Geächteten zu vertrauen.«

»Wer hat dir das beigebracht?«

»Ich«, antwortete der Kämpfer.

»Eines Tages wirst du ihnen vertrauen müssen«, sagte Macondo und sah Gaia an. »Es sind Wildlinge, genau wie du.«

Sie konnte den Wind durch die Ritzen der Wände heulen hören. Draußen erhellte ein Blitz den Himmel. Einen Moment lang wurde es hell. Doch dann legte sich wieder Dunkelheit auf den Ort.

Fern der leeren Straßen, auf die gnadenlos weiterhin der Regen niederging, fern der Felder und Bäume, die nass und kalt waren ohne das weiche Licht der Sonne, fern der Wildnis saßen Calisto der Herrscher und seine Männer unter den Ästen großer Bäume, geduckt und zusammengerückt, als ob sie der Wildling wären, den sie suchten.

Die Bluthunde durchschnüffelten Laub und Moos auf der Suche nach ihrem Geruch, was im Regen hoffnungslos war. Einige von ihnen wimmerten und zitterten. Sie waren hungrig und vom eisigen Sturm durchfroren.

Calisto starrte in die Dunkelheit.

»Herrscher, war sie es?«, fragte einer der Krieger mit klappernden Zähnen.

»Was?«

Seine Augen richteten sich auf die Bluthunde. Nur schwarze Schatten, die durch die Nacht glitten.

»War sie es, die den Sturm entfacht hat?«

»Sie muss es gewesen sein. Sie muss es gewesen sein.«

Kapitel einhundertsiebenundzwanzig

Die Nacht war lang. Doch sie verbrachten sie in einer Wärme, von der Gaia angenommen hatte, dass sie viele Monde lang auf sie verzichten müssten. Wenn die Sonne aufging, würden sie sich daran erinnern müssen, dass vor ihnen andere Tage lagen. Sie schliefen in Betten, die für andere Männer bestimmt waren und die Macondo ihnen zur

Verfügung gestellt hatte. Die Fenster in ihrem Zimmer blickten auf die Straßen, die noch still und dunkel dalagen. Die vier schliefen tief und fest, auch wenn sie von unruhigen Träumen heimgesucht wurden.

Bei Tagesanbruch lag der Sohn in den Armen seiner Mutter, während der Kämpfer und Julie leise in ihren Betten schnarchten. Er wusste, dass Gaia wach war, denn sie streichelte ihm über den Kopf. Er drehte sich zu ihr. Ihre Nasen berührten sich fast. Zwei Augenpaare, die einander spiegelten. Ihre dunklen Haare verschmolzen zu denselben Strähnen.

»Ich habe nicht gut geschlafen«, flüsterte der Sohn.

»Ich weiß.«

»Ich habe geträumt, dass ich mich verlaufen habe. Und ich musste weinen, weil ich dich nicht mehr finden konnte.«

Er nahm ihre Hände und hielt sie fest.

»Deine Hände sind sehr warm«, fügte er hinzu. »Das bedeutet, dass du dich hier auch nicht wohlfühlst.«

Sie richtete sich auf und stieg aus dem Bett. »Du beobachtest zu viel«, murmelte sie.

Sie zog sich an, schnürte ihre Stiefel und half dann dem Sohn mit dem Anlegen seiner Kleidung. Draußen wurde es allmählich hell. Sie trat ans Fenster und sah, dass die ersten Bewohner die Straße hinunterliefen. Das meiste Regenwasser war verschwunden, und ein dichter Nebel hing in der Luft.

Erst als sie bemerkte, dass in der Ferne das Leuchtfeuer des Städtchens entzündet war und durch den Nebel glühte, begriff sie, dass einige der Bewohner auf der Straße unter der Taverne nicht vorhatten, in nächster Zeit ihren Platz zu verlassen. Sie standen dort Wache und waren in Wirklichkeit keine Bewohner dieses Ortes.

»Beeilt euch!«, befahl sie.

Der Kämpfer war bereits wach gewesen und hatte sie mit halb geschlossenen Augen gehört. Die Worte, die sie mit dem Sohn gewechselt hatte, waren ein Geschenk des Morgens. Ein Austausch von Zärtlichkeit, den man am besten nicht störte, weshalb er sich auch nicht gerührt hatte.

Jetzt jedoch sprang er auf und zog sich an. Er stupste Julie wach, die sich gähnend und schlaftrunken streckte, ehe sie es ihm nachtat.

»Er hat uns verraten«, erklärte Gaia.

»Warum?«

»Ich vermute, dass ein in Eden Geborener seine Stadt nicht so leicht im Stich lässt.«

Sie sammelten hastig ihre Sachen zusammen, und Gaia führte sie zur Tür. Sie steckte den Schlüssel, den man ihr gegeben hatte, ins Schloss. Als sie ihn umdrehen wollte, bewegte er sich nicht. Da sie befürchtete, dass ein Klappern des Schlüssels im Schloss die anderen im Haus wecken könnte, ließ sie es bleiben.

»Wir müssen hier raus«, zischte sie. »Wir müssen sofort weg.« Doch der Schlüssel ließ sich weiterhin nicht drehen. Verzweifelt wandte sie sich zu ihrem Clan. Zu ihrer Überraschung war Julie nicht da, wo sie sie vermutet hatte.

Stattdessen stand sie hinter dem Kämpfer und zog das Nachttischchen in die Mitte des Zimmers. Dann holte sie einen Stuhl und stellte ihn darauf. Sie kletterte auf die Konstruktion, schaffte es aber nicht, den Riegel zur Dachluke zu erreichen.

»Beeilt euch!«, rief sie. »Schnell!«

Er stieg hinauf und löste den Riegel.

Seine Schritte hallten durch das Haus. Gaia wusste, dass es die seinen waren, denn seine Stiefel hatten schon immer die Wände der Räume zum Wackeln gebracht. Sie wusste, dass er ihr als Erster begegnen wollte. Sein Gesicht sollte das Letzte sein, das sie sah, ehe sie starb. Er hatte der Einzige sein wollen.

Der Kämpfer zog sich aufs Dach hinaus und streckte die Arme ins Zimmer. Gaia hob den Sohn zu ihm hoch. Hinter ihr klapperte es im Schloss. Sie stieß Julie hastig in die Arme des Kämpfers, als die Tür hinter ihr auch schon aufging.

Sie blickte zu den dreien nach oben. »Lauft. Nur ich kann mich ihm jetzt entgegenstellen. Er soll ihn nicht sehen!« Der Kämpfer zog den Sohn von der Luke fort, und sie waren verschwunden.

Da stand er – der Herrscher der größten Nation, die die neue Welt je gesehen hatte.

Er trug keinen Helm, als wollte er sich ihr unverstellt zeigen. Sein Kopf war kahl rasiert. Sein Mantel noch kunstvoller verziert als zuvor, und auch sein Schwert wirkte imposanter. Der Lauf seiner AK ragte hinter seinem Rücken in die Luft. Gaia stand gerade auf dem Stuhl, und er raste zu ihr, um sie zu Boden zu reißen.

Es sollte nicht ihr letztes Duell sein.

Als sie versuchte, unter ihm hervorzukriechen, hielt er sie am Hals fest und zückte seinen Dolch. Die Spitze strich über den Hals unter ihrem Kinn. Sie starrten einander schweigend an. Er holte tief Luft, während er ihr den Atem für immer rauben wollte. Welcher Zorn in seinen Augen funkelte! Welcher Zorn und welche Trauer! Sie befreite ihre brennenden Hände und griff nach der seinen, die den Dolch hielt. Ihre andere Hand tastete nach seinem Nacken. Er schrie vor Schmerz auf, als sie ihn mit ihren Flammen umfasste, seinen Dolch nahm und unter ihm hervorkroch.

Beide sprangen auf. Er zückte sein Schwert. Erst jetzt bemerkte sie seine Rüstung. Sie brannte, was ihm niemals möglich sein würde. Beide hatten bleierne Waffen, nutzten sie jedoch nicht.

»Vorsicht«, keuchte sie und warf einen Blick zur Luke hinauf, wo sie den blauen, klaren Himmel sehen konnte. Sie hoffte, dass ihr Clan entkommen war.

»Vorsicht«, wiederholte sie. »Oder ich brenne diese Taverne nieder, mit uns allen zusammen.«

Mit seinem Schwert schlug er nach ihr. Warnend hob sie ihre brennende Hand. Bei einem Schwertduell würde sie verlieren. Sie trug nur drei Stoffschichten um ihren Körper, während er nicht nur Metallplatten angeschnallt hatte, sondern auch noch einen Schild in der Hand hielt. Sie hatte die Luke im Auge, während sie sich umkreisten. Von einer Ecke in die andere tänzelnd, gelang es ihr schließlich, mit einem Sprung den Nachttisch zu erklimmen, dann den Stuhl und endlich die Luke. Sie schwang am Rand hin und her und versuchte, sich hochzuziehen. Er fasste nach ihren Beinen, erwischte sie an den Fesseln und brachte sie erneut zum Sturz.

Er hielt sie fest, als wollte er seine ruchlose Kreatur ersticken. Sie fasste mit den brennenden Händen nach seinem Gesicht, als ob sie wieder in der Arena und er ihr Gegner wäre. Vor Schmerz kniff er die Augen zusammen. Tränen strömten über seine Wangen. Für immer würde sein Antlitz von der Mutantin noch mehr entstellt sein. Ihre Flammen leckten an seinem Mantel und setzten ihn in Brand. Er befreite sich von ihrem Griff und rollte zur Seite. Während er sich auf die Knie aufrichtete, streckte er mit zitternden Fingern die Hände nach ihren Stiefeln aus.

»Mich, der ich aus Staub und Asche bin, hast du verlassen!«, schrie er. »Ich habe die Welt für dich zum Untergang verdammt, und du hast mich verlassen!«

Erstarrt sah sie zu, wie er vor ihr litt.

Sie wich zurück. Hob das Schwert über ihn. Ein Schlag und sein Leben wäre beendet. Er hielt den Nacken entblößt, sein Rücken war durchgedrückt, die Arme vor ihr ausgestreckt. Sein verbranntes Gesicht presste er auf den Boden. Sie hörte seine Schreie, als er zu ihr aufblickte. Diese verunstaltete Haut. Und dann sein Schluchzen. Sein Schluchzen.

»Ich habe jene gesegnet, die dich segneten. Und ich habe jene verflucht, die dich verfluchten!«

Sie schob das Schwert in die Scheide zurück und kletterte erneut auf den Stuhl. Dann zog sie sich durch die Luke ins Freie. Der Wind begrüßte sie. Gaia warf einen letzten Blick zu ihm hinab. Er wand sich noch immer vor Qualen.

»Ich hätte dich zur Heldin einer großen Nation gemacht! Ich hätte dich …«

Sie vernahm seine Worte nur noch schwach, als sie sich auf die Suche nach ihrem Clan machte. Nach den Menschen, die sie liebte. Das Dach war leer und still. Sie rutschte an den Rand und sah hinunter auf die Straße. Dort standen noch immer die Wachen. Also robbte sie auf die andere Seite, die sich hinter der Taverne befand.

Der Kämpfer, das Menschenmädchen und der Sohn warteten dort auf sie. Sie saßen bereits auf ihren Pferden.

Niemals wären sie ohne sie geflohen.

Niemals, denn sie war ihre Mutantin.

»Versuche es über die Balkone«, rief Julie leise. Gaia ging auf die Knie und ließ sich langsam von einem Balkon auf den nächsten herab, bis sie auf dem Boden landete. Der Sohn streckte ihr die Arme entgegen, und sie kletterte hinter ihn auf Nada. Ihn wieder halten. Wie gut sie seinen Geruch kannte, sein Gesicht. Wie gut sie diese Hände kannte. Erst jetzt merkte sie, dass die ihren noch glühten und zitterten.

»Sie werden die Hufe der Pferde hören. Sie werden uns sehen«, warnte der Kämpfer. »Wir müssen schnell sein.«

»Ihr beide nehmt die erste Abbiegung links Richtung Süden«, sagte Gaia. »Ich reite geradeaus und lenke die Bluthunde auf eine falsche Fährte. Wenn ihr auf derselben Straße oder ganz in ihrer Nähe bleibt, werde ich euch vor Sonnenuntergang gefunden haben.«

»Und wenn nicht?«, fragte Julie.

»Wenn nicht, dann reitet ihr in die nächste Stadt südlich von hier und wartet dort auf mich.«

»Was ist mit ihm?«, fragte der Kämpfer. »Bei uns ist er sicherer.«

Der Sohn blickte zu seiner Mutter auf.

Er schüttelte den Kopf.

»Er bleibt bei mir«, sagte die Mutantin.

Kapitel einhundertachtundzwanzig

Mit dem Wiehern der Pferde galoppierten sie davon. Sie ritten hinter den Häusern vorbei, bis sie sich wieder auf der Hauptstraße befanden. Durch den Wind reitend. Die Rufe der Krieger, als diese ihre Verfolgung aufnahmen. An der Gabelung der Straße teilte sich der Clan auf. Sie sah aus dem Augenwinkel, wie die zwei von ihr fortrasten.

Hinter ihr bewegte sich etwas. Sie konnte sie spüren. Sie hörte andere Hufe neben denen von Nada. Als sie den Kopf drehte, sah sie, wie zehn Krieger auf Pferden näher kamen. Sie hatten ihre Gewehre geschultert und galoppierten auf sie zu, um sie zu fangen.

Die Männer verfolgten sie durch das Städtchen in den Wald hinaus, wo die Bäume zu Hindernissen wurden.

»Nada! Zeig mir, was du kannst!«, schrie Gaia, während sie mit aller Kraft den Sohn festhielt, dessen Arme sich um sie schlangen.

»Mutter!«, rief er verängstigt, wobei seine Stimme beinahe zu schwach war, um sie zu hören.

Bei dieser Geschwindigkeit rutschten ihr die Stiefel fast aus den Steigbügeln. Sie spürte die Leiber der Pferde hinter sich, deren Hufe die Erde erschütterten. Die Hügel und Abhänge, die vor ihr auftauchten, konnte sie zu ihrem Vorteil nutzen. Sie raste um ein paar Felsen, hinter denen sie den Abstand zwischen sich und ihren Verfolgern vergrößern konnte. In der kurzen Zeit, die ihr nun blieb, hielt sie Nada abrupt an, packte den Sohn und sprang mit ihm zu Boden. Sie versetzte dem Pferd einen Schlag auf die Flanke, und es rannte los, während Gaia und der Sohn hinter einem Busch in Deckung gingen. Durch die Blätter sah sie Nada, wie sie in den Nebel galoppierte, kurz darauf verfolgt von den Kriegern.

Sie warteten, bis es still wurde.

»Du wolltest wissen, wie die Männer, die uns töten wollen, aussehen«, sagte Gaia. »Jetzt weißt du es.«

»Wird es ihnen gelingen?«, fragte der Sohn.

»Nein. Bist du verletzt?«

»Nein. Du?«

»Nein«, beruhigte sie ihn. Doch ihr Körper war mitgenommen. Wegen Calistos Händen an ihrem Hals schmerzte jedes Schlucken. Sie zog einen Kissenbezug, auf dem sie geschlafen hatte, unter ihrem Umhang hervor und legte ihn auf den Boden.

»Was tust du?«

»Ich locke die Hunde auf eine falsche Fährte. Komm.«

Sie krochen durch die Büsche zur Spitze des höchsten Hügels, von wo aus sie auf die Bäume unter ihnen blicken konnten. Es war zu neblig, um den Kissenbezug zu erkennen. Sie setzten sich zwischen das dichteste Laubwerk und warteten.

»Hast du ihn getötet?«, fragte der Sohn leise.

»Nein«, seufzte sie beschämt. Als ob ihr der Jäger diese Frage gestellt hätte. Ihm hätte ihre Antwort nicht gefallen, und auch sie war nicht zufrieden mit sich.

»Warum nicht? Ist er denn nicht unser Feind?«

»Doch, das ist er.«

»Warum hast du ihn dann nicht getötet? Bist du denn keine gute Jägerin, wie der Onkel immer sagt?«

»Still jetzt.«

»Schämst du dich?«

»Ja.«

»Wirst du nie mehr töten?«

»Ich werde nie jemanden verschonen, der mir Böses will. Aber jetzt sei still. Frag nichts mehr. Ich muss mich konzentrieren. Wir jagen.«

»Wen?«

»Die zehn Männer, die mir Böses wollen, mein Kind.«

Kapitel einhundertneunundzwanzig

Sonne und Stille.

Der Wind blies von unten zu ihnen hinauf. Sie lag bäuchlings mit angewinkelten Ellbogen auf dem Boden. Ihre AK ruhte auf ihrer Schulter, und der Lauf war auf den Kissenbezug gerichtet. Ihre Wange schmiegte sich an das kalte Metall. Zwei Augenpaare waren nach unten gerichtet, ebenso eine Mündung.

Er klammerte sich an den Arm seiner Mutter.

»Ich habe dir gesagt, dass du das nicht tun sollst. Nicht jetzt«, erklärte sie.

»Ich habe etwas gehört.«

»Von wo?«

»Von links. Ich glaube, es ist Nada.«

Tatsächlich kam kurz darauf ihr Pferd allein durch die Bäume auf sie zugelaufen. Begeistert schnupperte es an den Haaren des Sohnes, und dieser begann zu lachen.

»Still«, sagte Gaia.

Sie wandte sich wieder ihrem Wachposten zu, und der Sohn schwieg. Er wusste, dass er seine Mutter nicht stören durfte. Auf das Geräusch, das nun folgen sollte, war er nicht vorbereitet. Das letzte Mal, als er es gehört hatte, war er noch sehr jung gewesen.

Sie sah sie in der Ferne – zu fern, um ihre Stimmen zu hören, aber nahe genug, um ihre Rüstungen zu erkennen, die im Licht des Tages schimmerten, nachdem der Nebel verschwunden war. Sie hörte das Bellen der Bluthunde, welche die Männer anführten.

Ihr Magazin war geladen und bereit. Sie musste nur ihren Finger krümmen.

Die Krieger näherten sich dem Kissenbezug. Die Hunde erreichten ihn als Erste und schlugen an. Die Gestalten beschleunigten ihre Schritte. Sie konnte sie jetzt sprechen hören, während sie den Busch umkreisten. Sie zählte sie. Alle zehn waren hier. Sie hatten sich also nicht getrennt auf die Suche nach ihr begeben, denn sie wussten, dass sie zu mehreren stärker waren.

»Noch etwas näher«, flüsterte sie, als ob der Jäger sie beobachten würde. Sie folgte den Männern mit der Mündung des Gewehrs und richtete es so aus, wie sie es brauchte. Wie unwissend sie den Anweisungen der Mutantin folgten! Ihr Finger schmerzte vor Anspannung. Sie ließ die Mündung der AK von rechts nach links wandern, dann drückte sie ab.

Der Sohn lag flach auf dem Boden und hielt sich die Ohren zu. Beinahe genauso schnell, wie es gekommen war, verschwand das Geräusch wieder, von der Wildnis verschluckt. Gaia hob leicht den Kopf. Sie sah den Pferden hinterher, die jetzt mit ihren toten Reitern davonstürmten. Die Hunde, die nicht so schnell wie ihre großen Freunde waren, flohen vor dem Massaker, mit den Schwänzen zwischen den Beinen. Sie erschoss jene, die sie treffen konnte.

Auf dem Boden lagen Tote – genauso erschreckend wie in ihrer Erinnerung.

Es war lange her, seitdem sie das letzte Mal einem Menschen das Leben geraubt hatte.

»Bewegt sich noch etwas?«, fragte sie. Der Sohn hielt sich noch immer die Ohren zu und presste den Kopf auf die Erde. Sie zog ihn hoch. »Bewegt sich noch etwas?«, wiederholte sie.

Er blickte nach unten. Leise antwortete er: »Nein.«

»Gut. Wo ist Nada?«

»Sie ist geflohen.«

Gaia stieß einen Pfiff aus.

»Wenn sie nicht zurückkommt, müssen wir rennen. Die anderen werden uns gehört haben. Er wird bei ihnen sein. Ich will, dass du meine Hand hältst, und wenn wir dort unten ankommen, machst du die Augen zu. Ich will nicht, dass du das siehst.«

»Hast du die Hunde getötet?«

»Einige von ihnen.«

»Nicht alle?«

»Nein.«

»Bitte schieß nicht noch einmal.«

»Ich musste.«

Sie nahm seine Hand, und sie rannten den Hügel hinab. Als sie unten ankamen, sah er das Blut, das auf den Kissenbezug gespritzt war. Sie ließ ihn in einiger Entfernung warten und eilte davon, um sich um die Toten zu kümmern. Er hielt die Augen geschlossen, denn er wollte nichts sehen. Es war ihm lieber, von den blutigen Taten seiner Mutter durch Erzählungen zu erfahren.

Als sie zu ihm zurückkam, lief Nada neben ihr her. Sie stiegen beide auf.

»Was wirst du mit all den bleiernen Waffen tun?«, fragte er und versuchte zu zählen, wie viele Gewehre auf ihrem Rücken und auf dem Pferd hingen.

Vom schweren Gewicht der Gewehre angestrengt, antwortete sie ihm: »Wir werden sie zerstören, mein Sohn.«

Kapitel einhundertdreißig

Im Schutz der Bäume folgten sie der Straße nach Süden.

Die Gewehre hatte sie an Nadas Sattel befestigt. Der Sohn döste immer wieder ein.

»Darf ich dich etwas fragen?«, wollte er wissen, als er schließlich wieder wach war.

»Das darfst du.«

Die Sonne ging gerade unter und tauchte den Himmel in ein blasses Gelb. Nirgendwo war eine Wolke zu sehen, so, wie sie es gehofft hatte. Ihr Feuer hätte sich unter einem bewölkten Himmel schneller offenbart.

»Ist Onkel wirklich mein Onkel?«, wollte er wissen.

»Du weißt, dass er das nicht ist.«

»Woher kennst du ihn dann?«

»Er hat mich großgezogen. Er ist meine Familie.«

»Aber warum?«

»Weil er meine Mutter und meinen Vater kannte. Auch das weißt du.«

»Aber wie sind sie gestorben?«

Sie hielt Nada an. Einen Moment lang glaubte sie, etwas gehört zu haben. Doch es war nur ihr pochendes Herz. Die Abendvögel begannen zu singen. *Vielleicht ist es an der Zeit, dass er es erfährt,* dachte sie.

»Musst du das wirklich wissen?«, fragte sie und brachte das Pferd dazu, allein weiterzutraben.

»Ich muss es wirklich wissen.«

»Du hast mich gefragt. Ich werde es dir erzählen.«

»Gut.«

»Aber dann fragst du mich nie mehr danach.«

»Gut.«

Und er fragte nie mehr danach. Sie sprach auch nie mehr diese Worte, die sie nun zum ersten Mal in ihrem Leben sagte.

»Meine Eltern verließen ihr Dorf. Ich war neugeboren, ein Säugling. Man hatte mich so fest eingewickelt, dass man mein Gesicht nicht sehen konnte. Das Gesetz der Natur hätte mich ausgelöscht, wenn sie geblieben wären. Sie entschieden sich, mit mir in die Wildnis zu fliehen.«

»Waren sie mutig?«

»Sie waren mutig. All ihre Habseligkeiten trugen sie auf dem Rücken. Als sie die Tür hinter sich zuzogen, um zu fliehen, kamen Geächtete aus der Wildnis, als hätten sie auf meine Eltern gewartet. So war es allerdings nicht. Sie hatten nur Pech. Mein Vater wurde von Pfeilen durchbohrt, ehe er fliehen konnte. Meine Mutter schaffte ein paar Schritte, ehe sie dasselbe Schicksal ereilte. Sie hielt mich in den Armen.

Der Onkel ritt gerade in der Nähe vorbei, wie der Rest derjenigen, die auf der Flucht vor den Geächteten waren. Da sah er sie. Er sah sie, und er sah mich. Sie konnte er nicht mehr retten, denn sie war bereits tot, aber mich konnte er retten. Und das tat er.«

»Aber warum?«

»Warum was?«

»Warum wollte er sie retten?«

»Er hat sie sein ganzes Leben lang gekannt, dieses Mädchen aus dem Dorf. Selbst als er noch ein Nationenmann war. Er hatte sein ganzes Leben lang auf sie gewartet, seit sie Kinder gewesen waren. Aber sie verliebte sich in meinen Vater.«

»Also hat sie deinen Vater gewählt. Hat das Onkel nicht traurig gemacht?«

»Doch.«

»Und warum hat er dich dann trotzdem gerettet?«

»Weil er sie geliebt hat.«

Kapitel einhunderteinunddreißig

Als es Abend wurde, waren sie tiefer in den Wald vorgedrungen, um es dort zu erledigen. Zusammen hoben sie eine Grube aus. Sie umgaben sie mit Steinen, um das Feuer unter Kontrolle halten zu können. Dann setzte Gaia den Sohn auf Nada. Er wischte sich den Schweiß von der Stirn, während er zusah. Sie hatten lange gegraben, und selbst in der kühlen Abendluft war ihnen heiß geworden.

Sie leerte ein Magazin nach dem anderen und stopfte die

Kugeln in ihren Sack. Dann legte sie die zehn Gewehre in die Grube. Sie warf Blätter und Zweige auf die Waffen und entfachte ihr Feuer. Ah, die erste Flamme! Er liebte es, ihr dabei zuzusehen. Eine Flamme genügte, um ihn ruhig werden zu lassen, denn jetzt musste er sich nicht mehr vor der Dunkelheit fürchten.

»Warum können wir sie nicht vergraben?«, wollte er wissen.

Sie antwortete: »Jemand könnte sie finden.«

Er fragte: »Woher weißt du das?«

»Jemand findet sie immer«, erwiderte Gaia.

Sie sahen den Funken zu, lauschten dem Knistern. Rauch lag in der Luft. Langsam begann das Metall zu schmelzen: *Unsterblicher Tänzer des Todes, dem Feuer kannst auch du dich nicht widersetzen.*

Kapitel einhundertzweiunddreißig

Sie ritten bis tief in die Nacht. Gaia wollte es nicht riskieren, ein weiteres Feuer zu entzünden, während sie schliefen. Es hätte die Krieger anlocken können, die über kurz oder lang das Grab oder zumindest die Asche finden würden.

Die Nacht war tintenschwarz. Es machte keinen Unterschied, ob sie ihre Augen weit geöffnet oder geschlossen hielten. Er schlief in ihren Armen, während sie Wache hielt, auch wenn in der Dunkelheit nichts zu erkennen war.

Als es Tag wurde, aßen sie Rauchfleisch und ritten zurück zur Straße. Um sie herum herrschte Wildnis, bis es abrupt keine Bäume mehr gab und vor ihnen Äcker und Felder lagen. Der Geruch von Nutztieren stieg ihnen in die Nase. Sie hatten den nächsten Ort erreicht.

Auf den Feldern entdeckte sie die beiden Gestalten in ihren Umhängen. Es waren der Kämpfer und Julie, unverletzt und am Leben. Sie waren wie Gaia und der Sohn den ganzen Tag über geritten. Wie sie hatten sich auch die beiden in der Nacht versteckt gehalten. Sie lebten, denn er kannte die Wildnis.

»Onkel!«

»Nicht so laut!«, warnte Gaia. Julie und der Kämpfer blickten über ihre Schultern. Sie unterhielten sich mit zwei Bauern, als wären auch sie gewöhnliche Dorfbewohner. Sie verabschiedeten sich und schlenderten gelassen zu Gaia und dem Sohn hinüber, als hätten sie nicht alle gerade die Nacht damit verbracht, dem Tod zu entkommen.

Die Mutantin stieg ab. Sie umarmte das Menschenmädchen und dachte daran, was es bereits alles für sie getan hatte. Dann legte sie die Arme um den Kämpfer, der ebenfalls schon so viel für sie riskiert hatte. Für sie und den Sohn.

Ja, es war gut, dass es der Sohn jetzt wusste.

Er hob den Sohn in die Luft.

»Du riechst nach Rauch«, bemerkte der Kämpfer.

»Sie hat gebrannt«, erklärte der Sohn.

»Was hast du mit Calisto gemacht?«

»Sie hat sich für Gnade entschieden«, meinte der Sohn.

»Hat sie das?«

»Das hat sie.«

Einen Moment lang herrschte Stille. Die Entscheidung der Mutantin stieß auf ungläubiges Staunen, ja Misstrauen.

Sie hatte sich bisher noch nie gegen Blutvergießen entschieden. War sie dem Wahnsinn verfallen?

»Sie warten hier auf uns«, meinte der Kämpfer nach einer Weile. »Die Bauern haben von fremden Männern erzählt, die in der Nacht hier eintrafen. Es sind Nationenkrieger auf den Straßen unterwegs. Ganz in der Nähe haben sie ein Lager errichtet. Wir müssen es umgehen, bis wir wieder den Weg Richtung Süden einschlagen können.«

»So werden wir es machen«, sagte Gaia.

Sie stiegen auf die Pferde.

Kehrten in die Wildnis zurück.

Flohen vor dem Wort des Gesetzes, auf der Jagd nach Worten aus der alten Welt.

Eines Tages würden sie sich wünschen, nie das grünste Grün dieser Erde verlassen zu haben.

Eines Tages würden sie sich wünschen, wenigstens einen Blick auf einen Wolf, einen Elch, einen Bären oder einen Krieger in einem Land werfen zu können, wo es nichts dergleichen gab.

»Warum haben wir uns so entschieden?«, fragte der Kämpfer.

Und die Mutantin antwortete: »Weil ich dort Schwäche sah, wo andere Böses sehen. Denn er wird mehr Leid erleben, wenn wir unsere Jagd mit Erfolg krönen können …«

Kapitel einhundertdreiunddreißig

Sie stießen tief in die Wildnis vor, doch ihre Feinde blieben ihnen auf den Fersen.

In dem Städtchen durchsuchten die Krieger jedes Haus nach seinen Geheimnissen. Sie waren an jeder Straße stationiert und warteten. Er war unter ihnen. Er hatte die Nacht im Zelt der Mediziner verbracht, doch jetzt lief er erneut mit seinen Männern umher, das Gesicht verbunden und unter einem Helm verborgen.

Sie hatte ihre Spuren hinterlassen.

Nie mehr würde er sich von ihr vergessen fühlen.

Macondo trat neben ihn, und gemeinsam blickten sie auf die leere Straße.

»Fünf Winter sind vergangen«, stellte Macondo fest. »Und du hast dich nicht verändert. Ich habe meine Würde aufgegeben, um dir die Mutantin zu liefern. Ich habe meine Leute überredet, Nationenmännern zu trauen. Und wofür?«

»Deine Leute? Du sprichst, als wärst du ein Herrscher. Du hast deine Nation zurückgelassen, um dich mit Geächteten zusammenzutun, und jetzt nennst du sie deine Leute.«

»Ich habe Gaias Vertrauen für dich missbraucht. Sie wird mich töten, wenn sie mich findet.«

»Doch sie ist nicht hier, und auch du bist nicht bei der Nation, bei der du sein solltest. Was sagt das über Vertrauen?«

Die beiden Männer starrten einander an. Einst eng verbunden.
Er hatte einmal eine Armee geleitet
und stand jetzt allein unter seinen Kriegern.
Ein Mann, den er früher als seinen engsten Freund bezeichnet hatte,
war ihm jetzt so fremd wie alle anderen geworden.

Macondo warf einen letzten Blick auf den Mann, dem er so lange gedient hatte. Dann drehte er sich um und ging die Straße hinunter. Die dunklen Augen der Gewehrläufe folgten ihm, doch Calisto der Herrscher würde nicht den Befehl geben zu schießen. Er glaubte daran, dass Macondo zurückkehren würde. Denn er war ein Mensch aus Fleisch und Blut und keine Mutantin aus Tod und Verrat.

Macondo stieg auf sein Pferd. Er würde zu den Geächteten zurückreiten. Zurück ins Exil.

Sein Leben als Calistonit war vorbei. Sein Leben als Anführer der Geächteten hatte gerade erst begonnen.

Kapitel einhundertvierunddreißig

Um einen Moment zu rasten, stiegen sie von den Pferden und streckten ihre Beine. Sie tranken aus den Feldflaschen und aßen Rauchfleisch. Die Mutantin behielt den Sohn im Auge, während er mit Pfeil und Bogen durch ein Gebüsch in der Nähe streifte.

Auf einmal hörte sie etwas. Einen vertrauten Laut. Das Schnalzen der Bogensehne, ein Geräusch, das sie bis in ihre Träume verfolgte. Dann ein Wimmern. Sie rannte los und entdeckte den Sohn, der über einen Bluthund gebeugt dastand. Im Hals des Tieres steckte ein Pfeil.

»Er wollte bellen. Er hätte uns verraten«, murmelte der Sohn. Er ließ die Waffe fallen, entsetzt und benommen. Dann warf er sich in die Arme seiner Mutter.

»Du hast gut geschossen«, sagte sie.

»Ich wollte ihn nicht töten. Er war nur ein Hund«, erwiderte er.

»Ich weiß. Du hast es richtig gemacht.«

»Ich will nach Hause.«

»Ganz ruhig. Sieh mich an.«

»Ich hatte Freunde. Sie werden mich vergessen.«

Worte, die sie tief trafen.

Er vergrub sein Gesicht in ihrer Robe und blickte dann zu ihr auf.

»Komm«, sagte der Kämpfer. Der Sohn wischte sich die Tränen ab und lief zu ihm.

»Du hast die Deinen beschützt. Ich hätte dasselbe getan. Was sagen wir jetzt?«

»Wir sagen: Wir danken dir, Erde, für die Gabe einer deiner Kreaturen.«

Gaia schaute sich genauer um und entdeckte in der Nähe einen Haufen Laub. Er wirkte so unnatürlich, dass sie sich sicher war, er musste von einem Menschen gemacht worden sein. Sie nahm einen Stein und warf ihn auf den Haufen. Der Stein fiel hindurch und landete mit einem dumpfen Ton weit unten im Erdreich. Sie trat einen Schritt zurück.

Offenbar schien sich sogar die Wildnis gegen sie zu wenden.

»Sie wussten, dass wir kommen würden«, sagte Gaia.

»Sie wollen uns eine Falle stellen, um nicht gegen uns kämpfen zu müssen.«

Wieder war etwas zu hören. Es lag Spannung in der Luft. Sie stiegen auf ihre Pferde, denn ganz in der Nähe mussten Krieger sein.

Sie stellte sich vor, wie der Sohn in die Fallgrube stürzte und nach Hilfe rief. Wie die eisernen Spitzen unten ihn durchbohrt hätten und Blut aus ihm geflossen wäre.

Sie wandte sich dem Kämpfer zu.

»Bring mich zu ihrem Lager.«

Kapitel einhundertfünfunddreißig

Die Bauern hatten von einem Löwenzahnfeld gesprochen, das nicht weit vom Städtchen entfernt lag. Ihr Lager würde am nächsten Tag wieder woanders aufgeschlagen werden, als wäre es tatsächlich eine Schlacht, die es zu führen galt.

Wie vertraut Gaia der Anblick vorkam, als sie durch die Bäume lugte, der Kämpfer an ihrer Seite. Vor nicht allzu langer Zeit wären die Männer aufgesprungen, wenn sie es von ihnen verlangt hätte. Sie hätte Lieder mit ihnen gesungen, die bereits von ihren Vorfahren so gesungen worden waren.

Der Sohn trat neben sie und ging ebenfalls in die Hocke. »Ich dachte, wir fliehen vor ihnen«, flüsterte er.

»Du traust dich hierherzukommen? Ich habe dir gesagt, dass du dich mit Julie verstecken sollst.«

»Wirst du sie töten?«

»Versteck dich jetzt«, zischte sie und packte ihn fest an

der Schulter. Er kroch zu Julie zurück, denn er wusste, dass er seine Mutter besser nicht wütend machte.

Der Kämpfer und die Mutantin beobachteten gemeinsam das Lager.

»Tu es nicht«, warnte er.

»Ich werde es nicht tun. Ich will das Land hier nicht zerstören.«

»Was willst du dann?«

»Zeit. Sie müssen einen Leser, vielleicht sogar zwei mitgebracht haben. Ohne sie erfährt in Eden niemand, was hier geschieht.«

Und so warteten sie bis zum Einbruch der Nacht.

Kapitel einhundertsechsunddreißig

In der Schwärze der Nacht loderte ein Feuer hell und grell.

Seht, wie es flackert, seht seine Farben leuchtend stark.
Die Mutantin hatte westlich des Lagers eine Grube ausgehoben,
aus der die Flammen loderten.
Nahe genug, um sie zu sehen,
klein genug, um nicht unbemerkt größer werden zu können.

Im Lager herrschte Ruhe in jener Nacht. Einige Zelte standen leer, denn die Männer waren auf Patrouille im Ort unterwegs, anstatt zu schlafen. Andere Krieger, die Calisto besonders schätzte, saßen mit ihm in einer Taverne und tranken.

In den Zelten schnarchten die Männer. Man hatte die Zelte um einen Platz aufgestellt, wo ein großer Holzhaufen loderte. Um das Lager steckten Fackeln im Boden. Der Himmel war klar, die Luft still.

Westlich standen drei Wachen. Sie hielten ihre AKs, wie es ihnen von den Männern beigebracht worden war, die einmal die Mutantin unterwiesen hatte. Vorsichtig näherten sie sich dem kleinen Feuer im Wald. Sie mussten nur an ein paar Bäumen vorbei, ehe sie bei den Flammen waren.

Was lauerte hier?

Wer brannte hier?

Aus der Dunkelheit kamen Pfeile geflogen, welche die Krieger zwischen die Augen trafen. Die hochgeklappten Visiere hatten dem Tod freien Eintritt gewährt. Die drei stürmten zwischen den Bäumen hervor, um sie aufzufangen, ehe sie mit einem lauten Krachen der Rüstungen zu Boden stürzten. Einen Toten nach dem anderen zerrten sie fort. Einer nach dem anderen – Gaia, der Kämpfer und Julie – wie neugeboren in ihren Rüstungen.

Ein wandelnder Schild, eine atmende Schwertscheide. Gaia spürte, wie sich ihr Gang veränderte. Als ob sie wieder dazugehörte. Sie drehte sich zum Sohn um.

»Es wird das erste und das letzte Mal sein, dass ich dich um so etwas gebeten habe«, erklärte sie ihm. Es war nicht das Menschenmädchen gewesen, die den Pfeil abgeschossen hatte.

»War es ein guter Schuss?«

»Es war ein guter Schuss.«

»Es war mein erster Mensch. Danken wir der Erde auch für ihn?«

»Nein. Es war ein Mensch, kein Tier. Kehre jetzt zu deinem Versteck zurück«, sagte sie.

Er rannte mit Pfeil und Bogen durch die Dunkelheit zu ihren Pferden. Dort kroch er ins Gebüsch wie ein Rehkitz und wickelte sich in seinen Umhang. Man konnte ihn jetzt nicht mehr erkennen. Doch sie suchte dennoch nach seinem Gesicht, weil sie befürchtete, diese lange und schreckliche Odyssee könnte ihn seiner Unschuld berauben.

»Eines Tages wird er mir das beibringen müssen«, murmelte Julie und setzte den Helm auf.

Gaia leerte die Magazine der Gewehre, schüttete die goldenen Patronen wie zuvor in ihren Sack und warf die bleiernen Waffen in die Flammen.

Sie blickte zu dem brennenden Holzhaufen im Lager.

»Dieses Feuer wird heute Nacht ein Fest feiern«, sagte sie.

Die drei liefen gemeinsam los, ehe sie in verschiedene Richtungen weitereilten.

Kapitel einhundertsiebenunddreißig

Sie schaute in das erste Zelt. Der ahnungslose Krieger lag rüstungslos auf dem Rücken, die Hände über dem Bauch gefaltet. Seine bleierne Waffe war wie ein eisiger Gefährte unter seinen Arm geklemmt.

Ihr Eintreten weckte ihn, doch es war bereits zu spät. Sie schlug ihm den Dolch in den Hals. Er riss den Mund auf. Seine Augen begriffen in ihrem stummen Zorn, wer sie war, ehe er starb. Ein stiller Tod. Vorsichtig zog sie ihm das Gewehr aus der Armbeuge, entlud es und trug es zu dem Feuer mitten im Lager. Dort reichte sie es dem Kämpfer, der es hineinwarf. Auf dem Weg zum nächsten Zelt sah sie Julie, die gerade aus einem anderen herauskam. Auf ihrer Rüstung war Blut. Sie hatte zu lange gebraucht. Aber Gaia entschied sich zu schweigen.

Wie gespenstische Besucher gingen sie von einem Zelt zum anderen. Sie wanderten durch die Reihen, bis sie allen ihre Aufwartung gemacht hatten. Doch noch hatten sie ihre Mission nicht beendet. Auf der anderen Seite des Feuers, zwischen zwei Kutschen, stand ein Zelt, das den wichtigsten Mann beherbergte.

Er blickte auf, als jemand vor dem Eingang erschien, denn er schlief selten bei solchen Unternehmungen. Während sein Herrscher und dessen Krieger tranken, schrieb er.

Er war als einziger Leser mitgebracht worden. Nun saß er in einer sauberen weißen Robe hinter einem Tisch und schrieb. Seine Hand hielt die Feder, es roch nach Tinte. Das Papier vor ihm war noch leer. Noch verstand er nicht. Für ihn war sie nur ein calistonitischer Krieger. Sie legte die Hand auf seine Schulter, als sie hinter ihm stand und die Mündung ihrer AK gegen seine Schläfe presste.

Ruhig ließ er die Feder los.

»Wer bist du?«

»Schreib es auf, damit Eden davon erfährt.«

»Dann bist du es also«, entgegnete er gelassen.

Er war alt. Seine Zeit war gekommen, das konnte sie sehen.

»Schreib es auf.«

»Ich schlage vor, du tötest mich gleich.«

Sie starrte auf seinen Hinterkopf.

»Du willst die Stadt belügen, indem du behauptest, man hätte dich gefangen genommen. Selbst kannst du nicht schreiben«, fuhr er fort. »Sie würden deine Handschrift nicht erkennen. Sie würden wissen, dass etwas nicht stimmt. Aber ich werde es auch nicht schreiben, denn es ist mir egal, ob du mich tötest. Ich wusste, dass du es eines Tages tun würdest, denn du bist eine Kreatur des Bösen. Du bist verdammt.«

Das waren seine letzten Worte. Blut spritzte aus seinem Hals auf das Papier. Sie hatte Angst vor seinen Worten und der Wahrheit, die er aussprach. Langsam schob sie den Dolch zurück in die Scheide und hängte sich die AK um. Sie nahm die herumliegenden Papiere und verbrannte sie. Zitternd. Nun würde niemand in Eden erfahren, was in dieser Nacht geschehen war.

Mörderin, flüsterte etwas. Doch als sie das Zelt verließ, war niemand zu sehen. Benommen hastete sie weiter. Der Geruch von menschlichem Blut begann sie zu ekeln. *Mörderin, Mörderin.* Die Wachen am Rande des Lagers kehrten diesem nicht länger den Rücken zu, sondern näherten sich dem Zelt des Lesers. Sie beschleunigte ihren Schritt. Als sie an den Kutschen vorüberkam, warf sie einen Blick hinein. Eine war voller Lebensmittel und Verbandszeug, die andere leer. Sie schimmerte metallen und fensterlos. An den Wänden waren Ketten angebracht. Es war die Kutsche, die Gaia zurück nach Eden bringen sollte.

Sie kam an der Stelle vorbei, wo die Schlachtrösser die Nacht verbrachten. Julie hatte bereits das Zaumzeug gelöst. Gaia zog einen Handschuh aus und entzündete ihr Feuer.

Sie lauschte dem Wiehern der Pferde, als diese in die Nacht davongaloppierten.

Sie wandte den Kopf. Zwei Krieger hatten das Zelt des Lesers betreten. Man konnte Rufe hören. Ein weiterer Mann stand verwirrt vor dem Feuer und starrte hinein. Sie rannte in den Wald westlich des Lagers, wo ihr Clan bereits mit den Pferden wartete. Schüsse wurden in die Wildnis abgegeben. Sie sprang auf Nada und hielt den Sohn fest, während sie davonrasten. Es war so dunkel, dass sie befürchtete, die Pferde könnten gegen die Bäume prallen. Doch es blieb ihnen keine andere Wahl.

Sie ritten tief in den Wald hinein. Erst als es Morgen wurde, machten sie eine Pause. Der Sohn bemerkte nun das Blut auf der Rüstung seiner Mutter, das die Dunkelheit verborgen hatte.

Mörderin.

»Ich bin keine Mörderin«, verteidigte sich Gaia.

»Keiner hat etwas gesagt«, meinte der Sohn. Der Kämpfer blickte von der Karte auf, die er betrachtet hatte, und sah sie besorgt an. Julie lag mit geschlossenen Augen auf dem Boden. Jetzt schaute jedoch auch sie die Mutantin an. Alle Blicke waren auf Gaia gerichtet. Sie stand auf und trat ein paar Schritte beiseite. Sie legte eine Hand auf Nada, doch auch an ihren Handschuhen war Blut. Hastig stieg sie auf.

»Weiter!«, rief sie. Der Kämpfer half dem Sohn aufs Pferd. *Das ist mein Sohn,* dachte sie. *Ich töte einen Krieger für ihn, einen Fremden, einen Leser. Das ist meine Aufgabe.*

Kapitel einhundertachtunddreißig

Sie entledigten sich ihrer Rüstungen.

Wie Schlangen lagen ihre alten Häute leblos im Gras,

zu schwer, um damit zu reisen. Zu leicht aus der Ferne zu erkennen.

Sie hüllten sich wieder in ihre Roben und wurden erneut zu schwarzen Schatten. Die Tage waren lang und ereignislos, nun standen sie nicht mehr ständig in Gefahr, gefangen genommen zu werden. Nun hatten sie jedoch neue Feinde, je tiefer sie in die Wildnis vordrangen. In Pelz gehüllt, sie mit großen dunklen Augen beobachtend, konnte man ihr Gebrüll in der Ferne hören und manchmal die Spuren ihrer Pranken sehen. Wenn es Nacht wurde, gab es neue Bedrohungen.

Die Pferde wussten, dass Raubtiere in der Nähe waren. Sie rochen oder spürten sie, wie es das Wesen der Natur ist. Nachts waren sie ruhelos. Die vier entzündeten in einem Kreis Feuer um ihr Lager, damit sie sicher waren. Doch die Pferde fürchteten sich auch vor diesen Flammen.

In der Nacht, wenn alle schliefen oder es zumindest versuchten, betrachtete Gaia beim Licht ihrer Flammen die Landkarte. Sie prägte sich die Biegungen der Flüsse und die Konturen der Landschaft ein, die diese umgab. Sie sah, dass die Farben dunkler wurden, je näher sie dem Punkt kamen, den sie suchten – vorbei an den flachen Gewässern des Untergegangenen Landes, die grün-grau eingezeichnet waren, wie um zu zeigen, dass sie nicht so rein waren wie die blau eingezeichneten. Denn sie führten an einen unbewohnten

Ort. An einen Ort, von dem niemand sprach. Wie viele Skelette würden sie dort wohl finden? Wie viel konnte der Sohn ertragen, bis sie ihm kein Leben in Schönheit mehr geben konnte?

Sie spürte, wie er sich neben ihr bewegte. Er war einen Moment lang aufgewacht. Rasch löschte sie ihr Feuer, um ihn nicht zu stören.

»Du hast gebrannt«, flüsterte er gähnend. Seine Augen blieben geschlossen.

»Woher weißt du das?«

»Ich kann es riechen.«

»Wie riecht es für dich?«

»Nach Asche und Haut und Feuerstelle.«

»Stört es dich?«

»Nein, nein. So riecht Mutter«, murmelte er und schlief weiter.

Kapitel einhundertneununddreißig

Viele sonnige Frühlingstage lang erlebten sie keinen Angriff. Es machte sich wieder Hoffnung breit. Für den Moment hatten sie Calistos Männer besiegt, und vielleicht würde sie ihn bei einem zweiten Aufeinandertreffen töten können. Die Klinge in ihn bohren. Die Kugel abfeuern. Das Feuer entzünden.

Doch wie viel einfacher war es, jemanden zu töten, den sie nicht weinen gesehen hatte.

Vielleicht war Calistos Überleben der einzige Hinweis darauf, dass sie nicht böse war. Der einzige Hinweis, aber nicht der einzige Beleg. Ihr eigener Clan bewies mehr, als es ihre Gnade jemals tun könnte.

Sie waren an einem Bach vorbeigekommen und hatten alles gewaschen, was nötig gewesen war. Die Pferde hatten ausgiebig getrunken. Sie füllten ihre Feldflaschen. Im Spiegelbild des Wassers rasierte sich Gaia den Kopf und flocht ihren Zopf neu. Jedes Mal, wenn sie mit dem Rasiermesser über den Schädel gefahren war, tauchte sie es in den Bach. Der Sohn fing ihre Haarsträhnen und ließ sie auf die Wasseroberfläche fallen, wo sie davonschwammen. Er wollte ebenso rasiert werden wie sie. Doch sie weigerte sich. Sie nahm ihn auf den Schoß und flocht ihm stattdessen seine wilden Haare. Der Kämpfer sah den beiden zu. Er wusste, dass alles gut war, solange sie ihn hatte.

Sie erlaubte ihnen ein wenig freie Zeit. Der Sohn begann, unter Anleitung des Kämpfers mit Pfeil und Bogen zu üben. Als der Pfeil mitten durch ein Blatt die Rinde eines Baumstamms traf, sprang er begeistert auf und ab. Der Kämpfer klopfte ihm anerkennend auf den Rücken.

Gaia merkte, dass sie die Haltung des Jägers einnahm. Sie beobachtete das Training aus der Ferne und beurteilte die Bemühungen des Schülers mit derselben Zurückhaltung, wie der Jäger es getan hatte. Sie freute sich zwar über seinen Erfolg, doch ihr Stolz wurde rasch zu einer Last, denn sie wusste, dass er eines Tages wieder würde töten müssen.

»Was wird mit ihm geschehen?«, seufzte sie.

»Ich weiß es nicht«, sagte Julie.

»Er hat diesen Mann mit solcher Gleichgültigkeit getötet.«

»Er will dich beschützen. Du hast ihm beigebracht, für diejenigen zu töten, die man liebt.«

»Tiere, vielleicht. Aber nur ich sollte Menschen töten. Nicht er.«

Die Blicke der beiden wanderten zu dem Kämpfer.

»Und er?«, fragte Julie leise. »Hattest du jemals Angst vor ihm?«

»Warum sollte ich?«

»Aus anderen Gründen. Dass er dich berührt. Weil er ein Mann ist.«

»Er berührt niemanden.«

»Ist er abstinent?«

»Was ist das?«

»Wenn man niemanden auf diese intime Weise berührt.«

»Ja.«

»Wozu?«

»Um ein Gerechter sein zu können.«

»Davon sprichst du oft. Ist das ein Anliegen, eine Doktrin, ein Gebet? Ein Ritus, ein Ritual, ein Brauch?«

»Es ist all diese Dinge und mehr«, antwortete die Mutantin. »Der Weg der Gerechtigkeit. Diejenigen, die ihn beschreiten, sind mörderisch gegen das Böse und gnädig den Verlorenen gegenüber. Liebend all jenen gegenüber, die es brauchen und niemandem gegenüber lüstern. Gerechtigkeit ist, jene zu ehren, die dich beschützen, für diejenigen zu kämpfen, die zu dir gehören. Dort gerecht zu sein, wo es keine Gerechtigkeit gibt, jenen gegenüber, die selbst nicht wissen, wie.«

Langsam lernte die Mutantin wieder, was Gerechtigkeit bedeutete.

Es war früh am Morgen. Doch Gaia rief die anderen zusammen, um weiterzureiten. Sie packten ihre Habseligkeiten und verscharrten die Reste der Feuerstelle, damit keine Spur ihrer Anwesenheit zurückblieb.

Dann zogen sie weiter.

Kapitel einhundertvierzig

Ehe es Abend wurde, kamen sie an einer Bärenmutter und ihrem Jungen vorbei, die durch die Bäume streiften. Alle erstarrten, bis die Tiere vorüber waren. Dann brach die Nacht herein, Wölfe lungerten in der Nähe herum. Erst das Feuer verjagte sie. Schließlich wurde es wieder Tag.

Die Tage vergingen. Sie wurden immer wieder von Kreaturen mit Fell und Reißzähnen besucht. Der neue Mond kam, und kein pelzloses menschliches Wesen hatte sie an ihrem Vorankommen gehindert. So war es meist in der Wildnis.

Sie hatten das Land Colorado hinter sich gelassen und betraten nun das unwegsame Gebiet von Neumexiko.

Die Erde war hier dunkelrot und orange. Überall Felsbrocken und Gestein mit scharfen Kanten, unter denen sich noch der alte Humus zeigte.

Die Bäume wurden kleiner, und entweder wuchsen sie kurz und gerade oder stark gekrümmt. Sie sahen so aus, als würden sie ständig unter Durst leiden. Immer wieder waren die großen Ohren der Kojoten zu sehen, wie sie in Rudeln durch das Land streiften. Die Nächte waren kalt, Regen kam und ging. Noch gab es Schönheit.

Eines Morgens rüttelte der Sohn seine Mutter wach. Die anderen schliefen noch. Er zeigte auf Gestalten, die sie von ferne umkreisten und langsam zwischen den Bäumen näher kamen.

»Wer ist das?«, flüsterte er.

Man hatte sie gefunden.

Wie töricht waren sie gewesen.

Gaia lud ihre AK und weckte den Rest des Clans. Rücken an Rücken bildeten die drei einen Schutzwall, hinter dem sich der Sohn verstecken konnte.

Es waren Menschen, und es waren viele. Doch Krieger waren es keine.

Geächtete, mindestens fünfzig an der Zahl. Bewaffnet mit Pfeilen, Speeren und Dolchen. Macondo war nicht unter ihnen. Noch reichte seine Herrschaft nicht so weit. Diese Geächteten waren ihnen seit geraumer Zeit in der Hoffnung gefolgt, dass der Clan sie zu einer Stadt führen würde. Doch nun war klar geworden, dass dieser stattdessen das Ende der Welt aufzusuchen gedachte.

»Wir lassen euch unverletzt«, erklärte einer der Kerle, »wenn ihr uns eure bleiernen Waffen überlasst.«

Gaia antwortete: »Sie gehören uns.«

»Wen siehst du vor dir, Frau?«, entgegnete ein anderer. »Fünfzig Pfeile sind auf euch gerichtet. Deine Worte haben hier keine Bedeutung.«

Wieder antwortete Gaia: »Ich wurde zur Kriegerin ausgebildet, in Eden. Ich kann mehr von den Euren töten als ihr von den Meinen.«

Sie spürte ihn, ihr Junges, ihr Ein und Alles, wie er neben sie kroch.

Er stellte sich bebend mit Pfeil und Bogen hin. Biss sich auf die Unterlippe, bis diese blutrot war, und runzelte seine Stirn wie ein Wolf.

Seine Bogensehne zitterte heftig, und seine Finger waren weiß vor Anspannung.

Sie wusste, dass er es nicht schaffen würde – nicht diesmal, nicht im Angesicht des Todes.

Ehe sie ihn warnen konnte, flog sein Pfeil.

Eine Frau in den hinteren Reihen hielt sich den Arm. Die anderen drehten sich zu ihr um. Dann wandten sie die Köpfe wieder zu dem Sohn. Sie begannen wie bei einer Schlacht, auf den Clan loszurennen. Ein Wald aus Pfeilen umgab die vier, und ihre Pferde wieherten angstvoll.

Mörderin, Mörderin. Sie wusste, wie es war, wie ein Geächteter zu leben.

Gaia ließ sich auf die Knie nieder, und ihre Gefährten taten es ihr nach. Sie hatte die AK immer noch in Händen, und das schwarze Auge der Waffe starrte in die Menge. Es reichte nicht, um diejenigen zu retten, die sie liebte. Sie spürte, wie der Sohn seine Arme im letzten Moment um sie schlang. Jetzt vermochte auch ihre Grausamkeit sie nicht mehr zu retten, und das wusste er. Deshalb klammerte er sich an sie. Sie hatte ihn im Stich gelassen.

Sie richtete den Blick auf den Sohn, denn seines war das letzte Gesicht, das sie sehen wollte. Dann schaute sie zu den Geächteten, um zu sehen, wer es tun würde. Welche Waffe würde ihr Leben und das ihrer Liebsten rauben? Ihre Kapuze verbarg noch immer ihren Kopf, ebenso wie der Stoff weiterhin vor Nase und Mund gebunden war. Der Geächtete, der ihr am nächsten war, sah sie an. Einen kurzen Moment lang fiel ihm die Haut um ihr linkes Auge auf – ein Anblick, an den er sich später erinnern sollte.

»Wer bist du?«, begann er.

»… ich werde euch führen. Ich werde euch leiten«, unterbrach ihn die Stimme, die sie retten sollte. Die sie immer wieder rettete. So zart, so klein, selbst im Angesicht des Todes. Es hätte auch die Stimme eines Kindes sein können, wenn Gaia nicht gewusst hätte, wem sie gehörte. Das Menschenmädchen wusste genau, dass der Mann die Identität der Mutantin enthüllt hätte, wäre sie nicht dazwischengegangen.

»Ich werde euch zur Nation des Bleis führen«, verkündete Julie Bonaparte erneut, während sie die Arme über den Kopf hielt.

Es wurde still. Unheimlich still.

Das Menschenmädchen war hinterlistig.

»Ja, ich werde euch führen«, rief sie. »Ich biete mich an im Namen der Wahrheit.«

»Du kennst den Weg?«

»Ich kenne den Weg.«

»Und du bist schon mal dort gewesen?«

»Ammon, Eden, in allen Städten der calistonitischen Nation. Sie haben genügend bleierne Waffen, um damit alles plündern zu können.«

Die Geächteten zogen sie auf die Füße.

Das Menschenmädchen würde sie dorthin führen.

Und so sah Gaia sie ein letztes Mal. In ihrem Umhang, ihren abgetragenen Stiefeln und mit ihren zerzausten Haaren. Sie war an der Seite der Mutantin ebenfalls zu einem Wildling geworden. Ihre zarten Hände, schneeweiß mit schmutzigen Fingernägeln – Hände, die unter ihren Ärmeln hervorblitzten, als sie sich die Kapuze vom Kopf zog. Ihre großen Augen, das Gesicht voller Traurigkeit. Ihr Vogel mit gestutzten Flügeln, Menschenmädchen und Mutantenmädchen, eine Verbindung auf ewig.

Noch auf den Knien entlud Gaia die AK zwischen die Falten ihrer Robe. Kugeln rollten auf den Boden, doch sie vermochte sie mit ihren Beinen zu verbergen. Sie wandte sich dem Kämpfer zu und nickte. Die Geächteten hatten nicht vor, ohne die Waffen abzuziehen.

»Ich muss mich verabschieden«, sagte Julie.

Sie bahnte sich einen Weg durch den Wald aus Pfeilen. Umarmte den Sohn. Umarmte den Kämpfer. Dann ließ sie sich vor Gaia auf ein Knie nieder.

»Sie werden dich töten«, flüsterte die Mutantin.

»Nicht, wenn ich ihnen gebe, was sie wollen. Ich habe außerdem große Lust, mal wieder die Calistoniten zu bestehlen«, versicherte das Menschenmädchen.

Gaia holte tief Luft. Tränen stiegen ihr in die Augen.

»Frag nicht«, sagte sie leise weinend. »Frag nicht. Es wird dich nicht auf immer retten.«

»Ah, ich muss nicht mehr danach fragen. Meine liebe Mutantin, inzwischen erkennst du Treue, wenn du sie siehst.«

Die Geächteten traten zu ihnen und nahmen die bleiernen Waffen an sich. Gaia sah, wie sie diese weiterreichten. Sie waren die kaltblütigen Nachkommen der Mutantin. Ihre tödliche Brut, ungeliebt von der Mutter, sodass es kein Wunder war, dass sie dergleichen aus den Händen anderer entgegennahmen.

Törichte, verzauberte Menschen: Diese Tänzer des Todes sorgten sich keinen Moment um sie.

Das Menschenmädchen fasste nach der Schulter der Mutantin. Diese tat es ihr nach, ehe sie bemerkte, dass ihre Hände aus Angst zu schwelen begonnen und die Handschuhe verbrannt hatten.

Es würde vielleicht sechs Winter dauern, bis sie sich wiedersahen.

Gaia flüsterte: »Weder Klinge noch Pfeil und Bogen beherrschst du. Und doch überflügelst du uns alle.«

»Manche Menschen sind so unbeholfen, ihnen bleiben nur die Worte.«

Kapitel einhunderteinundvierzig

Der Clan der vier war nun um eine weniger geworden.

Wie viele würden noch auf dieser Reise verloren gehen? Wie lange würde es dauern, bis nur noch sie und der Sohn übrig waren? Ein einsames Kind. Nie mehr nach Hause finden, nie mehr in sein altes Leben zurückkehren.

Jetzt waren bloß noch die drei in den Wäldern unterwegs: der Kämpfer, die Mutantin und der Junge, der die Wildnis zu ertragen lernte.

In diesen Tagen kam es ihr so vor, als würden sie nach Hause laufen, wenn sie zu Fuß unterwegs waren. Als ob sie nach einem Tag des Jagens, Fischens oder Streunens zwischen den Bäumen zu ihrem Hof zurückkehren würden.

Nada blieb ihnen dicht auf den Fersen. Die Geächteten hatten die anderen beiden Pferde mitgenommen. Doch

Nada war noch bei ihnen, die letzte Verbindung nach Hause.

In jener Nacht starrte der Sohn in die Dunkelheit.

»Ist es meine Schuld, dass sie weg ist?«, fragte er.

»Nein«, erwiderte Gaia.

»War ich kein guter Beschützer?«

»Doch, das warst du.«

Der Kämpfer zog die Tafel aus seinem Sack.

»Komm her«, sagte er.

Der Sohn kroch zu ihm hinüber und lehnte sich an ihn.

»Lies.«

»In der Wildnis lebte ein Mädchen«, las der Sohn und sein Finger wanderte über die eingeritzten Wörter, »zusammen mit seinem treuesten Freund, dem Lehrer. Das Mädchen hatte eine so weiche Haut, und ihre Haare fielen lang über ihren Rücken. Der Lehrer beschützte sie vor allem Bösen in dieser Welt …«

Sie schloss die Augen. Wie leicht sie sich ohne die AK fühlte, und doch so, als würde ein Glied von ihr fehlen. Sie hatte ihr gehört, es war ihr böses Werk gewesen, und man hatte sie ihrer beraubt. Ihr das genommen, was sie der Welt gegeben hatte. Man hatte ihren einzig wahren Schutz vor der Niedertracht der Menschen gestohlen, mit dem keine Klinge und kein Pfeil mithalten konnte.

»Mutter?«

Sie blickte auf.

»Du brennst.«

Sie schaute auf ihre Hände.

»Lies weiter«, murmelte sie, während sie das Feuer löschte. »Lies weiter.«

»Doch am zartesten an diesem Mädchen«, fuhr er fort, »waren seine Hände. Denn sie waren ganz anders als alles, was dieses Land jemals gesehen hatte. Selbst die weichsten Federn waren mit ihrer Berührung nicht zu vergleichen. In der Sonne glitzerten sie, als wären sie gerade in einen fröhlich plätschernden Bach getaucht …«

Kapitel einhundertzweiundvierzig

Reisende, Wanderer, Pilger waren sie geworden. Tiere kamen und gingen. Ein Berglöwe eilte an ihnen vorbei. Der Clan roch nach Blut und Fleisch, doch drei Personen waren zu viele, um sie anzugreifen, und ein so großes Pferd konnte Ärger bedeuten. Ein einsamer Bär lief in der Ferne dahin. Er schnüffelte im Laub, ehe er davontrabte. Gesegnet seien die Nachwuchslosen, denn sie sahen keinen Grund zu kämpfen. Sie kamen an roten Feldern vorbei, ehe sie erneut von Wäldern begrüßt wurden. Jeder Tag war gleich und doch anders. Jedes Feld strahlte so rot wie das zuvor. Jeder Wald wirkte ähnlich, und doch war nichts zu vergleichen.

Sie drangen immer weiter nach Süden. Die Sonne zeigte es ihnen an.

Tagsüber wurde es wärmer, nachts war es noch immer kalt.

Langsam, ganz langsam ließen sie die Menschenwelt hinter sich.

Selbst auf der Landkarte fanden sie keine Orte mehr eingezeichnet, denn hier in diesem Teil von Neumexiko, den sie durchquerten, gab es keine. Damit mussten sie, fernab jeder Stadt, auch keine Angriffe von Geächteten fürchten.

Sie war allein unterwegs, um einen Fluss zu erkunden. Der einzige Fluss für lange Zeit. Der Sohn und der Kämpfer lagen wie Eidechsen auf ein paar Felsen und sonnten sich, während sie warteten. Ihre Rücken fühlten sich wohlig warm an. Aus der Ferne beobachteten Präriehunde die beiden. Der Sohn hob einen bröseligen Stein auf und zerdrückte ihn zwischen den Fingern.

»Onkel?«

»Ja?«

»Was ist, wenn wir die Bücher nicht finden?«

»Wir werden sie finden.«

»Was ist, wenn es sie gar nicht gibt?«

»Es gibt sie.«

»Gut.«

»Solche Dinge solltest du deine Mutter nicht fragen. Es würde sie nur aufregen.«

»Ist sie böse?«

»Nein, sie ist nicht böse. Sie ist ein Wildling. Darüber solltest du auch nicht mit ihr sprechen. Sie hat andere Dinge gesehen als du. Verstehst du das?«

»Ja.«

»Schwöre, dass du sie nie danach fragen wirst.«

Er schwor es.

»Da kommt sie.«

Sie kam aus dem Wald geschlendert und watete durch das hohe, trockene Gras. Ihre Pfeile steckten im Köcher auf ihrem Rücken und sahen wie Flügel aus. Wie leicht sie dahinging. Ihr fehlte die Schwere. Die Geächteten hatten ihre Metallvögel genommen, aber sie hatte noch immer die Eier. Goldene Kugeln, die sie mit sich tragen und schützen konnte. Vielleicht hatte sie trotz allem ihre schreckliche, kalte Brut geliebt.

Kapitel einhundertdreiundvierzig

Sie standen am Ufer und betrachteten den Fluss.

Wie mächtig er dahinfloss.

Grau und silbern mit Sprenkeln in Weiß.

Doch Vorsicht: Zweifelt nie an der Macht eines solchen Gewässers.

Es gab keinen anderen Weg, als es zu überqueren. Alles um sie herum war grün und üppig. Doch in ein paar Tagen würde es nichts als Wüste geben. Neumexiko war ein trügerisches Land: Regen und Schnee kamen und gingen, aber zwischen den Bergen und den Wäldern lagen so große Wüsten, dass man glaubte, hier könnte nirgendwo etwas wachsen – als ob alles Grün zuvor nur ein Traum gewesen wäre.

Sie liefen weiter Richtung Osten, bis sie an eine Stelle kamen, wo die Strömung weniger stark war. Es gelang ihnen, Nada ins Wasser zu locken, sie setzten den Sohn auf ihren Rücken. Der Kämpfer und Gaia hielten sich an einem Seil fest, das sie an das Pferd gebunden hatten, während sie durch das Wasser wateten. Es war kalt und stach in ihre Haut. Ihre Hände wurden weiß. Mit den Stiefeln erreichten sie kaum den Grund des Flusses, denn die Strömung riss unter der Oberfläche an ihren Füßen.

»Mutter?«, sagte der Sohn.

»Halt dich fest.«

»Mutter, wir werden verfolgt.«

Der Mann hatte ihr in die Augen gesehen, als sein Pfeil auf ihren Kopf gerichtet war. Er hatte einen Blick auf ihr Gesicht erhascht, das so hässlich war, ein Gesicht, das er erst später als das erkannte, das die vielen Geschichten und Lieder besangen. Welche Beute würde es für ihn bedeuten, wenn er mit einem Geschenk zu seiner Horde von Geächteten zurückkehrte, das ihnen zuvor entkommen war. Niemand hatte ihm geglaubt, nachdem sie den Clan freigelassen hatten. Man machte sich über ihn lustig, als er verkündete, dass er umkehren und sie finden würde. Einige seiner Kameraden hatten sich ihm dennoch angeschlossen, obwohl es ihr Anführer für falsch hielt. Wenn sie mit leeren Händen zurückkehrten, würde man sich ihr Leben lang über sie lächerlich machen.

Gaia sollte sich für immer an sie erinnern.

Vom Flussufer aus begannen sie auf Gaia und ihre Gefährten laut grölend zuzustürmen. Es waren sieben Männer. Wild von der Jagd stießen sie lautes Kriegsgeschrei aus.

Gaia gab Nada einen Schlag auf die Flanke.

»Schnell, Nada! So schnell du kannst.«

Das Pferd wieherte und bewegte sich mit aller Kraft vorwärts, den Hals gereckt, die Muskeln ihrer Schenkel gegen die Kraft des Wassers ankämpfend. Die Sonne brannte vom Himmel und spiegelte sich auf der Wasseroberfläche. Ihre Hände wurden wund und schmerzten, so stark hielten sie das Seil fest. Endlich spürten sie das ruhigere Wasser auf der anderen Uferseite, die sie willkommen hieß.

Etwas flog durch die Luft und traf das Pferd. Sie hörte einen animalischen Schrei, als der kleine Junge – ihr Junge – vom Pferd sprang und nach dem Kämpfer griff, während das Wasser versuchte, ihn mit sich zu reißen. Ihre Hände hielten sich aneinander fest. Der Kämpfer zog ihn an sich. Sie ließen das Seil los. Ein zweiter Pfeil flog durch die Luft und traf das Pferd am Hals. Sie konnten nur noch zusehen, wie es vom Fluss davongetragen wurde. Das Seil folgte ihm wie eine Schlange.

Einen Moment lang sahen sie ihr nach – Nada die Treue. Nada die Zuverlässige.

Sie nahm den Sohn dem Kämpfer aus den Armen und bedeckte seine Augen, als sie das Flussufer erreichten. Nada war jetzt nur noch ein kleiner schwarzer Punkt in der Strömung.

Die Geächteten holten Seile aus ihren Säcken und begannen die Überquerung.

»Weiter«, flüsterte sie und hielt die Hand des Sohnes, während sie losrannten. Sie glaubte, seine schweren Schritte zu hören. Sie hatte gedacht, er wäre neben ihnen, doch als sie aufblickte, war da kein Kämpfer. Es waren nur sie und der Sohn. Der Kämpfer stolperte weit hinter ihnen. Er drehte sich zum Wasser um und beobachtete die Männer. Aus seinem Rücken ragte ein Pfeil.

Der Sohn keuchte. »Oh, nein. Oh, nein.«

»Lauf«, sagte sie entschlossen. »Lauf.«

»Bitte …«

»Lauf und versteck dich.«

Sie ließ ihn los und kehrte zu dem Kämpfer zurück, der mit Pfeil und Bogen auf die Geächteten schoss. Das tosende

Wasser reichte ihnen bis zum Oberkörper, sie konnten sich nicht verteidigen. Einen traf der Kämpfer mitten ins Herz. Er wurde von der Strömung davongetragen. Ein weiterer ließ das Seil los, auch ihn holte das Wasser. Mit einem Satz zog der Kämpfer nun sein Schwert heraus, das Kinn gereckt, die Beine leicht gespreizt und durchgedrückt. Er atmete langsam. Ein Zischen bei jedem Luftholen. Seine Lungen gaben nach. Sie stand neben ihm und zog ebenfalls ihr Schwert. Ein Verfolger nach dem anderen kam triefend auf sie zu. Die Stoffe der Kleidung klebten an ihrer Haut, die typischen Kleidungsstücke von Geächteten – abstoßend, gesetzlos, ohne Hoffnung.

Das ist das Gesetz der Gerechten,
so alt und wahr wie seit jeher.
Wer ihm folgt, stirbt als Sieger,
wer es missachtet, lebt als Geknechteter.

Sie trat vor jenen, den sie liebte, und schwang ihr Schwert, um die zu töten, die sie töten musste. Ihre Klinge traf von rechts wie ein wirbelnder Tanzschritt, den man parieren konnte, wenn man dazu ausgebildet war. Doch ihr Gegner war untrainiert. Sie traf den Geächteten von hinten. Die Klingenspitze bohrte sich in den Arm desjenigen, der den Pfeil abgeschossen hatte. Dann durchschnitt sie ihm die Kehle, um ganz sicherzugehen, dass er tot war, und stieß ihn beiseite.

Sie sah, wie sich der Kämpfer gegen drei Geächtete gleichzeitig wehrte. Sein Gesicht war schmerzverzerrt, der Pfeil steckte noch immer in seinem Rücken. Er vermochte nicht aufrecht zu stehen. Lange würde er sie nicht mehr aufhalten können. Sie eilte ihm zu Hilfe. Doch da sprang ihr der vierte noch Lebende in den Weg und traf sie seitlich. Sie wich aus, sodass sie neben einem Toten landete, aus dessen Ranzen eine Öllampe gerollt war. Sie hob sie mit zitternden Händen hoch und schleuderte sie dem Mann, der sie verfolgte, ins Gesicht. Er wischte sich die Augen ab, und sie entfachte ihr Feuer. Danach würdigte sie ihn keines Blickes mehr. Sie hastete an den Flammen vorbei, die sein Gesicht entstellten, und rannte zum Kämpfer. Er war inzwischen auf die Knie gesunken, und ein markerschütternder Schrei entstieg seiner Kehle.

Der Ruf der Wildnis.

Neben ihm lagen zwei Getötete. Nun blieb noch ein Geächteter übrig. Er war unbewaffnet. Sein Schwert lag irgendwo zwischen den Blättern. Der Kämpfer packte ihn am Hals. Blitzschnell zückte der andere einen verborgenen Dolch und rammte ihn dem Kämpfer in den Bauch. Entsetzt durchschnitt Gaia dem Mann von hinten die Kehle – seine Bestrafung dafür, dass er es gewagt hatte, ihm das anzutun.

»Das war für sie«, ächzte ihr Lehrer.

Sie kniete sich vor ihn. Er brach zusammen, doch Gaia hielt seinen Kopf in den Armen. Sie sah, wie er um Luft rang.

»Für sie?«, fragte die Mutantin.

»Für sie.«

Sie nickte. Und weinte um ihn. Sie hatte ihn ihr ganzes Leben lang gekannt. Und sie weinte um sie. Die sie niemals kennengelernt hatte.

»Weiter, wir gehen immer weiter«, flüsterte sie.

Er blickte ihr in die Augen. Dann schob er seinen Umhang zur Seite, und sie konnte das Blut und die tiefe Wunde sehen. Sein Bauch war rot und pochte sichtbar. Selbst die Gerechten bluten.

»Ich werde dich retten«, sagte sie. »Du hast mich immer gerettet. Ich habe dich immer gerettet.«

»Wir hätten in der Hütte bleiben sollen«, murmelte er. Dann sah er zum Himmel hinauf. Tränen fielen auf seine Wangen. »Wir hätten dortbleiben und kämpfen sollen.«

Sie begann ebenfalls zu weinen. »Wir hätten bleiben sollen«, stimmte sie zu. »Wir hätten dortbleiben sollen.«

Der Wind war zu einer milden Brise geworden. Blätter raschelten an den Bäumen. Die Leichen der Geächteten lagen um sie herum, doch für sie gab es nur noch sie beide – geliebt und liebend. Wachend und bewacht, lehrend und lernend. Sie schnitt den Pfeil ab und lehnte den Kämpfer gegen einen Baum. Er zuckte zusammen. Seine Miene wirkte verängstigt, als er nach ihren Händen fasste.

»Erinnerst du dich an die Geschichte, die ich dir von meinem Vater erzählt habe?«, fragte er.

»Ja. Ein Gregorianer. Einer der Obersten Leser.«

»Er kam im Krieg von Ammon ums Leben. Ich habe ihn noch einmal vor der Schlacht gesehen.«

Diese Augen, die sie im schwarzen Kerker hatte schimmern sehen, hatten Gerechtigkeit ausgestrahlt, wie sie diese kannte. Sie verstand.

»Er hat mir eine Geschichte erzählt von einer Mutantin, die man in der Wildnis gefunden hatte. Man brachte sie zur Opferung, doch zur Überraschung aller konnte diese Mutantin lesen. Also schickte man sie in den Kerker zurück, und er suchte sie mitten in der Nacht auf, um sie zu befreien. Er befreite sie, weil er glaubte, sie wäre zu dem in der Lage, wozu sonst niemand in der Lage war. Er glaubte an ihren Sinn für Gerechtigkeit.«

»Ich habe versagt. Alle diese Toten sind meine Schuld.«

»Trägst du denn nicht die Landkarte mit dir? Befindest du dich denn nicht auf dem Weg zum Roten Berg? Es gibt kein Versagen, bis nicht das Ende da ist. Geh weiter«, sagte er. »Schau nicht zurück. Geh immer weiter.«

»Wir wollten die Bücher zusammen finden. Wir drei wollten sie zusammen entdecken.«

»Du und er, ihr werdet sie finden. Alle Bücher, die es noch gibt. Geht weiter. Niemand wird euch hier draußen noch auflauern. Hier ist nur Wüste und totes Land. Von hier bis zum Roten Berg wird es nur dich und ihn geben. Geh jetzt. Er soll mich nicht so sehen.«

»Nein, ich gehe nicht. Ich werde nicht gehen. Ich werde nicht gehen, ohne dass er dich ein letztes Mal gesehen hat.«

»Er soll mich so nicht mehr sehen. Dreht euch nicht um. Sag ihm, dass ich zum Gefallenen wurde.«

»Ich gehe nicht. Ich gehe nicht.«

»Schwör mir, dass ihr den Weg nach Hause schaffen werdet.«

Und sie schwor es.

»Mein Wildling. Jeder behauptet, er hätte dich zuerst gehabt. Doch in Wahrheit war ich es. Ich hatte dich zuerst. Du hattest mich zuerst …«

Seine Augen standen offen, als er starb. Und als er hinüberging, wurde er geliebt. Auch im Leben war er geliebt worden. Sie schloss seine Augen und weinte. Sie weinte um die Welt, die, wie sie wusste, nun zu einem Ende kam.

»Wir hätten bleiben sollen«, schluchzte sie. »Wir hätten bleiben sollen.«

Die rote Epoche

Kapitel einhundertvierundvierzig

Ihre Augen waren von Schlaf und Salz verquollen. Ihre Wangen schimmerten rot vor Hitze. Sein Körper wurde kälter, je länger sie auf seiner Brust lag. Langsam setzte sie sich auf. Sie wusste nicht, wie viel Zeit vergangen war, aber noch schien die Sonne. Die Vögel zwitscherten wie zuvor, doch sie vermochte sie nicht zu hören.

Langsam öffnete sie seinen Ranzen. Seine Waffen konnten bei ihm bleiben. Nur die Pfeile wollte sie mitnehmen. Zuerst verbrannte sie die Leichen der Geächteten. Ihn gemeinsam mit den anderen zu verbrennen, brachte sie nicht übers Herz.

Ihr Feuer hatte immer dem Feind und dem Angreifer gegolten. Sie würde niemals jemanden verbrennen, den sie liebte. Also wollte sie ihn tief im Erdboden begraben, damit kein Tier ihn finden würde. Sie warf alles von den Geächteten in den Fluss. Dieser Friedhof sollte nur ihm gewidmet sein. Dann begann sie, mithilfe der Schwerter zu graben. Als es dunkel wurde, schmerzten ihre Muskeln, als wären sie voll toxischen Blutes. Sie konnte heißes Metall riechen, denn ihr Feuer war die ganze Zeit über immer wieder aufgeflammt. Der Himmel wurde rot mit der untergehenden Sonne. Sie brach auf dem Boden zusammen. Blickte in das tiefe Erdloch vor ihr.

So wird es gemacht. So begräbt man den Liebsten. So kehrt der Liebste zur Erde zurück. Man sitzt da und hofft auf ein Licht in der Dunkelheit. Nun gibt es nur noch Worte, an die man sich erinnert. Wie kann man jemanden vergessen, den man liebt? Ihn begraben, ihm die letzte Ehre erweisen – wer soll dabei helfen, wenn er doch der Hüter der Gerechtigkeit war?

Mit schlotternden Knien trug sie ihn zu seinem Grab und stieß ihn hinein. Sie legte Blätter, Zweige und Blumen auf den Körper und betrachtete ein letztes Mal sein Gesicht. Das Gesicht, das sie vor allen anderen gekannt hatte. Sie begann, Erde auf ihn zu werfen und hörte nicht auf, bis der Boden wieder eben war.

»Du hast mich das geschriebene Wort gelehrt«, sagte sie. »Und ich werde es dem Rest der Welt beibringen.«

Sie stand auf. Es war an der Zeit, zu ihrem Sohn zurückzukehren. Er wartete auf sie. Er würde zum Hüter der Gerechtigkeit werden. Sie lief los. Kein Blick zurück, so, wie er es ihr befohlen hatte. Sie rief nach dem Sohn in der Dunkelheit. Irrte lange Zeit durch die Nacht, bis sie schließlich ein Feuer entzündete und ihn erneut rief.

»Ich bin hier.«

Er war dem Licht gefolgt. Jetzt tauchten die Flammen seinen Umhang und sein Gesicht in warme Farben. Er war ihr Wildling, noch immer mit Bogen und Pfeilen bewaffnet.

»Hier bin ich«, sagte er.

»Bist du unverletzt?«

»Ich bin unverletzt.«

»Gut.«

»Er ist nicht bei dir.«

Sie schüttelte den Kopf und fing wieder zu weinen an. »Komm zu mir.«

Er kroch in ihre Arme. »Ist er zum Gefallenen geworden?«

»Ja. Er ist zum Gefallenen geworden, als er uns gerettet hat.«

Er begann ebenfalls zu weinen. »Wohin gehen wir jetzt?«

»Wir gehen weiter. Er hat uns stark gemacht im Land des Kummers.«

»Was machen wir jetzt?«

»Wir kämpfen, wenn wir müssen. Wir töten, wenn wir müssen.«

»Was ist mit Gnade? Was mit Güte?«

»Gnade und Güte sind für dich. Nicht für mich. Ich werde sie alle töten.«

Sie streichelte über seinen Kopf, während er weinte. »Schlaf jetzt«, sagte sie. »Schlaf und ruhe dich aus. Du bist sein Nachfolger. Ich liebe dich, ich liebe dich so sehr.«

Kapitel einhundertfünfundvierzig

Der Tag brach an. Die letzte Flamme knisterte. Die Augen schmerzten beim ersten Sonnenstrahl.

Sie blinzelte und sah sich um. Er tat es ebenfalls.

Der Anbeginn der Zeit fühlte sich so an. Ein Blick durch trauernde Augen am Ende der Welt. Lieblicher Vogelgesang. Ein unbekanntes Land. Wiedergeburt. Ihre ersten Atemzüge in frischer Luft. Sie wusste, was sie für ihn in diesem Leben tun musste. Sie war bereits einmal gescheitert. Sie würde es nicht noch einmal tun.

Er stand auf und streckte sich. Sie löschte die letzte Flamme des Lagerfeuers. Starrte in die Asche. Noch war sie nicht in der Lage, sich zu erheben.

»Mutter, ich habe Hunger.«

»Wir werden jagen.«

Etwas regte sich zwischen den Blättern.

»Mutter, da ist etwas.«

Er hob seine Waffe, ihr Wildling, und ließ seinen Pfeil fliegen. Etwas Schweres stürzte zu Boden. Der Sohn, den Bogen in der Hand, drehte sich zu ihr. Vor ihm lag der Geächtete, den der Fluss mitgenommen hatte. Seine Kleider waren noch feucht und klebten an seinem Körper. Seine Haare waren nass. Er musste hierher zurückgelaufen sein. Sein Mund stand offen, aus ihm ragte der Pfeil des Sohnes.

»Das war der Letzte«, murmelte der Sohn.

Sie stand auf und ging zu ihm. »Der Letzte«, wiederholte sie und fügte dann beschämt hinzu: »Ich habe ihn nicht bemerkt.«

»Dein linkes Ohr hört nicht viel.«

»Ich weiß.«

»Was machen wir mit ihm?«

»Wir lassen ihn liegen. Ich habe keine Kraft mehr zu brennen.«

»Er hätte ihn für uns getötet, wäre er hier gewesen.«

»Er hätte ihn für uns getötet.«

Von nun an sollte das Land nicht mehr dasselbe sein wie zuvor.

Kapitel einhundertsechsundvierzig

Er weinte noch einmal, ehe sie ihre Reise fortsetzten.

Stumm wischte sie seine Tränen fort. Ihre ermutigenden Worte klangen schwach, waren aber wahr. Sie hatte noch ihn, ihre wertvollste Schöpfung.

Sie setzte ihn aufrecht hin und reichte ihm Pfeil und Bogen. Dann begannen sie zu warten. Sie sprachen nur leise miteinander. Es dauerte lange, denn in dieser Gegend gab es bloß wenige Tiere. Das würde noch schlimmer werden, je weiter sie nach Süden vordrangen. Zwei dürre Präriehunde waren die einzige Beute, die sie an diesem Tag erlegten.

»Trink so wenig wie möglich«, sagte sie, als er seine Feldflasche herausholte. Der Geruch von gebratenem Fleisch stieg vom Feuer auf. Sie reichte ihm das größte Stück, das er gierig aß. Dann gab sie ihm auch ihr Stück, denn sie war zu traurig, um zu essen. Doch der Sohn bestand darauf, dass sie etwas zu sich nahm, und sie gehorchte.

Sie packten ihre Sachen und zogen weiter. Kojoten näherten sich in der Nacht. Sie beobachtete sie in der Dunkelheit. Auch er behielt die Tiere im Auge.

»Werden sie uns fressen?«, wollte er wissen.

»Nein.«

»Weil du das Feuer hast.«

»Weil ich das Feuer habe.«

Es wurde Morgen, und sie wanderten weiter. Noch gab es Bäume in dieser Gegend. Die Luft wurde trockener mit jedem Tag, der verging. Nur noch selten waren Wolken am Himmel zu sehen. Bloß diejenigen, die dieser rauen Erde,

Luft und der gnadenlosen Sonne gewachsen waren, vermochten hier zu leben. Der Fluss, den sie überquert hatten, kam ihnen inzwischen fast vor wie ein Traum. An diesem Fluss war so viel passiert. Und doch schien der Traum schon weit zurückzuliegen. Wie konnte auf der einen Seite des Wassers Grünes wachsen, während es auf der anderen nur den Tod gab?

Kapitel einhundertsiebenundvierzig

Sie blickte hinter sich. Nichts. Er hatte recht gehabt. Hier, in dieser Gegend, würde es nur noch sie beide geben.

Nichts als seltsame Steinformationen und spröde, aufgerissene Erde. Rote Hügel, immer wieder von gelben und weißen Linien durchzogen, die aus früheren Epochen zu stammen schienen. Die einzigen Lebewesen, die hier lebten, waren Kaltblüter, die über die Steine glitten. Lebloses und doch unsterbliches Land. Es gab einige wenige Bäume, die von Wind und Zeit gebeugt und missgestaltet waren. Ein warmer Wind aus dem Süden wehte ihnen entgegen. Sie holte die Karte aus dem Ranzen. Wie weiß und grell die Sonne war, wie rot die Erde. Sie betrachtete ihre Hände, die glimmend heiß waren. Wie ein Stein, der in der Sonne vor sich hin glühte. An den Stellen, an denen sie die Landkarte berührt hatte, war das Papier braun geworden. Sie bat den Sohn, sie zusammenzufalten und wieder in den Ranzen zu stecken. Wie leicht in der Wüste alles brennen konnte.

Die Nacht war kalt, und am Himmel funkelten Tausende von Sternen. Das Lagerfeuer brannte als einziges Licht für die Tiere der Wüste, und es schimmerte in der Dunkelheit wie ein Stück Gold im Schmutz. Wie ein Stern, der aus dem Himmel herabgefallen war. Der Sohn drückte sich an sie. Die beiden spürten die wachsamen Augen der Kojoten. Sie warf ein paar Steine als Warnung und blies ihnen dann bedrohlich eine ihrer Flammen entgegen. Der Sohn schlief ein. Ihre wertvollste Schöpfung. Er wachte morgens auf, während sie kein Auge zugetan hatte. Die Kojoten waren verschwunden. In der Ferne sah man ein paar Präriehunde, die ihre Köpfe reckten. Sie befanden sich mitten in der Prärie. Hier war die Erde rot, und die wenigen Büsche hatten keine grünen, sondern braune Blätter.

Sie aßen die Reste des Fleisches vom Vortag und zogen dann weiter. Das Land, das sie durchquerten, war von dem Land, das sie am Tag zuvor durchwandert hatten, nicht zu unterscheiden. Es gab bald keine Bäume mehr. Stattdessen wucherten Kakteen, die zumindest ein wenig grün schimmerten. Aus ihrer dicken Haut wuchsen weiße und orangefarbene Blüten. Der Sohn pflückte eine und hielt sie ihr hin. Als sie die Blüte nahm, begann der Stängel zu rauchen. Sie warf sie auf den Boden.

Dies war kein Land für eine, die brannte.

Sie stiegen auf einen Hügel. Von oben sahen sie nichts als Wüste. Hier und dort standen Berge, deren Gipfel vom Wind abgetragen worden waren. Flache Felsen ragten aus der Erde. Hügel mit großen Löchern und Steinsäulen, die so aussahen, als hätte sie ein Riese dort aufgestellt.

Kapitel einhundertachtundvierzig

»Er beobachtet uns.«

Das tat er bereits seit Tagen. Er stand jetzt oben auf dem Hügel. Mit großen Pranken, durch die Staub wehte, wenn sie auf den Boden trafen. Mit bernsteinfarbenen Augen und aufmerksam lauschenden Ohren. Der Schwanz, der jeder seiner Bewegungen folgte, war lang und anmutig. Er sprang leichtfüßig von Fels zu Fels und behielt sie dabei genau im Auge. Es war ein riesiger Berglöwe, der König dieses Landes. Und auch, wenn dieses Land Wüste war, so war es doch gut. Es war gut, weil es hier Leben gab, wenn auch nur wenig. Es war gut, denn es brannte nicht.

Hciß am Tag, kalt in der Nacht. Ihre Haut war trocken und staubig. Die Ellbogen rissig, die Zungen weiß.

Ihre Haare lang und ungekämmt.

Ungewaschen, ungepflegt. Sie hatten alles vergessen, was vorher gewesen war.

Nur dieser Wüste entkommen, die sich in alle Ewigkeit ausdehnte.

Der Sohn war ihr Ansporn weiterzugehen.

Nicht auf den Boden zu sinken und sich der Sonne zu überlassen. Nicht dem Berglöwen erlauben, sie zu fressen, damit dann die Geier an ihren Knochen rissen. Sie sahen jetzt öfter Totenschädel im Sand. Sowohl kleine als auch große. Vielleicht von Menschen. Die schwarzen Nächte schienen endlos. Am frühen Morgen rief er meist nach ihr. Er fürchtete sich, allein und ohne Liebe in diesem Land zurückzubleiben.

»Mutter? Mutter?«

»Ich bin bei dir.«

Sie erlegten einen Präriehund, von dem sie wussten, dass er für mehrere Tage reichen musste. Den Nachmittag verbrachten sie wartend, nur um schließlich einige Streifen Fleisch zu sich nehmen zu können. Sie wusste, dass der Sohn Hunger hatte, aber es gab nichts mehr zu essen. Auch der Berglöwe hatte eine Beute erlegt. Das Parallelleben von Wildlingen. Gleicher Hunger und doch verschiedene Welten. Er saß auf einem hohen Felsen und fraß in Ruhe seinen eigenen Präriehund.

»Kannst du mir die Tafel vorlesen?«, fragte der Sohn. Er wischte sich den Mund ab. Seine Mundecken waren so trocken, dass sie bluteten.

»Wir haben sie nicht mehr.«

»Werden wir eine neue machen?«

»Wenn alles gut geht, brauchen wir das nicht.«

Sie blickten zum Himmel. Die Sonne nahm langsam eine dunklere Farbe an, als ob sich etwas vor sie geschoben hätte. Man konnte nur einen hellen Ring sehen, welcher der Erde versicherte, dass sie noch da war.

»Was ist das?«, fragte der Sohn.

»Schau nicht hinein«, warnte die Mutantin. »Das nennt man eine Sonnenfinsternis. Der Lehrer hat mir davon erzählt.«

»Was bedeutet das?«

»Er hat mir gesagt, dass sich etwas dort oben bewegt. Und wenn es das tut, muss die Sonne folgen. Mehr wusste er nicht, und mehr weiß ich auch nicht.«

Nach einer Weile spürten sie, wie das sanftere Licht wieder greller wurde. Sie verbrachten den restlichen Tag damit, Eidechsen zu fangen und sie in der glühenden Sonne zu häuten. Es war nicht viel, aber so hatte er zumindest ein wenig Fleisch. Schließlich musste er unter dieser unbarmherzigen Sonne wachsen. Ihnen blieben nur noch ein paar Tropfen Wasser. Sie schnitt alle Kakteen, denen sie begegneten, auf und entnahm ihnen ihr Wasser.

Lasst ihn trinken. Lasst ihn zu einem Mann werden. Lasst dieses Land ihm nichts antun. Sie würde ihn nicht fallen lassen. Er würde kein Gefallener werden.

Kapitel einhundertneunundvierzig

Die Nächte waren lang, und die Stille allumfassend. Es gab keinen Vogelgesang. Alles war pechschwarz. Wie sehr er ihr fehlte, wenn es nichts zu sehen oder zu hören gab. Seine gütige Stimme. Sein wissender Blick. Beinahe döste sie mit seinem Bild vor Augen ein.

Mörderin, flüsterte etwas in ihr Ohr. Sein Bild löste sich auf, und sie war wieder wach.

Der Sohn setzte sich aufrecht hin und rieb seine Augen in der Dunkelheit.

»Habe ich dich geweckt?«, fragte Gaia.

»Ja.«

»Schlaf weiter.«

»Hat dir etwas Angst gemacht?«

»Nur in meinem Kopf.«

»Hast du darüber nachgedacht, wie es ist, zu sterben?«

»Was?«

»Werden wir hier sterben?«

»Ich habe dir gesagt, dass du nicht vom Tod sprechen sollst.«

»Werden wir?«

»Nein.«

»Hast du an ihn gedacht?«

»Ja.«

»Es war das Letzte, was gut war, das wir hatten, nicht wahr?«

»Nein. Du bist das Letzte, was gut ist.«

Oh, diese roten Böden. Als hätte die Erde uraltes Blut geweint, um es mit dem Erdreich zu vermischen.

Sie sah ihn vor ihren Augen wachsen,
selbst an einem gnadenlosen Ort wie diesem.
Seine Beine wurden länger, seine Stiefel passten ihm nicht mehr.
Seine Haare hingen lang herab und mussten immer wieder neu geflochten werden.
Die Monde vergingen, als wäre jeder Tag ein anderer,
und doch waren sie hier alle gleich.

Das Zertreten von Schlangenschädeln wurde zu ihrem Zeitvertreib. Der Berglöwe folgte ihnen weiterhin, sie hatten sich an seinen Anblick gewöhnt. Es war ein Leben mit Sand in Augen und Mündern. Es waren Tage im Nichts, als die Landschaft ihnen nicht einmal mehr Kakteen ließ, keinen einzigen. Nun mussten sie mit dem zurechtkommen, was noch in ihren Feldflaschen war. Keine Büsche, kein einziger, kein Lebewesen, kein einziges bis zum Horizont. Nicht einmal ein Schatten. Ein Land des Nichts. Jedes gesprochene Wort blieb in der Luft hängen. Hier zu sterben hieß Verschwinden im Nichts.

Kapitel einhundertfünfzig

Dann sahen sie eines Tages Umrisse am Horizont.

»Was ist das, Mutter?«

Auf der Landkarte war nichts verzeichnet. Sie zeigte nur Wüste.

»Das muss eine alte Stadt sein«, vermutete die Mutantin.

Sie liefen weiter. Ihre Umhänge hüllten sie fast völlig ein, sodass sie wie zwei Schatten aussahen, die durch die Wüste huschten. Er war immer langsamer geworden, je länger ihre Odyssee andauerte. Seine Knie waren schwarz, seine Füße blau. Das war kein Ort für ein Kind. Sie wartete auf ihn, auch wenn sie beinahe ebenso langsam wie er geworden war. Sie wusste nur besser, wie man dagegen ankämpfte. Immer wieder musste sie husten. Ihre Lungen waren voll von dem, was in dieser gottverlassenen Luft hing. Als sie sich der Gegend mit den Umrissen näherten, zückten sie ihre Waffen. Die Häuser waren zur Hälfte im Sand verschwunden. Die Dächer waren von Wind und Wetter abgetragen, die Mauern angefressen. In dieser Stadt gab es keine Straßen mehr, nur Sand. Keine Türen, nur Löcher, keine Fenster, nur Öffnungen.

»Pass auf«, sagte sie. »Bleib bei mir. Wir wissen nicht, was oder wer hier Unterschlupf gefunden hat.«

Sie gingen an Häusern vorbei. Einige waren unter dem

Gewicht der neuen Welt zusammengebrochen und bestanden nur noch aus Latten und ein paar Ziegeln. Die Holzgebäude hielten sich durch wenige Schrauben und Nägel aufrecht, sahen aber so aus, als würden sie beim nächsten Windstoß zusammenstürzen. Sie kamen an einem Ziegelbau vorbei, der ebenso mitgenommen wie die anderen wirkte, aber noch stand. Seine Fenster waren zerbrochen, die Mauern und das Dach hingegen wirkten mehr oder weniger intakt. Die Mutantin spannte den Bogen und trat ein. Der Boden war mit Sand bedeckt, aber die Mauern hielten den Wind ab. In einer Ecke, wo kein Licht hinkam, setzten sie sich und ruhten aus.

Sie schliefen lange und wachten erst auf, als es allmählich wieder Abend wurde. Der Wind draußen hatte sich gelegt. Die Mauern verstärkten die Stille, die nun herrschte, doch zum ersten Mal seit Langem war es friedlich. Endlich hatten sie etwas, an das sie sich anlehnen konnten und das der Wind nicht weggeblasen hatte. Sie hörte den Sohn in der Dunkelheit weinen. Obwohl sie ihn an sich drückte, wusste sie, dass das nicht reichte. Das war nicht das Leben in Schönheit, das sie ihm immer wieder versprochen hatte.

»Wer sind wir?«, fragte der Sohn, während er schniefte.

»Was meinst du?«

»Wer sind wir? Ich weiß nicht mehr, wer wir sind. Ich weiß es nicht.«

»Wir sind die Gerechten.«

»Bist du dir sicher?«

»Ja. Ich bin mir sicher.«

»Sogar hier?«

»Vor allem hier.«

Kapitel einhunderteinundfünfzig

Es war zu dunkel, um etwas zu sehen. Sie entzündete eine Hand, sodass er in dem schwachen Licht besser einschlafen konnte. Selbst umgeben vom Tod, hatte er vor der Dunkelheit keine Angst, solange er sie hatte.

Sie hörten ein Geräusch über ihnen. Es war etwas auf dem Dach. Beide richteten sich auf.

»Was war das?«, flüsterte der Sohn.

»Ich glaube, ich weiß, wer das ist.«

Leise sammelten sie ihre Sachen zusammen. Falteten die Landkarte. Verstauten die Feldflaschen. Schnürten ihre Stiefel. Sie konnte ihn nicht hören, aber sie wusste, dass er kam. Er hatte sie gerochen, als er über das Dach gewandert war. Durch die Mauern, durch den Stein, durch die Ziegel hindurch hatte er ihren Geruch wahrgenommen. Sie zog den Sohn auf die Füße, ihre wertvollste Schöpfung. Rechts von ihr tauchte ein großer Schatten auf.

Gesegnet sei jener, der zwischen jenen steht, die sie liebt, und dem Tod.

Er sprang mit Anmut durch die Fensteröffnung, ein Wesen, groß und warm. So mächtig seine Kraft. Er landete direkt auf ihr. Ein tödlicher Sprung. Sein Fauchen. Nichts als Zähne und rotes Maul, ebenso zerklüftet und schrecklich wie dieses Land. Sie konnte seinen furchtbaren Atem riechen und seine Klauen in ihren Schultern spüren, als er sie auf den Boden riss. Mit brennenden Händen stieß sie sein Maul von ihrem Kopf. Es war so weit geöffnet, dass sie glaubte, dieses Tier bestünde nur aus Zähnen, nur aus Tod und keinem Ende. Sein riesiger Schädel zitterte unter ihrem lodernden Griff. Er hieb nach ihr und dem Boden, als der Sohn neben ihr schrie. So lange hatte der Berglöwe sie verfolgt, dass sie beinahe Mitleid für diese ausgehungerte Kreatur empfand. Ein grausamer Laut war zu hören, gefolgt von einem Blutregen. Der Körper sackte leblos auf ihr zusammen, ein Schwert im Nacken. Der Sohn stand keuchend neben ihr, Blut auf seinem Gesicht. Aus einem Auge liefen rote Tränen.

»Du bist verletzt«, ächzte sie und schob den Körper des Tiers von sich herab. Blut drang aus ihren Schultern. Es roch nach Verbranntem, als das Blut ihre Arme hinab zu ihren Händen lief.

»Verbinde mich!«, befahl sie. »Rasch!«

Er riss Stücke von ihrem Umhang ab und band diese um ihren Oberarm. Ängstlich betrachtete sie ihn. Sein Auge war noch immer leuchtend rot, und seine Wange war aufgerissen.

»Tut es weh?«

Er nickte.

»Kannst du noch sehen?«

»Etwas.«

Er wickelte einen Fetzen seines eigenen Umhangs um seinen Kopf, damit das Auge bedeckt war. Sie sah, wie geduldig er sich selbst verband. Er hatte nicht geweint. Als wäre er einfach ein Junge, irgendein spielender Junge, und der Berglöwe nur eine kurze Störung.

Sie saßen schweigend neben dem toten Tier. Sie wischte sich einen dicken Tropfen von ihrem Gesicht.

»Was machen wir jetzt?«, fragte er.

»Wir haben etwas Wasser. Wir werden etwas Wasser trinken. Dann holst du den Honig, den wir in einem Behältnis im Ranzen haben, und reinigst damit unsere Wunden. Dein Auge bleibt erst mal bedeckt. Wir werden diesen Ort erst verlassen, wenn die Wunden geheilt sind.«

»Und der Berglöwe?«

»Ihn wirst du häuten und in Stücke schneiden. Du weißt, wie das geht«, keuchte sie gequält und legte sich auf den Rücken.

»Soll ich es sagen?«

»Wenn du willst.«

»Wir danken dir, Erde, für die Gabe einer deiner Kreaturen.«

»Und jetzt mach, was ich dir gesagt habe.«

»Das werde ich.«

»Du hast es gut gemacht. Er wäre stolz auf dich. So stolz«, sagte sie.

Dann verließen sie die Kräfte. Es wurde schwarz, und hier am Ende der Welt lösten sich alle Laute im Nichts auf.

Kapitel einhundertzweiundfünfzig

Sie wachte auf und sah ihn neben sich.

Daneben lagen blutdurchtränkte Stofffetzen. Er hatte neue Verbände um ihre Wunden gebunden, nachdem er sie gereinigt hatte. Der Topf mit Honig war leer. Eine rote Kruste hatte sich auf seiner verletzten Wange gebildet. Sein Auge war noch verbunden. Er sah wie ein Geächteter aus. Wie Calisto der Herrscher vielleicht einmal ausgesehen hatte, ehe ihn die Narben entstellten. Um ihn verteilt lagen Knochen, von Fleisch befreit.

»Du riechst nach Schnaps«, stellte sie leise fest.

»Ich habe einen Brunnen gefunden, aber er war voller Sand. Dann bin ich in eines der Häuser gegangen und habe dort einen Keller mit einem Fass voller Schnaps entdeckt. Ich habe ihn benutzt, um das Fell einzuweichen.«

»Gab es dort noch etwas?«

»Ich habe nicht weiter gesucht, weil ich dich nicht zu lange allein lassen wollte. Aber wir sollten das Fleisch braten, ehe es schlecht wird.«

»Warum hast du kein Feuer gemacht?«

»Ich musste bisher nie eines machen. Ich hatte immer dich.«

Er half ihr, sich aufzusetzen. Einen Kreis aus Steinen hatte er bereits gemacht. Sie ließ ihre Hände für ihn auflodern, und er begann, die Fleischstücke zusammenzutragen, die er geschnitten hatte. Sie starrte auf den abgetrennten und gehäuteten Schädel des Berglöwen, der neben ihr lag. In einem Anfall von Zorn griff sie danach und schleuderte ihn gegen die Mauer, er zerbrach. Ihre Verletzungen schmerzten. Sie merkte, dass ihr die Tränen kamen, aber sie hielt sie zurück. *Er hat uns verlassen*, dachte sie. *Er hat uns in der Wüste zurückgelassen, und wir müssen hier sterben.*

Sie sah den Sohn an, doch dieser hielt seinen Blick auf die Flammen gerichtet.

»Es tut mir leid«, sagte sie.

»Ich weiß.«

»Hast du Angst vor mir?«

»Ja.«

»Befürchtest du, dass ich dir etwas antun könnte?«

»Nein. Aber ich habe Angst davor, was du anderen antun könntest.«

Kapitel einhundertdreiundfünfzig

Land des Elends, wieso erstrahlt dein Himmel in solcher Schönheit?

Warum führst du die Verdammten in Versuchung mit einem Ort, wohin sie niemals gehen können?

Warum verspottest du sie mit einer Schönheit, die unerreichbar über ihren Köpfen schwebt?

Dieses Land des Staubes, dieser glitzernde Himmel aus blauestem Blau.

Gaia hoffte, dass er sich eines Tages daran erinnern würde, an diese seltsame Schönheit.

Sie verbrachten drei Tage in der ausgestorbenen Stadt. Jeden Morgen versorgte er ihre Wunden. Während sie ihm zusah, wie er einen neuen Streifen vom Umhang schnitt und die Risse in ihren Schultern verband, wusste sie, dass er nie mehr Kind sein würde. Diese Zeit war vorüber. Wenn sie nur in diesem Haus bleiben und so tun könnten, als wäre es ihr Heim, vergessen, was alles getan werden musste. Wenn sie nur ihr altes Dasein abstreifen und wie Eidechsen an Orten wie diesem leben könnten. Sich dem Draußen nie mehr stellen müssten. Glück im endlosen Sand finden und ihn wieder zum Kind werden lassen. Den Horizont des

Nichts zu dem Platz erwählen, an dem sie eines Tages als alte Frau sterben würde.

Kapitel einhundertvierundfünfzig

Aber er hatte sie stark gemacht in diesem Land des Elends.

Sie würden weitergehen. Sie mussten weitergehen.

Sie hatten das Fell des Berglöwen in der Sonne zum Trocknen ausgelegt. Es blieb ihnen nicht genug Zeit, um das Leder weich zu bekommen. Doch sie hatten keine Wahl. Der Rest ihres Umhangs wurde zum Verbinden der Wunden gebraucht.

Also legte sie sich das Fell auf die Schultern. Die Haut des Schädels bedeckte ihren Kopf. Die trockene Schnauze hing über ihren Augenbrauen. Sie drehte sich zum Sohn. Er würde den Ranzen tragen, bis ihre Schultern verheilt waren.

»Ist er zu schwer?«, fragte sie.

»Ich kann ihn tragen.«

Sie musterte ihn von Kopf bis Fuß. Es war ihr unklar, wie, denn sie hatten vor dem Angriff des Berglöwen lange Zeit zu wenig gegessen und waren schwach gewesen. Dennoch war er schon wieder gewachsen. Sie lächelte, denn auf einmal wusste sie, dass er einmal ein großer Mann werden würde.

Er fragte: »Was ist?«

»Nichts. Gehen wir weiter.«

Kapitel einhundertfünfundfünfzig

Endlich stießen sie auf das erste Zeichen, dass diese Odyssee nicht umsonst war. Das erste Zeichen, dass sie sich nicht verloren hatten.

Sie erreichten die Wolfssäulen, die genau dort lagen, wo die Landkarte sie verzeichnet hatte. Also hatten die Buchstaben und die Farben nicht gelogen! Es war das erste Mal, dass sie in dem trostlosen südlichen Neumexiko Hoffnung hegten. Nicht die Zeit konnte beweisen, wie lange sie schon unterwegs waren, noch ihre unzähligen Wunden und Blessuren, die sie sich dabei zugezogen hatten – nein, allein das geschriebene Wort war es, das niemals log.

Ihnen flatterten die Haare ins Gesicht, während sie das Naturspektakel betrachteten, das sich ihnen bot. Der Wind hatte wieder zu heulen begonnen.

»Siehst du es?«, murmelte er.

»Nein. Du?«

»Nein.«

Sie umrundeten die riesigen Gesteine, bis der Sohn schrie. »Hier!«

Sie lief zu ihm. Trat einen Schritt zurück. Das waren sie: Felsen, von der Erde aus dem Boden geschoben und in der Gestalt eines gewaltigen heulenden Wolfskopfs. Der Sohn umarmte sie. Dann blickten sie auf das weite, leere Land, das noch vor ihnen lag. Doch jetzt wussten sie, dass es so nicht ewig weitergehen würde.

»Vergiss das nie«, sagte sie zu ihm. »Vergiss nie, dass du einmal die Wolfssäulen mit eigenen Augen gesehen hast.«

»Das wird uns niemand glauben.«

»Nur ganz wenige wissen überhaupt, dass es sie gibt.«

»Aber wir wissen es. Und er wusste es.«

Sie trat zu der Felsformation und holte ihren Dolch heraus. Dann ritzte sie die Worte in den roten Stein, die sie als Wahrheit kannte. Sie nahm seine Hand.

»Für den Kämpfer«, las er vor.

Kapitel einhundertsechsundfünfzig

Und der Himmel begann, sich zu verändern. Das klare Blau wurde von dicken Wolken erobert, die gleißend helle Sonne war nicht mehr zu sehen und sollte auch nicht zurückkehren.

Es war Sommer geworden, doch hier verschmolzen alle Jahreszeiten zu einer.

Im Herbst würde der Sohn seit acht Jahren auf dieser Erde wandeln, doch sie würden nichts davon merken, denn hier färbten sich die Blätter nicht golden.

Ehe sie es wussten, war das, was gewesen war, verschwunden. Die Wüste hatte sie so lange verzehrt und nun wieder ausgespuckt. Hier lagen die Wolken übereinander wie Stoffe in Blau, Grün und Grau. Eine orangefarbene Sonne glühte bedrohlich auf sie herab und färbte die unteren Schichten der Wolken dunkelrot und violett. Sie wirkten so düster und schwer, als würden sie aus einer anderen Welt stammen. Ein Himmel sollte niemals blutrot leuchten. Hügel begannen, sich aus dem Boden zu erheben, scharf wie Reißzähne, und sie fragte sich, wo der Staub geblieben war, der sie so lange begleitet hatte. Nur ein Wüstentraum. Doch auch hier wuchs nichts.

Sie ließ den Sohn nicht aus den Augen, während sie dahinliefen. Sie konnten das Rauschen eines nahen Flusses hören. Dann wanderte das Geräusch in die Ferne, und sie merkten, dass sie der Widerhall der Hügel getäuscht hatte. Vögel sangen hier keine. Bäume gab es nicht. Gutes Land hatten sie schon lange hinter sich gelassen. Sie wandten sich nach links und folgten dem Geräusch des Wassers, bis sie schließlich einen kleinen Bach zwischen zwei Hügeln fanden. Sie ließen alles fallen, was sie trugen, und stiegen hinein. Tauchten unter die Oberfläche und fühlten sich wie Fische, die endlich nach Hause zurückgekehrt waren. Das Wasser hatte den Geschmack jener Welt, die sie kannten – wo es Wachstum gab und wo man trank. Den Geschmack von Heimat. Sie ließen ihre Kleider am sandigen Ufer trocknen. Endlich wieder Wasser zwischen den Zehen. Allem entledigt, das sie bedeckt hatte, eine badende Mutter und ihr Junges. Ihre Narben wurden im Wasser rosa. Die größte ihrer Narben, hinterlassen von dem Pfeil, der ihr Bein im Krieg von Ammon durchbohrt hatte, war wie eine Insel, die auf ihrer restlichen Haut wuchs.

Als ihre Kleider getrocknet waren, zogen sich Gaia und der Sohn wieder an. Danach setzten sie sich ans Ufer, wo sie sich die Haare auf der einen Seite ihres Kopfes rasierte. Sie befahl ihm, näher zu rücken. Als sie seine erste Strähne abrasierte, drehte er sich überrascht zu ihr um.

Bisher hatte sie sich immer geweigert, seine Haare zu schneiden.

Sie nickte ihm zu, und er wandte sich wieder ab. Vorsichtig rasierte sie beide Seiten seines Schädels. Legte sein altes Leben ab. Was übrig blieb, flocht sie. Ihr Krieger. Ihr Schüler. Der all das tun würde, wozu sie nicht in der Lage war. Was sie nie tun würde. Jetzt würde niemand mehr bezweifeln, dass er der Ihre war, falls sie die Rückreise ihrer Odyssee nicht überlebte.

Kapitel einhundertsiebenundfünfzig

Der rote Himmel verließ sie nicht mehr.

Selbst als die Sonne sich schlafen legte, blieb der Himmel weinrot. Alles hatte die Farbe von Blut. Die Kälte der Wüste in der Nacht gab es hier nicht. Sogar in der Dunkelheit herrschte lähmende Hitze. Dennoch brauchten sie ein Feuer. Licht würden sie immer brauchen.

Der Sohn schlief neben ihr. Sie entfernte den Stoff, der ihre Wunden bedeckte, und sah die Maden, die das abgestorbene Fleisch fraßen und sie so vor einer Infektion schützten. Diesen höllischen winzigen Kreaturen des Leids, die an ihr schlemmten, verdankte sie vermutlich ihr Leben. Sie riss neue Streifen von ihrem Umhang, verband die Wunden und starrte dann in die dunkle Stille. Wurden sie beobachtet? Sie dachte: *Habt ihr Augen, uns zu sehen? Habt ihr ein pochendes Herz?*

War dort irgendetwas, irgendwer, oder waren sie die einzigen Lebewesen am Ende der Welt? War er der einzige Mensch?

Er bewegte sich im Schlaf. Oh, wenn sie allein hier gewesen wäre, welches Entsetzen hätte sie befallen, nur ihren eigenen Atem zu hören! »Ich habe dich«, flüsterte sie. »Ich habe dich.«

»Ja, Mutter, ja. Du hast mich«, erwiderte er leise, die Augen geschlossen, weiter träumend.

Kapitel einhundertachtundfünfzig

Sie erwachten Seite an Seite. Nachdem sie etwas vom Fleisch des Berglöwen gegessen und ihre Feldflaschen gefüllt hatten, zogen sie weiter. Ein orangefarbener Sonnenaufgang tauchte den Himmel in ein feuriges Licht. Die Wolken waren dichter als am Tag zuvor und dunkelviolett gefärbt. Ein seltsames Heulen erfüllte die Luft. Alles Gute war verschwunden. Sie blickte hinter sich und schüttelte den Kopf.

»Wir müssen einen Unterschlupf finden«, sagte sie. Hinter ihnen war kein Horizont mehr zu sehen. Ein tosender Sandsturm tanzte über den Himmel und hüllte alles auf seinem Weg ein, selbst die Sonne. Man konnte nichts mehr erkennen. Gaia nahm den Sohn an der Hand, und sie rannten durch die kargen Hügel. Ihnen gegenüber lag ein Hügel, der am Fuße hohl war. Sie krochen auf Händen und Knien hinein, um in der kleinen Höhle Schutz zu finden. Der Sturm kam hörbar näher. Seine gierigen Finger griffen nach allem, was sich nicht verstecken, festhalten oder an etwas klammern konnte. Sie schlang die Arme um den Sohn und zog ihn an sich.

Welcher Zorn in einem solchen Wind lag!

Was hatte dieser Ort getan, um derart bestraft zu werden?

So trist und dann noch geschlagen!

Sie hielt den Sohn fest an sich gedrückt – ihre Blume in dieser Ödnis. Vor der Öffnung der Höhle rollten schicksalsergeben Steine vorüber, eine Parade des Untergangs.

»Wird uns der Sturm töten?«, flüsterte er.

»Nein. Der Sturm wird uns nicht töten.«

»Aber wir werden es nicht nach Hause zurückschaffen, oder?«

»Doch, das werden wir. Wir haben es ihm versprochen.«

Der Sturm hatte die Haut ihres Gesichts aufgeraut, ihre Augen tränten vom Sand. Als wollte diese Welt sie mit jedem Schritt aushöhlen. Das Wetter nahm stets etwas mit, wenn es sich wieder änderte. Als ob es sie wegwaschen wollte, bis nur noch Asche übrig blieb. Doch noch war sie am Leben, noch war sie die Mutantin. Sie würde niemals aufgeben. Sie würde auch gegen den Himmel ankämpfen, wenn es nötig sein sollte.

Der Sturm tanzte Richtung Osten weiter. Ruhe war wieder eingekehrt, wenn auch nicht Frieden, denn hier gab es so etwas nicht. Nichts, reines Nichts. Wieder beherrschten die dunklen Farben den Himmel und erinnerten sie daran, dass sie nicht hierhergehörten, dass es hier nichts Gutes gab. Auch nichts Böses, keine Geräusche, vor denen man sich fürchten musste, keine Gerüche, die sie anwiderten. Ein Land der Leere, voll von Wolken, durch die nichts hindurchdrang.

Die Tage vergingen, bis sie eines Morgens aufblickten und das Land schimmern sahen. Der Horizont bewegte sich. Eine dünne Schicht Wasser leckte an ihren Stiefeln.

Ein Land aus Wasser und Verderben.

Zum ersten Mal stießen sie auf das Meer, auch wenn es nur eine Täuschung war. Dieses Meer war kein echtes, es war das Untergegangene Land. Baumstümpfe, die es bis hierher geschafft hatten, trieben an den Stellen vorbei, an denen das Wasser etwas tiefer war. Kreaturen der Dunkelheit, vor denen sich die Fische fürchteten, schwammen zwischen den Stämmen. Von Menschen angefertigte Gegenstände aus einer anderen Zeit hatten die gewaltigen Hände des Wassers hier versammelt, wo sie angetrieben und für die Ewigkeit bewahrt wurden.

Es gab kein Zurück.
Was auch immer kommen mag, auf ewig hier gefangen,
denn die Macht des Untergegangenen Landes lässt dich
nie mehr los.

Im Wasser gab es eine triste Ansammlung verlorener Dinge. Hölzerne Puppen, Stühle und Schuhe hatten ein neues Zuhause in den Rissen und Spalten im Sand gefunden. Auf dem Grund lagen Knochen von jenen Lebewesen, die vorbeigekommen waren oder hier einmal gelebt hatten. Kleidungsstücke, grün gefärbt von Algen. Eine Welle ließ alles einen Moment lang tanzend verschwinden, ehe es von Neuem auftauchte und weitertrieb.

Etwas Großes befand sich auch im Wasser. Seine Haut zeigte sich im schwachen Licht des violetten Himmels, rau und uneben, als ob es ein Monster wäre, das der Mutantin selbst entsprungen wäre. Eifrig kam es näher. Endlich Besucher, Freunde, ein Festmahl! Gaia nahm den Sohn an der Hand, und sie kehrten an Land zurück.

»Was ist das?«, fragte er.

»In den Gewässern des Südens findet man sie oft. Julie ist mit ihnen aufgewachsen.«

Der große Alligator folgte ihnen zum trockenen Land und beobachtete sie. Seine Augen schienen für ein so riesiges Maul winzig zu sein. Gaia fühlte sich dieser Kreatur, die ebenso unansehnlich war wie sie selbst, merkwürdig verbunden. Sie jagte sie mit ihrem Feuer fort und versuchte dann herauszufinden, was noch im Wasser lebte. Dort schwammen Wesen, die Dinge wussten, von denen sie keine Ahnung hatte. Hier besaß sie keine Macht. Die Mutantin und der Sohn waren hier bloße Beute für all jene, die sie aus der dunklen Tiefe mit ihren Augen verfolgten. Sie waren Fleisch, das durch das Wasser watete, reine Landwesen, die genauso leicht untergehen konnten wie all diese Dinge um sie herum.

»Wenn sich das Wasser doch nur teilen würde. Dann könnten wir hindurchlaufen«, murmelte der Sohn.

»So etwas geschieht nicht in dieser Welt.«

»Nein. Nicht in dieser.«

»Wir können das Wasser weder bekämpfen noch beherrschen«, sagte sie und betrachtete die Baumstämme und die hölzernen Gegenstände aus lange vergessenen Häusern. »Aber wir können darauf segeln.«

Kapitel einhundertneunundfünfzig

»Das soll den anderen als Warnung gelten«, sagte sie und sah auf den toten Alligator hinab, der zu ihren Füßen lag.

Wie gewaltig er war, als sie vor ihm standen. Wie lang sein uralter Körper mit diesen Klauen voller Seetang und Schmutz. Wie schade, dass sie ihn dieser Erde hatten berauben müssen, doch hier würden sie keine Verbündeten finden. Keine Gnade. Der Kämpfer hatte sie mit sich ins Grab genommen. Sie suchte nach der Gnade in ihrem Kind, doch die Angst, es zu verlieren, war größer. Hier war der Blutdurst schwerer zu bekämpfen als zuvor, auch wenn sie, der Wildling, alles tat, um das einzige Gute, was ihr noch blieb, zu beschützen.

Gaia rollte die zwei Baumstämme zusammen, die sie aus dem Wasser geholt hatten. Das Mobiliar, das sie ebenfalls herausgefischt hatten, war auseinandergenommen und die Nägel und Schrauben gesammelt worden. Sie begann, den Alligator aufzuschneiden, nachdem sie dem Sohn Gelegenheit gegeben hatte, die wundersame und erschreckende Haut des Tieres zu bewundern. Sie sah seinen Augen an, dass er sich wünschte, sie hätten nicht das einzige Lebewesen getötet, dem sie seit Wochen begegnet waren.

»Er hätte uns angegriffen«, murmelte sie, während sie große Stücke Fleisch herausschnitt und über das Lagerfeuer hängte. »Er hätte uns gefressen.«

»Er war der erste seiner Art, den ich gesehen habe.«

»Hättest du dich entschieden, ihn zu verschonen?«

»Ja.«

Sie wischte sich den Schweiß von der Stirn, als sie die Knochen herausriss und sie ihm reichte, damit er sie säuberte.

Sie sagte: »Das Törichste, was ich je getan habe, war, jene zu verschonen, die mich niemals verschont hätten.«

Sie atmete langsam aus, als ob sie ein Geheimnis verraten hätte. Töricht nannte sie es, denn sie glaubte, es wäre etwas, was sie sich nie mehr leisten konnte. Töricht, denn ihre Entscheidung zu verschonen, war nicht von Herzen gekommen.

Doch es würde nie das Schlimmste sein, was sie tat – nicht nach all dem Blut, das in ihrem Namen vergossen worden war. Nein, es war der Fehler des Kämpfers gewesen, der einzige, den er je begangen hatte. Indem er in ihr die falsche Schülerin gewählt hatte. Sie würde niemals vollkommen sein, nicht wie der Sohn. Zu spät hatte sie verstanden, dass sie niemals zu den Gerechten gehören würde.

»Onkel hat gesagt, dass man Gnade braucht«, sagte der Sohn.

»Warum?«

»Er sagte, es sei das Einzige, was dich von deinem Feind unterscheidet.«

»Bei Weitem nicht das Einzige«, entgegnete sie.

Und er nickte zustimmend.

Kapitel einhundertsechzig

Sie zurrten die Haut des Alligators über die Baumstämme. Die Haut der Beine wickelten sie um das Holz und befestigten sie mit Nägeln. Ein Todeskissen, auf dem sie sich niederlassen konnten.

Ihr eigenes Floß aus Tod und Unglück,
auf den Gewässern des Gestern fahrend.
Alle an Bord, mögen sie leben oder ertrinken –
im Untergegangenen Land ist jeder willkommen.

Gaia drehte sich zu ihm. »Sitz ruhig. Fall nicht ins Wasser. Wir wissen nicht, was uns unter der Oberfläche folgt.«

Mit zwei Tischbeinen als Paddel begannen sie, sich vorwärtszubewegen. Das Wasser schaukelte sanft unter ihnen.

Hier also, hier endet stumm diese Welt, dachte sie. Ein wilder Himmel spiegelte sich auf den Wellen, doch das silberne Wasser trotzte der Dunkelheit, indem es alles Licht aufnahm, das es gab. Was auf dem Meeresgrund gelandet war, hatte sich in Wohnstätten verwandelt. Korallen wanden sich in Türmen aus Violett und Grün nach oben, Fische schwammen zwischen den Spalten hindurch. Es war eine andere Welt, sicher vor dieser hier. In den tiefsten Rissen des Bodens herrschte eine Dunkelheit, aus der neugierig Lebewesen blickten. Vergessene Bäume durchbrachen immer wieder das ruhig daliegende Wasser.

Kein Geräusch war zu hören. Wer lebte hier? Wer nannte dies sein Zuhause außer jenen Wesen, die sie nicht verstand? Stumme, schleimige, schlängelnde Kreaturen, die ihr zwar fremd waren, aber doch lebten. Dieses Wasser musste gut sein.

Unter der Oberfläche wurde es rasch tiefer, je weiter sie fuhren, und schon bald sah man, wie sich der Meeresgrund in einem abendlichen Himmel auflöste. Weder Sterne noch der Mond waren zu sehen.

Sie bemerkte die Schatten der Tiere. Größer als diese Baumstämme. Ihre Haut war glatt und glänzend, das waren keine Alligatoren. Ihre Flossen bildeten eigene Wellen, und sie wirkten wie riesige schuppenlose Fische. Es waren die Könige des Wassers, die unter ihnen tanzten, lautlos und geschmeidig. Kein Heulen, kein Warnruf. Die Oberfläche des Wassers trennte ihre Welten, und sie sprachen in einer Gaia unbekannten Zunge.

Der Sohn rückte ängstlich näher. Die Paddel bewegten sich langsam von links nach rechts. Immer wieder tauchte ein Alligator auf, doch meist folgten ihnen nur diese glatten Riesen. Ein Willkommensgruß von Kaltblütern.

»Bleib ruhig«, flüsterte sie.

»Und wenn wir fallen?«

Sie paddelten stumm weiter, durch die Gebiete fremder Wesen. An einigen Stellen blieb das Wasser ruhig, niemand durchbrach seine Oberfläche. Doch die Riesen kehrten immer wieder zu ihnen zurück. Wenn sie nicht direkt unter ihrem Floß schwammen, dann waren sie vor ihnen zu sehen. Als ob die beiden begleitet oder von ihnen verfolgt würden.

Es gab keinen Ort, um sich zu verstecken. Keinen Unterschlupf für die Beutetiere. Alles war dem Himmel ausgeliefert, der einzige Zeuge jenes Unseligen, das hier geschah.

Immer wieder Flossen, grau und schwarz. Dann hörten sie in der Ferne ein Singen, das seltsam fremd klang. Es kam von so weit her, dass es aus dem Himmel zu stammen schien. Doch Gaia wusste, dass es die Kreaturen unter ihnen erzeugten.

»Reden sie?«, flüsterte der Sohn.

»Ich glaube schon.«

»Mit uns?«

»Vielleicht.«

»Können wir antworten?«

»Paddle weiter. Wir wollen ihnen keinen weiteren Anlass zum Reden geben.«

Kapitel einhunderteinundsechzig

Das war der wahre Ort des Unbekannten.

Die Odyssee hatte sie an Orte gebracht, an denen sie nie gewesen waren. Doch all die Landschaften zuvor hatte sie zumindest theoretisch gekannt. Sie hatten Bäume, und wenn es keine Bäume gab, waren da Felsen. Wenn es keine Felsen gab, dann hatte es Erde gegeben, und wenn es keine Erde gab, dann Sand und Staub.

Doch ein Land, das untergegangen war, ein Land, auf dem sie nicht laufen konnten, weil es sich unter der Wasseroberfläche befand, war ihr gänzlich unvertraut. Dieses Land war nicht gut, es war unselig. Dieses Gewässer war zu verdammt, um zu einem richtigen Meer zu gehören. Man konnte sich hier auf nichts verlassen, denn jede Welle, die es gab, hätte nicht sein sollen.

Das schwache Tageslicht in diesem Teil der Welt war verblasst. Die dunkelvioletten und weinroten Wolken hatten sich in Schwarz verwandelt, um die Nacht willkommen zu heißen. Alles Licht war verschwunden. Der Mond konnte gegen diese Dunkelheit nicht ankämpfen, da er dahinter verborgen war. Beinahe glaubte man, er würde nie wieder auftauchen. Es herrschte absolute Schwärze. Luft und Wasser waren eins. Eine undurchdringliche Einheit.

Und dann gab es Licht. Ein kleines Feuer an einem so dunklen und nassen Ort. Das Licht schien hell über dem Wasser. Es konnte nicht sein, doch es war. Das Licht brachte dort Hoffnung, wo es keine gab. Beinahe alles war noch immer schwarz und unendlich, doch die Körper der beiden leuchteten vor dem kleinen Licht. Es waren noch immer ihre eigenen Körper, sie hatten sie nicht verloren. Sie konnten einander ins Gesicht sehen, ihre Augen sprachen ohne Worte. Und das Licht war gut.

Kapitel einhundertzweiundsechzig

»Erinnerst du dich noch daran, wie wir zum Fluss hinuntergegangen sind? Wir drei?«

Stimmen erfüllten die Stille. Gedanken, wie es sie hier eigentlich nicht gab.

»Ich erinnere mich.«

»Das waren gute Zeiten, nicht wahr?«

»Sie waren wunderbar.«

Kapitel einhundertdreiundsechzig

Sie gab ihm einen Kuss auf die weiche Wange. Ihr Feuer ließ seine Wimpern einen Schatten auf seine Haut werfen. Sie würde nicht schlafen, denn sie befürchtete, ihn sonst in ihren Albträumen verlieren zu können. Nicht schlafen, da er vielleicht in die Dunkelheit entschwand. Noch nie war ihnen eine Nacht so lang erschienen. Er döste immer wieder ein. Seine Augen waren geöffnet. Er stieß einen leisen Seufzer aus, und plötzlich zuckte sein Körper zusammen, als er sich daran erinnerte, dass kein Land unter ihm war. Sich daran erinnerte, dass es hier genauso dunkel war, wie wenn sie die Augen geschlossen hatten. Als die Wolken allmählich wieder rot wurden und die Sonne weit hinter ihnen aufging, fragte sich Gaia, wie viel Zeit vergangen war. Eine Nacht oder alle Nächte eines Lebens. Seine Haare schienen seit dem Tag zuvor länger geworden zu sein, seine Augen wirkten besiegt. *Sprich! Sprich und verwandle dieses Nichts in etwas, für das es sich zu leben lohnt.*

»Sprich«, bat sie ihn.

»Ich habe ein wenig geschlafen. Und du?«

»Nein. Ich weiß es nicht mehr.«

Sie kniff die Augen zusammen.

»Schlafe ich jetzt?«, fragte sie.

»Schläfst du?«

»Ich weiß es nicht.«

Er streckte den Arm aus und schnalzte neben ihrem linken Ohr mit den Fingern. Nichts geschah. Er tat das Gleiche neben ihrem rechten Ohr.

»Was machst du?«, wollte sie wissen.

»Wenn du schlafen würdest, hätte dein linkes Ohr gehört.«

»Wer hat dir das beigebracht?«

»Niemand. Hast du etwas gehört?«

»Nein.«

»Glaubst du, die Kugel ist noch dort drinnen?«

»Was?«

»Nichts.«

»Was hat Onkel dir erzählt?«

»Dass man dir ins Ohr geschossen hat.«

»Ich will über diese Dinge nicht sprechen.«

»Warum nicht?«

»Es gibt Wichtigeres, das man wissen sollte.«

»Hat es wehgetan?«

»Nein.«

»Aber Onkel hat gesagt …«

»Schau dich um. Hier ist nichts und niemand, und du willst dennoch über die Toten sprechen.«

Kapitel einhundertvierundsechzig

Sie spürte, wie sie hin und her schaukelten. Alles war schwarz. Sie hörte einen schwachen Ruf. Als sie zu fallen begann, öffnete sie die Augen und starrte in die seinen.

»Sprich«, bat sie ihn.

Er blieb stumm und bewegte sich langsam, als würde er vor einem Raubtier sitzen. Sie wusste, dass sie ihn verängstigt hatte.

»Ich hätte gestern nicht wütend werden sollen«, gab sie zu.

»Das war heute.«

»Wirklich?«

»Vielleicht nicht.«

»Ich hätte nicht wütend werden sollen, ob heute oder an einem anderen Tag.«

»Ich weiß.«

»Du kannst darüber sprechen, wenn du willst.«

»In Ordnung.«

»In Ordnung.«

»Ich habe noch nie jemanden im Sitzen schlafen sehen«, murmelte er.

»Habe ich geschlafen?«

»Ja. Ich dachte, du wärst tot.«

»Ich bin nicht tot.«

»Ich weiß.«

»Ich bin nicht tot.«

Sie paddelten. Die großen Flossen der Riesen umkreisten sie, ließen sie keinen Moment allein. Sie schwammen in all ihrer Pracht. Gaia holte das Fleisch aus ihrem Ranzen, und sie aßen. Sie hatte geglaubt, dass sie mehr übrig hatten.

Sparsam tranken sie aus ihren Feldflaschen. Der Sohn beobachtete sie, während er sich den Mund abwischte. Das Floß schwankte, als ein Windstoß zwischen sie fuhr.

Halte dich fest, denn deine Haut würde unter Wasser nicht überleben.

Deine Knochen würden den Meeresgrund nie mehr verlassen.

Die Landkarte mit den geschriebenen Worten würde auf dem Wasser treiben, bis auch sie als Letzte untergehen würde. Aufgelöst die Tinte und mit ihr die Welt.

Sie sah sich nach der Sonne um, damit sie ihr folgen konnten. Nur ein weinroter Schimmer war zu sehen. Nie mehr würde die Farbe für sie so sein wie zuvor. Ah, das ferne Heulen der Riesen. Wie das Weinen eines untröstlichen Kindes. Sie warf einem der Tiere, das sie beobachtete, einen Blick zu. Sein Auge musterte sie, während es auf der Seite dahintrieb. Um die Pupille war ein schwarzer Kreis zu sehen. Wissend und dennoch ausdruckslos. Niemand, den sie lieben konnte.

Hier gab es nur ein Wesen zu lieben,
warm wie die Farbe des Lebens.
Die Stimme der ganzen Menschheit in einem einzigen Laut.

Kapitel einhundertfünfundsechzig

Sie schlug ihre Augen nach einem Schlaf auf, den sie nicht gewollt hatte – eine starke Bewusstlosigkeit, die Erschöpfung und das Schaukeln des Floßes hervorgerufen hatten. Und sie sah ihn. Sie sah, wie er den Arm ins Wasser streckte und die Haut des unliebsamen Tieres streichelte. Seine schleimige Hülle war so dicht, dass das Wasser sie nicht auszutrocknen vermochte. Sie machte das Tier ebenso unbesiegbar an diesem verfluchten Ort wie seine gewaltigen Lungen. Die Hand des Sohnes, so schön und menschlich.

Nur gute Wesen hatten so zarte Haut, die leicht zerstört werden konnte. Die Flosse streckte sich, um die menschliche Hand zu erreichen. In seiner anderen Hand hielt der Sohn ein Stück Alligatorfleisch, das er jetzt ins Wasser fallen ließ. Sie sprang vor und packte ihn am Handgelenk. Das Floß schwankte unter ihnen.

»Sie wollen uns nichts tun«, sagte er.

»Nein. Sie wollen uns fressen.«

»Du tust mir weh.«

Dort, wo sie ihn gepackt hatte, war ein roter Ring zu sehen. Sie setzte sich. Ihre Hände brannten noch nicht, aber ihr Zorn ließ sie bereits heiß werden. Wund, rau, Blasen werfend. Abgeblättert, roh, offen. Eingehüllt in Schreckliches, so wie an diesem Ort. Sie bat ihn um Verzeihung.

Kapitel einhundertsechsundsechzig

Sie paddelten den ganzen Tag über, bis es wieder Nacht wurde. Gaia konnte die Wesen in der Dunkelheit hören und fühlen, das Spritzen des Wassers, das stärkere Schaukeln des Floßes. Sie fürchtete sich zu sehr, um die Augen zu schließen. Sie wusste, dass der Sohn ihnen heimlich Fleisch gegeben hatte. Ihr Vorrat war an diesem Ort, an dem nichts passierte, zu schnell kleiner geworden. Er suchte heimlich ihre Freundschaft. Nähe zu einem anderen Wesen. Irgendeine Art von Gemeinschaft.

Bitte, lass es eine Verbindung geben.

Lass die Stimmlosen verstehen.

Lass das Raubtier zum Freund werden.

Sie konnte nicht lange wütend auf ihn sein. Stattdessen weinte sie in der Schwärze der Nacht. Wozu brachte ihn seine Einsamkeit? Sie hörte ihre seltsamen Rufe in der Dunkelheit, wie sie um mehr baten. Was würden sie tun, wenn sie verstanden, dass er nichts mehr zu geben hatte?

Kapitel einhundertsiebenundsechzig

Am Morgen sahen sie zum ersten Mal Land. Es befand sich nahe genug, um erleichtert zu sein, und weit genug entfernt, um noch davon zu träumen. Zuerst waren sie sich nicht sicher, ob es Land war, denn der Sand des kargen Landes hatte dieselbe rote Farbe wie der Himmel. Vielleicht war es nur das Ende aller Dinge. Das Ende des Endes, wo das Floß auf den Himmel treffen würde, das Wasser auf das Nichts und wo sie in einen tiefen Abgrund stürzten. Doch je näher sie dem Horizont kamen, desto klarer sahen sie das, wovon sie geträumt hatten. Sie entdeckten etwas, was das Auge nicht leugnen konnte und das sich aus der flachen Landschaft erhob. Es war der Berg mit seinem spitzen Gipfel, dem Wolken eine Krone gaben. Das helle Gelb des Feuers. Das geschriebene Wort hatte sein Versprechen gehalten.

»Er ist gestorben, ohne es zu erfahren«, murmelte sie. »Er starb, ohne zu wissen, dass es existiert.«

»Aber er wusste es. Er hat es gewusst. Er hat uns hierher geschickt, weil er es wusste.«

Sie nahmen ihre Paddel, und die aufmerksamen Wesen begleiteten sie. Je näher sie zum Ufer kamen, desto lauter wurden die Riesen, als ob sie wüssten, dass das Ende nahte.

Bleibt, bleibt, alles endet hier.
Verlasst uns nicht,
verlasst uns nicht,
denn alles endet hier.

Das Untergegangene Land hallte von ihrem Geheul wider. Ihre Flossen berührten das Floß. Ihre Körper schoben es von einer Seite zur anderen. Vor ihnen befand sich eine klare Schneise im Wasser, wo sich die silberne Farbe in ein schlammiges Grün verwandelte. Eine Trennungslinie zwischen Alt und Neu. Zwischen Gut und Schlecht. Als das Floß sie erreichte, stellten Gaia und der Sohn fest, dass sie allein waren. Alle anderen Lebewesen waren verschwunden. Die Riesen hatten hinter ihnen angehalten. Ihre Körper waren reglos, während sie an der Grenze zwischen den Farben einen Moment lang warteten, trauernd um das, was sie verloren hatten. Dann drehten sie sich um und schwammen davon.

Hatten sie ihnen nichts bedeutet?

Waren sie und der Sohn nicht der Grund gewesen, warum sie schwammen? Das Geschenk, das sie begehrten, die Beute, die sie suchten? Nicht einmal Hunger hatte sie an sie gekettet. Keine Hungersnot war es gewesen, die ihre Freundschaft begründete.

»Warum haben sie uns verlassen?«

»Ich weiß es nicht.«

»Was haben wir getan?«

»Nichts.«

Ein schrecklicher Gestank erfüllte die Luft. Ein Geräusch drang aus dem Floß, doch sie gingen nicht unter. Sie hielt das Paddel hoch. Sein unteres Ende knisterte. Sie sah hinab. Unter dem Floß brodelte es. Hastig warf sie ein Stück Alligatorfleisch ins Wasser und beobachtete, wie es sich auflöste.

»Das Wasser wird uns nicht passieren lassen«, flüsterte sie.

Es war nur eine kurze Strecke bis zum Ufer, das schon so nahe war. Aber das giftige Wasser hatte bereits das Ende des Floßes zerstört. Bald würde es auch die Alligatorhaut verätzt haben.

Gaia stand auf. »Ich will, dass du auf meine Schultern kletterst«, befahl sie. »Und halte dich so fest wie möglich.«

»In Ordnung.«

»Wenn ich stürze, möchte ich, dass du rennst. Warte nicht auf mich. Zieh sofort die Stiefel aus, sobald du an Land bist. Hast du mich verstanden?«

»Ich will nicht ohne dich gehen.«

»Du musst. Verstehst du?«

»Ja.«

»Wirst du es tun? Wirst du rennen?«

»Ja.«

»Sag: Ja, Mutter, ich werde es tun.«

»Ja, Mutter, ich werde es tun.«

Die Paddel hatten sich fast aufgelöst. Er kletterte auf ihre Schultern. Sie waren schon so nahe, und das Wasser reichte ihr nur bis zu den Knien. Sie streckte ihre Hände aus und hielt sie nach unten. Nun galt es, noch diesen Feind zu besiegen. Sie ließ ihr Feuer derart auflodern, dass seine Kraft kaum zu ertragen war. Es bahnte ihnen einen Weg bis zum Strand.

Sie sprang vom Floß. Seit Wochen waren sie nicht mehr gelaufen. Hatten alles vergessen, was Landlebewesen gewöhnlich taten. Ihre Beine verkrampften sich, ihre Füße fühlten sich hölzern an. Vor Schmerzen ging sie auf die Knie. Sie musste nur brennen! Nur so brennen, wie es ihre Natur war. Selbst im Tod noch brennen. Sie spürte, wie der Sohn auf ihr ins Wanken kam, doch seine Arme blieben fest um ihren Hals geschlungen. Langsam stand sie auf und begann, zitternd einen Schritt nach dem anderen zu gehen, während sie ihr Feuer weiterhin am Lodern hielt.

Dieser uralte Kampf.

Atemlos, halb blind.

In diesem Kampf gab es keine Sieger.

Selbst der Sand begann dort zu stieben, wo ihr Feuer brüllte. Ihre Stiefel brannten, und der Saum ihrer Hose wurde schwarz. Sie merkte, wie er auf trockenen Sand sprang. Ihr Körper sackte auf den Boden, und ihre Hände flackerten noch, als sie die Finger in den Sand vergrub, um sie zu löschen. Land. Die Erde. Das Nichts lag hinter ihnen. Es war noch nicht zu Ende. Dieses Land war nicht gut, noch nicht. Doch gesegnet sind jene, die Land unter ihren Füßen spüren.

Kapitel einhundertachtundsechzig

Schwarze Wolken zogen an ihnen vorbei, während sie still am Strand lagen. Sie waren vom Untergegangenen Land zu einem gekommen, das regungslos war. Ein Land, das nie neu geboren worden war, in dem es so etwas wie Leben nicht gab. Ein Ort ohne Jahreszeiten, ohne Hoffnung. Doch in all dem gab es ein Geschenk.

Zwei Körper lagen dicht an dicht auf dem roten Sand. Einander an den Händen haltend, die Beine verschlungen. Leises Atmen. Es gab Leben.

Er öffnete ein Auge und sah das bewusstlose Gesicht seiner Mutter vor sich. Er zählte die Venen und Flecken auf ihrem Gesicht. Die Narben und ihre Schatten. Ihr Mund war eine dünne Linie. Selbst im Schlaf wirkte sie ernst. Er betrachtete ihr verstümmeltes Ohr und die Haut auf ihrem Schädel, wo keine Haare wuchsen.

Und er dachte: *Das ist meine Mutter. Ich gehöre zu ihr. Sie gehört zu mir. Es gibt viele Söhne, aber nur einen wie mich. Sie ist meine Mutantin. Es gibt nur eine wie sie, und sie gehört zu mir.*

Langsam schlug sie die Augen auf. Lächelte ihn an. Ein zärtlicher Ausdruck auf dem Gesicht einer Mörderin. Sie streckte die Hand aus, um ihm über die Wange zu streichen. Sie nickte. *Ja,* sagte sie mit ihrem Blick, *ja, wir haben das Untergegangene Land überlebt.* Sie zog den Stoff von seinem linken Auge, um die Wunde zu inspizieren. Der Riss war verheilt, aber die Iris würde für immer verletzt bleiben. Eine rote Linie durchschnitt das Braun. Das erste Zeichen auf seinem Körper, die erste Narbe aus einem Kampf. Aber es hätte schlimmer kommen können. Wenn er wie sie ausgesehen hätte …

Kapitel einhundertneunundsechzig

Nachdem sie sich so lange kaum bewegt hatten, waren ihre Muskeln geschrumpft. Sie hatten so reglos gelebt wie Leichen im Tod. Jetzt mussten sie die Odyssee noch bis zu ihrem Ende durchstehen, wo Reglosigkeit dem Tod gleichkam. Vor ihnen lag eine Jagd, denn sie waren nicht allein, auch wenn das, was sie begleitete, nicht lebendig war. Vor ihnen hing dicker Rauch in der Luft und stieg in einen schrecklichen Himmel auf. Von hier aus war der Berggipfel nicht zu sehen. Durch den Rauch konnten sie jedoch die Feuer erkennen, die sie zu ihrem Ziel lenken würden.

So sind die Bäume in einem Land, das nicht gut ist.
So sind die Bäume der Lieblosigkeit:
Ihre Früchte bestehen aus Rauch, und ihre Äste sind Flammen.
So ist das Land, wo niemals Liebe sein wird:
Feuer erwächst aus roter Erde.
Was nicht brennt, das qualmt.

Auf dem Boden sahen sie Flecken aus schwarzer Asche – wie die Spuren eines Wesens, das nirgendwo sonst existierte. Überall waren Risse, wo sich das Feuer ausruhte und aufloderte, wenn die Sonne auf- oder unterging.

Schweigend sahen sie dem Rauch beim Tanzen zu. Das einzige Geräusch, das sie hörten, war das Knurren ihrer Mägen. Sie hatten nichts mehr zu essen. Sie hatten aus Angst vor dem, was sie von ihrem Floß hätte reißen können, nicht gefischt. Es gab nur noch wenige Tropfen Wasser in ihren Feldflaschen. Da war bloß der Sand, der zwischen ihren Fingern hindurchrieselte.

Gaia holte die Landkarte heraus. Sie würde bald auseinanderfallen. Zuerst mussten sie nach Osten gehen. Mühsam stand sie auf und zog ihn hoch.

»Werden wir hier sterben?«, fragte der Sohn.

»Ich habe dir gesagt, dass du nicht über den Tod sprechen sollst.«

»Werden wir?«

»Nein.«

»Gibt es an einem solchen Ort noch etwas anderes?«

»Ich wurde für dieses Land geschaffen. Ich bin deine Rüstung, dein Schild. Komm her.«

Sie schnitt ein Stück Stoff von ihrer angebrannten Hose und wickelte es ihm um Nase und Mund, um ihn gegen den Rauch zu schützen. Dann schnitt sie sich selbst ein Stück zurecht. Sie hängte das Berglöwenfell über die Kapuze seiner Robe, damit ihm glühende Asche nichts anhaben konnte. Schließlich legte sie die Hand auf seine Schulter, und sie drehten sich ein letztes Mal zu dem Untergegangenen Land um.

Es bildete Eingang und Ausgang zur Welt der Menschen, und seine Grausamkeit war stumm, aber fürchterlich. Die Mutantin fragte sich, ob sie der Kämpfer jemals losgeschickt hätte, wenn er gewusst hätte, was vor ihnen lag.

Sie liefen durch den Rauch, der sie willkommen zu heißen schien. Im Gehen zählten sie die schrecklichen Risse und Krater im Boden. Sie sahen aus, als wären dort vielleicht einmal Bäume gewachsen, ehe der Wind sie herausgezogen hatte. Orte, an denen früher einmal Nagetiere unter der Erde gelebt hatten. Doch jetzt gab es hier nichts mehr, nichts außer dem schrecklich brodelnden Feuer, das wie eine offene Wunde aus der Erde stieß. Die Asche auf dem Boden färbte ihre Füße schwarz. Klebte an Haut und Augen. Der Sohn hielt ihre Hand, während er ihr dicht auf den Fersen blieb. Wenn ein Feuer aufloderte, würde es sie zuerst treffen. Eine Flamme stieß aus dem Boden, gefolgt von einem Funkenregen. Sie sprangen zurück. Die Flammen stürzten in den Krater wie ein Raubtier, das in seine Höhle zurückkehrte. Sie hörte, wie er hustete, und drückte seine Hand. Er drückte die ihre.

Sie kamen an schwarzen Bäumen vorbei, so hart wie Stein. Dieser Ort war nicht immer ohne Leben gewesen. Dann gelangten sie an einen offenen Spalt im Erdboden. Weit unten konnten sie es orange und gelb leuchten sehen. Sie sprangen darüber hinweg und entkamen den Flammen, die aus einem weiteren Riss nach oben drangen. Schweiß bedeckte bald ihre Körper. Die Hände wurden rutschig, die Haare klebten in ihren Nacken. Sie litten unter den Anstrengungen, und doch sah Gaia vor allem das, woraus sie gemacht war.

Jeden abgestorbenen Baum, den sie sahen, nahmen sie zum Anlass, sich auszuruhen. Der Rauch war hier so dicht, als ob alle Wolken aus dem Himmel gestürzt wären. War das, was sie vom Floß aus gesehen hatte, nur ein Traum gewesen? Sie blickte den Sohn an und erkannte die Niederlage in ihm. Ein weißes Gesicht, rote, tränende Augen und eine Brust, die sich rasch hob und senkte. Als sie aufstand, blieb er sitzen.

»Mutter?«, fragte er und sah zu ihr hoch.

»Ja?«

»Ich habe Hunger.«

»Ich weiß. Es tut mir leid. Es tut mir so leid.«

Sie zog ihn hoch. Seine Hand in der ihren. Warm, menschlich, gut. Sie gingen weiter. Das Licht veränderte sich. Die Zeit schien zu vergehen. Vielleicht ging irgendwo die Sonne unter. Dann sprach er wieder.

»Mutter?«

»Ja.«

»Schau.« Er zeigte mit dem Finger nach oben. Der Rauch hing noch in der Luft, aber sie konnte eine Lücke zwischen Rauch und Wolken erkennen. Und dort zwischen den Wolken sah sie den Roten Berg.

Kapitel einhundertsiebzig

Es war eine Nacht, die zu erkennen war und nicht von der Schwärze verschluckt wurde.

Jedes Feuer ein gefallener Stern, einen Weg weisend.

Das Knistern der Flammen wie der Gesang von Nachtigallen.

Die Wolken schimmerten sanft im Licht. Sie lag neben ihm. Ihre nackten Füße waren aneinandergeschmiegt. Er musste seine Stiefel ausziehen, sonst hätte das Leder seine Haut verbrannt. Sie hörte seinen leeren Magen knurren.

Er fragte: »Wird uns das Feuer verbrennen?«

»Nein«, sagte sie und strich ihm über den Kopf. »Schlaf jetzt, denn wir haben nur die Träume, die uns nähren können.«

Kapitel einhunderteinundsiebzig

Ein Sonnenaufgang, so dunkel wie die Dämmerung. Schweißgebadet spürte sie einen starken Wind über das Land fegen. Asche wirbelte durch die Luft. Sie konnte eine Welle aus Feuer erkennen, die wie eine Wand daherkam. Geführt vom Wind, rollte sie auf sie zu – frei tanzend, bis etwas sie wieder ergreifen würde. Gaia rüttelte den Sohn wach und zerrte ihn hoch. Sie sammelten ihre Sachen zusammen, während der Wind stärker wurde. Wie mächtig seine helfende Hand. Sie drehte sich zu den Flammen, die bereits an ihren Füßen leckten.

»Renn!«, befahl sie und reichte ihm den Ranzen. Dann schob sie ihn vorwärts. Er antwortete nicht, doch seine Füße bewegten sich rasch über den Boden. Sein Körper verschwand zwischen zwei Steinen, wo die Flammen ihn nicht erreichen konnten. Sie versuchte, ihm zu folgen, war jedoch zu schwach, um mitzuhalten. Das Feuer verbrannte ihr Hose und Hemd, während sie auswich und zur Seite rollte, wo der Boden die Flammen abtötete. Keuchend setzte sie sich auf und sah zu, wie das Feuer einem Tornado gleich vorbeiraste und dann erlosch. Sie erhob sich und rannte zu der Stelle, an der sie ihn das letzte Mal gesehen hatte.

»Wo bist du?«

Der Wind wirbelte roten Staub durch die Luft. Sie kniff die Augen zusammen. Jeder Atemzug ließ sie husten. Endlich entdeckte sie den Sohn zwischen Rauch, rotem Sand und Asche. Sein dünner Körper war der einzige Baum, der noch aufrecht stand.

»Hier bin ich.«

Sie nahm ihn in die Arme. Unverbrannt. Ihre Hände waren voll getrocknetem Blut, Dreck und anderen ruchlosen Dingen, doch sie vermochten noch die seinen zu halten. Jeder Windstoß, ganz gleich, wie sanft er auch war, zehrte an ihr. Sie sah sich um. Doch sie fand den Roten Berg nicht mehr – als hätte der Feuersturm ihn mit sich genommen. Wie trügerisch doch ein so gewaltiger Berg sein konnte, indem er sich vor den einzigen Lebewesen verbarg, die hier Augen besaßen. Die Landkarte konnte ihnen nicht weiterhelfen. Sie bestand nur aus windigem Papier, und ihre Worte waren nichts als Träume.

Mit dem Staub kamen Feuersbrünste,
wie eine vorbeimarschierende Armee,
wie eine ihr einmal vertraute Armee,
jedoch in Formen wiedergeboren, die nicht sein konnten.

Sie zog den Sohn fort, und sie flohen weiter. Jedes Feuer, das sie passierten, schien wie das vorherige. Niemals endende Hitze, als ob die Sonne auf die Erde gestürzt wäre, und sie vor ihren Überresten fliehen mussten. Er hustete und keuchte, und sie hörte ihn nach ihr rufen. Als sie sich zu ihm umdrehte, war sein Gesicht voll roten Staubs. Tränen liefen wie kleine Bäche seine schmutzigen Wangen hinab. Er ließ sich auf die Knie fallen und schüttelte den Kopf.

»Nein«, sagte er.

»Bitte«, flehte sie und zog ihn hoch. Er versuchte, sie abzuschütteln. Seine Füße waren von der Hitze verbrannt. Jedes Stück Haut, das nicht unter Stoff lag, war verbrannt.

»Nein«, wimmerte er.

Ein weiteres Feuer raste an ihnen vorbei. Um es in ihrer Verzweiflung abzuhalten, setzte sie ihre eigenen Flammen ein. Ein Kräftemessen unter Gleichen, ein Wiedersehen mit einem Vorfahren. Das Feuer wandte sich in Richtung ihrer Flamme und traf dann auf den Wind. Sie sah ihm nach, wie es verschwand. Der Sohn weinte noch immer. Er war das einzig Schöne hier, gegen einen solchen Ort kam er nicht an. Er war herrlicher als alles um ihn herum, und gerade deshalb würde er am leichtesten unterliegen. Sie wischte sein Gesicht ab, das selbst im Leid vollkommen war.

»Bitte«, flehte sie, wandte ihm den Rücken zu und ließ sich auf ein Knie nieder. Dann bat sie ihn, auf sie zu klettern. Zuerst rührte er sich nicht. Nur der Wind fuhr über sie hinweg. Doch schließlich spürte sie seine Hände in ihren Armbeugen, und seine Arme schlangen sich um ihren Hals. Sie stand auf. Jeder Schritt konnte hier tödlich sein. Sie wusste, dass sie ihn nicht weit tragen könnte, denn sie befürchtete zusammenzubrechen. Doch das durfte sie nicht. Sie musste ihm beweisen, dass sie diesen Ort überleben konnte. Denn wenn es ihr nicht gelang, dann würde es ihm auch nicht gelingen.

Kapitel einhundertzweiundsiebzig

Sie lagen wie Tote auf der Erde. Wie durch ein Wunder – das einzige Wunder an diesem gottverlassenen Ort – waren sie noch am Leben. Der Wind hatte eine dicke Schicht roten Staubes auf sie gelegt. Sie mit dem umhüllt, was gekommen und gegangen war, aber nie ganz fort sein würde. Das durch dieses Land in der Hoffnung wehte, eines Tages zu entkommen, ohne es je zu schaffen. Die Füße, Knie und Hände des Sohnes waren unter Staub vergraben. Ein Schrei entkam ihm, und sie wachte abrupt auf. Sein Schrei erfüllte die Luft. Gaia zerrte ihn aus dem Staub und versuchte, ihn zu beruhigen.

»Ich bin in das Feuer gefallen«, weinte er. »Ich konnte nicht mehr atmen.«

»Ich lasse dich nicht fallen.«

»Die Albträume hören nie auf«, sagte er leise.

»Ich weiß.«

Sie hielten sich fest, die Augen geschlossen. Eine sanfte Brise blies weiche Asche und Staub durch die Luft. Jeder wache Moment bestand aus nur einer Botschaft: Nie mehr. Sie versuchte, an Geschichten von Gerechtigkeit und Güte zu denken, die sie ihm erzählen konnte, doch es fielen ihr keine ein.

»Ich will hier nicht sterben«, flüsterte der Sohn.

»Was habe ich dir gesagt?«

»Ich soll nicht über den Tod sprechen.«

»Ja.«

»Wir werden also nicht hier sterben?«

»Hier nicht.«

»Und du wirst weiterhin brennen?«

»Ich werde immer brennen.«

Er hielt sich den schmerzenden Magen, der so leer war, dass ihm übel wurde. Sie sah ihn an, und er erwiderte ihren Blick. Dann schaute er hinter sie. Er reckte das Kinn, und seine Augen schienen den Himmel zu erreichen. Falls sie jemals nach Neuamerika zurückkehrten, würden sie die Geschichte von jenem Tag erzählen. Von dem Ort, an dem alles begonnen hatte. Dem Ursprung der neuen Welt.

Der Anbeginn dieser Welt sah durch die Augen der Gequälten so aus: Am Fuße eines gewaltigen Berges war es dunkel und kalt, doch je höher er wurde, desto röter leuchtete er. Es zierten ihn Höhlen und Schluchten, in denen die Dunkelheit lebte und das Licht regierte. Dort gab es kein Vogelgezwitscher, das diesen Anblick begleitete, keine geflügelten singenden Wesen, sondern nur die Freude des Sohnes, als er aufstand und losrannte, als wäre er wieder ein Kind. Der Traum hatte sich erfüllt. Die verschwundene Welt kehrte zurück. Hoffnung kam wieder. Sie hatten das Land in seiner Nacktheit und Schrecklichkeit gesehen. Doch ihre Odyssee hatte sich in diesem Land nicht als vergeblich erwiesen. Der Rote Berg hieß sie willkommen.

Gesegnet sei der Oberste Leser, der als Einziger einer Mutantin vertraut hatte.

Kapitel einhundertdreiundsiebzig

»Bleib hinter mir. Wir wissen nicht, was in der Dunkelheit Zuflucht gefunden hat.«

Mit einer Hand hielt sie die seine, die andere erhellte mit ihrem Feuer die Schwärze. Sie machten die ersten Schritte in die Höhle des Roten Berges. Wie lange hatten diese Wände kein Licht mehr gesehen? Wie lange brauchte es, bis keine Schatten mehr geworfen wurden, bis die endlose Schwärze alles beherrschte, bis der Kampf gewonnen war, weil jegliches Licht in alle Ewigkeit gebannt wurde? Wie lange dauerte es, hier auf Licht, auf eine Mutantin zu warten, die mit einem Feuer kam, das nicht gelöscht werden konnte?

Ihre Schritte hallten von den Wänden wider, je tiefer sie vordrangen. Wie lange war es her, seitdem sie ihre Schritte mit solcher Klarheit vernommen hatten? Wie lange war es her, seitdem sie keine dunklen Wolken von oben aufmerksam beobachtet hatten? Luft zu atmen und zu wissen, dass sie bleiben würde. Die gewundenen Tunnel lockten sie immer tiefer. Endlich gab es Bewegung im Schnabel des Berges. Etwas hastete durch seine Eingeweide. Es gab Leben, das Leben der Mutantin und des Sohnes. Das weinrote Licht von draußen tanzte kaum über die Wände hinter ihnen, und vor ihnen lag absolute Dunkelheit. Sie spürte, wie der Sohn sie zurückzog, aus Furcht vor dem Nichts, dem sie bisher immer wieder entkommen waren.

Sie ließ sich auf ein Knie nieder.

»Schau mich an«, sagte sie. Er blickte auf und sah ihr in die Augen. Und er dachte: *Das ist meine Mutter. Meine Mutter und ich wissen, was Gerechtigkeit ist. Wir kennen sie gut.*

»Du und ich wissen, was Gerechtigkeit ist«, erklärte die Mutantin. »Ich weiß es, aber du lebst sie.«

»Aber vielleicht werden wir diese Höhle nie mehr verlassen, um das zu beweisen.«

»Und wenn wir es doch tun?«

Sie stand auf. Die beiden fassten sich an den Händen und gingen weiter. »Und wenn wir es doch tun …«

Kapitel einhundertvierundsiebzig

Der Boden unter ihren Füßen wurde abschüssig, und sie spürten, dass ihnen kältere Luft entgegenschlug. Die Härchen auf ihren Körpern stellten sich auf. Sie hatten so viele Monate in unsäglicher Hitze ausgeharrt, und nun sahen sie sich einer Kälte gegenüber, der sie ebenso wenig entkommen konnten. Gaia hörte, wie seine Zähne in der Dunkelheit zu klappern anfingen. Hier unten rührte sich nicht das kleinste Lüftchen. Durch wild zerklüftete Gänge, die nicht von Menschenhand stammten, ging es abwärts. An den Wänden zeigten sich Formen, die an furchtbare Raubtierrachen erinnerten. Steine standen wie gefährliche Reißzähne heraus. Als wären sie im Maul des Berglöwen, nachdem er sie doch noch gefressen hatte. Sie hatte das Tier genug erlebt und seinen heißen Atem in ihrem Gesicht gespürt, um sich vorstellen zu können, wie es sein würde.

Je weiter sie vordrangen, desto breiter wurden die Gänge. An einem so dunklen, tiefen Ort stiegen alte Erinnerungen in ihr an die Oberfläche. Erinnerungen an Böses, an Blut, an all die Morde.

Mörderin, flüsterte es. Sie stieß erschreckt einen Schrei aus und sah sich in der Schwärze um.

»Was ist los?«, fragte der Sohn.

»Nichts.«

»Woran hast du gedacht?«

»An nichts.«

»An etwas Schlimmes?«

»Ja.«

Der Boden fiel ab, stieg an und fiel wieder ab. Sie hörten etwas tropfen, dann wurde das Geräusch schwächer. Nur um nach einer Weile wiederzukehren. Ihre Zehen wurden nass – eine große Lache aus Flüssigkeit, durch die sie hindurchwaten mussten. Gaia beugte sich hinab und trank einen Schluck. Wasser ohne Geschmack, Wasser aus der guten Welt. Sie tranken gierig und füllten ihre Feldflaschen. Vielleicht zum letzten Mal. Ein Labyrinth aus Leben und Tod. Hier und da saßen Insekten an den Wänden. Sie fing sie ein und erhitzte sie, ehe sie diese aßen. Ihre Mägen konnten es kaum ertragen. Nach ihrem Mahl legten sie sich hin und beobachteten die Schatten, die ihr Feuer an die Wände warf.

»Mutter?«

»Ja?«

»Findest du, dass du ein gutes Leben hattest?«

Stille. Dann sagte sie: »Ja.«

»Warum?«

»Ich habe lange gelebt. Für eine Mutantin.«

»Und für einen Menschen?«

»Das weiß ich nicht.«

»Ach so.«

»Findest du, dass du ein gutes Leben hattest, mein Sohn?«

»Ich habe ein gutes Leben«, erwiderte der Sohn. »Ich finde, ich habe ein Leben in Schönheit.«

Kapitel einhundertfünfundsiebzig

Wieder fasste sie nach seiner Hand.

Sie ließen die Wasserlache hinter sich und sahen eine seltsame Helligkeit oberhalb der Grube, in der sie sich befunden hatten. In den Felsen gab es Risse, durch die schwaches Tageslicht von draußen drang. Von hier aus wirkte das Licht beruhigend, obwohl am Himmel weiterhin diese unheimlich dunklen Wolken in Farben hingen, die nicht sein sollten. Doch an einem Ort voller Schwärze schien sogar ein solches Licht gut zu sein.

Hinter der Grube trafen sie auf zwei Gänge. Einer war wild und uralt, wie dazu geschaffen, sich darin zu verlieren. Der andere war von Menschenhand angelegt. Man hatte ihn mit Holzplanken verstärkt und vor langer Zeit zu einem Tunnel ausgebaut, durch den man gefahrlos laufen konnte.

Hierher zu kommen, hierher zurückzukehren,
nur hierher und wieder zurück.

Mit wachsendem Feuer umrundete sie die Grube. An den Wänden hingen Fackeln, die lange nicht mehr berührt worden waren. Sie waren mit der Absicht hier hergebracht worden, dass sie blieben, dass sie loderten. Um zu sehen, sich zu erinnern, hier verborgen zu bleiben. Sie belebte eine nach der anderen. Eine Wiedergeburt, eine langsame Rückkehr ins Leben.

Mitten in der Grube stand eine Holzkiste. Sie drückte die Hand des Sohnes. Die Kiste stand auf vier Rädern. Weit gereiste Räder. Nach einer Reise vor langer Zeit warteten die vier nun schon eine halbe Ewigkeit. Papiergeruch lag in der Luft.

In der Kiste lagen aufeinandergestapelt wie ein Berg, der in den Himmel ragt, die Bücher der alten Welt. Die Ränder der Umschläge standen heraus, dazwischen Blöcke aus Seiten. Geheimniswahrer, Beschützer.

Sie hielten die Macht, bewacht von der Dunkelheit.
Bewacht von Stille. Hier gab es keinen Wind, der sie aufblätterte,
keine Augen, die sie sahen.

Auf der Spitze dieses Berges aus Worten, aus großen und schweren Büchern, die den Grundstock für alles legten und immer schmäler wurden, je höher der Berg ragte, lag ein einzelnes Buch. Worte, die eine Welt geändert hatten. Von denen man träumen, für die man sterben konnte. All das Böse mit Gutem heimzahlen, all das Gute mit Bösem. Hier gab es genügend Licht, um nicht brennen zu müssen. Sie zitterte. Ihre Hände waren noch zu heiß, um die Seiten zu berühren. Sie legte einen großen Stein vor die Kiste, und der Sohn stieg hinauf. Oben streckte er den Arm aus. Sein Körper dehnte sich, um es zu erreichen. Als würde er Äpfel von einem Baum pflücken. Früchte von einem vergessenen, fruchtbaren Land. Nur ein Fingerbreit trennte ihn von den geschriebenen Worten.

Sie würden mit den ältesten Worten beginnen.

»Sei vorsichtig«, flüsterte sie. Er streckte die Finger aus. Und seine Hand griff danach, nach dem ersten Buch ganz oben. Das erste Buch der neuen Welt. Glatt, stark, schön. Er schlug es auf. Das Papier zwischen seinen Fingerspitzen.

Seine Augen blickten auf die erste Seite. Das Licht der Fackeln half ihm zu sehen. All die Träume des Obersten Lesers waren Wirklichkeit geworden. All die Wünsche des Kämpfers hatten sich erfüllt.

»Lies«, flüsterte sie. Und weinte. Ihr atemloses Luftholen ließ die Seite flattern. Er hielt das Papier fest, und sein Finger folgte der ersten Zeile.

»Am Anfang schuf Gott Himmel und Erde«, begann er. »Und die Erde war wüst und leer, und es war finster auf der Tiefe; und der Geist Gottes schwebte auf dem Wasser. Und Gott sprach: Es werde Licht! Und es ward Licht.« Der Sohn wischte sich die Tränen fort, menschlich, uralt, sterblich, und las weiter: »Und Gott sah, dass das Licht gut war. Da schied Gott das Licht von der Finsternis und nannte das Licht Tag und die Finsternis Nacht.«*

* *Die Schöpfung.* In: *Die Bibel. Eine Auswahl der schönsten Geschichten und Dichtungen in der Übertragung von Martin Luther.* Ausgewählt und herausgegeben von Daniel Keel. Diogenes Verlag Zürich, 2022. S. 11

Roman
240 Seiten
Auch erhältlich als eBook und Hörbuch-Download

Familie Mohn hat die Mutter verloren. Jetzt steht sie im Verdacht, die Trauerarbeit zu verschleppen. Das Leben muss doch weitergehen, sagen die Nachbarn, meint das Traueramt. Doch Vater Adam, die wütende Linne, der nach Hause zurückgekehrte Student Steve und Micha, der Jüngste, wollen nicht weitergehen. Sie möchten Johanne bewahren – nicht nur in ihren eigenen Erinnerungen, sondern in unzähligen Geschichten, die deren Leben so vielleicht gar nie geschrieben hat.

Roman
Aus dem Amerikanischen von pociao und Roberto de Hollanda
272 Seiten
Auch erhältlich als eBook und Hörbuch-Download

Thomas Jerome Newton ist ein geheimnisvoller Mann. Wie aus dem Nichts taucht der seltsame Fremde in Kentucky auf und scheint eine Mission zu haben. Mit neuartigen Technologien verdient er in kurzer Zeit Millionen und zieht dabei viel Misstrauen auf sich – aber auch das Interesse des Wissenschaftlers Nathan Bryce und der jungen Betty Jo. Während sie schnell Gefühle für Newton entwickelt, fragt sich Nathan, ob hinter dem Unbekannten mehr steckt, als auf Anhieb zu erkennen ist. In der Neuübersetzung von pociao und Roberto de Hollanda.

176 Seiten
Auch erhältlich als eBook und Hörbuch-Download

Je globalisierter die Welt, desto verletzlicher die Menschheit. Zwar weiß das der Homo sapiens, und doch macht er weiter wie eh und je. Er isst zu viel Fleisch, verwendet Pestizide, fährt täglich Auto. Doch eines Tages blasen süße Kätzchen, gutmütige Rinder und scheue Eichhörnchen zum Gegenangriff. Die Ereignisse überschlagen sich – und am Ende ist einfach Schluss. Schluss mit lustig, Schluss mit dem alltäglichen Wahnsinn, Schluss mit dem Menschen.

»Der Diogenes Verlag will durch lesbare Literatur unterhalten, durch Neues vor den Kopf stoßen, aber auch Altes neu entdecken; das ›Neue um des Neuen willen‹ übersehen und so das Modische vom Modernen unterscheiden. So viel wirklich Neues kann es gar nicht geben. Echte Avantgarde, sagt Karl Kraus, ist nichts anderes als der mutige Rückschritt zur Vernunft – und an das Neue, das nur aussieht wie das Alte, muss man sich erst gewöhnen.«

DANIEL KEEL